Edition Knurrhahn

Tino Filippi

Sinngrundbauern

Ein Spessartkrimi

Edition Knurrhahn
im Thomas Rüger Verlag
Nürnberg

Bibliographische Information der Deutschen Nationalbibliothek

Die Deutsche Nationalbibliothek verzeichnet diese Publikation in der Deutschen Nationalbiografie; detaillierte bibliographische Daten sind im Internet über http://dnb.d-nb.de abrufbar.

Impressum:

Sinngrundbauern
Ein Spessartkrimi
von
Tino Filippi

Printed in Germany.
Druck: optimum.druckdienstleistungen 90419 Nürnberg
Umschlaggestaltung: Julia Notkina

4. Auflage Dezember 2019

ISBN 978-3-932717-58-1

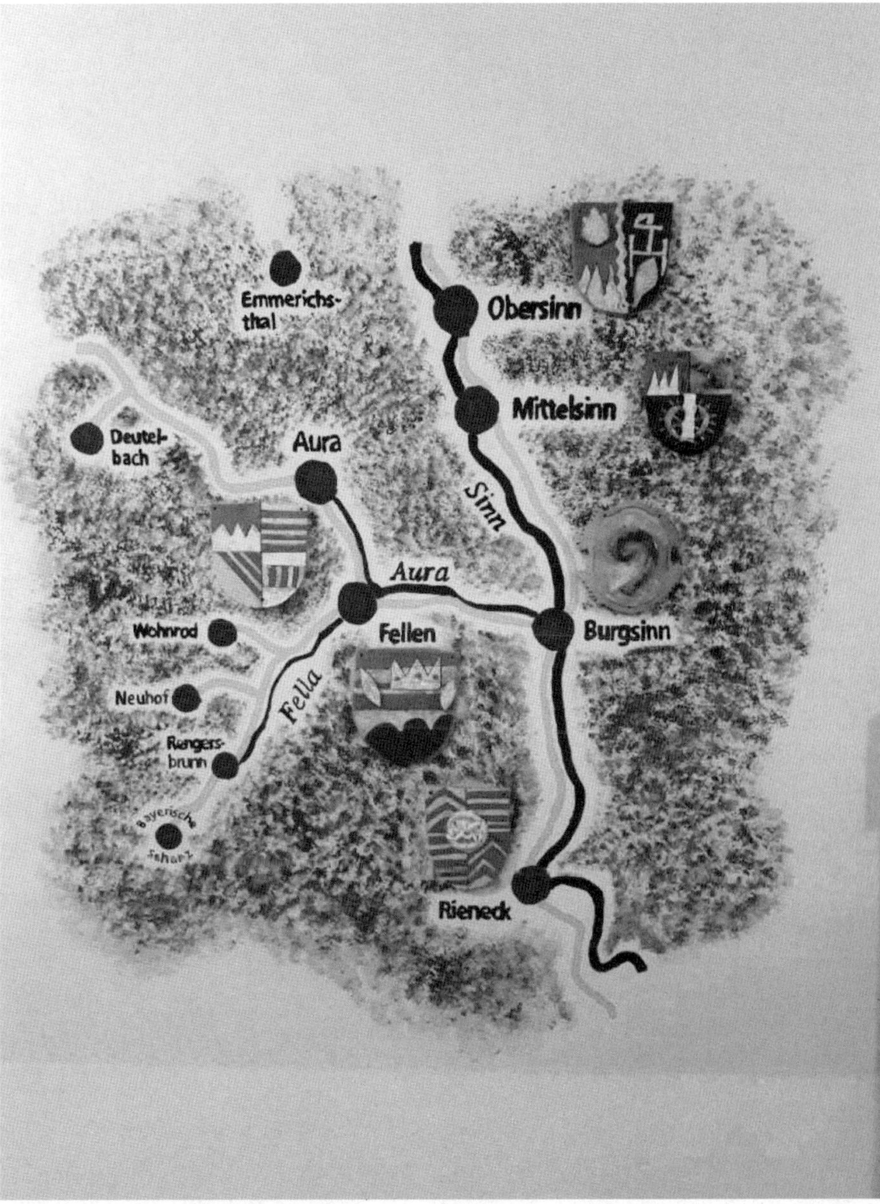

(Karte aus der Mittelschule von Burgsinn)

Kapitel 1
7. Juni, am frühen Morgen

Exakt um 06:37 Uhr wurde Johannes Steinhauser von der Titelmelodie der TV-Serie Magnum aus dem Schlaf gerissen. Sein Smartphone gab die Melodie kreischend von sich. Magnum war eine US-Krimiserie in den achtziger Jahren und er ein Fan der zweiten Stunde. Früher hatte er keine Wiederholung verpasst, bis er jede Sendung mindestens drei bis vier Mal gesehen hatte. Später besorgte er sich alle Folgen auf DVD. Tom Selleck wurde als Thomas Sullivan Magnum IV zu seinem Vorbild in der Verbrecherjagd und war es bis heute geblieben. Was er natürlich niemandem verriet.

Hektisch suchte er mit zusammengekniffenen Augen in dem Chaos nach seinem Telefon. Die frühe Morgensonne strahlte in seinen Bus und blendete ihn. Schließlich fand er es in seiner Dienstjacke.

„Ja!“, krächzte er verschlafen in das Gerät.

„Hannes?“, tönte es von der anderen Seite.

„Wer denn sonst! Sepp, bis du es?“, fragte er zurück, da er nicht auf dem Display gelesen hatte, wer es wagte, ihn um diese frühe Zeit zu wecken.

„Ja. Du musst sofort auf den Hof komm!“

„Jetzt?“, fragte Steinhauser entsetzt und richtete sich auf. „Hast du mal auf die Uhr geschaut?“

„Ich hab jetzt keine Zeit zu diskutieren“, gab Sebastian Holzinger, ein alter Schulfreund, aufgebracht zurück. „Du musst sofort komm. Bitte!“

Steinhauser rieb sich im Halbschlaf die Augen, aber die Panik in Holzingers Stimme war nicht zu überhören gewesen.

„Gut, ich komm“, gähnte er.

„Aber beeil dich!“, machte Holzinger noch einmal die Dringlichkeit seines Anrufes deutlich. Bevor Steinhauser etwas erwidern konnte, war die Leitung tot.

Nach einem prüfenden Blick auf die Uhr seines Smartphones schüttelte er den Kopf. „Wehe, wenn das nix Wichtiges ist“, murmelte er.

Nach kurzer Suche zupfte Steinhauser einen alten Polizei-Jogginganzug aus einem seiner Koffer und zog ihn an. Müde krabbelte er aus dem Schlafbereich seines alten VW LT 31D Wohnbusses. Während er sich streckte und mit weit aufgerissenem Mund gähnte, schaute er aus dem

Seitenfenster. Sein Kleinbus stand auf dem verwilderten Parkplatz einer alten Fabrik, die ein Stück außerhalb von Mittelsinn lag. Das lange Backsteingebäude aus den Fünfzigern stand schon viele Jahre leer. Scheiben waren eingeschlagen, Mauern marode und das Dach an vielen Stellen undicht. Da die ehemaligen Besitzer schon vor Jahren weggezogen waren, kümmerte sich niemand um das Gebäude. Kaufen wollte den Verhau auch keiner. Dementsprechend sah es hier auch aus. Als Kind hatte er sich oft mit seinen Freunden heimlich auf das Gelände geschlichen oder an der Sinn gespielt, einem kleinen Fluss, der direkt an der Fabrik vorbei floss. Ein besserer Platz war ihm gestern auf die Schnelle nicht eingefallen, um seinen Bus abzustellen, ohne dass er gleich entdeckt wurde.
Unbeholfen kletterte Steinhauser hinter das Lenkrad. Die Nacht war kurz gewesen und viel geschlafen hatte er auch nicht. Als er den Motor gestartet hatte, bemerkte er, dass er weder Socken noch Schuhe anhatte. Erneut wühlte er in einem der Koffer und zauberte ein paar alte, ausgelatschte, grüne Crocs hervor.
„So ist das eindeutig kein Dauerzustand“, murmelte er, während er das Durcheinander um sich herum betrachtete.
Er setzte den Bus knatternd in Bewegung. Dabei zog er eine stinkende, schwarze Rußwolke die Straße entlang.

Sebastian Holzingers großes Gehöft lag ein gutes Stück außerhalb von Mittelsinn und war über eine geteerte Straße gut zu erreichen. Die Gemeinde hatte während der Flurbereinigung vor vielen Jahren erfolgreich durchsetzen können, dass die Hauptverkehrswege für die Landwirtschaft geteert wurden; was nicht in jeder der umliegenden Gemeinden der Fall gewesen war.
Steinhauser zuckelte schlaftrunken durch seichte Nebelschleier, vorbei an Wiesen, Getreide- und Maisfeldern, bis er wenig später den Aussiedlerhof seines alten Schulfreundes erreichte. Dort brachte er seinen Bus vor dem Wohnhaus zum Stehen. Sein Blick fiel direkt auf das im Tal liegende Mittelsinn. Nebelschwaden zogen wie weiße Tücher über die Häuser hinweg. Steinhauser ließ die Aussicht einen Moment auf sich wirken.
„So schön und so ruhig“, sinnierte er, bevor er sich aus seinem Bus schälte und zum Wohnhaus ging.
Es roch nach feuchtem Gras, Silo und Kuhstall. Ein Geruch, den er mochte. Auch wenn Holzinger Gülle fuhr und die ganze Gegend in einen

strengen Duft getaucht wurde, störte ihn das nicht.
„So muss es auf dem Land riechen“, meinte er immer, wenn sich wieder einmal jemand beschwerte.
Wie ein König thronte Holzinger mit seiner Familie hier oben und konnte jeden, der zu ihnen wollte, schon von weitem erkennen. Man konnte sogar bis ins benachbarte Obersinn schauen. Das Gehöft wurde bereits vor Jahrzehnten von Sebastians Vater, Reinhold Holzinger, trotz behördlicher Widerstände, oberhalb des Dorfes errichtet. Was sich im Nachhinein als die beste aller Lösungen herausgestellt hatte. Denn im Laufe der letzten Jahre hatte Holzinger die Stallungen mehrfach erweitert. Mittlerweile müsste er so an die neunzig oder sogar mehr Milchkühe besitzen.
Während Steinhauser überlegte, wo er klingeln sollte, um nicht Katja, Holzingers Frau, und dessen Sohn Peter zu wecken, ertönte ein gellender Pfiff, der ihn herumfahren ließ. Sebastian Holzinger stand am Ende eines langen Kuhstalles und deutete ihm an, er solle zu ihm kommen. Steinhauser überlegte kurz, ob er mit dem Bus fahren sollte, entschied sich dann aber doch zu laufen.
„Du bist ja schon da?“, begrüßte ihn Holzinger verwundert.
„Guten Morgen“, entgegnete Steinhauser etwas mürrisch. „Danke der Nachfrage, ich habe gut geschlafen … bis du mich geweckt hast. Wehe, wenn´s nix Wichtiges ist.“
„Kommst du jetzt von Würzburg?“, hakte Holzinger nach.
„Nein, ich war heut Nacht in Mittelsinn, ... bei meinen Eltern“, log Steinhauser. Denn eigentlich wohnte er in Würzburg. „Aber was ist denn los? Du warst so merkwürdig am Telefon. Sind dir die Kühe abgehaut?“
„Nein, schlimmer!“ Holzinger wurde plötzlich ernst und wirkte sehr nervös. „Komm mal mit. Ich muss dir was zeig.“
Während sie um den Stall herum gingen, schaute sich Holzinger ständig um. „Mir müsse uns beeil, bevor die Gerda oder der Reinhold auftauche. Die sind grad in Melkstand gegange“, meinte er geheimnisvoll und steuerte auf einen neuen Traktor samt riesigem Güllefass zu. Vor einem etwa ein mal ein Meter großen, quadratischen Loch in einer riesigen, runden Betonplatte blieb er stehen. Vom Güllefass führte eine dicke Saugleitung in das Loch hinunter.
„Guck a mal da nei“, bat Holzinger seinen Freund. Dabei trat er unruhig auf der Stelle.
Skeptisch warf Steinhauser einen kurzen, prüfenden Blick in die Tiefe. „Ich seh nix“, meinte er schließlich.

„Ach so, … ja klar“, mit zittrigen Händen reichte er Steinhauser eine Taschenlampe. „Hier, damit kannst du nei leucht.“
Steinhauser schaltete die Lampe an und beugte sich erneut über das Loch. Plötzlich erstarrte er in seiner Bewegung. Er zögerte, dann drehte er sich abrupt zu Holzinger. Dabei wäre ihm die Taschenlampe beinahe aus der Hand gefallen.
„Ich wollt vorhin den Rest aus der Grube absaug, weil ich gestern net fertig geworden bin“, begann Holzinger zu erklären, „dann kam auf einmal nix mehr. Was aber net sei konnt, weil´s noch über ein Meter bis zum Grund ist. Also hab ich mit meiner Stange drin rum gestochert. Es kommt öfter mal vor, dass sich was vor die Pumpe setzt. Und dann hab ich ihn gesehen.“
Wortlos betrachtete Steinhauser die lange Holzstange, an deren Ende ein zu einem „U“ geformtes Flacheisen befestigt war.
„Wer ist das?“ Steinhauser zeigte mit einer kurzen Kopfbewegung zur Grube.
„Keine Ahnung“, gab Holzinger achselzuckend zurück.
„War die Grube abgedeckt?“
„Nein“, gestand Holzinger. „Ich deck die nie ab, wenn ich am nächsten Tag noch mal fahren muss. Wieso?“
„Sepp, das ist grob fahrlässig“, erklärte Steinhauser, der während seiner Dienstzeit in Würzburg schon unzählige landwirtschaftliche Unfälle erleben musste. Und nahezu alle waren durch grob fahrlässiges Verschulden verursacht worden, so traurig das auch war. „Wenn der zu dir wollt und da neigefallen ist, dann hast du ein Problem.“
„Was mache mir denn jetzt?“, wollte Holzinger aufgebracht wissen, ohne auf seine Worte einzugehen.
„Mir?“, wiederholte Steinhauser, als ob er schuld daran wäre, dass jemand in Holzingers Güllegrube lag.
„Ja, mir“, bestätigte Holzinger. „Du bist doch bei der Kripo, oder?
„Ich?“, entfuhr es Steinhauser.
„Ja, wer denn sonst?“, entgegnete Holzinger.
„Äh, … ja, … scho“, gab Steinhauser verdattert zurück. „Aber im Augenblick bin ich Zivilist.“
„Was soll denn der Blödsinn jetzt?“, entrüstete sich Holzinger. „Ein Polizist ist immer im Dienst. Aber wenn es dich beruhigt, dann setz dir halt dei Kappe auf. Oder bist du net mehr bei der Kripo?“
„Klar, bin ich noch bei der Kripo.“

„Und was mache mir jetzt?“, wiederholte Holzinger seine Frage.
„Ich würde sagen, … wir rufen die Kollegen aus Würzburg“, schlug Steinhauser vor. „Die können sich dann um alles kümmern.“
„Wieso die Kollegen aus Würzburg?“, wunderte sich Holzinger. „Kannst du dich net selber darum kümmer?“
„So einfach geht das nicht“, versuchte Steinhauser zu erklären. „Ich kann mich doch nicht einfach mal so um eine Leiche kümmer, die bei dir in der Grube schwimmt.“
„Warum denn net?“, quiekte Holzinger.
„Naja“, stammelte Steinhauser. „Ich bin zurzeit mit einer anderen wichtigen Aufgabe betraut.“
„Andere wichtige Aufgabe?“, erneut entrüstete sich Holzinger. „Dein Freund hat nen Toten in seiner Güllegrube – was für Aufgaben könne da wichtiger sein?“
„Das kann ich dir jetzt auch nicht so erklären“, stammelte Steinhauser.
„Dann ist´s ach net wichtig“, beharrte Holzinger.
„Ich, … äh, ... ich, ich arbeite im Augenblick fürs Innenministerium“, versuchte sich Steinhauser zu rechtfertigen.
„Für wen?“ Holzinger war sichtlich überrascht. „Geheimauftrag, oder was?“
Steinhauser war alles andere als wohl bei dem Gedanken, seinen Freund anzulügen, aber er hatte im Augenblick keine andere Wahl. Deshalb wechselte er schnell das Thema.
„Mir wisse ja noch nicht mal, wer das ist!“
„Dann müsse mir ihn halt raushol und guck“, sagte Holzinger.
„Du spinnst doch!“, entrüstete sich Steinhauser. „Das ist ein Tatort. Da können wir den nicht einfach mal so raushol. Spuren! Noch nie was von Spurensicherung gehört?“
„Dann mach halt Spurensicherung!“, schlug Holzinger vor. Steinhauser verdrehte ungläubig die Augen. „Du kennst dich doch aus, oder?“
„Ja, schon. Aber dazu braucht man, … spezielle … Sachen“, stammelte Steinhauser verlegen. Hätte er nur niemals damit angefangen zu behaupten, dass er bei der Kripo arbeitet. Aber dafür war es jetzt zu spät und für Erklärungen war gerade gar kein guter Zeitpunkt. „Dafür gibt es Spezialisten, also ich mein, … dafür hab ich meine Leute. Ich kann nicht einfach so Spurensicherung mach. Ich ruf jetzt die Kollegen … also ich mein natürlich meine Kollegen. Wer weiß, wer das ist?“ Steinhauser wollte die Diskussion beenden und suchte nach seinem Smartphone. „Liegt im

Auto“, murmelte er und stapfte los.
„Halt!“, rief Holzinger und hielt ihn fest. „Ich glaub, ich weiß, wer das ist.“
Steinhauser blieb stehen und schaute ihn streng an.
„Aha! Auf einmal? Ich dacht, du weißt es nicht!“ Steinhauser wurde hellhörig.
„Das könnt der Feißthammer sein“, gab Holzinger kleinlaut von sich.
„Was heißt hier: *könnt*“, hakte Steinhauser nach.
„Da hinten“, Holzinger deutete auf eine Halle, die neben einem Weg stand, auf dem man von hinten auf das Gehöft gelangen konnte. „Das müsst dem Feißthammer sei Auto sei. Bin mir aber net sicher.“
Steinhauser warf einen langen, nachdenklichen Blick zwischen Traktor und Güllefass hindurch. Dort stand ein schwarzer Kombi, ein Skoda Oktavia.
„Du verschweigst mir doch was, oder?“, fragte Steinhauser streng.
Holzinger sagte nichts, trat wieder nur unruhig auf der Stelle. „Hannes ...“, begann er nach einer gefühlten Ewigkeit mit flehender Stimme und zitternden Händen, „ich bitte dich. Du musst mir helf. Lass uns nachsehen, ob das wirklich der Feißthammer ist.“
Steinhauser musterte seinen alten Freund. Die Verzweiflung war ihm ins Gesicht geschrieben. So hilflos hatte er Holzinger noch nie erlebt. Dieser Hüne von Mann, mit breiten Schultern und Kraft wie ein Ochse, stand vor ihm und blickte hilfesuchend auf ihn herab. So kam er Steinhauser wie ein kleiner verängstigter Junge vor. Oft hatte er dies bei der Kontrolle von Personen erlebt, wenn die Betroffenen Drogen oder andere verbotene Gegenstände bei sich führten. Aber bei Holzinger war es anders. Er konnte es sich nicht erklären, aber er konnte ihn jetzt auch nicht hängen lassen. Holzinger schien ernste Probleme zu haben, aber welche?
„Und wie willst du den da raushol?“, fragte Steinhauser schließlich.
„Danke!“, gab Holzinger erleichtert von sich. Steinhauser konnte sehen, wie ein ganzes Gebirge von ihm abfiel. „Mit dem alten MB-Trac, der hat einen Frontlader.“
Holzinger rannte davon und Steinhauser schaute ihm mit mulmigem Gefühl im Bauch hinterher. Er kam sich vor wie in einem schlechten Alptraum. Geistesabwesend starrte er in das schwarze, stinkende Loch in der Betonplatte. Er wusste nicht, wie lange er so dastand, als Holzinger endlich mit dem etwa dreißig Jahre alten MB-Trac um die Ecke gebogen kam. Er postierte den herabgelassenen Frontlader direkt über der

Güllegrube. Jetzt starrten beide nachdenklich in das schwarze Loch.
„Und wie stellst du dir das jetzt vor?“, fragte Steinhauser unschlüssig.
Holzinger zuckte mit den Schultern. „Gute Frage! Mir könnte ein Seil um seine Beine schling und ihn dann hochzieh. Ich hol schnell ´nen Kälberstrick. Du kannst ja scho mal mit der Stange nach seine Füß angel.“
Holzinger verschwand im Stall.
Steinhauser betrachtete kopfschüttelnd die lange Stange mit dem U-Eisen am Ende. Schließlich nahm er sie und begann angewidert in der Grube herumzustochern. Dabei leuchtete er, die Taschenlampe zwischen die Zähne geklemmt, in die Tiefe. So versuchte er irgendwie die Beine des Toten in der schwarzen Gülle zu finden. Dabei verzog er angewidert das Gesicht. Der beißende Geruch, der ihm entgegenstieg, brannte ihm im Hals und in der Nase. Als es ihm nach zahlreichen Versuchen endlich gelungen war, beide Beine an die Oberfläche zu befördern, bemerkte er, wie etwas Breiiges durch die Löcher seiner Crocs lief. Er schaute zu seinen Füßen und sah, dass er in einer großen Pfütze aus Gülle stand.
„Na toll. Das hat mir grad noch gefehlt“, schnaufte er genervt.
Als Holzinger zurückkam, hielt er in seinen Händen einen Strick, an dessen Ende er bereits eine Schlinge angebracht hatte. Sofort versuchte er diese über die Füße des Toten zu legen. Was ihm nach einigen Versuchen auch gelang.
„Ich hab ihn“, japste er und zog die Schlinge zu.
Gerade, als er den Strick am Frontlader befestigen wollte, ertönte plötzlich eine Stimme.
„Sebastian?“, rief seine Mutter, die gerade aus dem Stall gelaufen kam. „Da bist du ja!“, schimpfte sie, als sie ihn entdeckte. „Wer is´n bei dir? Dein Vodder braucht dich!“
Erschrocken fuhren beide herum. Steinhauser ließ die Stange in die Grube sinken und die Taschenlampe fiel ihm aus dem Mund, direkt in die Pfütze zu seinen Füßen. Holzinger hielt krampfhaft den Strick fest, rutschte weg und konnte sich gerade noch mit einer Hand an Steinhauser festhalten. Mit einem großen Schritt rettete er sich über das Loch. Um Haaresbreite wären beide in die Grube gefallen.
„Guten Morgen Gerda“, grüßte Steinhauser, nachdem er das Gleichgewicht wiedergefunden hatte.
„Johannes?“, wunderte sie sich, schlug aber gleich einen versöhnlichen Ton an. „Was macht´n ihr da?“
„Wir?“, antworteten beide gleichzeitig.

„Ja, oder ist da noch jemand?“
„Ach nix“, beruhigte sie Steinhauser.
„Die Pumpe geht net“, erklärte Holzinger schnell.
„Und warum ist dann der Johannes da?“
„Zufall“, warf Steinhauser gleich wieder dazwischen.
„Ja, er kam zufällig vorbei“, bestätigte Sebastian mit eifrigem Nicken.
„Um diese Zeit?“, musterte Gerda die beiden ungläubig.
„Ja“, bestätigte Steinhauser. Er kam ihr ein paar Schritte entgegen. „Ich hab beruflich in der Gegend zu tu und wollte kurz mal beim Sepp vorbeischau, bevor ich wieder los muss.“
„In dem Aufzug?“ Sie betrachtete verwundert seine mit Gülle verschmierten Crocs und den alten Polizei-Jogginganzug.
„Wenn ich gewusst hätte, dass ich was helfen muss, dann hätte ich natürlich was anderes angezogen“, lenkte Steinhauser mit einem Lachen vom Thema ab.
„Genau“, tönte Holzinger aus dem Hintergrund und kam ebenfalls auf seine Mutter zu. Wurde aber abrupt gebremst, als sich der Strick spannte, den er immer noch fest in der Hand hielt. Fast wäre er gestolpert. „Er konnt ja net wissen, dass die Pumpe kaputt ist.“
„Und wenn ich schon mal da bin ...“, Steinhauser zuckte mit den Achseln.
„Was is´n kaputt? Soll ich den Reinhold ruf“, wollte Gerda wissen und steuerte auf die Güllegrube zu.
Steinhauser hielt sie jedoch behutsam fest, legte seinen Arm um ihre Schultern und schlug mit ihr den Rückweg zum Stall ein. „Wahrscheinlich das Kabel“, sagte er mit einer wegwerfenden Handbewegung. „Hat bestimmt nur ´nen Wackelkontakt.“
Etwas verdattert schaute Gerda über ihre Schulter zu ihrem Sohn, der ihr zuwinkte; ehe sie sich versah, hatte Steinhauser sie zurück in den Stall geschoben. „Ich helf noch schnell beim Rausheben, dann kommt der Sepp sofort zum Reinhold.“
„Ja, aber ...“, wollte Gerda etwas sagen, doch Steinhauser ergriff gleich wieder das Wort.
„Was hältst du davon, wenn ich noch zum Frühstück bleib? Ich war doch schon so lang nicht mehr bei euch. Ihr melkt die Küh fertig, ich helf dem Sepp die Pumpe zu reparieren und dann mache mir Frühstück. Wie früher. Wie findest du das?“
„Wenn du meinst ...“, war alles, was Gerda dazu sagte. Sie schaute sich noch mehrmals um, während Steinhauser wartete, bis sie im Melkstand

verschwunden war. Kaum war sie außer Sicht, rannte er zurück zu Holzinger.
„Das war knapp“, meinte Holzinger. Sofort befestigte er den Strick am Frontlader.
„Los, beeil dich, bevor sie doch noch mit dem Reinhold auftaucht“, befahl Steinhauser.
Holzinger sprang auf den Trac und ließ den Frontlader vorsichtig nach oben fahren. Steinhauser fischte angeekelt die Taschenlampe aus der Gülle, schüttelte sie ab und leuchtete in die Grube. Langsam kam die Leiche baumelnd ans Tageslicht. Holzinger wollte gerade ein Stück zurückfahren, als schon wieder sein Name gerufen wurde. Reinhold kam um die Ecke.
Geistesgegenwärtig drückte Holzinger den Hydraulikhebel des Frontladers nach unten und die Leiche sauste zurück in die Grube. Mit einem lauten Platschen schlug sie auf der Gülle auf.
„Was is´n mit der Pumpe?“, fragte Reinhold und noch ehe Steinhauser etwas dagegen unternehmen konnte, stand er schon neben ihm und schaute in die Grube. Steinhauser hielt den Atem an.
„Ich seh gar nix“, sagte Reinhold schließlich.
„Gott sei Dank“, gab Steinhauser mit einem gefühlten Puls von zweihundert von sich, machte die Taschenlampe schnell aus und steckte sie in seine Tasche.
„Was is denn?“ Reinhold schaute ihn verwundert an.
„Nix ist, was soll denn sein?“
„Du hast doch ebe *Gott sei Dank* gesagt“, wiederholte Reinhold.
„Echt? Hab ich das?“ Steinhauser tat ahnungslos.
„Ja“, bestätigte Reinhold.
„Nein, ich hab: *„Fall net nei“* gesagt“, verbesserte Steinhauser. Dafür erntete er ein Kopfschütteln.
Holzinger sprang mit einem Satz vom Trac und kam schnell zu ihnen. „Alles in Ordnung, Vodder, mir mache das scho. Geh du in Melkstand, ich komm gleich.“
„Hol halt die annere Pumpe und mach die Grube öscht leer, dann kömmste besser bei“, wandte sich Reinhold an seinen Sohn. „So sieht ´me doch nix.“
„Net nötig“, wiegelte Holzinger mit einer wegwerfenden Handbewegung ab. „Die Pumpe geht scho wieder. War nur der Stecker. Hat sich gelockert.“ Demonstrativ ging er zu einem Starkstromstecker am Stall und

drückte ihn noch einmal fest in die Dose hinein. Dann betätigte er den Schalter am Kabel und die Pumpe gab ein gurgelndes Geräusch von sich.
„Siehste, alles in Ordnung."
„Dann is ja gut." Holzingers Vater schaute erst zu seinem Sohn, dann zu Steinhauser. Er musterte ihn von Kopf bis Fuß und stapfte schließlich wieder davon.
„Kann jetzt noch jemand komm?", fragte Steinhauser, nachdem sie wieder alleine waren.
„Normal net."
„Wollen mir´s hoff und jetzt heb den raus."
Holzinger setzte sich wieder in den Trac. Er wartete noch einen Moment, bevor er die Leiche erneut vorsichtig aus der Grube hob. Aber erst nachdem er sich sicher war, dass sie nicht mehr überrascht wurden, fuhr er ein Stück zurück und legte den Toten auf der Betonplatte ab.
Beide betrachteten schweigend den leblosen Körper. Es schien, als würden sie darauf warten, dass er aufsprang, um sich für ihre Hilfe zu bedanken. Doch den Gefallen tat er ihnen nicht.
„Ist das jetzt der Feißthammer?", wollte Steinhauser schließlich wissen.
„Ja", gab Holzinger zurück.
„Und was jetzt? Soll ich die Kollegen, ... also, ... meine Kollegen rufen?", fragte Steinhauser vorsichtig, während beide immer noch reglos auf den Toten starrten.
„Wenn du jetzt dei Kollege rufst, dann denken die doch gleich, dass ich den da neigeworfe hab", fing Holzinger an herumzujammern.
„Blödsinn", versuchte Steinhauser ihn zu beruhigen. Er konnte es gar nicht leiden, wenn Männer, und zudem noch solche wie Holzinger, anfingen zu jammern. „Wieso sollte das jemand denken? Kann doch auch ein Unfall gewesen sein."
„Du verstehst das net", sagte Holzinger.
„Dann erklär´s mir halt!", forderte Steinhauser ihn ungeduldig auf.
„Kann ich net", Holzinger raufte sich angespannt die Haare. Er wirkte verzweifelt.
„Was ist denn los?", versuchte Steinhauser auf ihn einzuwirken, doch Holzinger wurde immer unruhiger.
„Mir müsse die Leiche versteck", sagte Holzinger kurzatmig und stierte Steinhauser mit einem Blick an, der ihn vor Schreck einen Schritt zurückweichen ließ. „Und du musst rausfind, was passiert ist. Du bist doch bei der Kripo. Du kannst das doch. Bitte Hannes, da will mir jemand was

anhäng! Ich will net in Knast."
„Jetzt sag halt, was los ist!" Steinhauser wurde langsam ungeduldig. „Und wer ist dieser Feißthammer?"
„Das kann ich dir jetzt net erklär", wehrte Holzinger erneut ab und begann aufgeregt hin und her zu laufen.
„Sebastian ...", Steinhauser versuchte seinen Freund erneut zu beruhigen. „Mir könne net einfach eine Leiche versteck. Das siehst du doch ein, oder?"
„Doch, könne mir! Ist ja nur nur so lang, bis du rausgefunne hast, wie der in mei Grube gekommen ist", erklärte Holzinger verzweifelt.
„Du spinnst doch", schimpfte Steinhauser und zeigte ihm den Vogel. „Wo willst du denn eine Leiche verstecken?"
„Keine Ahnung!", gestand Holzinger. „Lass uns überleg!"
Jetzt sagte keiner mehr etwas. Schweigen legte sich zwischen die beiden. Steinhauser konnte nicht glauben, was er da gerade tat. Er stand vor einer Leiche und fing an zu überlegen, wo man sie verstecken konnte. Er wollte aber auch nicht zugeben, dass er gar nicht bei der Kripo arbeitete – zumindest noch nicht. Erst wenn der richtige Zeitpunkt gekommen war, wollte er seinen Eltern und Freunden reinen Wein einschenken. Aber doch nicht gleich am ersten Tag seiner Versetzung. Allerdings war dies auch eine Ausnahmesituation. Und Ausnahmesituationen erfordern besondere Maßnahmen. Es konnte ja nicht schaden, erst einmal anzuhören, was ihm Holzinger alles zu dem Toten zu sagen hatte. Die Kripo konnte er dann immer noch einschalten. Doch vernünftig reden, das war mit Holzinger im Augenblick sowieso nicht möglich. Dafür war dieser viel zu aufgebracht. Die Ruhe selbst war Steinhauser allerdings auch nicht. Er hatte in seiner Laufbahn zwar das ein oder andere Mal mit Leichen zu tun gehabt, aber da war er maximal für die Absperrungen zuständig gewesen. Kein Vergleich mit dieser Situation. Natürlich wusste er einiges von seiner Ex-Freundin Stefanie über die Vorgehensweise der Kripo bei einem Tötungsdelikt. Aber Leichen verstecken gehörte definitiv nicht dazu. Doch Stefanie konnte er jetzt nicht zu Rate ziehen.
„Strubinski!", schoss es gleichzeitig aus beiden heraus.
„Geniale Idee!" Holzinger war sofort begeistert von dem Vorschlag.
Fred Strubinski kam Steinhauser zwar auch in den Kopf, aber warum, das wusste er eigentlich selbst nicht so genau. Wohl eher, weil man Strubinski für so gut wie alles gebrauchen konnte. Johannes Steinhauser, Sebastian Holzinger und Fred Strubinski kannten sich schon seit dem Kindergarten.

Fred Strubinski war stolzer Besitzer eines kleinen Elektrofachgeschäftes.
„Ich hab gewusst, dass du weißt, was zu tun ist“, freute sich Holzinger.
„Aber was genau soll der Fred machen?“
„Du rufst ihn an und sagst ihm ...“, Steinhauser zögerte und wog seine Gedanken noch einmal ab, bevor er sie aussprach, „… du sagst ihm, dass er sofort mit einer Gefriertruhe herkommen soll.“
„Genau, eine Gefriertruhe. Mir brauchen eine Gefriertruhe“, bestätigte Holzinger euphorisch. Noch während er es aussprach, dämmerte ihm, was Steinhauser vorhatte. „Echt … eine Gefriertruhe?“, fragte er sicherheitshalber noch einmal nach.
„Ja, oder willst du den Toten bei dir zwischen den Heuballen verstecken“, gab Steinhauser zurück. „Bei dem Wetter kannst du den Kerl keine zwei Tage liegen lassen. Dann stinkt hier alles. Der muss weg. Tiefgefroren ist er länger haltbar.“
„Ja, genau“, nickte Holzinger.
„Außerdem müssen mir die Leiche sauber mach. Hast du hier irgendwo einen Wasserschlauch?“
„Wasserschlauch? Hab ich! Gleich dort an der Tränke ist ein Anschluss“, stieß Holzinger aus und rannte davon.
Ehe sich Steinhauser versah, war dieser wieder zurück, montierte den Schlauch, drehte das Wasser auf und drückte ihn Steinhauser in die Hand. Immer noch ungläubig über sich selbst und was er da gerade machte, begann Steinhauser die Leiche abzuspritzen. Holzinger holte in der Zwischenzeit sein Handy hervor. Nach einer gefühlten Ewigkeit ging Strubinski endlich an sein Telefon.
„Ich bin´s, der Sepp … ja, ich weiß, wie früh es ist … ja, es ist wichtig … ja, sehr wichtig. Hör zu, mir brauche sofort eine Gefriertruhe … wer *mir* ist?“, wiederholte er Strubinskis Frage und schaute zu Steinhauser. Als dieser nickte, sprach er weiter. „Der Hannes und ich … ja, eine Gefriertruhe. Nicht nachher! Sofort! Nein, kein Gefrierschrank. Auch nicht, wenn der im Angebot ist. Mir brauche eine Gefriertruhe, hast du verstanden? Und du musst die auf der Stelle bring … weil mir die genau jetzt brauche!“, brüllte Holzinger genervt in sein Telefon. „Fred! Setz deinen Arsch in Bewegung und bring eine Gefriertruhe … wie groß? Die Größte, die du hast … ja, da muss viel rein. Klar, du hast dann was gut bei mir … und beeil dich. Ach ja, fahr über den alten Feldweg und komm von hinten in den Hof, wir sind am Stall … weil dich keiner sehen soll … ja, mach einfach! Wenn du da bist, erfährst du warum.“

„Er kommt“, wandte sich Holzinger an Steinhauser, der immer noch dabei war, die Leiche zu säubern.
„Dreh mal rum“, meinte Steinhauser.
„Wart mal. Ich hab´ne Idee“, sagte Holzinger, sprang in den Trac und ließ den Frontlader langsam wieder in die Höhe gleiten, bis die Leiche kurz über dem Boden baumelte. „So geht’s besser“, sagte er zufrieden, als er wieder neben Steinhauser stand. „Da kann er auch gleich abtropf, bis der Fred da ist.“
Steinhauser sagte nichts, warf ihm nur einen langen Blick zu.
„Und was machen mir mit dem Auto?“, fragte Holzinger.
„Muss auch weg“, gab Steinhauser knapp zurück, während er weiterhin den jetzt hängenden Toten abspritzte.
„Mir schiebe das Auto in die alte Halle, da muss keiner nei“, schlug Holzinger vor.
„Hast du Gummihandschuhe?“
„Ja, wieso?“ Holzinger schaute ihn fragend an.
„Spuren, Sepp! Ich will meine Fingerabdrücke nicht am Auto eines Toten haben.“
„Logisch“, stimmte Holzinger zu. „Du bist halt bei der Kripo. Du kennst dich aus.“
„Schmarr net, hol Gummihandschuh, bevor die Gerda oder der Reinhold wieder auftauchen.“
„Tschuldigung“, sagte Holzinger kleinlaut und verschwand.
Kurz darauf kam er wieder und drückte ihm zwei armlange Gummihandschuhe in die Hand. Steinhauser stellte das Wasser ab und musterte die Dinger.
„Besamungshandschuh“, erklärte Holzinger, „die musst du bis zur Schulter hochzieh.“
Steinhauser zog die Handschuhe kopfschüttelnd über seinen Jogginganzug, hoch bis zu den Schultern. Er kam sich vor wie in einem schlechten Traum und hoffte jeden Augenblick aufzuwachen, aber niemand tat ihm den Gefallen und weckte ihn. Also ging der Albtraum weiter. Das Auto war offen und der Schlüssel steckte. Zusammen inspizierten sie flüchtig den Innenraum, konnten aber auf den ersten Blick nichts Auffälliges entdecken.
„Das schau ich mir später genauer an“, sagte Steinhauser mechanisch. Ohne sich hineinzusetzen, löste er umständlich die Handbremse, fasste von außen ans Lenkrad und befahl Holzinger zu schieben.

„Fahr´s doch weg“, meinte dieser.
„Spuren!“, rief Steinhauser.
Holzinger nickte mit gestrecktem Daumen. Dann begann er zu schieben. Ohne Servolenkung war es auf dem geschotterten Hof zwar nicht einfach, das Auto in die Halle zu lenken, aber da es leicht bergab ging, war es letztlich kein großes Problem. Gerade als Steinhauser die Handbremse wieder anzog, stieg ihm ein beißender Geruch in die Nase, der ihm zuvor nicht aufgefallen war. Neugierig untersuchte er den Fußraum und entdeckte dunkle, breiige Flecken auf der Fußmatte und am Rand des Sitzes.
„Wolltest du das Auto schon mal wegfahren?“, fragte er.
„Nein, warum?“ Holzinger schüttelte den Kopf.
„Weil an der Fußmatte und am Sitz Scheiße hängt“, meinte Steinhauser. Nachdem er den Schlüssel abgezogen hatte, schloss er den Wagen ab. Anschließend gingen sie zurück zur Leiche und stellten sich wie zwei Türsteher aus einem billigen Hollywoodstreifen daneben. Wortlos betrachteten sie den Toten, wie er tropfend am Frontlader hing. Immer wieder schauten sie sich wachsam um und warteten. Steinhauser überlegte, ob er Holzinger noch einmal befragen sollte. Da dieser aber den Augenkontakt bewusst vermied und sich immer wieder nervös umschaute, verzichtete er darauf. Früher oder später musste er ihm sowieso eine Erklärung abgeben.
Nach einer gefühlten Ewigkeit ergriff Holzinger das Wort. „Fred kommt“, war alles, was er mit Blick ins Tal sagte. „Er ist eben in den alten Feldweg abgebogen.“
Kurze Zeit später kam Strubinski über die zweite Einfahrt direkt hinter den Stall gerast. In einer großen Staubwolke brachte er seinen Transporter zum Stehen. Auf seinem dunkelgrünen, alten, verrosteten Sprinter stand auf beiden Seiten in großen, schwarzen Lettern *„Strubins_i - Elektrotechnik“*. Das *„k“* in Strubinski war auf der einen Seite schon länger abgefallen. Auf der anderen fehlte das *„t“*.
Fred Strubinski sprang aus dem Wagen. Er trug eine Latzhose in der Farbe seines Sprinters und weiße Turnschuhe. Seine langen Haare hatte er zu einem zerzausten, wilden Zopf gebunden. Besser ging es in der kurzen Zeit nicht.
„Servus Hannes, lange nicht gesehen. Servus Sepp“, grüßte er kurz, stellte sich breitbeinig vor sie hin, stemmte die Hände in die Hüften und schaute zu ihnen hoch. Strubinski war kleiner als die beiden, deshalb musste er den Kopf weit in den Nacken werfen, um zu ihnen hinauf zu sehen. „Ich will

für euch hoff, dass ihr einen verdammt guten Grund habt, mich um diese Zeit hierher zu rufen."
„Haben wir", beruhigte ihn Steinhauser. „Hast du die Gefriertruhe dabei?"
„Hab ich! Ist hinten drin!", bestätigte er. Die beiden folgten ihm ans Heck des Lieferwagens. „Habt ihr eigentlich ´ne Ahnung, wie schwer so 'n Ding ist?", begann er zu meckern. „Und wie beschissen es ist, so ´ne Truhe allein in den Sprinter zu wuchten? Nein, habt ihr nicht! Woher auch? Mit Strubinski kann man es ja machen!"
„Aber du hast es doch geschafft", lobte ihn Steinhauser mit einem Schulterklopfer.
Dabei kam er ihm etwas näher. Sofort verzog er die Nase. Strubinski hatte eine leichte Bierfahne. Diesen Geruch kannte er von zahlreichen Verkehrskontrollen. Immer wenn er fragte: „Haben Sie etwas getrunken?", bekam er dieselben Antworten. „Nein, habe ich nicht", oder „Nur ein Bier." Jedenfalls waren sich die überführten Autofahrer nie einer Schuld bewusst.
„Bist du besoffen?", fragte er.
„Nein", wehrte Strubinski mit vehementem Kopfschütteln ab
„Du hast doch ´ne Fahne, die zehn Meter gegen den Wind weht."
„Na und, ist höchstens Restalkohol. Habt ihr mich jetzt gerufen, um eine Verkehrskontrolle durchzuführen, oder was? Und überhaupt, normal lieg ich um die Zeit noch im Bett. Ich war ja gestern auch beim Schafkopf-Abend am Stammtisch", verteidigte sich Strubinski und wandte sich an Holzinger. „Wie jeden ersten Montag im Monat. Wo warst'n du gestern eigentlich? Hättest ja wenigstens anrufen können, wenn du scho net kommst. Heute früh konntest du ja auch anruf."
„Kam halt was dazwischen", sagte Holzinger verlegen. „Kann ja mal vorkomm."
„Ist auch egal jetzt. Der Heiner war da und ist eingesprungen", meinte Strubinski gleichgültig und öffnete die Türen seines Sprinters.
Alle drei starrten auf die Truhe. Strubinski hatte sie auf ein Brett mit Rollen gestellt und mit einem Spanngurt daran befestigt. Einen weiteren Spanngurt hatte er längs um die Truhe gespannt. An diesem hatte er sie über eine ausfahrbare Rampe mithilfe einer kleinen Seilwinde in den Sprinter gezogen und fixiert.
„Da glotzt ihr blöd", meinte er stolz. „Hab ich selber eingebaut. Schließlich bin ich immer allein, wenn ich was ausliefer."
„Dann war´s ja gar nicht so schwer", meinte Steinhauser.

„Das Ding musste trotzdem aufs Brett. Habt ihr mal auf die Uhr geglotzt, wie lang ich gebraucht hab, bis ich hier war?“, gab Strubinski beleidigt zurück. Er hatte etwas mehr Anerkennung für seinen Einsatz erwartet.
„Fred, du bist unser Mann“, lobte ihn Steinhauser mit einem erneuten Schulterklopfer.
„Naja, kein Problem. Wozu hat man denn Freunde?“, wiegelte er ab. „Und was wollt ihr jetzt mit der Truhe?“
„Wir sollten´s ihm sagen“, meinte Holzinger vorsichtig mit einem langen Blick Richtung Steinhauser.
„Was solltet ihr mir sagen?“, hakte Strubinski sofort nach.
„Ist vielleicht besser“, stimmte Steinhauser nach kurzem Überlegen zu. „Schließlich muss er die Leiche bei sich lagern.“
„Was muss ich?“, krächzte Strubinski. Mit entsetztem Gesichtsausdruck schaute er seine alten Schulfreunde verwirrt an. „Wollt ihr mich verarschen?“, schob er noch hinterher.
„Schö wär´s“, meinte Steinhauser, kam auf ihn zu und legte seinen Arm brüderlich um dessen Schultern. „Aber der Sepp hat da ein Problem.“
Irritiert schaute er zu Holzinger. Der sagte aber nichts, sondern zuckte nur mit den Schultern.
„Hat er jemanden überfahren? Würd mich net wundern bei dem beschissenen Fahrstil.“
„Überfahren nicht ...“, setzte Steinhauser an, brach dann aber wieder ab. Er suchte nach den richtigen Worten. Strubinski schaute immer noch ratlos zwischen den beiden hin und her. „... aber gefunden“, beendete er schließlich den Satz.
„Gefunden?“, wiederholte Strubinski.
„Ja“, bestätigte Steinhauser, „und zwar in seiner Güllegrube.“
„Wo?“, stieß Strubinski entsetzt aus.
„In meiner Güllegrube“, meldete sich jetzt Holzinger zu Wort. „Der lag da heute Morgen einfach drin.“
„Wer lag da drinnen?“, wollte Strubinski ungläubig wissen.
„Das wisse mir noch net“, erklärte Steinhauser schnell, bevor Holzinger noch etwas sagen konnte. Mit einem kurzen, eindringlichen Blick machte er ihm klar, dass er besser den Mund halten sollte. „Aber um mehr über den ... Toten herauszufinden, brauche mir deine Hilfe, beziehungsweise von dir und deiner Gefriertruhe.“
„Ihr seid doch net ganz dicht!“ Strubinski wich zurück und stieß Steinhausers Arm von seinen Schultern.

„Reg dich nicht so auf“, beschwichtigte Steinhauser, „ich bin doch bei der Kripo.“
Immer noch ungläubig über das, was ihm die beiden eben mitgeteilt hatten, stand Strubinski reglos vor ihnen. Jetzt aber deutlich angespannter.
„Ihr habt doch kein Scheiß gebaut? Oder?“, fragte er vorsichtig.
„Wer? Mir? Nein! Niemals!“, stellte Steinhauser klar. „Was denkst du eigentlich, ich bin Polizist!“
„Und wieso wimmelt es dann hier net von anderen Polizisten? Das ist im Fernseh doch auch immer so.“
„Wir sind ja hier nicht beim Film. Außerdem wollt ich auch nicht gleich das ganze Aufgebot antanzen lassen“, spielte Steinhauser die Situation herunter. Neben ihm nickte Holzinger heftig mit dem Kopf, sagte aber nichts. „Außerdem wisse mir noch gar nicht, was passiert ist. Willst *du*, dass ein halbes Dutzend Polizeifahrzeuge durchs Dorf fährt und sich beim Sepp auf´m Hof breit macht?“, fragte Steinhauser eindringlich. Dabei betonte er das *„du“* so, dass auf die Frage nur eine Antwort möglich war.
„Naja“, kam es zögerlich von Strubinski.
„Siehst du“, wertete Steinhauser seine Äußerung als ein klares *„Nein“*. „Das will hier niemand. Morgen steht es dann in der Zeitung und das könne mir noch viel weniger gebrauch. Oder willst du das dem Sepp und seiner Familie antun?“
„Nein, natürlich nicht“, gestand Strubinski ein. „Aber was habt ihr vor?“
„Wir werden die Leiche erst mal einfrieren und bei dir im Lager deponieren“, begann Steinhauser Strubinski seinen Plan näher zu bringen. „Zwecks, … äh, ... Spurensicherung und so. Dann werde ich mit meinen, … äh, … Ermittlungen beginnen.“
„Und das ist okay?“, fragte er skeptisch.
„Sagen wir mal ...“, Steinhauser suchte nach den richtigen Worten, um ihn nicht zu verunsichern. Dabei schaute er zu Holzinger, der ebenfalls gespannt darauf wartete, was er sagte. „In diesem besonderen Fall, … ja. Da ist es okay, wenn mir die Leiche erst einmal einfrieren.“
„Leichen einfrieren - ist das ein Standard-Prozedere bei euch?“ Strubinski wollte es immer noch nicht glauben.
„Kommt auf den Fall an. Hier: Ja.“
„Wenn du es sagst“, meinte Strubinski stirnrunzelnd. „Du musst es ja wissen.“
„Genau! Wenn nicht ich, wer dann?“, bestätigte Steinhauser.
„Und wer weiß alles von der … Leiche?“, fragte Strubinski. Er flüsterte

das Wort *„Leiche"*.
„Im Augenblick …", Steinhauser flüsterte jetzt ebenfalls. Dabei schaute er die beiden eindringlich an, „nur mir drei. Und das soll auch so bleib! Habt ihr das verstanden?"
„Alles klar", zwinkerte ihm Strubinski zu. „Nur mir drei!"
Holzinger gab zunächst keine Antwort, doch als er Steinhausers bohrenden Blick bemerkte, nickte er eifrig. „Klar, was denn sonst."
„Und wo ist sie – die Leiche?" Strubinski schaute sich neugierig um.
„Drüben, bei der Güllegrube", erklärte Steinhauser. „Du musst rüber fahren, damit wir sie in die Truhe legen können."
Strubinski schaute zur Grube, sah die Leiche am Frontlader hängen und erstarrte. „Ihr habt ihn … aufgehängt?", quiekte er.
„Nur zum Abtropfen", meldete sich Holzinger zu Wort. „Und damit wir ihn leichter in der Truhe verstauen können."
„Fred. Red net, fahr nüber", Steinhauser gab Strubinski einen kräftigen Stoß, dass dieser sich in Bewegung setzte.
„Ihr seid wahnsinnig", meinte Strubinski kopfschüttelnd, setzte sich ans Steuer und lenkte seinen Sprinter neben den Trac und die Leiche.
Bis er wieder ausgestiegen war, hatten Steinhauser und Holzinger bereits die Truhe herausgeholt und geöffnet.
„Halt! Ich muss eine andere Truhe holen", sagte Strubinski plötzlich, als er die Laderampe erreichte. „Das ist die Truhe für das Schützenfest am Wochenende. Die Schützen holen die am Freitag, um ihre Sachen fürs Fest einzufrieren."
„Dann gibst du denen halt eine andere", sagte Steinhauser, während er die Truhe unter die Leiche schob. „Wir haben jetzt keine Zeit, um noch mal in der Gegend rumzufahren!"
„Ja, genau", bestätigte Holzinger. „Du wirst doch wohl noch mehr davon haben, oder?"
„Schon, aber die sind alle kleiner", argumentierte Strubinski.
„Dann gibst du den Schützen eben zwei!" Steinhauser wurde langsam ungeduldig.
„Ja, muss ich dann wohl machen", beschwichtigte Strubinski. Sein Blick wanderte zur Leiche. „Die stinkt aber ganz schön", rümpfte er die Nase.
Der Tote baumelte mit hängenden Armen neben der Truhe. Aus den mit Wasser vollgesogenen Kleidern tropfte hellbraune Flüssigkeit, die auf der Betonplatte eine Pfütze bildete.
Steinhauser hatte den Toten so gut es ging abgespritzt, aber die ganze

Gülle zu entfernen war unmöglich. Der groteske Anblick ließ Strubinski erschaudern.
„Wenn die Leiche gefroren und der Deckel zu ist, riechst du nix mehr!“, beruhigte ihn Steinhauser.
„Ich mein ja nur“, gab er kleinlaut zurück. Mit Unbehagen beobachtete er, wie Holzinger auf den Trac stieg, kurz rangierte und die Leiche langsam in seine Truhe absenkte. Steinhauser löste den Strick und schloss den Deckel.
„Los, fass mit an!“, forderte er Strubinski auf.
Gemeinsam verstauten sie die Truhe im Sprinter.
„Kannst du das Ding abschließen?“, fragte Steinhauser.
„Ja, kann ich“, gab Strubinski zurück.
„Gut, dann stell sie bei dir ins Lager, gib Strom drauf und schließ ab.“
„Wieso ich?“, wollte Strubinski verwirrt wissen. „Ihr wollt mich doch jetzt net mit der Leiche allein lass?“
„Die tut dir doch nix mehr“, meinte Holzinger.
„Das könnt ihr vergessen!“ Strubinski wurde laut. „Ich bring die auf keinen Fall allein weg!“
Steinhauser musste einsehen, dass dies vielleicht doch etwas zu viel verlangt war. Strubinski mit der Leiche alleine zu lassen, barg auch gewisse Risiken. Zudem war ihm anzusehen, dass seine Nerven blank lagen. Strubinski war zwar hart im Nehmen, aber eine Leiche war selbst für ihn im Augenblick etwas viel. Später konnte das wieder ganz anders aussehen. Denn auch er hatte bei der ganzen Aktion ein mulmiges Gefühl. Dennoch galt es jetzt einen kühlen Kopf zu bewahren.
„Okay, ich komm mit“, sagte Steinhauser und Strubinski beruhigte sich wieder. Anschließend wandte er sich an Holzinger. „Der Gerda sagst du, dass ich weg musste. Lass dir halt was einfallen.“
Holzinger nickte. „Und wie geht’s jetzt weiter?“
„Du kannst jetzt Gülle fahren“, sagte Steinhauser. „Am besten ganz normal weiter machen … und vor allem nix anmerken lassen. Ich würde vorschlagen, wir treffen uns heut Abend um acht beim Fred im Lager.“
„Ja, klingt gut“, stimmte Holzinger zu.
„Dann wirst du mir erklären, was hier los ist“, mahnte Steinhauser mit erhobenem Zeigefinger in seine Richtung.
„Klar, mach ich.“ Holzinger nickte eifrig mit dem Kopf.
„Das will ich hoff.“ Steinhauser wandte sich wieder an Strubinski. „Fahr du schon mal los, ich zieh mich noch schnell um und komm nach. Fahr aber wieder hinten rum.“

Strubinski sprang in seinen Transporter und raste vom Hof. Holzinger verschwand im Melkstand bei Gerda und Reinhold, während sich Steinhauser noch schnell etwas Sauberes anzog. Seinen verdreckten Jogginganzug steckte er in eine Plastiktüte, bevor auch er verschwand.

Strubinskis Elektrogeschäft lag direkt an der Hauptstraße in Mittelsinn, hatte jedoch noch eine weitere Zufahrt. Wie zahlreiche andere Grundstücke ging auch seines bis zur neu gebauten Ringstraße, was den Vorteil einer zweiten Einfahrt mit sich brachte. Es war zwar nur ein Erdweg, aber kaum jemand bekam mit, wenn er hier ein und aus ging. Die Ringstraße wurde vom Kreis verlangt, um den Busverkehr durch das Dorf leiten zu können, da Mittelsinn keine Durchgangsstraße hatte.
Das Lager, ein flacher unverputzter Bau, hatte Strubinski vor Jahren neu errichten lassen. Eine direkte Verbindung zu seinem Geschäft oder dem Wohnhaus gab es nicht. Das Lager stand etwas abseits vom Hauptgebäude, was in diesem Fall ideal war.
Strubinski ließ gerade das Rolltor der Lagerhalle krachend nach unten fahren, als Steinhauser dazu kam. Den Sprinter hatte er schon rückwärts eingeparkt.
„Schau dich net um“, meinte Strubinski. „Ich muss mal wieder aufräumen.“
Steinhauser ließ den Zustand des Lagers auf sich wirken, hob nur die Augenbrauen, sagte aber nichts.
Links und rechts des Rolltors erstreckten sich je zwei Gänge mit tiefen, vollgestopften Regalen, die bis zur Decke reichten. Der Stellplatz des Sprinters schien der einzige Platz zu sein, auf dem nichts herumlag oder stand. Die Regale quollen über mit allen möglichen Elektrogeräten und Kisten. Auf der einen Seite stapelten sich zahlreiche, eingepackte Fernseher, DVD-Player, Kaffeemaschinen, Stereoanlagen, Musikboxen, PC-Monitore, einfach alles, was man sich so vorstellen konnte. Auf der anderen Seite lagen diverse Geräte, aus denen Kabel herausschauten oder Deckel abgeschraubt waren. Zwischen all dem Chaos entdeckte Steinhauser eine Werkbank, die mit Lötkolben, Zangen, Messgeräten oder sonstiger, ihm fremder Geräte belagert war. Hinter dem Transporter führte eine Tür in einen Anbau.
„Wohin mit der Truhe?“, fragte Steinhauser.
„Hier, gleich neben die Tür hinter dem Transporter“, antwortete Strubinski

und öffnete die Hecktür.
Gemeinsam, ohne etwas zu sagen, stellten sie die Truhe ab. Strubinski steckte sofort den Stecker in die Dose. Da keiner wusste, was er sagen sollte, breitete sich eine unangenehme Stille in der Lagerhalle aus. Ihre Blicke ruhten auf der Truhe, deren Motor leise brummte.
„Ich hab hier ´ne Sauna“, brach Strubinski schließlich das Schweigen.
„Hier?“ Steinhauser schaute sich verwundert um.
„Ja, gleich im Anbau.“ Strubinski öffnete die Tür. „Eigentlich ist der Anbau die Sauna.“
Steinhauser blickte in einen kleinen, mit Holzdielen verkleideten Umkleideraum, der zu beiden Seiten je eine Glastür besaß.
„Links geht's in die Sauna und rechts ist die Dusche. Und neben der Dusche ist noch ein … Vergnügungsraum“, erklärte Strubinski stolz mit einem breiten Grinsen.
„Wozu brauchst du eine Sauna … und einen … ach, eigentlich will ich es gar nicht wissen!“ Steinhauser wehrte ab. „Ich muss los.“
„War die Idee von Lavinia“, sagte Strubinski und zwinkerte Steinhauser zu. „Sie steht drauf, falls du verstehst, was ich meine?“
„Ich will es nicht wissen und auch nicht verstehen.“ Steinhauser verzog das Gesicht, da er sich ganz gut vorstellen konnte, was sich in dem sogenannten Vergnügungsraum abspielte. Und Details wollte er auf keinen Fall wissen. „Aber ich könnt mich ja mal schnell abdusch, bevor ich aufs Rathaus fahre, oder?“
„Klar, kannst du. Das Wasser ist aber kalt. Duschgel und Handtücher sind da.“
„Egal“, meinte Steinhauser und roch an sich, „so wie ich stink, kann ich nicht los.“
„Ja, genau. Was machst du überhaupt hier?“, wollte Strubinski wissen, dem jetzt erst bewusst wurde, dass er normal in Würzburg wohnte.
„Das erklär ich dir ein anderes Mal“, wimmelte er Strubinski ab. „Schließ die Truhe ab und gib mir den Schlüssel.“
Nachdem Steinhauser den Schlüssel an sich genommen hatte, holte er seine Uniform aus seinem Bus und duschte. Das Wasser war in der Tat eiskalt.

Kapitel 2
Einige Wochen zuvor

Einige Wochen vorher war die Welt von Johannes Steinhauser noch in Ordnung. Doch das Leben von Johannes Steinhauser sollte eine grundlegende Wendung nehmen. Eine Wendung, die er zwar gewollt, aber so nicht geplant hatte. Eigentlich hatte er sich das alles ganz anders vorgestellt.

Nachdem die *„on – off Beziehung"* mit seiner Dauerfreundin Stefanie Fehlhaus letztlich im „off" geendet war, hatte er beschlossen, einen Neuanfang zu starten, und einen Versetzungsantrag gestellt. München, das war sein großer Traum gewesen. Es war nun wahrlich nicht so, dass er die Arbeit auf der Polizeiinspektion Würzburg-Land nicht gemocht hätte. Schließlich kam er ja selbst vom Land und war gern im Altlandkreis Würzburg unterwegs gewesen. Im Laufe der Jahre hatte er auch die Menschen und ihre Eigenheiten kennengelernt. Sehr oft war er in die Schulen gekommen, um dort die Arbeit der Polizei vorzustellen oder half den Kindern, den Fahrradführerschein zu bestehen. Es war für ihn immer wieder schön gewesen mitanzusehen, wie sie sich freuten, wenn sie den ersten *„Lappen"* überreicht bekamen, wie manche Kinder ihren ersten Führerschein stolz bezeichneten. Mit der Übergabe dieses hochoffiziellen Dokumentes waren sie endlich berechtigt am Straßenverkehr teilzunehmen.

Natürlich waren die wenigsten erfreut gewesen, um genau zu sein keiner, wenn er ihn nachts nach einem der zahlreichen Weinfeste angehalten und kontrolliert hatte. Aber das brachte sein Beruf nun einmal so mit sich und war daher unvermeidlich. Dabei kam es schon ab und an vor, dass er am Vorabend mit Freunden und Kollegen dasselbe Weinfest besucht hatte und selbst ausgelassen bis in die Morgenstunden feierte. Man wusste aber auch, dass er hier und da ein Auge zudrückte, besonders wenn er bei den Kontrollen selbst noch leicht verkatert gewesen war. Seine Kollegen sahen dies allerdings nicht besonders gerne. Er ließ sich jedoch nicht beirren, forderte den angetrunkenen Fahrer auf, sein Fahrzeug an Ort und Stelle abzustellen, nahm den Schlüssel an sich und meinte augenzwinkernd: „Aber das nächste Mal hab ich keine Gnade." Dies ging natürlich nicht, wenn der Fahrer ihm beim Öffnen der Tür vor die Füße kotzte und

anschließend zwei Federweiße und eine Flasche Wein bei ihm bestellte.
Ja, er konnte mit Fug und Recht behaupten, dass er sich hier bestens eingelebt hatte, aber dennoch hatte er sich für einen Tapetenwechsel entschieden und wollte eine neue Aufgabe und neue Menschen kennenlernen. Würzburg war eine schöne Stadt, gar keine Frage. Die Residenz, das Käppele, die alte Mainbrücke mit ihren Weinständen und natürlich die Festung Marienberg waren nur einige Orte, an denen er sich mit Stefanie gerne getummelt hatte. Doch das war jetzt vorbei. Er wollte nicht mehr an sie erinnert werden. Vor allem wollte er ihr nicht mehr begegnen. Stefanie arbeitete bei der Kriminalpolizei, die im selben Gebäude untergebracht war wie seine Dienststelle. Also war es unvermeidlich, dass sie sich regelmäßig über den Weg liefen, und darauf konnte er gut verzichten. Sie war seine große Liebe, aber irgendwie hatte er es verbockt.
„Werd erst mal erwachsen!“, war das Letzte, was sie ihm an den Kopf geworfen hatte, bevor sie ihm seine gepackten Koffer vor die Füße geworfen hatte. Er ging damals noch davon aus, dass sie sich wieder beruhigen würde – wie immer halt, doch diesmal war es nicht der Fall gewesen. Auch wenn er es nie zugeben würde, so wusste er doch ganz genau, dass sie meistens mit ihrer Kritik Recht gehabt hatte. Er gestand sich ja auch ein, dass er manchmal etwas *unorganisiert* war und vielleicht auch immer noch ist, aber so sehr nun auch wieder nicht. Gut, sein Ordnungssinn ließ zweifellos zu wünschen übrig. Hier und da vergaß er auch mal etwas. Dann gab es halt Pizza vom Lieferservice, wenn er mal wieder nicht an die Einkäufe gedacht hatte. Eine Mahnung zum Beispiel war ja auch keine Strafanzeige, sondern nur ein Hinweis, dass noch offene Zahlungen zu tätigen waren. Deshalb im Grunde doch eine sinnvolle Sache und aus seiner Sicht auch nichts Schlimmes – solange es kein Dauerzustand war. Stefanie hingegen war organisiert wie ein Schweizer Uhrwerk. Sie hasste Nachlässigkeiten und die Ausrede „hab ich vergessen“ existierte in ihrem Wortschatz nicht … in Steinhausers hingegen schon. Was allerdings nichts damit zu tun hatte, dass sie bei der Kripo arbeitete, schließlich war Steinhauser ja auch Polizist. Nein, Stefanie legte generell großen Wert auf klare Strukturen und das nervte ihn auch manchmal. Für sie gab es nur schwarz oder weiß. Graustufen waren, im Gegensatz zu Steinhauser, keine Optionen für sie. Ihre Pinnwand sah aus wie ein Schachbrett. Wobei ihm aber durchaus bewusst war, dass dieser Charakterzug auch Vorteile für ihn mit sich brachte. So kümmerte sie sich um viele Dinge, zu denen er keine Lust hatte. Trotzdem fand er, dass sie

diesmal etwas übertrieb.
Dabei hatte alles so wunderbar begonnen. Sie hatten so viele Gemeinsamkeiten. Beide waren sie begeisterte Mountainbikefahrer. Rund um Würzburg und im Spessart kannten sie fast alle Strecken. Und wenn sie mal nicht mit dem Rad unterwegs waren, dann erklommen sie jeden nur erdenklichen Gipfel im Allgäu oder wagten sich auch in alpines Gebiet. Radfahren, wandern und etwas klettern ließen sich hervorragend kombinieren. Die Begeisterung für ihren Sport hielt sie bisher immer zusammen. Steinhauser hatte zwar in letzter Zeit die Couch dem Rad immer öfter vorgezogen, aber mit Anfang dreißig ist man halt auch nicht mehr so motiviert wie mit Anfang zwanzig. Zumal er seine Herzdame ja schon erobert hatte, dachte er zumindest bis vor kurzem. Aber irgendwie hatte er den Zug verpasst, in den Stefanie eingestiegen war. Wann auch immer dieser abgefahren war, er hatte vergessen, das Ticket zu lösen.
Deshalb blieb ihm jetzt keine andere Wahl, er musste seit dem Rauswurf in seinem alten, zum Wohnmobil umgebauten VW LT 31D nächtigen. Was im Sommer auch kein Problem war. Der etwas in die Jahre gekommene Kleinbus war schon seit seinem zweiundzwanzigsten Lebensjahr in seinem Besitz und hatte ihn schon auf so manches Festival begleitet. Natürlich nur dann, wenn er nicht im Dienst war. Ein anderes Auto hatte er nie gebraucht. In Würzburg konnte er auf die öffentlichen Verkehrsmittel zurückgreifen oder das Auto von Stefanie benutzen. Zur Not hatte er ja noch den Dienstwagen. Wenn er seine Eltern oder Freunde zu Hause besuchen wollte, konnte er ebenfalls mit der Bahn direkt durchfahren.
Nächtelang lag er wach und musste an Stefanie denken. Er wählte ihre Nummer, legte aber nach dem ersten Klingelton wieder auf. Eigentlich wollte er sich entschuldigen, wusste aber gar nicht so recht für was. Sollte er ihr hinterherlaufen? Nein, das ließ sein Stolz nicht zu und außerdem hatte sie ihn rausgeworfen. Wenn jemand den ersten Schritt machen musste, dann war es doch an ihr, auf ihn zuzugehen, oder etwa nicht? Und nachdem wochenlang Funkstille zwischen ihnen geherrscht hatte, beschloss er dieses Leben hinter sich zu lassen. Was er allerdings nicht gewusst hatte, als er diese Entscheidung traf, war, dass es ein neues Projekt des Innenministeriums gab. Und jetzt war er Teil dieses Projektes.
Als er von seinem Vorgesetzten Langwasser in dessen Büro gerufen und freudig mit den Worten „Ihrer Versetzung wurde stattgegeben", empfangen wurde, ahnte er noch nichts. Gespannt stand er da, darauf wartend, was er ihm offenbaren würde. Es konnte Monate dauern, bis einem Versetzungs-

antrag stattgegeben wurde, wenn überhaupt. Das einzige, was ihm Hoffnung gemacht hatte, war die Tatsache, dass die Zahl der Polizeibeamten im gesamten Freistaat erhöht werden sollte und erfahrene Kollegen gerne genommen wurden. Und mit seinen dreiunddreißig Jahren konnte er auch schon auf ein paar Dienstjahre zurückblicken.

Während Langwasser in seinem quietschenden, braunen Lederstuhl, der locker aus den Siebzigern hätte sein können, hinter seinem Schreibtisch versank, berichtete er Steinhauser ausführlich von dem Projekt „Mehr Sicherheit auf dem Land". Steinhausers Begeisterung hielt sich in Grenzen, aber der Grundgedanke war ja schon mal gut. Schließlich gab es Gegenden, da konnte es recht lange dauern, bis eine Streife erschien, wenn man sie mal brauchte. Das hatte er bei seinen Einsätzen selbst oft genug zu hören bekommen. Als er jedoch erfuhr, wohin man ihn versetzte, zog er erschrocken die Augenbrauen hoch. Im nächsten Moment sank seine Begeisterung auf den Nullpunkt. Ihm fehlten die Worte.

„Burgsinn", meinte sein Dienststellenleiter voller Euphorie. „Sie kommen doch aus der Ecke, Herr Steinhauser, oder?"

„Na toll", war alles, was er dazu sagte. Durch Mimik und Körperhaltung versuchte er zu zeigen, wie wenig begeistert er von der Idee war. Langwasser hingegen strahlte ihn an, als erwartete er, dass Steinhauser vor Freude in die Luft spränge.

„Schön, dass Sie das freut", entgegnete dieser und überging einfach seine mürrische Bemerkung.

Schließlich erhob sich der kleine, untersetzte Mann und kam mit ausgestrecktem Arm auf Steinhauser zu. Freudestrahlend reichte er ihm seine fleischige, verschwitzte Hand entgegen. Am liebsten wäre Steinhauser einen Schritt zurückgewichen, aber er war wie gelähmt. Langwasser ergriff einfach seine Hand, drückte beherzt zu und klopfte ihm anerkennend auf die Schulter. Dabei musste er sich schon ein wenig strecken, denn Langwasser war fast einen Kopf kleiner als Steinhauser. *Kugelblitz*, wie der Kommissar einer Kinderbuchreihe, nannten sie ihn hinter vorgehaltener Hand. Langwasser war zwar alles andere als ein Blitz, aber die Kugel passte perfekt zu seiner Statur.

„Sie haben doch eine neue Aufgabe gesucht – jetzt haben Sie eine. Und nicht irgendeine. Nein, Sie sind einer der Privilegierten, die am Projekt des Innenministeriums teilnehmen dürfen. Ist das nicht etwas ganz Besonderes? Und Sie sind genau der richtige Mann", schwärmte Langwasser. Voller Begeisterung zählte er ihm noch eine Reihe von Vorzügen auf, wenn

er, als gebürtiger *Sinngründer*, dort seinen Dienst antreten wird.
Bevor Steinhauser sein Veto einlegen konnte, war sein Widerstand auch schon gebrochen und die Kollegen in Gemünden und der Bürgermeister in Burgsinn wussten, nach Aussage von Langwasser, auch schon Bescheid. Organisatorisch war er somit ab dem kommenden Montag der Dienststelle in Gemünden unterstellt und würde an den dortigen Dienststellenleiter Rolf Rappert Bericht erstatten.

Am 6. Juni, um acht Uhr, exakt 22 Stunden und 37 Minuten vor Holzingers ominösen Anruf, war es dann so weit. Johannes Steinhauser stand vor seinem neuen Dienststellenleiter, Rolf Rappert. Dieser wiederholte im Groben alles, was ihm Langwasser auch schon erzählt hatte, und betonte noch einmal, wie wichtig seine Aufgabe doch sei.
Sein neuer Vorgesetzter war etwa Mitte vierzig, ebenso groß wie er, mit einem markanten Gesicht. Rappert war einer derjenigen, die auf die Welt kamen und jeder wusste, dass er einmal ein Vorzeigebeamter werden würde. So empfand es zumindest Steinhauser. Zudem hatte er das Gefühl, beim Militär gelandet zu sein. Ganz unbewusst stand er stramm, fühlte sich in seine Zeit beim Wehrdienst zurückversetzt und lauschte Rapperts Worten. Während dieser ihm erläuterte, wie er sich ihre Zusammenarbeit vorstellte, blickte er Steinhauser streng in die Augen. Dieser nickte nach jedem Satz. Er war bemüht interessiert zu wirken, aber im Grunde gingen die Worte nur zum einen Ohr hinein und zum anderen wieder hinaus. Letztlich ließ er die Predigt geduldig über sich ergehen, ohne das Geringste zur Kenntnis zu nehmen. Seine Motivation war ohnehin im Keller und dass zwischen Rappert und ihm keine Männerfreundschaft entstehen würde, war ihm schon nach dessen ersten Worten klar geworden.
Burgsinn, der Sitz seines neuen Einsatzgebietes, war das größte von drei Dörfern, die mit „sinn" endeten und zudem noch das größte in der Verwaltungsgemeinschaft, welche Obersinn, Mittelsinn, Burgsinn, Aura und Fellen beinhaltete. Ihren Namen hatten die Ortschaften „der Sinn" zu verdanken, einem kleinen Fluss, der in der fränkischen Rhön, am Fuße des Kreuzberges, seinen Ursprung hatte und sich bis nach Gemünden schlängelte. Dort mündete die Sinn in die Saale, und diese dann wenig später in den Main.
Hier fehlt nur noch „Blödsinn", dann wäre alles perfekt, dachte Steinhauser, als ihm Rappert Dinge erzählte, die er seit seiner Schulzeit

wusste. Naja, vielleicht hätte er ihm sagen sollen, dass er in der Gegend aufgewachsen war oder Rappert hätte sich besser über ihn informieren sollen. Nachdem er in Heimatkunde jetzt wieder auf den neusten Stand gebracht worden war, fügte sein neuer Dienststellenleiter noch an, dass auch Rieneck zu seinem Einsatzgebiet gehörte. Dies lag zum einen daran, dass es von Burgsinn nach Rieneck kürzer war als von Gemünden, zum anderen, weil Rieneck seit einiger Zeit mit der Verwaltungsgemeinschaft die sogenannte Sinngrund-Allianz bildete, wie ihm Rappert eindringlich erklärte. Steinhauser fragte sich nur, gegen wen hier eine Allianz gebildet wurde?

Bevor er endlich die Dienststelle in Gemünden verlassen konnte, bekam er noch ein paar gute Ratschläge mit auf den Weg. Mit gemischten Gefühlen machte er sich schließlich auf den Weg in den Sinngrund – seine Heimat.

Wenig später durchfuhr er den Torbogen von Burgsinn. Am Rathaus, seiner neuen Wirkungsstätte, angekommen, suchte er nach einem Parkplatz. Da direkt vor dem Rathaus nichts frei war, stellte er seinen Bus rückwärts, schräg gegenüber dem Eingang, auf dem Marktplatz ab. Von dort aus betrachtete er das Gebäude, als ob er es noch nie gesehen hätte. Durch seinen schlichten Baustil, dem großen, vorgesetzten Erker über dem Eingangsbereich, der mit Sandsteinplatten verkleideten Fassade und seinem spitzen Dach, fügte sich das Rathaus elegant in das Dorfbild ein. Es wirkte fast wie ein kleines Schlösschen. Die roten Schindeln auf dem Dach leuchteten in der Sonne, die mit Sandsteinen eingefassten Holzfenster und das feine Kopfsteinpflaster zwischen den kleinen Grünflächen auf dem Weg zur doppelflügeligen Eingangstür taten ihr Übriges zum anmutigen Gesamtbild. Ein Stück weiter hinten, außerhalb seiner Sicht, lag die von einem Wassergraben umgebene Wasserburg, das Wahrzeichen von Burgsinn. Zwischen hohen, dichten Bäumen und Büschen ragte ihr Turm in die Höhe und bildete den Mittelpunkt des gepflegten Parks mit einem kleinen Weiher. Das davor liegende, restaurierte Gesindehaus verlieh dem Dorfzentrum etwas Mittelalterliches und lud zum Verweilen ein.

Etwas komisch war Steinhauser schon zumute. Er kannte dies alles, schließlich war er im Nachbarort aufgewachsen. Doch jetzt, da er hierher versetzt wurde, hatte alles eine völlig neue Wirkung auf ihn. Während er so vor sich hin sinnierte, fielen ihm zwei Personen auf, die gerade eben vor das Rathaus getreten waren. Es war ein untersetzter Mann im Anzug und eine Frau in einem weiten gelb-blau gemusterten Sommerkleid. Vielleicht standen sie aber auch schon länger dort und waren ihm bisher nur nicht aufgefallen, weil die Eingangstür zurückgesetzt unter dem Erker im Schatten lag. Der Mann deutete immer wieder aufgebracht auf seine Armbanduhr, während die Frau ihn zu beruhigen versuchte. Steinhauser erkannte den Bürgermeister von Burgsinn, holte noch einmal tief Luft und verließ seinen Bus.

Horst Mehrhold, seinen ehemaligen Lehrer, kannte er noch aus seiner Schulzeit. Er dürfte jetzt so Anfang sechzig sein. Zu seiner Verwunderung hatte er sich, bis auf seine grauen Haare, rein äußerlich kaum verändert. Leider hatte Steinhauser keine guten Erinnerungen an ihn. Als er vor Jahren von der Grundschule auf das Gymnasium nach Gemünden wechselte, hatte ihm Mehrhold sein Versagen vorausgesagt. „Nicht blöd, aber viel zu faul“, waren die letzten Worte, die er damals an ihn gerichtet hatte. Unter dem Strich sollte er Recht behalten.

Während Steinhauser sich mehr oder weniger erfolglos auf dem Gymnasium quälte und später auf die Realschule wechselte, bemühte sich Mehrhold erfolgreich um das Amt des Bürgermeisters und hängte seinen Job als Lehrer an den Nagel. Eine Entscheidung, die für nachfolgende Generationen von Schülern mit Sicherheit von Vorteil gewesen war. Wenig später hatte er dann die Witwe des sehr früh verstorbenen Autohändlers Brummer geheiratet und betrieb seitdem auch noch eine Autowerkstatt nebenbei. Allerdings eher formal, als dass er Ahnung von Autos hätte. Mehrhold war sehr „umtriebig“, wie manche spotteten. Mittlerweile war er schon in der zweiten oder dritten Amtsperiode, so genau wusste das Steinhauser nicht.

Steinhausers fehlendes Abitur war letztlich auch nur einer der Gründe dafür gewesen, dass er es nie bis zur Kriminalpolizei geschafft hatte. Die Konkurrenz war einfach zu groß und zu ehrgeizig, im Vergleich zu ihm. Eine der Tugenden, die ihn irgendwie immer ignorierte.

Er ging auf das Rathaus zu und war gespannt, wie ihn der Bürgermeister empfangen würde.

„Da bist du ja endlich!“, rief Mehrhold aufgebracht, während er ihm entgegeneilte. Die Frau im Sommerkleid lief dicht hinter ihm und wirkte etwas hölzern.

Alleine die Tatsache, dass er ihn nicht einmal mit „Sie“ ansprach, zeigte ihm, dass er ihn wohl immer noch für einen seiner Schüler hielt.

„Ja, da bin ich. Horst!“, gab Steinhauser direkt zurück, was Mehrhold

abrupt in seinem Elan ausbremste. „Um eines gleich einmal klar zu stellen“, sprach Steinhauser weiter, bevor Mehrhold sich wieder gefangen hatte. „Ich bin der „Herr“ Steinhauser! Soviel Respekt wird man mir, einem Diener des Gesetzes, doch wohl noch entgegenbringen, oder?“
„Ja, … äh ...“, stammelte Mehrhold verlegen und blickte mit hochrotem Kopf zu der Frau, die ihn begleitete. „Ich dachte ...“, setzte er an, doch Steinhauser fiel ihm gleich wieder ins Wort.
„So, Sie dachten“, meinte er und zwinkerte der Frau zu, die er auf Ende vierzig, Anfang fünfzig schätzte. Wobei er sich da auch irren konnte. Sie hatte zwar zunächst etwas hölzern auf ihn gewirkt, doch aus der Nähe betrachtet, versprühte sie eine gewisse Eleganz. „Dann wollen wir mal hoffen, dass es mit dem Denken beim nächsten Mal besser klappt. Also, Herr Mehrhold, einen guten Morgen erst einmal.“
Der Frau war anzusehen, dass sie am liebste laut losgelacht hätte, es aber krampfhaft hinunterschluckte.
„Ja, … äh, … selbstverständlich, ... Herr Steinhauser. Guten Morgen“, stammelte Mehrhold erneut. Der Frau warf er einen strengen Blick zu. Die wandte sich schnell ab, damit der Bürgermeister nicht sehen konnte, wie sie in sich hineingrinste. „Schicke neue Uniform, seit wann in blau?“, versuchte er die Situation zu retten.
„Die gibt’s schon länger“, erklärte Steinhauser, „wohl schon lange keinen Polizisten mehr aus der Nähe gesehen.“
Ja, der Sinngrund, dachte sich Steinhauser, *manchmal konnte man schon glauben dass die Zeit hier anders vergeht.*
„Schön, schön. War mir bisher noch gar nicht aufgefallen“, meinte Mehrhold, der sich schnell wieder im Griff hatte. „Wurde ja auch Zeit, dass dieses grün-beige endlich abgelöst wird. Im Fernsehen hab ich das schon öfter gesehen.“
Steinhauser nickte nur.
„Darf ich Ihnen Frau Ute Schäflein vorstellen“, Mehrhold deutete auf die Frau hinter ihm, die immer noch mit sich zu kämpfen hatte, um nicht laut loszulachen. „Frau Schäflein wird sich um Sie kümmern. Sie wird Ihnen Ihr Büro zeigen und was Sie sonst noch so wissen müssen. Sollten Sie irgendetwas benötigen, dann können Sie sich jederzeit an Frau Schäflein wenden.“
„Ei, gude Morsche Herr Steinhauser.“ Frau Schäflein streckte ihm ihre schmale Hand entgegen. „Schön, dass Sie gut angekomme sind.“
„Danke“, gab Steinhauser zurück und reichte ihr ebenfalls die Hand. Dabei

fiel ihm sofort ihr hessischer Akzent auf, „freut mich ebenfalls, Ihre Bekanntschaft zu machen."
Die beiden waren sich sofort sympathisch. Frau Schäflein war etwa einen halben Kopf kleiner als er selbst, eine schlanke Frau mit einem herzlichen Lächeln und einer freundlichen Ausstrahlung, der man sich nur schwer entziehen konnte. Sie war eine der Personen, die auch zwei Wochen Dauerregen mit anschließendem Bodenfrost etwas Positives abgewinnen konnten. Auf ihrer Nase trug sie eine rosa Brille mit kräftigem Rahmen, wie sie eben heutzutage modern waren. Ihre Bügel waren mit einer bunten Schnur verbunden, damit sie diese vor die Brust hängen konnte. Zu ihrem Sommerkleid trug sie flache Schuhe mit Blumenmuster. Im Gegensatz zu anderen Frauen in ihrem Alter war sie sehr modebewusst und hatte keine Scheu aus der Reihe zu fallen. Was auf dem Land doch gewagt war und ein gesundes Selbstbewusstsein voraussetzte.
„Ja, Herr Steinhauser", mischte sich Mehrhold schnell wieder ein. „Ich hatte Sie eigentlich schon eher erwartet und habe leider nicht mehr viel Zeit. Sie wissen ja, als Bürgermeister jagt ein Termin den anderen." Er kramte etwas unbeholfen in der Tasche seines Anzuges und zückte eine kleine Kamera. Diese drückte er Frau Schäflein hektisch in die Hand und postierte sich neben Steinhauser. „Bitte noch ein Bild für die Presse", meinte er mit einem breiten Grinsen, bis Frau Schäflein das Bild gemacht hatte.
Steinhauser schaute etwas verdutzt drein, als Mehrhold die Kamera wieder an sich nahm. Das ging alles so schnell, dass er gar nicht reagieren konnte.
„Um den Rest kümmere ich mich persönlich", verkündete der Bürgermeister noch, um anschließend ohne weiteren Gruß zu verschwinden.
„Der ist immer so", meinte Frau Schäflein lächelnd, „etwas überdreht, aber sonst ganz in Ordnung. Und seit er erfahren hat, dass Burgsinn an dem Projekt „Mehr Sicherheit auf´m Land" teilnehme darf, ist der ganz ufgerecht. *Mir bekomme unsern eichene Polizist*, hat er bei der letzten Gemeinderatssitzung voller Stolz verkündet und heut trifft er desweche sogar den Landrat."
„Der wird sich wohl wieder einkriegen", meinte Steinhauser und sah nur noch, wie der Bürgermeister in einen dieser riesigen Geländewagen kletterte, etwas unbeholfen ausparkte und mit quietschenden Reifen davonfuhr. Nachdem Mehrhold verschwunden war, entdeckte Steinhauser ein Schild mit der Aufschrift „POLIZEI" auf dem jetzt leeren Parkplatz.
„Wo habbe Sie eigentlich ihren Streifenwagen?", fragte Frau Schäflein, als

sie bemerkte, wie Steinhauser das Schild betrachtete.
„Ja, so wie es aussieht, muss ich erst mal mit dem da vorlieb nehmen.“ Steinhauser deutete auf seinen Kleinbus.
„Das Vehikel ist ein Polizeifahrzeug?“, gab sie verwundert von sich.
„Nicht direkt. Der gehört mir“, erklärte Steinhauser. „Die grün-weiße Lackierung ist Zufall, aber ich find´s ganz witzig.“
„Bekomme Sie noch ein Dienstfahrzeug?“, hakte Frau Schäflein nach.
„Laut Dienststelle ist es *in Arbeit*. Mehr kann ich auch nicht sagen.“
„Also, wenn Sie mal ein Auto benötigen, dann kann ich Ihne gerne meins leihe“, bot Frau Schäflein an. „Wenn ich der Polizei helfe kann, dann mach ich des doch gern.“
„Ich muss Sie warnen Frau Schäflein. Ich werde auf Ihr Angebot zurückkommen.“
„Das will ich doch hoffe“, sagte sie und beide mussten lachen. „Dann will ich Ihne mal Ihr Büro zeiche“.
Wenigstens hab ich kein Parkplatzproblem, dachte Steinhauser, schaute noch einmal zu dem Schild und folgte Frau Schäflein ins Rathaus.
„Sie sind aber auch nicht von hier, oder?“ meinte Steinhauser.
„Wie ham Sie das nur bemerkt?“, lachte Frau Schäflein erneut, „ich komm aus Orb, also ich mein Bad Orb. Kenne Sie doch, oder?“
„Kenn ich“, bestätigte Steinhauser.
„Ich bin seit über zwanzig Jahr hier in Burgsinn“, erklärte Frau Schäflein. „Mein verstorbener Mann hat immer g´sagt: *Platt lernst du nie*. Und jetzt babbel ich halt ma so und ma so. Ich hab da gar kei acht drauf. Wieso, verstehe Sie mich net?“
„Doch, doch, alles bestens“, beruhigte sie Steinhauser. „Und seit wann arbeiten Sie auf dem Rathaus?“
„Noch net so lang. Erst nach dem Tod meines Mannes vor zwei Jahren. Krebs – Lungenkrebs. Hat einfach zu viel geraucht. Ich hab´s ihm ja g´sagt, aber der hat halt net gehört. Und von wo komme Sie jetzt genau?“, wollte Frau Schäflein wissen. „Der Bürgermeister hat ständig gesagt, er würde Sie von früher kennen.“
„Da hat er nicht ganz Unrecht. Der *Horst* war mal mein Lieblingslehrer“, meinte Steinhauser mit einem Zwinkern.
„Ich verstehe“, gab sie ebenfalls zwinkernd und mit einem herzlichen Lachen zurück.
„Wo ist denn jetzt mein Büro?“, fragte Steinhauser, als sie den Eingangsbereich betreten hatten.

„Dann komme Sie mal mit“, forderte sie Steinhauser auf, ihr zu folgen. „Der Bürgermeister hat weche Ihne extra alles umräume lasse. Damit Sie immer sehe könne, wenn jemand ins Rathaus kommt, hat er veranlasst, dass Ihr Büro direkt neben mein Büro kommt. So kann ich Ihne auch zur Hand gehe, wenn´s mal nötig ist.“
„So, und wo ist Ihr Büro?“
„Ich sitz im Empfang, direkt hier.“ Stolz deutete Frau Schäflein auf die große Glasscheibe mit eingelassener Sprechmuschel. „Ich mach auch die Tourist-Info oder sag de Leut, wo sie hinmüsse, wenn die was suche. Sie sind direkt dahinter. Unsere Büros sind auch mit einer Tür verbunden. Iss des net praktisch?“
„Ganz hervorragend“, gab Steinhauser zurück. *Aber ob das wirklich so hervorragend ist, wird sich erst noch herausstellen*, dachte er.
„Wolle mir erst mal ein Rundgang mache, da kann ich Ihne zeiche, wo die anderen Kollechen sitze?“
„Nein, das wird heute nicht nötig sein. Ein ander Mal gern.“ Er hatte jetzt keine Lust, die Hände von Leuten zu schütteln, deren Namen er sich ohnehin nicht merken konnte.
„Gut, dann kommen Sie mal mit“, sagte Frau Schäflein und führte Steinhauser direkt in sein Zimmer.
„Schö, oder?“, verkündete Sie voller Stolz, als sie die Türe öffnete.
Steinhauser stand vor einer grünen, schmalen Theke, die den ohnehin kleinen Raum in zwei Hälften teilte. Hinter seinem Schreibtisch waren zwei Fenster, von denen aus man direkt auf den Marktplatz und den Weg zum Eingang ins Rathaus blicken konnte. Auf der Theke standen jede Menge Polizeiprospekte und an den Wänden hingen verschiedene Plakate, auf denen lachende Polizisten mit Daumen nach oben zu sehen waren. Darunter war in großen Lettern „Die Polizei, dein Freund und Helfer“ zu lesen oder „Werde Polizist – mehr als ein Job“. Besonders ironisch fand er das Plakat eines beeindruckenden Polizeifahrzeuges, das den Titel „Mit Blaulicht in die Zukunft“ trug. Von so einem Wagen konnte er gegenwärtig nur träumen.
Über dem Schreibtisch hing ein Schild, das er zuerst gar nicht wahrgenommen hatte, doch als es ihm ins Auge fiel, musste er zwei Mal hinsehen, um zu verstehen, was darauf gedruckt war.
„Polizeiinspektion Burgsinn“, las er laut vor und schaute Frau Schäflein mit hochgezogenen Augenbrauen an. Eine Zelle in der JVA war auch nicht kleiner.

„Das war die Idee vom Bürgermeister“, gab sie entschuldigend zurück. „Ist nicht offiziell, aber er dacht halt, wenn mir schon einen Polizisten bekommen, dann sollte mir auch eine Polizeiinspektion habbe“.
„Hat der Bürgermeister öfter so herausragende Ideen?“
„Wenn´s Ihne net gefällt, dann lass ich es abmache.“
„Nein, nein lassen Sie mal“, wehrte Steinhauser ab und setzte sich an seinen Schreibtisch. „Passt scho und stimmt ja auch … in gewisser Weise. Auch der Grundgedanke, dass ich von meinem Schreibtisch aus gleich sehen kann, wenn jemand ins Rathaus kommt, ist ja schon mal ganz gut“, meinte Steinhauser. „Allerdings, wenn ich mit dem Rücken zum Fenster sitze, geht das nicht ganz so einfach, oder wie sehen Sie das, Frau Schäflein?“
„Oh, da habbe Sie natürlich recht“, stimmte sie zu. „Was mache mir denn jetzt?“
Steinhauser schaute sich kurz um, nahm den Schreibtisch, drehte ihn um neunzig Grad und zog ihn so weit zur Wand, dass er genügend Platz hatte, sich zu setzen. Zwischen Theke und Tisch war es jetzt zwar deutlich enger, aber Steinhauser kam gerade noch durch.
„So, jetzt kann ich zur Theke, aus dem Fenster und zu Ihnen ins Büro schauen“, sagte Steinhauser und ließ den Raum einen Moment auf sich wirken. *Und ich kann abhauen, wenn ich seh, wer kommt*, dachte er, legte seine Mütze auf den Tisch und fuhr sich durch seine dunklen Haare.
„Und jetzt?“, fragte Frau Schäflein voller Tatendrang.
„Und jetzt, Frau Schäflein, hätte ich gerne einen Kaffee, wenn es keine Umstände macht.“
„Daran soll es nicht scheitern“, meinte sie vergnügt und verschwand in ihrem Büro. „Wie hätte Sie denn gern Ihren Kaffee?“
„Mit Milch und Zucker, bitte.“
Etwas aufgedreht, aber sonst scheint sie ganz in Ordnung zu sein, dachte Steinhauser und schaute ihr hinterher. *In Würzburg gab´s nur Kaffee aus dem Automaten – das ist hier ja schon mal ein Fortschritt.*
Nachdem Steinhauser einen Kaffee getrunken hatte, versicherte er Frau Schäflein, dass er jetzt allein klar kommen würde. Während sie sich ihrer Arbeit widmete, lehnte er sich erst einmal in seinem Stuhl zurück und ließ den Moment auf sich wirken. Zumindest hatte er das Gefühl hier willkommen zu sein. Was er allerdings den ganzen Tag hier machen sollte … das konnte er sich beim besten Willen nicht vorstellen. Aber Rappert oder der Bürgermeister würden sich bestimmt etwas einfallen lassen,

dessen war er sich sicher.
Den Rest des Tages verbrachte er damit, sein Büro so weit wie möglich einzurichten. Für Frau Schäflein stellte er eine Liste mit den Dingen zusammen, von denen er dachte, sie müssten auf einer Dienststelle vorhanden sein. Zum Feierabend lobte er noch einmal den hervorragenden Kaffee und übergab ihr die Liste mit der Bitte, die Sachen in den nächsten Tagen zu besorgen. Diese versicherte ihm, dass sie sich umgehend darum kümmern werde. Auf die Frage: „Wo geht's denn jetzt hin?", antwortete er nur: „Nach Hause."

Gemächlich näherte sich Steinhauser seinem Heimatort und fuhr, ohne es zu bemerken, immer langsamer, je näher er dem Ortsschild von Mittelsinn kam. Eine gewisse Unruhe machte sich in ihm breit, als er in den Ort, abseits der Landstraße, einbog. Kurz hinter der Sinn-Brücke, auf der linken Seite, war das Elektrogeschäft einer seiner beiden Schulfreunde, die immer noch in Mittelsinn lebten. Auch nach seinem Weggang nach Würzburg hielt er immer noch regelmäßig Kontakt zu ihnen. Ein großes Schild mit der Aufschrift *Elektrotechnik Strubinski* hing etwas schräg über der Eingangstür und den beiden Schaufenstern. Fred war ein kleiner, hagerer Kerl mit langen schwarzen Haaren, die meist etwas ungepflegt aussahen. In der Regel trug er einen Dreitagebart. Auf Fremde wirkte Strubinski oft etwas planlos, was auch an seiner hektischen Art lag. Warum Lavinia, die früher als Dorfschönheit galt und ebenfalls mit ihnen zur Schule gegangen war, ausgerechnet ihn geheiratet hatte, konnte sich keiner erklären. Aber die beiden ergänzten sich hervorragend. Was allerdings auch daran lag, dass Lavinia das Regiment führte.
Der gelernte Fernseh- und Rundfunktechniker versuchte seit Abschluss seiner Lehre mit den unterschiedlichsten Unternehmungen Geld zu machen. Und sein kleines Geschäft war sozusagen die Zentrale seines überschaubaren Elektroimperiums, in dem er Geräte für den täglichen Gebrauch anbot. Allerdings auch Waren, deren Herkunft nicht immer lückenlos nachvollziehbar war, um es einmal vorsichtig auszudrücken. Beschaffen konnte er jedenfalls fast alles. Zumindest behauptete er das immer.
Steinhausers Eltern waren Bäcker und Konditoren aus Leidenschaft. Sie hatten immer gehofft, dass er später mal in ihre Fußstapfen treten und die „Traditionsbäckerei", wie sein Vater immer sagte, weiterführen würde.

„Seit 1810 wird bei uns Brot gebacken", predigte ihm sein Vater seit seiner Kindheit. Doch ihn hatte das „Backfieber" nie erfasst. Was nicht unbedingt an der Arbeit oder am frühen Aufstehen lag. Er hatte als Kind oft in der Backstube geholfen und die Arbeit hatte ihm auch Spaß gemacht. In seiner Freizeit las er Unmassen an Kinder-Kriminalromanen. Mit zunehmendem Alter reifte in ihm die Entscheidung Polizist zu werden, um selbst auf Verbrecherjagd zu gehen. Und davon war er, zum Leidwesen seiner Eltern, nicht mehr abzubringen gewesen. Er war ihre letzte Hoffnung gewesen, die Bäckerei weiterzuführen, denn seine ältere Schwester hatte einen Arzt geheiratet und arbeitete als Sprechstundenhilfe in dessen Praxis in Burgsinn. Ihr Mann Klaus war Landarzt mit Leib und Seele.

Steinhauser erreichte das Wahrzeichen von Mittelsinn. Fast ehrfürchtig betrachtete er die große, über hundert Jahre alte Linde an der Kreuzung in der Dorfmitte. Der Anblick des knorrigen Baumes versetzte ihn auf wundersame Weise in seine Kindheit zurück. Dabei war es noch gar nicht so lange her, dass er an der Kirchweih mit seinen Freunden um den Baum getanzt und sich die Nächte um die Ohren geschlagen hatte. Heute war irgendwie alles anders, er kam nicht nur zu Besuch, nein, er kehrte heim – die Frage war nur: für wie lange? Er setzte den Blinker, um rechts abzubiegen. Steinhauser löste seinen Blick von der Linde und sah einen riesigen Traktor mit einem noch größeren Güllefass auf sich zukommen. Das Gespann benötigte fast die ganze Straße. Steinhauser blieb stehen, um das Ungetüm vorbeizulassen. Da stoppte der Traktor mitten auf der Kreuzung und der Fahrer winkte ihm zu. Erst beim zweiten Hinsehen erkannte er Sebastian Holzinger, den anderen Schulfreund, mit dem er bis heute regen Kontakt hielt. Sie trafen sich immer, wenn er zu Besuch bei seinen Eltern war und das Wochenende in Mittelsinn verbrachte. Er grüßte zurück und deutete ihm an, dass er ruhig weiterfahren solle, doch ehe er sich versah, sprang Holzinger aus seinem Führerhaus.

Dass Holzinger fast zwei Meter groß war, sah man ihm nicht an, während er von dem riesigen Schlepper kletterte. Er trug, wie immer, eine Schildmütze, unter der seine dicken, schwarzen Locken hervorquollen. Mit seinem breiten Kreuz hätte man ihn auch ohne weiteres für einen Preisboxer halten können. Dabei war er eine friedliche Natur. Doch sein äußeres Erscheinungsbild konnte durchaus furchteinflößend sein. Ein Vorteil, der Steinhauser und Strubinski früher oft von Nutzen gewesen war, wenn es an der Kirchweih wieder einmal hoch herging. Mit Holzinger wollte sich keiner anlegen. Steinhauser war zwar auch gut trainiert und

sehr sportlich, was bei seinem Beruf nicht gerade unwichtig war, aber mit ihm konnte er sich nicht vergleichen.
„Was machst´n du hier?“, fragte sein alter Freund, nachdem Steinhauser die Scheibe der Fahrertür mühevoll heruntergekurbelt hatte.
„Ich hatte dienstlich in der Gegend zu tun und wollte nur mal kurz meinen Eltern einen Besuch abstatten“, meinte Steinhauser. „Und du? Hast du einen neuen Bulldog?“
„Geil, oder?“, verkündete Holzinger stolz. „Das neueste Modell.“
„Bauer müsste man sein“, gab Steinhauser sichtlich beeindruckt zurück, als es hinter ihm hupte.
„Und Du, hast die alte Karre ja immer noch. Hat die Polizei kei Dienstfahrzeuge?“
„Freilich, aber der Bus muss halt auch mal bewegt werden.“
„Wie auch immer, ich muss weiter. Da hat´s jemand eilig. Mir sehen uns“, sagte Holzinger und deutete auf ein Auto hinter Steinhausers Bus.
Nachdem die Kreuzung wieder geräumt war, bog Steinhauser ab. Die Bäckerei seiner Eltern lag auf der linken Straßenseite und fiel durch das Schild „Steinhauser – Traditionsbäckerei seit 1810“ sofort ins Auge. Das Schild hatte sein Vater extra zum 200-jährigen Bestehen anfertigen lassen.
Steinhauser blieb unschlüssig vor der Hofeinfahrt stehen. Er hatte noch immer keine vernünftige Ausrede, warum er jetzt in Burgsinn Dienst schieben musste. Außerdem durften seine Eltern auf keinen Fall erfahren, dass ihn Stefanie vor die Tür gesetzt hatte. Zumindest noch nicht. Für dieses Problem brauchte er eine besonders gute Ausrede. Je länger er über seine Lage nachdachte, umso weniger hatte er Lust, seiner Mutter zu begegnen. Sie würde ihn nach allen Regeln der Kunst verhören. Eigentlich hätte sie bei der Kripo arbeiten müssen. Sie konnte ihn mit ihren Methoden mürbe machen. Und wenn er log, bemerkte sie das sofort. Nein, auf keinen Fall konnte er zu seinen Eltern. Und da sie ihren Sohn noch nicht entdeckt hatte, beschloss er kurzerhand weiterzufahren.
Ohne Ziel folgte er der Straße, bis diese in den Radweg nach Obersinn überging und gleichzeitig vor einem alten Fabrikgelände endete.
„Hier bleib ich“, beschloss Steinhauser und lenkte den alten Bus auf den zugewucherten Parkplatz der verlassenen Fabrik.
Zu diesem Zeitpunkt konnte er noch nicht ahnen, dass Sebastian Holzinger sein im Augenblick ohnehin aus den Fugen geratenes Leben noch komplizierter machen würde.

Kapitel 3
7. Juni, vormittags

Der Leichenfund hatte Steinhauser völlig aus der Bahn geworfen. Und das an seinem zweiten Arbeitstag. Er konnte immer noch nicht verstehen, wie er sich dazu hatte überreden lassen können, eine Leiche einzufrieren. Wenigstens hatte er einen eigenen Parkplatz, als er nach dem chaotischen Morgen endlich in Burgsinn ankam. Zwar etwas verspätet, aber dafür frisch und kalt geduscht. Bevor er aus seinem Bus ausstieg, sammelte er sich noch einmal. Irgendwie musste er seine Gedanken von der Leiche losreißen.

„Guten Morgen", grüßte Steinhauser freundlich, als er am Empfang des Rathauses vorbeiging. Frau Schäflein hob den Kopf, aber bis sie reagieren konnte, stand er bereits neben ihr. Ein kurzer Besuch im Büro von Frau Schäflein würde bestimmt nicht schaden, um für gutes Arbeitsklima zu sorgen. Schließlich würde Steinhauser mit ihr die nächsten … ja, wie lange eigentlich, überlegte er, ... auskommen müssen.

„Habbe Sie gut geschlafe?", fragte Frau Schäflein. Dabei warf sie einen verstohlenen Blick zur Uhr.

„Ging so", ignorierte Steinhauser ihre Anspielung. „Haben Sie noch eine Tasse Kaffee für mich?"

„Aber natürlich", verkündete sie fröhlich. „Mit Milch und Zucker?"

„Ja, bitte."

„Der Bürgermeister hat schon nach Ihne gefragt", begann sie vorsichtig, denn auch Steinhauser war durchaus bewusst, dass er spät dran war, „und der Herr Rappert, von der Dienststelle in Gemünden, hat auch schon sechsmal angerufe", schob sie vorsichtig hinterher.

„So, so", war alles, was Steinhauser dazu meinte, schüttete sich Milch in seinen Kaffee, zwei Löffel Zucker und rührte ihn um. Bevor er den ersten Schluck nahm, sog er den frischen Duft ein. „Sehr guter Kaffee, Frau Schäflein. Besser als in Würzburg. Viel besser. Dort hatten wir nur einen Automaten."

„Keinen frisch aufgebrühten?" Frau Schäflein war erschüttert.

„Nein, dafür war keine Zeit."

„Wolle Sie net wisse, was der Bürgermeister und der Herr Rappert von Ihnen wolle?", fragte sie ungeduldig.

Steinhauser hatte das Gefühl, dass sie den ganzen Morgen auf ihn gewartet hatte, nur um ihm die aktuellsten Neuigkeiten mitzuteilen. Aber eigentlich wollte er gar nicht wissen, was die beiden von ihm wollten. Er hatte im Augenblick ganz andere Sorgen, doch das konnte er ihr ja schlecht sagen. Insgeheim hatte er gehofft, er könne sich für ein paar Stunden in sein Büro zurückziehen, um einen klaren Gedanken zu fassen. Doch wie es aussah, würde daraus wohl nichts werden.
„Sie werden es mir bestimmt gleich sagen."
Wie auf Kommando legte sie los: „Also, der Bürgermeister hat eine Liste aufgestellt, die er mit Ihnen durchgehe wollt", Frau Schäflein wedelte mit einem Zettel vor ihm herum. „Und den Herrn Rappert solle Sie sofort zurückrufe. Der hat sich sehr wichtig angehört."
Steinhauser nahm den Zettel und tat so, als würde es ihn interessieren, was darauf stand. Dann schaute er wieder zu Frau Schäflein. „Vielen Dank, Frau Schäflein. Sie können mich jetzt alleine lassen", forderte er sie dezent auf, sein Büro zu verlassen. Doch Frau Schäflein blieb stehen und wedelte mit der Hand. „Ist noch was?", fragte er.
„Die Kiste." Sie deutete auf einen kleinen Schuhkarton, der auf seinem Schreibtisch stand.
„Was ist mit der Kiste?"
„Da sind die Sache drinne, die ich Ihne besorge sollte", strahlte Frau Schäflein.
„Ach so, ja", erinnerte er sich wieder, „vielen Dank Frau Schäflein. Das ging aber schnell."
„Kein Problem, hab ich doch gern gemacht", wehrte sie ab und ging.
Als er alleine war, überflog er die Liste des Bürgermeisters. Ganz oben stand in fett gedruckten Buchstaben: To-Do-Liste. Darunter waren Punkte aufgelistet, die Mehrhold mit einem Fragezeichen versehen hatte. Dort stand zum Beispiel: Schülerlotsentraining? Fußballspiele? Strafzettel für Falschparker? Geschwindigkeitskontrollen und weitere Punkte, die sich Steinhauser jedoch erst gar nicht mehr anschaute.
„Der denkt wohl, ich bin sein kleiner Privatsheriff, den er für seinen Unsinn einspannen kann." Steinhauser legte die Liste desinteressiert zur Seite. Als nächstes wollte er Rappert anrufen. Dabei stellte er fest, dass er weder die Nummer der Dienststelle von Gemünden, noch ein Telefonbuch hatte. Ein PC fehlte auch, was ihm gestern gar nicht aufgefallen war.
„Frau Schäflein", rief er freundlich.
Kaum hatte er ihren Namen ausgesprochen, stand sie auch schon vor ihm.

„Ja?“, fragte sie voller Tatendrang.
„Ich habe keine Nummer von der Dienststelle in Gemünden.“
„Alle Nummern, die für Sie wichtig sind, habe ich bereits ins Telefon eingespeichert“, erklärte sie eifrig. „Soll ich es Ihne zeiche?“
„Nein danke, ich komm schon klar“, wehrte Steinhauser ab. „Da hätte ich ja auch selber draufkommen können. Und was ist mit einem PC?“
„Der PC soll noch diese Woche komme. Gibt wohl irgendwelche Lieferprobleme. Das hatte ich gestern vergessen zu erwähnen“, entschuldigte sie sich.
„Macht nix. Danke Frau Schäflein, das war vorerst alles. Sie können wieder gehen.“
Frau Schäflein wirkte etwas enttäuscht, als sie wieder gehen musste.
„Lieferprobleme?“ wiederholte Steinhauser schnippisch, „die haben wohl noch keinen alten gefunden, der irgendwo abgebaut werden kann, trifft´s wohl eher.“ Er machte sich kurz mit dem Telefon vertraut, dann drückte er bei dem Namen Rappert auf *„anrufen“*. Exakt nach dem ersten Klingelton hob dieser ab.
„Steinhauser! Wo waren Sie heute Morgen?“, war seine barsche Begrüßung.
„Ihnen auch einen schönen guten Morgen, Herr Rappert“, gab er gelassen zurück, ohne auf seine Frage einzugehen.
„Ja, ja. Danke gleichfalls“, brummte er etwas besänftigt. „Warum waren Sie zu Dienstbeginn nicht an Ihrem Schreibtisch?“, blieb er allerdings hartnäckig.
„Bürgernähe“, meinte Steinhauser knapp.
„Bürgernähe?“, wiederholte er fragend. „Was soll das sein?“
„Ich habe heute Morgen die Nähe zu den Bürgern gesucht“, erklärte Steinhauser. „Um Ängste zu nehmen, habe ich mich im Dorf gezeigt. Sie wissen doch, wie das ist, wenn plötzlich ein Polizist auftaucht. An meine Anwesenheit wollte ich die Bürger aus dem Sinngrund durch körperliche Präsenz gleich vom ersten Tag an gewöhnen. Damit diese sich sicher und geborgen fühlen. Das ist doch das Ziel des neuen Projektes, oder etwa nicht?“ Nachdem Steinhauser keine Antwort bekam, fragte er nach: „Hallo Herr Rappert, sind Sie noch dran?“
„Ja, ja, bin ich.“ Überrascht von Steinhausers ausführlicher Begründung für seine Abwesenheit, wusste er im ersten Moment gar nicht, was er darauf sagen sollte. Rappert hatte das Gefühl, dass dies alles sehr auswendig gelernt war. Wollte aber nicht näher darauf eingehen. „Wie dem

auch sei“, fuhr er fort, „Sie müssen nach Karsbach.“
„Karsbach?“, wunderte sich Steinhauser. „Das liegt aber nicht mehr in meinem Zuständigkeitsbereich und ist doch von Gemünden aus viel näher.“
„Kommen Sie mir jetzt nicht mit *Zuständigkeitsbereich!*“, nahm Rappert wieder Fahrt auf. „Meine Leute sind alle beschäftigt. Am Zollberg-Kreisel gab es einen schweren Unfall. Ein Lastwagen mit Anhänger ist ungebremst über die Insel geschossen. Da ist im Augenblick alles dicht und jeder Mann wird dort gebraucht.“
Jeder Mann, dass ich nicht lache, dachte sich Steinhauser. „Und was soll ich in Karsbach machen?“ Er verdrehte genervt die Augen.
„Da bellt und jault schon den ganzen Morgen ein Hund in der Nachbarschaft“, erklärte Rappert. „Sie müssen mal nachsehen, was da los ist.“
„Aber ich könnte doch zur Unfallstelle kommen und Sie schicken dafür einen anderen Kollegen nach Karsbach. Das wäre doch viel effektiver“, schlug er vor.
„Keine Widerrede“, blieb Rappert hart, „meine Leute sind ein eingespieltes Team, da kann ich keinen abziehen. Sie können schnell mal über Gräfendorf da hinfahren und das klären. Ich erwarte Ihren Bericht.“
„Jawohl, Herr Rappert“, gab Steinhauser gehorsam zurück. Dann bekam er noch die Adresse mitgeteilt, zu der er fahren sollte. Er schrieb sie auf einen Zettel und steckte ihn ein. Bevor er noch etwas sagen konnte, war die Leitung tot.
„Eingespieltes Team“, äffte er Rappert nach. „Genau so hatte ich mir das vorgestellt.“ Gefrustet trank er seinen Kaffee noch in aller Ruhe fertig. Erst dann machte er sich auf den Weg.
Mit den Worten: „Ich muss weg“, verließ er das Rathaus.
Da sein Magen sich bemerkbar machte, ging er noch schnell zum Bäcker auf der anderen Straßenseite. Er ließ sich zwei Butterhörnchen für die Fahrt einpacken. Wehe, wenn sein Vater erfahren würde, dass er bei der Konkurrenz einkaufen war.

Es war eine zähe Angelegenheit, bis sich sein alter LT 31D den steilen Berg nach Gräfendorf hinauf gequält hatte. Die 17%-Steigung verlangten dem alten Dieseltriebwerk alles ab. Steinhauser zuckte kurz zusammen, als er einen Blick in den Außenspiegel warf. Hinter ihm vernebelte eine tiefschwarze Rauchwolke die Sicht. Mehr als eine schwarze Umwelt-

plakette wäre wohl für den alten Wohnbus nicht drinnen gewesen.
Oben angekommen, kam er aber ganz gut voran. Zu seiner Verwunderung war die Fahrbahndecke komplett erneuert worden. Es lag lange zurück, als er das letzte Mal hier herumgefahren war. Das steile Gefälle nach Gräfendorf hinein verlangte dann den Bremsen alles ab. Ein lautes Quietschen wurde von einem aufjaulenden Motor abgelöst, als er krachend den nächstkleineren Gang einlegte. Nach wenigen Metern zog der Gestank von glühenden Bremsen durch die Lüftung in seinen Bus und er betete, dass sie hielten. Doch die nächste Hürde kam bereits zwei Ortschaften weiter. Bei Weickersgrüben wartete die nächste Steigung. Steinhauser hoffte inständig, dass er derartige Touren seinem alten Bus nicht noch öfter antun musste. Denn dies würde unweigerlich das Ende des alten Vehikels bedeuten. Er brauchte unbedingt ein anderes Fortbewegungsmittel, soviel stand fest.
Endlich in Karsbach angekommen, fand er gleich die angegebene Adresse. Schon beim Aussteigen konnte er gedämpftes Hundegebell hören. Er stand vor einem großen L-förmigen Bungalow, der von einem großzügigen, gepflegten Rasen umgeben war. Die Einfahrt und ein schmaler Durchgang, die beide auf das Grundstück führten, waren mit edlen, schmiedeeisernen Toren versperrt. Das ganze Gelände war von einer hüfthohen Sandsteinmauer umringt, die immer wieder durch schwarze Eisengitter unterbrochen war. Dadurch wurde das Gesamtbild aufgelockert. Hinter der Mauer wuchsen fein säuberlich beschnittene Bäume und blühende Büsche. Eine etwa zwei Meter hohe, exakt zugeschnittene Thuja-Hecke diente als Sichtschutz zum Nachbargrundstück. Der gepflasterte Weg zur Eingangstür war von bunten Blumenbeeten gesäumt. Genauso stellte sich Steinhauser das Zuhause einer Spießerfamilie vor.
„Nobel, nobel“, pfiff er und suchte nach der Klingel.
Noch bevor er sie finden konnte, krächzte eine Stimme aus dem Hintergrund: „Da ist keiner da.“
Steinhauser drehte sich um. Eine kleine, zierliche Frau mit grauen Haaren kam langsam auf ihn zu. Dabei stützte sie sich auf einen Stock.
„Haben Sie die Polizei gerufen?“, wandte er sich freundlich an die Frau, die er auf über siebzig schätzte.
„Ja“, bestätigte diese. „Ich bin Ingeborg Kleingeist. Sind Sie von der Polizei?“
„Jawohl. Steinhauser ist mein Name“, stellte er sich vor.
Die Frau setzte sich ihre Brille, die sie, wie Frau Schäflein, an einer

Schnur um den Hals hängen hatte, auf die Nase und musterte Steinhauser. „Sind Sie sicher?", fragte sie.
„Ja", gab Steinhauser etwas verdattert zurück.
„Sie sehen gar nicht so aus wie ein Polizist", sagte sie und deutete mit ihrem Stock auf seine Uniform.
„Ach so", lächelte Steinhauser, „das sind unsere neuen Uniformen. Jetzt in blau."
„Und das die neuen Fahrzeuge?" Jetzt deutete sie mit ihrem Stock auf seinen Bus.
„Nein", gab Steinhauser etwas genervt zurück. „Das ist meiner. Mein Dienstfahrzeug ist noch in Arbeit."
„Aha, und wo ist Ihr Kollege? Die Polizei kommt doch immer zu zweit. Das weiß ich aus dem Fernsehen."
Steinhauser hatte gute Lust, sie einfach stehen zu lassen, war aber weiterhin um Höflichkeit bemüht. „Der ist krank. Was kann ich denn jetzt für Sie tun?"
„Die Jacky hat den ganzen Morgen gebellt", sagte sie und wühlte einen Schlüssel aus ihrer Handtasche. „Den hat mir der Jürgen gegeben. Damit ich nach dem Rechten sehen kann, wenn er nicht da ist." Etwas umständlich schloss sie die Gartentür auf.
„Dann hätten Sie ja auch gleich selber nachsehen können", meinte Steinhauser schärfer, als er es eigentlich wollte.
Die Frau schaute ihn entgeistert an. „Ich gehe doch nicht alleine in ein fremdes Haus", gab sie entrüstet zurück.
„Natürlich nicht", stimmte er besänftigend zu. Konnte es sich aber nicht verkneifen, die Augen zu verdrehen. Sah so seine berufliche Zukunft aus? Hausbesuche bei bellenden Hunden und alten, vergreisten Nachbarn.
„Normal geht der Jürgen jeden Morgen mit der Jacky Gassi und wenn er zurückkommt, grüßt er mich", erzählte Frau Kleingeist.
„Vielleicht hatte er es ja eilig und seine Jacky vergessen", mutmaßte Steinhauser.
Frau Kleingeist blieb vor der Haustür stehen. Bevor sie diese aufschloss, schaute sie Steinhauser streng an. „Der Jürgen? Niemals!", verteidigte sie ihren Nachbarn. „Der hat doch nur noch die Jacky."
„Aha", war alles was Steinhauser von sich gab.
Kaum hatten sie das Haus betreten, bellte es wieder.
„Das kann doch nicht sein", wunderte sich Frau Kleingeist.
Sie öffnete eine Tür neben der Treppe, die in den Keller führte. Kaum war

über und neben dem Fernseher positioniert. Die creme-farbene Couchlandschaft war umringt von hohen, grünen Pflanzen, die an Palmen oder andere tropische Gewächse erinnerten. Dazwischen lockerten bunt blühende Orchideen das Gesamtbild auf.
Vor einer breiten, doppelflügeligen Tür, die in den Garten führte, lag ein großer, halbrunder Teppich mit Hundemotiven. Darauf stand ein geflochtenes Hundekörbchen aus Rattan. Er warf einen kurzen Blick hinein. Das Körbchen war mit einer weichen Decke und einem verfilzten Kissen ausgelegt, die nach Steinhausers Meinung alles andere als billig waren. Darauf lagen diverse Hundespielsachen. Ein zerkauter, undefinierbarer, blauer Stofffetzen weckte sein Interesse. Er betrachtete ihn kurz, konnte ihn aber nicht zuordnen.
Bei all dieser Ordnung musste er unweigerlich an seinen Bus und das Chaos darin denken.
Das Wohnzimmer ging direkt ins Esszimmer über. Auch hier war alles mit edlen Möbeln arrangiert. Allerdings hatte er nicht den Eindruck, dass hier wirklich etwas gegessen wurde. Zumindest nicht so, wie er es gewohnt war. Nirgends stand etwas herum. Kein Teller, kein Glas. Noch nicht mal eine leere Pizza-Schachtel. Wenn ihn seine Frau verlassen hatte, dann müssten hier Berge von Pizza-Schachteln herumliegen. Zumindest war das in seinem Bus so gewesen, nachdem er von Stefanie vor die Tür gesetzt worden war. Aber hier war alles wie geleckt.
Vom Esszimmer führte ebenfalls ein offener Durchgang in die Küche. So dass man einen Rundgang machen konnte.
„Wo könnte der Jürgen denn sein?“, fragte Steinhauser routinemäßig.
„Wenn ich das wüsste, dann hätte ich nicht die Polizei gerufen“, gab Frau Kleingeist zurück. „Ich kann mir nicht erklären, wo er ist. Er hat die Jacky noch nie im Haus gelassen. Entweder lässt er sie in den Garten oder nimmt sie mit, wenn er zur Arbeit geht. Der Jürgen ist doch immer so zuverlässig.“
„Naja, vielleicht war was dazwischengekommen und er musste schnell weg“, verteidigte Steinhauser jemanden, den er gar nicht kannte. „Bestimmt kommt er bald wieder.“
Er kam zu Frau Kleingeist in die Küche. Sie saß auf einem Stuhl und streichelte Jacky, während diese gierig das Wasser aus einer Schale schlabberte.
Die Küche glich einem Kochtempel. Er hatte nichts anderes erwartet. Hier hätte man locker für eine ganze Fußballmannschaft kochen können. Das

Herzstück der Küche war das riesige, rundum begehbare Kochfeld. Die zahllosen Schränke glänzten in zartem Weinrot. Steinhauser zuckte bei deren Anblick kurz zusammen. Diese Farbe passte aus seiner Sicht gar nicht zum Rest des Hauses. Sein Geschmack war es nicht. Aber dafür war die Küche bestimmt teuer gewesen und was teuer ist, ist auch schön. Die massive Marmorarbeitsplatte in tiefem Schwarz passte da schon eher.

„Sie hatte Durst, deshalb hat sie so gebellt", meinte Frau Kleingeist. Mit ihrem Stock deutete sie auf einen kleinen braunen Haufen. „Und gekackt hat sie auch. Könnten Sie das bitte mal wegmachen? Ich kann mich nicht mehr so bücken."

„Wer? Ich?" Steinhauser betrachtete angewidert das kleine Kunstwerk. Er verwarf den Gedanken sofort wieder, hier vom Boden essen zu können.

„Ja, oder sehen Sie hier noch jemanden?" Unbeirrt deutete Frau Kleingeist mit ihrem Stock auf eine Küchenrolle neben dem Waschbecken.

So langsam ging es Steinhauser auf den Wecker, wie sie mit ihrem Stock herumfuchtelte. Er holte einmal tief Luft, wickelte die halbe Küchenrolle ab und wischte den Haufen weg.

„Der Abfall ist unter dem Spülbecken", krächzte Frau Kleingeist, erneut mit ihrem Stock herumwedelnd.

„Wenn Sie den Hund gefüttert haben, können wir ja wieder gehen", schlug Steinhauser vor.

Als er die Tür unter dem Waschbecken aufzog, kam ein großer, eckiger Eimer, begleitet vom Surren eines Elektromotors, über eine Metallschiene herausgeglitten. Nachdem der Eimer seine Endposition erreicht hatte, öffnete ein kleiner Zylinder den Deckel des Eimers. Steinhauser konnte wählen zwischen: Biomüll, Restmüll, Papier oder Kunst- und Verbundstoffe. Er betrachtete kopfschüttelnd den sauber beschrifteten Mülleimer und die Kugel aus Küchentüchern in seiner Hand. Er entschied sich für Biomüll. Um die Tür wieder zu schließen, musste er diese nur antippen und der Mülleimer verschwand geräuschlos unter dem Spülbecken, welches auch eine kleine Badewanne hätte sein können.

„Und was machen wir mit der Jacky?", fragte Frau Kleingeist besorgt.

„Wieso wir?" Steinhauser glaubte ein Déjà-vu zu haben. Derartige Fragen hatte ihm bereits Holzinger heute Morgen schon gestellt. Zuerst: *Was mach mir denn jetzt?* nachdem er ihm die Leiche gezeigt hatte. Später dann: *Was machen mir mit dem Auto?* War er denn jetzt für alles zuständig? „Nix", gab er knapp zurück. „Der wird schon wiederkommen. Die Polizei sucht vermisste, erwachsene Personen erst, wenn Gefahr droht. Kinder sofort.

Und da keine Vermisstenanzeige eingegangen ist, besteht aktuell auch kein Handlungsbedarf. Es sei denn, Sie wollen eine Vermisstenanzeige aufgeben?"
„Nein, möchte ich nicht. Aber wir können die Jacky doch nicht alleine lassen?", meinte Frau Kleingeist besorgt.
„Wieso nicht? Sie sagten doch eben, wenn der Jürgen auf der Arbeit ist, dann ist der Hund im Garten", warf Steinhauser ein. „Sie können ja auf die Jacky aufpassen, bis der Jürgen wieder da ist", schlug er mit schmeichelnder Stimme vor. Im Grunde wollte er nur weg, denn so langsam verlor er die Geduld.
„Ich? Auf keinen Fall!", gab sie zurück. „Die Jacky braucht Bewegung."
„Na, da ist der Garten ja ideal", meinte Steinhauser.
„Aber die Jacky kann zur Zeit nicht in den Garten."
„Und warum nicht?", fragte Steinhauser genervt.
„Weil die Jacky läufig ist", erklärte Frau Kleingeist.
„Was ist die?"
„Läufig", wiederholte Frau Kleingeist. „Das bedeutet, dass die Jacky ..."
„Ja, ich weiß, was läufig bedeutet", fiel ihr Steinhauser ins Wort.
„Und wenn die Jacky im Garten ist, dann wimmelt es hier nur so von Hunden. Stellen sie sich mal vor, da kommt einer über den Zaun … nein, das geht auf keinen Fall", blieb Frau Kleingeist beharrlich. „Der Jürgen hat die Jacky dann immer mit auf die Arbeit genommen, weil er sie ja nicht alleine im Haus lassen kann. Was aber nur selten vorkam, denn die Jacky ist ja nicht immer da. Der Jürgen und die Viktoria haben das gemeinsame Sorgerecht."
„Sorgerecht?" Steinhauser glaubte sich verhört zu haben.
„Ja, so etwas gibt es. Hat mir der Jürgen erzählt. Weil die doch keine Kinder haben."
„Dann rufen wir eben die Viktoria an", sagte Steinhauser, da er ahnte, wohin dieses Gespräch führte.
„Die ist verreist. Hat mir ...".
„Ja, ja, hat Ihnen der Jürgen erzählt", beendete er für Frau Kleingeist den Satz. „Und wann kommt diese Viktoria wieder?"
„Das hat mir der Jürgen nicht gesagt", gab sie zurück. Steinhauser hatte das Gefühl, dass sie etwas beleidigt war, weil sie dies nicht wusste. Wo ihr der Jürgen doch sonst alles erzählte. „Sie könnten die Jacky doch mitnehmen", schlug Frau Kleingeist vor. Steinhauser zuckte bei dem Gedanken kurz zusammen. „Nur bis heute Abend. Wenn der Jürgen wieder

da ist, sag ich ihm, dass Sie so lange auf die Jacky aufpassen. Er wird ihnen bestimmt sehr dankbar sein."
„Kommt gar nicht in Frage!", wehrte Steinhauser vehement ab.
„Haben Sie kein Herz für Tiere?"
„Ich bin Polizist!", gab er zurück. Was er damit sagen wollte, wusste er selbst nicht so genau.
„Eben drum", meinte Frau Kleingeist. Dann sagte sie den Satz, den er am allermeisten hasste: „Die Polizei, dein Freund und Helfer. Ist das denn nicht mehr so?"
Unweigerlich musste er an das Plakat mit den strahlenden Polizisten in seinem neuen Büro im Rathaus denken.
„Natürlich ist das noch so", versuchte er zu erklären, „aber wir sind doch gar nicht ausgebildet, um Hunde … äh ... artgerecht zu betreuen."
Doch Frau Kleingeist blieb hart. Egal, was er versuchte, sie war nicht von dem Gedanken abzubringen, dass der Hund auf keinen Fall allein bleiben konnte. Das Letzte, was er jetzt gebrauchen konnte, war, dass man ihn für einen Unmenschen hielt. In Anbetracht der Lage und auch, weil sie bereits heute Morgen in aller Frühe auf der Dienststelle in Gemünden wegen Hundegebell angerufen hatte, musste er davon ausgehen, dass sie, sobald er weg war, erneut dort anrufen würde. Und mit Rappert wollte er jetzt keine Diskussion führen, denn genau dies würde ihm blühen. Dessen war er sich sicher.
„Die Woche fängt ja gut an", murmelte Steinhauser.
Er gab sich also geschlagen. Da er endlich hier wegkommen wollte, erklärte er sich schließlich bereit, Jacky mitzunehmen. Mit einem zufriedenen Grinsen drückte ihm die alte Dame eine Tüte mit Dosenfutter in die Hand. Sie hatte bereits alles vorbereitet. Er nahm Frau Kleingeist noch den Schlüssel für die Wohnung ab und holte seine Visitenkarte hervor. Da dort noch die alte Nummer von der Dienststelle in Würzburg darauf stand, schrieb er kurzerhand seine private Nummer dazu. Er drückte sie Frau Kleingeist in die Hand. „Sie können mich jederzeit anrufen. Egal wann!"
Endlich kam er hier weg.

Da Steinhauser seinen Kleinbus nicht noch einmal über den Berg bei Gräfendorf quälen wollte, beschloss er, über Gemünden zu fahren. Der Zollberg war bei weitem nicht so steil. Vielleicht konnte er ja sogar noch seinen Kollegen beim Unfall zur Hand gehen. Doch als er am Kreisel ankam, musste er mit Verwunderung feststellen, dass hier bereits alles geräumt war. So wie Rappert die Lage dargestellt hatte, war er davon ausgegangen, dass hier das pure Chaos herrschen musste. Er konnte sich aber schon denken, warum dieser den Unfall, sofern es überhaupt einen gegeben hatte, so dramatisiert hatte. Jedoch wollte er ihm jetzt auch nichts unterstellen. Bei der zweiten Runde durch den Kreisel konnte er auch tatsächlich ein paar Spuren erkennen, die ein Stück auf die Verkehrsinsel führten. Erde war auch aufgewühlt worden. Da er aber im Augenblick andere Sorgen hatte, beschloss er, mit Blick auf Jacky, die es sich im Fußraum bequem gemacht hatte, es auf sich beruhen zu lassen. Sollte sich jedoch herausstellen, dass Rappert ihn für seinen Depp hielt, dann würde es zwischen den beiden unweigerlich zu Differenzen kommen.

Als Steinhauser wieder in Burgsinn ankam, stellte er fest, dass ein großer Geländewagen auf dem für Polizeifahrzeuge ausgewiesenen Parkplatz stand. „Mehrhold“, brummte er und suchte sich eine andere Parkmöglichkeit. Mit Jacky im Schlepptau betrat er das Rathaus. Seine Hoffnung, ungesehen ins Büro zu gelangen, verpuffte bereits im Eingangsbereich. Der Bürgermeister und Frau Schäflein erwarteten ihn schon.
„Na endlich!“ Mehrhold kam sofort auf ihn zu. „Wurde ja auch Zeit, dass ich Sie mal antreffe ...“, begann er. Doch als er den Hund sah, verschlug es ihm die Sprache. „Was ist das denn?“, er zeigte entrüstet auf den Beagle.
„Ein Hund“, gab Steinhauser zurück.
„Das sehe ich auch!“, erwiderte Mehrhold barsch. Steinhauser konnte sehen, wie er rot anlief, aber dennoch um Fassung bemüht war. „Und was macht der hier?“
„Das ist vorerst mein neuer Partner“, meinte Steinhauser ruhig.
„Wollen sie mich verarschen?“ Jetzt wurde Mehrhold doch lauter.
„Was hätte ich davon?“ Steinhauser blieb gelassen. „Der Hund gehört zum Projekt des Innenministeriums. Darüber wurden Sie ja informiert, oder? Sie können ja gerne bei meiner Dienststelle nachfragen. Oder noch besser: Sie rufen direkt in München an.“
„Und warum weiß ich davon nichts?“, fragte Mehrhold angefressen.
„Das kann ich ihnen leider auch nicht sagen“, blieb Steinhauser ernst. „Aber mal was anderes“, wechselte er das Thema. „Könnten Sie bitte dafür sorgen, dass der Depp, der auf dem Polizei-Parkplatz steht, sein Auto wegfährt. Sie wissen doch bestimmt, welchem Vollpfosten die Karre gehört. So

viele arbeiten hier ja nicht."
„Wieso, ... was meinen Sie?" Der Bürgermeister wurde sichtlich verlegen. Er konnte ja nicht ahnen, dass Steinhauser wusste, dass es sein Auto war. Zugeben wollte er es aber auch nicht. „Sie haben doch noch gar keinen Dienstwagen", schob er schnell hinterher.
Da hatte Mehrhold allerdings auch wieder Recht. Steinhauser war es im Grunde auch egal, wo er seinen Bus abstellte. „Dann können Sie das Schild ja so lange wieder abhängen, bis ich meinen Dienstwagen habe. Ansonsten sehe ich mich gezwungen, einen Strafzettel auszustellen", meinte Steinhauser mit Anspielung auf die To-Do-Liste von Mehrhold.
„Naja, wollen wir mal nicht gleich übertreiben", beschwichtigte der Bürgermeister. „Ich müsste da aber mal einiges mit Ihnen besprechen."
„Tut mir leid, ich habe im Augenblick keine Zeit", bedauerte Steinhauser, denn er ahnte schon, weswegen er ihn sprechen wollte. Aber für die Ideen des Bürgermeisters hatte er jetzt wahrlich keinen Kopf. „Ich habe gleich eine Telefonkonferenz ... Sie wissen schon ... wegen dem Projekt. Anschließend muss ich noch einen wichtigen Bericht schreiben und um den Hund muss ich mich auch noch kümmern. Vielleicht morgen, aber versprechen kann ich Ihnen nichts. Sie entschuldigen mich. Die Pflicht ruft."
Steinhauser ließ Mehrhold einfach stehen. Mit einem breiten Grinsen im Gesicht hatte Frau Schäflein alles mitangehört. Sie stand hinter Mehrhold, so dass er es nicht sehen konnte.
Mit hochrotem Kopf stapfte der Bürgermeister voller Wut gestikulierend davon.
Wie heißt er denn, der Hund?", fragte Frau Schäflein neugierig.
„Der Hund ist eine Sie und heißt Jacky."
„Ein schöner Name." Sie streichelte Jacky ausgiebig, was diese sichtlich genoss.
Mittlerweile fand Steinhauser Gefallen daran, auf sein Projekt zu verweisen, wenn er eine Ausrede benötigte oder einfach keine Lust hatte auf das, was man mit ihm vorhatte. Blieb nur die Frage, wie lange das noch gut gehen würde? Aber er beschloss es in jedem Fall auszureizen.
Steinhauser schrieb noch den gewünschten Bericht für Rappert über seinen *„Einsatz"* in Karsbach, wie er es bezeichnete. Dabei konnte er es sich nicht verkneifen, darauf hinzuweisen, dass er die Kollegen am Kreisel bei dem schweren Verkehrsunfall unterstützen wollte. Da er jedoch keinen PC hatte, schrieb er alles auf ein Blatt Papier, betrachtete seine Klaue und

heftete es in einen Ordner. Sollte er irgendwann einen PC bekommen, würde er es scannen und Rappert schicken.
Jacky war zum Glück pflegeleicht. Sie hatte sich offensichtlich damit arrangiert, einen Ausflug zu machen. Jedenfalls lag sie die meiste Zeit schlafend unter seinem Tisch, nachdem sie das Büro ausgiebig beschnüffelt hatte. Die Tatsache, dass er heute Morgen später zum Dienst erschien, hinderte ihn nicht daran, überpünktlich Feierabend zu machen.

Da Steinhauser sich immer noch nicht zu seinen Eltern traute, steuerte er wieder den Parkplatz der verlassenen Fabrik an. Er musste sich in Ruhe Gedanken über das weitere Vorgehen in Bezug auf diesen Feißthammer machen. Doch Jacky ließ ihn nicht. Die Beagle-Dame jammerte und wuselte unruhig im Bus umher. Immer wieder blieb sie mit bettelndem Blick an der Schiebetür stehen.
„Du musst wohl mal raus?“, meinte Steinhauser erschrocken. „Nicht, dass du mir noch meinen Bus einsaust.“
Jacky war kaum draußen, da erledigte sie auch schon ihr Geschäft. Während der Hund über das Gelände stromerte, öffnete Steinhauser eine Dose Hundefutter. Nachdem Jacky an der Sinn etwas getrunken hatte, kam sie zurück und schlang ihr Fressen hinunter. Anschließend verkroch sich Steinhauser in seinem Bus. Endlich konnte er sich ein wenig ausruhen. Jacky bevorzugte ein schattiges Plätzchen im Gestrüpp, Steinhauser hörte Radio. Er hatte das Gefühl, dass dieser Tag anstrengender gewesen war, als jeder bisherige in Würzburg. Ganz besonders gespannt war er aber, was ihm Holzinger nachher, in Strubinskis Lagerhalle, über die Leiche zu berichten hatte.

Kapitel 4
7. Juni, abends

Strubinski und Holzinger hatten Steinhauser schon erwartet. Sie öffneten ihm die Tür der Lagerhalle, noch bevor er klopfen konnte. Der unverwechselbare Sound seines LT 31D hatte ihn verraten. Mit fragenden Blicken betrachteten beide den Hund, den er mitbrachte.
„Fragt nicht!“, kam ihnen Steinhauser zuvor.
Die zwei schauten sich kurz an und verkniffen es sich. Sie hatten andere Probleme. Strubinski hatte die zwei Fenster der Lagerhalle mit leeren Kartons verhängt, sodass niemand hineinschauen konnte. Steinhauser ging, beäugt von seinen beiden Schulfreunden, ein paar Schritte umher. Schweigend band er Jacky an einem der Regale fest. Nach endlos erscheinenden Sekunden wanderte sein nachdenklicher Blick zur Truhe, in der Feißthammers Leiche lag.
„Was mache mir denn jetzt?“, fragte Strubinski ungeduldig in die bedrückende Stille hinein. „Ich hab Lavinia gesagt, ich muss mal schnell zum Sepp und bin gleich wieder da.“
„Super Idee“, meldete sich Holzinger zu Wort. „Ich hab Katja gesagt, dass ich zu dir muss.“
„Dann wollen wir mal hoffen, dass sich eure Schätzchen morgen nicht über den Weg laufen“, verdrehte Steinhauser die Augen. „Ihr solltet eure Ausreden besser absprechen.“
„Sorry, Herr Kommissar. Aber ich hab nicht jeden Tag eine Leiche in meiner Gefriertruhe liegen“, entschuldigte sich Strubinski mit spitzer Zunge.
„Ich hab Katja gesagt, was passiert ist“, schob Holzinger eher beiläufig dazwischen.
„Was hast du?“ Steinhauser wandte sich ungläubig an Holzinger.
„Hannes, ...“, begann er sich zu rechtfertigen. „Was soll ich denn mach? Ich hab ´ne Leiche in meiner Güllegrube gefunden. Das muss ich der Katja doch sagen. Die ist schwanger und stell dir mal vor, sie erfährt´s von jemand anderem.“
„Wir hatten ausgemacht, dass vorerst niemand davon erfährt“, erinnerte ihn Steinhauser aufgebracht an seine Anweisung. „Katja ist schwanger?“, schob er erstaunt hinterher.

„Ja, schwanger. Und ich versprech dir, ich sag´s sonst niemandem mehr.“ Außer einem verlegenen Hundeblick hatte er nichts weiter zu seiner Verteidigung vorzubringen.
Steinhauser sortierte seine Gedanken. „Seit wann ist Katja denn schwanger?“, fragte Steinhauser schließlich.
„Fünfter Monat.“ Holzinger grinste über das ganze Gesicht.
Am liebsten hätte Steinhauser seinen Freund in die Arme genommen. Er konnte sich noch gut an die Geburt von dessen Sohn Peter vor fünf Jahren erinnern. Strubinski, Holzinger und er hatten diesen Tag lange und feucht fröhlich gefeiert. Es war eine dieser legendären Nächte, von denen sie früher regelmäßig welche gehabt hatten. Aber mit zunehmendem Alter wurden sie eben ruhiger. Er hingegen hatte es bisher noch nicht geschafft, ein Kind in die Welt zu setzen. Selbst Strubinski war schon Vater einer achtjährigen Tochter.
„Glückwunsch“, meinte Steinhauser knapp. Etwas besänftigt versuchte er sich auf ihr Problem zu konzentrieren.
„Ist ja alles recht und schön“, mischte sich Strubinski ein. „Aber deswegen sind wir nicht hier. Glaubt ihr die Leiche ist schon gefroren?“
Steinhauser war dankbar, dass Strubinski das Thema wechselte. Sie schauten zur Truhe. Steinhauser holte den Schlüssel hervor und stecke ihn in das Schloss der Verriegelung. „Soll ich?“
„Ich weiß nicht?“ Holzinger zuckt mit den Schultern.
Steinhauser zögerte, dann öffnete er den Deckel. Ein Schwall stinkender Luft erfüllte den Raum. Mit verzogenen Gesichtern starrten sie ins Innere der Truhe. In zusammengekauerter Stellung, mit halb offenem Mund lag Feißthammer reglos in der Truhe. Seine Augen waren mit Gülleresten verklebt. Unter ihm hatte sich eine braune, mit Eiskristallen überzogene Pfütze gebildet.
„Ist doch noch ganz schön dreckig“, stellte Steinhauser ernüchternd fest.
„Sieht gefroren aus“, meinte Strubinski. „Ich hätte gedacht, dass der mehr stinkt.“
„Sei froh, dass der gefroren ist“, meldete sich Holzinger zu Wort.
Strubinski verzog angewidert das Gesicht. Mit dem Griff eines Schraubenziehers, den er von seiner Werkbank geholt hatte, stocherte er vorsichtig auf der Leiche herum. „Fast steif“, stellte er fest. „Guck du mal.“ Strubinski reichte Steinhauser den Schraubenzieher.
Der schaute kurz zu Holzinger, bevor er unter den wachsamen Augen seiner Freunde den Griff langsam auf Feißthammers Wangen drückte.

„Scheint so“, bestätigte er. Anschließend verriegelte er schnell wieder die Truhe. Nachdem er hörbar tief Luft geholt hatte, wandte er sich in strengem Tonfall an Holzinger. „Du wolltest mir doch was erzählen? Ich höre!“
„Ja, … äh ... also ...“, stotterte dieser. „Das ist der Feißthammer.“
„Das weiß ich bereits!“, sagte Steinhauser scharf.
Strubinski ging automatisch ein Stück zurück. Er hatte bisher keine Ahnung, um wen es sich in der Truhe handelte. Aufmerksam hörte er zu.
„Der arbeitet auf ´m Amt für Landwirtschaft in Karlstadt … also … hat dort gearbeitet“, begann Holzinger zögerlich.
„Und weiter!“ Steinhauser wurde ungeduldig.
„Ja, der Feißthammer ist … äh ... war für die Zertifikate zuständig.“
„Welche Zertifikate?“
„Die Bio-Zertifikate.“
„Bio-Zertifikate? Was soll das sein?“
„Äh, … ja, … also … äh ...“, stammelte Holzinger.
„Mann Sepp!“, schrie Steinhauser plötzlich herum. „Lass dir doch nicht jedes Wort aus der Nase zieh und hör mit dem blöden *„äh“* auf. Das nervt! Was macht der? Was hast du mit dem zu tun? Ich will was hören!“
Holzinger räusperte sich, dann riss er sich zusammen. „Der Feißthammer ist für die Vergabe der Bio-Zertifikate zuständig. Diese Zertifikate bekommen alle Milchbauern, wenn sie auf biologische Landwirtschaft umgestellt haben.“
„Und du hast umgestellt?“, fragte Steinhauser kurz dazwischen.
„Ja und nein“, meinte Holzinger.
„Was jetzt?“
„Ich hab alle Auflagen erfüllt, aber der Feißthammer hat mir das Zertifikat verweigert.“
„Und warum?“
„Warum? Warum? Weil er ein Arschloch ist“, regte sich Holzinger auf.
„Und was bringt das Zertifikat?“, fragte Steinhauser.
„Mehr Einnahmen, bessere Milchpreise.“
„Kann das jeder machen? Ich meine, auf Bio umstellen?“
„Im Grunde, ja“, gab Holzinger zurück.
„Aber …?“ Steinhauser bohrte weiter.
„Was heißt *aber*. Wenn dein Betrieb am Ende ist, dann rettet dich das Zertifikat auch nicht“, erklärte Holzinger. „Wenn du den Antrag gestellt hast, dass du auf Bio umstellen willst, dann kommt der Feißthammer … äh ... ich meine … kam der Feißthammer und prüfte, ob dein Betrieb dafür

geeignet ist. Wirtschaftlichkeit, Zustand deiner Stallungen und so weiter. Wegen dem Milchpreisverfall hat die Regierung beschlossen, die Milchbauern zu fördern, wenn sie auf Bio umstellen. Allerdings muss man gewisse Auflagen erfüllen. Und der Feißthammer hat diese Auflagen überwacht und letzten Endes entschieden, wer das Zertifikat bekommt."
„Und was sind das für Auflagen?", fragte Steinhauser interessiert.
„Was man halt so einhalten muss: keine Pflanzenschutzmittel oder mineralischen Dünger einsetzen."
„Was ist mineralischer Dünger?"
„Kunstdünger!" Holzinger schaute ihn verständnislos an.
„Ach so, ja klar."
„Ich dürf nur noch natürliche Düngemittel einsetz. Zum Beispiel Gülle oder Kalkdünger."
„Was ist Kalkdünger?"
„Der kann aus Hufmehl sein."
„Aha", meinte Steinhauser, aber für Details hatte er jetzt keinen Kopf. Er kam zurück zum eigentlichen Grund ihrer Zusammenkunft. „Das erklärt aber immer noch nicht, warum der Feißthammer in deiner Güllegrube lag. Hattest du Streit mit ihm?"
„Jeder hatte Streit mit dem", sagte Holzinger aufgebracht. „Der hatte sich doch mit allen Bauern, für die der zuständig war, behängt. Keiner konnt´s ihm recht mach. Überall hat der rumgemault. Vielleicht hat ihn ja jemand bei mir in die Grube geworfen?"
„Jetzt übertreibst du aber. Wegen so einem Zertifikat wird nicht gleich jemand ermordet und ausgerechnet in deiner Güllegrube versenkt", versuchte Steinhauser ihn zu beruhigen.
Strubinski stand immer noch regungslos, mit gespitzten Ohren daneben. Bevor Steinhauser wieder etwas sagen konnte, ergriff Holzinger energisch das Wort.
„Du hast doch keine Ahnung!". Jetzt redete er sich in Rage. „Ohne das Zertifikat kann ich meinen Laden dicht mach. Da hängt meine ganze Existenz dran. Ich bekomm im Augenblick grad mal 28 Cent für den Liter Milch. Das ist eine Schande. Da ist mittlerweile Wasser schon teurer. Das reicht gerade mal zum Überleben. Aber auch nur, wenn man die Arschbacken zusammenkneift. Da sind weder Investition noch Reparaturen möglich. Das geht nur eine Zeit lang gut, denn irgendwann brauch ich neue Maschinen. Und nur wenn ich auf Bio umstell, bekomme ich einen Preis, von dem ich leben kann. Plus eine einmalige Förderung vom Staat.

Jahrelang kämpfe ich um Milchkontingente, kauf die für einen Haufen Geld und dann werden die einfach so abgeschafft. Das Geld, das ich ausgegeben hab, seh ich nie wieder. Aber durch die Kontingente wurde wenigstens der Markt reguliert. Ich hab 110 Milchkühe und kann meine Familie nicht mehr ernähren. Das ist doch ein Witz! Sieben Tage die Woche schuften für nix. Und so wie mir, so geht´s allen anderen auch. Den großen Betrieben mit über tausend Milchkühen im In- und Ausland ist das doch egal. Und den meisten Verbrauchern auch. Wen interessieren schon die kleinen Bauern, Hauptsache billig. Der Marktanteil von Bioprodukten ist zwar gewachsen, aber auch hier ist irgendwann mal Ende. Viele Menschen können oder wollen sich Bio-Produkte auch gar nicht leisten. In den Städten interessiert es doch keine Sau, wo die Milch herkommt. Die meisten wissen noch nicht mal, wie eine Kuh aussieht. Aber drei Mal im Jahr in Urlaub fahren, alle zwei Jahre ein neues Auto und jedes Jahr ein neues Smart-Dings kaufen - dafür hat jeder Geld. Wenn Lebensmittel etwas teurer werden, dann ist das Geschrei groß. Der Otto Normalverbraucher gibt ohnehin nur etwas mehr als zehn Prozent von seinem Einkommen für Lebensmittel aus. Lieber den letzten Scheiß aus dem Supermarkt kaufen, anstelle gesunder Lebensmittel. Hier geht ein Betrieb nach dem anderen vor die Hunde und wen interessiert´s? Wer mäht denn dann die Wiesen und pflegt die Landschaft, wenn keine Bauern mehr da sind? WER?“
Holzinger merkte selber, wie ihm die Puste ausging, weil er immer lauter wurde. Dabei fuchtelte er wild mit seinen Händen umher. Steinhauser und Strubinski schauten ihn mit großen Augen an. Plötzlich verstummte er. In der Lagerhalle wurde es wieder still.
Es dauerte eine ganze Weile, bis schließlich Steinhauser wieder das Wort ergriff: „Und wie sieht diese einmalige Förderung aus?“
Er blieb bewusst sachlich, so wie er es auf der Polizeischule gelernt hatte. Auf keinen Fall wollte er sich von Holzingers emotionaler Rede anstecken lassen. Dass die Milchbauern im Sinngrund und Umgebung keinen leichten Stand hatten, war ihm durchaus bewusst, aber das erklärte immer noch nicht, warum der Feißthammer ausgerechnet in Holzingers Güllegrube lag. Aufmerksam hörte er ihm weiterhin zu.
„Wenn ich auf Bio-Milch umgestellt hab, dann bekomm ich fünf Jahre lang für jeden erzeugten Liter Mich 15 Cent vom Staat auf den aktuellen Bio-Milchpreis obendrauf.“ Holzinger hatte sich wieder beruhigt. Zu Atem gekommen war er auch. „Die Förderung wird nach Ablauf der fünf Jahre

schrittweise auf null Cent reduziert. Ab dem sechsten Jahr nur noch 10 Cent, ab dem achten Jahr noch 5 Cent und ab dem elften Jahr dann nix mehr. Aber in den zehn Jahren kann viel passieren. Man hat genug Zeit, um sich für die Zukunft zu rüsten. Und das Beste daran ist: Die Förderung ist sogar steuerfrei. Naja, soll wahrscheinlich das schlechte Gewissen der Politiker beruhigen. Aber das ist mir auch egal, solange sich die Plagerei wieder lohnt."

„Das ist ja recht lukrativ", meinte Steinhauser.

„Was heißt hier lukrativ? Ich steh ja auch sieben Tage die Woche im Stall. Da ist nix mit Urlaub. Von wegen einfach mal so zwei Wochen Mallorca und die Sau rauslass."

„Mallorca? Wer will denn heutzutage noch nach Malle?", warf Strubinski dazwischen, verstummte aber sofort wieder, als er die Blicke seiner Freunde bemerkte.

„Ich würd gern mal zwei Wochen nach Malle – oder irgendwo anders hin", entgegnete Holzinger. „Jedenfalls, wenn ich mein Einkommen auf die Stunden umleg, die ich jeden Tag schaff, dann bin ich unter´m Mindestlohn. Aber wen juckt´s? Und ohne das Zertifikat bin ich bankrott", schob Holzinger etwas frustriert hinterher. Steinhauser musste eingestehen, dass *lukrativ* auch anders aussehen konnte. „Und was bekommst du für Bio-Milch, ohne die staatliche Förderung?"

„Im Moment steht der Preis so um die 50 Cent. Plus-Minus."

„Und das würd reichen?", wagte Strubinski dazwischen zu fragen.

Auch er versuchte, wie Steinhauser vorher, so sachlich wie möglich zu klingen. Denn er konnte sich wahrlich nicht erinnern, dass Holzinger in den letzten Jahren irgendwann einmal Urlaub gemacht hätte.

„Ja klar. Alles was ich ... und natürlich auch alle anderen Milchbauern wollen, sind faire Preise, von denen wir leben können. Auch ohne irgendwelche Förderungen."

„Und bis wann brauchst du das Zertifikat, um diese Förderung zu bekommen?", fragte Steinhauser.

„Die kann ich nur bis Ende des Jahres beantragen, vorausgesetzt ich habe das Zertifikat", erklärte Holzinger. Matt und ausgebrannt lehnte er sich gegen die Truhe.

„Dann hast du ja noch Zeit", versuchte ihn Steinhauser aufzumuntern.

„Eben nicht … ja … eigentlich schon", entgegnete Holzinger nach kurzem Überlegen. „Aber je eher ich es habe, umso eher bekomm ich auch die Förderung."

„Okay, deine Situation kenne ich jetzt“, sagte Steinhauser mit ehrlichem Verständnis für seinen Freund. „Aber das erklärt immer noch nicht, warum der Feißthammer ausgerechnet in deiner Grube lag. Und wie kommst du darauf, dass den jemand bei dir reingeworfen haben könnte?“
„Naja“, Holzinger druckste herum. „Der hatte nicht viele Freunde. Das kannst du mir glauben.“
„Dass er keine Freunde hatte, ist noch lange kein Grund dafür, dass er in *deiner* Grube lag.“ Steinhauser wurde wieder deutlich. „Du verheimlichst mir doch was! Wenn ich dir helfen soll, dann musst du mir schon alles erzählen!“
Holzinger schaute hilfesuchend zu Strubinski. Man konnte ihm ansehen, wie es in seinem Hirn ratterte. Er ging ein paar Schritte auf und ab, dann wandte er sich wieder an Steinhauser.
„Ich hatte einen, ... etwas heftigeren Streit mit ihm“, gestand Holzinger. Dabei deutete er auf die Gefriertruhe. Steinhauser und Strubinski hingen gespannt an seinen Lippen. „Ich war letzte Woche auf´m Amt. Wegen dem Zertifikat. Ich wollt, dass der mir das Ding jetzt endlich ausstellt. Doch der hat mich nur blöd angemacht. Da sind mir die Sicherungen durchgebrannt und ich hab ihm eine gescheuert.“
„Ist nicht wahr?“ Steinhauser schüttelte den Kopf.
„Echt? Krass!“, warf Strubinski ein. Schwieg aber sofort wieder.
„Ich bin auch nicht stolz drauf“, meinte Holzinger mit gesenktem Haupt. „Das ham natürlich alle, die auf´m Amt war´n, mitbekommen. Und so was spricht sich doch gleich rum. Vielleicht war er bei einem anderen Bauer und da kam es auch zu ...“, Holzinger suchte nach den richtigen Worten, „... Handgreiflichkeiten.“
„Du willst doch jetzt nicht allen Ernstes behaupten, dass den ein anderer Bauer bei dir reingeworfen hat?“, fragte Steinhauser ungläubig.
„Warum denn net?“, entgegnete Holzinger verzweifelt. „Du hast doch selber gesagt, am Fahrersitz hängt Scheiße. Und ich war nicht drin gesessen.“
Steinhauser überlegte kurz, bevor er antwortete. „Die kann trotzdem von dir sein. Der Feißthammer könnt ausgestiegen sein, um dich zu suchen. Als er wieder eingestiegen ist, hat er die Scheiße ins Auto gebracht.“
„Das könnt aber auch die Scheiße von nem anderen Bauer sein. Was, wenn der Feißthammer in seinem eigenen Auto hergebracht und reingeworfen wurde?“, hielt Holzinger dagegen.
Die drei schauten sich nachdenklich an, bis Strubinski diesmal das Wort ergriff. „So unrecht hat der Sepp da gar nicht“, sagte er vorsichtig. „Wenn

der überall so beliebt war und noch mehr Existenzen von dene Zertifikate abhängig sind, … wer weiß, wer alles wusste, dass der Sepp dem eine auf ´s Maul gehauen hat."
Steinhauser sagte nichts.
„Freiwillig ist der da bestimmt net neigefalle", schob Strubinski hinterher.
„Und wenn es doch ein Unfall war?", sagte Steinhauser. „Klingt alles etwas … an den Haaren herbeigezogen, wenn ich ehrlich sein soll."
„Klar! Für dich klingt das komisch. Aber wenn es doch *kein* Unfall war?", warf Holzinger ein.
„Hannes", wandte sich jetzt auch Strubinski an Steinhauser. „Mir müsse zumindest mal guck, ob da jemand nachgeholfe hat."
„Ja, genau." Holzinger freute sich, dass Strubinski zu ihm hielt.
„Du bist doch bei der Kripo", sagte Strubinski. „Du musst doch wiss, was zu mache ist."
„Ja scho", gab Steinhauser etwas zögerlich zurück. Er verfluchte den Tag, an dem er behauptet hatte, bei der Kripo zu arbeiten. Vielleicht war jetzt der Zeitpunkt gekommen, die Wahrheit zu sagen? Aber was, wenn die Kripo Sebastian in die Mangel nahm? Er kannte Stefanies Kollegen und ihre Vorgehensweise. Die waren alles andere als zimperlich, wenn es um Gewaltverbrechen ging. Sebastian war ohnehin schon mit den Nerven am Ende und Katja auch noch schwanger. Sollte er ihnen das antun?
„Ich kann mich ja mal schlau machen", meinte Steinhauser vorsichtig. Dabei wollte er Holzinger keine allzu großen Hoffnungen machen. Doch dieser interpretierte seine Aussage anders.
„Danke", juchzte Holzinger. Vor Freude drückte er seinen Schulfreund an sich. Steinhauser blieb die Luft weg, so fest vergrub er ihn in seinen kräftigen Armen. „Ich hab doch gewusst, dass du mich nicht hängen lässt."
„Ich krieg keine Luft", stöhnte Steinhauser.
„Sorry, wollt dich nicht erdrücken … brauch dich doch noch." Holzinger strahlte über das ganze Gesicht.
„Wie viele Bauern haben denn beim Feißthammer ein Bio-Zertifikat beantragt?" Steinhauser war wieder um Professionalität bemüht.
„Keine Ahnung", meinte Holzinger. „Ich weiß nur vom Diehl aus Obersinn. Müssten aber mehr sein. Soweit ich weiß, ist der Feißthammer … war der Feißthammer für den ganzen Sinngrund zuständig."
Steinhauser versuchte einen klaren Gedanken zu fassen, konnte sich aber nicht konzentrieren. Für Ermittlungen bei Gewaltverbrechen war er nicht ausgebildet. Deshalb konnte er nur auf ein Halbwissen zurückgreifen, das

er von Stefanies Arbeit mitbekommen hatte. Viel war es nicht, aber zumindest konnte er sich mal über Feißthammer informieren. So schwer konnte das doch nicht sein. Ein paar Fragen würden ihm schon einfallen.
„Müsse mir den jetzt eigentlich sezier?" Strubinski riss ihn aus seinen Gedanken. Mit einer Kopfbewegung deutete er auf die Truhe.
„Bist du bescheuert?" Steinhauser schüttelte entsetzt den Kopf. „Mir könne den doch net aufschneid."
„Bei jedem Krimi wird die Leiche aufgeschnitten", meinte Strubinski etwas beleidigt.
„Im Krimi, im Krimi. Sind mir hier im Krimi?", entgegnete Steinhauser. „Die Leiche in der Truhe ist echt. Oder willst du an der rumschnippeln? Außerdem heißt das Obduktion und wird von einem Rechtsmediziner durchgeführt", erinnerte sich Steinhauser und war froh, etwas Fachwissen demonstrieren zu können.
„Vielleicht sieht man ja auch ohne rumschnippeln was?", sagte Strubinski spitz.
Ganz Unrecht hatte er nicht. Vielleicht hatte ja wirklich jemand nachgeholfen. Doch das konnte Steinhauser unmöglich zugeben. Wer weiß, auf was für Ideen Strubinski noch kommen würde. Denn weder seine zwei Schulfreunde noch er waren in der Lage, eine vernünftige Leichenschau durchzuführen. Das würde ihm auch entschieden zu weit gehen. Instinktiv prüfte Steinhauser, ob er den Schlüssel für die Truhe einstecken hatte – sicher ist sicher. Dennoch beschäftigte er sich automatisch mit der Frage, wie sie herausfinden könnten, ob Feißthammer durch äußere Einwirkungen zu Tode gekommen ist. Bei diesem Gedanken erschrak er über sich selbst.
„Wolle mir mal nachguck?" Strubinski riss ihn erneut aus seinen Gedanken.
„Wie bist´n du drauf?" Steinhauser war erschüttert über Strubinskis Tatendrang.
„Der ist doch scho tot, was soll´n passier?" Strubinski blieb beharrlich. „Und außerdem, je eher mir wisse, wie der in die Grube vom Sepp gekommen ist, je eher ist der wieder aus meiner Truhe und aus meinem Lager raus. In die Truhe sollten eigentlich die Sachen für´s Schützenfest am kommenden Wochenende. Mal ganz davon abgesehen, dass ich den Schütze eine neue geben muss, wer bezahlt´n mir die, wo der Typ drin liegt? Die kann ich wegschmeiß!"
„Die wird dir der Sepp schon bezahlen", beruhigte in Steinhauser mit

Blick auf Holzinger.
Der nickte eifrig. „Kein Problem, das Geld kriegst du von mir. Kost ja bestimmt nicht mehr viel, das alte Ding."
„Du bezahlst mir gefälligst eine neue Truhe", erwiderte Strubinski.
„Wieso eine neue, der liegt doch in der alten?", hielt Holzinger dagegen.
„Weil ich für die alte eine neue brauch", beharrte Strubinski. „Und wenn´s dir net passt, dann kannst du den Typ ja wieder mitnehmen und bei dir einfrier."
„Ruhe jetzt!" Energisch beendete Steinhauser die Verhandlungen. „Seid ihr eigentlich bescheuert? Bin ich hier jetzt im Kindergarten, oder was?"
Schweigend blickten beide verlegen zu Boden.
„Gucke mir jetzt oder nicht?", wechselte Strubinski vorsichtig das Thema.
„Was willst'n alszu guck?", raunzte ihn Steinhauser an.
Strubinski deutete zur Truhe, in der Feißthammer lag.
„Nein, auf keinen Fall!", widersprach Steinhauser scharf.
„Wer soll´n sonst guck? Wenn mir net gucke, dann wisse mir ach net, ob der von selber neigefalle ist", meinte Strubinski.
„Vielleicht sollte mir doch guck", schlug jetzt auch Holzinger vor.
„Ja geht's noch?" Steinhauser wurde sauer. Plötzlich hatte er das Gefühl von Verrückten umzingelt zu sein. „Mir mache an der Leiche gar nix! Es langt scho, dass mir die eingefro´n ham", stellte er resolut klar. Damit war die Diskussion beendet. Es wurde wieder still in der Lagerhalle. Die drei schauten sich ratlos an. „Aber vielleicht wüsst ich jemand, der uns da professionell helfen könnt", dachte Steinhauser laut.
„Und wer?", fragten Strubinski und Holzinger gleichzeitig.
„Das kann euch egal sein", wehrte Steinhauser ab, schnappte sich Jacky und verließ das Lager.
„Wo willst'n jetzt hin", fragten ihn die beiden.
„Ich muss nachdenken", gab er zurück. „Ich melde mich", war das Letzte, was sie von ihm hörten.

Auf dem Rückweg zur verlassenen Fabrik blieb Steinhauser an der Dorflinde, dem Wahrzeichen von Mittelsinn, stehen. Es war ein warmer Sommerabend. Eigentlich ideal, um im Bus zu nächtigen. Aber mittlerweile hatte er es satt, in der engen Kiste zu hausen. Nach Wochen der Entbehrung sehnte er sich nach einem richtigen Bett. Sein Elternhaus war noch nicht einmal hundert Meter entfernt. Also entschied er sich zu ihnen

zu fahren.
Dort angekommen, parkte er seinen Bus in den hinteren Bereich des gepflasterten Hofes. Da sein Vater kein klassischer Hundefreund war, beschloss er Jacky in einer der ungenutzten Lagerhallen zu verstecken. Er opferte eine alte Decke und zwei Brotzeitdosen, die er mit Wasser und Hundefutter füllte. In der Halle wurden früher Getreide und Schrot für die Tiere gelagert. Das alte Fachwerkgebäude war mindestens so alt wie das Gehöft selbst, aber in gutem Zustand. Sein Großvater hatte die teilweise stark beschädigten Gebäude meist selbst renoviert. Sein Vater hatte ebenfalls noch einmal viel Geld investiert, was sich aber gelohnt hatte. Steinhauser konnte sich noch gut daran erinnern, wie er mit seinen Eltern immer wieder die alten Bilder der maroden Gebäude angeschaut hatte. Deshalb wusste er sehr gut, wie es hier einmal ausgesehen hatte.
Steinhauser streichelte Jacky noch einmal über den Kopf, bevor er die Tür schloss. Er war noch keine zwei Meter weit gekommen, da hörte er ein mitleiderregendes Jaulen. Er wartete kurz. Doch das Jammern und Wimmern von Jacky verstummte nicht, es wurde eher lauter. Trotz verschlossener Tür war der Hund am Abend weit zu hören. Das Letzte, was er jetzt noch gebrauchen konnte, war seine ständig fragende Mutter. Mit hängenden Schultern ging er zurück zur Halle. Dort kam ihm die Beagle-Dame mit wedelndem Schwanz entgegen.
„Naja, eine Nacht wird wohl gehen", meinte er und nahm sie mit in seinen Bus.
Steinhauser legte die alte Decke über die beiden Beifahrersitze. Die Brotzeitdosen stellte er in den Fußraum. Nach mehrfacher Aufforderung legte sich Jacky endlich auf den für sie vorgesehenen Platz.
Anschließend ging er zum Haus seiner Eltern und klingelte. Es wunderte ihn, dass ihn seine Mutter noch nicht entdeckt hatte. Hildegard Steinhauser war eine kleine, zierliche Frau. Auch wenn sie schon ergraut war, so steckte sie dennoch voller Energie.
„Das ist aber eine Überraschung." Hildegard drückte ihren Sohn freudestrahlend fest an sich. „Mit dir ham wir heute gar nicht gerechnet. Hattest du angerufen, dass du kommst?", fragte sie vorsichtig, da sie in letzter Zeit etwas vergesslich geworden war.
„Nein, hatte ich nicht", beruhigte er seine Mutter. „Ich hab für´n paar Tage dienstlich in der Gegend zu tun und dacht, ich könnt so lang in meinem alten Zimmer schlafen. Dann muss ich nicht ständig nach Würzburg fahr."
„So, was hast´n zu tun?"

„Nix besonderes“, wehrte er ab. „Das erzähl ich euch später. Ich bring erst mal mein Zeug aufs Zimmer.“
„Das geht net“, meinte Hildegard etwas verlegen.
„Wieso?“
„Dei Zimmer hat der Vodder umfunktioniert“, erklärte seine Mutter. „Da hat er sich a paar Fitnessgeräte neigestellt.“
„Bitte was?“ Steinhauser war sichtlich überrascht.
„Ja, er hat´s doch seit längerem im Kreuz und da hat ihm der Klaus geraten, dass er Sport machen soll. Und da dein Vodder ja kei Zeit hat irgendwo hinzugehen, hat er sich a paar Fitnessgeräte besorgt.“
„Der Klaus?“
„Ja, der Klaus, dein Schwager. Unser Hausarzt.“
„Mama, ich weiß, wer der Klaus ist. Bin halt ein bisschen überrascht“, sagte Steinhauser. „Dann geh ich halt so lang ins Gästezimmer.“
„Das geht auch net. Da schläft der Stift.“
„Der Stift?“ Steinhauser überlegte, wann er das letzte Mal hier gewesen war, dass sich so viel verändert haben konnte. Er kam zu dem erschütternden Ergebnis, dass sein letzter Besuch tatsächlich schon über zwei Monate zurücklag.
„Ja, mir ham doch wieder ´nen Auszubildenden, den Kai“, sagte Hildegard stolz. „Das weißt du noch net. Der ist noch net lang bei uns. Das hat sich kurzfristig so ergeben. Der kommt aus Ruppertshütten und weil die Verkehrsverbindungen über die Schanz doch so schlecht sind, ist der die ganze Woche da – bis er halt selber fahren kann. Du weißt doch, wie schwer es ist, jemanden zu finden, der heute noch Bäcker lernen will. Da muss man den junge Leut halt was biet.“
„Aha“, war alles, was Steinhauser dazu sagte.
Die Tatsache, dass seine Eltern seit einer Ewigkeit wieder einen Auszubildenden hatten, verwunderte zwar, aber ihm wurde allmählich auch klar, dass auf seine Rückkehr keiner vorbereitet war. Wie auch, er hatte niemandem gesagt, dass er wieder nach Hause kommt. Zudem wohnte er seit über zehn Jahren in Würzburg, zusammen mit Stefanie. In diesem Augenblick wurde ihm wieder bewusst, dass er noch immer keine geeignete Ausrede für seine Rückkehr in den Sinngrund und die Trennung von Stefanie gefunden hatte. Für letzteres gab es auch keine Ausrede, hierfür würde er sich eine gute Entschuldigung einfallen lassen müssen. Denn seine Eltern hielten sehr viel von Stefanie. Was Stefanie sagte, war Gesetz im Hause Steinhauser.

„Aber du kannst ja auf der Couch schlaf", schlug seine Mutter vor.
„Nein, lass gut sein", wehrte Steinhauser ab. „Ich schlaf erstmal im Bus. Ich bin es ja mittlerweile gewohnt." Er wollte die Debatte beenden, bevor seine Mutter noch auf Stefanie zu sprechen kam. Denn sie kam immer auf seine *bessere Hälfte* zu sprechen. Doch da hätte er mit seinen Äußerungen etwas vorsichtiger sein müssen.
„Wieso bist du es gewohnt, im Bus zu schlafen?", hakte seine Mutter sofort nach. „Ist was mit der Stefanie?"
„Nix is", gab Steinhauser beschwichtigend zurück. „Ich mein nur, dass ich es gewohnt bin, ab und zu im Bus zu schlafen."
„Alles in Ordnung bei der Stefanie und dir?", blieb Hildegard hartnäckig.
„Alles gut, Mama", beruhigte er seine Mutter. Schnell wechselte er das Thema. „Ich hab Hunger, hast du noch was zu essen?"
„Aber natürlich. Komm rein." Hildegard liebte es, ihren Sohn zu verwöhnen.
In der Küche setzte er sich wortlos an den Tisch, während seine Mutter den Inhalt des kompletten Kühlschranks darauf verteilte. Neben selbstgebackenem Brot und süßen Stückchen aus der Bäckerei gab es auch Wurst und Käse.
Sein Vater, der sich zu ihnen gesellte, war im Gegensatz zu seiner Mutter, eher wortkarg. Oft hatte man das Gefühl, er würde nicht zuhören, wenn die Familie zusammenkam, aber das täuschte: Er hörte alles. In den letzten Jahren hatte er einen schönen Bauch bekommen.
„Der kommt von de süße Weck", sagte er immer, wenn ihn Hildegard darauf ansprach, dass sein *Ranzen* immer dicker wurde. Zudem waren ihm in den letzten Jahren auch die Haare ausgegangen, so dass er mittlerweile fast eine Glatze hatte.
Steinhauser aß bewusst langsam, damit er in kein unnötiges Gespräch verwickelt wurde, doch das war bei seiner Mutter nicht möglich.
„So, Johannes. Jetzt erzähl mal. Was hast´n hier zu tun?", brach Hildegard das Schweigen am Tisch. „Gibt´s ein Verbrechen? Die Kripo kommt doch immer nur bei Verbrechen, oder?"
Genau das hatte Steinhauser befürchtet. Wenn er seiner Mutter jetzt nicht eine plausible Geschichte auftischte, würde sie noch auf die Idee kommen und Stefanie anrufen.
„Ich bin im Auftrag vom Bayerischen Innenministerium unterwegs", sagte er. Seine Eltern starrten ihn an, als ob er gesagt hätte, er würde zu Interpol ins Ausland wechseln. „Keine große Sache", entschärfte er seine Aussage.

Das Wort Innenministerium hätte er besser bei Seite gelassen. „Ich wurde für das Projekt: *Mehr Sicherheit auf dem Land* ausgewählt."
„Und was soll das für ein Projekt sein?", fragte seine Mutter interessiert.
„Naja, da wurden Beamte mit einer gewissen ... Berufserfahrung ausgewählt ... äh ... um zu testen, ob durch größere Polizeipräsenz auf dem Land weniger Verbrechen passieren", erklärte er und fand seine neue Aufgabe ganz gut umschrieben.
„Und du wurdest ausgewählt?", fragte seine Mutter ungläubig, aber mit einem Funkeln in den Augen. Was Steinhauser signalisierte, dass seine Taktik die richtige war. Seine Mutter war stolz, dass ihr Sohn an einem Projekt des Bayerischen Innenministeriums mitwirkte. So musste er zunächst auch nicht beichten, dass er gar nicht bei der Kriminalpolizei arbeitete.
„Naja, wie schon gesagt, ist nix besonderes", wehrte er ab.
„Und was genau musst du da mach?", bohrte seine Mutter nach.
„In Burgsinn, auf´m Rathaus, ist eine kleine Polizeistation installiert worden", erklärt er weiter. „Ich soll quasi die Polizeistation aufbauen."
„Dann dauert dos doch ach länger?", warf sein Vater dazwischen.
„Ja, wahrscheinlich schon. Wie lange genau, weiß ich aber auch nicht. Kann schon ein paar Wochen dauern." Er nutzte die Gelegenheit, um seine Eltern schon mal darauf einzustimmen, dass er länger bleiben würde.
„Dann musst du die Fitnessgeräte wieder raus räum", wandte sich Hildegard an ihren Mann.
„Für ein paar Wochen hat er gemeint, net für immer", gab dieser, mit Blick zu seinem Sohn, knapp zurück. „Der konn ach in seim Bus geschloff öder sich a Wohnung gesüch. In der Gechend gibt's genuch. Mei Zeuch bleibt wo´s is! Schließlich ist er jetzt alt genuch."
„Ja, der Vodder hat total recht", warf Steinhauser schnell dazwischen, bevor seine Mutter Partei für ihn ergreifen konnte. „Deswegen hab ich ja den Bus dabei. Ist so am allereinfachsten und wer weiß, wie lang der Einsatz dauert." Denn er wusste, dass ihm sein Vater noch immer nachtrug, dass er die Bäckerei nicht übernehmen wollte. Rudolf würde ihn zwar nicht auf der Straße schlafen lassen, aber wenn es sich anbot, dann spielte er gerne den Beleidigten.
Bevor das Gespräch noch eine andere Wendung nehmen konnte, verabschiedete sich Steinhauser von seinen Eltern Richtung Bus. Seine Mutter gab ihm noch mit auf den Weg, dass er ruhig das Bad im Haus benutzen konnte, was Steinhauser auch dankend annahm. Eine richtige Dusche lag

auch schon eine Weile zurück. Im Großen und Ganzen fand er, dass er sich gut aus der Affäre gezogen hatte. Fürs erste würde er Ruhe vor seinen Eltern haben. Blieb nur noch das Problem mit Stefanie. Seine Eltern liebten sie wie eine zweite Tochter und waren mächtig stolz auf ihn, dass er eine so adrette und intelligente Freundin hatte. Aber auch dafür würde er bestimmt eine akzeptable Erklärung finden – hoffte er zumindest.

Kurz bevor sich Steinhauser schlafen legte, prüfte er noch, ob sich Frau Kleingeist oder der Hundebesitzer gemeldet hatten. Während dem Treffen bei Strubinski hatte er sein Smartphone auf lautlos gestellt, doch es waren keine Anrufe eingegangen. Jacky lag auf dem Beifahrersitz und schaute ihn mit treuen Augen an. Er hatte keine Ahnung, was er mit dem Hund machen sollte.

Kapitel 5
8. Juni, ganz früh am Morgen

„Aufstehen! Du musst aufstehen!“ Steinhauser vernahm ein weit entferntes Rufen. Eine dumpfe Stimme drang wie durch dichten Nebel zu ihm. Wie eine alte Schallplatte, die hing, wiederholte sie sich ständig, dabei wurde sie immer klarer: „Aufstehen! Du musst aufstehen!“

Steinhauser öffnete seine verquollenen Augen. Die ersten Sonnenstrahlen drängten in seinen Bus und blendeten ihn. Er zog sich wieder die Decke über den Kopf. Mittlerweile hämmerte es ungeduldig gegen die Schiebetür. Langsam drehte er sich zur Seite, als ihn etwas Feuchtes an seiner Nase berührte. Er gab einen gellenden, hellen, undefinierbaren Laut von sich und schoss wie von der Tarantel gestochen in die Höhe. Jetzt war Steinhauser hellwach. Sofort verstummte das Klopfen und Rufen. Vor ihm saß Jacky, die während der Nacht unter seine Decke gekrochen war und sich jetzt genüsslich über die Schnauze leckte.

„Alles in Ordnung?“, fragte die Stimme besorgt.

Steinhauser wühlte sein Telefon hervor und schaute auf die Uhr.

„Mama?“, krächzte er verschlafen. „Es ist halb sieben! Was ist denn los?“

„Wir machen Frühstück. Kommst du?“

Steinhauser verdrehte die Augen. „Ich muss erst um acht auf dem Rathaus sein.“

„Ich dachte, es wäre schön, wenn wir gemeinsam frühstücken. Wo du schon mal da bist.“

Er wollte seiner Mutter jetzt nicht vor den Kopf stoßen, auch wenn es eine Stunde zu früh für ihn war. Eigentlich brauchte er seinen Schlaf. Da zählte jede Minute. Und in dieser Nacht hatte er besonders schlecht geschlafen. Was in Anbetracht der Situation kein Wunder war.

„Ja, Mama. Ich komme. Geh schon mal vor.“

Er warf Jacky einen bösen Blick zu und zog sich mühsam etwas über. „Wenn du mich noch einmal ableckst … dann … naja, verstehst mich ja eh nicht.“

„Ist da jemand bei dir?“, tönte es unerwartet von draußen.

„Wieso stehst du noch vor dem Bus?“ Steinhauser öffnete die Schiebetür. „Nicht, dass du mir wieder einschläfst … was ist denn das?“ Seine Mutter erstarrte, als sie den Hund sah.

„Nach was sieht´s denn aus?“, gab Steinhauser genervt zurück. „Das ist mein neuer, bester Freund.“
„Wo hast‘n den her?“
„Ist mein Polizeihund“, meinte Steinhauser, da er keine Lust hatte, seiner Mutter lang und breit zu erklären, wie er zu Jacky gekommen war. „Gehört zu meinem Projekt“, schob er noch hinterher.
„Ein Beagle ist doch kein Polizeihund.“
„Doch, der schon!“, beendete Steinhauser die Fragestunde, sprang aus dem Bus und schob seine Mutter vor sich her.
Als sie die Küche betraten, saß sein Vater bereits am reich gedeckten Frühstückstisch. Der Raum duftete nach frischem Brot und heißem Kaffee.
„Was macht‘n der Köter hier?“, war Rudolfs barsche Begrüßung.
„Ich wünsche dir auch einen guten Morgen“, gab Steinhauser zurück. „Der gehört zu mir.“
Sein Vater schaute ihn mit großen Augen an. „Seit wann hast‘n du‘n Hund?“
„Ist doch jetzt egal“, Steinhauser wollte einfach in Ruhe frühstücken.
„Der gehört zu seinem Projekt. Du weißt doch, das mit der Sicherheit bei uns“, strahlte Hildegard ihren Mann an.
Sein Vater schwieg. Es war ein Moment der Ruhe, den Steinhauser genoss. Er entspannte sich, trank genüsslich seinen Kaffee und hatte das erste Mal das Gefühl wieder zu Hause zu sein.
„Ich geh mal schnell in den Laden und schau nach der Sandra und dem Lars“, meinte seine Mutter.
„Die komme auch ohne dich klar“, sagte Rudolf.
„Ja, ich weiß“, gab Hildegard zurück. „Aber ich hab die Zeitung vergessen.“
Sandra Putz müsste mittlerweile Mitte fünfzig sein. Sie arbeitete bei seinen Eltern, seit er denken konnte, und gehörte schon längst zum Inventar. Lars Sachs war ein ehemaliger Auszubildender seines Vaters und half gelegentlich aus, wenn er Zeit hatte.
Kaum war Hildegard aus der Küche, wandte sich Rudolf an seinen Sohn. „Hat´se dich nausgeschmisse?“
Wie vom Blitz getroffen, fuhr Steinhauser herum und starrte seinen Vater mit offenem Mund entgeistert an. Das Brötchen fiel ihm aus der Hand.
„Was?“, krächzte er. Ihm wurde heiß und kalt.
„Na, die Stefanie. Hat´se dich nausgeschmisse?“
„Nein, wie kommst du darauf?“, fing er sich wieder.

„Naja, weil du halt unangemeldet gekomme bist. Und dein Bus ist voll wie bei nem Umzug. Ich hab heute Morgen mal neigeguckt“, erklärte sein Vater. „Wundern würd´s mich net.“
„Ne, ne, alles gut. Ich hab beruflich für´n paar Tage hier zu tun und dacht halt, ich könnt solang bei euch wohn.“
Bei seinem Vater hatte man zwar oft den Eindruck, dass er nicht zuhörte oder desinteressiert war, aber ihm hatte Steinhauser noch nie etwas vormachen können. Bevor sein Vater weiter nachbohren konnte, kam zum Glück seine Mutter zurück. Sie drückte ihrem Mann die halbe Zeitung in die Hand. Hildegard und Rudolf teilten sich immer die Zeitung. Das einzige, was jetzt noch zu hören war, war das Rascheln der Zeitung, bis die Stille durch einen Aufschrei seiner Mutter jäh beendet wurde.
„Du bist in der Zeitung!“, rief sie.
Steinhauser zuckte erschrocken zusammen. Sein Brötchen fiel ihm zum zweiten Mal aus der Hand, landete diesmal auf seiner Tasse und der schöne Kaffee ergoss sich über den Tisch.
„Mama! Schrei doch net so rum!“, sagte er verärgert, während er zu verhindern versuchte, dass alles auf den Boden tropfte.
Rudolf schaute kurz hinter seiner Zeitung hervor, meinte nur: „Pass doch auf!“ Dann widmete er sich wieder den Nachrichten.
„Guck doch! Da ist der Hannes!“, meinte Hildegard, riss ihrem Mann seine Hälfte aus der Hand und hielt ihm ein großes Bild im Lokalteil unter die Nase. „Der Hannes und der Bürgermeister von Burgsinn“, erklärte sie. „Da steht, dass der Hannes ab diesem Monat die neue Polizeidienststelle in Burgsinn leitet. Ein Projekt des Innenministeriums, bei dem nur erfahrene und verdiente Beamte eingesetzt werden. Der Hannes sei ein Vorreiter und dass die Dienststelle ein bedeutender Schritt für den Sinngrund sei. Hast du gehört?“ Hildegard gab ihrem Mann einen Stoß. „Der Hannes hat seine eigene Dienststelle“, meinte sie voller Stolz.
„Aha, dann bleibst du wohl doch länger?“, war alles, was sein Vater dazu sagte.
„Ja warum hast du denn nix gesagt?“, beschwerte sich seine Mutter. „Wenn du länger bleibst, dann wird dein Zimmer natürlich zurecht gemacht. Gell Rudolf?“
„Hm“, brummte dieser, während er den besagten Artikel las.
„Naja“, meinte Steinhauser unschlüssig. „Kam alles etwas kurzfristig und da ja keiner so genau weiß, wie lange das mit dem Projekt läuft, wollte ich euch jetzt auch nicht zur Last fall.“

„Was für ein Blödsinn!“, entrüstete sich seine Mutter. „Du fällst uns doch nicht zur Last. Gell Rudolf?“
„Hm“, brummte Rudolf erneut, der immer noch in den Artikel vertieft war.
„Das weiß ich doch“, beruhigte Steinhauser seine Mutter. Er versuchte etwas Ordnung in die von ihm verursachte Sauerei auf dem Tisch zu bringen. „Aber wir wollen jetzt mal nix überstürz. Warten wir mal die nächsten Tage ab.“
„Aber du kannst doch nicht in deinem Bus schlaf!“
„Doch, das geht erst mal“, sagte er mit Blick auf die Uhr. „Jetzt muss ich aber los.“
„Jetzt schon?“, wunderte sich seine Mutter. Vorhin hatte er sich noch beschwert, dass sie ihn geweckt hatte.
„Ich muss mich dusch und um den Hund muss ich mich auch noch kümmer“, erklärte er, schob sich sein halbes Brötchen in den Mund und versuchte immer noch mit einem Küchentuch den verschütteten Kaffee vom Tisch aufzuwischen.
„Lass nur, ich mach das schon“, sagte seine Mutter. Sie zog ihrem Mann die Zeitung weg. „Sag doch auch mal was, Rudolf.“
Steinhauser Senior hob den Kopf. „Respekt!“, sagte er knapp, was für seine Verhältnisse ein echtes Lob gewesen war. „Auf dem Bild fehlt nur noch der Kranz.“
„Was für ein Kranz?“, wunderte sich Steinhauser.
„Na, der Karl Kranz“, meinte Rudolf. „Der Bürgermeister von Mittelsinn.“
„Ach so. Ja, stimmt, jetzt wo du es sagst. Gibt’s den auch noch?“
„Der Kranz und der Mehrhold. Wenn die zwü nur irgendwie in die Zeitung komm könne, dann sind die glücklich.“
„Da fällt mir auf, dass zu meiner Begrüßung außer dem Mehrhold gar kein anderer Bürgermeister aus der Verwaltungsgemeinschaft da gewesen war“, erinnerte sich Steinhauser.
„Der Kranz ist zur Zeit auf Kur“, erklärte Hildegard, „und kommt erst in drei oder vier Wochen wieder.“
„Und den anderen Bürgermeistern hat der Mehrhold bestimmt nix gesagt“, fügte Rudolf noch an. „Der hat doch Angst, dass ihm jemand die Schau stiehlt.“
„Naja, das ist mir eigentlich egal. Ich muss jetzt los“, meinte Steinhauser gleichgültig, bedankte sich für das Frühstück und entschuldigte sich für die Sauerei, die er angerichtet hatte. Jacky folgte ihm.
Durch den Zeitungsartikel sollte zumindest das Thema „Kripo“ bei seinen

Eltern vorerst kein Thema sein. So musste er sich zunächst keine Ausrede einfallen lassen, warum er, als angeblicher Kriminalbeamter, nach Burgsinn versetzt worden war. In dem Artikel stand schließlich deutlich, dass nur *erfahrene und verdiente* Beamte eingesetzt werden. War der Mehrhold also doch zu was zu gebrauchen.

Auf dem Weg nach Burgsinn versuchte Steinhauser seine Gedanken zu ordnen. Er überlegte, wie er weiter vorgehen könnte. Zunächst beschloss er, dem Amt für Landwirtschaft einen Besuch abzustatten, um etwas mehr über diesen Feißthammer zu erfahren. Für welche Milchbauern er zuständig gewesen war, wollte er auch wissen. Doch er hatte keine Lust, mit seinem alten Bus bis nach Karlstadt zu fahren. Da fiel ihm das Angebot von Frau Schäflein wieder ein, die angeboten hatte, ihm ihr Auto zu leihen. Als er am Rathaus ankam, musste er feststellen, dass sein Parkplatz schon wieder belegt war. Obwohl links daneben ein Parkplatz frei gewesen wäre.
„Na warte", brummte Steinhauser und lenkte seinen Bus haarscharf neben die Fahrertür von Mehrholds Geländewagen.
Zufrieden betrachtete Steinhauser, wie er geparkt hatte. Mit einem breiten Grinsen und dem Wissen, dass Mehrhold niemals auf der Fahrerseite würde einsteigen können, begab er sich mit Jacky ins Rathaus. Auf der Beifahrerseite standen dichte Büsche.
Betont freundlich begrüßte er Frau Schäflein: „Einen wunderschönen guten Morgen, Frau Schäflein."
„Da ist aber heut jemand gut gelaunt", strahlte sie ihm entgegen.
„Naja, wie man es nimmt", gab er zurück.
„Kann ich Ihnen etwas Gutes tun? Einen Kaffee vielleicht, zum munter werden?"
„Das wäre wunderbar. Und bitte etwas Wasser für die Jacky."
Solange Frau Schäflein seinen Kaffee zubereitete, prüfte er seinen Anrufbeantworter. Zum Glück gab es keinerlei Nachrichten von Rappert. Auf seinem Schreibtisch lag die aufgeschlagene Zeitung. Zu sehen war das Bild von Mehrhold und ihm. Er schob sie zur Seite und holte seinen handschriftlichen Bericht aus dem Ordner. Er konnte kaum noch entziffern, was er da eigentlich geschrieben hatte.
„Habbe Sie scho gesehe?", fragte Frau Schäflein, als sie ihm den Kaffee reichte. „Sie sind in der Zeitung."
„Ja, habe ich schon gesehen", sagte er knapp, ohne näher darauf

einzugehen. Stattdessen wandte er sich an Frau Schäflein, die etwas enttäuscht wirkte, da er sich nicht für den Zeitungsartikel interessierte. „Vielen Dank für den Kaffee, er duftet hervorragend. Ich hätte da zwei Bitten an Sie."
„Zwei Bitten?", wiederholte sie überrascht.
„Ja, zwei", Steinhauser reichte ihr das Stück Papier. „Aber keine Angst, nichts Schlimmes. Erstens: Wären Sie so nett und könnten diesen Bericht an meinen Chef faxen. Den Rappert, Sie wissen schon. Er wartet darauf."
„Kein Problem", lächelte sie dienstbeflissen. Es war ihr anzusehen, dass sie froh war, etwas für ihn tun zu können, „und zweitens?"
„Ja ... zweitens … ist mir zwar etwas peinlich, aber Sie hatten doch angeboten, mir Ihr Auto zu leihen, solange ich noch keinen Dienstwagen habe. Ich müsste dringend nach Karlstadt und mein alter Bus ist halt auch schon in die Jahre gekommen."
„Wenn das alles ist", entgegnete sie mit einer abwehrenden Handbewegung.
Nachdem Steinhauser seinen Kaffee getrunken hatte, rief er Jacky, und Frau Schäflein führte ihn zu ihrem Auto. Ungläubig stand Steinhauser vor einem schwarzen Fiat Cabrio mit verchromten Außenspiegeln.
„Ein Fiat 124 CS1 Spider Pininfarina, Baujahr 1976", verkündete sie voller Stolz. „Ein Familienerbstück. Der Wagen ist seit seiner Erstzulassung im Besitz meiner Familie und war der Augapfel meines Vaters. Natürlich nach meiner Mutter und mir", fügte sie noch augenzwinkernd an.
„Ich kann doch nicht mit solch einem Prachtstück durch die Gegend fahren", meinte Steinhauser voller Begeisterung. In diesem Moment war er sich hundertprozentig sicher, dass sie sich bestens verstehen würden.
„Warum denn net?", gab Frau Schäflein vergnügt zurück. „Wenn ich der Polizei net vertraue kann, wem denn dann? Und außerdem muss das Auto bewegt werden. Hat noch nicht mal 80.000 km auf´m Tacho. Aber wenn ich ehrlich bin, dann konnt ich mich noch nie so richtig für das Auto begeistern. Außerdem habe ich noch einen kleinen Fiat 500 in feuerrot. Der Spider ist alles andere als alltagstauglich."
„Der muss ja ein Vermögen wert sein", mutmaßte Steinhauser. Dabei strich er behutsam über das schwarze Stoffdach.
„Naja, ein Vermögen grad net", wehrte sie ab und drückte ihm den Zündschlüssel in die Hand. „Aber er ist in tadellosem Zustand und alles noch original. Setzen Sie sich doch a ma rein."

Vorsichtig öffnete Steinhauser die Tür und setzte sich auf den roten Ledersitz. Behutsam ergriff er das polierte, hölzerne Lenkrad. Die Holzvertäfelungen an den Armaturen waren ihm sofort ins Auge gefallen.
„Aber bitte net so rase“, meinte Frau Schäflein amüsiert. Sie freute sich über das Blitzen in Steinhausers Augen. „Das ist der net gewohnt.“
„Und die Jacky?“ fragte Steinhauser vorsichtig mit Blick auf den Hund.
„Ich hol ne Decke, dann kann sie auf die Rücksitzbank“, meinte Frau Schäflein lächelnd. „Ohne Ihren Polizeihund könne Sie ja schlecht los.“
„Eigentlich gehört der gar nicht mir“, gestand Steinhauser. „Wegen dem musste ich doch nach Karsbach und jetzt ist er irgendwie bei mir gelandet.“
„Dacht ich mir scho, dass der net Ihne ist“, grinste sie. „Die Polizei, dein Freund und Helfer, stimmt´s?“
„So ähnlich“, gab er zurück und beide mussten lachen.
Nachdem sie Steinhauser noch alles erklärt hatte, was bei dem Oldtimer zu beachten war, bedankte er sich herzlich bei ihr und machte sich auf den Weg nach Karlstadt.

Steinhauser stellte den Spider an der Main-Promenade ab. Durch das Main-Tor in der alten Stadtmauer, an dem die Hochwasserstände der vergangenen Jahrhunderte markiert waren, gelangte er auf den Marktplatz der historischen Altstadt. Der Stadtkern von Karlstadt hatte sich in den letzten Jahren zu einem echten Hingucker entwickelt. Die zahlreichen Fachwerkhäuser und das beeindruckende alte Rathaus aus dem 15. Jahrhundert mit seiner doppelläufigen Freitreppe waren der Blickfang des prächtigen Marktplatzes inmitten der Altstadt.
Sofort fielen ihm die Plakate auf, die auf die bevorstehende *„Kulinarische Meile“* hinwiesen. Er hatte zwar schon viel von dieser Veranstaltung gehört, war aber noch nie hier gewesen. Man hatte ihm erzählt, dass dann in der gesamten Fußgängerzone jede Menge Stände aufgebaut sein würden, an denen die ansässigen Gastronomen ihre nationalen und internationalen Spezialitäten anboten. Auf einer Bühne würden Musiker und Bands stimmungsvolle Musik darbieten. Insgeheim beschloss er, in diesem Jahr dem Straßenfest einen Besuch abzustatten.
Nachdem er sich eine Weile umgeschaut hatte, betrat er das Landratsamt, welches sich ebenfalls in einem historischen Gebäude befand. Nach seinen Informationen war zurzeit auch das Amt für Landwirtschaft hier unter-

gebracht.
„Guten Morgen“, wandte er sich an die Dame an der Information. „Ich bin auf der Suche nach … äh … einem Herrn Feißthammer. Er arbeitet auf dem Amt für Landwirtschaft.“
Die Dame schaute kurz auf, musterte den Polizisten mit seinem Hund und meinte streng: „Hunde müssen draußen bleiben!“
Steinhauser schaute zu Jacky, zuckte kurz bedauernd mit den Schultern und brachte sie nach draußen. Nachdem er sie am Geländer angebunden hatte, stand er wieder vor der Frau. Erneut wurde er wie ein Außerirdischer begutachtet.
„Guten Morgen“, gab sie diesmal betont freundlich von sich. „Dritter Stock, links den Gang hinter, dritte Tür auf der rechten Seite.“
Steinhauser bedankte sich mit einem kurzen, kaum wahrnehmbaren Nicken.
An der besagten Tür angekommen, überlegte er, ob er anklopfen oder einfach eintreten sollte. Feißthammer würde ihn jedenfalls nicht hereinbitten, das war ihm klar. Nach kurzem Überlegen klopfte er fest gegen die Tür. Es dauerte einen Moment, dann bat ihn eine Frauenstimme herein.
„Guten Morgen, mein Name ist Steinhauser“, stellte er sich vor.
„Guten Morgen“, gab eine kleine, zierliche Frau, vom Anblick des Polizisten sichtlich überrascht, zurück. Sie hatte lange, glatte, blonde Haare und erhob sich fast ehrfürchtig von ihrem Stuhl. „Mein Name ist Sabine Häcklein. Was kann ich für Sie tun?“
Frau Häcklein überraschte ihn mit einem kräftigen Händedruck. Steinhauser schaute sich um. In jeder Seitenwand war eine Tür. Ansonsten war das geräumige Büro mit allem ausgestattet, was man in einem Büro eben so braucht, er aber hingegen noch nicht hatte. Lediglich einige bunte Blumen, die vor den hohen Fenstern hinter Frau Häcklein standen, brachten etwas Farbe in die triste Ausstattung.
„Was kann ich für Sie tun?“, wiederholte sie, als Steinhauser nicht reagierte.
Er zuckte erschrocken zusammen. Im Geiste ging er noch einmal seine geplante Vorgehensweise durch. Doch die Frage von Frau Häcklein, die nun keineswegs ungewöhnlich war, brachte ihn bereits aus dem Konzept. „Ja … äh ... ich bin auf der Suche nach Herrn Feißthammer“, versuchte er seinen Faden wieder zu finden. Dabei war er um ein seriöses Auftreten bemüht.
„Herr Feißthammer ist heute nicht da.“

„Wissen Sie denn, wo er ist oder wann er wiederkommt?“, fragte er automatisch und spürte wie ihm heiß und kalt wurde. *Was für eine blöde Frage*, dachte er sich, aber Frau Häcklein hatte ja keine Ahnung, wo Feißthammer im Augenblick war.
„Herr Feißthammer fehlt bereits den zweiten Tag unentschuldigt. Ich weiß leider auch nicht, wo er ist“, meinte Frau Häcklein. Eine unangenehme Stille legte sich zwischen die beiden. Sie erwartete, dass Steinhauser etwas erwiderte, doch der starrte sie nur gedankenversunken an. „Ist irgendwas nicht in Ordnung?“, schob sie noch hinterher, da sie das Gefühl hatte, etwas sagen zu müssen, und holte ihn damit abrupt in die Realität ihres Büros zurück.
„Nein!“, gab er entschieden zurück. Frau Häcklein schaute ihn verwirrt an. Sein Tonfall war vielleicht etwas streng gewesen. Er räusperte sich und fuhr mit sanfter Stimme fort: „Entschuldigen Sie, ich war gerade … naja egal. Jedenfalls wollte ich den Herrn Feißthammer sprechen.“
„Kann Ihnen der Herr Stock vielleicht weiterhelfen?“, bot Frau Häcklein an.
„Nein, aber vielleicht können Sie mir weiterhelfen.“ Steinhauser fand langsam wieder seinen Faden. „Uns ist zu Ohren gekommen, dass es in letzter Zeit zu … sagen wir … Unstimmigkeiten zwischen Herrn Feißthammer und einigen Landwirten gekommen ist. Aktuell liegt uns eine Anzeige gegen Herrn Feißthammer wegen einer Ohrfeige vor. Können Sie mir vielleicht dazu etwas sagen?“
Frau Häcklein schaute ihn unsicher an. Vorsichtig fragte sie: „Wurde der Herr Feißthammer etwa angezeigt?“
„Ja, kann man so sagen“, gab Steinhauser jetzt selbstsicher zurück.
„Aber der Herr Feißthammer wurde doch geohrfeigt?“, wunderte sich Frau Häcklein.
Damit zerstörte sie augenblicklich Steinhausers zurückgewonnene Sicherheit. Er wurde nervös. Schweiß bildete sich auf seiner Stirn. *Wie blöd bin ich eigentlich*, schimpfte er sich.
„Sie haben natürlich Recht. Selbstverständlich wurde nicht Herr Feißthammer angezeigt, sondern er hat Anzeige erstattet“, korrigierte er seine Aussage. Er rückte seine Mütze zurecht und hoffte, dass sie ihm seine Nervosität nicht anmerkte.
„Dann war er also bei Ihnen?“, fragte Frau Häcklein.
„Ja, ... war er“, sagte Steinhauser zögerlich.
„Wissen Sie dann vielleicht, warum er nicht zur Arbeit kommt?“, hakte sie

nach. Plötzlich hatte Steinhauser das Gefühl, von Frau Häcklein verhört zu werden.
„Äh … nein, das kann ich Ihnen leider auch nicht sagen. Herr Feißthammer war bereits letzte Woche bei mir“, fiel ihm gerade noch ein.
„Das war ja vielleicht was“, begann Frau Häcklein zu erzählen. „Ein riesengroßer Kerl war das. Wir dachten, der schlägt hier alles kurz und klein. Wie ein Wilder hat der sich aufgeführt. Und dem Herrn Feißthammer eine gescheuert. Dann ist er weg.“
„So, hat er das?“ Steinhauser bohrte interessiert nach.
„Ja, mir wurde ganz anders. Der hat so laut herumgebrüllt, dass das jeder hören konnte. Soll ich mal den Herrn Stock holen?“
„Nein, das ist nicht nötig. Ich kann es mir gut vorstellen“, wehrte Steinhauser ab. Vor seinem inneren Auge sah er, wie Holzinger hier einen Aufstand geprobt hatte. „Gab es sonst noch irgendwelche … Streitereien zwischen Herrn Feißthammer und anderen Landwirten?“ Jetzt stellte Steinhauser wieder die Fragen.
„Nachdem, was der Herr Feißthammer immer so erzählt hatte, muss es bei den Ortsbesichtigungen immer mal zu Reibereien gekommen sein. Die Landwirte wollen halt bei der Umstellung auf Bio-Milch, trotz der Auflagen, sparen, wo sie können. Und der Herr Feißthammer muss sich halt auch an seine Vorgaben halten. Da kann es schon mal Meinungsverschiedenheiten geben.“ Frau Häcklein versuchte sich noch an weitere Vorkommnisse zu erinnern, als es plötzlich aus ihr herausplatzte: „Na klar!“, rief sie. „Der Typ mit der Axt! Das war ja auch so eine Aktion. Wie konnte ich das nur vergessen?“
„Ein Typ mit einer Axt?“ Steinhauser starrte sie ungläubig an. Er war sich nicht sicher, ob er sie richtig verstanden hatte.
„Ja, da ist mal jemand mit einer Axt erschienen“, sagte sie mit übertriebenem Nicken, um ihren Worten Nachdruck zu verleihen. „Der ist hier ohne anzuklopfen hereingeplatzt und mit der Axt in der Hand direkt in das Büro vom Herrn Feißthammer gestürmt. Der hat den Herrn Feißthammer auf das Übelste beschimpft, doch als ich die Polizei rufen wollte, ist er gleich wieder verschwunden.“
„Haben Sie die Polizei gerufen?“, wollte Steinhauser wissen, denn dann gab es vielleicht einen Bericht, aus dem er etwas erfahren konnte.
„Nein, der Herr Feißthammer wollte das nicht“, zerschlug Frau Häcklein seine Hoffnungen.
„Wissen Sie wenigstens, wer das war?“

„Ja, natürlich“, sagte Frau Häcklein. „Das war der Herr Diehl aus Obersinn. Auch einer aus dem Sinngrund. Wie der Herr Holzinger. Sie wissen schon, das war der, der dem Herrn Feißthammer eine Ohrfeige verpasst hat. Anscheinend sind die da im Sinngrund recht wild.“
„Haben Sie vielleicht eine Adresse von dem Herrn Diehl?“, wollte Steinhauser wissen.
Die Äußerungen über die Sinngründer überging er einfach. Aber da war was dran. Den Namen Diehl hatte er schon einmal von Holzinger gehört.
Frau Häcklein schrieb die Anschrift auf einen Zettel und reichte ihn Steinhauser. Dieser steckte ihn ein, verabschiedete sich bei Frau Häcklein und bedankte sich für ihre Hilfe. Nach seiner anfänglichen Nervosität war er letztlich doch zufrieden, wie der Besuch auf dem Amt gelaufen war. Er beschloss aber, sich zukünftig einen Spickzettel zu schreiben, damit man ihn nicht so leicht aus dem Konzept bringen konnte. Vielleicht lag es aber auch einfach daran, dass er diese Nacht kaum geschlafen hatte. Ein Grund mehr, sich besser vorzubereiten.
„So, Jacky“, sagte er zur Beagle-Dame, als beide wieder am Cabrio von Frau Schäflein angekommen waren, „jetzt bring ich dich erst mal zu deinem Herrchen und dann werde ich mich mit dem Herrn Diehl unterhalten.“
Nach einigen fehlgeschlagenen Versuchen gelang es Steinhauser, das Dach des Fiat Spider aufzuklappen. Zufrieden betrachtete er das Cabrio, bevor er den Motor startete.

Steinhauser genoss die Fahrt nach Karsbach. Deshalb wählte er bewusst nicht die Strecke über Gemünden, sondern fuhr über Gambach und Gössenheim, abseits des Hauptverkehrsflusses. Beinahe wäre ihm seine Mütze aus dem Auto geweht worden. Jacky hielt ihre Schnauze in den warmen Fahrtwind.
„Daran könnte ich mich glatt gewöhnen.“ Zufrieden parkte er wieder in der Auffahrt zur Garage. „Na, dann wollen wir mal“, wandte er sich an Jacky, die ihn erwartungsvoll anschaute, „dein Herrchen wird sich bestimmt freuen, wenn du wieder da bist.“
Er ging zum Eingangstor und klingelte. Dabei streifte sein Blick das Klingelschild. Steinhauser erstarrte in seiner Bewegung. Erneut nahm er das Schild ungläubig in Augenschein. *„Viktoria und Jürgen Feißthammer“* stand darauf. Steinhauser wurde binnen Sekunden von einer Gänsehaut

überzogen, die wie tausend eiskalte Ameisen über ihn kam. Noch während er versuchte zu begreifen, was das zu bedeuten hatte, wurde er von Jacky aus seinen Gedanken gerissen. Der Hund fing plötzlich an, wie wild zu bellen, und sprang aufgeregt am Eingangstor hoch. Bisher hatte Steinhauser gedacht, Jacky könnte gar nicht bellen, so ruhig war sie gewesen.
„Hallo! Ist da jemand?", rief Steinhauser, konnte aber nichts erkennen. Jacky rannte aufgeregt bellend hin und her. Steinhauser hatte den Eindruck, als würde gerade jemand hinter dem Haus verschwinden.
„Halt, stehen bleiben!", rief er erneut. „Hier ist die Polizei!" Er hatte die Worte kaum ausgesprochen, da wurde ihm bewusst, wie blöd sie eigentlich waren. Wer würde schon stehen bleiben, nur weil es die Polizei gerne so hätte?
Er besann sich und sprang mit einem Satz über die hüfthohe Sandsteinmauer. Dabei verhedderte er sich in einem der Sträucher auf der anderen Seite und schlug der Länge nach hin. Verzweifelt versuchte er sich aus der Umklammerung der Äste zu befreien. Als es ihm endlich gelang, riss er sich das rechte Hosenbein auf. „Himmelarschundzwirn", fluchte er, betrachtete kurz die kaputte Hose und rannte hinter das Haus. Doch da war niemand. Steinhauser war sich auch nicht hundertprozentig sicher, ob tatsächlich jemand hier gewesen war oder ob er es sich nur eingebildet hatte.
Jacky bellte immer noch aufgeregt am Eingangstor. Sie war zu klein, um über die Mauer zu springen. Steinhauser fiel ein, dass er ja den Schlüssel von Frau Kleingeist hatte. Kaum hatte er das schmiedeeiserne Tor geöffnet, da rannte Jacky schon bellend in den Garten. Im Stile eines Jagdhundes durchkämmte sie den Rasen. Die Schnauze dicht über der Grasnarbe. Steinhauser beobachtete den Hund, der zielstrebig bis ans Ende des Gartens lief. Dort blieb Jacky stehen und knurrte die dichten Sträucher an. Steinhauser zog instinktiv seine Dienstwaffe. Vorsichtig näherte er sich der Stelle.
„Keiner da!", meinte er schließlich. „Aber da war wohl jemand gewesen", stellte er anhand zahlreicher, frisch abgebrochener Zweige und Spuren im Erdreich fest. „Wer auch immer das gewesen war, er ist verschwunden." Steinhauser streichelte Jacky, die sich langsam wieder beruhigte. „Was mach ich denn jetzt mit dir?", überlegte er laut. „Wann dein Frauchen wiederkommt, weiß ich im Moment auch nicht und dein Herrchen ... ja, dein Herrchen kommt gar nicht mehr."
In Anbetracht der Tatsache, dass Steinhauser jetzt wusste, wer das

Herrchen von Jacky war, beschloss er sich die Wohnung noch einmal genauer anzusehen. Vielleicht würde er ja etwas finden, was ihm weiterhelfen konnte. Kaum hatte er aufgeschlossen, da rannte Jacky auf direktem Weg in die Küche. Sie setzte sich vor einen Unterschrank und kratzte an der Tür. Als Steinhauser diese geöffnet hatte, musste er grinsen. „Du hast also Hunger?“ Im Schrank standen zwei Paletten Hundefutter in Dosen. „Zeit für ein kleines Mittagessen wäre ja“, stellte er mit einem Blick auf die Küchenuhr fest.

Steinhauser suchte einen Löffel, öffnete Jacky eine Dose Hundefutter und kratzte den Inhalt in ihren Fressnapf.

„Und was esse ich jetzt?“, überlegte er, dann inspizierte den Kühlschrank. Darin standen verschiedene Sorten Marmelade, die fein säuberlich aufgereiht waren. In zwei durchsichtigen Schubfächern waren Wurst und Käse ordentlich getrennt voneinander gelagert. Diverse Säfte und Getränke waren so in die Ablagen der Tür gestellt, dass man jedes Etikett auf Anhieb lesen konnte. Zudem waren noch Zahlen auf den Flaschenhals geschrieben.

Steinhauser nahm eine Flasche Orangensaft in die Hand und las: *am 05.06 geöffnet.* Die systematische Ordnung in Feißthammers Kühlschrank und die Dokumentation, wann er welche Flasche geöffnet hatte, war vorbildlich, um nicht zu sagen perfekt. Oder eben auch etwas krank, wie es Steinhauser bezeichnete. Lebensmittel, die nicht so lange haltbar waren, hatte Feißthammer von unten nach oben eingeräumt. Dass man dies beim Einräumen des Kühlschranks beachten sollte, hatte er auch schon gehört, da die kältere Luft ja bekanntlich nach unten sinkt, aber dass sich tatsächlich jemand danach richtete, hielt er bis jetzt für eher unwahrscheinlich.

„Wenn ich es nicht schon wüsste, dann hätte ich wetten können, dass der Feißthammer ein Beamter gewesen war“, murmelte er, wohl wissend, dass er ebenfalls Beamter war. Doch bei Stefanie und ihm hatte das Innere ihres Kühlschranks definitiv anders ausgesehen – und sie waren beide Beamte.

Eine Schüssel mit Nudeln und ein kleiner Kochtopf weckten sein Interesse.

„Gulasch“, grinste er zufrieden, als er in den Topf schaute. „Wär doch schad drum, wenn´s verderben würde“, sagte er mit Blick zu Jacky.

Steinhauser warf seine Jacke über einen Stuhl und schüttete die Nudeln in den Topf mit dem Gulasch. „Gibt genau eine Portion.“

Nach einigen Versuchen gelang es ihm, den Herd in Gang zu setzen. Mit

einem Kochlöffel, den er in einer Halterung neben dem gigantischen Kochfeld gefunden hatte, rührte er sein Nudel-Gulasch-Gemisch um, bis es zu köcheln anfing. Bewaffnet mit Untersetzer, Teller und Besteck ging er ins Esszimmer. Nachdem er sich noch ein Glas Apfelschorle organisiert hatte, war er zufrieden.
Steinhauser war überrascht, wie gut es schmeckte. Offensichtlich war Feißthammer auch ein ganz passabler Koch gewesen. Jetzt lag er tiefgefroren in einer Kühltruhe von Strubinski. Das einzige, was zu einem perfekten Essen gefehlt hatte, war ein frischer Salat. Aber Steinhauser war auch so zufrieden. Mal ganz davon abgesehen, dass er in der Küche eines Toten saß und dessen Kühlschrank plünderte.
Nachdem er mit seiner Mittagspause fertig war, lehnte er sich entspannt auf seinem Stuhl zurück, gähnte und streckte sich. Mittlerweile merkte er, dass er die letzte Nacht kaum geschlafen hatte. Am liebsten hätte er sich für ein Nickerchen auf die Couch gelegt. Mit müden Augen betrachtete er das angrenzende Wohnzimmer. Von dort konnte man in den großen Garten hinausschauen. Entweder war Feißthammer ein Perfektionist, womit sich die ungewöhnliche Ordnung im Kühlschrank, im Haus und im Garten erklären ließ, oder er konnte sich von seinem Beamtengehalt auch noch eine Haushaltshilfe und einen Gärtner leisten. Was wiederum ungewöhnlich, wenn nicht sogar verdächtig war. Denn dass Beamte alles andere als überbezahlt waren, wusste Steinhauser aus eigener Erfahrung. Obendrein lebte Feißthammer in Scheidung und dass seine Exfrau auf alles verzichtete, hielt er für ausgeschlossen. Dass Feißthammer einer der Beamten war, die alles übergenau nahmen, hatte er ja schon erfahren. Deshalb war es für Steinhauser auch durchaus denkbar, dass er bei allen Landwirten alles andere als beliebt gewesen war.
Bernhard Diehl fiel ihm wieder ein.
Während er das Geschirr spülte, beobachtete ihn Jacky. Steinhauser streichelte den Hund, der begeistert mit dem Schwanz wedelte. Dabei betrachtete er interessiert Jackys Hundemarke. Auf einem großen Anhänger stand auf der einen Seite Jackys Name und auf der anderen eine Telefonnummer. Steinhauser holte sein Telefon hervor und wählte die Nummer. Es dauerte eine Weile, bis sich eine Frauenstimme meldete: „Hier ist die Vicky, ich bin zur Zeit beschäftigt. Aber du kannst gerne eine Nachricht hinterlassen. Mit etwas Glück ruf ich zurück." Es machte Piep in der Leitung.
Steinhauser überlegte, ob er etwas auf den Anrufbeantworter sprechen

sollte, entschied sich aber dagegen. Er wollte doch lieber persönlich mit ihr sprechen.
Mit Jacky und einer Palette Hundefutter unter dem Arm machte er sich auf den Weg nach Obersinn.

„Ich bin so blöd!“ Steinhauser schlug verärgert auf das Lenkrad des Oldtimers. Ihm war wieder eingefallen, dass er in Karlstadt eigentlich nach einer Liste der Landwirte hatte fragen wollen, für die Feißthammer zuständig gewesen war. Aber durch seinen nervösen Auftritt hatte er dies völlig vergessen. „Ich muss mich unbedingt besser organisieren. Ein Spickzettel muss her - dringend.“
Der Hof von Bernhard Diehl lag mitten in Obersinn, direkt neben der Sinn. Nachdem er den Wagen in der Einfahrt abgestellt hatte, durchwühlte er seine Jackentaschen. Zum Vorschein kamen ein Kugelschreiber und eine alte Tankrechnung. Steinhauser überlegte einen Moment, dann kritzelte er die Wörter „Liste“ und „Gülleproben“ darauf. Der Anfang war gemacht.
Neben einer alten Fachwerkscheune stand ein Stall, ähnlich wie der von Holzinger. Nur deutlich kleiner und wesentlich älter. Eine Generalüberholung würde den Gebäuden im Allgemeinen nicht schaden. Er schätzte, dass Diehl höchstens halb so viele Milchkühe wie Holzinger hatte. Damit war sein Betrieb doch recht überschaubar. Das Wohnhaus am Straßenrand hätte auch eine Sanierung nötig. Zumindest die Fassade, die Fenster schienen neu zu sein.
Steinhauser wollte gerade klingeln, als jemand nach ihm rief. „Da drin ist niemand!“
Ein älterer, untersetzter Mann in blauer Latzhose, schwarzen Gummistiefeln und einem Filzhut kam auf ihn zu. In der Hand hielt er eine Mistgabel.
Zumindest keine Axt, dachte Steinhauser und reichte ihm die Hand. „Mein Name ist Steinhauser. Ich bin von der Polizei.“
„Do wär ich jetzt net drauf gekomme!“, nuschelte der Mann in breitem Dialekt. Er musterte die ausgestreckte Hand, ohne sie zu ergreifen.
Steinhauser wurde kurz verlegen. Den letzten Satz hätte er sich wahrlich schenken können. Dass er von der Polizei war, hätte auch ein kleines Kind erkannt. Da der Mann, den er auf Mitte fünfzig schätzte, keine Anstalten machte, ihm die Hand zu geben, zog er sie wieder zurück.
„Wos is?“, schob dieser mit Blick auf Steinhausers Auto hinterher.

„Sind Sie Bernhard Diehl?“
„Wer will dos wiss?“
„Wie schon erwähnt, mein Name ist Steinhauser“, stellte er sich erneut betont freundlich vor. Verzichtete diesmal aber darauf zu erwähnen, dass er von der Polizei war. Er ging davon aus, dass es sich bei dem Mann um Bernhard Diehl handelte. Laut Mutmaßung von Holzinger gehörte er zum Kreis der Verdächtigen. Deshalb konnte er ihm auch schlecht sagen, dass Feißthammer tot war und er deshalb ermittelte. Sofern man seine Versuche überhaupt als Ermittlungen bezeichnen konnte. Zudem war immer noch unklar, ob überhaupt ein Verbrechen vorlag.
„Ich hätte ein paar Fragen. Sie sind doch Bernhard Diehl, oder?“
„Scho!“, bestätigte dieser endlich. Dabei musterte er Steinhauser von Kopf bis Fuß. „Fährt die Polizei jetzt Cabrio?“, fragte Diehl misstrauisch.
„Das Auto gehört einer Kollegin, mein Dienstwagen ist noch in Arbeit“, erklärte Steinhauser. Diesmal war er besser vorbereitet, denn auf der Fahrt hierher hatte er sich genau überlegt, wie er vorgehen wollte.
„Sind Sie überhaupt Polizist?“, blieb Diehl misstrauisch.
„Selbstverständlich.“ Steinhauser holte seinen Dienstausweis hervor. Nachdem Diehl diesen genau inspiziert und als echt eingestuft hatte, fuhr Steinhauser fort. „Ich komme im Auftrag von Herrn Feißthammer und wollte ...“, doch weiter kam er nicht. Diehl fiel ihm aufgebracht ins Wort.
„Vom Feißthammer, der Drecksau! Wos will‘n der scho wieder? Traut der sich selber nemmer her, oder wos? Muss jetzt scho die Polizei o´rück?“
„Ja … äh … beruhigen Sie sich doch bitte“, stammelte Steinhauser, erschrocken uber das rabiate Auftreten von Diehl. Prompt hatte er sich wieder aus dem Konzept bringen lassen. Er holte tief Luft und setzte neu an. „Es geht um Ihren Besuch auf dem Amt. Sie wissen schon: den mit der Axt“, nahm er seinen Faden mutig wieder auf.
„Dos is doch scho wie lang her!“, gab Diehl überrascht zurück. „Ich wollt den doch nur eischüchter, damit der mir endlich mei Zertifikat gibt. Und außerdem wor dos Beil stumpf.“
„Völlig egal, ob die Axt scharf oder stumpf war. Das ist doch keine Entschuldigung. Der Herr Feißthammer hat jedenfalls in Erwägung gezogen, Sie noch im Nachhinein anzuzeigen, für den Fall, dass Sie nicht kooperieren“, meinte Steinhauser unbeirrt.
Dabei war er ein wenig stolz auf sich, dass er seinen gedanklichen roten Faden gleich wiedergefunden hatte. Diesmal hatte er einen Plan, den er unbedingt durchziehen wollte.

Bernhard Diehl sagte zunächst nichts. Steinhauser versuchte eine Reaktion in seinem Gesicht zu erkennen, die ihn irgendwie verdächtig machen könnte, aber da war keine.
„Kooperieren?“, schrie Diehl plötzlich wie aus heiterem Himmel. „Wos soll‘n ich mit dem kooperier? Die Sau soll mir mei Zertifikat gab, dann is genug kooperiert.“
Jacky blieb von Diehls lautstarkem Auftreten völlig unberührt. Sie schnupperte interessiert an dessen Hose. Beide betrachteten kurz den Hund, wandten sich dann aber wieder einander zu.
„Genau darum geht es ja“, fuhr Steinhauser ruhig fort. „Herr Feißthammer hat mich gebeten, Sie aufzusuchen. Er benötigt für abschließende Untersuchungen noch eine Gülleprobe von Ihnen. Sollten Sie diese anstandslos übergeben, wird er von einer Anzeige absehen.“
Diehl starrte ihn an, als ob er nicht mehr alle Tassen im Schrank hätte. Das spürte Steinhauser. Ihm wurde heiß und kalt. Er bekam feuchte Hände. Da der kauzige Landwirt zunächst nur schwieg, befürchtete Steinhauser, dass sein Plan, trotz akribischer gedanklicher Vorbereitung, doch nach hinten losgehen würde.
„Waröm?“, war alles, was Diehl schließlich dazu sagte.
Steinhauser fiel zunächst ein Stein vom Herzen, doch bei näherem Überlegen, stellte er fest, dass er mit einer Gegenfrage eigentlich nicht gerechnet hatte – wobei diese doch naheliegend gewesen war.
„Ja … das kann ich Ihnen leider auch nicht sagen“, gab er ehrlich zurück. „Aber der Herr Feißthammer sagte mir, wenn die Ergebnisse der Gülleprobe negativ ausfallen würden, dann wäre das positiv für Sie, und er könnte ihnen das Zertifikat demnächst zukommen lassen.“
„Demnächst?“, schrie Diehl wieder los. „Und wann is demnächst? Geht’s a genauer? Ich brauch den Wisch bis spätestens 29. Juli! Ich trau der Sau net. Der find doch ständig wos anneres, damit ich den Wisch net krieg.“
„Naja, da ist ja noch etwas Zeit“, versuchte Steinhauser ihn zu beruhigen. „Bis dahin sind die Untersuchungen bestimmt abgeschlossen.“
„Seit ‘m halbe Johr ärger ich mich mit dem röm und ständig is wos anneres“, gab Diehl, mit der Mistgabel wild gestikulierend, zurück.
Steinhauser machte automatisch zwei Schritte zurück. Mit einer beschwichtigenden Handbewegung versuchte er auf ihn einzuwirken. „Wenn Sie mir die Gülleprobe nicht übergeben, dauert es noch länger.“
Diehl beruhigte sich langsam, denn ihm war bewusst, dass es nichts brachte, wenn er auf stur schaltete. Letztlich war er von Feißthammer

abhängig und das war ihm völlig klar.
„Was passiert, wenn Sie das Zertifikat später bekommen?", fragte Steinhauser neugierig.
„Dann bin ich bankrott", sagte Diehl geradeheraus. Er wirkte frustriert.
„Und warum?", hakte Steinhauser nach.
„Weil dann mein Kredit obgelaffe is."
„Einen Kredit kann man doch bestimmt auch verlängern."
„Den net! Ohne Zertifikat kein Bio - ohne Bio keine bessere Milchpreise und ohne diese Einnahmen bin ich bankrott! Und dos alles wege dem Feißthammer, der Sau!", war alles, was Diehl dazu sagte.
„Das müssen Sie mir aber jetzt genauer erklären", forderte ihn Steinhauser auf.
„Als ich den Antrag auf Umstellung auf Bio gestellt hob, kam der Feißthammer und hat mein Betrieb geprüft", begann Diehl zu erzählen. Dabei war er jetzt sogar bemüht, so etwas ähnliches wie Hochdeutsch zu sprechen. Steinhauser hatte den Eindruck, dass er froh war, dass ihm endlich einmal jemand zuhörte. „Der hat gemeint, die Umstellung wäre machbar, aber das ein oder andere müsst halt scho noch investiert werd und er kennt da jemand, der Landwirte unterstützt, die auf Bio umstell wolle. Er hat mir die Nummer von dem Kreil gegeben. An den sollt ich mich wend."
„Und das haben sie getan? Sich an diesen Herrn Kreil gewandt?"
„Ja", bestätigte Diehl. „Der Kreil hat mir'n Kredit mit 0,25% effektivem Jahreszins angebote. Dos gibt's bei keiner Bank. Und ich musst jo schließlich einiges investier."
„Und wo ist jetzt das Problem?", fragte Steinhauser, der über den niedrigen Zinssatz zwar etwas verwundert war, aber auch keine Ahnung hatte, wie die Zinsen zurzeit standen.
„Naja, … der Kredit … der is on dos Zertifikat gekoppelt", fuhr Diehl etwas zögerlich fort. „Nach Abschluss von dem Kredit hob ich drei Johr Zeit, um mein Betrieb auf Bio umzustelle. So lang dauert die Umstellung. Vor Ablauf der drei Johr muss ich dann dos Zertifikat einreich. Im Grunde genug Zeit, wenn der blöde Feißthammer net wör."
„Dauert die Umstellung immer drei Jahre?"
„Ja, in der Zeit muss alles umgestellt und die Auflagen erfüllt sein."
„Und woran liegt es, dass Sie das Zertifikat bisher nicht bekommen haben?"
„Der Feißthammer is halt päpstlicher wie der Papst. Und ein Arschloch

dazu."
„Geht´s auch genauer?"
Diehl wirkte genervt, gab aber dennoch Auskunft. „Wenn man auf Bio umstellt, dürf man keine Wiese mehr zu Ackerland umbrech. Und ich hob halt im erste Johr a Wiese ömgezackert, weil ich die Fläche für Mais gebraucht hob", gestand er ein.
„Und das war alles?", wunderte sich Steinhauser.
„Naja, die vorgeschriebene … Dokumentation, wie der Feißthammer dos ho will, is ach net ganz vollständig. Ist halt ach viel Schreibkrom."
Steinhauser zog es vor, nicht weiter nachzufragen. Wenn er sich Diehl so betrachtete, konnte er sich ganz gut vorstellen, warum es zwischen den beiden zu Differenzen gekommen war. Und wer weiß, welche Vorgaben Diehl sonst noch ignoriert hatte.
„Und was passiert, wenn Sie das Zertifikat nicht bis zum … äh … bis wann sagten Sie ...?"
„… bis zum 29.07. muss ich es einreich", ergänzte Diehl. „Ansonsten muss ich den gesamten Kredit innerhalb von zwei Woche zurückzohl."
„Innerhalb von zwei Wochen?" Steinhauser schaute skeptisch. Derartige Methoden waren ihm nicht bekannt. „Wie hoch ist denn der Kredit?"
„Hundertzwanzigtausend Euro", sagte Diehl.
Nicht schlecht, dachte Steinhauser. „Und was passiert, wenn Sie das Zertifikat einreichen?"
„Dann läuft der Kredit mit 0,25% weiter."
„Das sind aber ungewöhnliche Methoden", meinte Steinhauser.
„Wie scho gesagt. Wär alles kein Problem, wenn der blöde Feißthammer net wör!", meinte Diehl verärgert.
„Haben noch andere Landwirte so einen Kredit abgeschlossen?", wollte Steinhauser wissen.
„Ich weiß nur von dem Burgsinner, dem Stocher. Der hat sei Zertifikat ach erst kurz vor Ablauf bekomme."
„Aber er hat es bekommen! Und bei Ihnen ist ja auch noch etwas Zeit", machte ihm Steinhauser erneut Mut, wobei ihm klar war, dass Feißthammer keine Zertifikate mehr ausstellen würde.
„Der hat ach lang mit dem Feißthammer rumgezackert, bis endlich soweit wor", schimpfte Diehl.
Nachdem Steinhauser mittlerweile ahnen konnte, wie akribisch Feißthammer bei seiner Arbeit war, konnte er durchaus nachvollziehen, dass die Landwirte nicht gut auf ihn zu sprechen waren. Wenn er bei der

Betriebsprüfung ebenso genau vorging, wie er Ordnung in seinem Haus gehalten hatte, war der Ärger vorprogrammiert. Wenn die eigene Zukunft an einem Stück Papier hängt und der Termin immer näher rückt, kann man schon ungeduldig werden. Zumal, wenn man alles dafür getan hat, das erhoffte Zertifikat zu bekommen. Zumindest aus der Sicht des Antragstellers. Dennoch fand er den Kredit sehr merkwürdig. Er war zwar kein Fachmann, aber von einem derartigen Vorgehen hatte er bisher noch nicht gehört.

„Haben Sie eine Adresse von diesem Herrn Kreil?“ Steinhauser wollte sich gerne mit ihm unterhalten. Vielleicht konnte er auf diesem Weg noch etwas mehr über Jürgen Feißthammer in Erfahrung bringen.

„Ich hol sei Visiten … dings. Die liegt im Haus.“ Diehl stapfte davon, um sie zu holen.

Während Steinhauser wartete, kramte er seinen Spickzettel hervor und warf noch einmal einen Blick darauf. Nach allem, was er von Diehl in Erfahrung hatte bringen können, ging dieser davon aus, dass Feißthammer noch am Leben war. Konnte natürlich auch sein, dass der kauzige Kerl abgebrühter war, als er dachte. Mit seiner Meinung über Feißthammer hielt er zumindest nicht hinter dem Berg.

Es dauerte nicht lange, da kam er mit einem etwas zerfledderten, kleinen Zettel zurück.

„Is nass geworden“, meinte Diehl achselzuckend.

Steinhauser nahm den Papierfetzen vorsichtig an sich und überflog ihn kurz. „Euro-Agrar-Invest“, murmelte er, bevor er ihn einsteckte. „Ich bräuchte dann noch die Gülleprobe“, erinnerte er Diehl an den eigentlichen Grund seines Erscheinens.

„Bin gleich wieder da.“ Schnaufend marschierte Diehl in seinen Stall. Jacky folgte ihm neugierig und kam auch wieder mit ihm zurück. Diehl stellte einen Eimer mit brauner Brühe vor Steinhauser auf den Boden. „Reicht dos?“, fragte er. Steinhauser blicke in einen halb vollen Eimer mit Scheiße. „Geht´s auch etwas kleiner?“

„Nein!“, war das letzte, was Diehl sagte, dann drehte er sich um und verschwand in der alten Fachwerkscheune.

Steinhauser stellte den stinkenden Eimer in den Fußraum des Beifahrersitzes. Während der Fahrt versuchte er ihn so gut es ging mit der rechten Hand festzuhalten. Nicht auszudenken, wenn sich der Inhalt im

Auto von Frau Schäflein verteilen würde. Jacky beobachtete ihn aufmerksam von der Rücksitzbank aus. Letztlich gelang es ihm tatsächlich, den Eimer zum Rathaus nach Burgsinn zu transportieren, ohne etwas zu verschütten. Das erste, was er machte, nachdem er den Fiat Spider unbeschadet abgestellt hatte, war, eine zum Spickzettel umfunktionierte Tankrechnung herauszuholen. Er notierte sich: *Kleine Behälter mit Deckel.* Anschließend klappte er das Dach des Cabrios wieder zu. Den Eimer stellte er vor die Eingangstür des Rathauses.
„Na, wie war´s?", wollte Frau Schäflein neugierig wissen, als er ihr Büro betrat. „Sind Sie mit dem Fiat zurecht gekomme?"
„Ein echtes Schmuckstück", gestand Steinhauser neidisch. „Und ich habe ihn wieder unversehrt zurückgebracht."
„Von der Polizei hab ich nichts anderes erwartet", lachte sie. „Ich hoff nur, man hat Sie net geblitzt."
„Das wollen wir mal nicht hoffen." Steinhauser lachte ebenfalls, dann übergab er ihr den Autoschlüssel. „War irgendwas? Anrufe? Mails bekomme ich ja keine."
„Nö, ihr Telefon hat den ganzen Tag geschwiegen. Aber der Bürgermeister war gefühlte hundert Mal da und hat nach Ihne gefragt."
„Immer noch die To-Do-Liste?"
„Ich geh mal davon aus. Gesagt hat er nichts. Ist nur im Stechschritt an mir vorbei, hat in ihr Büro geschaut und ist zähneknirschend wieder abgedampft."
„Ich glaub, aus der Nummer komm ich auf Dauer nicht raus."
„Das vermute ich auch", meinte Frau Schäflein grinsend. „Wenn der Bürgermeister was im Trieb hat, dann kann der sehr hartnäckig sei."
„Dann will ich auch nicht länger bleiben", meinte Steinhauser. „Ich wollte noch mal bei meiner Schwester vorbei schauen."
„Sie ham ne Schwester?"
„Ja, eine ältere. Sie wohnt in Burgsinn und ist mit Doktor Klaus Vorndran verheiratet."
„Die Monika ist ihre Schwester?" Frau Schäflein war sichtlich verblüfft.
„Ja", bestätigte Steinhauser stirnrunzelnd. Er war gespannt, was jetzt kommen würde.
„Also ...", begann Frau Schäflein. „Die Monika ist ja ne ganz Liebe. Die schiebt mich immer zwische rein. Sie müssen wisse, ich bin auch beim Dr. Vorndran. Ein prima Arzt und immer soooo geduldig."
Frau Schäflein kam regelrecht ins Schwärmen. Steinhauser war sich nicht

so sicher, ob es eine gute Idee gewesen war, ihr das zu erzählen. Seine Schwester arbeitete an der Anmeldung in der Praxis ihres Mannes. Was man beim Frisör nicht erfuhr, erfuhr man bei ihr.
„So ist sie eben“, bestätigte Steinhauser. „Und da heute, am Mittwoch, keine Sprechstunde ist, wollte ich den beiden einen Besuch abstatten.“
„Na dann lasse se sich net uffhalte“, meinte Frau Schäflein. „Bevor der Bürgermeister doch noch auftaucht.“
„Könnten Sie so lange auf den Hund aufpassen?“, bat Steinhauser. „Meine Schwester ist allergisch.“
„Dann sollte sie mal zum Arzt gehen.“ Frau Schäflein musste laut lachen. „War nur‘n Spaß. Lassen Sie die Jacky ruhig hier. Ich schau nach ihr.“
„Danke, Sie sind einfach die Beste. Ich hol sie dann wieder ab. Wird bestimmt nicht so lange dauern“, bedankte sich Steinhauser und verschwand, bevor Mehrhold doch noch auftauchte.

Kapitel 6
8. Juni, später Nachmittag

Begleitet von einer dunklen Rußwolke zuckelte Steinhauser mit seinem alten LT 31D die steile Kirchrainstraße ins Neubaugebiet von Burgsinn hinauf. Seine Schwester Monika und ihr Mann Klaus hatten dort vor einigen Jahren ein Haus mit Arztpraxis gebaut. Klaus wollte schon immer Landarzt werden, was ein Glück für seine Schwester gewesen war. Sie würde es zwar nie zugeben, aber sie hing sehr am Sinngrund. Die Gegend, die Leute, sie mochte einfach alles an ihrer Heimat. Hier fehlte es ihnen an nichts … naja, an fast nichts. Wenn man neue Schuhe kaufen wollte, hatte man hier keine guten Karten. Zwanzig Kilometer bis nach Gemünden musste man da mindestens fahren oder die Vorzüge des Internets nutzen. Im Gegensatz zu ihrem Bruder wäre es für Monika ein großes Opfer gewesen, von hier wegzuziehen. Von Mittelsinn nach Burgsinn konnte sie gerade noch verschmerzen.

Das Haus lag ganz oben auf der Anhöhe, wo es schon fast wieder flach wurde. Eigentlich konnte man den Gebäudekomplex aus Wohnhaus und Arztpraxis schon als Anwesen bezeichnen. Hinter dem Haus lag ein großer Garten, von dem sie einen ungestörten Blick über das Sinntal genießen konnten. Steinhausers Schwester und ihr Mann liebten den Ausblick über Burgsinn. Sie hatten sich deswegen extra eine riesige Terrasse in ihren Garten bauen lassen.

Steinhauser konnte sich noch gut daran erinnern, als hier oben noch Wiesen und Äcker gewesen waren. Mit Strubinski, Holzinger und damaligen Schulfreunden war er oft hier gewesen. Im Sommer waren sie regelmäßig mit ihren Mopeds, bepackt mit einem Schlafsack, einigen Flaschen Bier und Schnaps, von Mittelsinn heruntergefahren, um hier mit Schulfreunden und vor allem – freundinnen, so manche unvergessliche Nacht zu verbringen. Oft war es auch tatsächlich so gewesen, dass sie alles vergaßen, was aber dann andere Gründe gehabt hatte.

Etwas wehmütig stellte er seinen Bus ab, ging zum Haus seiner Schwester und klingelte. Es dauerte eine Weile, bis ihm geöffnet wurde.

„Das wurde aber auch Zeit!“, begrüßte ihn seine Schwester Monika, gab sich beleidigt, drückte ihn aber herzlich an sich. „Aus der Zeitung mussten wir erfahren, dass du deine eigene Dienststelle in Burgsinn hast. Das

hättest du uns ruhig mal sagen können", beschwerte sie sich mit einem Lächeln auf den Lippen. „Trotzdem ist es schön, dass du uns besuchen kommst."
„Kam alles etwas ungeplant", entschuldigte er sich. „Aber jetzt bin ich ja da. Ging leider nicht eher."
Seine Schwester war Anfang vierzig, etwas kleiner als er, hatte ein rundliches Gesicht und kurze, dunkelbraune Haare.
„Rasieren darfst du dich auch mal wieder." Monika strich ihm liebevoll über seine dunklen Stoppeln. „Oder ist es bei der Polizei mittlerweile egal, wie man rumläuft?"
Als sie anfing, an ihm zu riechen, wurde es ihm zu blöd. Er wischte ihre Hand wie eine lästige Fliege aus seinem Gesicht. Denn was das äußere Erscheinungsbild betraf, war Monika wie ihre Mutter. Diese zupfte auch ständig an der Kleidung ihres Vates herum, wenn sie auf Geburtstag eingeladen waren, und achtete penibel darauf, dass er sich auch ja ordentlich rasiert hatte. Aber ganz unrecht hatte sie nicht. Steinhauser fühlte sich, wie er aussah – beschissen.
„Duschen kann da helfen", sagte sie mit dem belehrenden Tonfall ihrer Mutter.
„Ja, ja", wehrte er ab, als Torben um die Ecke kam.
„Onkel Hannes", rief das jüngste Mitglied der Familie Vorndran begeistert. Torben sprang ihm mit Anlauf die in Arme. Beinahe hätte er ihn umgerissen. „Darf ich deine Knarre haben?"
„Na klar, ich bin doch dein *Patenonkel* und nicht einfach nur dein Onkel", meinte Steinhauser mit ernster Miene. Seine Schwester schaute ihn streng an. „Aber erst, wenn du bei der Polizei bist", schob er mit einem Augenzwinkern schnell hinterher.
„Torben ist acht Jahre alt", sagte Monika kopfschüttelnd. „Wehe, wenn du ihm deine Waffe in die Hand drückst!"
„War doch nur ein Spaß", wehrte Steinhauser ab, zog es aber vor, besser nicht mit ihr zu diskutieren.
Torben, der einzige Enkelsohn seiner Eltern, backte gerne. Deshalb war er auch Opas ganzer Stolz. Hildegard brachte ihm gelegentlich etwas Teig, damit Torben zu Hause backen konnte. „Meine letzte Hoffnung", meinte Rudolf Steinhauser immer, wenn die Familie zusammenkam. Dabei warf er dann seinem Sohn einen langen Blick zu. Steinhauser ignorierte diese Seitenhiebe immer – er hatte sich daran gewöhnt.
Im geräumigen Wohnzimmer wurde er von Jennifer, der zweitältesten, und

ihrem Vater Klaus begrüßt. „Welch seltener Gast“, sagte sein Schwager. „Aber in Zukunft wird uns der Leiter der Polizeiinspektion von Burgsinn doch hoffentlich öfter die Ehre geben, oder?“
„Ja, ja, schon gut“, wiegelte er ab. Es war ihm gar nicht recht, dass ihn jeder auf den blöden Zeitungsartikel ansprach. Und alles nur, weil Mehrhold sich in der Öffentlichkeit gerne feiern ließ und sein Gesicht am liebsten jeden Tag in der Zeitung sehen würde.
„Wo ist denn Vanessa?“, fragte Steinhauser.
„In ihrem Zimmer“, sagte Klaus.
„Sie ist beleidigt“, kicherte Jennifer.
„So, was hat sie denn?“
„Sie hat seit ein paar Wochen den Führerschein für begleitetes Fahren“, erklärte seine Schwester, „und die Dame bildet sich ein, wir müssten jetzt ständig überall mit ihr hinfahren.“
„Pubertät“, warf Klaus mit einer wegwerfenden Handbewegung dazwischen, „das legt sich wieder.“
„Ist sie schon so alt?“, wunderte sich Steinhauser.
„Da siehst du mal, wie lange du uns schon nicht mehr besucht hast“, tadelte ihn Jennifer.
„Da muss ich dir wohl recht geben“, gestand er reumütig ein. „Aber vielleicht klappt es ja jetzt öfter.“
„Hast du Hunger? Wir essen gleich zu Abend. Gibt aber nur Brot“, fragte ihn seine Schwester. Steinhauser sagte nicht nein. Warm gegessen hatte er ja schon heute Mittag.
Wenig später saßen sie gemeinsam, mit Ausnahme von Vanessa, am Esstisch. Steinhauser hatte das Gefühl, als habe seine Schwester den gesamten Inhalt ihres Kühlschrankes auf dem Tisch verteilt. Es war kaum noch Platz für Teller. In dieser Beziehung war sie wie ihre Mutter. Beide liebten es, die Familie zu verwöhnen. Was man Klaus mittlerweile auch eindeutig ansehen konnte. Er war, wie sein Vater immer zu sagen pflegte: gut genährt. Aber da sein Schwager etwa einen halben Kopf größer war als er, fiel sein kleiner Bauch kaum auf und die dicken Backen standen ihm gut. Monika hingegen achtete sehr auf ihre Figur. Deshalb machte sie auch bei jeder Gelegenheit Sport. Eine ausgewogene Ernährung war für sie selbstverständlich.
Während dem Essen musste Steinhauser erklären, wie es dazu gekommen war, dass er, *als Beamter der Kripo*, nach Burgsinn versetzt wurde. Geschickt umging er die Beziehungspause mit Stefanie, wie er es im

Geiste immer noch nannte. Stattdessen erzählte von dem Projekt des Innenministeriums, was angeblich der Grund für seine Versetzung gewesen war. Die ganze Wahrheit verschwieg er natürlich. Allerdings musste er ihnen mehrfach versichern, dass zwischen Stefanie und ihm alles in Ordnung sei und dass die räumliche Trennung für ihre Beziehung kein Problem darstelle. Alle liebten Stefanie, das wurde ihm wieder einmal bewusst.

„Ihr solltet längst schon Kinder haben", meinte Monika.

Steinhauser nickte nur, schob sich ein großes Stück Brot in den Mund und kaute bewusst lange darauf herum. Auf dieses Thema hatte er gerade überhaupt keine Lust. Jedes Mal, wenn Stefanie damit begonnen hatte, über Familienplanung zu sprechen, war es im Streit geendet. Sie hätte gerne Nachwuchs gehabt, ihm hingegen war es immer zu früh. Auf die Frage, wann denn der richtige Zeitpunkt sei, antwortete er grundsätzlich mit: „Jetzt nicht." Was sie wiederum zur Weißglut brachte. Bei seinem Rauswurf hatte sie ihm dies zwar nicht vorgeworfen, aber er wusste, dass sein Mangel an Organisation nicht der einzige Grund für ihre Entscheidung gewesen war. Auf den Vorschlag, sich doch einen Hund anzuschaffen, reagierte er nicht viel anders. „Wer soll sich denn um den Köter kümmern?", gab er verständnislos zurück. Anschließend gab ein Wort das andere und zuguterletzt verbrachte er die Nacht auf dem Sofa. Unweigerlich dachte er an Jacky. Dabei fiel ihm ein, dass er den Hund bei Frau Schäflein nicht vergessen durfte.

Bevor der Tisch wieder abgeräumt wurde, bekam Jennifer noch den Auftrag, einen Teller mit Broten zu ihrer Schwester aufs Zimmer zu bringen. Torben verschwand im Wohnzimmer, um sich wenig später mit seiner Schwester über das Fernsehprogramm zu streiten, nachdem diese die Brote bei Vanessa abgeliefert hatte.

„Und wie lange gedenkt Vanessa zu streiken?" fragte Steinhauser.

„Spätestens am Freitag wird sie den Streik beenden", erklärte Monika. „Denn am Samstag wollte sie auf irgend so eine Beach-Party. Keine Ahnung wo. Aber da wird die Dame Pech haben. Da sie nicht mit uns spricht, weiß sie auch nicht, dass wir am Samstag zur Mutter von Klaus nach Nürnberg fahren und deshalb nicht zu Hause sind. Jennifer und Torben schlafen bei Oma Hildegard und Opa Rudolf."

„Ob das so geschickt ist?", meinte Steinhauser. „Ich bin zwar kein Erziehungsexperte, aber ich denke, da ist der nächste Ärger schon vorprogrammiert."

„Das habe ich deiner Schwester auch schon versucht zu erklären“, meldete sich Klaus zu Wort, doch Monika ging auf seine Bemerkung erst gar nicht ein.
„Wo schläfst du eigentlich?“, wechselte Monika das Thema. „Dein altes Zimmer wurde ja zum Fitnesscenter umgestaltet, wie ich gehört habe.“
„In meinem alten LT.“
„Echt jetzt?“ Seine Schwester schaute ungläubig. „Wenn du willst, kannst du auch bei uns wohnen. Wir haben noch die kleine Einliegerwohnung frei.“
„Passt scho“, meinte Steinhauser. „Wer weiß, wie lange das Projekt läuft. Vielleicht bin ich ja in ein paar Wochen schon wieder weg.“
„Wie du meinst“, sagte Klaus. „Aber unser Angebot steht.“
„Danke, ich weiß es zu schätzen.“ Er wandte sich direkt an seinen Schwager. „Ich müsste dich auch noch einmal unter vier Augen sprechen.“
„So, was ist denn?“, wunderte sich Klaus.
„Bist du krank?“, mischte sich sofort seine Schwester besorgt ein.
„Nein, mir geht es gut“, versicherte er. „Aber ich hab da ein … Problem ... könnte man sagen, und es wäre schön, wenn du dir das mal ansehen könntest … jetzt.“
„Also doch was Ernstes?“, bohrte Monika besorgt nach.
„Nein, echt nix Schlimmes“, beruhigte er beide. „Aber es wäre trotzdem schön, wenn du schnell mal einen Blick darauf werfen könntest. Nur ganz kurz.“
„Gut, dann lass uns mal rüber in die Praxis gehen“, meinte Klaus. Die Männer erhoben sich.
Begleitet von den besorgten und beleidigten Blicken seiner Schwester verließen sie das Esszimmer. Ob sein Vorhaben eine gute oder eine schlechte Idee war, würde er gleich erfahren.

Die Praxis von Klaus war direkt mit dem Wohnhaus verbunden, sehr geräumig und mit den modernsten Gerätschaften eingerichtet. Er hatte sieben oder acht verschiedene Behandlungsräume. Steinhauser hatte sich immer gewundert, wie sie sich das alles leisten konnten. Doch als er erfuhr, dass der Vater von Klaus selbst ein erfolgreicher Schönheitschirurg gewesen war, erklärte sich einiges. Klaus hätte auch die Praxis seines Vaters in Nürnberg übernehmen können, doch er hatte kein Interesse daran, an alternden, eingebildeten Frauen herumzuschnipseln, wie er selbst sagte. Auch wenn dies zweifellos lukrativer gewesen wäre. Ihn zog es aufs Land und da er die Praxis seines Vaters nach dessen überraschendem Tod zu einem sehr guten Preis hatte verkaufen können, war es ihnen möglich gewesen, dieses Anwesen zu bauen.

„Also, was hast du denn?“, fragte Klaus neugierig.

„Das ist etwas kompliziert“, begann Steinhauser und überlegte, wie er seinem Schwager erklären sollte, dass er eine Leiche tiefgefroren hatte, die er sich einmal ansehen sollte. „Du stehst doch unter ärztlicher Schweigepflicht, oder?“, fragte er.

„Das tut jeder Arzt“, gab Klaus verwundert zurück. „Das weißt du doch!“

„Ich vertrau dir jetzt etwas an und du musst mir versprechen, ruhig zu bleiben. Und vor allem darfst du niemandem davon erzählen.“

„Mensch Hannes, wir sind doch nicht mehr im Kindergarten“, wurde Klaus ungeduldig, „Was hast du denn?“

„Versprich es!“, verlangte Steinhauser. Sein Schwager schüttelte den Kopf, stimmte aber zu. Nachdem sich Steinhauser seine Worte noch einmal überlegt hatte, begann er zu erzählen, wie er von Holzinger angerufen worden war, weil dieser in seiner Güllegrube eine Leiche gefunden hatte. Klaus sah ihn entgeistert an, wollte etwas sagen, doch Steinhauser forderte ihn mit einer strengen Geste auf zu warten. Als er mit seiner Erzählung endete, dass sich die Leiche aktuell in einer Gefriertruhe in Strubinskis Lagerhalle befand, konnte Klaus nicht mehr schweigen.

„Habt ihr eigentlich noch alle Tassen im Schrank?“, platzte es aus ihm heraus. „Du bist bei der Kripo!“, schob er erschüttert hinterher.

Bin ich nicht, hätte Steinhauser am liebsten gesagt, aber für dieses sensible Thema war jetzt kein guter Zeitpunkt.

„Ja, ich weiß ... die Gesamtsituation ist etwas verwirrend“, gestand Steinhauser. „Aber ich arbeite daran, etwas Licht ins Dunkel zu bringen.“

„Als verdeckter Ermittler oder was?“, meinte Klaus kopfschüttelnd.

„Ja, … sozusagen.“ Steinhauser gefiel der Begriff.

„Hannes, du musst deine Kollegen rufen“, versuchte Klaus ihn zu überzeugen. „Auch wenn Holzinger ein alter Schulfreund von dir ist. Du machst dich strafbar, das kann dich deinen Job kosten.“

„Ich werde meine Kollegen informieren, ganz bestimmt.“ Steinhauser hob die Hand wie bei einer Vereidigung, „sobald wir … also ich meine ... sobald ich weiß, ob das Opfer reingefallen ist oder reingeworfen wurde.“

„Und wie willst du das herausfinden?“, wunderte sich Klaus, der immer noch um Fassung bemüht war.

„Tja, … genau an dieser Stelle kommst du ins Spiel“, meinte Steinhauser zögerlich. Klaus schaute ihn fragend an.
„Ich?“, wunderte sich sein Schwager.
„Ja, genau du“, bestätigte Steinhauser seine ungläubige Frage. „Du musst die Leiche untersuchen und nachsehen, ob da jemand nachgeholfen hat.“
„Du willst mich da mit reinziehen?“ Klaus jaulte entsetzt auf.
„Was heißt hier *reinziehen*?“, wiegelte Steinhauser ab. „Du sollst lediglich mal einen Blick auf den Toten werfen. Du, als erfahrener Mediziner, kannst doch bestimmt sofort erkennen, ob da jemand nachgeholfen hat oder nicht.“
„Schaut ihn euch doch selber an!“, meinte Klaus.
„Für eine verlässliche Untersuchung benötigen wir einen Fachmann“, blieb Steinhauser hartnäckig.
„Ich bin doch kein Fachmann“, gab Klaus zurück. „Für so etwas gibt es Rechtsmediziner, die werden extra für sowas ausgebildet.“
„Komm schon, Klaus. Du wirst doch erkennen können, ob jemand erschossen, erstochen, erwürgt oder sonst was wurde?“ Steinhauser packte ihn bei seiner Ehre. Eine bewährte Methode, um seinen Schwager zu etwas zu bewegen, was er eigentlich gar nicht wollte. Klaus war ein guter Arzt, der gelegentlich dazu neigte, etwas überheblich zu werden, wenn es um mögliche Fehldiagnosen von Kollegen ging. Es gab keine Krankheit, für die er kein Heilverfahren wusste.
Steinhauser schaute seinen Schwager eindringlich, fast flehend an. Durch die Falten auf dessen Stirn konnte er erkennen, dass er angespannt nachdachte.
„Naja, sowas kann ich natürlich schon erkennen“, meinte er mit einem leichten Schulterzucken.
„Ich wusste doch, dass du uns nicht hängen lässt.“ Steinhauser drückte seinen Schwager dankbar an sich.
„Immer schön langsam“, wehrte Klaus ab. „Ich habe nicht gesagt, dass ich euch helfe.“
„Aber du hast darüber nachgedacht“, entgegnete Steinhauser. „Ich arbeite bei der Kripo, schon vergessen? Ich bin darauf geschult, aus den Gesichtern von Zeugen und Verdächtigen zu lesen, wie in einem offenen Buch.“
„Mal angenommen, ... ich wäre wirklich so verrückt und würde euch helfen“, stellte Klaus mit erhobenem Zeigefinger in den Raum, „wann soll denn die … Leichenschau stattfinden? Und wo?“
„Morgen Abend bei Strubinski“, kam es von Steinhauser wie aus der

Pistole geschossen. „Genaue Uhrzeit gebe ich noch bekannt."
„Ich habe morgen Abend Sprechstunde."
„Dann wissen wir auch schon, wann ... nach deiner Sprechstunde", legte Steinhauser fest. Klaus sagte nichts. Er ging wortlos vor seiner Empfangstheke auf und ab. Dabei schüttelte er immer wieder ungläubig den Kopf.
„Ich glaube es nicht", wandte er sich an Steinhauser. „Ihr habt eine Leiche eingefroren und ich schau mir die tatsächlich an."
„Wenn mir das jemand vor zwei Tagen gesagt hätte, dann hätte ich es auch nicht geglaubt."
Steinhauser klopfte ihm aufmunternd auf die Schulter. Klaus schaute seinen Schwager nur entgeistert an.
„Und was soll ich jetzt deiner Schwester erzählen?"
„Nix, du hast doch Schweigepflicht", erwiderte Steinhauser.
„Du glaubst doch nicht im Ernst, dass sich deine Schwester mit den Worten: *Ich habe Schweigepflicht* abspeisen lässt", stellte Klaus klar. „Sie wird mich bei jeder Gelegenheit ins Kreuzverhör nehmen. Und wie unangenehm so etwas sein kann, solltest du am besten wissen. Zumal sie jetzt mit Sicherheit denkt, dass du irgendeine schwere Krankheit hast."
„Naja, übertreib mal nicht", wehrte Steinhauser ab. „Um dich ins Kreuzverhör zu nehmen, braucht sie noch jemanden. Aber dass du bei ihr mit *Schweigepflicht* nicht weit kommst, da könntest du allerdings recht haben", gestand Steinhauser ein. „Dann lass dir halt irgendwas einfallen. Du kennst ja genug Krankheiten."
„Du bist vielleicht lustig", sagte Klaus, während Steinhauser zur Eingangstür der Praxis ging.
„Am besten ich geh hier raus. Sonst werden wir heute noch beide ins *Kreuzverhör* genommen", meinte er mit einem Grinsen. Klaus kramte einen Schlüssel hervor und schloss ihm auf. „Ich hatte heute einen verdammt langen Tag und bin hundemüde. Morgen ruf ich dich an und sag dir, wann du bei Strubinski sein sollst." Steinhauser schlich schnell zu seinem Bus.

Frisch geduscht freute sich Steinhauser auf sein Bett. So einen Stress hatte er in Würzburg nicht. Er zog sich in seinen Wohnbus zurück und führte noch zwei Telefonate. Eines mit Holzinger und eines mit Strubinski. Er teilte ihnen mit, dass sein Schwager morgen Abend, so gegen zwanzig Uhr, die Leiche untersuchen werde. Dann gab er ihnen noch einige Anweisungen, was sie bis morgen besorgen und erledigen sollten.

Kapitel 7
9. Juni, morgens

Kurz vor sieben Uhr in der Früh hallte die Filmmusik von Mission Impossible durch Steinhausers Bus. Neben der Erkennungsmelodie von Magnum, die ihm als Klingelton für Anrufe diente, war der Geheimagent Ethan Hunt aus der Actionreihe Mission Impossible für das rechtzeitige Aufstehen verantwortlich. Krächzend wühlte er sein Telefon hervor und schaute auf die Uhr. Zufrieden nahm er zur Kenntnis, dass er noch etwas Zeit hatte, und ließ sich noch einmal kurz in die Kissen fallen, bevor er sich aus dem Bett quälte.

Irgendwie hatte er das Gefühl, dass etwas fehlte. „Jacky!“, stöhnte er auf. „Ich hab den Hund vergessen. Na, da wird sich die gute Ute bedanken, wenn sie mich sieht.“

Schneller als sonst, und mit einer ordentlichen Portion schlechten Gewissens, warf er sich in seine Uniform. Danach eilte er direkt in die Backstube. Zum einen benötigte er Gefäße für die Gülleproben, zum anderen wollte er sich mit Proviant eindecken. Hildegard unterstützte Sandra im Laden, sein Vater und Lars hielten in der Backstube die Stellung. Sie backten Torten, kochten selbstgemachte Marmelade ein, räumten auf oder trafen bereits wieder Vorbereitungen für den nächsten Tag. Manchmal erledigten sie auch noch offene Bestellungen. Zu tun gab es immer etwas – und alles war hausgemacht. Die Bäckerei lief in der Tat wie geschnitten Brot, was Steinhauser neidlos anerkennen musste. Sein Vater war zwar manchmal ein anstrengender Eigenbrötler, aber sein Handwerk beherrschte er wie kein Zweiter. Den richtigen Riecher fürs Geschäft hatte er in jedem Fall.

„Vodder!“, rief Steinhauser in die Backstube.

Zurück bekam er ein knurriges: „Morchen.“

„Ich brauch ein paar Einmachgläser.“

„Da drüben.“ Rudolf zeigte mit einer knappen Kopfbewegung auf ein Regal an der Wand.

Steinhauser verstaute eine Handvoll Einmachgläser in einer dieser modernen Klappkörbe, die mittlerweile jede Hausfrau im Auto liegen hatte.

„Hast du noch‘n Schöpflöffel? Kann ruhig einer sein, den du nicht mehr brauchst.“

Sein Vater ging zu einem Schubladenschrank, wühlte kurz darin herum und warf ihm einen zu.
„Danke", meinte Steinhauser.
Mit drei Schinkenstangen und einer Tüte frischer Brötchen verabschiedete er sich.
„Wiederseh´n macht Freude", rief ihm Rudolf noch hinterher, doch Steinhauser bezweifelte, dass die Gläser oder der Schöpflöffel noch einmal Verwendung finden würden. Zumindest dann nicht, wenn sein Vater erfahren würde, was er damit gemacht hatte.
Wäre seine Mutter da gewesen, dann hätte sie keine Ruhe gegeben, bis er ihr erzählt oder sie angelogen hätte, wozu er all diese Dinge benötigte. Sein Vater hingegen war in dieser Beziehung geradezu vorbildlich. Was ihn nicht betraf, wollte er auch gar nicht wissen.
Auf dem Weg zum Rathaus rief er noch schnell seinen Schwager an und bestellte ihn für heute Abend um zwanzig Uhr zu Strubinski. Die Begeisterung von Klaus hielt sich in Grenzen, aber er sagte zu. In Burgsinn angekommen, hatte er zwei der drei Schinkenstangen bereits gegessen. Überrascht stellte er fest, dass sein Parkplatz noch frei war. Was jedoch weniger daran lag, dass es Mehrhold interessierte, was er zu ihm gesagt hatte, sondern eher daran, dass er heute anscheinend der Erste auf dem Rathaus war. Oder zumindest der Zweite. Frau Schäflein war natürlich schon da. Er war noch nicht ausgestiegen, da kam sie bereits mit Jacky an der Leine auf ihn zu.
„Sie sind mir ja einer", schimpfte sie halbherzig. „Habbe Sie die Jacky vergessen oder hatte Sie einfach keine Lust mehr auf den armen Hund?" Sie löste die Leine. Jacky kam Steinhauser mit wedelndem Schwanz entgegengerannt. Vor Freude ihn wieder zu sehen, sprang der Hund an ihm hoch. „Sehn Sie mal, wie die Sie mag. Der arme Hund hat die ganze Nacht gejammert, weil er Sie vermisst hat."
„Echt?" Steinhauser konnte das gar nicht glauben. „Ich wusste gar nicht, dass ich so ein Hundeflüsterer bin", lachte er. Frau Schäflein schaute ihn streng an. „Tut mir unendlich leid. Aber gestern war so ein langer und anstrengender Tag … Frau Schäflein, ich weiß gar nicht, wie ich Ihnen danken soll. Das ist mir total peinlich", versuchte er sich zu rechtfertigen. Mit strahlenden Augen streckte er ihr eine Tüte entgegen. „Vielleicht können ein paar frische Brötchen der Bäckerei Steinhauser etwas dazu beitragen, dass Sie mir nicht böse sind."
Überrascht nahm sie die Tüte. „Bäckerei Steinhauser?"

„Ja, meine Eltern haben in Mittelsinn eine Bäckerei. Eine Traditionsbäckerei seit 1810, darauf besteht mein Vater.“
„Ich kenne die Bäckerei Steinhauser. Die mache ganz hervorrachende Sache. Aber dass des Ihre Eltern sind, habe ich net gewusst. Dabei liegt es ja auf der Hand.“
„Mein Vater hätte es auch lieber gesehen, wenn ich in der Backstube stehen würde, anstelle auf Streife zu gehen.“
„Dann könne Sie ja jetzt jeden Morgen frische Brötchen mitbringe.“
„Das könnte ich“, räumte Steinhauser ein, ohne auf die Andeutung näher einzugehen.
„Naja, vielleicht nicht jeden“, meinte Frau Schäflein, „aber zumindest die nächsten Tage. Ich weiß zwar nicht, was Sie mit meinem Spider gemacht habbe, aber der riecht sehr streng nach Kuhstall.“
Steinhauser schaute sie verlegen an.
„Ich kann das erklären“, wollte er ansetzen, doch sie unterbrach ihn gleich wieder.
„Hat das was mit dem Eimer zu tun, den Sie vor´m Rathaus abgestellt habbe?“
„Ja, das kann man so sagen“, gestand Steinhauser. Er hatte nicht nur Jacky, sondern auch die Gülle vergessen.
„Könne Sie mir vielleicht mal erklären, was Sie mit ´nem Eimer Gülle vorhabbe?“, wollte Sie gleich wissen.
Und da war Sie wieder: die Frau Schäflein, so wie er sie kennengelernt hatte. Die alles ganz genau wissen wollte.
„Das kann ich leider nicht“, bedauerte Steinhauser. „Hier geht es um … polizeiliche Ermittlungen … Sie wissen schon, da darf ich nicht drüber reden.“
„Ermittlungen?“ Sie schaute skeptisch zu dem Eimer voller Gülle.
„Ja, aber nichts Besonderes. Nur ein paar Proben für Untersuchungszwecke. Irgendwie muss ich meinen Tag ja auch rumbringen.“ Steinhauser zuckte mit den Schultern, danach holte er den Klappkorb mit den Einmachgläsern aus seinem Bus.
„Der Bürgermeister hat sich gestern total aufgerecht über den Eimer. Sie sollen sich heut sofort darum kümmern und herausfinden, wer für die Sauerei verantwortlich ist.“
„Dann will ich gleich mal damit anfangen.“ Steinhauser nahm den Schöpflöffel, füllte Gülle in eines der Gläser, verschloss es mit einem Deckel und stellte es in den Klappkorb.

„Können Sie mal ein paar Eimer Wasser besorgen?", wandte er sich an Frau Schäflein. Die schaute ihn nur verdutzt an. „Zum Verdünnen vom Rest", grinste er mit einem Augenzwinkern.
„Hier draußen ist ein Wasseranschluss zum Gießen der Blumen. Ich hol den Schlauch dafür."
„Danke, Sie sind ein Schatz."
Während Frau Schäflein den Schlauch holte, ging Steinhauser in sein Büro. Mit einem dicken Filzschreiber malte er ein großes „O" für Obersinn auf den Deckel. Anschließend ging er wieder zu Frau Schäflein.
Gemeinsam verdünnten sie den Rest der Gülle und düngten damit die Büsche vor dem Rathaus. Den Eimer spritzten sie aus.
„Wie stehen denn die Chancen, dass Sie mir heute wieder ihr Auto leihen?", fragte Steinhauser vorsichtig.
„Was soll ich denn mit Ihne mache", meinte Frau Schäflein mitleidig. „Sie habbe ja kein Dienstfahrzeug."
„So sieht es aus", stimmte er zu.
„Zumindest habbe Sie ja jetzt Einmachgläser. Sind die für weitere Gülleproben?", fragte sie so beiläufig wie möglich.
„Sie haben mich erwischt", gestand Steinhauser.
Frau Schäflein kramte aus ihrer Handtasche den Autoschlüssel hervor. „Sie kennen sich ja jetzt aus mit dem Spider. Wäre schön, wenn er nicht wieder so stinken würde."
Mit einer tiefen Verbeugung nahm er den Schlüssel entgegen. „Ich kann Ihnen gar nicht sagen, wie dankbar ich Ihnen bin. Und das meine ich auch so."
„Steinhauser!", brüllte plötzlich jemand. Mehrhold, der Burgsinner Bürgermeister, stapfte im Stechschritt über den Parkplatz.
„Ich muss dann mal weg", sagte Steinhauser mit einem Augenzwinkern zu Frau Schäflein. Schnell warf er den Eimer mit dem Schöpflöffel in den Klappkorb und lief zu ihrem Auto.
„Stehen bleiben!", schrie Mehrhold. Am Auto fing er ihn ab. „Haben Sie was mit den Ohren?", japste er abgehetzt.
„Nein, wieso?"
„Haben Sie mich nicht gehört?", herrschte ihn Mehrhold an
„Doch, aber ich bin in Eile."
„Ständig sind Sie unterwegs!", beschwerte sich der Bürgermeister mit hochrotem Kopf. „Es gibt wichtige Dinge, die ich mit Ihnen zu besprechen habe."

„Ich weiß", bestätigte Steinhauser. „Aber im Augenblick ist es ganz schlecht. Es tut mir wahnsinnig leid. Sobald ich Zeit für Sie habe, werde ich mich umgehend bei Ihnen melden."
Er schob Mehrhold sanft beiseite, machte die Tür auf, damit Jacky hineinspringen konnte und schwang sich hinter das Lenkrad.
„Steinhauser!" Mehrhold tobte und hüpfte wütend auf der Stelle. „Ich werde mich über Sie beschweren! Das hat Konsequenzen für Sie!"
Steinhauser fuhr in aller Ruhe davon.

Auf der Fahrt nach Karlstadt hatte Steinhauser mehrfach versucht, Viktoria Feißthammer zu erreichen. Doch er blieb erfolglos. Letztlich konnte er nur hoffen, dass sie irgendwann einmal zurückrufen würde. An der Main-Promenade angekommen, überflog er schnell noch einmal seinen Notizblock, den er gestern Abend gegen die Tankrechnung eingetauscht hatte. Sein Ziel war das Amt für Landwirtschaft. Diesmal hatte er seine Vorgehensweise bis ins Detail durchdacht, hoffte er zumindest. Jacky musste wieder draußen bleiben.
„Der Herr Feißthammer ist heute leider auch noch nicht da. So langsam machen wir uns Sorgen", begrüßte ihn Frau Häcklein.
„Ja, … genau deswegen bin ich noch einmal hier", begann er behutsam. „Es ist eine Vermisstenanzeige eingegangen. Man hat mich beauftragt, bei seinem Arbeitgeber ein paar, … ja, wie soll ich sagen, … Nachforschungen anzustellen."
„Oh mein Gott", stieß die zierliche Frau aus. Betroffen ließ sie sich in ihren Stuhl fallen. „Ist ihm etwas zugestoßen?"
Steinhauser räusperte sich kurz. „Davon gehen wir im Moment nicht aus."
„Möchten Sie vielleicht mit dem Herrn Stock sprechen?", fragte Sie aufgeregt. Hektisch griff sie zum Telefonhörer. „Er ist gerade unterwegs, aber ich kann ihn für Sie anrufen."
„Nur keine Aufregung." Behutsam nahm er der geschockten Frau den Hörer wieder ab.
Vielleicht hätte er doch nicht so direkt vorgehen sollen. Aber er konnte ja nicht damit rechnen, dass Frau Häcklein gleich einen Anfall bekommen würde. Nicht auszudenken, wenn sie erfahren würde, was tatsächlich mit Feißthammer passiert war. Dabei hatte er die Variante mit der Vermisstenanzeige für eine geniale Idee gehalten. Wenn alle dachten, dass bereits nach Feißthammer gesucht wird, kam erst gar keiner auf die Idee,

tatsächlich eine Vermisstenanzeige aufzugeben.
„Liebe Frau Häcklein, ich denke, Sie können mir auch helfen. Woran hat der Herr Feißthammer denn zuletzt gearbeitet?"
Mit ein paar einfühlsamen Worten gelang es ihm, die verstörte Frau zu beruhigen. Geduldig hörte er sich an, was ihm bereits Holzinger und Diehl über Feißthammer berichtet hatten. Wobei Frau Häcklein kein böses Wort über ihn verlor. Eher im Gegenteil. Sie bezeichnete ihn als verständnisvoll, freundlich und zuvorkommend. Wobei er manchmal schon sehr auf die Paragraphen und Vorschriften beharrte. So war er eben, korrekt und pflichtbewusst. So nach und nach lenkte er das Gespräch in die Richtung, in die er es haben wollte. Im richtigen Augenblick fragte er nach den Landwirten, für die Feißthammer zuständig gewesen war.
„Natürlich kann ich Ihnen eine Liste geben." Frau Häcklein freute sich, etwas beitragen zu können.
Sie gingen direkt in Feißthammers Büro. Steinhauser war ein klein wenig stolz auf sich, wie er die Befragung, so nannte er die Unterhaltung im Geiste, durchgeführt hatte.
Das Büro war sehr großzügig eingerichtet. An den Wänden standen einige Regale, die von oben bis unten mit Ordnern gefüllt waren. Dazwischen immer wieder Schränke mit verschlossenen Türen. Zwei Bilder zierten die Wand zwischen großen Fenstern hinter seinem Schreibtisch. Auf dem einen strahlte der amtierende Ministerpräsident von Bayern, auf dem anderen posierte Franz-Josef Strauß im Stile eines Königs. Auf den Fensterbänken standen einige Orchideen, wie er sie auch bei Feißthammer zu Hause angetroffen hatte. *Offensichtlich hatte der Jürgen auch einen grünen Daumen gehabt*, dachte Steinhauser.
„Wo kommt man denn da hin?" Steinhauser zeigte auf eine Tür, die direkt neben Feißthammers Schreibtisch war.
„Dahinter ist ein zusätzliches Besprechungszimmer", erklärte Frau Häcklein. „Das war dem Herrn Feißthammer sehr wichtig, als er dieses Büro bezogen hatte. Damit er sich zu Besprechungen mit seinen Besuchern zurückziehen konnte."
Steinhauser wollte die Tür öffnen, aber sie war verschlossen. „Ist die immer zu?"
„Das kann ich Ihnen leider auch nicht sagen. Der Herr Feißthammer kam meist zu mir, wenn er etwas wollte. Er rief mich nur selten in sein Büro. Eigentlich nie, wenn ich recht überlege."
„Haben Sie einen Schlüssel?"

„Nein, tut mir leid, Herr Steinhauser. Soweit ich weiß, hat nur der Herr Feißthammer einen. Soll ich mal den Hausmeister rufen?“
„Nein danke, das ist nicht nötig.“
Am liebsten hätte er „ja“ gesagt, aber er wollte nicht, dass der Hausmeister gerufen wurde und ihm unnötig Fragen stellte. Es würde durchaus genügen, wenn Frau Häcklein später allen erzählte, dass die Polizei da war, weil der Feißthammer vermisst wird. Und er war sich sicher, dass sie das tun würde.
Geduldig beobachtete Steinhauser Frau Häcklein, wie sie sich am Schreibtisch von Feißthammer zu schaffen machte. Allerdings war dieser ebenfalls verschlossen. Anschließend durchwühlte sie noch einige Papiere, die darauf lagen, jedoch ohne das erhoffte Ergebnis. Als sie aufstand und sich vor die mit Ordnern gefüllten Regale stellte, ging Steinhauser unbemerkt zum Schreibtisch. Sein Blick fiel auf ein dickes, schwarzes Heft - ein Terminkalender. Er überflog einige Seiten. Dabei entdeckte er mit farbigem Textmarker gekennzeichnete Eintragungen. Ein Name, der ihm bestens bekannt war, fiel ihm sofort ins Auge: Holzinger. Dahinter waren mehrere, fette Ausrufezeichen gemalt und der Name war eingekreist.
„Den Terminkalender hier, den nehme ich mal mit“, wandte er sich an Frau Häcklein, die immer noch konzentriert das Regal absuchte.
„Merkwürdig“, sagte sie, ohne auf seine Worte zu reagieren. „Hier fehlen doch Ordner!“
„Welche Ordner?“ fragte Steinhauser. Den Terminkalender steckte er ein.
„Der Herr Feißthammer hat für jeden seiner Landwirte einen Ordner angelegt. Darin waren jeglicher Schriftverkehr oder Notizen abgeheftet. Und diese Ordner sind alle weg“, erklärte sie. „Aber das macht nichts. Mir fällt gerade ein, dass ich ihm vor einigen Wochen eine Auflistung machen sollte, auf der alle Landwirte, die Zahl ihrer Milchkühe und die produzierten Milchmengen zusammengefasst waren.“
„Das wäre schon sehr hilfreich“, meinte Steinhauser.
Frau Häcklein setzte sich wieder an ihren PC, während Steinhauser geduldig wartete. „Mussten Sie, … äh, ich meine, … müssen Sie ... öfter für Herrn Feißthammer etwas erledigen?“ Steinhauser konnte sich gerade noch korrigieren.
„Ja, ... aber jetzt, wo Sie so direkt nachfragen“, überlegte sie, „in letzter Zeit eher selten. Er kümmert sich im Augenblick selber um alles. Sogar die Briefe schreibt er mittlerweile selber.“

„Gab es vielleicht noch irgendwelche anderen … Vorkommnisse in den letzten Tagen?“, fragte Steinhauser beiläufig. Doch Frau Häcklein hatte nichts zu berichten, was er nicht schon bei seinem letzten Besuch erfahren hatte.
Da spuckte der Drucker auf ihrem Schreibtisch ein Blatt Papier aus. Frau Häcklein nahm es an sich, überflog es kurz und reichte es Steinhauser. „Da sind jetzt alle Landwirte drauf, für die der Herr Feißthammer zuständig ist. Die Adressen habe ich schnell noch dazu gefügt.“
Steinhauser warf ebenfalls einen Blick darauf. In einer übersichtlichen Tabelle war alles, was er benötigte, aufgelistet. Die Adressen, Zahl der Milchkühe sowie die durchschnittliche Milchmenge, die pro Tag und Monat produziert wurde.
Steinhauser bedankte sich bei Frau Häcklein für ihre Hilfe und entschuldigte sich für die Störung. Er versicherte ihr noch einmal, dass sie sich keine Sorgen um ihren Kollegen machen müsse. Es würde bestimmt alles gut werden.
Bevor er ging, reichte er ihr noch seine Visitenkarte mit dem Hinweis, dass sie ihn jederzeit anrufen könne, wenn ihr noch etwas einfallen würde. Ganz gleich zu welcher Uhrzeit. Auch hier strich er die alte Nummer der Dienststelle in Würzburg durch und schrieb seine private Telefonnummer darauf. Ganz wohl fühlte er sich zwar nicht bei der Sache, aber was sollte er machen?
Am Auto angekommen, betrachtete er die Liste von Frau Häcklein noch einmal genauer. Dann holte er seinen kleinen Notizblock hervor und schrieb etwas darauf. Anschließend hakte er den Punkt: *Liste* mit einem Lächeln ab. Als nächstes stand dort: *Kreil.* Er streichelte Jacky zufrieden über den Kopf. „So langsam wird's doch, oder?“ meinte er und startete den Motor.

Etwas verwundert parkte Steinhauser auf dem Gehweg vor einem Haus, dessen Adresse ihm Diehl gegeben hatte. Er hatte mit einem Büro in der Altstadt gerechnet, aber er befand sich im Wohngebiet, nahe der Scherenberghalle in Gemünden. Noch einmal prüfte er die Visitenkarte von Kreil. Es bestand kein Zweifel, er war hier richtig. Mit Jacky an der Leine ging er zu einem kleinen, hölzernen Türchen, das ihm den Zutritt auf das Grundstück versperrte. Ein schmaler, mit Moos überwucherter, gepflasterter Weg führte zum Haus. Neben dem Zaun, ein Stück von der

Straße zurückgesetzt, befand sich eine alte Fertiggarage. Das blecherne Garagentor war von der Sonne ausgebleicht und hatte einige Dellen. Durch eine Tür in der Seitenwand der Garage konnte man auf das Grundstück gelangen. Das Haus selbst schien die besten Zeiten hinter sich zu haben. Von dem kleinen Garten, der um das Haus führte, ganz zu schweigen. Hier wurde schon lange kein Unkraut mehr gejätet, gemäht und die Büsche geschnitten. Steinhauser konnte es nicht einordnen, so ungepflegt war hier alles. Wenn auf dem Klingelschild nicht handschriftlich und kaum lesbar *Sven Kreil, Euro-Agrar-Invest* gestanden wäre, dann hätte er nicht geglaubt, dass hier überhaupt jemand wohnen würde. Während er sich umsah, stieg ihm ein unangenehmer Geruch in die Nase. Es roch verbrannt, doch er konnte keinen Rauch erkennen. Steinhauser klingelte. Nachdem sich nichts tat, klingelte er erneut. Wieder nichts. Da aber schräg vor der Fertiggarage ein schwarzer 5er BMW Kombi stand, blieb er hartnäckig und klingelte Sturm. Jedoch immer noch ohne Erfolg. Er drückte die Klinke des Türchens nach unten. Es öffnete sich.
„Offen", brummte er mit Blick zu Jacky. „Dich kann ich da unmöglich mitnehmen!" Steinhauser überlegte kurz, dann band er sie am Zaun vor der Garage an.
„Ich komm gleich wieder." Steinhauser strich ihr über den Kopf, als Jacky plötzlich zu knurren anfing und an dem schwarzen BMW schnupperte. Etwas verwundert beobachtete er den Hund. Da fielen ihm wieder die Worte von Frau Kleingeist ein. Jacky war ja läufig. „Da hat wohl ein Rüde seine Duftmarke hinterlassen", lachte er. „Wollen wir mal hoffen, dass keiner vorbeikommt und das ausnutzt, solang ich weg bin. Sonst bekommt die liebe Viktoria noch Nachwuchs, … falls die irgendwann mal wieder auftauchen sollte."
Auf der alten, von der Sonne verblichenen Kunststoffhaustür war ein etwas anspruchsvolleres Schild der Euro-Agrar-Invest aufgeklebt. Gerade als er klingeln wollte, wurde diese aufgerissen. Ein junger, drahtiger Mann mit gepflegter Frisur in einem perfekt sitzenden Anzug starrte ihn erschrocken an.
„Oh, die Polizei", war alles, was er überrascht von sich gab.
Schnell rückte er beim Anblick des Beamten noch einmal sein Jackett zurecht.
„Grüß Gott, mein Name ist Steinhauser", stellte er sich kurz vor. „Sind Sie Herr Sven Kreil?"
Der junge Mann räusperte sich. „Ja, der bin ich."

Steinhauser hatte erwartet, dass man ihn hereinbitten würde, aber Kreil stand nur da und schaute ihn erwartungsvoll an. Es entstand ein befremdliches Schweigen. Beide wirkten verlegen.
„Kann ich etwas für Sie tun?“, beendete Kreil schließlich die unangenehme Stille.
Jetzt war es Steinhauser, der sich räusperte. „Ja, … äh … aber das möchte ich eigentlich nicht zwischen ...“, er betrachtete den Türrahmen, „… Tür und Angel besprechen.“
„Um was geht es denn?“, fragte Kreil, machte aber immer noch keine Anstalten ihn hereinzubitten.
„Uns liegt eine Anzeige gegen Sie vor“, sagte Steinhauser laut und deutlich. Jetzt konnte er nur hoffen, dass sein Plan aufging und ihm diese Lüge weiterhalf. Er hasste es zwar zu lügen, aber seit er nach Burgsinn versetzt worden war, hatte er sich schon zu der ein oder anderen *Notlüge* hinreißen lassen. Dennoch musste er sich eingestehen, mit jeder neuen wurde es einfacher. Ganz nach dem Motto: *Übung macht den Meister.*
„Oh“, gab Kreil sichtlich überrascht zurück. Dabei schaute er an dem Polizisten vorbei, ob das jemand gehört haben könnte. „Eine Anzeige?“
„Ja!“
„Dann kommen Sie doch bitte herein.“
Während Steinhauser hinter Kreil herging, fiel ihm auf, dass dieser sein linkes Bein leicht nachzog. Die Wohnung von Kreil war sehr spartanisch eingerichtet. Er führte Steinhauser in ein schmuckloses Wohnzimmer. Auf den ersten Blick konnte Steinhauser erkennen, dass sich keine hochwertigen Möbel in den Räumen befanden. Die Einrichtung war auf das Nötigste reduziert und auf Dekoration jeglicher Art wurde ganz verzichtet. Selbst für Steinhausers Geschmack war es hier etwas zu kahl. Neben einer Kommode stand eine große Tasche für Tennisschläger. Auf der Couch lagen einige Sporthemden und Hosen.
„Sie spielen Tennis?“, tat Steinhauser interessiert, um ein ungezwungenes Gespräch zu beginnen.
„Ja, aber in letzter Zeit eher weniger.“
„Das Bein?“, fragt er.
„Ja“, bestätigte Kreil. „Ich habe mir die Bänder gezerrt. Eine langwierige Angelegenheit.“
„Das glaube ich Ihnen“, stimmte Steinhauser zu. „Spielen Sie hier in Gemünden?“
„Ja. Wenn man den ganzen Tag mit Zahlen zu tun hat und am PC sitzt,

dann tut etwas Bewegung ganz gut. Sie müssen wissen, ich komme eigentlich aus Norddeutschland. Und wo findet man am schnellsten Anschluss? Genau, im Sportverein."
„Aus Norddeutschland? Das hätte ich nicht gedacht. Aber jetzt wo Sie es sagen, glaube ich einen leichten Akzent herauszuhören."
„Aber Sie sind doch nicht gekommen, um zu erfahren, was ich in meiner Freizeit so mache, oder?"
„Ja, … genau", stammelte Steinhauser etwas verlegen. Kreil hatte offensichtlich kein Interesse an etwas Small-Talk. „Die Anzeige. Deswegen bin ich da."
„Und um was genau geht es hierbei?", wollte Kreil wissen.
„Uns liegt eine Anzeige gegen Sie wegen Kreditbetrugs vor", erklärte Steinhauser.
Kreil schaute ihn überrascht an. „Kreditbetrug?", quiekte er. „Von wem?"
„Das kann ich Ihnen leider nicht sagen. Sie wissen doch: Schweigepflicht."
„Aber wieso?" Kreil war völlig verwirrt. „Das hab ich ja noch nie gehört. Um welchen Kredit geht es denn?"
„Kredite", machte ihn Steinhauser auf die Mehrzahl aufmerksam. „Es handelt sich um Kredite, die Sie an Landwirte vergeben haben, die auf Bio umstellen wollen."
„Das soll wohl ein Scherz sein", lachte Kreil laut auf. „Das ist unser Geschäft! Und was genau wurde zur Anzeige gebracht?"
„Ist die Euro-Agrar-Invest eigentlich eine Bank?", wechselte Steinhauser plötzlich das Thema und überging seine Frage.
„Wir sind ein privates Investmentunternehmen", gab Kreil immer noch verwirrt zurück.
„Ich wundere mich eben nur etwas über … die Räumlichkeiten", meinte Steinhauser. Dabei ließ er seinen Blick umherschweifen.
„Wären Ihnen luxuriöse Gebäude mit überteuerter Miete lieber?", gab Kreil angefressen zurück.
„Ich meine nur, ... wegen dem Garten", blieb Steinhauser ruhig.
„Ach der. Ja, der sollte längst gemacht worden sein", sagte Kreil verärgert. „Die Gärtnerei hat mich zweimal versetzt. Und da der Mietvertrag in wenigen Monaten endet, ist es mir jetzt auch egal. Aber schön ist das nicht, da gebe ich Ihnen recht."
„Also, wenn ich einen Kredit benötigen würde ...", deutete Steinhauser kurz an und Kreil ging sofort darauf ein.

„Die Euro-Agrar-Invest ist ein sehr seriöses Unternehmen", rechtfertigte er sich vehement, ohne dass Steinhauser noch etwas sagen musste. „Wir haben uns auf die Förderung von landwirtschaftlichen Betrieben spezialisiert, die auf biologische Milcherzeugung umstellen wollen. Sie müssen wissen, die Euro-Agrar-Invest wurde vor einigen Jahren von Ferdinand von Weißhorn ins Leben gerufen."
„Von wem?", fragte Steinhauser dazwischen. Diesen Namen hatte er noch nie gehört.
„Ferdinand von Weißhorn ist der Nachfahre eines alten norddeutschen Adelsgeschlechts", erklärte Kreil. Dabei wirkte er etwas beleidigt, weil Steinhauser den Namen nicht kannte. „Herr Weißhorn hatte in jungen Jahren als cleverer Investmentbanker etliche Millionen an der Börse verdient und ist nur in den erlesensten Kreisen verkehrt. Aber wie es schon so vielen erging, musste auch er feststellen, dass er keine Maschine ist. Der Preis eines Workaholic: Burnout, mit Ende vierzig! Er stand kurz vor dem Selbstmord und seine Millionen waren ihm egal. Doch er hat diese schwere Zeit überstanden und ist ausgestiegen. Danach hat er sich einen Bio-Bauernhof gekauft. Durch die Arbeit mit den Tieren hat er sich sozusagen selbst therapiert. Für ihn war der Bauernhof nie notwendig, um sich seinen Lebensunterhalt zu verdienen. Aber er hatte festgestellt, dass er mit dieser bescheidenen Lebensweise sehr glücklich war. Denn Geld hat Herr Weißhorn wahrlich mehr, als er jemals in seinem Leben ausgeben kann. Allerdings hatte er durch die Kontakte zu anderen Landwirten erfahren müssen, dass deren harte Arbeit meist schlecht bezahlt wird. Dessen war er sich nie so bewusst gewesen. Was sich in den niedrigen Milchpreisen widerspiegelt und durch gewisse politische Entscheidungen noch schlechter geworden ist. Da beschloss er, mit seinem Reichtum anderen zu helfen. Das war die Geburtsstunde der Euro-Agrar-Invest. Für ihn, als alten Banker, die leichteste Übung. Sein Ziel war es, alle Landwirte, die auf biologische Milcherzeugung umstellen wollen, mit günstigen Krediten zu unterstützen."
„Was man mir so gesagt hat, sind diese Kredite sehr günstig, um genau zu sagen: ungewöhnlich günstig", warf Steinhauser dazwischen. „Lohnt sich das überhaupt?"
„Sie haben nichts von alledem verstanden, was ich Ihnen eben erzählt habe, Herr Steinhauser", meinte Kreil abfällig. „Herrn Weißhorn geht es doch gar nicht um die Vermehrung seines Vermögens. Vielmehr geht es ihm darum, dem Wahnsinn, der durch die Politik in Brüssel und in

unserem Land verursacht wurde, entgegenzutreten. Und um die Verbreitung der biologischen Landwirtschaft zu fördern. Weg von den Massenbetrieben, zurück zur Natürlichkeit."
„Sie müssen schon entschuldigen, Herr Kreil, aber das klingt für mich etwas zu schön, um wahr zu sein", meinte Steinhauser kritisch.
„Natürlich möchte Herr Weißhorn sein investiertes Geld wiedersehen", räumte Kreil ein. „Schließlich muss er auch die Mieten für die Gebäude und seine Leute bezahlen – so wie mich, und er ist nicht geizig. Verlangt natürlich auch eine gute Arbeit. Aber er zielt nicht darauf ab, sein Geld zu vermehren."
„Und so einen Kredit kann jeder bekommen?", fragte Steinhauser neugierig.
„Ganz so einfach ist es natürlich nicht", gestand Kreil. „Die Betriebe, die einen Kreditantrag stellen, werden von einem Fachmann vom Amt für Landwirtschaft und meiner Person geprüft."
„Aha", gab Steinhauser interessiert von sich.
„Wenn ein Betrieb in … wie soll ich sagen … also ...", Kreil suchte nach den richtigen Worten. „Wenn ein Betrieb in desolatem Zustand ist, dann werden wir keinen Kredit vergeben. Denn wenn die Voraussetzungen nicht gegeben sind, dass der Betrieb die geforderten Auflagen zeitnah erfüllen kann, dann wird ihm auch nicht das erforderliche Zertifikat ausgestellt."
„Zertifikat?" Steinhauser gab sich ahnungslos.
„Ein sogenanntes Bio-Zertifikat", erklärte Kreil. „Denn nur wer dieses Zertifikat bekommt, hat einen Anspruch auf einen höheren Milchpreis. Und zudem kann er noch bis Ende des Jahres eine staatliche Förderung beantragen, die er dann zehn Jahre lang bezieht."
„Was denn für eine Förderung?" Steinhauser stellte sich erneut ahnungslos. Kreil erklärte ihm exakt das, was er schon von Holzinger gehört hatte.
„Aber ob das die Lösung ist?", meinte er, nachdem Kreil mit seinen Ausführungen fertig war.
„Lösung?", wiederholte Kreil. Dabei verdrehte er die Augen und gestikulierte engagiert mit den Armen. „Ob das was nützt, wissen die Götter. Aber irgendjemand muss ja mal anfangen, etwas zu tun. Der Staat subventioniert genug Unsinn in diesem Land. Über die Verschwendung von Steuergeldern will ich erst gar nicht reden. Da ist es doch nicht zu viel verlangt, dafür zu sorgen, dass unsere Milchbauern überleben können. Auch in den benachteiligten Gebieten, wie dem Sinngrund. Jedenfalls findet ein Umdenken in der Bevölkerung statt. Der Bio-Markt ist im

Allgemeinen am Wachsen. Nur wie weit dieser Markt wachsen wird, ist noch unklar."
Steinhauser musste zugeben, dass der Ansatz und die Einstellung dieses Herrn Weißhorn vorbildlich waren. Und dieser Sven Kreil war bis in die Haarspitzen motiviert. Das Engagement, mit dem Kreil hinter seinem Unternehmen und dessen Philosophie stand, war beeindruckend. So etwas findet man heutzutage auch nicht mehr oft. Ja, Steinhauser fand es sogar richtig gut, dass es noch reiche Menschen gab, die sich für andere einsetzten. Was in der heutigen Zeit doch eher selten der Fall war. Viele denken doch nur an sich und wie sie reicher und reicher werden können, ohne dass die meisten überhaupt wissen, wie viel Geld sie eigentlich haben.
„Kennen Sie einen Herrn Feißthammer?", kam Steinhauser zurück zu seinem Thema.
„Ja, den kenne ich. Wurde der auch angezeigt?", wollte Kreil gleich wissen.
„Nein, nicht dass ich wüsste", sagte Steinhauser. Aber er war sich sicher, dass Feißthammer eine Anzeige einer Güllegrube vorgezogen hätte. „Können Sie mir sagen, was Sie mit ihm zu tun haben?"
„Ja natürlich. Der Herr Feißthammer ist der zuständige Beamte für die Vergabe der Bio-Zertifikate. Sozusagen unser Fachmann vor Ort."
„Der Herr Feißthammer besichtigt und beurteilt also die Betriebe?"
„Genau", bestätigte Kreil. „Aber nur, wenn jemand einen Antrag stellt, um auf biologische Landwirtschaft umzustellen, fahren Herr Feißthammer und ich zu dem Antragsteller. Vor Ort verschaffen wir uns dann einen Überblick über dessen Betrieb. Herr Feißthammer ist für die fachliche Beurteilung zuständig, ich für die Finanzen. Nach dem Besuch bekomme ich eine Beurteilung zugesandt, anhand derer ich dann entscheiden kann, ob ein Kredit vergeben werden kann oder nicht."
„Gab es da schon mal Probleme. Ich meine mit den Krediten?"
„Nein, überhaupt nicht", meinte Kreil ratlos. „Natürlich bekommt nicht jeder, der einen Antrag stellt, auch einen Kredit. Aber diejenigen, die einen bekommen, hatten bisher keinerlei Probleme, die Auflagen zu erfüllen."
„Gab es vielleicht Probleme … mit Herrn Feißthammer?"
Kreil nickte wissend. „Ich weiß, worauf Sie hinauswollen. Der Herr Feißthammer ist ein guter Mann, aber er kann auch sehr anstrengend sein."
„Inwiefern anstrengend?", hakte Steinhauser nach.
„Wie Beamte halt so sein können", sagte er schulterzuckend. „Oh, ich bitte um Entschuldigung, Sie sind ja auch ..."

„Schon gut“, wehrte Steinhauser ab. „Ich weiß, was Sie meinen.“
„Jedenfalls muss bei Herrn Feißthammer immer alles zu tausend Prozent korrekt sein“, fuhr Kreil fort. „Und wenn die Landwirte nicht exakt das umsetzen, was er vorgibt, dann kann es schon mal Streitigkeiten geben.“
„Ist Ihnen da etwas bekannt?“, fragte Steinhauser interessiert.
„Nichts genaues. Man hört halt immer mal wieder etwas. Aber deswegen habe ich ja nächste Woche einen Termin bei Herrn Feißthammer. Einige Zertifikate sind noch nicht im Haus. Ich wollte mit ihm reden, wie hier der Stand ist und dass er … naja … eben etwas nachsichtig und nicht so kleinlich sein soll. Die Landwirte geben ihr Bestes und arbeiten hart für die Umstellung auf Bio.“
Der Termin wird wohl platzen, dachte sich Steinhauser. Von Kreils Offenheit und Ehrlichkeit war er auch überrascht.
„Verstehen Sie jetzt, warum ich nicht verstehen kann, dass mich jemand angezeigt hat?“, riss ihn Kreil aus seinen Gedanken.
Steinhauser rief sich seine Notizen in Erinnerung. „Dennoch ist es so“, nahm er seinen Faden wieder auf. „Es geht auch nicht direkt um die Kredite, sondern eher um die Kopplung an die Bio-Zertifikate.“
Kreil wurde etwas verlegen, fing sich aber gleich wieder. „Sie meinen die Rückzahlungsklausel, oder?“
„Ja, genau die“, bestätigte Steinhauser überrascht, denn Kreil machte gar nicht den Versuch, sich irgendwie herauszureden. „Was geschieht denn, wenn ein Landwirt das Zertifikat nicht bis zum Stichtag einreichen kann?“
„Genau deswegen habe ich ja nächste Woche einen Termin bei Herrn Feißthammer“, erinnerte er Steinhauser. „Ich möchte mit ihm reden, dass er nicht so kleinlich sein soll. Schließlich haben die Landwirte einiges investiert und für jeden einzelnen hängt auch sehr viel von diesem Zertifikat ab.“
„Und warum dann die Rückzahlungsklausel?“, wollte Steinhauser wissen. „Sie könnten den Kredit doch auch einfach laufen lassen. Das Schlimmste, was passieren kann, ist, dass dem Betrieb die staatliche Förderung durch die Lappen geht.“
„Das haben Sie gut erkannt“, bestätigte Kreil. „Möchten Sie vielleicht etwas trinken, Herr Steinhauser? Bitte entschuldigen Sie, aber ich bin heute ein schlechter Gastgeber.“
Steinhauser überlegte kurz, verneinte aber. Er wollte jetzt mehr über diese Klausel erfahren. Kreil schenkte sich ein Glas Wasser ein. Nachdem er getrunken hatte, fuhr er fort.

„Jedenfalls gab es das Problem bisher noch nicht, dass ein Zertifikat nicht rechtzeitig eingereicht wurde. Aber warum die Zertifikate alle noch in der Luft hängen, werde ich ja nächste Woche erfahren. Wenn Sie möchten, kann ich Sie anschließend kontaktieren."
„Ich denke, das wird nicht nötig sein", gab Steinhauser zurück. „Vielleicht sollte ich Herrn Feißthammer selbst einen Besuch abstatten", schob er noch schnell hinterher.
„Das sollten Sie in jedem Fall", empfahl Kreil. „Wo war ich stehen geblieben? Ach ja, die Rückzahlungsklausel. Sie wollten wissen, warum es diese gibt? Ganz einfach: Um den Landwirten etwas Druck zu machen. Im Grunde nur zu ihrem Besten."
„Das müssen Sie mir jetzt näher erklären", forderte ihn Steinhauser interessiert auf.
„Ein Landwirt hat eben ein anderes … wie soll ich sagen … Zeitgefühl wie ein Beamter." Kreil musste lachen. „Deshalb der Stichtag für die Abgabe des Zertifikates bei der Euro-Agrar-Invest. Man muss den Jungs hier und da etwas Druck machen, sonst wird das nichts. Wir würden sonst ständig Anträge auf Verlängerung des Kredites bekommen. Das war anfangs so und da mussten wir uns eben etwas einfallen lassen."
„Dennoch finde ich es etwas … hart, wenn die Landwirte den ganzen Kredit innerhalb von vierzehn Tagen zurückzahlen müssen."
„Sie sind ja bestens informiert", gestand Kreil, blieb aber entspannt. „Dennoch ist Ihre Anmerkung berechtigt. Sehen Sie diese Rückzahlungsklausel einfach als … sagen wir … Ansporn an unsere Landwirte, damit diese sich auch wirklich dahinterklemmen, um die Umstellung zügig über die Bühne zu bringen."
„Und was passiert, wenn ein Landwirt es überhaupt nicht auf die Reihe bekommt und ihm das Zertifikat tatsächlich verweigert wird. Was dann?", blieb Steinhauser beharrlich.
„Zugegeben, wir hatten diesen Fall seit Einführung der Klausel noch nicht", gestand Kreil. „Aber sollte dieser Fall tatsächlich einmal eintreten, dann kann ich mir nicht vorstellen, dass Herr Weißhorn keine Lösung finden wird. Dass ein Landwirt den Kredit nicht innerhalb von vierzehn Tagen zurückzahlen kann, das ist uns auch bewusst. Aber da jetzt auch noch die Förderung durch den Staat winkt, kann ich mir nicht vorstellen, dass unsere Kunden es schleifen lassen, das Zertifikat zu bekommen."
„Und deswegen fahren Sie ja nächste Woche zu Herrn Feißthammer", meinte Steinhauser. „Wann haben Sie denn Herrn Feißthammer zuletzt

gesehen oder gesprochen?“
„Oh, das ist schon eine Weile her“, überlegte Kreil. „Das liegt bestimmt schon sechs oder acht Wochen zurück. Deshalb ist mir der anstehende Termin ja auch so wichtig.“
Steinhauser überlegte, ob er noch weitere Fragen hatte, aber ihm fiel nichts mehr ein.
„Kann ich sonst noch etwas für Sie tun?“, fragte Kreil, nachdem Steinhauser nichts mehr sagte.
„Nein, das dürfte fürs erste genügen.“ Steinhauser bedankte sich für dessen Offenheit.
„Und was ist jetzt mit der Anzeige?“, wollte Kreil wissen.
„Ich denke, wir warten jetzt erst einmal das Gespräch zwischen Herrn Feißthammer und Ihnen ab“, schlug Steinhauser vor, „dann löst sich die Anzeige ja vielleicht in Luft auf.“
„Das wäre natürlich hervorragend.“ Kreil wirkte erleichtert.
„Eine Frage hätte ich doch noch.“ Steinhauser wandte sich noch einmal an Kreil. „Können Sie mir sagen, an wen Sie alles Kredite vergeben haben?“
„Tut mir Leid, Herr Steinhauser, aber das darf ich nicht. Sie wissen schon: *Bankgeheimnis*“, gab er mit einem Augenzwinkern zurück.
Steinhauser lächelte gequält.

Zufrieden mit seinem Besuch bei Sven Kreil, klappte Steinhauser das Verdeck des Fiat Spider zurück. *Kreil* konnte er abhaken. Der nächste Punkt auf seinem Notizblock lautete: *Karl Zwinsel - Schaippach – Gülleprobe*. Diesen Punkt hatte er sofort ergänzt, nachdem er die Liste von Frau Häcklein bekommen hatte. Den Eindruck, den er bisher von Feißthammer hatte, wurde auch durch Kreil bestätigt. Kein Wunder, dass der sich unter den Landwirten keine Freunde gemacht hatte, wenn er so pingelig war, wie es ihm mittlerweile mehrfach dargestellt wurde.
„Ich hab Hunger“, sagte er zu Jacky, die es sich inzwischen auf der Rücksitzbank bequem gemacht hatte.
Nachdem er im Kreisel Richtung Schaippach abgebogen war, stand plötzlich ein Polizist mit roter, leuchtender Kelle an der Straße. Beinahe hätte er ihn übersehen. Steinhauser überlegte kurz, ob er nicht einfach weiterfahren sollte. Doch seine Kollegen machten ja auch nur ihren Job. Schließlich konnten sie auf Anhieb auch nicht erkennen, wer hinter dem Steuer saß. Also folgte er den Anweisungen und fuhr auf den Parkplatz der

Gedenkstätte für die Kriegsopfer.
„Sieh mal einer an, der Kollege Steinhauser“, begrüßten ihn zwei Polizisten.
Beide waren ihm auf der Dienststelle in Gemünden vorgestellt worden, aber er konnte sich beim besten Willen nicht mehr an ihre Namen erinnern.
„Servus Kollegen“, gab er freundlich zurück.
„Da ist wohl jemand während der Dienstzeit mit dem Privatwagen unterwegs, was?“, meinte ein großer, hagerer Mann mit schmalem Gesicht.
Steinhauser überlegte fieberhaft, wie er hieß, aber sein Name wollte ihm nicht einfallen. „Eigentlich gehört der Wagen einer Kollegin auf dem Rathaus ...“, setzte er zu einer Erklärung an, doch der andere, ein kleiner, untersetzter mit rundem Gesicht, fiel ihm ins Wort.
„Und das Hundchen haben wir auch dabei“, sagte er spitz. „Und angeschnallt ist der Wauwau auch nicht. Steinhauser, dir ist schon klar, dass Hunde auch angeschnallt werden müssen, wenn sie nicht in einem gesicherten Käfig transportiert werden.“
„Ja, das ist mir bekannt, aber im Gegensatz zu euch habe ich keinen Dienstwagen und der Hund ist nicht …“, setzte er erneut zu einer Erklärung an, doch diesmal fiel ihm der Hagere ins Wort.
„Was sollen denn diese Ausreden, Steinhauser“, sagte er streng. „Die Polizei sollte Vorbildfunktion haben, aber dein Verhalten bewirkt ja wohl eher das Gegenteil. Zeig mal deinen Führerschein, Fahrzeugpapiere, Warndreieck und den Verbandskasten.“
Steinhauser blickte die beiden völlig perplex an. Im ersten Moment wusste er gar nicht, was er sagen sollte. Automatisch griff er zum Handschuhfach, um die Fahrzeugpapiere zu suchen. Doch mitten in der Bewegung hielt er inne. Er wandte sich wieder den Kollegen zu.
„Nicht schlecht, Kollegen. Das war sehr überzeugend“, lachte er. „Fast hättet ihr mich dran gekriegt. Aber jetzt Mal Spaß bei Seite. Ich hab´s echt eilig.“
„Sehen wir so aus, als ob wir scherzen“, gab der Untersetzte mit ernster Miene zurück. „Wollen wir doch mal sehen, ob du die Sachen auch vorbildlich dabei hast. Oder ob du da genauso nachlässig bist, wie mit der Sicherung von Haustieren.“
„War euer Kaffee schlecht oder was soll das?“ Wütend riss Steinhauser die Tür auf und sprang ungehalten heraus.
„Immer schön ruhig bleiben, Steinhauser!“, gab der Untersetzte in einem scharfen Befehlston zurück.

Das Letzte, was Steinhauser jetzt gebrauchen konnte, waren *sogenannte* Kollegen, die glaubten, ihn als *sogenannten* Neuen, schikanieren zu können. Aufgebracht ging Steinhauser auf den Untersetzten zu. „Ich bin ruhig!“, knurrte er.
„Hört sich aber nicht so an!“, zischte dieser angriffslustig zurück.
„Dann lasst mich doch einfach in Ruhe!“
„Wir führen hier eine Verkehrskontrolle durch!“, keifte der Untersetzte und baute sich provokativ vor ihm auf. „Und die gilt für dich, wie für jeden anderen auch! Ist das klar?“
Steinhauser schaute die beiden ungläubig an. „Ihr habt doch nicht mehr alle Latten am Zaun!“
„Beamtenbeleidigung und Widerstand gegen die Staatsgewalt. Das hat Folgen!“, drohte der Untersetzte.
Steinhauser wäre am liebsten auf ihn losgegangen, konnte sich aber zurückhalten. „Ihr habt sie doch nicht mehr alle“, sagte er kopfschüttelnd und wollte sich wieder ins Auto setzen.
„Hey, was soll das!“ Der Untersetzte packte ihn am Arm.
Steinhauser riss sich los. „Hau bloß ab, du Depp!“ Dabei schlug er ihm unbeabsichtigt die Mütze vom Kopf.
Sein Kollege machte erschrocken einen Ausfallschritt. Blöderweise wollte der andere Kollege gerade dessen Mütze aufheben. Unbeholfen stolperten sie übereinander und ehe sich Steinhauser versah, lagen beide auf dem Parkplatz. Das hatte er wahrlich nicht beabsichtigt, aber jetzt war es nun mal geschehen. Er wollte ihnen wieder auf die Beine helfen, verwarf sein Vorhaben aber gleich wieder, als ihn einer der beiden als „Arschloch“ bezeichnete.
Dann eben nicht, dachte Steinhauser. „Ich muss weiter“, war alles, was er sagte.
„Das wird Folgen haben!“, drohten ihm beide, während sie sich wieder aufrappelten.
„Ihr könnt euch jederzeit an das Innenministerium wenden“, rief ihnen Steinhauser zu, ließ die Reifen durchdrehen und fuhr mit ausgestrecktem Mittelfinger davon.

Kurz darauf bog Steinhauser in den Hof von Karl Zwinsel ein. Das Gehöft war in etwa so groß wie das von Diehl, allerdings sahen die Stallungen neu aus. Drei Kinder spielten vor einem Wohnhaus, was allem Anschein nach

ebenfalls neu gebaut worden war. Die drei erstarrten in ihren Bewegungen, als sie den Mann in Uniform mit dem Hund sahen. Sofort rannten sie ins Haus, um kurz darauf mit ihrer Mutter wieder zu erscheinen. Eine gutaussehende Frau, die er höchstens auf Ende zwanzig schätzte, kam neugierig auf ihn zu.
„Mama, ist der Polizist echt?“, fragte ein kleiner Junge. Dabei klammerte er sich an ihre Hand. Jacky beschnuppert ihn neugierig. Die beiden anderen Kinder, ein weiterer Junge und ein Mädchen, beobachteten ihn aus der Ferne.
„Ja, ich bin echt. Und du musst keine Angst haben, mein Hund ist auch ganz lieb. Steinhauser reichte dem Jungen die Hand. „Ich bin der Johannes Steinhauser, und du?“
Mit einem verschmitzten Lächeln gab ihm der Junge die Hand. „Ich bin der Paul.“
„Du kannst ihn ruhig streicheln“, meinte Steinhauser. Paul folgte zögerlich der Aufforderung.
„Was kann ich für Sie tun?“, fragte die Frau zurückhaltend.
„Sind Sie Frau Zwinsel?“
„Ja, die bin ich“, bestätigte die Frau, die sich als Anja Zwinsel vorstellte.
Auf Nachfrage, ob ihr Mann zu sprechen sei, teilte sie ihm mit, dass dieser auf dem Feld sei und so schnell nicht zurückkommen werde. Ähnlich, wie er es bei Diehl angegangen war, gab er an, dass er im Auftrag von Jürgen Feißthammer eine Gülleprobe einsammeln soll, die für abschließende Untersuchungen, im Hinblick auf die Vergabe des Zertifikats, zwingend erforderlich war.
Frau Zwinsel sagte zunächst nichts. Es sah aus, als ob sie überlegte, wie sie reagieren sollte. Sie wirkte etwas verunsichert, versuchte sich aber nichts anmerken zu lassen. Steinhauser war jedoch nicht entgangen, dass sich ihr Gesichtsausdruck bei der Erwähnung von Feißthammers Namen verändert hatte. Doch im Gegensatz zu Diehl und Holzinger ließ sie sich zu keiner Äußerung hinreißen. Es wäre ihm lieber gewesen, mit ihrem Mann zu sprechen. Vielleicht hätte dieser seine Meinung über Feißthammer kundgetan. So konnte er sich im Augenblick kein Bild von Karl Zwinsel machen.
„Ich würde gerne kurz mit meinem Mann telefonieren“, sagte sie schließlich.
Steinhauser hatte nichts dagegen. „Ich kann auch gerne auf ihren Mann warten.“

„Ich frag ihn", meinte sie und verschwand im Haus.
Die Kinder ignorierten den Polizisten mittlerweile. Sie spielten lieber mit Jacky. Steinhauser hatte zwar keinen geübten Blick für das Alter eines Kindes, aber er war sich sicher, dass die drei ziemlich gleichaltrig waren. Unweigerlich musste er an Stefanie denken. *Wie die Orgelpfeifen*, dachte er. Wenn es nach Stefanie gegangen wäre, dann wäre er jetzt auch schon Vater eines oder mehrerer Kinder. Doch davon war er aktuell Lichtjahre entfernt.
„Mein Mann kann jetzt nicht", riss ihn Anja Zwinsel aus seinen Gedanken. „Aber ich soll Ihnen eine Probe mitgeben."
Mit einem seiner Marmeladengläser verschwand sie im Stall. Als sie wieder kam, fragte er, wie sie oder ihr Mann mit Herrn Feißthammer zurechtkamen und ob es Probleme gäbe.
Doch Anja Zwinsel ließ sich zu keiner Aussage hinreißen. „Da müssen Sie meinen Mann fragen, ich habe mit Herrn Feißthammer nichts zu tun", war alles, was sie sagte.
Steinhauser spürte, dass er aus ihr nichts herausbekommen würde. Deshalb beließ er es bei der einen Frage.

An der Ortsausfahrt von Schaippach blieb Steinhauser noch einmal kurz stehen. Mittlerweile war es weit nach zwölf Uhr. Die Schinkenstangen von heute Morgen waren längst verdaut. Er rief Frau Schäflein an, teilte ihr mit, dass er auf dem Weg zum Rathaus sei und bat sie, für ihn und Jacky doch etwas Essbares zu besorgen. Frau Schäflein bedauerte ihn kurz, versprach aber, etwas zu organisieren.
Als er kurze Zeit später das Rathaus betrat, war sie anscheinend noch unterwegs, denn an ihrer Glasscheibe hing ein Schild mit der Aufschrift: *Bin gleich wieder da*.
Er setzte sich an seinen Schreibtisch und kennzeichnete die Gülleprobe von Zwinsel mit einem großen „S" für Schaippach. Danach stellte er sie zu der anderen in den Klappkorb.
„Sie sind ja schon da", begrüßte ihn Frau Schäflein. In der Hand hielt sie eine kleine Tüte, die sie auf seinen Schreibtisch stellte. „Ich war schnell im Imbiss und hab Ihne zwei Burgsinner mit Ketchup besorgt", meinte sie mit einem Augenzwinkern. „Kennen Sie Burgsinner? Also ich esse die total gern."
„Oh ja, die kenne ich", gab Steinhauser mit großen Augen zurück. „Die

gibt's nur bei der Henni und das schon, seit ich denken kann. Ich muss unbedingt mal bei ihr vorbeischauen und fragen, wie es ihr geht. Bevor ich nach Würzburg gezogen bin, bin ich mit Freunden regelmäßig zu später Stunde dort eingekehrt. Einer meiner Freunde sagte immer: *Zum Glück ist gestern wieder einer gestorben, dann gibt's heute frische Burgsinner.*"
Steinhauser lachte laut auf. Doch als er Frau Schäfleins entsetzten Blick sah, schluckte er sein Lachen mit einem Husten hinunter. „Das … das … äh … war nicht lustig", stammelte er, biss sich verlegen auf die Zunge und gab sich alle Mühe, ein weiteres, lautes Lachen zu unterdrücken. „Nein, das war wirklich nicht lustig", wiederholte er demonstrativ mit einem Räuspern seine Worte. „Mein Freund hatte noch nie Sinn für Humor. Ist eh ein ganz schräger Vogel. Elektriker halt. Hat wahrscheinlich zu oft in die Steckdose gegriffen."
„Sie und Ihre Freunde", meinte Frau Schäflein kopfschüttelnd. „Für die Jacky hab ich Trockenfutter, das hält länger und stinkt nicht so wie das Zeug aus der Dose."
Wenn Sie wüssten, wie recht Sie haben. Ich und meine Freunde, dachte Steinhauser, während sie etwas Futter für Jacky in eine Schüssel schüttete. Steinhauser biss dennoch voller Genuss in den ersten Burgsinner. Er liebte die knusprigen, zusammengepressten, gebackenen Brötchenscheiben mit saftigem Hackfleisch, Ketchup und den gerösteten Zwiebelstückchen dazwischen. Es war lange her, dass er zuletzt einen Burgsinner gegessen hatte. Viel zu lange, wie er fand. Jacky hingegen schnüffelte recht unmotiviert am Trockenfutter in ihrer Schüssel. Sie schaute immer wieder hilfesuchend zu Steinhauser, doch da es scheinbar nichts anderes für sie gab, kaute sie schließlich, wenn auch sichtlich lustlos, auf einigen Stücken herum.
„Gell, der Hunger treibt ´s nei", lachte Steinhauser, der alles beobachtet hatte.

Kapitel 8
9. Juni, abends

Bis zum Feierabend gab es keinerlei Vorkommnisse. Steinhauser hatte wegen des Zwischenfalls bei der Verkehrskontrolle ständig mit einem Anruf von Rappert gerechnet, doch zu seiner Überraschung tat sich nichts. Noch nicht einmal auf dem Anrufbeantworter war eine Nachricht. Aber da würde bestimmt noch etwas nachkommen, dessen war er sich sicher.
Er lehnte sich entspannt in seinem Schreibtischstuhl zurück und ließ die letzten Tage noch einmal an sich vorüberziehen. Dabei stellte er fest, von dem Leichenfund mal abgesehen, dass es auch seine Vorteile haben konnte, im Sinngrund Dienst zu schieben. Denn dieser Landstrich existierte in vielen Köpfen irgendwie gar nicht. Unterfranken endete in Gemünden und Hessen begann erst hinter Obersinn. So hatte es Steinhauser zumindest immer empfunden, bevor er nach Würzburg gezogen war. Und irgendwie hatte er das Gefühl, dass sich daran nichts geändert hatte. Der Sinngrund, das Niemandsland, hier herrschte noch das Faustrecht, hier war man vogelfrei ... naja, so schlimm war es nun auch wieder nicht. Mittlerweile wurden sogar die maroden Straßen zwischen den einzelnen Dörfern erneuert, was allerdings auch bitter nötig gewesen war.
Da Mehrhold außer Haus war, musste er auch nicht damit rechnen, dass dieser jeden Moment hereinschneite und ihn mit seiner grandiosen To-Do-Liste beglückte. So konnte er sich noch einmal in aller Ruhe die Liste von Frau Häcklein und den Terminkalender von Feißthammer vornehmen. Die Namen der Landwirte, die auf der Liste standen, fand er alle an verschiedenen Tagen im Terminkalender wieder, konnte aber im Augenblick keinerlei Verbindung herstellen, die ihm irgendwie weitergeholfen hätte. Hinzu kam noch, dass er in Gedanken bereits bei der bevorstehenden Leichenschau war. Schließlich beschloss er, sich zu gegebener Zeit intensiver damit zu beschäftigen und legte den Kalender und die Liste zur Seite.
Mit den eingesammelten Gülleproben verabschiedete er sich bei Frau Schäflein. Als er das Essen bezahlen wollte, lehnte sie ab.
„Jetzt sind Sie mir was schuldig“, zwinkerte sie ihm zu.
„Aus ihrem Mund klingt das irgendwie wie eine Drohung“, sagte er mit

einem Lachen und bedankte sich noch einmal, dass er ihr Auto benutzen durfte.

Kurze Zeit später, nachdem Steinhauser seinen Bus im Hof seiner Eltern geparkt hatte, wurde er von seiner Mutter in Empfang genommen.

„Den Hund hast du ja immer noch?“, wunderte sich Hildegard.

„Das ist ja auch mein Polizeihund, schon vergessen?“

„Habt ihr keine Zwinger oder so was?“

„Zwinger?“ Steinhauser schüttelte verständnislos den Kopf. „Die Polizei muss sparen, wir können uns keine Zwinger leisten. Ich hab ja noch nicht mal einen Dienstwagen.“

„Hast du nicht?“ Hildegard schaute ihn entsetzt an.

„Nein, oder siehst du einen?“

„Wie dem auch sei“, wehrte sie ab. „Kommst du zum Essen?“

„Ja, wir kommen.“ Mit Jacky im Schlepp ging er in die Küche.

Während sein Vater, wie gewohnt, eher wortkarg am Tisch saß, wollte seine Mutter genau wissen, was er heute und die letzten Tage alles so gemacht hatte. Es gefiel ihr gar nicht, dass ihr Sohn ihr keine Auskünfte gab. So gut wie jede Frage schmetterte er mit den Worten „Das darf ich doch nicht sagen“ ab.

Diese Ausreden ließ sie bei ihren Marmeladengläsern allerdings nicht gelten. Hildegard bestand darauf, dass er ihr sagte, wozu er sie benötigte. Und da sie ihn nervte, beschloss er, ihr die Wahrheit zu sagen. Diese fand sie allerdings gar nicht witzig. Zuerst dachte Hildegard, er wolle sie auf den Arm nehmen, doch dann verzog sie angewidert das Gesicht. „Schmeiß die Gläser bloß weg“, sagte sie mit erhobenem Zeigefinger.

Nach dem Abendessen zog sich Steinhauser wieder in seinen Bus zurück. Nachdenklich betrachtete er das Loch in seinem Hosenbein. Man hatte ihm zwar zugesagt, dass er noch zwei weitere Garnituren bekommen würde, aber wahrscheinlich lagen die jetzt in Würzburg. Natürlich kümmerte sich keiner darum, dass sie ihm zugeschickt wurden.

Nachdem er sich umgezogen hatte, drehte er mit Jacky noch eine Runde durchs Dorf. Auch wenn er es nicht zugeben würde, so genoss er es doch sehr, wieder zu Hause zu sein. Für ein paar Tage war das für Steinhauser auch in Ordnung, aber bei dem Gedanken daran, die nächsten Wochen, Monate oder sogar Jahre hier Dienst zu schieben, schüttelte es ihn ein wenig. Wobei das weniger am Sinngrund lag. Nein, wahrlich nicht. Er liebte seine Heimat. Sondern es lag eher daran, dass man ihn hier kannte. In Würzburg hatte er nicht den persönlichen Bezug zu den Menschen und

deren Gepflogenheiten. Dort hätte er sich niemals dazu breitschlagen lassen, eine Leiche einzufrieren. Er wollte gar nicht daran denken, was ihm blühte, wenn das herauskommen sollte. Rappert würde ihn in der Luft zerreißen. Schon bei ihrem ersten Aufeinandertreffen hatte ihm sein neuer Vorgesetzter das Gefühl vermittelt, eher lästig als willkommen zu sein. Ein Eindruck, den seine sogenannten Kollegen bei ihrer Verkehrskontrolle bestätigt hatten. Erschwerend kam noch hinzu, dass ihn die Lügen seiner Vergangenheit eingeholt hatten. Jetzt glaubte jeder, er sei bei der Kripo und wüsste, was zu tun sei. Dabei wusste er nur, was er gelegentlich von Stefanie aufgeschnappt hatte. Und viel war es nicht.
Während er, an den Schrebergärten vorbei, Richtung Obersinn lief, musste er immer wieder an Stefanie denken. An der alten, verlassenen Fabrik, auf dessen Parkplatz er die ersten Nächte verbracht hatte, drehte er wieder um. Es war lange her, dass er Stefanie das letzte Mal gesehen hatte. Und wenn er ehrlich zu sich war, dann vermisste er sie sehr. Er hatte sogar schon überlegt, sie anzurufen und um Rat zu bitten. Aber wenn er ihr erzählen würde, in was er da hineingeraten war, würde das ihre Meinung über ihn nur bestätigen. Und das ließ sein Stolz auf keinen Fall zu.

Es war zwanzig Uhr, als Steinhauser mit dem Fahrrad seines Vaters die Lagerhalle von Strubinski erreichte. Jacky hatte er mit einer Leine an seinen Bus gebunden und die Schiebetür offen gelassen. Während er das Rad abstellte, fuhr sein Schwager auf den Hof. Klaus parkte den Wagen, stieg aus und bedachte ihn mit einem wortlosen Nicken. Steinhauser schwieg ebenfalls. Sein Schwager folgte ihm mit seinem Arztkoffer in die Halle. Holzinger und Strubinski erwarteten sie schon voller Ungeduld. Die vier schauten sich an, aber keiner sagte etwas. Der bizarre Grund ihrer Zusammenkunft verschlug jedem die Sprache. Die Anspannung jedes einzelnen war zum Greifen. Schließlich war es Strubinski, der das unangenehme Schweigen beendete. „Servus Klaus“, meinte er. „Was macht die Kunst?“
„Wie geht´s deinen Hämorrhoiden, Strubinski?“, gab er humorlos zurück.
„Schon mal was von ärztlicher Schweigepflicht gehört?“, beschwerte der sich verlegen mit hochrotem Kopf.
„Ja, hab ich“, blieb Klaus ernst und schaute die drei eindringlich an, „sonst wäre ich ja nicht hier.“
„Was hast du eigentlich meiner Schwerster erzählt, nachdem ich gegangen

war?“, fragte Steinhauser neugierig.
„Lass dich überraschen. Sie wird dich bestimmt darauf ansprechen“, gab Klaus knapp zurück, ohne näher darauf einzugehen. Stattdessen kam er direkt zu Sache. „Wo ist die Leiche?“
„Da drinnen!“ Steinhauser zeigte auf die Gefriertruhe und kramte den Schlüssel hervor. „Soll ich aufmachen?“
„Das wäre durchaus hilfreich“, meinte Klaus. „Durch den Deckel kann ich schlecht etwas erkennen.“ Steinhauser wandte sich an Strubinski, „Hast du den Stecker rausgezogen?“
„Jawohl, hab ich“, bestätigte dieser. „Sofort nachdem du mich angerufen hast.“
„Und was ist mit dir?“ Steinhauser schaute zu Holzinger.
„Ich hab alles dabei, genauso wie du gesagt hast.“
„Gut, dann kann´s ja losgehen.“ Er schaute noch einmal jedem eindringlich in die Augen. „Kann sein, dass es etwas stinkt, wenn ich jetzt aufmach.“
„So schlimm wird’s scho net sein“, sagte Strubinski.
Steinhauser öffnete die Gefriertruhe.
„Ach du Scheiße“, rief Strubinski entsetzt, hielt sich die Hand vor den Mund und fing an zu würgen. „Das stinkt ja zum Himmel.“
Klaus verzog ebenfalls angewidert sein Gesicht und kämpfte gegen den aufkommenden Brechreiz an. Ein beißender Geruch verbreitete sich in der Lagerhalle.
Schnell machte Steinhauser den Deckel wieder zu. „Dass der so stinkt, hätt ich jetzt auch nicht gedacht!“, gestand er mit verzogener Miene.
„Ich glaub ich muss kotzen“, jammerte Strubinski. Er war kreidebleich.
„Reiß dich zusammen!“, meinte Steinhauser, der allerdings auch gegen den Brechreiz ankämpfen musste.
„Das ist nur Gülle“, warf Holzinger ungerührt dazwischen, „daran hat man sich gleich gewöhnt. Alles halb so schlimm. Stellt euch net so an. Man meint ja grad, ihr kämt aus der Stadt.“
Strubinski stieß hörbar auf und rannte zur Tür. Er steckte seinen Kopf hinaus, würgte mehrmals lautstark etwas hervor und spuckte es aus. Nachdem er sich seines überschüssigen Mageninhaltes entledigt hatte, schloss er wieder die Tür und wischte sich mit dem Ärmel den Mund ab. Weiß wie ein Leichentuch war er immer noch.
„Wehe, einer von euch kotzt mir in mein Lager“, ermahnte er die anderen mit erhobenem Zeigefinger.

„Brauchst du was?“, fragte Klaus besorgt. „Nein danke, geht scho wieder“, meinte er. Langsam kehrte auch etwas Farbe in sein Gesicht zurück.
Es dauerte einen Augenblick, bis sich der beißende Geruch wieder verzogen hatte. Steinhauser wartete noch einen Moment, dann wandte er sich an Holzinger. „Wo ist das Zeug?“
„Hier“, gab Holzinger zurück, zog eine Kiste aus einem Regal und stellte sie auf den Boden.
„Was ist das?“, wunderte sich Klaus.
„Ein mobiler OP, … naja, so ähnlich“, meinte Steinhauser, kramte in der Kiste herum, bis er eine weiße Folie herauszog. „Und Schutzausrüstung.“
„Das ist Silo-Plane“, erklärte Holzinger dem ratlos dreinblickenden Klaus.
„Für was brauchen wir denn Silo-Plane?“
„Zum Abdecken und damit wir keine Spuren hinterlassen“, sagte Steinhauser und warf die Plane auf den Boden.
„Spuren?“ Klaus verstand nichts mehr.
Steinhauser wandte sich an Strubinski. „Fred, wir brauchen einen Tisch oder so etwas ähnliches.“
„Geht auch die Werkbank?“
Steinhauser warf einen skeptischen Blick auf das Chaos. Er hatte jetzt wahrlich keine Lust, Strubinskis Durcheinander aufzuräumen. „Nein, geht nicht. Aber was ist damit?“ Er ging auf eine eingepackte Gefriertruhe zu, die hinter dem Sprinter stand.
„Auf keinen Fall!“ Strubinski stellte sich demonstrativ vor die Kiste. „Die ist nagelneu. Die hab ich extra für´s Schützenfest bestellt.“
„Keine Panik“, beruhigte ihn Steinhauser, dabei schielte er zu Klaus. „Die soll uns ja nur als … Obduktionstisch dienen.“
„Vergiss es!“, blieb Strubinski hart.
„Fred, mach jetzt kein Stress!“, mahnte Steinhauser. „Wir packen das Ding aus und werfen die Plane drüber. Deine Truhe wird schon nicht dreckig, versprochen. Irgendwo müssen wir den Feißthammer ja hinlegen.“ Als Steinhauser den Namen aussprach, durchzuckte es ihn kurz. Es war ein komisches Gefühl. Immer, wenn er jemanden über Feißthammer befragte, kam es ihm so vor, als ob dieser noch leben würde. Dabei lag er tot in der Truhe neben ihm. Er beschloss, ihn vorerst wieder als *„die Leiche“* zu bezeichnen.
„Stell dich net so an“, meinte Holzinger und begann die Gefriertruhe auszupacken. „Der Hannes hat Recht, auf den Boden können wir den schlecht legen.“

„Auf keinen Fall auf den Boden!“, bestätigte Klaus und half Holzinger, die Verpackung zu entfernen.
Kurz darauf hatten sie die Silo-Plane ausgebreitet und über die Truhe gelegt. Die Plane hatte gut und gerne vier mal vier Meter. Sie bedeckte den gesamten Bereich hinter dem Sprinter. Anschließend stellte Steinhauser die Kiste, die Holzinger mitgebracht hatte, auf die abgedeckte Truhe. Er drückte jedem einen Einweganzug in die Hand und alle begannen sich umzuziehen. Danach holte er für jeden ein paar armlange Besamungshandschuhe hervor, die er bereits kannte, hielt sie in die Luft, verdrehte die Augen und reichte sie kopfschüttelnd weiter.
„Du brauchst net so zu glotzen“, beschwerte sich Holzinger. „Ich hab nix anneres.“
„Ist ja scho gut“, beruhigte ihn Steinhauser und Holzinger zauberte noch für jeden einen Mundschutz hervor.
„Jetzt kann´s los geh´n“, meinte Strubinski, nachdem er sich die Kapuze über den Kopf gezogen und den Mundschutz um den Hals gehängt hatte. „Wir sehen aus wie Astronauten, nur anders.“
„Und vor allem ohne Mondlandung“, lachte Holzinger, riss sich aber sofort wieder zusammen, als er den strengen Blick von Steinhauser bemerkte.
Klaus betrachtete die drei in ihren weißen Einweganzügen, dann schaute er ungläubig an sich selbst herunter. „Das glaubt mir kein Mensch.“
„Ist auch besser, wenn du es keinem erzählst“, sagte Strubinski.
Klaus schaute erneut in die Runde. „Ganz dicht seid ihr nicht. Das wisst ihr schon, oder?“
„Und du mitten drin“, meinte Strubinski mit einem breiten Grinsen.
Holzinger klopfte dem Arzt aufmunternd auf die Schulter.
Steinhauser zog sich den Mundschutz vors Gesicht und ging erneut zur Gefriertruhe. „Fertig?“
Alle schauten sich noch einmal tief in die Augen, bevor sie sich gegenseitig zunickten. „Fertig!“, kam es einstimmig und Steinhauser hob den Deckel an.
„Halt!“, schrie Strubinski. Alle schauten ihn erschrocken an. „Ich muss noch abschließen“, meinte er und rannte zur Tür. „So, aber jetzt kann´s los geh´n. Nicht, dass noch jemand gedabbt kommt.“
Erneut erfüllte eine Wolke aus beißendem Geruch den Raum, doch diesmal waren sie darauf vorbereitet. Der Mundschutz half auch ein wenig, aber nur ein wenig. Sie machten sich an die Arbeit und versuchten den Toten aus der Truhe zu heben. Klaus verweigerte ihnen jedoch jegliche

Unterstützung. Kopfschüttelnd betrachtete er das Schauspiel, denn es erwies sich als schwieriger als gedacht, den Toten zu bergen. Die Leiche war nicht ganz aufgetaut und das Gülle-Wassergemisch an der Kleidung war extrem glitschig. Immer wieder entglitt ihnen die Leiche und knallte zurück in die Truhe.
„Passt doch auf!“, beschwerte sich Klaus.
„Mach´s doch besser!“, gaben Strubinski und Holzinger verärgert zurück.
Mit ganzem Körpereinsatz versuchten die beiden, ihre Arme um die Beine des Toten zu schlingen, während Steinhauser ihn am Oberkörper packte und verzweifelt an ihm herumzerrte. Doch wie sie es auch anstellten, er entglitt ihnen immer wieder. Es war einfach zu wenig Platz, um ihn richtig greifen zu können. Mittlerweile klebten die Einweganzüge wie eine zweite Haut an ihnen. Der Schweiß lief ihnen über den Rücken und die Beine hinunter.
„He, was soll das“, rief Holzinger empört, als Strubinski plötzlich los ließ und in die Truhe kletterte.
„Irgendwie muss der doch rauszubringen sein“, meinte Strubinski mit hochrotem Kopf.
Sie änderten die Taktik.
Gemeinsam versuchten sie ihn jetzt an seiner Kleidung anzuheben. Doch weiter als in Sitzposition brachten sie ihn einfach nicht.
„Himmelarschundzwirn! Glitschig wie ein Aal!“, fluchte Steinhauser.
„Und fett ist der!“, schimpfte Strubinski. Er setze sich auf den Rand der Truhe. Schweiß tropfte von seiner Nasenspitze.
„Beamtenspeck!“, stimmte ihm Holzinger zu.
„Ich darf doch wohl bitten!“, entrüstete sich Klaus.
Als die beiden bemerkten, dass sie von den anderen entsetzt angeschaut wurden, hoben sie entschuldigend die Hände.
„Ja, tut mir leid, aber wenn der doch so fett ist“, gab Strubinski kleinlaut von sich.
Holzinger schob ein beschämtes „Mir auch“ hinterher.
Etwas ratlos versammelten sie sich um die Truhe und betrachteten die zusammengekauerte Leiche.
„Wir sind zu viert, da werden wir den doch irgendwie da rausbringen, oder?“, äußerte Holzinger vorsichtig.
„Der muss da raus – egal wie! Sonst kann ich nichts machen“, stellte Klaus klar.
„Das wissen wir auch.“ Steinhauser schaute sich um. „Vielleicht geht´s

damit.“ Er deutete auf ein etwa zwei Meter langes Eisenrohr, das auf dem Boden lag.
„Ist eigentlich für Satellitenschüsseln, um sie auf´m Dach zu montieren“, erklärte Strubinski.
„Hast du Kabelbinder?“, fragte Steinhauser weiter.
„Ja, hier.“ Strubinski zog einen alten Schuhkarton aus einem der Regale und hielt ein Bündel Kabelbinder in die Höhe.
„Hast du auch größere?“
„Hannes, was hast du denn vor?“, wollte Strubinski wissen.
„Wir legen die Stange über die Truhe, befestigen Arme und Beine daran und heben ihn raus.“
„Gute Idee“, stimmte Strubinski sofort zu und holte einen anderen Schuhkarton. „Die sollten gehen“, sagte er. Mit den Worten „Halt mal“, drückte er Klaus die Kabelbinder in die Hand. Steinhauser und Holzinger legten in der Zwischenzeit das Eisenrohr über die Truhe.
„So müsst es gehen.“ Sie waren sich einig.
Anschließend hebelten sie zu dritt die Arme und Beine um das Rohr, damit Klaus die Hand- und Fußgelenke miteinander fixieren konnte.
„Das sollte halten“, meinte Steinhauser. Die anderen bestätigten es mit gestreckten Daumen. „Zwei vorne, zwei hinten. Auf geht’s.“
Auf „drei“ hoben sie den Toten an und warteten kurz, ob er auch tatsächlich hängen blieb. Nachdem Steinhauser „Hält“ gerufen hatte, trugen sie ihn zur anderen Truhe und legten ihn darauf ab. Strubinski zwickte die Kabelbinder durch. Etwas erschöpft betrachteten sie ihr Werk. Doch so wirklich zufrieden war keiner mit dem Ergebnis. Wenn der Kopf auf der Truhe lag, hingen die Waden herunter und wenn die Waden drauf lagen, knickte der Kopf bizarr nach hinten ab.
„Hast du keine größere Truhe?“, fragte Holzinger.
„Die ist schon größer als die meisten“, beschwerte sich Strubinski, „aber immer noch eine ganz normale, handelsübliche Gefriertruhe. Und kein Obdukdingstisch.“
„Bleib ruhig Strubinski, wird schon gehen“, meinte Klaus und wies sie an, den Toten so hinzulegen, dass der Kopf gerade lag.
„Und was jetzt?“, fragte Holzinger.
„Ausziehen“, schlug Strubinski vor. „Im Film werden die doch auch immer ausgezogen.“
„Immer eins nach dem anderen“, bremste Steinhauser seinen Tatendrang und erntete von Klaus einen dankbaren Blick. „Erst machen wir mal die

Taschen leer. Mal sehn, was er alles dabei hat. Strubinski, hol mal ne Kiste, wo wir das Zeug reinwerfen können."
Gemeinsam begannen sie die Taschen des Toten zu durchsuchen. Etwas Kleingeld, einen Lippenpflegestift und ein altes Taschentuch war alles, was sie fanden.
„Ist das alles?", wunderte sich Holzinger, als er einen Blick in die Kiste warf.
„Das ist alles", gab Strubinski zurück. „Nicht wirklich viel, oder?"
„Ist doch merkwürdig", murmelte Steinhauser.
„Was ist merkwürdig?", wollte Strubinski sofort wissen.
„Er hat keine Jacke an."
„Stimmt", bestätigte Klaus. „Nur ne Jeans, Socken, Schuhe und ein Hemd."
„Er hat auch kein Handy oder einen Geldbeutel dabei", stellte Holzinger fest. „Würdet ihr euer Handy und den Geldbeutel zu Hause lassen, wenn ihr weg geht?", fragte er in die Runde.
„Du meinst Smartphone", korrigierte Strubinski. „Kein Mensch geht heutzutage ohne Smartphone aus'm Haus. Handys sind die alten Dinger mit den Tasten."
„Klugscheißer. Das ist doch jetzt scheißegal. Jeder weiß, was gemeint ist. Jedenfalls hab ich gleich gewusst, dass da jemand nachgeholfen hat", bekräftigte Holzinger seine ursprüngliche Vermutung.
„Noch wissen wir gar nix", bremste ihn Steinhauser gleich wieder aus. „Auch wenn es im Augenblick eher unwahrscheinlich erscheint, dass … der Tote ... durch Eigenverschulden in deiner Grube gelandet ist. Ausschließen können wir es trotzdem noch nicht."
„Hannes, jetzt red net so blöd daher", pflichtete Strubinski Holzinger bei. „Keine Sau läuft nachts ohne sein ... Smartphone, ohne Geldbeutel und ohne Jacke durch die Gegend."
„Wer sagt denn, dass es nachts war?", hielt Steinhauser halbherzig dagegen.
„Hannes, ich bitte dich", meldete sich jetzt sogar Klaus zu Wort. „Tagsüber hätte er ja wohl gesehen, dass die Grube offen ist."
„Okay, ihr habt mich überzeugt", gestand Steinhauser. „Wahrscheinlich war es kein Unfall."
„Dann bleibt nur noch Mord!", stellte Strubinski klar.
Steinhauser schaute ihn nachdenklich an. Schließlich gab er ein resigniertes „Möglicherweise" von sich.

Warum um alles in der Welt hätte Feißthammer auch nachts bei Holzinger auf dem Hof herumschleichen sollen … und das ohne Geldbeutel und ohne Smartphone? Wobei die meisten Leute die modernen Hightech-Telefone immer noch als Handy bezeichneten. Wie eben Holzinger oder Steinhauser. Strubinski, als Geschäftsmann hingegen, legte großen Wert auf die richtige Bezeichnung. So lag der Verdacht nahe, dass hier tatsächlich jemand nachgeholfen hatte. Blieben nur die Fragen, wie und wer und vor allem: warum? Insgeheim hatte Steinhauser die ganze Zeit gehofft, dass es doch ein Unfall gewesen war. Was aus seiner Sicht für Holzinger die deutlich günstigere Variante gewesen wäre. Aber so richtig daran geglaubt hatte er von Anfang an nicht. Und so sehr sich Holzinger auch darüber freute, mit seiner Vermutung recht gehabt zu haben, umso enger rückte er durch die neusten Erkenntnisse in den Kreis der Verdächtigen. Doch in Anbetracht der aktuellen Situation verzichtete Steinhauser im Moment darauf, seinen Freund näher über seine prekäre Lage aufzuklären.

„Müssen mir den jetzt auszieh?“, fragte Strubinski.

Klaus nickte. „Uns bleibt wohl nichts anderes übrig, wenn wir wissen wollen, wie er zu Tode gekommen ist. So kann ich nicht viel erkennen.“

Ohne zu zögern, stürzte Strubinski an die Leiche und begann das Hemd aufzuknöpfen. „Na, dann mal los.“

„Strubinski, hab ich dir schon mal gesagt, dass du mir manchmal Angst machst?“ Steinhauser schaute ihn mit ernster Miene an.

„Nein, wieso?“

„Vorhin hast du noch gekotzt und jetzt …?“

„Vorhin war vorhin“, meinte Strubinski gleichgültig. „Man wächst mit seinen Aufgaben. Jetzt müsse mir den Mörder vom Feißthammer find und dem Sepp helf.“

Bei dem kleinen Wort *„mir“* mit der Bedeutung von *„wir“* durchzuckte es Steinhauser kurz, er ließ es aber erst einmal im Raum stehen. Im Grunde war er ja froh und auch ein wenig stolz auf Strubinski, dass er sich so für ihren alten Schulfreund einsetzte. Auch wenn Strubinski manchmal schräg drauf war, und das war er zweifelsohne, so waren er und Holzinger schon seit dem Kindergarten die besten Freunde. Sie konnten sich immer zu hundert Prozent aufeinander verlassen.

Gemeinsam begannen sie den Toten auszuziehen. Was gar nicht so einfach war, da sich die nassen Kleider regelrecht an Armen und Beinen festgesaugt hatten. Dabei wäre ihnen die Leiche beinahe von der Gefriertruhe

gerutscht, wenn sich Klaus nicht beherzt um den Hals des Toten geworfen hätte.
„Warum schneiden wir die Klamotten nicht einfach auf?“, schlug Strubinski genervt vor, während er sich am rechten Hosenbein abmühte.
„Weil wir ihn wieder anziehen müssen!“, stellte Klaus unmissverständlich klar, so dass erst keiner auf die Idee kam, ihm zu widersprechen.
Schließlich gelang es ihnen, den Toten bis auf die Unterhose und die Socken seiner Kleider zu entledigen.
Klaus verschaffte sich erst einmal einen groben Überblick. Dann holte er Block und Bleistift aus seinem Arztkoffer und begann jeden Quadratzentimeter der Leiche zu untersuchen. Da er auch nicht genau wusste, wie er am geschicktesten vorgehen sollte, kämpfte er sich von den Füßen langsam nach oben, hielt immer wieder kurz inne und machte sich Notizen. Dabei versuchte er möglichst professionell zu wirken. Nach einer Weile taten es ihm die drei gleich und bei jeder Auffälligkeit fragten sie ihn, ob das normal sei. Nach der gefühlt hundertsten Frage platzte Klaus der Kragen. „Ruhe!“ schrie er. „Ich brauche Ruhe!“
Die drei schauten ihn verdutzt an, hoben entschuldigend die Hände und gingen, ohne ein weiteres Wort zu verlieren, einen Schritt zurück. Klaus warf ihnen noch einen langen, strengen Blick zu, bevor er sich wieder dem Toten zuwandte.
„Ganz schön angespannt, dein Schwager“, flüsterte Strubinski.
Jetzt war es Steinhauser, der Strubinski einen langen, strengen Blick zuwarf, der nicht mehr und nicht weniger bedeutete, als dass er die Klappe halten sollte.
Als Klaus fertig war, deutete er auf den Toten und meinte nur: „Umdrehen!“
Die drei taten, wie ihnen befohlen wurde, und Klaus begann erneut mit der Untersuchung. Diesmal untersuchte er den Kopf zuerst und kämpfte sich dann hinunter zu den Füßen. Immer wieder machte er sich kurze Notizen. Dann betastete er noch einmal den Hinterkopf. Er stoppte kurz und wiederholte den Vorgang noch einmal genauer. Schließlich machte er sich eine letzte Notiz, dann legte er den Block auf den Rücken des Toten.
„Und?“, fragten die drei neugierig.
„Also ...“, begann Klaus, nahm seine Notizen wieder zur Hand und zeigte auf die Füße des Toten, „... hier, an den Fußgelenken, sind Verletzungen, die nicht von den Kabelbindern sein können.“
„Die sind von uns“, warf Steinhauser gleich dazwischen.

„Von euch?“ Klaus war verwirrt.
„Ja“, bestätigte Holzinger.
„Habt ihr ihn aufgehängt oder was?“
„So ähnlich“, meinte Steinhauser.
„Wie jetzt? Habt ihr oder habt ihr nicht?“
Strubinski meldete sich zu Wort. „Die zwei haben ihn mit dem Frontlader aus der Grube gehoben und aufgehängt. Damit hab ich nix zu tun!“
„Doch nur zum Säubern und zum Abtropfen“, verteidigten sich die beiden. „Wir mussten ihn ja irgendwie sauber machen.“
„Egal jetzt!“, fuhr Klaus fort. Er hatte keinen Bedarf an Details. „Dann wissen wir zumindest schon mal, dass diese Verletzungen von euch sind … und von keinem anderen. Habt ihr sonst noch was mit ihm angestellt?“
„Nur aufgehängt … also zum Abtropfen“, versicherte Steinhauser. Holzinger nickte eifrig.
„Ansonsten hat er noch einige Abschürfungen, die wahrscheinlich vom Sturz in die Grube oder von der Bergung herrühren können“, erklärte Klaus weiter. „Unter dem Auge hat er ebenfalls eine ältere Einblutung, die war aber schon fast verheilt gewesen.“
„Das war ich“, gestand Holzinger.
Klaus verschlug es die Sprache und starrte ihn mit offenem Mund entsetzt an.
„Aber ich habe ihn nicht … das war letzte Woche … war ein … ein Unfall“, versuchte sich Holzinger zu verteidigen. Dabei schaute er hilfesuchend zu seinen Freunden.
„Lass mal gut sein, Sepp“, beruhigte ihn Steinhauser und erklärte seinem Schwager kurz die Zusammenhänge des blauen Auges.
Klaus musterte Holzinger von oben bis unten, was nicht den Eindruck machte, dass er Steinhausers Erklärung viel Glauben schenkte. Schließlich meinte er zu Holzinger: „Was du mit dem hattest, ist mir jetzt eigentlich wurscht. Zumal die Verletzung auch schon älter ist.“ Dann winkte er die drei zu sich. „Am Schädel allerdings wird es interessant. Hier wurde eindeutig mit Gewalt auf ihn eingeschlagen. Und zwar mehrfach.“
„Wo?“, wollten die drei neugierig wissen und betrachteten den Hinterkopf der Leiche.
„Gar nicht so leicht zu erkennen bei der vielen Gülle in den Haaren, was?“, meinte Klaus und in seiner Stimme lag eine Spur von Triumph.
„Ich seh nix“, meinte Strubinski.
„Das glaube ich gerne“, tröstete ihn Klaus mit einem Lächeln. Jetzt war er

zu hundert Prozent in die Rolle des Arztes geschlüpft. „Durch die dichten, mit Gülle verklebten Haare, habe ich es auch nicht gleich gesehen. Aber beim Abtasten konnte ich deutlich mehrere, schmale Vertiefungen spüren. Ich habe sieben Stück gezählt. Kann mich aber auch irren."
„Vertiefungen?", fragte Steinhauser unsicher.
„Ja. Vertiefungen!", bestätigte Klaus und drückte seinen Zeigefinger direkt in eine der Stellen. „Hier hat jemand gewaltsam auf den Schädel des Opfers eingeschlagen."
„War das tödlich?", fragte Strubinski, der immer noch nichts erkennen konnte und selber anfing, den Hinterkopf zu betasten. „Stimmt, wenn man da so rüberfährt, merkt man es. Probier mal", wandte er sich an Steinhauser.
„Nein, danke", gab dieser angewidert zurück. „Ich glaub´s euch."
„Tödlich ...?", griff Klaus die Frage von Strubinski auf, überlegte und ging ganz nah an den Kopf heran. „Eher nicht. Die Verletzungen sind nicht tief, aber zur Bewusstlosigkeit haben sie ganz sicher geführt. Wenn man ihn sofort in ein Krankenhaus gebracht hätte, wäre er bestimmt nicht daran gestorben."
„Ihn ins Krankenhaus zu bringen, war bestimmt nicht der Plan, von dem, der das gemacht hat, oder?", meinte Strubinski.
„Wohl eher nicht", bestätigte Steinhauser, der die Verletzungen vorsichtig betrachtete.
„Die Eindrücke sind höchstens zwei Zentimeter breit und an beiden Seiten tiefer als in der Mitte", erklärte Klaus.
„Muss also ein schmaler, harter Gegenstand gewesen sein, der seitliche Erhöhungen hat", schlussfolgerte Strubinski. „Aber was?"
„Das kann ich euch leider auch nicht sagen", bedauerte Klaus „Das müsst ihr schon selber herausfinden."
„Dann kann es also sein, dass er noch gelebt hat, als man ihn in die Grube geworfen hat?", fragte Steinhauser nachdenklich.
„Gut möglich", stimmte Klaus zu. „Um nicht zu sagen: sehr wahrscheinlich."
„Kann man das herausfinden?"
„Ja, aber dazu müsste man ihn aufschneiden und die Lunge untersuchen", meinte Klaus mit Blick in die Runde. Als er bemerkte, dass keiner etwas sagte und sie ihn nur schweigend und erwartungsvoll anschauten, schüttelte er energisch den Kopf. „Das könnt ihr vergessen! Ich schneide den nicht auf! Auf keinen Fall!"

„Aber er ist doch schon tot ...“, begann Steinhauser vorsichtig.
Doch Klaus ließ ihn erst gar nicht ausreden. „Seid ihr noch ganz sauber?“, stieß er empört aus. „Reicht es nicht, dass ich meinen Beruf als Arzt wegen euch aufs Spiel setze? Wenn einer rausbekommt, was wir hier machen, dann sind wir alle vier fällig!“
„Ja, beruhig dich wieder“, beschwichtigte Steinhauser seinen Schwager. „Ist ja für die … Ermittlungen im Augenblick auch egal. Tot ist er sowieso. Details soll später die Rechtsmedizin klären.“
„Dann kann ich ja jetzt gehen!“ Klaus begann sich auszuziehen.
„Du kannst doch jetzt nicht einfach so abhauen?“, sagte Strubinski verwundert.
„Warum nicht? Ihr wisst jetzt, dass er nicht reingefallen ist und dass jemand auf ihn eingeschlagen hat“, stellte Klaus klar. „Mehr kann ich nicht für euch tun. Was ihr jetzt mit der … dem armen Kerl da macht, müsst ihr selber wissen. Ich weiß jedenfalls von nix, wenn mich jemand fragt.“
„Schweigepflicht!“, meinte Strubinski mit einem Augenzwinkern. „Schon verstanden.“
Klaus schüttelte nur den Kopf, warf den Einweganzug und die Besamungshandschuhe von sich, nahm seinen Koffer und ging zur Tür. Als die sie nicht öffnete, drehte er sich genervt zu Strubinski um.
„Schlüssel steckt“, rief dieser.
Klaus schloss auf und stürmte aus der Lagerhalle.
„Dann wollen wir ihn mal wieder anziehen“, meinte Steinhauser.
Strubinski betrachtete die Leiche. „Muss das sein?“
„Ja!“, gab Steinhauser knapp zurück. „Wir können den nicht ewig einfrieren und wenn ich die Kripo … ich meine, wenn ich meine Kollegen hinzuziehe, dann wäre es besser, wenn der angezogen ist.“
„Leuchtet ein“, meinte Holzinger und begann die Hose auszubreiten.
Das Anziehen erwies sich jedoch als deutlich schwieriger als das Ausziehen. Aber gemeinsam und ohne viele Worte, schafften sie es schließlich. Anschließend schoben sie die alte Truhe neben die neue und legten die Leiche wieder auf Eis. Steinhauser verriegelte den Deckel, versicherte sich gleich zwei Mal, dass die Gefriertruhe auch abgeschlossen war und nahm den Schlüssel an sich.
„Und jetzt?“, fragte Holzinger vorsichtig, während sie sich der Einweganzüge entledigten.
„Keine Ahnung“, gestand Steinhauser. „Ich fahr morgen noch mal in die Wohnung vom Feißthammer und schau mich um.“

Jetzt, wo die Leiche verstaut war, hielt er es wieder für angebracht, den Toten bei seinem Namen zu nennen.
„Was heißt hier: noch mal?", wunderten sich die beiden.
„Ich war schon … einmal dort", log Steinhauser sicherheitshalber.
Er hielt es für besser zu verschweigen, dass er mittlerweile schon zweimal dort gewesen war und erklärte, dass er wegen Hundegebell nach Karsbach geschickt wurde.
„Dann ist dein Hund ... der Hund von unserem Toten?", stellte Strubinski erschüttert fest.
„Ja, aber da wusst ich das ja noch nicht", verteidigte sich Steinhauser.
„Krass, oder?", meinte Strubinski begeistert. „Zufälle gibt's."
„Und was machst du jetzt mit dem Hund?", fragte Holzinger. „Als Hundeflüsterer bist du ja eher nicht bekannt. Wenn ich da an den Stress mit der Stefanie denk, als die einen Hund haben wollte. Da hast du dich ..."
„Ja, ja. Schon gut", unterbrach er Holzinger. „Den bekommt Frauchen, wenn sie wieder da ist. Aber das ist jetzt das geringste Problem."
Steinhauser überlegte, ob er Holzinger über seine Lage aufklären sollte. Eigentlich wollte er ihn auch noch einmal auf die Euro-Agrar-Invest ansprechen, entschied sich aber dagegen. Der Tag war stressig genug gewesen und auf weitere Diskussionen hatte er heute keine Lust mehr.
„Wann fährst'n nach Karsbach?", fragte Strubinski beiläufig, während sie die Silo-Plane wegräumten und die Anzüge wieder in der Kiste verstauten.
Steinhauser zuckte mit den Schultern. „Keine Ahnung. Vielleicht gleich, wenn ich aufgestanden bin. Aber vorher muss ich erst mal aufs Rathaus. Dem Mehrhold kann ich auch nicht ewig davonlaufen."
„Ja genau, der Mehrhold und du. Ihr wart ja in der Zeitung", lachte Strubinski. „Unser alter Lehrer und du, ihr werdet noch zu echten Kumpels."
„Laber mich nicht voll, Strubinski!", drohte Steinhauser scherzhaft und konnte nicht verhindern, dass seine Freunde in schallendes Gelächter verfielen. Letztlich musste er mitlachen.

Kapitel 9
10. Juni, morgens

Diesmal war es nicht der Geheimagent Ethan Hunt, der Steinhausers Nachtruhe beendete. Jacky leckte ihm solange über sein Gesicht, bis er aufschreckte. Er verjagte den Hund laut fluchend auf den Beifahrersitz und warf ihm sein Kissen hinterher. Angeekelt wischte er sich über seine Wangen. Gerade als er zu einer Schimpftirade ansetzen wollte, sah ihn Jacky mit hängenden Ohren an. Ihre Blicke trafen sich. Steinhauser brachte es nicht über das Herz zu schimpfen. Langsam kam der Beagle zu ihm gekrochen und legte den Kopf entschuldigend auf seinen Schoß. „Oh Mann, du bist mir vielleicht eine!“ meinte Steinhauser besänftigt. Er konnte ihr nicht böse sein. Zumindest nicht, wenn sie ihn mit ihren treuen Augen so anschaute, wie sie es gerade getan hatte. „Aber das Ablecken musst du dir abgewöhnen, sonst fliegst du raus“, fügte er noch an und strich ihr über den Kopf.

Plötzlich klopfte jemand an seinen Bus. „Bist du schon wach?“, fragte eine gedämpfte Stimme.

Mit einem Satz stand Jacky vor der Schiebetür.

Steinhauser hatte keine Ahnung, wer ihn um diese Zeit aufsuchen könnte. Die einzigen, die in Frage kommen könnten, waren seine Eltern. Aber die Stimme kam weder von Hildegard noch von Rudolf. Gespannt öffnete er die Tür. Jacky sprang sofort hinaus. Steinhauser streckte seinen Kopf hinterher und sah sich um, aber es war niemand zu sehen. Er wollte die Tür gerade wieder schließen, als ihn ein lautes „Pssst“ herumschrecken ließ.

„Strubinski?“, Steinhauser traute seinen Augen nicht. „Was machst du hinter meinem Bus?“

„Ich versteck mich. Damit mich niemand sieht.“ Er sah sich geheimnisvoll um, bevor er sich zeigte. „Ich wär dann so weit“, meinte er voller Tatendrang und präsentierte stolz sein Outfit. „Und, wie seh ich aus?“

Steinhauser wusste nicht, was er sagen sollte. Vor allem hatte er keine Ahnung, was Strubinski mit dem Satz: *Ich wär dann so weit,* meinte. Fakt war nur: Strubinski stand in Polizeiuniform vor ihm. Er hatte sich sogar rasiert und seine langen Haare fein säuberlich unter eine abgenutzte Polizeimütze gestopft.

„Hab ich was verpasst?“, wunderte sich Steinhauser über dessen höchst merkwürdigen Auftritt.
„Die Uniform ist noch vom Fasching und schon etwas älter, aber noch ganz gut in Schuss“, erklärte Strubinski. „Ich dacht, wenn ich dich in Zivil begleite, dann sieht das blöd aus. Die Klamotten sehn doch voll echt aus, oder?“
„Begleiten?“, wiederholte Steinhauser ungläubig. Er verstand nur Bahnhof. „Wohin willst du mich denn begleiten?“
„Na zur Wohnung vom Feißthammer, wohin denn sonst?“
„Was willst du?“
„Dich unterstützen! Spurensuche! Vier Augen sehen mehr als zwei!“
„Immer schön langsam, Fred.“ Steinhauser versuchte zu begreifen, was ihm Strubinski gerade mitteilte. Da er aber immer noch nicht richtig wach war und ihm die ganze Situation etwas surreal vorkam, schloss er einfach die Schiebetür. Er rieb sich die Augen, atmete tief durch und zog sich schnell seinen Jogginganzug über. Anschließend verließ er seinen Bus. Entsetzt stellte er fest, dass er nicht geträumt hatte. Strubinski stand tatsächlich in Polizeiuniform vor ihm.
„Meine ist zwar grün, aber die ist doch noch gültig, oder?“, fragte Strubinski.
„Fred ...“, pfiff Steinhauser durch die Zähne und versuchte keinen Anfall zu bekommen. „die ist alles andere als: *gültig*! Das ist ein Faschingskostüm und du bist kein Polizist. An dir ist gar nichts gültig! Weder in blau noch in grün!“
„Ja, schon klar, aber das sieht doch kein Mensch.“
Steinhauser atmete tief ein, zählte innerlich bis zehn und atmete langsam wieder aus. „Fred ...“, setzte er erneut an, „du – kannst – nicht – mit – zur – Wohnung – vom – Feißthammer – kommen!“, sagte er Wort für Wort. „Ist das klar?“
Fred schaute ihn verständnislos an. „Und warum nicht?“
„Herrgott, Fred!“, verlor Steinhauser jetzt die Geduld. „Ich ermittle in einem Mordfall. Da kannst du nicht einfach mal so mitkommen, wie … wie … zum Einkaufen.“
„Weiß doch keiner, dass ich kein Polizist bin“, blieb Strubinski beharrlich. „Und außerdem weiß auch keiner, dass der Feißthammer tot ist.“
„Och Fred, bitte ...“, versuchte es Steinhauser jetzt auf die sanfte Tour. „Sei doch vernünftig.“
„Ich bin vernünftig“, stellte Strubinski in ruhigem Ton klar. „Der Sepp

steckt, im wahrsten Sinne des Wortes, bis zum Hals in der Scheiße. Und mir müssen ihm helf, da wieder raus zu kommen. Und da du deine Kollegen noch nicht informiert hast, gehe ich mal davon aus, dass du alleine und ohne Genehmigung Ermittlungen anstellst, oder?"
Steinhauser bekam Schnappatmung, wedelte mit den Armen, setzte an etwas zu sagen, tat es dann aber doch nicht. Wortlos starrte er seinen Freund an. Zu seinem Bedauern musste er sich eingestehen, dass Strubinski nicht ganz Unrecht hatte. Langsam beruhigte er sich wieder. Denn dass er Unterstützung gebrauchen konnte, war nicht von der Hand zu weisen. Aber doch nicht von Fred Strubinski!
„Ich komm in jedem Fall mit", blieb Strubinski beharrlich, nachdem Steinhauser keine Worte gefunden hatte. „Und wenn ich dir hinterher fahren muss!"
„Und wie stellst du dir das vor?", fragte Steinhauser resignierend.
„Ich halte mich im Hintergrund. Du redest und ich beobachte."
Immer noch unschlüssig, was er machen sollte, raufte er sich die Haare. Ihm war durchaus klar, dass Strubinski nicht scherzte. Er würde sich zweifellos an seine Fersen heften. Denn wenn sich Strubinski etwas in den Kopf gesetzt hatte, dann war es so gut wie unmöglich, ihn davon abzubringen.
„Okay", gab Steinhauser nach. „Aber du hältst die Klappe! Ich rede und du machst exakt das, was ich dir sage! Verstanden?"
„Verstanden!", bestätigte Strubinski, schlug die Hacken zusammen und stand stramm. „Ganz wie der Herr Kommissar befiehlt."
Steinhauser schüttelte verzweifelt den Kopf. „Wir sind nicht beim Militär."
„Oh, Entschuldigung", meinte Strubinski verlegen. „Und was jetzt?"
„Hat dich jemand in dem Aufzug gesehen?"
Strubinski schaute sich schulterzuckend um. „Ich denke nicht. Hab mich ja extra hinter deinem Bus versteckt."
„Bist du mit deinem Auto da?"
„Ja, mit dem Sprinter."
Steinhauser sah sich um, konnte aber seinen Transporter nirgends entdecken.
„Der steht auf der Straße", sagte Strubinski, da er ahnte, wonach Steinhauser Ausschau hielt.
„Du stellst deinen Sprinter, den jeder hier im Dorf kennt, auf die Straße, wo ihn auch jeder sehen kann, der in die Bäckerei kommt. Anschließend läufst du in Polizeiuniform hierher, um dich hinter meinem Bus zu

verstecken", fasste Steinhauser zusammen. „Was glaubst du, wie hoch ist die Wahrscheinlichkeit, dich *nicht* zu sehen?"
„Hundert Prozent", gab Strubinski sofort zurück und grinste überlegen. „Ich bin nämlich schon seit heut morgen um vier Uhr hier und warte, dass du aufstehst."
„Seit wann?" Steinhauser traute seinen Ohren nicht.
„Du hast schon richtig gehört", bestätigte Strubinski augenzwinkernd. „Schließlich wollte ich nicht, dass mich jemand sieht. Deine Eltern haben mich auch nicht gesehen, als die in die Backstube sind. Ich bin sozusagen im Tarnmodus."
„Und wie willst du jetzt ungesehen zurück in deinen Sprinter kommen? Mittlerweile ist es hell!"
Das Grinsen verschwand aus Strubinskis Gesicht. „Scheiße, daran hab ich gar nicht gedacht."
„Wir brauchen ein Auto, ein unauffälliges", erklärte Steinhauser. „Mit meinem Bus können wir auf keinen Fall nach Karsbach fahren, das dauert zu lange und dein Sprinter … da steht groß und breit dein Name drauf. Du musst dein anderes Auto holen."
Bei dem Wörtchen *wir* kehrte das Grinsen in Strubinskis Gesicht zurück. „Kein Problem, du stehst schnell Schmiere und ich lauf zu meinem Transporter. Hab extra gegen den Verkehr und dicht an der Hauswand geparkt, damit mich keiner sieht, wenn ich aussteige."
„Also gut", stimmte Steinhauser zu. „Du fährst zu dir nach Hause und ich komm nach."
Gesagt, getan.
Steinhauser wartete, bis die Luft rein war, dann gab er Strubinski ein Zeichen. Dieser rannte sofort in geduckter Haltung über den Hof und drückte sich mit dem Rücken an die Hauswand. Von dort schlich er schnell zu seinem Auto, öffnete die Fahrertür und duckte sich hinter das Lenkrad. Kurz darauf startete der Motor. Es war nur die Polizeimütze zu sehen, als er an der Hofeinfahrt vorüberfuhr. Steinhauser beobachtete das Schauspiel mit ungläubigem Kopfschütteln.
Nachdem Strubinski verschwunden war, zog sich Steinhauser um und rief im Rathaus an. Wie er vermutet hatte, war Frau Schäflein schon da.
„Wie, Sie komme heut net?", fragte sie überrascht. „Der Bürgermeister ist weche Ihnen extra scho eher gekomme. Der wartet in Ihrem Büro. Sie wisse schon, weche der ..."
„... To-Do-Liste", beendete Steinhauser den Satz und verdrehte genervt die

Augen. „Ich weiß, aber da wird er sich leider noch etwas gedulden müssen. Bin ja noch länger da."
„Für Sie ist auch noch ein ...", setzte Frau Schäflein an, aber Steinhauser ließ sie erst gar nicht ausreden. Er erklärte ihr kurz, dass er dringend nach Würzburg müsse, um dort noch ein paar Formalitäten zu erledigen.
Er mochte Frau Schäflein zwar, hatte aber zu dieser frühen Stunde keine Lust auf Diskussionen. Er war gerade erst aufgestanden und der Auftritt von Strubinski war eigentlich schon genug Aufregung für heute. Und dabei hatte der Tag gerade erst begonnen.

Steinhauser stand mit Jacky vor Strubinskis Lagerhalle, doch von Strubinski war keine Spur zu sehen. Ungeduldig schaute er sich um, als ihn ein lautes Hupen zusammenzucken ließ. Er drehte sich um und traute seinen Augen nicht.
Strubinski fuhr mit einem lautlosen, kleinen Auto aus seiner Garage. Neben Steinhauser ließ er die Scheibe herunter.
„Fred, was ist das denn für ein Vehikel?"
„Das ist Lavinias Auto. Ich nehm doch immer den Sprinter, wenn ich wo hin muss. Weißt schon, wenn man ein Elektrogeschäft hat, muss man überall präsent sein."
Ungläubig bestaunte Steinhauser das kleine Gefährt. „Ist das von Matchbox? Du hast doch immer so einen riesigen Ami-Van gefahren."
„Ja, aber das ist lange her. Die Kiste hier läuft mit Strom."
„Strom?", wunderte sich Steinhauser. „Bist du unter die Ökos gegangen?"
„Nein, nicht direkt, aber ich dacht, es war gut für´s Geschäft."
„Und, hat´s was gebracht?"
„Ehrlich gesagt … nicht wirklich", gestand er. „Ich wollt die Kiste ja auch gleich wieder verkauf, aber das Ding will keiner … zumindest nicht für das Geld, was ich dafür haben will."
„Was hast'n dafür abgedrückt?"
„Frag nicht", wehrte Strubinski ab. „Jedenfalls hat Lavinia einen Narren daran gefressen und da ham wir´s halt behalten. Mir ist es ja auch zu klein, aber wenn man nicht weit fahren muss, ist es ganz brauchbar", erklärte Strubinski. „Wenn wir weiter weg oder in den Urlaub fahren, dann nehmen wir immer den Sprinter und werfen eine Matratze hinten rein. Du weißt schon …", zwinkerte Strubinski, drückte die Zunge gegen seine Backe und bewegte sie auf und ab.

Steinhauser verzog angewidert das Gesicht. „Ich will´s gar nicht wissen, was ihr so *treibt*, wenn ihr unterwegs seid. Bitte verschon mich mit Einzelheiten."
Doch Strubinski ignorierte ihn einfach. „In der Strom-Karre kannst du nicht gescheit poppen, viel zu eng, aber im Sprinter, da kann man ..."
„Bitte!", fiel ihm Steinhauser ins Wort. „Ich will es nicht wissen!"
„Neidisch?"
„Auf dich? Bestimmt nicht!"
Strubinski grinste bis zu den Ohren. „Also, die Lavinia, ich sage dir ..."
„Wenn du jetzt nicht die Klappe hältst, bleibst du hier!", drohte Steinhauser.
„Ist ja gut", beschwichtigte Strubinski. „Steig endlich ein und wirf deinen Hund auf die Rückbank. Für mehr wie einen Hund ist da eh kein Platz."
Schulter an Schulter saßen sie in dem kleinen, weißen Elektroauto und sausten nahezu geräuschlos über die Landstraße. Etwas umständlich kramte Steinhauser sein Smartphone hervor und wählte die Nummer von Viktoria Feißthammer. Doch es meldete sich wieder nur der Anrufbeantworter.
Sie hatten kurz vor Burgsinn beschlossen, über Gräfendorf zu fahren. Steinhauser warf Strubinski einen alles sagenden Blick zu, als sie den steilen Berg Richtung Gräfendorf hinaufkrochen.
„Ich weiß, nicht besonders schnell, aber dafür umweltverträglich", meinte Strubinski schulterzuckend. Dann begann er, jedes Detail und alle Vorzüge eines Elektroautos aufzuzählen. Steinhauser teilte ihm zwar mehrfach mit, dass ihn das jetzt nicht interessierte, aber Strubinski ließ sich nicht beirren. Mit Bedauern musste Steinhauser feststellen, dass Strubinski kein Radio eingebaut hatte.
„Ich bin dran, Lavinia hat sich auch schon beschwert, dass sie keine Musik hören kann", meinte er beiläufig, während er ununterbrochen redete.
Erst als sie Karsbach erreichten, wurde er still. Steinhauser vermutete, dass er durch den anhaltenden Redeschwall seine Nervosität überspielen wollte und hatte einfach auf Durchzug gestellt.
„Wir sind da", meinte Steinhauser, nachdem er ihn durch Karsbach gelotst und sie das Haus von Jürgen Feißthammer erreicht hatten. „Du machst exakt das, was ich dir sage, und nichts anderes! Haben wir uns verstanden?", stellte er noch einmal klar, bevor sie ausstiegen.
Strubinski nickte wortlos und streckte zum Zeichen den Daumen nach oben.

Steinhauser öffnete die Haustür. Zunächst schien alles so, wie Steinhauser es zuletzt vorgefunden hatte, doch als sie das Wohnzimmer betraten, blieb er abrupt stehen. Strubinski bemerkte es nicht und rannte gegen ihn.
„Sorry“, flüsterte er.
Beide starrten in den Raum. Einige Schränke standen offen und deren Inhalt war über den Boden verteilt. Der Glastisch war umgeworfen, die Couch auseinandergerissen und die Rückseite aufgeschlitzt. Schnuppernd durchkämmte Jacky das Chaos, als würde sie einer Fährte folgen. Nachdem sie die umgestürzten Sessel mehrfach umrundet hatte, ging sie zielstrebig auf die Kellertreppe zu.
„Krass!“, meinte Strubinski beim Anblick des Durcheinanders. Sofort hielt er sich die Hand auf den Mund. Er rechnete schon mit einem Anschiss von Steinhauser, weil er etwas gesagt hatte, doch dieser reagierte gar nicht darauf.
„Du bleibst hier!“, befahl er stattdessen streng und zog seine Dienstwaffe. „Ich schau mich in der restlichen Wohnung um.“
„Ich bleib auf keinen Fall alleine hier!“, stieß Strubinski entgeistert aus.
Steinhauser drehte sich instinktiv um. „Musst du aber. Kann sein, dass noch jemand im Haus ist.“
„Eben! Deshalb bleib ich auch auf keinen Fall hier“, beharrte Strubinski und krallte sich an Steinhausers Jacke fest.
„Lass mich los!“
„Nein!“, blieb Strubinski stur und duckte sich hinter ihm.
Genervt schaute Steinhauser über seine Schulter. Mit Strubinski im Schlepp folgte er Jacky die Kellertreppe hinunter. „Das war die letzte Tour. Das sag ich dir!“
Schweigend folgte ihm Strubinski, die Hand immer an seiner Jacke. Das Kellerlicht ging automatisch an, als sie die Treppe betraten. Gemeinsam untersuchten sie Raum für Raum. Steinhauser ging mit erhobener Waffe voran, von Jacky war keine Spur zu sehen. Doch außer Getränkekisten, Fahrrädern, Ersatzreifen, einer kleinen, fein säuberlich aufgeräumten Werkstatt, diversen Gartenmöbeln, einem Rasenmäher und anderen Gartenutensilien war nichts Besonderes in den Räumen. Es sah auch nicht so aus, als ob hier jemand etwas gesucht hätte. Die Dinge standen, wie es Steinhauser von Feißthammer nicht anders erwartet hatte, in Reih und Glied und waren ebenso präzise in die jeweiligen Regale einsortiert. Natürlich mit Beschriftung.
„So müsst es bei mir im Lager aussehen“, zollte Strubinski der Ordnung

Respekt. „Schad, dass der tot ist, sonst hätt ich den glatt mal engagiert, um bei mir klar Schiff zu machen."
Plötzlich hallte lautes Hundegebell durch den kahlen Keller. Steinhauser nahm seine Waffe in den Anschlag und folgte zügig dem langen Gang, an dessen Ende er das Gebell lokalisiert hatte. Der Gang endete vor einer halb offenen Tür. Beide zögerten einen Moment, dann trat Steinhauser entschlossen die Tür auf und gemeinsam stürmten sie in den Raum.
„Keine Bewegung!", schrie Strubinski, während er sich hinter Steinhauser duckte. Dafür erntete er ein kommentarloses Kopfschütteln.
Jacky schaute kurz auf, ganz so, als ob sie auf die beiden gewartet hätte. Dann lief sie durch eine weitere Tür aus dem Haus. Steinhauser und Strubinski folgten dem Hund über eine Treppe hinauf in den Garten. Mit der Nase dicht über der Grasnarbe lief sie bis zum Ende des Gartens. Dort bellte sie das Gebüsch an. Steinhauser steckte seine Waffe zurück in das Holster.
„Irgendwas gefällt dir hier nicht, stimmt´s?" Er kraulte Jacky anerkennend den Rücken, konnte aber auch diesmal nichts Auffälliges erkennen. „Wenn du mir nur sagen könntest, was dich stört", seufzte Steinhauser, lobte sie ausgiebig und ging mit ihr wieder zurück zum Haus.
„Was hat denn der Hund?", wollte Strubinski wissen.
„Wenn ich das nur wüsste", meinte Steinhauser, „sonst gibt die keinen Laut von sich." In kurzen Worten erzählte er von seinem letzten Besuch, als Jacky auch zu dieser Stelle gelaufen war und das Gebüsch angebellt hatte.
„Vielleicht wollte das letzte Mal, als ihr hier gewesen seid, auch schon jemand einbrechen und ihr habt ihn dabei gestört", vermutete Strubinski.
„Am helllichten Tag? Ich weiß nicht, kann sein, ist aber eher unwahrscheinlich", meinte Steinhauser skeptisch.
An der Kellertür blieben sie plötzlich stehen. Es war nicht zu übersehen, dass sich hier jemand mit Gewalt Zutritt verschafft hatte. Die leichte Kunststofftür war ohne Rücksicht aufgebrochen worden. Das geriffelte Glas im oberen Bereich der Tür war gesprungen, der Rahmen gebrochen.
„Der Einbrecher musste sich ganz sicher gewesen sein, dass niemand zu Hause ist", sagte Steinhauser. Dabei betrachtete er nachdenklich den Schaden. „Um eine Tür so zuzurichten, muss man sehr kräftig sein." Er schaute nachdenklich zu Strubinski.
Dieser wusste sofort, auf wen er anspielte. „Oder man hat einen großen Hebel", versuchte dieser Steinhausers Gedanken herunterzuspielen. „Du

kennst doch den Spruch: *Riesig ist des Mannes Kraft, wenn er mit dem Hebel schafft.*"
„Genau: Manneskraft", stimmte Steinhauser zu.
„Oder Frauenkraft", verbesserte Strubinski sofort. „Auch Frauen können mit dem richtigen Werkzeug großen Schaden anrichten."
„Lass mal gut sein", meinte Steinhauser.
Sie gingen zurück ins Wohnzimmer.
„Wo ist denn *die* Jacky jetzt hin?", wunderte sich Strubinski.
Steinhauser deutete in die Küche. „Vermutlich steht sie vor dem Unterschrank mit Hundefutter. Gib ihr doch bitte mal was. Die Arme hat bestimmt Hunger."
Während Strubinski tat, was ihm aufgetragen wurde, schaute sich Steinhauser um. „Ist doch merkwürdig, oder?", rief er.
„Was ist merkwürdig?", kam es aus der Küche.
„Es wurde nur das Wohnzimmer durchwühlt."
„Stimmt", bestätigte Strubinski, als er zurückkam. „In der Küche ist alles tip-top. Aber wir waren noch nicht oben."
Die beiden schauten sich kurz an. Steinhauser zog wieder seine Dienstwaffe.
„Meinst du, da oben ist noch jemand?" Strubinski kam sofort wieder zu Steinhauser gelaufen.
„Keine Ahnung", gab Steinhauser zurück.
Vorsichtig betraten sie den oberen Stock. Auch hier arbeiteten sie sich langsam von Zimmer zu Zimmer. Überall der gleiche Anblick: perfekt einsortierte Schränke, gemachte Betten und nirgends lag etwas herum, wo es nicht hingehörte.
Das Badezimmer war mit hellen Wand- und dunklen Bodenfliesen gekachelt. In der einen Ecke war eine große, gemauerte Dusche mit einer Glastür und in der anderen eine übergroße Eckbadewanne, die mit ihren vielen Düsen an einen Whirlpool erinnerte. Der breite, geschwungene Doppelwaschtisch hatte zu beiden Seiten Ablagen aus Marmorplatten und darauf lag eine Geldbörse. Steinhauser schaute kurz hinein. „Raubmord war es schon mal keiner." Er drückte die Geldbörse Strubinski in die Hand.
„Viel ist nicht drin", stellte dieser fest und legte sie zurück. „Aber jetzt wissen wir zumindest schon mal, warum wir bei der Leiche nix gefunden haben."
Als nächstes entdeckten sie fein säuberlich zurechtgelegte Wäsche auf dem Badewannenrand. „So kennen wir Feißthammer ja mittlerweile", meinte

Steinhauser. „Fehlt nur noch ein Schild für Unterhose, Socken, T-Shirt und … ist das eine Pyjamahose?“
„Was denn sonst“, meinte Strubinski. „Wenn ich mich dusch, dann zieh ich auch was Frisches an.“
Steinhauser musterte ihn von oben bis unten. „Das will ich doch hoffen.“
„Glaubst du, er wurde am Duschen oder am Baden gehindert?“, blieb Strubinski ernst, ohne auf die Anspielung einzugehen.
Steinhauser sah sich im Bad genau um, bevor er antwortete. „Der Verdacht liegt nah.“
„Dann hatte er vermutlich am Abend seines Todes noch Besuch und hier wäre dann auch irgendwo der Tatort“, schlussfolgerte Strubinski.
Steinhauser klopfte ihm anerkennend auf die Schulter. „Gut möglich. Jetzt müssen wir nur noch herausfinden, wer ihm vor seinem Ableben einen Besuch abgestattet hat.“
„Wenn dem tatsächlich so ist, dass er hier … ermordet wurde“, Strubinski schauderte es bei dem Gedanken, „dann würde das auch den Einbruch erklären. Vielleicht hat der Täter was verloren und ist zurückgekommen, um es zu suchen?“, überlegte er weiter.
Steinhauser war überrascht, wie hilfreich dessen Gedankengänge doch waren. Das würde er aber natürlich niemals zugeben.
„Hallo, ist da jemand“, rief plötzlich eine dünne Frauenstimme.
„Die hat mir grad noch gefehlt“, stöhnte Steinhauser erschrocken auf und sprang schnell in großen Sätzen die Treppe hinunter. „Hallo Frau Kleingeist.“ Er konnte sie gerade noch abfangen, bevor sie das Wohnzimmer betrat.
Die schmächtige Frau zuckte überrascht zusammen, als Steinhauser sie beinahe über den Haufen gerannt hätte.
„Ich bitte um Entschuldigung, ich wollte sie nicht erschrecken“, meinte er etwas außer Atem.
„Ach, Sie sind das“, sagte sie erleichtert, als sie den Polizisten erkannte. „Ich dachte, der Jürgen ist wieder da.“
„Nein, der Jürgen ist leider noch nicht wieder aufgetaucht“, bedauerte Steinhauser.
„Oh, Sie haben ja heute Ihren Kollegen dabei.“ Frau Kleingeist schaute überrascht zu Strubinski, als dieser die Treppe herunterkam.
„Grüß Gott, mein Name ist Stru … äh ... Schneider“, stellte er sich unbeholfen vor.
Steinhauser verdrehte die Augen.

„Ja, das ist mein Kollege“, mischte sich Steinhauser schnell ein. „Der Herr Schneider, er … er … er ist neu ... sozusagen.“
„Neu? Ist Ihr anderer Kollege noch krank?“
„Krank? Wieso krank?“, wunderte sich Steinhauser.
„Bei Ihrem letzten Besuch sagten Sie, Ihr Kollege sei krank.“
Steinhauser überlegte kurz, dann erinnerte er sich wieder. „Ja, der ist noch krank. Hat´s ganz bös erwischt“, bestätigte er.
Ihm wurde schlagartig bewusst, dass er besser aufpassen musste, was er erzählte. Ein falsches Wort und seine Probleme würden um ein Vielfaches größer werden.
Misstrauisch deutete die alte Dame mit ihrem Stock auf Strubinski. „Und warum ist Ihr Kollege in grün und nicht in blau?“
„Ja, das ist so … der Kollege … ist zur Unterstützung, weil der andere doch krank ist … und … und … bei der Polizei gibt es jetzt zwei Farben.“
Steinhauser hatte absolut keine Lust, ihr zu erklären, warum sie unterschiedliche Uniformen trugen. Er war einfach nur froh, dass sie dachte, Strubinski sei ebenfalls Polizist.
„Und wo ist der Jürgen?“, wollte sie als nächstes wissen.
„Das wüssten wir auch gerne“, begann Steinhauser und führte Frau Kleingeist behutsam zurück zur Haustür. „Wir sind nur kurz vorbeigekommen, um nach dem Rechten zu sehen.“
„Wie geht es denn der Jacky? Ist eine ganz liebe, oder? Der Jürgen ist Ihnen bestimmt sehr dankbar, dass Sie auf die Jacky aufpassen. Haben Sie auch das richtige Futter? Wenn Sie was Falsches frisst, dann kotzt sie auch mal gerne. Sie müssen aufpassen, dass sie nix Scharfes zu fressen bekommt, das verträgt sie nämlich nicht. Niemals das billige Hundefutter kaufen. Ist dem Jürgen was passiert? Ist ganz ungewöhnlich, dass er so lange weg ist, ohne sich bei mir zu melden“, sprudelte es aus Frau Kleingeist heraus.
Die beiden schauten sich verdutzt an. Keiner wusste, was sie dem Redeschwall der alten Dame entgegensetzen sollten. Erst als sie eine kurze Pause einlegte, um Luft zu holen, nutzte Steinhauser die Gelegenheit.
„Der Jacky geht es prima“, beruhigte er sie und wie auf Kommando kam diese aus dem Wohnzimmer gerannt, um Frau Kleingeist zu begrüßen.
Während die beiden ihr Wiedersehen feierten, schob Steinhauser die alte Dame Stück für Stück aus dem Haus, ohne dass sie es bemerkte.
„Ja, Frau Kleingeist“, sagte er, als sie alle vor dem Haus standen. „Wir müssen dann auch wieder weiter, und wenn Sie ...“

„Ja genau …“, ergriff plötzlich Strubinski das Wort. „Wenn Ihnen etwas auffällt, egal was, dann rufen Sie uns bitte sofort an“, schob er mit einem breiten Grinsen dazwischen, was ihm allerdings sofort wieder verging, als er Steinhausers hochroten Kopf und seine weit aufgerissenen Augen bemerkte. Wenn Blicke töten könnten, dann wäre er jetzt tot, soviel war sicher.

„Gestern Abend, fällt mir gerade wieder ein, da dachte ich, der Jürgen ist wieder da“, gab sie nachdenklich zurück.

Sofort hatte sie Steinhausers volle Aufmerksamkeit.

„Wie kamen Sie denn darauf, dass der Jürgen wieder da sein könnte?“, fragte er.

„Als mich die Erna gestern vom Landfrauenabend nach Hause gefahren hat, da dachte ich beim Jürgen brennt Licht“, begann sie und beide hörten gespannt zu. „Eigentlich bin ich ja gar nicht bei den Landfrauen, aber seit mein Friedrich gestorben ist, holt mich die Erna immer ab. Eine gute Seele und zum Glück kann die noch Auto fahren, sonst könnt ich gar nicht dabei sein. Sind halt auch nicht mehr so viele, die meisten sind schon gestorben und junge Landfrauen gibt es ja kaum noch. Kein Wunder, es gibt ja kaum noch Bauern. Früher, da war in jeder Straße ein Bauernhof. Gleich da vorne, sehen Sie ...“, sie hielt kurz inne und zeigte auf ein altes Haus.

Steinhauser nutzte erneut die Gelegenheit, um seinerseits das Wort zu ergreifen. „Liebe Frau Kleingeist ...“, setzte er behutsam an und legte seinen Arm um ihre Schulter. „Ich kann Sie sehr gut verstehen. Da, wo ich herkomme, ist es nicht anders. Aber dennoch wäre ich Ihnen sehr verbunden, wenn Sie mir erklären könnten, warum Sie dachten, dass der Jürgen wieder da ist.“

„Hände weg!“, fauchte sie und schlug mit ihrem Stock nach Steinhausers Arm. Dieser schaute sie ganz verdattert an, während sich Strubinski das Lachen verkniff. „Ich kann alleine laufen.“

„Tut mir leid, ich wollte nicht … also, was ist jetzt mit dem Jürgen?“

„Ja, das weiß ich doch nicht. Sie sind doch die Polizei.“

Steinhauser atmete tief durch. „Sie sagten doch eben, dass Sie glaubten, der Jürgen sei gestern Abend zu Hause gewesen, oder etwa nicht?“

„Natürlich. Ich weiß doch, was ich gesagt habe, oder glauben Sie etwa, ich bin senil?“

„Nein, wie kommen Sie denn jetzt darauf“, wehrte Steinhauser ab. „Es würde mich halt interessieren, was Sie gestern beobachtet haben.“

„Es war Licht beim Jürgen“, gab sie beleidigt zurück.

Steinhauser und Strubinski warteten gespannt, was sie zu berichten hatte, doch die alte Dame schaute die beiden nur versteinert an. „Und …?“ Steinhauser machte eine auffordernde Geste. „War er da, der Jürgen?“
Nach einer endlos erscheinenden Stille zwischen den dreien gab sie ein kurzes und knappes „Nein“ von sich.
War ja klar, wie auch, dachte sich Steinhauser. Die beiden schauten sich ratlos an, denn das Mitteilungsbedürfnis von Frau Kleingeist ließ im Augenblick sehr zu wünschen übrig.
„Und was macht Sie da jetzt so sicher?“, hakte Steinhauser nach.
„Weil ich geklingelt habe.“
„Sie haben geklingelt?“ Steinhauser schaute sie verwundert an.
„Ja natürlich. Ich wollte nachsehen, ob es ihm gut geht. Schließlich war die Jacky ja nicht da. Nicht, dass er sich noch Sorgen macht“, sagte sie ganz selbstverständlich.
„Und wann war das, wissen Sie das noch?“, fragte Steinhauser. Er versuchte seinen Worten eine gewisse Dramatik zu verleihen, um ihr zu verdeutlichen, wie wichtig diese Information für ihn war.
Frau Kleingeist schaute ihn mit zusammengekniffenen Augen an. Sie dachte angestrengt nach.
„Um Mitternacht“, sagte sie schließlich voller Überzeugung.
Steinhauser wartete einen Augenblick, falls sie ihre Meinung noch änderte, dann hakte er vorsichtig nach: „Sind Sie sicher?“
„Ja“, gab sie selbstbewusst zurück. „Als ich geklingelt habe, haben nämlich die Kirchenglocken geläutet. Und weil das Licht wieder ausgegangen war, bin ich wieder nach Hause gegangen.“
„Das könnte der Einbrecher gewesen sein“, murmelte Strubinski mit vorgehaltener Hand und erntete einen Stoß in seine Rippen.
„Wer hat einen Eisbecher?“
„Nichts, Frau Kleingeist. Der Kollege hat nur gefragt, ob er später noch einen Eisbecher haben kann. Ist Ihnen sonst noch was aufgefallen?“
„Nein“, entrüstete sie sich. „Oder glauben Sie, ich spioniere bei meinen Nachbarn herum?“
„Natürlich nicht, Frau Kleingeist. Würden wir niemals denken“, entschuldigte sich Steinhauser. „Und wenn Ihnen noch etwas einfällt … meine Visitenkarte haben Sie doch noch, oder?“
„Was für eine Karte?
„Meine Visi … der kleine Zettel mit meiner Telefonnummer, haben Sie den noch?“

„Ja, den habe ich noch."
„Dann ist ja gut. Sie können mich jederzeit anrufen."
Steinhauser und Strubinski bedankten sich für ihre Hilfe. Frau Kleingeist verabschiedete sich noch gebührend von Jacky, dann machte sich die alte Dame gemächlich auf den Nachhauseweg.
„Kann man der glauben?", fragte Strubinski, als sie außer Hörweite war. „Irgendwie ist die schräg drauf, oder? Was meinst du?"
Steinhauser schaute ihr nachdenklich hinterher. „Keine Ahnung. Jedenfalls ist die besser wie jeder Wachhund. Ich bin mir nur nicht so sicher, ob sie das, was sie sieht, auch richtig zuordnen kann. Es ist aber durchaus möglich, dass sie unwissentlich den Einbrecher verscheucht hat. Ich glaube, die fühlt sich irgendwie für den Feißthammer verantwortlich. Ihr Mann ist gestorben, womöglich hat sie keine Kinder oder keiner kümmert sich um sie. Dann haut dem Feißthammer seine Tussy ab ... du weißt doch, wie alte Leute sein können. Er hat jemand, der bei ihm nach dem Rechten sieht und sie hat eine Aufgabe."
„Kann sein, aber dann kommt der Einbrecher bestimmt wieder", schlussfolgerte Strubinski.
„Gut möglich", stimmte Steinhauser zu.
„Was ist eigentlich mit der Kellertür? Willst du die auflassen?"
„Die ist total am Arsch, und außerdem, wenn der wiederkommt, dann bricht der die eh wieder auf."
„Stimmt", überlegte Strubinski, „aber mir könnte uns doch auf die Lauer legen."
„Was willst du?" Steinhauser schaute ihn ungläubig an.
„Dem Einbrecher auflauern", meinte Strubinski voller Begeisterung.
„Ich glaub, es geht los! Das kannst du ja mal ganz schnell vergessen, dass ich mich mit dir *auf die Lauer* lege." Steinhauser zeigte ihm kopfschüttelnd den Vogel, während er zum Wagen ging.
„Warum denn nicht?"
„Manchmal zweifle ich schon an deinem Verstand."
„Wieso? Was soll denn passier, mir sind doch zu zweit."
„Bist du eigentlich bescheuert? Erstens bist du kein Polizist und zweitens braucht man für eine Observation die entsprechende Ausrüstung und vor allem ... Spezialisten."
Strubinski überlegte kurz. „Na und, Ausrüstung kann ich beschaff und der Spezialist bist du. Kannst mir ja erklär, was ich mach soll."
„Fred ...", Steinhauser schaute ihn lange und eindringlich an. „Vergiss es!

Und jetzt mach dein … Stromauto auf, wir müssen weiter."
„Aber es ist doch einen Versuch wert", blieb Strubinski hartnäckig.
„Auf keinen Fall!" Steinhauser wurde jetzt laut. „Wir wissen doch gar nicht, ob der Einbruch überhaupt was mit dem Tod vom Feißthammer zu tun hat. Vielleicht waren das ja auch mehrere. Was machen wir denn, wenn da so eine osteuropäische Einbrechertruppe auftaucht? Dann möcht ich dich geseh. Du hast ja schon Schiss, wenn´s hell ist."
Strubinski wollte etwas sagen, hatte aber ein Einsehen. „Hast ja Recht. Vielleicht doch etwas zu gewagt. Da fehlt mir einfach die Übung."
Mir auch, dachte Steinhauser und war froh, das Thema zu beenden. Doch Strubinski hatte noch eine andere Idee. „Aber mir könnten eine Überwachungskamera installier. Ist auch völlig ungefährlich. Im schlimmsten Fall wird die geklaut. Und ich hab da was echt Gutes am Lager."
Steinhauser verdrehte genervt die Augen, überlegte aber einen Moment, bevor er antwortete. „Die Idee ist gar nicht so schlecht", gestand er schließlich.
„Wusst ich´s doch." Strubinski strahlte über das ganze Gesicht. „Worauf warten wir dann noch?"
„Moment", bremste ihn Steinhauser aus, holte seinen Notizblock hervor und warf einen Blick darauf. „Ich will erst noch mal beim Zwinsel vorbeischauen."
„Bei wem?", fragte Strubinski nach.
„Karl Zwinsel. Der steht auf der Liste der Landwirte, für die Feißthammer zuständig gewesen war", wiederholte Steinhauser und befahl ihm, über Gemünden nach Schaippach zu fahren.
Am Ortsschild von Karsbach stieg Strubinski plötzlich voll auf die Bremse, so dass Steinhauser hart in den Gurt gerissen wurde.
„Bist du bescheuert?", keuchte er und hielt sich die Brust.
„Der Hund!" Strubinski blickte entsetzt auf die leere Rückbank. „Wir haben den Hund vergessen."
Steinhauser atmete tief ein und aus. „Fahr zurück, nicht dass die Kleingeist den Hund noch sieht und auf der Wache in Gemünden anruft. Den Rappert kann ich grad gar nicht gebrauchen." Unweigerlich erinnerte er sich an die Kontrolle seiner sogenannten Kollegen. Dass er diesbezüglich noch keinen Anruf bekommen hatte, grenzte sowieso an ein Wunder. Dann fiel ihm ein, dass er heute noch nicht auf dem Rathaus gewesen war. Folglich hätte ihn Rappert gar nicht erreichen können.

Einige Minuten später standen sie wieder am Ortsschild, diesmal mit Jacky auf der Rücksitzbank. Die treue Seele hatte sich hinter das Gartentor gelegt und gewartet.
„Du musst dir mal ´nen Hundegurt besorgen. Wenn ich wieder mal so bremsen muss, fliegt die Jacky noch durchs Auto. Oder wenn du mal in eine Polizeikontrolle kommst, kann das echt teuer werden. Hab ich gehört." Steinhauser warf ihm einen verächtlichen Blick zu. „Ich mein ja nur, wenn du mal als Privatperson unterwegs bist. Als Polizist passiert dir da natürlich nix."

Auf der Fahrt nach Schaippach berichtete Steinhauser ausführlich, was er bisher alles in Erfahrung gebracht hatte. Er hatte eigentlich nicht vorgehabt, Strubinski derart ins Vertrauen zu ziehen, aber sein alter Schulfreund erwies sich als unerwartet aufmerksamer Zuhörer. Und im Grunde war er froh, endlich einmal mit jemandem über seine Ermittlungen reden und eine zweite Meinung hören zu können. Auch wenn Steinhauser, tief in seinem Inneren, große Zweifel daran hatte, dass ausgerechnet Strubinski der ideale Mann dafür sein sollte, so war er letztlich der einzige, der aufgrund der aktuellen Situation dafür in Frage kam. Zumindest konnte er sich bei ihm einigermaßen sicher sein, dass er die Informationen für sich behielt.
Als sie in den Hof von Zwinsel einbogen, war gerade ein junger Mann mit Jeanshose, rot-weiß kariertem Holzfällerhemd und schweren Sicherheitsschuhen an einem Schlepper zu Gange. Der Mann kam sofort auf die beiden zu. Interessiert begutachtete er Strubinskis Elektroauto.
„Sind Sie Karl Zwinsel?", fragte Steinhauser, nachdem sie ausgestiegen waren. Jacky musste diesmal im Auto bleiben.
„Ja, der bin ich", gab der Mann freundlich zurück, während er immer noch neugierig Strubinskis Auto begutachtete. Zwinsel war um die dreißig Jahre alt und von kräftiger Statur.
„Fährt die Polizei seit neustem mit Elektroautos?", fragte er mit großen Augen und warf einen Blick ins Innere des Fahrzeuges. „So eines wollte ich mir auch schon zulegen. Sind Sie zufrieden damit?"
„Naja, wenn man nicht zu viel erwartet", gab Strubinski zurück. „Aber ansonsten kann ich mich nicht beklagen … also ich meine ... *wir* können uns nicht beklagen", korrigierte er sich noch schnell und schaute entschuldigend zu Steinhauser.

„Ich war schon einmal hier“, ergriff Steinhauser wieder das Wort. „Aber da waren Sie nicht da.“
„Ja, meine Frau hatte mich angerufen. Benötigen Sie noch eine Gülleprobe?“
„Nein, das nicht, aber ich hätte da ein paar Fragen zum Herrn ... Feißthammer.“ Steinhauser betonte den Namen ganz bewusst und hoffte auf eine Reaktion. Doch Karl Zwinsel verzog zu seiner Überraschung keine Miene. Also fuhr er fort. „Ihre Frau sagte mir, dass ich mich in Bezug auf Herrn Feißthammer an Sie wenden müsse.“
„Ja, die Anja hat nichts mit ihm zu tun“, bestätigte er ihre Aussage. „Was den Hof anbelangt, darum kümmere ich mich. Meine Frau hat mit den drei Kindern wahrlich genug um die Ohren. Der Große kommt im Herbst in die Schule und die beiden anderen gehen noch in den Kindergarten. Geplant war das zwar nicht, aber Sie wissen ja, wie es manchmal so geht.“
„Stimmt“, lachte Strubinski laut auf, „das kann über Nacht passieren. Oder am Tag.“
Zwinsel schaute kurz etwas verwirrt, schenkte seiner Bemerkung aber keine weitere Beachtung. „Jedenfalls, als Paul auf der Welt war, haben wir uns schnell dafür entschieden, nicht länger auf ein Geschwisterchen zu warten. Und jetzt überlegen wir sogar, ob wir noch ein viertes wollen. Aber deswegen sind Sie ja nicht hier. Was kann ich denn unserer Polizei Gutes tun?“
„Gab es vielleicht irgendwelche Schwierigkeiten mit Herrn Feißthammer?“, fragte Steinhauser vorsichtig.
„Schwierigkeiten?“, gab Zwinsel überrascht zurück. „Nein, wieso?“
„Gab es denn keinerlei Beanstandungen seitens Herrn Feißthammer während der Umstellungsphase von herkömmlicher Landwirtschaft auf biologischen Anbau?“, hakte Steinhauser nach.
„Ich weiß ja nicht was Sie unter Schwierigkeiten oder Beanstandungen verstehen?“
„Naja, wurden die Auflagen Ihrerseits immer eingehalten?“
„Ja, absolut“, bestätigte Zwinsel. „Bisher hatte der Herr Feißthammer nichts zu bemängeln.“ Zwinsel schaute die beiden skeptisch an, dann fiel ihm doch etwas ein. „Das einzige, was nachgebessert werden musste, war die Freilauffläche für die Kühe. Die war dem Herrn Feißthammer zu klein. Ich hatte mich vermessen und musste die Auslauffläche vergrößern. Für jede Kuh müssen soundso viel Quadratmeter zur Verfügung stehen. Ich hab die Zahl jetzt grad nicht im Kopf, aber sonst war nix.“

„Haben Sie ihr Bio-Zertifikat denn schon erhalten?“
„Nein, bisher noch nicht“, kam prompt die Antwort.
Steinhauser war etwas verwirrt. Er hatte eigentlich damit gerechnet, dass Zwinsel, ähnlich wie die anderen, kein gutes Haar an Feißthammer lassen würde. Unschlüssig, was er sagen sollte, blickte er etwas ratlos zu Strubinski. „Kennen Sie die Euro-Agrar-Invest?“, setzte er erneut an.
„Natürlich“, bestätigte er und zeigte auf sein Haus und den neuen Stall. „Die Euro-Agrar-Invest hat dies alles erst möglich gemacht. Dank der günstigen Kredite können meine Frau und ich unseren Traum vom eigenen Bio-Bauernhof verwirklichen. Innerhalb von zwei Jahren wurde der alte Stall weggerissen, ein neuer hochgezogen und mein Elternhaus renoviert.“
„Dafür mussten Sie bestimmt einen hohen Kredit aufnehmen“, hakte Steinhauser nach.
„Da haben Sie allerdings recht“, meinte Zwinsel gelassen. „Aber wenn ich erst einmal mein Bio-Zertifikat in den Händen halte, dann ist die Zukunft gesichert. Für Bio-Milch bekomme ich einen guten Preis und zusätzlich eine staatliche Förderung für weitere Sicherheiten. Da ist der Kredit bald beglichen.“
Über diese Fördergelder wurden sie bereits ausgiebig von Holzinger informiert, deshalb hakte er hier nicht weiter nach. Steinhauser gab aber nicht auf, überlegte kurz und erinnerte sich an die Aussage von Diehl. „Ist Ihr Kredit auch an das Bio-Zertifikat gekoppelt?“, bohrte er weiter.
„Ja, sonst wäre der Kredit doch nicht so günstig gewesen.“ Ohne etwas zu verheimlichen, erklärte er den beiden haargenau die Zusammenhänge des Kredites, wie sie kurz zuvor Steinhauser Strubinski erklärt hatte. Und dabei wirkte er keineswegs angespannt. Zwinsel schien die Ruhe selbst zu sein.
„Und bis wann müssen Sie ihr Zertifikat bei der Euro-Agrar-Invest abgeben?“, versuchte es Steinhauser erneut.
Ohne lange zu überlegen kam die Antwort von Zwinsel. „Mitte nächsten Monat.“
„Oh, das ist ja schon sehr bald“, gab Steinhauser überrascht zurück. Er witterte eine Möglichkeit, ihn doch noch aus der Reserve zu locken. „Da kann man schon mal schlaflose Nächte bekommen, wenn die ganze Existenz an so einem Stück Papier hängt.“
„Ach wissen Sie, ich bin da ganz zuversichtlich“, lächelte Zwinsel. „Mein Betrieb ist auf dem modernsten Stand, ich erfülle alle Auflagen und darüber hinaus. Nächste Woche kommt der Herr Feißthammer zur

Endabnahme und dann werde ich mein Zertifikat bekommen."
„Und da sind Sie sich ganz sicher?"
Zwinsel schaute Steinhauser verständnislos an. „Ja, natürlich", gab er voller Überzeugung zurück.
„Wurde Ihnen das Zertifikat schon einmal verweigert?", warf Strubinski dazwischen.
„Dreimal hat der Herr Feißthammer Einspruch erhoben und mich zu Verbesserungen aufgefordert. War aber nichts großartiges. Meistens lag es an der Buchführung, aber da haben wir uns ein Programm gekauft, das uns hilft, an alles zu denken", gestand Zwinsel sofort ein. „Aber jetzt habe ich alles erledigt, exakt so wie er es verlangt hat."
„Der Feißthammer kann ganz schön anstrengend sein, nicht war?" Steinhauser gab nicht auf. Dieser Zwinsel musste doch irgendeine Emotion zeigen. „So kleinkariert und korrekt, wie der immer ist, das kann einen schon zur Weißglut bringen, oder?"
„Haben Sie etwas gegen den Herrn Feißthammer?", wunderte sich Zwinsel und schaute die beiden verständnislos an. Das war nicht die Emotion, auf die Steinhauser gehofft hatte.
„Wir?", gab Steinhauser erschrocken zurück und schüttelte heftig den Kopf. „Nein, wie kommen Sie denn darauf?"
„Weil Sie so komisch über den Herrn Feißthammer reden."
Steinhauser räusperte sich verlegen. „Tue ich das?"
„Ja, das tun Sie", bestätigte Zwinsel.
„Dann gab es also zwischen Ihnen und Herrn Feißthammer in der Vergangenheit keine Differenzen", versicherte sich Steinhauser noch einmal.
„Nein, überhaupt nicht", bestätigte Zwinsel. „Der Herr Feißthammer war immer freundlich, hat mir erklärt, was noch zu tun sei, und gab mir ein paar Ratschläge, die ich beherzigt habe."
Steinhauser überlegte, was er ihn noch fragen könnte, da fielen ihm die von Holzinger erwähnten Milchkontingente wieder ein. „Hatten Sie auch solche ... Milchkontingente?"
„Ja, die hatte jeder Landwirt in Deutschland, bis sie zum 31.03.2015 vom EU-Parlament abgeschafft wurden. Seitdem sind die wertlos und jeder kann so viel Milch produzieren, wie er will."
„Das wissen Sie aber ganz genau."
„Dieses Datum kennt jeder Landwirt. Mit deren Abschaffung hat doch das Dilemma mit den Milchpreisen erst begonnen."

„Wie darf ich das verstehen?“
„Über die Milchkontingente wurden seit Anfang der achtziger Jahre die Milchmengen und auch die Preise reguliert, was uns Landwirten eine gewisse Planungssicherheit gegeben hatte. Aber jetzt können auch riesige Milchmengen aus der EU nach Deutschland importiert werden.“
„Klar, und das macht die Preise kaputt“, dämmerte es Steinhauser.
„Genau. Nennt sich auch Marktwirtschaft. Aber wie sollen wir mit riesigen Betrieben aus Osteuropa konkurrieren? Entschuldigung, ich wollte sagen: Betriebe aus osteuropäischen EU-Mitgliedsstaaten. Ich möchte nicht wissen, unter welchen Bedingungen die Tiere in anderen Ländern gehalten werden. Ich wage zu bezweifeln, dass dort solche Auflagen wie bei uns gemacht werden … aber mit solchen Äußerungen muss man ja vorsichtig sein.“
In den Worten von Zwinsel lag Bitterkeit. Ihm war anzumerken, dass er sich zurückhielt. Er wollte offensichtlich einem Staatsbediensteten gegenüber keine Aussagen machen, die ihm im Nachhinein zum Verhängnis werden könnten. Wenn man davon ausging, dass er Strubinski ebenfalls für einen Polizisten hielt, waren es sogar zwei. Über die Entscheidungen, die in Brüssel getroffen wurden, regte er sich jedenfalls deutlich mehr auf als über Feißthammer.
Steinhauser starrte ihn nachdenklich an, wusste aber nicht, was er ihn noch hätte fragen können. Entweder war Zwinsel ein begnadeter Schauspieler oder er hatte tatsächlich keine Probleme mit Feißthammer gehabt. „Gut, dann bedanke ich mich bei Ihnen für die Informationen und bitte die Störung zu entschuldigen.“
„Keine Ursache“, wehrte Zwinsel ab. „Wenn ich der Polizei helfen kann, dann mache ich das doch gerne. Aber sagen Sie: Warum haben Sie mich das jetzt alles gefragt? Ist etwas passiert?“
„Nein, nein, alles in Ordnung“, gab Steinhauser zurück und tat so, als ob er auf seine Armbanduhr schauen würde. Dabei trug er gar keine. „Oh, schon so spät. Wir müssen dann auch wieder los. Auf Wiedersehen, Herr Zwinsel.“
Schnell stiegen die beiden in Strubinskis Elektroauto und verschwanden. Zwinsel schaute ihnen noch kurz hinter, dann machte er sich wieder an seine Arbeit.
„Wenn ich der Polizei helfen kann, dann mach ich das doch gerne“, äffte Strubinski ungehalten den Landwirt nach, während sie nahezu geräuschlos durch Rieneck fuhren. „Da ist doch was faul. Der Typ stinkt doch bis zum

Himmel, so abgebrüht und gelassen wie der war. Der hat genau gewusst, was mir hör wolle. Dem seine Alte hat den bestimmt gewarnt“, schimpfte er aufgebracht. „So wie du mir erzählt hast, hatte der Feißthammer nur Feinde unter den Bauern, und der Winsel, oder wie der heißt, der tut ja grad so, als ob der ein Wohltäter gewesen wär.

Steinhauser zuckte bei dem Wort „*mir*“, in Bezug auf sie beide, zwar erneut kurz zusammen, aber so langsam gewöhnte er sich daran. „Fred, beruhig dich wieder. Der Typ heißt Zwinsel und ich war dabei. Du darfst dich nicht so aufregen, das hilft uns nicht weiter.“

„Also, wenn du mich fragst, dann ist der höchst verdächtig. Alles neu gebaut, Schulden wie die Eselstreiber und steht mit dem Rücken zur Wand. Auch wenn der uns was anderes glauben lassen wollte. So sieht´s aus!“

„Ja, ich weiß, aber bitte bleib locker. Dein Rumgebrüll macht es nicht besser. Im Augenblick haben wir nichts, was uns irgendwie weiterhelfen könnte.“ Steinhauser schüttelte sich kurz: Jetzt hatte er das Wort *wir* selbst gebraucht.

Kapitel 10
10. Juni, mittags

„Wo hast‘n jetzt deine Kamera?“ Steinhauser hielt ungeduldig die etwas wackelige Stehleiter fest, während Strubinski im obersten Fach der Regalwand seiner Lagerhalle herumwühlte.
„Die muss hier irgendwo sein“, stöhnte Strubinski, während er bis zur Hüfte im Regal steckte.
„Hast du keine im Geschäft?“
„Doch, aber die sind … die brauch ich halt fürs Geschäft. Außerdem hab ich nur zwei.“
„Und was ist mit der, die du jetzt suchst?“
„Die hab ich … von einem Bekannten … äh, war gebraucht.“
„Aha.“
„Was heißt hier *aha*?“, beschwerte sich Strubinski und hielt triumphierend eine kleine Schachtel in der Hand. „Hab sie!“
„Wurd auch Zeit.“
Strubinski kam die Leiter herunter und wischte den Staub von einer alten Schuhschachtel, die er in den Händen hielt.
„Stopfst du eigentlich alles in alte Schuhkartons?“
Strubinski schaute Steinhauser verständnislos an. „Wieso?“
„Wenn ich mich hier so umschaue, dann könnte man glatt meinen, du hättest nebenher noch einen Schuhladen.“
Strubinski wehrte ab. „Die sind alle von Lavinia. Die steht halt auf Schuhe – Weiber, was soll ich mach?“ Er legte die Schachtel auf die neue Gefriertruhe und holte die Kamera heraus. Sie war kaum größer als seine Hand. „Klein und handlich. Ideal, um sie zu verstecken“, meinte er mit einem breiten Grinsen.
Steinhauser spielte mit dem Gedanken, nachzufragen, warum er die Kamera ausgerechnet im obersten Regal verstaut hatte, verzichtete aber darauf. Er konnte es sich schon denken. Während er Strubinski beobachtete, wie er das Gerät testete, fiel ihm etwas auf. „Strubinski ...“
„Ja.“
„Wo hast du eigentlich die Truhe mit dem Feißthammer hin?“
„Nirgends“, gab er beiläufig zurück und spielte weiterhin konzentriert an der Kamera herum. „Der Akku ist sogar noch voll.“

„Strubinski!"
„Was ist denn?"
„Gestern standen hier doch noch zwei Truhen, oder?"
„Ja, die eine hat bestimmt der Schorsch geholt. Die bauen heute fürs Schützenfest auf und wollen das Zeug für morgen einräumen. Wieso?"
„Dann gibt es jetzt genau zwei Möglichkeiten ...", setzte Steinhauser an, hielt inne, holte tief Luft und versuchte ruhig zu bleiben.
Strubinski schüttelte den Kopf. „Was hast du denn als zu? Und von was für Möglichkeiten laberst du da?"
Steinhauser kam ganz nah zu ihm. Ihre Nasenspitzen berührten sich fast. „Entweder hast du die Leiche in die neue Truhe umgeräumt oder ..."
„… umgeräumt?", warf Strubinski genervt dazwischen. „Warum sollte ich die Leiche umräum?"
„... oder der Schorsch hat den Feißthammer mitgenommen!", brüllte Steinhauser ungehalten los. Er gab Strubinski einen Stoß und riss den Deckel der Truhe auf. Der Schuhkarton flog quer durch die Halle. „Fred, das ist die neue Truhe, die dasteht! Die ist leer!"
Wie versteinert starrte Strubinski in die Truhe. „Scheiße", war alles, was er über die Lippen brachte.
„Wo ist die Truhe?" Steinhauser war außer sich, während Strubinski wie angewurzelt dastand.
„Lavinia!", stieß er hervor.
„Bei Lavinia?" Jetzt verstand Steinhauser gar nichts mehr.
„Nein, aber sie sollte dem Schorsch sagen, dass der die neue Truhe nehmen soll."
„Strubinski, bist du eigentlich wahnsinnig?", schrie er, schlug die Hände über dem Kopf zusammen und musterte ihn in seiner Faschings-Polizeiverkleidung. „Vergiss die Frage", wehrte er ab und gab sich alle Mühe die Ruhe zu bewahren. „Aber du kannst doch der Lavinia nicht die Truhe anvertrauen!"
„Hab ich doch gar nicht!"
Steinhauser packte ihn unsanft an den Armen und starrte ihm in die Augen. „Du kannst doch niemanden hier rein lassen, wenn du nicht dabei bist. Eigentlich kannst du noch nicht mal jemanden hier reinlassen, *wenn* du dabei bist."
„Aua", beschwerte sich Strubinski und schüttelte seine Hände ab. „Die Truhe war doch abgeschlossen ...", setzte er zu einer Entschuldigung an, spürte aber beim Anblick von Steinhauser, dass er besser nicht nach einer

Ausrede suchen sollte.
„Abgeschlossen?“, wiederholte dieser. Am liebsten wäre er explodiert. „An dem Ding ist ein einfacher Hebelverschluss und kein Hochsicherheitsschloss. Wenn ein Dreijähriger fest daran zieht, geht die auf.“
„Jetzt übertreibst du aber. So leicht nun auch wieder nicht.“
„Fred!“ Steinhauser holte tief Luft. Panik war keine Lösung. „Wir müssen die Truhe finden und zwar sofort! Ist das klar?“
„Glasklar“, gab er sofort zurück und rannte aus der Lagerhalle.
„Wo willst‘n jetzt hin?“
„Lavinia fragen, ob der Schorsch die Truhe geholt hat.“
Gemeinsam rannten sie über den Hof zu Strubinskis Wohnung, als dieser plötzlich stehen blieb. „Hannes, die Lavinia darf mich so nicht sehen!“ Strubinski schaute an sich herunter.
„Stimmt, so darf dich niemand sehen! Hast du nix zum Umziehen im Lager oder in deiner Sauna?“
Strubinski überlegte kurz. „Da liegt mein alter Overall, den ich immer in der Werkstatt anzieh.“
Sie rannten zurück in die Lagerhalle und Strubinski verschwand im Saunabereich. Als er wieder erschien, hatte er die Polizeiuniform gegen einen alten Overall eingetauscht. Der Begriff *alt* war in diesem Fall sogar noch geschmeichelt. Das mit Flicken übersäte Kleidungsstück war an etlichen Stellen durchgescheuert und an den Ärmeln mehr als nur ausgefranst. „Den hab ich schon seit meiner Lehrzeit“, sagte Strubinski entschuldigend, als er Steinhausers Entsetzen bemerkte.
„Es ist mir scheißegal, wie du aussiehst, wir haben keine Zeit!“
Kaum hatten sie den Hintereingang von Strubinskis Wohnhaus erreicht, rief dieser lauthals nach seiner Frau. Doch er bekam keine Antwort. „Vielleicht ist sie im Geschäft?“, vermutete er.
Sie bahnten sich den Weg durch einen schmalen, mit Kisten und diversen Elektrogeräten vollgestopften Gang bis in seinen Laden. Steinhauser blieb in dem Chaos an einem Kabel hängen und kam ins Stolpern. In letzter Sekunde griff er nach Strubinski, der vor ihm lief. Begleitet von einem „Pass doch auf!“, stürzten beide in den Verkaufsraum hinein.
Während sie sich stöhnend aufrappelten, fiel ihr Blick auf ein Paar feuerroter Pumps. Sie schauten an schlanken, in eine schwarze Netzstrumpfhose eingehüllten Beinen empor, die unter einem extrem knappen Leder-Minirock verschwanden.
„Fred? Hannes?“ Lavinia Strubinski beugte sich zu ihnen hinunter und

gewährte beiden einen tiefen, bis zum Bauchnabel reichenden Einblick in das Dekolleté ihrer knappen, weißen Bluse. Sie trug einen roten Spitzen-BH, hatte kräftigen, roten Lippenstift aufgetragen und ihre wallenden, roten Locken fielen ihr weit über die Schultern.
Steinhauser wurde unweigerlich an den Disney-Animationsfilm *Mérida* erinnert, den er vor einigen Jahren mit seiner Nichte Jennifer im Kino gesehen hatte … allerdings nicht so freizügig.
„Hi Schatz", meinte Strubinski. Er richtete sich unbeholfen auf und gab ihr einen Kuss auf die Wange. „Gut siehst du aus. Um nicht zu sagen fantastisch."
„Weiß ich", meinte sie, schob ihren Göttergatten zur Seite und zog Steinhauser ganz nah zu sich heran. „Grüß dich Hannes. Schön, dass du dich auch mal blicken lässt."
Er räusperte sich verlegen und schaute hilfesuchend zu Strubinski. „Ging nicht eher. Aber jetzt bin ich ja da."
Lavinia drückte ihm einen dicken Kuss auf den Mund, dann ließ sie ihn los. „Wir haben uns gerade über dich unterhalten", meinte sie und zeigte auf Katja. Holzingers Frau stand am Tresen.
„Hallo Hannes", begrüßte sie ihn mit einem verlegenen Lächeln. Sofort schoss ihm Feißthammer in den Kopf. Schlagartig wurde ihm heiß. Er fing an zu schwitzen, während sein Pulsschlag versuchte, die Schallmauer zu durchbrechen. Was, wenn sie gerade Lavinia erzählt hatte, dass sie eine Leiche eingefroren und bei Strubinski zwischengelagert hatten? Am liebsten hätte er Holzinger erwürgt, dafür, dass er Katja eingeweiht hatte. Aber vermutlich hatte Katja nichts erzählt, sonst hätte Lavinia mit ziemlich großer Sicherheit eben ganz anders reagiert. Denn an Temperament fehlte es ihr wahrlich nicht. Und Katja … eigentlich konnte sie schweigen wie ein Grab … und wenn es um ihren Sepp ging sowieso.
Steinhauser atmete hörbar aus und erwiderte ihr Lächeln. Neben Lavinia wirkte Katja mit ihren kurzen, dunklen Haaren und dem weiten Kleid wie ein Mauerblümchen oder eben wie die typische Unschuld vom Lande.
„Wie geht's dir … also ich meine ... wie geht´s euch?" Steinhauser deutete auf ihren Bauchansatz.
„Gut."
„Schön. Und dem Sepp?"
„Auch gut."
„Schön. Und dem kleinen Peter?"
„Auch gut."

Es entstand eine unangenehme Stille in Strubinskis Verkaufsraum. Lavinia, die der seltsamen Begrüßung aufmerksam gelauscht hatte, schaute zwischen Katja und Steinhauser hin und her.
„Was ist denn mit euch los?“ fragte sie schließlich. „Ihr tut ja grad so, als ob ihr was zu verheimlichen hättet.“
„Wir?“, gaben sie gemeinsam zurück. Dabei warfen sie sich verlegen Blicke zu. Wie zwei Teenager, die beim Knutschen hinter der Tür erwischt wurden.
„Ach Schatz, du wieder“, mischte sich Strubinski schnell ein. „Jetzt, wo wir wissen, dass es den Holzingers gut geht, kannst du uns ja mal erzählen, was ihr gerade über den Hannes gesprochen habt.“
Mit zusammengekniffenen Augen musterte Lavinia alle drei. Schließlich deutete sie auf den Tresen. „Du bist in der Zeitung“, sagte sie zu Steinhauser und hielt ihm die Zeitung vor die Nase.
„Ach so. Das ist doch schon wieder alt“, spielte er den Artikel mit Mehrhold herunter.
„Bist du jetzt unser Sinngrund-Sheriff, oder was?“
„Im weitesten Sinne … wenn du das so siehst: ja“, bestätigte er mit kurzem Blick zu Strubinski.
„Schatz, weswegen wir eigentlich hier sind“, wandte der sich sofort an seine Frau und versuchte dabei so beiläufig wie möglich zu klingen. „Wer hat´n heut Morgen die Truhe für die Schützen geholt?“
„Der Schorsch und der Hodschi, wieso?“
„Nur so. Nix besonderes. Ich hat nur vergessen, ihm zu sagen, dass er die neue nehmen soll. Die alte vereist total schnell.“
„Mir ham uns schon gewundert, warum du die abgeschlossen hast. Und schwer war die.“
„Das muss am Eis liegen“, erklärte Strubinski und bevor er sich noch um Kopf und Kragen redete, ergriff Steinhauser schnell wieder das Wort.
„Wir müssen dann auch wieder los“, sagte er und zerrte Strubinski aus dem Laden.
„Ist das jetzt ein Polizeieinsatz?“, fragte Lavinia neugierig.
„Nein, ich bin im Augenblick privat hier“, gab Steinhauser zurück.
„Halt!“, befahl Lavinia. Beide Männer blieben abrupt stehen. „Was ist das?“ Sie deutete entsetzt vor die Füße der beiden Männer.
Inzwischen hatte auch Jacky den Weg aus der Lagerhalle in Strubinskis Verkaufsraum gefunden.
„Das, das ist mein Polizeihund“, erklärte Steinhauser.

„Und was macht der hier?“
„Der ist im Dienst.“
„Ist mir egal, was der ist. Das Vieh muss weg! Sofort!“
„Schatz, das ist doch nur ein kleiner Hund.“ Strubinski wusste, dass seine Frau keinerlei Getier im Haus duldete.
„Egal, ob klein oder groß, Hunde sabbern. Schafft ihn weg!“
„Jawohl mein Schatz, wir nehmen ihn mit.“ Strubinski gab Jacky einen leichten Tritt in den Hintern.
„Fred!“
„Ja, mein Schatz?“
„So gehst du mir nicht aus dem Haus!“ Lavinia deutete verächtlich auf seinen alten Overall. „Zieh dir gefälligst was Anständiges an.“
„Jawohl, mein Schatz. Hatte ich gerade vor.“ Strubinski verbeugte sich kurz und beide verschwanden.

„Bei euch ist wenigstens klar, wer die Hosen an hat“, spottete Steinhauser, als Strubinski mit einem nagelneuen, dunkelgrünen Overall am Auto erschien. Er hatte den gleichen Farbton wie sein Sprinter und auf dem Rücken stand in großen Lettern: *Strubinski – Elektrotechnik.*
Mit der neuen Truhe im Sprinter rasten Steinhauser und Strubinski zum Sportgelände. Jacky musste diesmal im Lager zurückbleiben. Anfang der Woche wurde bereits mit dem Aufbau des großen Festzeltes auf dem alten Sportplatz begonnen und die Arbeiten lagen mittlerweile in den letzten Zügen. Es wurden gerade Bierzeltgarnituren in das Zelt geschleppt und die restlichen Wasser- und Stromleitungen gelegt, Kühlwägen mit Getränken gefüllt, Ausschank-Wägen eingerichtet und Absperrzäune aufgestellt. Am anderen Ende des alten Sportplatzes waren sogar eine Schiffschaukel, ein Kinderkarussell und einige Jahrmarkt-Buden aufgestellt. Noch wirkte alles sehr chaotisch. Aber spätestens heute Abend, wenn mit dem Kommersabend und der Abholung des Schützenkönigs das viertägige Schützenfest eröffnet wird, würden alle Arbeiten erledigt sein. Dafür würden Schorsch und Hodschi schon sorgen. Schorsch war der 1. Vorstand und sein richtiger Name war Georg Kümmer. Sein Nachname war allerdings auch Programm, denn er war sehr engagiert und kümmerte sich im wahrsten Sinne des Wortes um alles, was seinen geliebten Schützenverein betraf.

Horst Tschirr, den alle nur Hodschi riefen, war der Kassenwart. Sein Spitzname war die Kurzform seines Vor- und Nachnamens in einem Wort gesprochen: Ho-Tschi. Allerdings wird im Sinngrund das harte „t“ der Einfachheit halber als weiches „d“ gesprochen. Was man im Grunde auch auf ganz Franken beziehen kann. Und was das Ausrichten von großen Festen anging, waren Schorsch und Hodschi alte Hasen. Sie wussten, was zu tun war, um ordentlich Geld in die Kasse zu spülen.
Strubinski parkte vor dem Sportheim. Er bekam ein schlechtes Gewissen, als er ausstieg. Eigentlich hatte er versprochen, mit der Elektrik zu helfen, doch aus *aktuellem Anlass* hatte er dies total verschwitzt. Aber allem Anschein nach waren sie auch ohne ihn klar gekommen. Die Sachen für die Installation hatte Schorsch bereits Anfang der Woche bei ihm abgeholt und seitdem auch nichts mehr von ihm gehört.
„Servus Hannes, bist du jetzt extra wegen unserem Schützenfest nach Burgsinn versetzt worden?“ wurde Steinhauser von einigen Leuten begrüßt. „Oder bist du hier, um nach dem Rechten zu sehen?“
Ohne näher auf weitere Zurufe zu reagieren, grüßte er zurück und folgte Strubinski, als dieser plötzlich vor einem Plakat stehen blieb. „Guck, der Festplan. Heut ist der Kommersabend und morgen spielt Number 9.“
„Number 9? Gibt´s die noch?“ wunderte sich Steinhauser.
„Sieht so aus. Am Sonntag ist ein großer Festzug und am Montag Kesselfleischessen mit *Dicke Backe Musik“*.
„Wie originell.“ Steinhauser hatte jetzt wahrlich keinen Kopf für den Festplan. Er wollte so schnell wie möglich die Truhe wieder haben, bevor sie noch jemand öffnete.
„Wie wär´s? Morgen Number 9? Wir sollten unbedingt mal den Kopf freibekommen, bei all dem Stress.“
„Ja, Strubinski. Mal seh´n. Jetzt brauchen wir erst mal die Truhe, sonst ist morgen nix mit Number 9.“ Steinhauser schob ihn weiter. „Siehst du irgendwo den Schorsch oder den Hodschi?“
Beide liefen ins Zelt. Dort fiel ihnen sofort eine Gruppe Leute ins Auge, die hinter einer langen Theke standen. Über der Theke hingen viele große Holzschilder mit den Aufschriften, was die Besucher hier kaufen konnten: Bier, Limo, Speisen. In den Ecken neben der Bühne waren noch die Kaffeebar und die Cocktailbar aufgebaut. Die Gruppe stand unter dem Schild „Speisen“ und diskutierte angeregt miteinander.
„Ist mir egal, wenn der Strubinski nicht ans Telefon geht, dann brech ich die Truhe jetzt auf“, rief ein großer, beleibter Mann mit hochrotem Kopf

und gestikulierte wild mit den Armen. „Ich hab das Fleisch im Auto und das muss jetzt da nei." Bei dem Mann handelte es sich um Franz Peller, den Dorfmetzger.
„Was ist mit mir?", krakelte Strubinski quer durch das Zelt, als er seinen Namen hörte.
„Strubinski?" Ein schlanker Mann mit lichtem Haar und markantem Gesicht löste sich aus der Gruppe. Es war Schorsch, der sein übergroßes Smartphone in der Hand hielt und angeberisch damit wedelte. „Ich hab heut bestimmt schon hundert Mal versucht, dich zu erreichen."
Verlegen verzog Strubinski das Gesicht. Bei der Ankunft in Karsbach heute Morgen hatte er sein Telefon auf lautlos gestellt und dann völlig vergessen. Jetzt steckte es in der Hosentasche seines Polizei-Faschingskostüms. „Tut mir leid, aber mein Smartphone ist gerade … äh ... kaputt", sagte er schnell. „Was habt ihr denn für ein Problem?"
„Deine Truhe ist abgeschlossen", mischte sich Franz Peller ein.
Erst jetzt bemerkte die Gruppe Steinhauser. Erneut musste er sich irgendwelche blöden Sprüche zu seiner Versetzung und dem Zeitungsartikel mit Mehrhold anhören. Doch mittlerweile war das für ihn fast schon Routine und er ließ die Bemerkungen mit einem Lächeln an sich abprallen. Viel wichtiger war ihm die Tatsache, dass die Truhe noch verschlossen war. Große Erleichterung machte sich in ihm breit, bis plötzlich jemand voller Stolz rief: „Ich hab die Truhe aufbekommen!"
Wie vom Blitz getroffen zuckten Steinhauser und Strubinski zusammen. Sie schauten sich erschrocken an.
„Finger weg von meiner Truhe!" Strubinski reagierte als erster, sprang mit einem Satz über die Theke und warf sich auf den Deckel, den ein junger Mann gerade öffnen wollte.
Steinhauser kam direkt hinterher. „Die ist beschlagnahmt!", schrie er und krallte sich ebenfalls an der Truhe fest.
Wortlos wurden die beiden von den anwesenden Leuten angestarrt.
„Alles in Ordnung bei euch?" Schorsch schaute sie mit einer Mischung aus Besorgnis und Ratlosigkeit an.
Die beiden räusperten sich und waren bemüht Haltung anzunehmen. Die ganze Aktion musste äußerst grotesk gewirkt haben.
„Ja klar, alles bestens … ist nur wegen der Truhe. Die … die … die ist kaputt", setzte Strubinski zu einer Erklärung an, während die beiden immer noch entgeistert angestarrt wurden.
„Aha", kam es aus der Gruppe. „Und warum ist die jetzt beschlagnahmt?"

Mit aufgeblasenen Backen rückte Steinhauser seine Uniform zurecht. „Wegen der Spuren."
„Spuren?" Jetzt verstand keiner mehr etwas.
„Ja, wegen der Spuren!", wiederholte Steinhauser. „Beim Fred wurde eingebrochen", war alles, was ihm auf die Schnelle einfiel.
„Echt?" Kam es erneut aus der Gruppe, gefolgt von einem: „Da war aber einer sehr verzweifelt, wenn der beim Fred eingestiegen ist." Was wiederum zu lautem Gelächter führte, in das Steinhauser und Strubinski nach kurzem Zögern mit einstimmten.
„Sachen gibt's." Strubinski nutzte die Gelegenheit und lenkte vom Thema ab. „Im Sprinter hab ich eine Ersatztruhe. Die könnt ihr schon mal holen."
„Wir bringen die so lange raus", fügte Steinhauser noch an, kramte den Schlüssel hervor und schloss die Truhe wieder ab.
„Na dann mal los", wies Schorsch seine Jungs mit einem Handzeichen an, dann wandte er sich an Steinhauser und Strubinski. „Kommt ihr klar?"
„Ja, kein Problem, das kriegen wir schon", bestätigte Steinhauser.
Die beiden schickten sich an, die Truhe durch die offene Rückwand des Zeltes ins Freie zu schleppen. Was sich jedoch als schwerer herausstellte, als sie zunächst gedacht hatten.
„Der lässt sich vielleicht schlepp", flüsterte Strubinski.
„Dass sich keiner von denen über das Gewicht gewundert hat?", stöhnte Steinhauser.
„Die sind im Schützenfest-Wahn, da merken die nix."
„Zum Glück." Steinhauser war sichtlich erleichtert. Er hatte schon mit dem Schlimmsten gerechnet, doch sie waren noch einmal mit einem blauen Auge davongekommen. „Hol du den Sprinter, ich bleib so lange hier."
Nachdem die Schützen die neue Truhe an Ort und Stelle gebracht hatten, halfen sie noch, die alte in den Transporter zu heben. Der einzige, der sich dabei über das Gewicht wunderte, war Horst. Aber Strubinski konnte ihm glaubhaft versichern, dass dies an den alten Kühlaggregaten lag.

Kapitel 11
10. Juni, später Nachmittag

Erleichtert stellten Steinhauser und Strubinski die Truhe wieder im Lager ab. Sie schnappten sich die Kamera und machten sich sofort auf den Weg nach Karsbach. Jacky wollten sie eigentlich im Lager lassen, aber Steinhauser brachte es nicht übers Herz. Als die Hundedame merkte, dass man sie wieder zurücklassen wollte, schaute sie ihr vorübergehendes Herrchen mit hängenden Ohren Mitleid heischend an.
„Die steht auf dich", lachte Strubinski.
Steinhauser musterte Jacky mit hochgezogenen Augenbrauen. „Na komm schon", gab er sich geschlagen. Wie auf Kommando sprang Jacky auf und folgte ihm.
„Der Hund muss ganz schön verzweifelt sein, wenn er so an dir hängt", spottete Strubinski.
Steinhauser verzichtete auf einen Kommentar.
Auf dem Weg nach Karsbach erklärte Strubinski ausführlich die Vorzüge der Kamera und verwies mehrfach auf die Nachtaufnahmefunktion. Was Steinhauser jedoch nur wenig interessierte. Doch als er während des Fahrens anfing, an der Kamera herumzustellen, um ihm zu zeigen, wo man was einstellen konnte, nahm ihm Steinhauser sein Spielzeug weg. Etwas beleidigt schwieg Strubinski für den Rest der Fahrt.
Am Domizil von Feißthammer angekommen, verschwand Jacky im Garten, während die beiden in der Wohnung ein geeignetes Versteck für die Kamera suchten. Sie entschieden sich dafür, das Gerät in der lockeren Erde des Blumenkübels einer buschigen Pflanze zu verstecken, die in der Ecke des Wohnzimmers stand. Von dieser Position aus konnten sie das gesamte Wohnzimmer, das Esszimmer und den Durchgang in die Küche filmen.
Nachdem sie fertig waren und die Kamera nahezu unsichtbar in der Erde eingegraben hatten, betrachteten sie nachdenklich das Durcheinander in der Wohnung. Während Sie sich schweigend umsahen, gab Strubinski Steinhauser plötzlich einen Stoß. „Die schon wieder." Er deutete in den Garten hinaus.
Steinhauser gab einen leisen Seufzer von sich. „Die hat doch sonst echt nix zu tun, oder?"

„Sieht fast so aus“, bestätigte Strubinski.
Steinhauser öffnete schnell die Terrassentür, als ihnen Frau Kleingeist zuwinkte.
„Hallo Herr Mauser“, grüßte die alte Dame, während sie von Jacky innig begrüßt wurde. „Ich komm gerade vom Bäcker und da habe ich die Jacky gesehen.“
„Zufälle gibt´s“, meinte Steinhauser und kam zu ihr in den Garten. Er wollte unter allen Umständen vermeiden, dass sie das Durcheinander im Wohnzimmer sah. „Mein Name ist übrigens Steinhauser.“
„Und ich bin die Ingeborg Kleingeist“, gab sie zurück, während sie Jacky streichelte.
„Das weiß ich doch.“ Steinhauser versuchte nicht genervt zu wirken, was ihm aber nicht leicht fiel.
„Ist das auch ein neuer Kollege?“ Sie zeigte mit ihrem Stock Richtung Terrassentür.
Strubinski kam ebenfalls in den Garten und zog die Tür hinter sich zu.
„Das ist … äh …,“ Steinhauser wusste nicht, was er sagen sollte. Er hoffte nur, dass sie ihn nicht erkannte. Strubinski kam direkt auf Frau Kleingeist zu. Er versuchte noch zu verhindern, dass Strubinski sie ansprach, doch da war es schon zu spät.
„Mein Name ist Fred Strubinski“, stellte er sich vor und schüttelte der verdutzt dreinschauenden Frau energisch die Hand. „Ich bin Elektrotechniker. Der Herr Feißthammer hat mich gebeten, nach seinem Fernseher zu sehen. Und der Herr Polizist war so frei, mich ins Haus zu lassen.“
„Aha“, gab sie ungläubig zurück und wandte sich an Steinhauser. „Der sieht genauso aus wie ihr Kollege heute Morgen.“
Steinhauser bekam einen trockenen Mund. Dann stammelte er ein paar unverständliche Worte, als Strubinski erneut die Initiative ergriff. „Mich verwechselt man oft. Das muss wohl an meinem Einheitsgesicht liegen“, wehrte er mit einem lauten Lachen ab, kramte einen Zettel aus seiner Hosentasche hervor und hielt ihn der alten Frau dicht vor die Nase, so dass sie den Kopf zurückzog. „Hier, meine Karte. Wenn Sie mal einen neuen Fernseher benötigen oder sonst irgendein Küchengerät, dann rufen Sie mich einfach an. Ich habe derzeit einige super Angebote und komme sofort vorbei. Sie können auch meine Internetseite besuchen und online bestellen.“ Noch ehe Frau Kleingeist etwas sagen konnte, drückte er ihr die Karte in die Hand. „So, gnädige Frau, es war nett ihre Bekanntschaft

gemacht zu haben, aber ich muss dann auch wieder los, der nächst Kunde wartet schon." Bevor sie wusste, wie ihr geschah, drehte er sich schnell zu Steinhauser, drückte ihm etwas in die Hand und verschwand aus dem Garten. Der stand mit offenem Mund da und schaute ihm ebenso verdutzt hinterher wie Frau Kleingeist. Erst als diese ihn ansprach, besann er sich wieder und steckte das, was ihm Strubinski in die Hand gedrückt hatte, in seine Hosentasche. Es war der Schlüssel für sein Elektroauto.
„Ja, ich muss dann auch wieder weiter." Steinhauser hörte gar nicht zu, was die alte Dame zu ihm sagte. Stattdessen schob er sie aus dem Garten. Dennoch redete sie weiterhin auf ihn ein, doch ihre Worte gingen ungehört an ihm vorbei. Er hatte jetzt keine Lust, sich mit ihr zu beschäftigen. An der Straße angekommen, schaute er sich um, aber von Strubinski war nichts zu sehen. „Und sobald ich etwas vom Herrn Feißthammer höre, werde ich mich sofort bei Ihnen melden", unterbrach er ihren Redeschwall. Frau Kleingeist schaute ihn verärgert an, doch da er sich nicht dafür interessierte, was sie ihm sagen wollte, machte sich die alte Dame kopfschüttelnd und mosernd auf den Weg. Mit einem freundlichen Grinsen winkte er ihr noch hinterher. Als sie ein Stück weg war, kramte er den Schlüssel für das Elektroauto hervor. Er betrachtete ihn wie ein fremdartiges Werkzeug aus einer fernen Zukunft. Inzwischen war Frau Kleingeist auch nicht mehr zu sehen. Just in dem Moment, als er das Auto aufschließen wollte, sprang Strubinski zwischen der zwei Meter hohen Thuja-Hecke hervor, die als Grenze zum Nachbargrundstück diente.
„Das war knapp", meinte er und nahm Steinhauser den Schlüssel wieder ab. „Ist vielleicht doch besser, wenn ich fahr. Du bringst die Karre eh nicht in Bewegung."
„Bist du eigentlich bescheuert? Und was sollte das mit dem Schlüssel?" Steinhauser zeigte ihm den Vogel.
„Wieso? Ist doch nix passiert." Strubinski zuckte verständnislos mit den Schultern. „Ich wollte eigentlich ein Stück weiter weglaufen, damit mich die Oma nicht sehen kann, aber dann ist mir eingefallen, dass du mein E-Auto gar nicht fahren kannst."
Steinhauser holte einmal tief Luft, machte die Tür für Jacky auf und setzte sich hinein. Er warf Strubinski einen wütenden Blick zu, fing dann aber plötzlich an zu lachen. Es dauerte einen Moment, dann begann auch Strubinski laut zu lachen. Beide bekamen den reinsten Lachkrampf und mit Tränen in den Augen wiederholte Steinhauser Strubinskis Worte: *„Sie können auch meine Internetseite besuchen und online bestellen.* Als ob die

wüsste, was Internet ist."
„Aber hat doch geklappt", brachte Strubinski lachend hervor.
„Fred ...", meinte Steinhauser, der sich langsam wieder beruhigte. „Allen Respekt, das war schlagfertig."
Strubinski genoss das Lob und setzte sein E-Auto lautlos in Bewegung.

Schweigend saß Steinhauser mit seinen Eltern beim Abendbrot. Jacky durfte sogar ohne jegliche Beschwerden mit in die Küche. Zu seiner Überraschung hatte seine Mutter einen Fressnapf mit Suppenknochen, die vom Mittagessen übrig waren, und eine Schüssel mit Wasser für den Hund bereitgestellt.
Hildegard schaute ihren Sohn erwartungsvoll an. Sie wartete darauf, dass er ihr erzählen würde, was er heute so alles gemacht hatte. Eine Angewohnheit, die sie bis zum heutigen Tag nicht hatte ablegen können. Schon früher wurde er von ihr nach allen Regeln der Kunst verhört, wenn er nachts nicht nach Hause gekommen war, weil er es vorgezogen hatte, lieber bei Strubinski oder Holzinger auf der Couch zu schlafen. Steinhauser vermutete, dass es diesmal noch nicht einmal ihre Neugierde war, vielmehr wollte sie sich einfach mit ihm unterhalten. Schließlich war er in der Vergangenheit nicht oft hier gewesen. Dass sich dies möglicherweise ändern würde, konnte sie ja nicht ahnen.
„Ist was?" Mit dieser Frage gab er ihr sozusagen grünes Licht und seine Mutter ließ sich nicht zweimal bitten.
„Was hast du denn heute so gemacht?"
„Polizeiarbeit."
„Geht´s auch etwas genauer?"
„Mama, du weißt doch ganz genau, dass ich dir nicht erzählen darf, was ich so mache."
„Aber ich bin doch deine Mutter!"
„Eben drum."
„Wie meinst du denn das jetzt?"
Nicht auszudenken, wenn sie wüsste, was er gerade machte.
„Naja … äh, ich will doch nicht, dass du dir noch Sorgen machst."
„Sorgen? Muss ich mir Sorgen machen?"
Steinhauser biss sich verärgert auf die Unterlippe und legte sein Brot, in das er gerade hineinbeißen wollte, zurück auf den Teller. Er musste seine Worte besser wählen, bevor er sie aussprach. „Nein, du musst dir natürlich

keine Sorgen machen“, beruhigte er sie und machte sich eine Flasche Bier auf.
„Aber du hast doch eben gesagt, dass ich mir keine Sorgen machen muss. Dafür muss es doch einen Grund geben.“
Steinhauser rollte genervt die Augen. „Genau deshalb ist es besser, wenn ich nicht mit dir über meine Arbeit rede, du würdest dich nur aufregen.“
„Rudolf, sag doch auch mal was“, wandte sich Hildegard hilfesuchend an ihren Mann.
Die Unterhaltung nahm genau den Verlauf, den Steinhauser vermeiden wollte. Aber irgendwie gelang es ihm nie, genau dies zu verhindern, ganz gleich, wie er es anstellte. Sein Vater schaute zwischen den beiden hin und her, überlegte kurz und sagte schließlich: „Kommt die Stefanie auch zum Schützenfest?“
Steinhauser, der gerade einen kräftigen Zug aus seiner Bierflasche nahm, verschluckte sich augenblicklich, hustete und spuckte das Bier wieder aus. Er konnte gerade noch verhindern, dass er den Tisch einsaute.
„Hannes!“ Seine Mutter sprang sofort auf, um einen Küchenlappen zu holen. „Mach doch langsam. Es trinkt dir keiner was weg.“
„Entschuldigung“, meinte er. Dabei schaute er seinen Vater mit schmalen Augen an.
„Ja sag schon, kommt die Stefanie? Die war schon lang net mehr da“, hakte Hildegard nach.
„Du, das kann ich dir gar nicht sagen“, überlegte er. „Ich glaub, die hat Dienst.“
„Du musst doch wissen, ob deine Freundin Dienst hat oder nicht.“
„Mama, du weißt doch, wie das ist bei der Kripo. Da hat man immer irgendwie Dienst.“
„Aber sie kann sich doch bestimmt mal frei nehmen, oder? Ich würd mich freuen, wenn sie kommt. Dann könnten wir am Sonntag alle zusammen zum Essen ins Festzelt gehen. Sie war schon so lange nicht mehr hier.“
Steinhauser hätte seinen Vater am liebsten erwürgt. Der saß mit einem breiten Grinsen am Tisch und goss sich genüsslich ein Bier ein. „Stimmt, die war schon lang net mehr da“, war alles, was er beitrug.
Das Thema Stefanie war ein ebenso schwieriges Terrain wie seine aktuelle berufliche Situation. Konnte seine Mutter nicht einfach einmal über das Wetter reden, wie das andere auch taten, schließlich hatte es seit Tagen nicht geregnet.
„Ich werde sie fragen“, gab Steinhauser zurück, trank den Rest der Flasche

Bier in einem Zug aus und stand auf. „Ich muss noch mal mit Jacky raus." Er nahm sein Brot und verschwand mit dem Hund.

Eine Stunde später und frisch geduscht, machte es sich Steinhauser mit einem kühlen Bier in seinem Bus bequem. Er räumte seine Koffer etwas zur Seite und stapelte sie in einer Ecke. Das Bett hatte er zur Sitzecke umfunktioniert und als er der Meinung war, dass der Ordnung genüge getan war, ließ er sich darauf nieder. Jacky zog sich inzwischen unter den Klapptisch zurück. Dort kaute sie zufrieden auf einem Suppenknochen herum. Anschließend kramte er den Terminkalender hervor, den er aus dem Büro von Feißthammer mitgenommen hatte und legte ihn vor sich auf den Tisch. Er begann darin zu blättern. Nachdem er mehrmals hin und her geblättert hatte, holte er ein Blatt Papier und machte sich Notizen. Nach einiger Zeit holte er noch die Liste hinzu, die er von Frau Häcklein bekommen hatte. Konzentriert las er seine Notizen und versuchte eine Verbindung zur Aufstellung der Sekretärin herzustellen. Doch er fand nichts Verdächtiges und wusste auch nicht so recht, was ihm das nützen sollte. Schließlich holte er ein weiteres Blatt und fügte die Informationen aus Feißthammers Terminkalender und der Liste von Frau Häcklein zu einer Tabelle zusammen. Acht weitere Blatt Papier später und kurz vor Mitternacht war er dann endlich zufrieden mit dem, was er zusammengeschrieben hatte. Er lehnte sich zurück und betrachtete im schwachen Schein seiner Campinglampe sein Werk.
Zunächst hatte er jedem Landwirt das Datum aus Feißthammers Terminkalender zugeordnet und anschließend chronologisch untereinander geschrieben. Als er damit fertig war, erweiterte er die Aufstellung um die täglich erzeugten Milchmengen aus der Liste von Frau Häcklein.
Ganz oben stand jetzt der Termin von Joachim Stocher, dem Bauern aus Burgsinn. Dieser war mit dem 31. Mai auch der einzige, der in der Vergangenheit lag. Zusätzlich war dieser Termin in Feißthammers Terminkalender noch mit grünem Textmarker gekennzeichnet und ein dicker Haken dahinter gesetzt. Alle anderen Termine waren erst in den nächsten Wochen fällig und ebenfalls farbig markiert. Der nächste war Holzinger am 30. Juni, also nicht mehr allzu lange bis dorthin. Dahinter kam ein Marco Hafner aus Aschenroth am 15. Juli, gefolgt von Bernhard Diehl, der knurrige Obersinner, den er bereits kennengelernt hatte, am 29. Juli. Und zu guter Letzt hatte er Karl Zwinsel aus Schaippach mit dem 26.

August notiert. Ihm hatte er ebenfalls schon einen Besuch abgestattet.
In dieser ganzen Reihe gab es einen Termin, der ihm besonders ins Auge gefallen war. Und zwar der Tag, an dem Feißthammer in der Güllegrube gefunden wurde. An diesem Tag stand ebenfalls ein Name im Kalender. Ein Name, der ihm bestens bekannt war. Der einzige Unterschied bestand darin, dass dieser nicht farblich markiert gewesen war. Jedenfalls wollte er hier noch einmal nachhaken und machte sich einige Notizen. Im Anschluss zählte er die täglich erzeugte Milchmenge zusammen und staunte nicht schlecht, als er die Zahl sah. Mit so viel hatte er nicht gerechnet.
Nach mehrmaligem Lesen seiner Aufstellung fiel ihm der Termin von Bernhard Diehl erneut ins Auge. Er erinnerte sich, dass Diehl bis zu diesem Termin sein Zertifikat abgeben musste. Ansonsten würde er den aufgenommenen Kredit innerhalb von zwei Wochen zurückzahlen müssen. Folglich ging er davon aus, dass diese farbig markierten Daten im Kalender auch die Fristen der anderen Bauern für den Ablauf deren Kredite sein könnten. Steinhauser nahm erneut einen Zettel zur Hand und machte sich weitere Notizen mit Dingen, die er morgen erledigen wollte.
Als er sein Bett aufgebaut hatte, wurde ihm bewusst, dass morgen schon Samstag war und er gar nicht wusste, ob er Dienst hatte oder nicht. Von Rappert hatte er auch nichts mehr gehört. Wie auch? Heute war er nicht auf dem Rathaus gewesen und ein Diensttelefon hatte er auch nicht, ebenso wenig wie einen Dienstwagen mit Funk. Dass er dadurch nicht permanent erreichbar war, machte ihm in der gegenwärtigen Situation nicht wirklich etwas aus. Doch das würde sich auch noch ändern, dessen war er sich sicher. Aber im Grunde war es auch egal, ob er morgen Dienst hatte oder nicht, abwarten und nichts tun kam ohnehin nicht in Frage. Seine erste Woche in der Heimat verging wie im Flug und von Langeweile auf dem Land war er weit entfernt. Er kroch unter seine Decke und nahm sich noch einmal Feißthammers Terminkalender zur Hand. Mehr unbewusst als beabsichtigt schlug er erneut den Tag auf, an dem Holzinger die Leiche in seiner Güllegrube gefunden hatte. Diesem Punkt würde er morgen als allererstes nachgehen.

Kapitel 12
11. Juni, morgens

In dieser Nacht fand Steinhauser keinen Schlaf. Er wälzte sich quer durch sein Bett, das diese Bezeichnung eigentlich gar nicht verdient hatte. Schlafplatz würde es eher treffen. Denn von einem erholsamen Schlaf war er weit entfernt, auch wenn er sich mittlerweile daran gewöhnt hatte. Immer wieder ging ihm die Liste mit den Terminen aus Feißthammers Kalender durch den Kopf. Und wenn er dann doch endlich einmal eingenickt war, war es Jacky, die ihn weckte, weil sie sich auf ihn gelegt hatte. Er schob sie immer wieder verärgert zur Seite und schwor sich, sie das nächste Mal anzubinden. Als dann auch noch eine Edelstahlschüssel scheppernd neben seinem Bus herunterfiel, war die Nacht endgültig zu Ende. Mit schmalen Augen schaute er in den Hof und sah in der Morgendämmerung seinen Vater, wie er in der Backstube verschwand. Ihre Blicke trafen sich kurz und er hätte wetten können, dass dieser verschmitzt grinste.

Nach einem Blick auf die Uhr beschloss er mit seinen Vorhaben, die er sich für den heutigen Tag notiert hatte, zu starten. Doch zuerst benötigte er unbedingt eine Tasse Kaffee. Er überlegte, ob er heute, da es ja Samstag war, seine Uniform anziehen sollte oder nicht. Das Loch in der Hose müsste genäht werden und gewaschen gehörte sie auch einmal. Aus Würzburg hatte er allerdings immer noch keine weitere Dienstkleidung bekommen. Er musste da unbedingt mal anrufen. Also machte er sich einen Vermerk auf seinem Notizblock. Aber wenn er heute noch seinen Ermittlungen nachgehen wollte, wäre es besser, er würde eine Uniform tragen. Also zog er sie an und schlurfte verschlafen in die Küche seiner Eltern. In Begleitung von Jacky machte er sich Kaffee, um wach zu werden. Nachdem er zwei Tassen mit Milch und Zucker getrunken hatte, startete er seinen Kleinbus und machte sich auf den Weg.

Sein erstes Ziel war Holzinger. Er konnte es kaum erwarten, ihn zu sprechen. Der fuhr gerade mit seinem kleinen Radlader über den Hof, als Steinhauser seinen Bus abstellte. Gefolgt von Jacky ging er zu seinem Schulfreund.

„Servus Hannes, bist du aus‘m Bett gefallen?“, begrüßte ihn Holzinger.

„Wenn ich dir jetzt sage, dass ich zurzeit wenig schlafe, weil ich die

Todesursache einer tiefgefrorenen Leiche untersuche – glaubst du mir das?“
Holzinger kratze sich verlegen am Hinterkopf. „Entschuldigung, ich wollte nicht … also … ich bin echt total froh, dass du dich der Sache … naja … angenommen hast.“
„Schon gut. Ich hab da ein paar Fragen und hoffe, du kannst mir weiter helfen.“
„Klar, jeder Zeit. Schieß los, was willst du wissen?“
„Bei meinen Untersuchungen bin ich …“
„Ja genau, wie läuft´s denn so? Hast du schon eine Spur?“
„Deswegen bin ich ja hier.“
„Aha“, war alles, was Holzinger sagte. Eine kurze Stille legte sich zwischen die beiden.
„Im Terminkalender vom Feißthammer …“, nahm Steinhauser seinen Faden wieder auf, schaute Holzinger lange an und ließ die Worte auf ihn wirken. Mittlerweile hatte er Übung und ließ sich nicht mehr so leicht aus dem Konzept bringen. Je länger er Holzinger musterte, umso unsicherer schien dieser zu werden. Und gerade, als der ansetzte, etwas zu sagen, fuhr Steinhauser fort: „da steht mehrfach dein Name.“
„Na klar, der war ja auch öfter mal hier, um sich alles anzusehen.“ Holzinger schien erleichtert. Anscheinend hatte er mit einer anderen Frage gerechnet.
„Dein Name steht am 30. Juni drinnen. Ist an dem Tag etwas Besonderes?“ Holzinger überlegte kurz. „Keine Ahnung“, meinte er nachdenklich. „Da müsst ich mal auf meim Terminkalender nachseh, ob der da vielleicht zu einer weiteren Abnahme komm wollt.“
„Wieso musst du da nachsehen? Das weiß man doch, wenn so ein wichtiger Termin ansteht.“
„Klar weiß ich, dass der irgendwann wiedergekommen wäre, wenn er nicht …“, Holzinger ließ den Satz unvollendet und vermied den Blickkontakt mit Steinhauser. „Aber den genauen Tag kann ich dir jetzt auch nicht sagen.“
Steinhauser hatte gehofft, dass sein Freund ihm sagen würde, dass zum Datum im Kalender auch bei ihm ein Termin der Euro-Agrar-Invest fällig gewesen wäre. Er war sich auch sicher, dass dies der Fall war, aber aus irgendwelchen Gründen, die er sich im Augenblick nicht erklären konnte, hatte er das Gefühl, dass Holzinger nicht mit der Wahrheit herausrücken wollte. Seine Körperhaltung verriet Steinhauser, dass dieser jetzt am

liebsten in seinem Stall verschwinden würde. Manchmal war seine Ausbildung und die jahrelange Erfahrung im Streifendienst eben doch zu etwas nutze. Er wollte ihn jetzt auch nicht mit seinem Verdacht konfrontieren – noch nicht. Also stellte er eine andere Frage: „Wieso steht dein Name auch am 7. Juni im Kalender vom Feißthammer?"
„Das weiß ich doch net!" Holzingers Ton wurde schärfer.
„Du weißt aber schon, was für ein Tag der 7. Juni war?"
Holzinger überlegte kurz und als ihm dämmerte, worauf Steinhauser hinaus wollte, fing sein Unterkiefer an zu beben. Er presste die Lippen aufeinander, dass diese weiß wurden, und packte das Lenkrad des Radladers. Mit aller Kraft krallte er sich krampfhaft daran fest. Steinhauser befürchtete, er würde es herausreißen. Dann brüllte Holzinger los: „Du denkst doch nicht allen Ernstes, dass ich …"
Steinhauser blieb ruhig und sagte zunächst nichts. Er musste verhindern, dass die Situation eskalierte. Er ergriff erst wieder das Wort, als er sich sicher war, dass sich Holzinger wieder etwas beruhigt hatte. „Ich denk gar nichts. Ich sammele Fakten und stelle Fragen. Und Fakt ist, dass der Feißthammer dich allem Anschein nach an dem Tag besuchen wollte, als du ihn in deiner Grube gefunden hast."
Holzingers Gesichtsfarbe verdunkelte sich und dicke Adern quollen an seinem Hals hervor. Offensichtlich hatte er sich doch noch nicht beruhigt. Er sprang vom Radlader und stellte sich mit hochrotem Kopf direkt vor Steinhauser. Dieser rückte demonstrativ seine Mütze zurecht, ohne dabei auch nur einen Millimeter zu weichen. Ihre Blicke trafen sich. Dazu musste er allerdings den Kopf weit in den Nacken werfen. Holzinger setzte mehrfach an, etwas zu sagen, brach aber jedes Mal wieder ab. Schließlich drehte er sich weg und starrte wortlos ins Nichts.
Steinhauser wartete, ob er sich doch noch äußern wollte, aber Holzinger schwieg. „Sepp?", fragte er vorsichtig, um das Gespräch wieder aufzunehmen. Allerdings gab sein Freund keine Antwort. „Kann es sein, dass der Feißthammer am siebten zu dir kommen wollte?"
Nach einigem Zögern wandte sich Holzinger wieder Steinhauser zu. „Ich hab keine Ahnung, Hannes. Das musst du mir glauben. Angemeldet hatte er sich jedenfalls nicht." In seinen Worten lag Verzweiflung.
Steinhauser überlegte, ob es einen Sinn machte, jetzt und hier weiter nachzubohren. Er entschied sich, es vorerst auf sich beruhen zu lassen. Aber um seinem Freund helfen zu können, musste er herausfinden, was in der Nacht von Montag auf Dienstag geschehen war. Mit wenig Hoffnung

auf eine Antwort stellte er seine letzte Frage: „Kennst du die Euro-Agrar-Invest?“ Steinhauser glaubte ein kurzes Zucken von Holzinger wahrgenommen zu haben.
„Wen?“
„Euro-Agrar-Invest.“
„Was soll das für ein Verein sein?“
„Kennst du oder kennst du nicht?“
„Nie gehört.“
Steinhauser hatte schon befürchtet, dass Holzinger jede Verbindung zur Euro-Agrar-Invest und den dubiosen Verträgen abstreiten würde. Aber warum nur?
„Gut, wenn du es sagst, dann will ich es dir glauben. Jetzt brauch ich noch eine Gülleprobe von dir und eine aus dem Auto vom Feißthammer.“
„Was willst du denn jetzt mit meiner Gülle?“
„Das war doch deine Idee!“
„Was war meine Idee?“
Steinhauser wurde ungeduldig. „Dass den Feißthammer jemand bei dir in die Grube geworfen und dabei den Sitz im Auto vom Feißthammer mit Gülle beschmiert hat. Das war doch deine Theorie.“
„Und wozu brauchst du da jetzt meine Gülle?“
Steinhauser schüttelte ratlos den Kopf und versuchte ruhig zu bleiben. „Ich muss die Gülle aus dem Auto und deine Gülle mit der Gülle der anderen Bauern vergleichen, wenn wir wissen wollen, von wem die Gülle aus dem Auto ist“, pfiff er zwischen den Zähnen hindurch.
„Mach doch, was du willst! Ich muss jetzt bei mei Küh“, ranzte ihn Holzinger an, stieg auf den Radlader und fuhr mit Vollgas davon.
Steinhauser schaute ihm noch einen Moment hinterher, dann holte er den Klappkorb mit den Einmachgläsern aus seinem Bus und ging zu Feißthammers Auto. Wirklich weiter hatte ihn das Gespräch mit Holzinger jetzt nicht gebracht. Im Grunde wusste er nicht mehr als vorher. Das unkooperative Verhalten seines Freundes bereitete ihm jedoch Kopfzerbrechen. Nachdenklich kratzte er mit dem Stiel des Schöpflöffels die Gülle vom Sitz und der Fußmatte, füllte sie in ein Einmachglas und beschriftete es gleich mit „A“ für Auto. Dann nahm er noch eine Probe vom Rand der Güllegrube und beschriftete diese mit „H“ für Holzinger. Er stellte die Gläser in den Korb und betrachtete die Deckel. Als ihm einfiel, dass er noch nach Aschenroth zu Marco Hafner musste, nahm er die Probe mit „A“ wieder heraus, tauschte den Deckel gegen einen neuen und

beschriftete die Probe mit „F“ für Feißthammers Auto.
„Jetzt fehlt mir nur noch eine Probe“, murmelte Steinhauser, während er zurück zu seinem Bus ging. Dort schaute er sich nach Jacky um, als zufällig Katja aus dem Haus kam. Ihre Blicke trafen sich und keiner wusste so recht, was er sagen oder wie er sich verhalten sollte. Schließlich stammelten beide ein kaum hörbares: „Guten Morgen.“
Steinhauser hatte ein schlechtes Gewissen. Er war jetzt fast eine Woche in Mittelsinn und hatte sich noch nicht einmal die Zeit genommen, sie zu besuchen.
„Wie geht´s dir? Also ... ich meine ... wie geht´s euch?“, fragte er vorsichtig. Dabei kam er sich saublöd vor. Hatte er ihr diese Frage doch erst gestern gestellt.
„Wie es einem halt so geht, wenn man schwanger ist. Und dir?“
„Naja, alles etwas … schwierig, um es mal vorsichtig auszudrücken.“
„Ja, schlimme Sache. Ich kann es immer noch nicht glauben, was da passiert ist.“
„Das kann man wohl sagen. Mir geht´s genauso.“
„Aber der Sebastian ist total froh, dass du dich darum kümmerst.“
„So, ist er das?“, wunderte sich Steinhauser.
„Ja, wieso fragst du?“
„Den Eindruck hatte ich gerade nicht.“
„Der Sebastian ist im Moment total durch den Wind“, versuchte Katja ihren Mann zu entschuldigen. „Die ganze Sache mit dem Bio-Zertifikat und der … du weißt schon. Ich darf gar nicht daran denken. Das geht ihm ganz schön an die Nieren.“
Steinhauser nickte mehrfach, als ihm eine Idee kam. Es war vielleicht Katja gegenüber nicht fair, aber irgendwie musste er ja an seine Informationen kommen.
„Das glaube ich dir gerne“, pflichtete er ihr bei. „Und dann auch noch der Ärger mit dem Kredit der Euro-Agrar-Invest.“
„Ja, darauf hätten wir uns nie einlassen sollen. Ich hatte ihm gleich gesagt, da ist was faul, wenn die Zinsen so niedrig sind“, seufzte Katja.
„Ja, ja“, meinte er verständnisvoll und war insgeheim zwar froh, dass ihm Katja seinen Verdacht bestätigt hatte. Allerdings hätte er es lieber von Holzinger selbst gehört.
„Du hättest dich ruhig mal blicken lassen können, seit du wieder in Mittelsinn bist“, wechselte sie abrupt das Thema.
„Glaub mir, ich wäre gern mal vorbeigekommen. Aber unter den

gegebenen Umständen war es leider nicht möglich. Ständig war was anderes.“
„Das kann ich verstehen. Und wie geht es der Stefanie?“
Steinhauser zuckte kurz zusammen, fing sich aber gleich wieder.
„Gut, alles gut“, meinte er so beiläufig wie möglich.
„Kommt sie am Wochenende auch?“
Er schaute sie fragend an. „Wochenende?“
„Na, zum Schützenfest.“
„Ach ja. Sie weiß noch nicht … äh ... ob sie Dienst hat.“
„Vielleicht klappt es ja. Ich hab sie schon lange nicht mehr gesehen.“
„Ich auch nicht“, seufzte er leise und senkte traurig den Kopf.
Katja schaute ihn verwundert an. Steinhauser starrte nachdenklich zu Boden und wirkte abwesend. Da er nichts sagte, hakte sie nach: „Und wieso hast du sie lange nicht gesehen?“
„Was? Wen?“, schreckte er hoch.
„Stefanie, wieso hast du sie lange nicht gesehen?“, wiederholte sie ihre Frage.
„Äh, … ich meine … ich hab sie jetzt ein ganze Woche lang nicht gesehen … und so eine Woche kann sehr lang sein“, fing er sich wieder. „Ich muss dann auch los.“
„Hat er es dir eigentlich schon gesagt?“, fragte Katja vorsichtig und Steinhauser stoppte in seiner Bewegung. Er schaute sie gespannt an. Katja setzte an, etwas zu sagen, tat es dann aber doch nicht. Sie wirkte plötzlich verunsichert, ganz so, als ob sie sich über sich selbst ärgerte.
„Gesagt, was gesagt?“ Steinhauser wollte jetzt mehr wissen.
„Wenn er noch nichts gesagt hat, dann will ich ihm nicht vorgreifen.“
Na super, dachte Steinhauser. *Typisch Frau. Erst gackern und dann nicht legen.* Aber was, wenn diese Information wichtig war. Er musste nachhaken.
„Komm, sag schon! Vielleicht ist es ja wichtig. Ich verrat auch nicht, dass du mir was gesagt hast“, versprach er.
„Wirklich?“
„Ja, natürlich. Ich bin Polizist.“
„Aber wenn er es dir sagt, dann musst du so tun, als ob du von nichts gewusst hast, versprochen?“
„Ja, versprochen.“ Steinhauser war jetzt ungeduldig wie ein kleines Kind.
„Du musst so tun, als ob du total überrascht wärst.“
„Ja, mach ich.“

„Nein, das ist nicht fair, er wollte es dir selber sagen."
„Mensch Katja!", wurde er unbeabsichtigt laut. „Ich muss alles wissen, wenn ich herausfinden soll, wie der Feißthammer in eure Grube gekommen ist!"
Sie schaute ihn erschrocken an, dann verfinsterte sich ihre Miene. „Sebastian wollte dich fragen, ob du die Patenschaft übernimmst, wenn unser Baby ein Junge wird!", sagte sie, drehte sich abrupt um und verschwand wieder im Haus.
Jetzt stand er da wie ein begossener Pudel und überrascht war er auch.
Nachdem er noch eine gefühlte Ewigkeit auf die Tür gestarrt hatte, hinter der Katja verschwunden war, machte er sich mit Jacky wieder auf den Weg. Er hatte noch mehr vor. Kurz nachdem er den Hof verlassen hatte, meldete sich plötzlich sein Gewissen. Es begann ihn zu quälen und ließ ihm keine Ruhe mehr. Zuerst hatte er Katja hinterhältig über den Kredit ausgehorcht und dann hatte er sich auch noch im Ton vergriffen. Er versuchte sich zwar immer wieder einzureden, dass seine Nerven blank lagen, je länger sich die *Angelegenheit*, wie er es in Gedanken bezeichnete, hinzog, aber sein Gewissen ließ sich nicht beirren. Eher im Gegenteil, es machte ihm noch einmal deutlich, dass er im Grunde immer noch keine Ahnung hatte, wer für das Ableben von Feißthammer verantwortlich gewesen sein könnte. Aber dass er die Patenschaft übernehmen sollte, damit hatte er nun wahrlich nicht rechnen können. Zumal er jetzt ganz andere Sorgen hatte.
Steinhauser versuchte, sich auf das zu konzentrieren, was er heute noch alles vorhatte. Als nächstes wollte er auf dem Rathaus vorbeischauen, um seinen Anrufbeantworter abzuhören. Er wollte am Montag nicht ganz unvorbereitet sein, wenn ein Gewitter in Form von Rolf Rappert über ihn hinwegzog. Denn davon ging er aus.

Steinhauser parkte seinen Bus direkt neben den Spider von Frau Schäflein. Er war etwas verwundert, dass sie heute auch hier war. Als er mit Jacky das Rathaus betrat, kam eine Frau in einem eleganten, taillierten, dunkelblauen Sommerkleid die Treppe zum Obergeschoss herunter. Ihre Haare hatte sie aufwendig zurechtgemacht und die Absätze ihrer Schuhe hallten durch den Eingangsbereich.
„Hallo Herr Steinhauser, was mache Sie denn hier", wurde er freudig von ihr begrüßt.

Der hessische Akzent sagte ihm, dass gerade Frau Schäflein zu ihm gesprochen hatte. Erneut musterte er die Frau und traute seinen Augen nicht. „Frau Schäflein?“, fragte er verdattert.
„Ja, habbe Sie wen anneres erwartet?“
So aufgedonnert hatte er seine *Assistentin*, wie er sie insgeheim bezeichnete, bisher noch nicht gesehen. Zudem trug sie auch nicht ihre auffällige Brille, sondern Kontaktlinsen. Lidschatten, passend zu ihrem Kleid, hatte sie auch aufgetragen.
„Ich … äh … nein“, stammelte er. „Eigentlich habe ich niemanden erwartet … Sie sehen heute so ... anders aus … so elegant.“
„Ach was, Sie übertreibe. Ich hab halt heut mei Brill net uff“, strahlte sie und wertete sein Gestammel als Kompliment.
„Hab ich was verpasst oder warum sind Sie hier? Heute ist doch Samstag, oder?“
„Ja, scho, Herr Steinhauser. Heut ist doch ach ´ne Hochzeit. Ich bin immer hier, wenn jemand heirat und kümmer mich um die Dekoration im Standesamt und um de Sektempfang. Anfangs wollt das der Bürgermeister net, weil er dacht, ich mach Überstunde. Aber als ich ihm gesagt hab, dass ich freiwillig hier bin, fand der des super. So ist er halt.“
„Ist der Mehrhold auch da?“ Steinhauser zuckte regelrecht zusammen bei dem Gedanken, dem Bürgermeister zu begegnen.
„Sie müsse kei Angst habbe“, zwinkerte sie ihm zu. „Der kommt erst später. Aber der hat Sie gestern mehrfach versucht zu erreiche. War sogar ein paar Mal da gewese.“
„Ich kann mir denken warum“, verzog Steinhauser das Gesicht.
„Und der Herr Rappert auch ...“, schob sie mit einem Stirnrunzeln hinterher, ohne den Satz zu beenden.
„Der Rappert? Der war hier?“ Steinhauser erschrak.
„Nein, der hat nur angerufe“, beruhigte sie ihn.
„Jedenfalls kann ich mir auch denken, was der wollte“, seufzte Steinhauser.
„Und ein großes Paket ist auch für Sie gekomme. Des habbe vorgestern, nachdem Sie weg war´n, zwei Kollege von Ihne gebracht. Ich wollt´s Ihne gestern Morgen schon sagen, aber Sie ham mich ja am Telefon abgewürgt.“ Frau Schäflein schaute ihn eindringlich an und Steinhauser zog mit einem entschuldigenden Lächeln die Schultern hoch. „Ich hab´s in Ihr Büro stelle lasse. Da Sie der Herr Rappert nicht erreiche konnt, hat er mir ne E-Mail geschribbe. Ich hab se ausgedruckt und zum Paket gelegt.

Ich hab Ihrem Chef auch gleich geantwortet, dass Sie immer noch kein PC habbe."

Na toll, dachte Steinhauser, *jetzt wird sich schon per Mail über mich beschwert. Damit es ja jeder mitbekommt.* „Danke Frau Schäflein, was wäre ich nur ohne Sie."

„Jetzt übertreibe Sie mal net. Ich bin ja sozusagen Ihre Verbindungsperson zur Dienststelle nach Gemünden. Hat der Rappert gemeint. Ich wollt Sie ja anrufe, aber da ist mir uffgefalle, dass ich gar kei Nummer von Ihne hab."

Steinhauser kramte seine Visitenkarte hervor und änderte die alte Rufnummer. „Das ist meine private Nummer. Diensthandy hab ich auch keins. Aber vielleicht können Sie mir ja mal neue Visitenkarten bestellen, mit der Nummer der … Dienststelle von Burgsinn. Aber bitte nicht mit meiner Privatnummer. Und die Privatnummer bitte auch nicht weitergeben. Vor allem nicht an den Rappert und den Mehrhold."

„Kein Problem, wird umgehend erledigt. Sie könne sich auf mich verlasse", gab sie mit einem Augenzwinkern zurück. Er spürte direkt, wie froh sie war, etwas für ihn tun zu können.

Steinhauser verzog sich in sein Büro und betrachtete die Kiste. Die ausgedruckte E-Mail, die darauf lag, legte er ungelesen auf seinen Schreibtisch. Er überlegte kurz, dann setzte er sich und drückte den Knopf des Anrufbeantworters. „Sie haben zwölf Nachrichten", tönte eine Frauenstimme und es dauerte einen Augenblick, bis die Stimme von Rappert durch das Zimmer hallte. Insgesamt beschwerte der sich siebenmal, dass Steinhauser nicht erreichbar und dass sein Verhalten unverantwortlich sei, und dass er deshalb mit Konsequenzen rechnen müsse. Rappert erwartete am Montag, Punkt sieben Uhr, einen lückenlosen, schriftlichen und mündlichen Bericht von Steinhauser. Dazwischen stammelte der Bürgermeister fünfmal etwas Unverständliches auf das Aufnahmegerät. Anscheinend war es ihm unangenehm auf Band zu sprechen. Mehrhold brabbelte etwas, setzte immer wieder ab, begann von neuem, brachte aber im Grunde keinen vernünftigen Satz zu Stande. Bei Rapperts Nachrichten war das anders, seine Botschaften waren klar und unmissverständlich.

Zumindest wusste Steinhauser jetzt, was ihn am Montag erwarten würde. Und vor Mehrhold konnte er auch nicht ewig davon laufen – leider.

Schließlich nahm er sich die Mail, die ihm Frau Schäflein ausgedruckt hatte und überflog sie. Als er fertigt war, betrachtete er mit hochgezogenen Augenbrauen das große Paket, öffnete es und las die Mail erneut. Der

Großteil des Paketes war mit Schaumstoff ausgefüllt. Er durchwühlte den Inhalt, bis er eine weitere, deutlich kleinere Kiste aus festem Styropor entdeckte. Ein verstellbares Stativ fand er auch noch. In der Styroporkiste befand sich ein Gerät, das auf den ersten Blick an einen Diaprojektor erinnerte – nur viel kleiner. In der E-Mail stand, dass es das modernste Radarmessgerät war, das es zurzeit auf dem Markt gab. Diese Errungenschaft war so klein, dass es ein Autofahrer unmöglich erkennen konnte. Blitz erzeugte es auch keinen. Man konnte es nahezu unsichtbar für alle Verkehrsteilnehmer verstecken. Rappert hatte ihn in der Mail dazu aufgefordert, das Gerät bis Montag zu testen.
„Das ist dann wohl die Retourkutsche", brummte er in Erinnerung an die Verkehrskontrolle seiner Kollegen, „kam ja schneller als erwartet. Naja, die Jungs sind halt auf zack."
Steinhauser schaltete das Gerät ein. Sofort blinkten und leuchteten zahllose Lämpchen auf dem Touchscreen. Nachdem er kurz einen Blick in die Gebrauchsanweisung geworfen hatte, steckte er es zurück in die kleine Styroporschachtel, schnappte sich das Stativ und verließ sein Büro.
Frau Schäflein war gerade dabei, im Eingangsbereich einen Tisch mit Sektgläsern zu dekorieren. Liebevoll stellte sie die Gläser zu einem großen Herz und verteilte Rosenblätter auf der weißen Tischdecke.
„Da schlummern ja verborgene Talente in Ihnen, Frau Schäflein."
„Ach wissen Sie, Herr Steinhauser, ursprünglich hatte ich Floristin gelernt, aber später bekam ich dann Allergien und musst umschule."
„Wie lange sind Sie denn heute noch hier?", fragte er vorsichtig.
„Brauche Sie wieder mal mei Auto?", stellte sie direkt die Gegenfrage.
Steinhauser zuckte lächelnd mit den Schultern. „Wenn Sie so direkt fragen … ja."
„Dann sache Sie das doch gleich", lächelte sie zurück. „Ich bin bestimmt bis heut Nachmittag hier."
„Gut, bis dahin sollte ich auch wieder zurück sein. Kann ich die Jacky da lassen?"
Frau Schäflein betrachtete die Beagle-Dame, musste dann aber verneinen. Normalerweise wäre es kein Problem, versicherte sie ihm, aber heute war doch die Hochzeit.
Er bedankte sich, dass sie ihm erneut ihr Auto lieh und verabschiedete sich.
Steinhauser holte die Klappkiste mit den Marmeladengläsern aus seinem Bus und stellte sie zusammen mit dem Radarmessgerät in den Kofferraum

des Spiders. Jacky nahm inzwischen ihren Platz auf der Rücksitzbank ein. Am Ortsausgang, Richtung Rieneck, blieb er noch einmal stehen und platzierte die Radarfalle hinter der Leitplanke. Um den vorschriftsmäßigen Abstand zum Ortsschild zu ermitteln, hatte er jetzt weder die Zeit, noch das richtige Werkzeug dabei. Kurzerhand schätzte er die Entfernung. Nach einigen Tests an vorbeifahrenden Autos hoffte er, dass die Einstellung passte und machte sich auf den Weg zu seinem eigentlichen Ziel: Aschenroth.

Nach einer viel zu kurzen Fahrzeit, wie Steinhauser empfand, durchquerte er bereits das kleine Örtchen Schönau, einen Stadtteil von Gemünden. Wenn er immer auf den Spider von Frau Schäflein zurückgreifen könnte, würde er sogar auf ein Dienstfahrzeug verzichten. Es war Jahre her gewesen, seit er das letzte Mal in diese Gegend gekommen war. Er fuhr an den historischen Mauern des anmutigen Klosters der Franziskanerminoriten vorüber und erinnerte sich unweigerlich an seinen ersten Schulausflug. Die Klosterkirche mit ihren alten Holzbänken und großen Bildern an den Wänden hatte ihm damals schlaflose Nächte bereitet. Die Vorstellung, in solch einem Gemäuer leben zu müssen, erfüllte ihn bis heute mit Schrecken. Das 1189 gegründete Frauenkloster wurde nach den Zerstörungen im Bauern- und Markgrafenkrieg des 16. Jahrhunderts aufgegeben, aber Ende des 17. Jahrhunderts von einem gewissen Kilian Sauffer oder Stauffer, so genau wusste er es jetzt auch nicht mehr, aus Würzburg erworben und umgebaut. Bald hatte sich das Kloster zu einem beliebten Wallfahrtsort entwickelt. Ob allerdings heute noch Wallfahrten hierher stattfanden, konnte er gar nicht sagen. Steinhauser hatte bis zum heutigen Tag an keiner Wallfahrt teilgenommen, und das, obwohl seine Eltern streng katholisch waren.
Wenig später hatte er auch Seifriedsburg, einen weiteren Stadtteil von Gemünden, hinter sich gelassen und durchfuhr gerade ein kleines Waldstück, als Jacky jämmerlich zu jaulen begann. Sie schaute sehnsüchtig aus dem Fenster und warf ihm einen hilfesuchenden Blick zu. Er fuhr rechts ran und ließ den Hund aus dem Auto. Während dieser seine Notdurft verrichtete, genoss Steinhauser den weiten Blick über das vor ihm liegende Fünfzig-Seelendorf Aschenroth. Ein großer landwirt-schaftlicher Betrieb am Ortseingang fiel ihm sofort ins Auge. Bei wolkenlosem Himmel und strahlendem Sonnenschein konnte er sogar bis in das

entfernte Hammelburg schauen. Dahinter verschmolzen bereits die ersten Ausläufer der Rhön mit dem Horizont. Dieser Anblick war wahrlich sehenswert und ihm wurde bewusst, wie schön diese Gegend eigentlich war. Im Grunde konnte er froh sein, hier arbeiten zu dürfen. Seit seiner Rückkehr hatte er das Gefühl, seine Heimat mit anderen Augen zu sehen. Die Lebensqualität war hier bestimmt höher einzustufen als in Würzburg, auch wenn man auf so manche Annehmlichkeiten, die eine Stadt mit sich brachte, verzichten musste. Die gute Luft, die Ruhe, die Gemütlichkeit, all dies hätte er gerne mit Stefanie geteilt. In diesem Augenblick mehr als jemals zuvor. Doch bevor er anfing sentimental zu werden, pfiff er Jacky herbei und machte sich auf zum letzten Landwirt auf seiner Liste.

Der Hof von Marco Hafner war mit Abstand der größte von allen, die er bisher besucht hatte. Allerdings wirkte dieser auch am unordentlichsten, um es vorsichtig auszudrücken. Ein in die Jahre gekommenes, großes Gutshaus, an dem die Fassade verblasst und der Putz an vielen Stellen beschädigt war, stand direkt an der löchrigen Ortsdurchgangsstraße. Das Gebäude war flankiert von unverputzten Gerätehallen, die mit billigen Hohlblocksteinen errichtet worden waren. Langsam fuhr er über den geschotterten Hof und sah sich um. Er entdeckte etliche ältere landwirtschaftliche Geräte und Traktoren, die ihm nicht mehr sehr zeitgemäß erschienen. Irgendwie hatte er das Gefühl, in der Zeit zwanzig oder dreißig Jahre zurückzureisen.

Als Steinhauser wieder nach vorne sah, stand plötzlich eine Frau vor ihm. Im letzten Augenblick brachte er den Spider mit einem Ruck zum Stehen. Dabei knallte er mit dem Kopf gegen das Lenkrad, weil er sich auf den letzten Metern hierher nicht mehr angeschnallt hatte. Jacky rutschte jaulend vom Sitz. Er rieb sich die Stirn und nahm verschwommen eine große, füllige Frau wahr, die direkt vor der Motorhaube stand. Sie machte keinerlei Anstalten zur Seite zu gehen. Sie stand reglos da und starrte Steinhauser aus glasigen Augen an. Er erschauderte bei ihrem Anblick. Sie trug eine weite Schürze, die knapp über den nackten Knien endete. Ihr Kopf war in ein Kopftuch eingewickelt, wie er es noch von seiner Oma kannte. Darunter quollen ihre grauen, ungepflegten Haare zerzaust hervor. Diese reichten ihr bis zu ihrer mächtigen Brust und klebten in ihrem aufgedunsenen, verschwitzten Gesicht. In einer ihrer fleischigen Hände hielt sie ein totes, kopfloses Huhn. Blut tropfte herunter. Erst auf den zweiten Blick erkannte er, dass es zwei Hühner waren. In der anderen Hand hatte sie eine kleine Axt.

Steinhauser blies die Backen auf und stieg aus. Sogar Jacky hatte sich bei ihrem Anblick vom Vordersitz auf die Rückbank verzogen. Diesmal machte sie keine Anstalten, ihm zu folgen. Er räusperte sich und streckte ihr mit einem freundlichen Lächeln seine Hand entgegen. „Grüß Gott, mein Name ist Steinhauser."
Die Frau verzog keine Miene. Ihr apathischer Gesichtsausdruck beunruhigte ihn. Da sie auch kein Wort sagte, zog er schließlich unsicher seine Hand wieder zurück. Es war ihm auch unmöglich, ihr Alter zu schätzen. Sie konnte ohne weiteres Anfang fünfzig, aber auch Ende sechzig sein. Verlegen schaute er sich um und wusste nicht so recht, was er machen sollte. Unbewusst hielt er den auf der Polizeischule antrainierten Sicherheitsabstand ein und ließ die Hand mit der Axt nicht aus den Augen. Die Frau war etwa einen halben Kopf größer als er selbst. Steinhauser war sich sicher, dass sie ihn ohne Probleme niederstrecken könnte, wenn ihr danach gewesen wäre.
Er wurde zunehmend nervöser. Schweiß bildete sich auf seiner Stirn. Er rückte seine Mütze zurecht und versuchte es erneut: „Wo kann ich denn den Herrn Marco Hafner finden?"
Immer noch keine Reaktion.
„Ich komme im Auftrag von Herrn Feißthammer", versuchte er es erneut. Für den Bruchteil einer Sekunde hatte er den Eindruck, dass sie bei der Erwähnung von Feißthammers Namen kurz zuckte.
Wieder verging eine gefühlte Ewigkeit, als sie sich plötzlich bewegte. Steinhauser trat erschrocken einen Schritt zurück. Er war auf alles gefasst. Die Frau drehte sich mechanisch um und zeigte mit den toten Hühnern in der Hand wortlos auf einen großen Stall.
„Ist er im Stall?", fragte Steinhauser freundlich.
Sie nickte kaum erkennbar, dann ließ sie ihn mitten auf dem Hof stehen. Mit großen Schritten, begleitet vom Schmatzen ihrer Gummistiefel, stapfte sie davon. Dabei zog sie das rechte Bein etwas hinterher, was ihrem Gang eine ganz spezielle Note verlieh. Steinhauser ließ sie nicht aus den Augen. Erst als sie in dem großen Haus verschwunden war, ging er zum Stall.
Steinhauser wunderte sich, dass bei dieser Hitze die großen Tore bis auf einen kleinen Spalt geschlossen waren. Vorsichtig steckte er den Kopf hinein und schaute sich um. Sofort stieg ihm ein starker Silo-Geruch in die Nase. Da er niemanden entdecken konnte, schlüpfte er vorsichtig hinein. Der Stall war riesig, sogar Holzingers Stallungen wirkten dagegen bescheiden. Aber von moderner, biologischer Landwirtschaft konnte man

hier nicht reden. Zumindest empfand das Steinhauser so. Das Gebäude war düster und stickig, da es kaum erkennbare Belüftungen hatte. Ein breiter, betonierter Weg, auf dem Futter lag, teilte den schier endlos erscheinenden Stall in zwei Hälften. Zu beiden Seiten standen Kühe. Steinhauser schaute sich zunächst um, dann ging er langsam auf das gegenüberliegende Tor zu. Dieses war ebenfalls geschlossen, aber die Sonne bahnte sich durch die Ritzen ihren Weg ins Innere. Die Tiere zu beiden Seiten interessierten sich nicht für ihn. Sie versuchten mit ihren langen Zungen das Futter auf dem Gang zu erreichen. Die langen Futterrinnen zu beiden Seiten des Weges waren im wahrsten Sinne des Wortes ausgeleckt. Mit dem Fuß stieß er etwas Futter in die Rinne und die Kühe stürzten sich sofort darauf. Sie dankten es ihm mit einem langgezogenen *„Muuuhhh“*, was wie eine Warnung durch den Stall hallte.
„Hallo, Herr Hafner, sind Sie hier?“, rief er vorsichtig.
Er blieb stehen und horchte. Nichts!
Je weiter er in den Stall vordrang, umso mulmiger wurde ihm. Er würde es zwar niemals zugeben, aber im Augenblick hätte er sich sicherer gefühlt, wenn Strubinski bei ihm gewesen wäre.
Als er die Hälfte des Stalles durchschritten hatte, hörte er plötzlich ein Geräusch hinter sich. Ruckartig fuhr er herum. Ein baumlanger Mann stand direkt vor ihm. Erschrocken gab Steinhauser einen gellenden Schrei von sich und machte zwei Schritte zurück. Sein Puls war in Sekundenbruchteilen auf maximale Leistung geschossen. Er zitterte am ganzen Leib. Eine eiskalte Gänsehaut überzog ihn. Instinktiv hatte er die Hand an seine Waffe gelegt.
Sind denn hier nur Verrückte unterwegs?, schoss es ihm durch den Kopf, denn der Mann starrte ihn ebenso teilnahmslos an wie vorher die Frau. Der Mann, ein Hüne von mindestens zwei Metern Größe, war hager. Sein Gesicht war von langem Alkoholkonsum gezeichnet. Er schätzte ihn auf ein ähnliches Alter wie die Frau im Hof. Seine verdreckte, blaue Latzhose steckte in Gummistiefeln, sein Oberkörper war nackt.
„Entschuldigen Sie mein Eindringen“, meinte Steinhauser freundlich, nachdem er sich wieder gesammelt hatte. „Ich bin auf der Suche nach Marco Hafner. Sind Sie Marco Hafner?“
Ebenso wie die Frau im Hof, gab auch er keinen Laut von sich. Er starrte Steinhauser nur an.
„Hergottsackra!“, entfuhr es ihm, „ist denn hier irgendjemand, mit dem man vernünftig reden kann!“

Der Mann zeigte keine Regung.
„Tut mir leid, ich wollte nicht … also bitte … können Sie mir vielleicht weiterhelfen.“ Steinhauser war um Fassung bemüht. Die ganze Situation beunruhigte ihn. Er stand in einer dunklen Scheune mit einem Mann, den er für Marco Hafner hielt, der aber keine Anstalten machte, mit ihm zu sprechen. „Ich komme im Auftrag von Herrn Feißthammer“, versuchte er auch hier sein Glück, aber erneut erfolglos. Der Mann stand einfach nur da und starrte ihn an.
„Also, das ist mir jetzt zu blöd“, riss ihm der Geduldsfaden. „Wo ist Ihre Güllegrube? Ich brauche eine Probe. Muss ich da lang?“, er drehte sich um und zeigte ans andere Ende des Stalles, als zwei bullige Kerle den Stall betraten.
Sie kamen direkt auf Steinhauser zu.
Nervös fummelte er an der Halterung seiner Waffe und löste den Verschluss, damit er diese, wenn nötig, sofort ziehen konnte.
„Was ist denn hier los?“, rief einer der beiden. Sie waren mit Mistgabeln bewaffnet.
Unsicher schaute Steinhauser zwischen dem alten Mann und den beiden Kerlen hin und her. Diese hatten ihn mittlerweile erreicht. Beide waren ebenfalls an die zwei Meter groß und von kräftiger Statur, oder wie man es landläufig ausdrücken würde – sie waren einfach fett. Jedenfalls wirkte Steinhauser mit seinen einsachtzig wie ein Wicht zwischen den drei Gestalten.
„Ihre … äh …“, *ja, wer war die Frau im Hof eigentlich gewesen*, überlegte Steinhauser, „… die Frau im Hof sagte mir, dass ich hier den Marco Hafner finden kann“, stammelte er schließlich verlegen, immer noch mit der Hand an der Waffe.
„Aha. Das kann ich mir jetzt aber gar nicht vorstellen“, gab der etwas Größere zurück. Beide waren stark verschwitzt und ihre halb zugeknöpften Hemden klebten an ihnen wie eine zweite Haut. Kein schöner Anblick und Steinhauser wusste nicht, wer hier mehr stank: die Kühe oder die beiden.
„Was können Sie sich nicht vorstellen?“, fragte er vorsichtig.
„Dass die Mama was geredet hat. Denn die Mama red nix mehr. Seit ihr‘m Schlaganfall.“
„Oh, das tut mir leid, das wusste ich nicht.“
„Woher auch. Und unser alter Herr hat noch nie viel geredet.“
„Ist einer von Ihnen Marco Hafner?“, versuchte er erneut sein Glück.
„Nein“, kam die einstimmige Antwort.

„Und wo kann ich Marco Hafner finden?“
Die beiden lachten und deuteten auf den Alten.
Steinhauser war kurz davor die Nerven zu verlieren. „Aber der red nix“, sagte er viel schärfer, als er es eigentlich beabsichtigt hatte.
„Vielleicht mag er keine Bullen“, meinte der eine, dann schauten sich die beiden an und lachten laut los.
„Keine Bullen! Der war gut, Bruder!“
„Gibt es hier irgendjemanden, mit dem ich vernünftig reden kann?“ Steinhauser versuchte Ruhe zu bewahren.
„Versuch´s doch mal mit uns.“
„Und wer sind Sie?“
„Wer bist ‘n du?“, kam prompt die Gegenfrage.
Steinhauser fand es zwar völlig unangebracht, geduzt zu werden, nahm es aber hin. „Mein Name ist Steinhauser“, stellte er sich vor.
„Ich bin der Heiko, das ist mein Bruder Bernd und der da ...“, meinte der größere von beiden und zeigte auf den hageren Mann, „... der ist unser Alter. Der Marco.“
Damit wäre zumindest geklärt, mit wem es Steinhauser hier zu tun hatte. Eine schrecklich nette Familie, wie er fand.
„Und was willst du von unserem Alten?“, fragte Bernd.
„Ich komme im Auftrag von Herrn Feißthammer ...“
Weiter kam er nicht, da fiel ihm Heiko lauthals ins Wort. Dabei kam er Steinhauser bedrohlich nahe. „Vom Feißthammer? Die dreckige Ratte!“
Steinhauser machte einen Schritt zurück, stolperte in die Futterrinne und konnte gerade noch das Gleichgewicht halten. Bernd hielt seinen Bruder zurück. „Lass ihn doch erst mal ausreden.“
„Sie sind wohl nicht so gut auf den Herrn Feißthammer zu sprechen“, nutzte Steinhauser geistesgegenwärtig die Situation, um mehr über ihre Abneigung herauszufinden, auch wenn er sich damit wissentlich auf dünnes Eis begab. Aber deshalb war er ja hier.
„Da kannst du aber einen drauf lassen“, polterte Heiko weiter. „Hat wohl Schiss, selber noch mal herzukommen. Muss er jetzt schon die Bullen schicken, die feige Sau.“
„Wieso sollte er denn Angst haben?“, hakte Steinhauser nach, auch auf die Gefahr hin, die beiden Brüder weiter zu reizen.
„Das Arschloch will uns das bekackte Zertifikat nicht ausstellen“, brüllte Heiko ungehalten. „Aber das wirst Du ja am besten wissen, sonst wärst Du ja nicht hier. Hat wohl Angst, dass ich mein Versprechen wahr mach!“

„Welches Versprechen?“, fragte Steinhauser neugierig.
„Heiko, halt dein Maul“, mischte sich Bernd ein. „Das geht den Bullen gar nix an!“
„Der weiß doch eh Bescheid, oder was glaubst du, warum der hier ist?“, schmetterte er lautstark den Einwand seines Bruders zurück. Sofort wandte er sich wieder an Steinhauser. „Ich hab ihm versprochen, dass ich ihm beide Beine brech, wenn er das nächste Mal hier auftaucht und das Zertifikat nicht dabei hat. Und ich halte meine Versprechen!“
Nach dem Wutausbruch von Heiko wurde es still im Stall, keiner sagte etwas. Die beiden Brüder warfen sich zornige Blicke zu, oder überlegten sie vielleicht, wie sie jetzt Steinhauser aus dem Weg räumen konnten, ohne Spuren zu hinterlassen?
„Naja, wie dem auch sei“, sagte Steinhauser besänftigend. „Das ist nicht mein Problem und deswegen bin ich auch nicht hier. Eine Anzeige wegen Bedrohung liegt mir jedenfalls nicht vor. Und dass der Herr Feißthammer wahrscheinlich keine Freunde hatte … äh, ich meine: keine Freunde hat, ist mir auch nicht neu.“
„So, und weswegen bist du dann hier?“, fragten die Brüder einstimmig.
„Ich soll eine Probe Ihrer Gülle für die Untersuchungen im Labor abholen.“
„Gülle?“ Sie schauten den Polizisten ratlos an.
„Ja, der Herr Feißthammer hat um Amtshilfe gebeten … jetzt weiß ich auch warum ...“, setzte Steinhauser an, hielt kurz inne und warf den beiden einen vorwurfsvollen Blick zu, „aber dass Sie ihm gedroht haben, hatte er dabei nicht erwähnt. Vielmehr war es ihm peinlich, dass er vergessen hatte, die Probe einzusammeln. Was ihm übrigens auch bei anderen Landwirten passiert ist.“
„Und was will der mit unserer Scheiße?“, fragte Heiko ungläubig.
„Die … Scheiße, wie Sie treffend erkannt haben … wird untersucht. Und wenn keine Rückstände irgendwelcher verbotenen …“ Steinhauser suchte nach dem richtigen Wort, um glaubhaft zu klingen, „... Futtermittelzusätze bei den Untersuchungen festgestellt werden, wird Ihnen ihr Zertifikat anstandslos übergeben.“
Die Brüder schauten ihn verwirrt an, doch bevor einer etwas sagen konnte, fuhr er fort: „Wenn Sie Genaueres wissen wollen, dann müssen Sie sich schon direkt an den Herrn Feißthammer wenden. Meine Aufgabe besteht lediglich darin, eine Probe von Ihnen beziehungsweise Ihrer Kühe abzuholen und ins Labor zu bringen. Herr Feißthammer sagte, es sei für Sie

von höchster Wichtigkeit, und dass dies deshalb so schnell wie möglich erledigt werden muss. Und er bedaure es sehr, dass er diese Untersuchung vergessen hatte."

„Ja klar, von höchster Wichtigkeit", bestätigte Heiko deutlich besänftigt. Plötzlich war er äußerst hilfsbereit. „Hast du gehört, Bernd: soll so schnell wie möglich erledigt werden, dann bekommen wir das Zertifikat."

„Ich bin ja nicht taub", gab dieser zurück. „Hat der Blödmann … äh ... ich meine natürlich …", er wandte sich mit einem breiten Grinsen und freundlicher Stimme an Steinhauser, „hat der Herr Feißthammer bestimmt vergessen. Naja, kann ja mal passieren, nicht wahr Herr … äh … wie war noch mal Ihr Name?"

Steinhauser musterte die beiden und schwieg.

„Ist doch jetzt auch egal", meinte Heiko versöhnlich lächelnd, wobei Steinhauser dessen gelbe Zähne sofort ins Auge fielen. „Hauptsache wir bekommen das Zertifikat. Hier entlang, Herr Polizist, wenn Sie mir bitte zu unserer wunderschönen Güllegrube folgen würden."

Wenig später schraubte Steinhauser den bereits mit „A" für Aschenroth beschrifteten Deckel auf das Marmeladenglas mit der Gülle der Hafners und verstaute die letzte Probe in seinem Klappkorb. Die beiden Brüder begleiteten ihn noch zu seinem Wagen. Dort versicherten sie ihm, dass jegliche Auflagen erfüllt werden. Steinhauser konnte dies zwar nicht beurteilen, war aber bei einem letzten Blick über das Gehöft alles andere als überzeugt. Doch das war nun wahrlich nicht sein Problem. Er war froh, dass er die Gülleprobe hatte und endlich von hier wegkam. Während er vom Hof fuhr, schaute er zu dem großen Wohnhaus. Dort sah er hinter einer verschmutzten Scheibe das Gesicht von Frau Hafner. Die ließ ihn nicht aus den Augen, bis er ihr Grundstück verlassen hatte. Jacky lag immer noch auf der Rücksitzbank und zuckte nicht.

Erleichtert machte er sich auf den Rückweg, doch kurz vor Seifriedsburg fiel ihm die Kamera wieder ein, die er mit Strubinski in der Wohnung von Feißthammer platziert hatte. Und da es von hier nur ein Katzensprung bis nach Karsbach war, beschloss er kurzerhand umzudrehen. Am Gehöft der Hafners fuhr er extra langsam, um noch einmal einen Blick hineinzuwerfen. Zu seiner Überraschung stand in der Hofeinfahrt einträchtig die gesamte Familie Hafner. In dem Moment, als sie Steinhauser sahen, nahmen sie Haltung an und winkten ihm mit einem breiten Lächeln zu. Steinhauser zog den Kopf ein und trat das Gaspedal durch.

Kapitel 13
11. Juni, nachmittags

Nachdenklich betrachtete Steinhauser das Durcheinander in Feißthammers Wohnung. Er hatte das Gefühl, dass der nächtliche Besucher auch in dieser Nacht wieder hier gewesen war. Während Jacky, sichtlich geschockt von dem Anblick, zögerlich anfing durch das Chaos zu streifen, inspizierte er vorsichtig die Wohnung vom Keller bis zum Dach. Und seine Vermutung wurde bestätigt. Die Matratzen im Schlafzimmer waren aufgeschlitzt, Schränke in ihre Einzelteile zerlegt, Bilder von den Wänden gerissen und sogar der Teppichboden war stellenweise herausgerissen worden. Die komplette Wohnung war systematisch verwüstet worden und von Feißthammers akribischer Ordnung war nichts mehr übrig geblieben. Das ganze Haus glich einem Schlachtfeld. Er war während seiner Dienstzeit in Würzburg des Öfteren zu Einbrüchen gerufen worden, aber so etwas wie hier hatte er noch nicht gesehen. Er konnte keinen Schritt vor den anderen setzen, ohne Gefahr zu laufen, auf etwas zu treten oder zu stolpern. Hier musste jemand wie im Wahn gewütet haben. Da wirklich jedes einzelne Zimmer im Haus auf den Kopf gestellt worden war, war er sich nicht sicher, ob der Einbrecher auch gefunden hatte, was er suchte. Dass sich jemand die Mühe machen würde, alle Zimmer zu verwüsten, nur um Spuren zu verwischen, war eher unwahrscheinlich. Denn spätestens in dem Zimmer, in dem der Einbrecher fündig geworden wäre, hätte er die Suche abgebrochen und das Weite gesucht. Doch das war nicht alles, was ihn nachdenklich stimmte. Je länger er sich umsah, umso klarer wurde ihm, dass die Person, die hier gewütet hatte, gewusst haben musste, dass sie von Feißthammer nicht gestört werden konnte. Folglich war für ihn jetzt auch der letzte Zweifel an einem Gewaltverbrechen ausgeräumt. Ihm war klar: Hier konnte nur Feißthammers Mörder am Werk gewesen sein.

„Die Kamera“, stieß er aus. Schnell rannte Steinhauser zu der Stelle im Wohnzimmer, an der die Pflanze zuletzt gestanden hatte, zwischen deren Wurzeln sie die Kamera versteckt hatten. Mit Entsetzen stellte er fest, dass der Blumenkübel zertrümmert und die Erde über den ganzen Boden verteilt worden war. Hektisch suchte er in dem Durcheinander die kleine Kamera. Er atmete erleichtert auf, als er sie unbeschadet unter der umgestoßenen Couch fand. Nachdem er die restliche Erde entfernt hatte,

gelang es ihm nach einigen Versuchen, das aufgenommene Video in Gang zu setzen. Strubinski hatte das Gerät so programmiert, dass es erst mit Einbruch der Dunkelheit zu filmen begann. Die Nachtfunktion hatte sich automatisch eingeschaltet. Steinhauser war überrascht, wie gut die Aufnahmen waren. Während er konzentriert auf den kleinen Bildschirm starrte, stieg seine Anspannung und mit ihr sein Pulsschlag. Er hielt das kleine Gerät mit zittrigen Händen. Schrittweise spulte er den Film vorwärts. Plötzlich bewegte sich etwas auf dem Display. Mit einer Stirnlampe ausgerüstet und einem großen Brecheisen in der Hand durchsuchte jemand hektisch noch einmal das Ess- und Wohnzimmer. Er trug eine Sturmhaube, so dass nur die Augen herausschauten. Der Mann, Steinhauser war sich sicher, dass es sich um einen Mann handelte, war von Kopf bis Fuß schwarz eingekleidet. Seine Bewegungen waren schnell. Zielgerichtet riss er die Vorhänge herunter, suchte hinter den Heizkörpern, unter den Fensterbänken und kam immer näher auf die Kamera zu. Schließlich zerschlug er den Blumentopf und die Kamera wurde herausgeschleudert. Es wurde kurz dunkel, doch nach einigen Sekunden hatte sie wieder ein Bild. Das Letzte was sie aufnahm waren Beine, als der Mann an ihr vorüber ging. Für einen Moment hatte Steinhauser den Eindruck, dass etwas nicht stimmte. Er spulte zurück und schaute sich die Stelle wieder und wieder an. Etwas störte ihn, aber er wusste nicht was. Es war ein Wunder, dass der Einbrecher die Kamera nicht entdeckt hatte. Doch enttäuscht musste Steinhauser feststellen, dass ihm die Aufnahmen auch nicht weiterhalfen. Wäre ja auch zu schön gewesen.
Er spulte noch bis zum Ende, sah aber immer nur das gleiche Bild.
„Zu dumm“, meinte er ärgerlich und steckte das Gerät ein. „Was hast du hier nur gesucht?“, überlegte er laut, als er ein Bellen von Jacky vernahm. Es kam aus der Küche. Er konnte sich schon denken, was sie wollte. Mit einer Dose Hundefutter im Maul schaute sie Steinhauser erwartungsvoll an.
„Hast ja Recht.“ Er streichelte ihr über den Kopf, nahm die Dose an sich und schob mit den Füßen die Töpfe aus dem Weg, die überall herumlagen. Anschließend suchte er ihren Napf, konnte ihn aber in dem Chaos nicht finden. Also nahm er kurzerhand eine der herumliegenden Pfannen, schüttete den Inhalt hinein und stellte sie vor den Hund. Eine Plastikschüssel mit Wasser stellte er daneben. Anschließend schaute er sich in dem völlig ruinierten Kochtempel um. Jacky fraß schmatzend die Fleischbrocken. Alle Schranktüren standen offen und der Inhalt war in der

ganzen Küche verteilt. Der Boden war übersät mit Porzellanscherben, die vorher entweder Teller oder Tassen gewesen waren.
Steinhausers Magen meldete sich zu Wort. „Mal sehn, was noch so im Kühlschrank ist“, überlegte er.
Mit Erstaunen und erfreut zugleich stellte er fest, dass der Inhalt zwar sichtlich durchwühlt, aber nicht auf den Boden befördert worden war. Jegliche Ordnung, die er Tage zuvor noch so bewundert hatte, war verschwunden. Er zog etwas Käse und Wurst hervor. Auf dem Boden fand er einen halbwegs heil gebliebenen Teller. Da in den Schränken nichts mehr zu finden war, durchsuchte er erneut den Boden nach etwas, das man zu Käse und Wurst essen konnte. Zu seiner Freude fand er ein Päckchen Pumpernickel mit abgepackten Brotscheiben. „Besser als nix“, meinte er zufrieden, räumte den Herd ab und breitete sein Essen aus. Anschließend holte er sich noch einen Stuhl.
Während er auf seinem Wurst-Käse-Brot herumkaute, wurde ihm bewusst, dass in diesem Haus irgendetwas Wichtiges versteckt sein musste, was entweder in direkter Verbindung mit Feißthammers Mörder stand oder vielleicht einen Hinweis auf ihn gab. Fieberhaft überlegte er, wo man etwas so gut verstecken konnte, dass es nicht zu finden war. Während er sich hier so umschaute, hatte er aber auch keine Idee, die der Einbrecher nicht schon vor ihm gehabt hatte. Da fiel ihm Feißthammers Ex-Frau ein. Er holte sein Telefon hervor. Nachdem er die Nummer herausgesucht und angewählt hatte, wartete er gespannt. Doch auch diesmal war nur ihr Anrufbeantworter dran. Er zögerte, legte dann doch wieder auf. Er hatte keine Lust eine Nachricht auf Band zu sprechen, die nur für unnötige Verwirrungen sorgen würde.
Nachdem Steinhauser ein Flasche Orangensaft getrunken, vier Brote Pumpernickel und den gesamten Käse- und Wurstvorrat aufgegessen hatte, ging er nachdenklich durch die Wohnung. Er stellte einen Teil der Couch wieder hin und machte es sich bequem. Kurz darauf legte sich Jacky zu ihm.
„Hund müsste man sein“, lachte er, kraulte ihr den Rücken und ließ die letzten Tage noch einmal an sich vorüberziehen. Was hatte er bisher erreicht und wer war verdächtig? Gut, erreicht hatte er noch nicht viel bis gar nichts, gestand er sich ein. Lediglich die Gülleproben hatte er mittlerweile alle eingesammelt, um einer vagen Spur nachzugehen, auf die ihn Holzinger gebracht hatte. Mit viel Phantasie hatte er auch jede Menge Verdächtige, wenn man die Landwirte als solche bezeichnen wollte.

Da war zum einen Bernhard Diehl. Ein knurriger Kauz, der mit einer Axt auf dem Amt einmarschiert war und der Feißthammer bedroht hatte. Naja, ein Bauer aus dem Sinngrund kann schon mal sauer werden, wenn man ihn reizte, aber war er deshalb gleich ein Mörder? Den cleversten Eindruck hatte er jedenfalls nicht auf Steinhauser gemacht, aber eine gewisse Bauernschläue konnte er Diehl nicht abstreiten.
Dann der Karl Zwinsel. Das genaue Gegenteil vom Diehl. Ein absoluter Feißthammer-Fan. Hatte nur noch gefehlt, dass er behauptet hätte, sie wären Blutsbrüder. Zudem machte er einen sehr entspannten Eindruck. Was, wie Strubinski schon festgestellt hatte, sehr verdächtig war … naja, zumindest konnte man sein Verhalten so interpretieren. Sein ausgeglichenes Wesen konnte aber auch seine Natur sein, oder er war sich absolut sicher, dass man ihm nichts nachweisen konnte. Und das in jeglicher Hinsicht.
Was Steinhauser von den Hafners halten sollte, wusste er überhaupt nicht. Seltsam waren sie, keine Frage. Und sie hatten von Feißthammer eine ähnliche, um nicht zu sagen, dieselbe Meinung wie Diehl. Aber waren sie deshalb auch verdächtig? Im Grunde waren sie schon alleine durch ihr Verhalten verdächtig. Aber dann konnte man sie auch genauso gut für die Kreuzzüge verantwortlich machen.
Und zu guter Letzt war da noch sein Freund Holzinger. Sein Verhalten war alles andere als *unverdächtig*. Bei allem druckste er herum und angelogen hatte er ihn auch, so viel stand fest. Auch wenn er nicht gerade stolz darauf war, wie er Katja die Informationen über die Euro-Agrar-Invest entlockt hatte, so war er insgeheim doch zufrieden, dies in Erfahrung gebracht zu haben. Und dann natürlich die Leiche: sie lag in seiner Güllegrube – warum ausgerechnet in seiner?
Er hoffte, dass die Ergebnisse der Gülle-Analyse ihm weiterhelfen würden. Jetzt musste er nur noch einen Weg finden, die Proben analysieren zu lassen, ohne dass man ihm unangenehme Fragen stellte. Tobias Stickl, der Mann bei der Rechtsmedizin in Würzburg, war zwar ein guter Freund von ihm ... naja ... eigentlich mehr von Stefanie, und außerdem stand er auf sie. Da war er sich sicher. Im Grunde standen alle auf Stefanie. Sie war halt einfach verdammt hübsch und dazu noch äußerst intelligent. Wobei dies auch schon angezweifelt wurde. Was sich aber eher auf ihre Beziehung zu ihm, als auf sie selbst bezog. Warum sie sich ausgerechnet ihn ausgesucht hatte, das konnte keiner verstehen. Manchmal noch nicht einmal er selbst. Gut, Steinhauser versprühte wegen seiner dichten, dunklen Haare und

seines dunklen Teints zwar einen Hauch von südländischem Flair, aber wirklich nur einen Hauch. Der Rest war typisch fränkisch. Manchmal etwas zu fränkisch für Stefanie. Und genau das alles machte die Sache nicht leichter. Mittlerweile hatte es sich bestimmt herumgesprochen, dass sie ihn rausgeworfen hatte. In diesem Fall würde Stickl für ihn keine *inoffiziellen* Untersuchungen durchführen, so viel stand fest.
Er hing noch eine Weile seinen Gedanken nach, als ihm eine kleine Wanduhr aus dunklem Holz mit einem kurzen Pendel ins Auge fiel. Zuerst schenkte er ihr keine Beachtung, doch dann stand er ruckartig auf. Die ganze Wohnung war verwüstet und ausgerechnet diese Uhr hing noch an ihrem Platz. Zudem stand das Pendel still. Sie zeigte exakt zwölf Uhr an. Ihm wurde heiß und kalt. Dann ging er auf sie zu und nahm sie mit zittrigen Händen von der Wand. Neugierig betrachtete er das Gehäuse. Es war mit vielen kleinen Schrauben verschlossen. Er suchte nach etwas, womit er die Schrauben lösen konnte, fand aber nichts. In dem Chaos versuchte er erst gar nicht nach einem Schraubenzieher zu suchen, der auf diese kleinen Schrauben passen könnte. Ein kurzer Blick auf sein Smartphone ließ ihn erschrecken. „Schon so spät?“ wunderte er sich. „Die arme Frau Schäflein.“ Er rief Jacky, die auch sofort angelaufen kam. „Wir müssen los.“
Bevor sie gingen, ließ Steinhauser noch in jedem Zimmer im Erdgeschoss die Rollos herunter. Er wollte vermeiden, dass neugierige Nachbarn oder Nachbarinnen einen Blick in Feißthammers Wohnung werfen konnten, das Chaos sahen und die Polizei riefen. In der Küche fielen ihm die vielen Dosen Hundefutter ins Auge, die überall herumlagen. Er überlegte kurz, dann beschloss er sie mitzunehmen. Hier brauchte sie niemand mehr. Er sammelte alle ein, stellte sie auf den Herd und musste feststellen, dass er sie unmöglich alle auf einmal tragen konnte. Also machte er sich auf die Suche nach einer Tasche, die groß genug war. Im Keller wurde er fündig. In einem kleinen Raum, der Feißthammer wohl als eine Art Fitnessraum gedient hatte, lagen mehrere große Sporttaschen herum. Er hob eine von ihnen auf, dabei stach ihm ein kleiner Pokal ins Auge. Es war ein sehr alter Pokal, vom Tennisclub Gemünden. Die Tasche, die er in der Hand hielt, war eine Tasche für Tennisschläger. Bei genauerem Hinsehen lagen auch mehrere Tennisschläger und Bälle im Raum herum. Steinhauser überlegte kurz, dann erinnerte er sich an den Besuch bei Sven Kreil, der ebenfalls im Tennisclub in Gemünden spielte. Vielleicht kannten sich die beiden doch näher, als Kreil angegeben hatte. Er beschloss dem … ja, was war Kreil

eigentlich? Ein Versicherungsvertreter? Jedenfalls verkaufte er Kredite, und Steinhauser hatte soeben beschlossen, ihn noch einmal zu seiner Beziehung zu Feißthammer zu befragen. Im Tennisclub wollte er ebenfalls anrufen, um in Erfahrung zu bringen, ob Feißthammer noch regelmäßig zum Spielen in den Club gekommen war und mit wem er sich dort so getroffen hatte. Steinhauser rief sich dessen Leibesfülle in Erinnerung. Er hielt es zwar eher für unwahrscheinlich, aber man konnte ja nie wissen.

Wieder in der Küche angekommen, verstaute er das Hundefutter und die Uhr in der Tasche. Anschließend ging er noch einmal zum Kühlschrank und stopfte alles, was noch essbar oder trinkbar war, ebenfalls in die Sporttasche. Nachdem er mit seiner Lebensmittel-Rettungsaktion zufrieden war, schickte er sich an, das Haus zu verlassen. Als Steinhauser die Haustür öffnete, stand plötzlich Frau Kleingeist vor ihm. Er gab einen lauten Aufschrei von sich. Erschrocken ließ er die Tasche fallen. Die alte Dame zuckte kurz zusammen und schaute ihn mit großen Augen an.

„Sie hier?", wunderte sich Feißthammers Nachbarin.

„Sie haben mich ganz schön erschreckt", meinte Steinhauser unbeabsichtigt etwas barsch.

„Fragen Sie mich mal. Wer von uns hat denn das ältere Herz?"

„Ja, Sie haben natürlich Recht", beschwichtigte Steinhauser und zog schnell die Tür zu. Er konnte nicht riskieren, dass Frau Kleingeist das Chaos entdeckte.

„Ich bin ganz zufällig vorbeigekommen ..."

„ … und da dachten Sie, der Jürgen ist wieder da", beendete Steinhauser den Satz.

„Ja, genau so ist es."

„Aber ich muss ihnen leider mitteilen, dass der Jürgen noch nicht zurück ist."

„Und deshalb müssen Sie die Lebensmittel vor dem Verderben retten?", meinte sie spitz, mit Blick in die offene Tasche.

Steinhauser lief rot an. „Ganz so ist es nicht, aber aufgrund der Situation hielt ich es für ratsam."

„Welcher Situation?", hakte sie sofort nach.

Die alte Dame brachte ihn zum Wahnsinn. Er durfte wahrlich kein falsches Wort sagen.

„Wegen dem Schimmel, Sie wissen schon, oder? Wäre doch blöd, wenn der Jürgen zurückkommt und alles ist voll Schimmel."

„Herr Steinbeißer", begann Frau Kleingeist. Sie schaute ihn streng und

eindringlich an. „Ich bin vielleicht alt, aber nicht blöd. Der Jürgen war noch nie weg, ohne mir Bescheid zu geben. Und wenn ich nie sage, dann meine ich auch nie. Und schon gar nicht so lange wie jetzt."
Steinhauser schaute verlegen zu Boden. Er musste ihr etwas sagen, sonst würde sie vielleicht noch auf die Idee kommen und auf der Polizeistation in Gemünden anrufen. Also beschloss er ihrer Neugierde etwas anzubieten.
„Mein Name ist Steinhauser und nicht Steinbeißer", begann er. Die Augen der alten Dame durchbohrten ihn wie Speere. „Wissen Sie, liebe Frau Kleingeist, eigentlich wollte ich es Ihnen nicht sagen, um sie nicht unnötig aufzuregen, aber das war vielleicht ein Fehler. Die Wahrheit ist: Der Jürgen wird seit einigen Tagen vermisst."
Nachdem er die Worte ausgesprochen hatte, rechnete er mit allem. Dass sie in Ohnmacht fallen oder einen Schreikrampf bekommen würde, doch die alte Dame blieb überraschend ruhig.
„So etwas ähnliches dachte ich mir schon", war alles, was sie gefasst meinte.
„Aha", stieß Steinhauser verwirrt aus. „Und warum?"
„Na, weil sich der Jürgen sonst immer abmeldet, wenn er für ein paar Tage weg fährt. Und wegen dem großen Mann."
„Was für ein großer Mann?" Jetzt hatte es Frau Kleingeist doch tatsächlich geschafft, seine volle Aufmerksamkeit zu gewinnen.
„Das wollte ich Ihnen ja schon das letzte Mal sagen, als auch dieser Fernsehmann hier war. Können Sie sich noch erinnern? Ein sehr netter junger Mann. Aber Sie haben mir ja nicht zugehört."
Natürlich konnte sich Steinhauser daran erinnern, wie er mit Strubinski hier gewesen war, um die Kamera zu installieren.
„Das tut mir auch aufrichtig leid. Aber jetzt höre ich ihnen ganz genau zu", versprach Steinhauser.
„Es war schon dunkel und ich wollte gerade ins Bett. Da habe ich gehört, wie jemand rumgeschrien hat. Sie müssen wissen, mein Schlafzimmer ist unter dem Dach und das Fenster ist immer gekippt. Auch im Winter, das ist gesund. Sollten Sie auch mal versuchen. Bei offenem Fenster kann ich am besten schlafen."
„Das werde ich machen", versicherte Steinhauser schnell, um wieder auf das Wesentliche zurückzukommen. „Und was haben Sie gehört oder gesehen?"
„Verstanden hatte ich nicht viel, weil ich mein Hörgerät schon rausgemacht hatte. Aber in der Nacht hört man ja auch besser als am Tag, weil

es da viel ruhiger ist. Jedenfalls hat der Mann rumgebrüllt und gegen die Tür geschlagen. Dann hat der Jürgen ein Fenster aufgemacht und mit ihm gesprochen. Von da an wurde es still. Ich habe gleich mein Hörgerät gesucht, um besser zu verstehen, was die reden, habe es aber leider nicht gleich gefunden. Normalerweise belausche ich ja meine Nachbarn nicht, aber es war doch schon so spät und ich konnte ja auch nix dafür, dass der Kerl da so rumgebrüllt hat."

„Sie müssen sich bei mir nicht dafür entschuldigen, dass Sie gelauscht haben."

„Wer sagt denn, dass ich gelauscht habe", gab Frau Kleingeist entrüstet zurück. „Da kann doch ich nix dafür, wenn der mitten in der Nacht so rumbrüllt. Soll ich etwa weghören?"

„So habe ich das doch nicht gemeint", entschuldigte sich Steinhauser. Er wollte die alte Dame auf keinen Fall verärgern, denn diese Information war sehr wichtig. Viel wichtiger, als sich Frau Kleingeist vorstellen konnte. Womöglich hatte sie seinen Mörder gesehen oder zumindest jemanden, mit dem Feißthammer zuletzt Kontakt hatte. „Und woher wissen Sie, dass es ein großer Mann war", stellte er ihr schnell eine Frage, bevor sie beleidigt abdampfte. Sie nahm ihren Stock und deutete auf ein Haus, das schräg gegenüber stand. „Dort oben ist mein Schlafzimmer. Ich kann rein zufällig von dort genau auf die Haustür vom Jürgen schauen."

„Interessant", meinte Steinhauser mit Blick zu dem Haus. „Könnten Sie den Mann wiedererkennen?" Frau Kleingeist zuckte mit den Schultern. „Sehr groß war er halt, mehr kann ich nicht sagen. Gesicht konnte ich keines erkennen."

„Und wann war das?", fragte Steinhauser weiter.

„Am Montagabend."

„Sind Sie sich da sicher?"

„Aber natürlich", gab sie beleidigt zurück. „Am nächsten Tag war der Jürgen weg und Sie da."

„Ist Ihnen sonst noch etwas aufgefallen? Haben Sie irgendetwas verstanden?"

Frau Kleingeist überlegte. „Der Mann hat irgendetwas von einem Zertifikat geschrien, das er jetzt endlich haben will. Das konnte ich sogar ohne Hörgerät verstehen, so laut war das."

„Damit haben Sie mir wirklich sehr geholfen", bedankte sich Steinhauser.

„Und warum haben Sie jetzt die Rollos runtergelassen?", fragte sie neugierig.

Steinhauser wusste im ersten Moment gar nicht, was er sagen sollte. Er holte tief Luft und ging langsam zu seinem Wagen. „Das machen wir bei der Polizei immer so, ... wenn das Haus der vermissten Person unbewohnt ist.“
Sie schaute ihn ungläubig mit schmalen Augen an.
„Was soll ich sagen ...“, stammelte er verlegen, „... so sind halt die Vorschriften.“
Sie schien mit seiner Begründung zwar nicht zufrieden zu sein, bohrte aber zu seinem Glück nicht weiter nach. „Glauben Sie, dem Jürgen ist etwas zugestoßen?“, fragte sie stattdessen besorgt.
Steinhauser wusste nicht so recht, was er sagen sollte. Am liebsten hätte er ihr gesagt, wie es um ihren Jürgen stand, damit sie sich nicht mit der Ungewissheit seines Verschwindens quälen musste, aber das war unmöglich.
„Sobald ich etwas weiß, werde ich Sie persönlich informieren, versprochen.“
Die alte Dame schaute ihn mit traurigen Augen an, als würde sie ahnen, was geschehen war, dann verabschiedete sie sich.
Steinhauser warf die Tasche in den Spider und fuhr mit Jacky zurück nach Burgsinn.

In Rekordzeit erreichte er das Rathaus und war überrascht, wie sportlich man mit dem Oldtimer fahren konnte. Eigentlich wollte er noch das Radarmessgerät einsammeln, aber er war so in Gedanken versunken, dass er es vergessen hatte.
Zu seinem Glück war Frau Schäflein noch damit beschäftigt, etwas Ordnung in das Foyer des Rathauses zu bringen. So musste er zumindest kein schlechtes Gewissen haben, weil es so spät geworden war. Er bedankte sich bei ihr, dass er wieder einmal ihr Auto benutzen durfte, lud die Gülleproben in seinen Bus um und machte sich auf den Nachhauseweg.
Seit seiner Ankunft in Burgsinn hatten sich die Ereignisse überschlagen und er freute sich schon darauf, endlich etwas Ruhe zu haben. In seinem Bus musste er auch so langsam einmal für Ordnung sorgen. Das Chaos wurde nicht besser.
Steinhauser fuhr gemächlich in die Hofeinfahrt und steuerte seinen Parkplatz an. Plötzlich zuckte er erschrocken zusammen. Mit aller Kraft

trat er auf die Bremse. Jacky, die gemütlich auf dem Beifahrersitz lag, wurde in den Fußraum geschleudert und jaulte erschrocken auf. Vor dem Laden seiner Eltern stand ein leuchtend gelbes Beatle Cabriolet. Das Auto von Stefanie – seiner Ex.
Sofort schoss sein Puls in schwindelerregende Höhen, ihm wurde heiß und kalt, während ein nervöses Kribbeln über ihn hereinbrach. Es war dieses schrecklich schöne Kribbeln, das ihn auch damals überkam, als er sie das erste Mal in den Arm nahm und küsste. Doch diesmal waren die Voraussetzungen etwas anders. Die Wahrscheinlichkeit, dass sie ihn küssen würde, lag gegenwärtig bei null. Aber was wollte sie hier? Aufgeregt schaute er in den Rückspiegel und erschrak bei seinem eigenen Anblick. Er sah furchtbar aus! Wie nach einer durchzechten Nacht. Ein Anblick, den seine Polizeiuniform auch nicht retten konnte. Er war weder gekämmt, noch hatte er es die letzten Tage geschafft, sich zu rasieren. Er roch an sich und verzog angewidert das Gesicht. Durch den Besuch bei den Hafners umgab ihn ein Duft von Kuhstall und Silo. Warum nur hatte ihn Frau Schäflein nicht darauf aufmerksam gemacht? War sie es etwa schon gewohnt, dass er so roch?
Mit zittrigen Händen parkte er seinen Bus und überlegte fieberhaft, wie er sich verhalten sollte. Er fühlte sich schon jetzt wie ein kleiner Junge, der darauf wartete, von seiner Mutter gerügt zu werden. Denn dies würde ihm blühen, wenn Stefanie sie über ihre Trennung informiert hatte.
Langsam ging er auf sein Elternhaus zu. Jacky startete derweilen zu einem Streifzug über den Hof. Noch bevor er die Haustür erreicht hatte, ging diese plötzlich auf und Stefanie stand vor ihm. Steinhauser stockte der Atem. Er stand da wie versteinert. Wenn man ihn jetzt angestochen hätte, wäre kein Tropfen Blut geflossen. Mit weit aufgerissenem Mund starrte er sie an, unfähig ein Wort zu sprechen. Sie zuckte ebenfalls kurz zusammen und riss ihre rehbraunen Augen erschrocken auf, hatte sich aber sofort wieder im Griff. Mit einem gelben, hautengen, kurzen Sommerkleid, passend zu ihrem Auto, stand sie vor ihm. Ihre langen, nussbraunen Haare hatte sie zu einem lässigen Pferdeschwanz gebunden.
Steinhauser setzte an, etwas zu sagen, aber außer undefinierbarem Brabbeln kam nichts aus ihm heraus.
„Schau mal, wer da ist“, platzte seine Mutter freudig dazwischen und beendete die peinliche Situation. „Warum hast du uns denn nicht gesagt, dass die Stefanie heute kommt.“
„Ja, Hannes. Warum hast du denn nichts gesagt?“, meinte Stefanie mit

einem gepressten Lächeln. Im nächsten Augenblick kniff sie wütend die Augenbrauen zusammen, um anschließend sofort wieder einen liebevollen Gesichtsausdruck aufzusetzen. „Wann hast du dich denn das letzte Mal rasiert … und geduscht?“
„Recht hast du“, stimmte ihr Hildegard zu. „Er sieht fürchterlich aus. Total verwahrlost. Und stinken tut er auch. Wo kommst denn her?“
Steinhauser schwieg.
„Kaum lässt man ihn ein paar Tage aus den Augen, entwickelt er sich zurück zum Höhlenmensch. Wobei der Unterschied vorher schon nicht sehr groß war“, fügte Stefanie noch an.
Steinhauser verstand gar nichts mehr.
„Bleibst du bis morgen?“, wandte sich Hildegard an Stefanie.
„Nein, leider habe ich heute Spätdienst und muss wieder nach Würzburg“, gab sie zurück, ohne Steinhauser aus den Augen zu lassen.
„Am Wochenende?“, wunderte sich Hildegard.
„Ja, da müssen meist die Singles und Kinderlosen ran“, erklärte Stefanie.
„Na, daran seid ihr ja selber schuld“, nutzte Hildegard die Gelegenheit. „So lange, wie ihr jetzt schon zusammen seid … aber das müsst ihr wissen.“
„Mama! Bitte!“, meldete sich Steinhauser zaghaft zu Wort.
„Ich mein ja nur“, gab sie schnippisch zurück. Dann verschwand sie im Haus.
Zwischen Stefanie und Steinhauser entstand eine peinliche Stille. Dann setzten beide gleichzeitig an, etwas zu sagen. Schließlich ergriff Stefanie das Wort. „Ich bring dir deine Uniformen“, sagte sie und ging an ihm vorüber.
„Welche Uniformen?“, fragte Steinhauser. Während er ihr folgte, klebten seine Augen an ihrem engen Sommerkleid, ihr Pferdeschwanz wippte bei jedem Schritt.
„Deine Polizeiuniformen!“
„Ach so. Und wie kommst du zu meinen Uniformen?“
„Die hat mir der Langwasser gebracht.“
„Der Langwasser? Und warum zu dir? Ich hab extra die Adresse meiner Eltern angegeben“, wunderte sich Steinhauser, dessen Puls sich langsam wieder normalisierte. Es war ja nicht so, dass sie eine Fremde war, wobei es sich merkwürdig anfühlte, sie nach so langer Zeit wieder zu sehen.
„Den Zettel hatte dein ehemaliger Chef verlegt und da er offensichtlich davon ausging, dass wir noch zusammen sind, hat er mir die Sachen auf

der Wache zukommen lassen. Und dabei habe ich erfahren, dass du dich hast versetzen lassen."
„Eigentlich wollte ich nach München, aber der Langwasser hielt es für eine Superidee, mich nach Burgsinn zu schicken."
„Ich weiß, er hat mir alles lang und breit erklärt. Aber warum?"
„Ich dachte, er hätte dir alles erklärt?", wunderte sich Steinhauser.
„Ich meine die Versetzung! Warum hast du nichts gesagt?", fragte sie.
Steinhauser glaubte eine gewisse Enttäuschung herauszuhören. „Warum? Warum? Warum nicht?", schulterzuckend schaute er sie an. „Nachdem du mich rausgeworfen hattest, ging ich nicht mehr davon aus, dass es dich noch interessiert, was ich mache. Außerdem habe ich ständig versucht dich anzurufen, aber du bist ja nie ans Telefon gegangen."
„Ständig?", japste sie und verdrehte die Augen. „Das ist wieder mal typisch für dich! Du hast mich genau drei Mal angerufen, nachdem ich dir deine Koffer vor die Tür gestellt habe!"
„Und du bist drei Mal nicht rangegangen."
„Und deshalb musstest du dich gleich versetzen lassen?"
„Was sollte ich denn machen? Ich hatte eben keine Lust, dir auf der Wache dauernd über den Weg zu laufen", rechtfertigte sich Steinhauser.
„Dass du immer so maßlos übertreiben musst", meinte sie aufgeregt. „Unsere Dienstzeiten sind meistens so, dass wir uns während der Arbeit so gut wie nie begegnen. Und das weißt du ganz genau!"
Steinhauser schaute verlegen zu Boden. Natürlich hatte sie wieder einmal Recht – wie immer. Die Kripo und seine Dienststelle waren zwar im selben Gebäude untergebracht, aber wenn man sich aus dem Weg gehen wollte, wäre das kein größeres Problem gewesen.
„Und deinen Eltern hast du auch noch nicht gesagt, dass wir uns getrennt haben", schob sie hinterher.
„Du warst doch eben bei meiner Mutter. Du hättest es ihr doch sagen können", hielt er dagegen.
„Es ist verdammt noch mal deine Aufgabe, deinen Eltern zu sagen, dass wir nicht mehr zusammen sind", sie deutete wütend mit ihrem Zeigefinger auf seine Nase.
„Wann ich was meinen Eltern sage, ist immer noch meine Angelegenheit", verteidigte sich Steinhauser. „Ich hatte eben noch keine Zeit. Hast du es deinen Eltern schon gesagt? Dein Vater hat vor Freude bestimmt einen Luftsprung gemacht, oder?"
„Das geht dich gar nichts an."

Steinhauser schaute sie lange an, dann sagte er versöhnlich: „Du hast es auch noch niemandem erzählt, stimmt´s?"
„Du doch auch nicht", sagte sie knapp.
„Und warum hast du es keinem erzählt?", fragte er.
„Hannes, du bist so ein … ach vergiss es." Sie winkte ab und öffnete die Beifahrertür ihres Autos, holte einen Pack Kleider heraus und drückte sie ihm in die Hand. „Ich muss jetzt wieder los."
Verdattert stand er da. Als sie die Fahrertür öffnen wollte, warf er die Kleider auf die Motorhaube, rannte um das Auto herum und packte sie am Arm.
Stefanie schaute ihn etwas verwundert an, ohne jedoch ein Wort zu sagen. Er glaubte, in ihren Augen eine Träne blitzen zu sehen. Inzwischen hatte Jacky ihren Streifzug über den Hof beendet und setzte sich neben ihn.
„Seit wann hast du einen Hund?", wunderte sich Stefanie.
„Der gehört mir eigentlich gar nicht. Ich passe nur auf ihn auf, bis … ist ja auch egal", brach er ab.
„Hätte mich auch gewundert", meinte sie mit traurigem Gesichtsausdruck. Steinhauser wurde unweigerlich an die wochenlangen Diskussionen erinnert, die sie über die Anschaffung eines Hundes geführt hatten. „Geht mich ja auch nichts an", sagte sie schnell und versuchte seine Hand abzuschütteln, aber Steinhauser hielt sie fest.
„Das ist Jacky", stellte er die Beagle-Dame vor, „und viel pflegeleichter, als ich immer gedacht hatte. Eigentlich sind wir ein prima Team. Stimmt´s, Jacky?" Steinhauser kraulte ihr den Nacken und sie leckte ihm dankbar die Hände.
„Schön für dich, aber ich muss jetzt wirklich los. Wärst du so nett und würdest meinen Arm loslassen."
Seine innere Stimme sagte Steinhauser, dass er es unbedingt verhindern musste, dass sie einstieg und zurück nach Würzburg fuhr. Fieberhaft überlegte er, was er sagen sollte. Da fielen ihm die Gülleproben ein. „Du musst mir helfen. Ich hab da einen … Fall, bei dem ich nicht weiterkomme", stieß er hervor.
„Einen Fall?" Stefanie schaute ihn verwundert an.
„Ja, ich bin da an so einer Sache dran ...", stammelte er und wusste nicht so recht, wie er es formulieren sollte, ohne sie anzulügen. Aber die Wahrheit konnte er ihr unmöglich sagen.
„Und was ist das für eine ... Sache?", fragte sie mit skeptischem Blick.
In Steinhausers Gehirn ratterte es. Schließlich hatte er eine Idee: Eine

Notlüge musste her. Für die Wahrheit war jetzt keine Zeit. Die besonderen Umstände zwangen ihn ja mehr oder weniger zu dieser Maßnahme. „Hier vergiftet jemand die Kühe“, sagte er. Stefanie schaute ihn entgeistert an. Das Entsetzen in ihren Augen verunsicherte ihn. Obwohl er in den letzten Tagen des Öfteren zu der ein oder anderen Notlüge gegriffen hatte, fiel es ihm bei Stefanie besonders schwer, überzeugend zu wirken. Denn sie hatte ihn bisher noch immer durchschaut, wenn er versucht hatte, seine Versäumnisse mit den skurrilsten Ausreden zu vertuschen. Ihr hatte er noch nie etwas vormachen können. Er wurde immer nervöser, je länger es dauerte, bis sie etwas sagte.

„Wer macht denn so was?“ Sie schüttelte ungläubig den Kopf und ihm fiel ein Stein vom Herzen, während sich gleichzeitig sein schlechtes Gewissen meldete. Aber das musste sich jetzt gedulden.

„Genau das versuche ich ja herauszufinden“, gab er zurück.

„Und wer hat festgestellt, dass die Tiere vergiftet werden?“, kam prompt eine Frage von Stefanie.

Sie ging sofort in den Verhör-Modus, den sie als angehende Kommissarin bei der Kripo zu jeder Zeit abrufen konnte. Er war ihr in Fleisch und Blut übergegangen und Steinhauser musste jetzt höllisch aufpassen, was er sagte.

„Das hat der Tierarzt bei einigen Kühen vom Sepp vermutet.“ Er versuchte dabei so überzeugend wie möglich zu klingen. „Der hat gesagt, dass genau dieselben Symptome, wie beim Sepp seinen Kühen, auch bei anderen Bauern aufgetreten sind. Was er sehr ungewöhnlich fand. Jedenfalls hat er gemeint, man sollte mal die … Scheiße der Kühe untersuchen.“

„Die Scheiße?“ Stefanie war verwundert. Steinhauser konnte sehen, wie es in ihrem Gehirn ratterte. „Wäre da eine Blutuntersuchung nicht viel sinnvoller?“

Genau diese Art Fragen hatte er befürchtet. „Keine Ahnung? Ich bin kein Tierarzt“, sagte er schnell. „Jedenfalls habe ich die Kuhscheiße aller betroffenen Bauern eingesammelt. Und die muss jetzt untersucht werden.“

„Und wie kann ich dir da helfen?“

„Du könntest den Stickl von der Rechtsmedizin fragen, ob er die Proben mal schnell untersuchen würde“, schlug er vor.

„Der Tobi?“, überlegte Stefanie. Schon wie sie den Namen aussprach, überkam ihn die Eifersucht, aber er ließ sich nichts anmerken. „Und auf was soll er die Proben untersuchen?“

„Eigentlich muss er sie nur vergleichen“, meinte Steinhauser, lief schnell

zu seinem Bus und holte den Klappkorb mit den Proben. Skeptisch betrachtete Stefanie die mit O – S – H – F und A beschrifteten Marmeladengläser. „Im Grunde muss ich eigentlich nur wissen, welche der Proben übereinstimmen. Sollte für den Stickl doch kein Problem sein, oder?"
„Das nicht, aber warum gibst du die Proben nicht dem Tierarzt?"
„Der muss die doch auch an ein Labor schicken", fiel ihm ein, „und dann dauert das ewig, bis ich die Ergebnisse bekomme. Aber wenn du den Tobi fragst, dann macht er das bestimmt für dich."
Dass er den Namen von Stickl besonders betonte, ignorierte sie. Und bevor sie nachhaken konnte, warum ein Vergleich der Proben bei dem Verdacht auf eine Vergiftung ausreichend sein sollte, ergriff er schnell wieder das Wort. „Das würde mir echt weiterhelfen. Ich bin doch gerade erst seit einer Woche hier im Dienst und dann so eine merkwürdige Sache. Alle erwarten jetzt, dass ich ihnen helfe. Du weißt doch, wie das ist, wenn dich alle beobachten. Bis da jemand aus Gemünden kommt und sich darum kümmert, ist vielleicht schon die erste Kuh hinüber. Und für mich wäre ein guter Start in mein neues Aufgabengebiet auch sehr hilfreich."
Stefanie schaute nachdenklich zu Steinhauser, dann wieder zu den Gläsern mit den Proben. Schließlich machte sie den Kofferraum auf, nahm ihm den Korb ab und stellte ihn hinein.
„Aber nur, weil du´s bist", sagte sie und Steinhauser strahlte sie an. „Der Tobi müsste heute sogar im Labor sein. Ich bring ihm die Proben gleich vorbei, wenn ich wieder in Würzburg bin, und mit etwas Glück hast du die Ergebnisse bis Montag oder Dienstag."
„Danke, ich kann dir gar nicht sagen, wie sehr mir das hilft. Er soll die Ergebnisse einfach auf das Rathaus nach Burgsinn faxen", sagte er erleichtert. Dass sie heute noch zu Stickl fuhr, stieß bei ihm zwar auf wenig Begeisterung, aber da musste er jetzt durch. Und dann auch noch in diesem heißen Outfit.
„Natürlich helfe ich dir", meinte sie versöhnlich, schaute ihm tief in die Augen und setzte sich ans Steuer.
„Und was machst du morgen?", fragte er schnell, bevor sie den Motor startete, denn er hatte das Gefühl, heute und jetzt nach dem letzten Strohhalm zur Rettung ihrer Beziehung greifen zu können. „Du könntest doch zum Mittagessen aufs Schützenfest kommen, weil … Dienst hast du heute doch gar keinen, oder?"
„Woher willst du das denn wissen?"

„Wenn sich dein Dienstplan nicht grundlegend geändert hat, dann ist ab heute dein freies Wochenende. Morgen gehen wir alle zum Essen ins Zelt. Meine Eltern würden sich bestimmt sehr darüber freuen.“
„Nur deine Eltern?“
„Unsere Freunde natürlich auch“, schob er schnell hinterher. Ihr Gesichtsausdruck versteinerte sich. Er schaute sie kurz verdattert an, dann begriff er. „Und ich erst, ich würde mich natürlich ganz besonders freuen, wenn du kommst. Also, ... am allermeisten halt.“
Sie schaute ihn lange an. Am liebsten wäre er vor ihr auf die Knie gefallen und hätte sie angefleht zu kommen, aber das würde bei Stefanie eher das Gegenteil bewirken, wie er aus eigener Erfahrung bereits wusste.
„Ich überlege es mir“, meinte sie schließlich und startete den Motor.
„Ja klar, überlege es dir.“
Steinhauser versuchte nicht enttäuscht zu wirken, was ihm allerdings nicht sehr überzeugend gelang. „Ich bin jedenfalls da … und würde mich sehr freuen.“
Nachdem er seine Uniformen von ihrer Motorhaube genommen hatte, fuhr sie vom Hof. Steinhauser schaute ihr nachdenklich hinterher.
Erst als jemand laut: „Hallo Onkel Hannes“, rief, wurde er aus seinen Gedanken gerissen. Torben und Jennifer, die beiden jüngsten Kinder seiner Schwester, kamen aus dem Haus seiner Eltern gelaufen und begrüßten ihn.
„Was macht ihr denn hier?“
„Wir dürfen das Wochenende bei Oma und Opa verbringen. Die Mama und der Papa sind doch heute Morgen nach Nürnberg zu Oma Emmi gefahren.“
„So, und ihr nicht?“ Steinhauser wunderte sich, denn normalerweise war es für die Kinder immer etwas Besonderes, wenn es über das Wochenende zu Oma Emilia, der Mutter von seinem Schwager Klaus, nach Nürnberg ging. Meist waren dann auch die Geschwister von Klaus, Johanna und Ester mit ihren Kindern bei dessen Mutter und unternahmen Ausflüge auf die Nürnberger Burg, den Tiergarten oder gingen ins Kino.
„In Mittelsinn ist doch Schützenfest“, erinnerte ihn Torben ohne Verständnis für seine Frage. „Wir sind alle hiergeblieben. Jennifer und ich schlafen heute bei Oma und Opa und die Vanessa darf allein zu Hause bleiben“, belehrte er ihn weiter.
Jetzt erinnerte sich Steinhauser wieder. Seine Schwester hatte es ihm bei seinem Besuch vor ein paar Tagen gesagt, allerdings hatte er es vergessen. Was nicht zuletzt auch der ereignisreichen Woche geschuldet war.

„Okay, dann können wir ja morgen zusammen eine Runde Schiffschaukel fahren", schlug Steinhauser vor und Torben hüpfte begeistert davon. Nachdem er auch Jennifer versprochen hatte, mit ihr eine Runde zu schaukeln, war diese ebenfalls zufrieden.

Anschließend warf er seine neuen Uniformen in seinen Bus, holte Feißthammers Sporttasche heraus und brachte sie seiner Mutter. Hildegard schaute ihren Sohn ungläubig an, als er ihr die Tasche mit Lebensmitteln überreichte. Doch letztlich konnte Steinhauser sie davon überzeugen, dass er sich heute extra Zeit genommen hatte, um ihren Kühlschrank etwas aufzufüllen. Wo er doch jetzt wieder öfter zum Essen da sein würde, wollte er auch seinen Beitrag dazu leisten. Mehr Überzeugungsarbeit bedurfte es, ihr zu versichern, dass ihm all diese Dinge auch schmeckten. Zugegeben, vieles, was er bei Feißthammer mitgenommen hatte, stand nicht besonders weit oben auf seiner Speisekarte, aber verderben lassen wollte er die Sachen auch nicht.

Steinhauser stapelte alles, bis auf die Uhr und einen Teil des Hundefutters, auf den Küchentisch und verabschiedete sich. Er nahm erst einmal ein ausgiebiges Bad und rasierte sich. Beides war längst überfällig. Zufrieden betrachtete er sich im Spiegel, zog seinen alten Polizei-Jogginganzug an, den seine Mutter mittlerweile wieder gewaschen hatte, und machte es sich in seinem Bus bequem. Gespannt und nachdenklich betrachtete er die kleine Wanduhr aus Feißthammers Wohnung. Sie zeigte immer noch zwölf Uhr an. Er holte aus der Werkstatt seines Vaters einen kleinen Schraubenzieher und begann das Gehäuse zu öffnen. Vorsichtig hob er den Deckel ab, hielt den Atem an und verharrte beim Hineinschauen in seiner Bewegung. Mit einem großen Seufzer stieß er die Luft wieder aus und ließ sich auf sein Bett fallen. Im Gehäuse befand sich lediglich ein kompliziertes Getriebe mit vielen Zahnrädern, Federn und Metallblättchen. Offensichtlich handelte es sich um eine teure, mechanische Uhr, die von Zeit zu Zeit mit der Hand aufgezogen werden musste. Doch ein Geheimversteck, wie er gehofft hatte, fand er nicht.

Schließlich machte er es sich auf seinem Bett bequem. Irgendwann fiel er in einen unruhigen Schlaf. Draußen war es noch hell, aber die Anstrengungen der Woche hatten ihre Spuren hinterlassen.

Steinhauser wurde jäh aus seinem Schlaf gerissen, als sich die Schiebetür scheppernd öffnete und zwei Gestalten zu ihm in den Bus kamen.

Erschrocken riss er die Augen auf. Vor ihm standen Strubinski und Holzinger. Draußen wurde es bereits dunkel. Jacky lag im Fußraum des Beifahrersitzes, schenkte den beiden aber keine Beachtung.
„Warum gehst du eigentlich nicht an dein Telefon? Ich versuch dich schon den halben Tag zu erreichen", überfiel ihn Strubinski.
„Was wollt ihr denn?", beschwerte sich Steinhauser verschlafen. Er kramte sein Telefon hervor und drückte auf dem Gerät herum. „Steht auf lautlos", murmelte er entschuldigend und schaltete den Lautsprecher wieder ein. „Ich wollte eigentlich meine Ruhe haben."
„Da kann ich lange anrufen. Wir wollten doch heute auf Number 9. Schon vergessen?", sagte Strubinski voller Tatendrang. Dafür erntete er einen verständnislosen Blick von Steinhauser.
„Seid ihr eigentlich total bescheuert?", warf er den beiden entgeistert entgegen. „Dafür hab ich jetzt echt keine Nerven und außerdem war nie die Rede davon, dass wir da hingehen!"
„Warum denn nicht?" Strubinski war anderer Meinung.
„Schon vergessen: Leiche – Gefriertruhe – noch Fragen?"
„Wenn du dich jetzt in deinen Bus verkriechst, macht das den Feißthammer auch nicht wieder lebendig", hielt Strubinski dagegen. „Außerdem ist nicht alle Tage so ein großes Fest im Dorf. Wär doch ein Jammer, wenn das ohne uns stattfindet. Jetzt, wo du wieder da bist. Und außerdem schadet es nicht, den Kopf mal frei zu bekommen. Da kann so ein Fest sehr hilfreich sein."
„Nur wir drei?", fragte Steinhauser vorsichtig.
„Die Katja bleibt zu Hause. Ist ihr zu laut. Wegen dem Baby und so", erklärte Holzinger.
„Und die Lavinia zeigt sich solidarisch und bleibt bei ihr", schob Strubinski mit einem breiten Grinsen hinterher. „Und außerdem müssen wir doch noch deine Rückkehr in den Sinngrund begießen."
Letztlich musste Steinhauser eingestehen, dass es nicht schaden konnte, zwischendurch mal auf andere Gedanken zu kommen. Er tauschte seinen Polizei-Jogginganzug gegen Jeans und Sweatshirt. Kurz darauf liefen sie gemeinsam zum Sportplatz. Die Musik dröhnte schon von weitem durchs Dorf. Auf jedem freien Fleck in der Nähe des Sportplatzes standen Autos und am Eingang hatte sich eine lange Schlange gebildet. Unzählige Gäste verteilten sich über das gesamte Sportgelände. Sie mussten zwei Kontrollen von grimmig dreinschauenden Gestalten mit dicken Jacken, auf deren Rücken *Security* stand, über sich ergehen lassen, bis sie endlich die

Kasse erreicht hatten. Steinhauser konnte sich nicht erinnern, wann in Mittelsinn zuletzt so viel los gewesen war. Und wenn, dann war das lange vor seiner Zeit gewesen.
An der Kasse standen Schorsch, der 1. Vorstand des Schützenvereins, Hodschi, der Kassenwart, und vier weitere Männer der Security. Eines musste man den Schützen lassen: Sie wussten, wie man Feste veranstaltet.
„Servus Hannes", begrüßte ihn Schorsch. „Wenn wir geahnt hätten, dass du kommst, hätten wir uns die Security sparen können."
Steinhauser verzog sein Gesicht zu einem gequälten Grinsen und deutete auf Holzinger. „Der zahlt."
Holzinger schaute kurz verdattert, dann zückte er seinen Geldbeutel und sie bekamen blaue Armbänder angelegt. Das Zelt war bis auf den letzten Mann gefüllt. Die Musik war so laut, dass es unmöglich war, sich zu unterhalten. Man konnte sich nur anbrüllen. Strubinski deutete auf ein großes Holzschild, auf dem in großen Lettern BIER zu lesen war. Die drei wühlten sich durch die Menge. Kurze Zeit später standen sie mit einem Tablett voller Bierkrüge an einem der Stehtische.
„Hast du Angst, wir bekommen nichts mehr?", schrie Steinhauser in Richtung Strubinski.
Der schüttelte den Kopf, deutete auf seine Armbanduhr und zeigte zum Tresen.
Steinhauser zuckte ratlos die Schultern. Da sie nicht weit vom Boxenturm weg standen, verzichtete er darauf, seine Frage zu wiederholen. Im Takt der Musik, mit dem Kopf wippend, ließen sie sich von lauter Rockmusik beschallen und stießen an.
Eine gute Stunde und zwei weitere, mit Bier gefüllte Tabletts später, konnte Steinhauser tatsächlich das erste Mal in dieser Woche abschalten und empfand die Rückkehr in den Sinngrund nicht mehr als Strafe. Zu seiner Überraschung kamen viele bekannte Gesichter auf ihn zu. Sie nannten ihn *Sinngrund-Sheriff*. Was er aber in keinster Weise als Beleidigung ansah. Je länger der Abend wurde, umso mehr war er davon überzeugt, dass man froh darüber war, einen Polizisten in der Nähe zu wissen. Was auch an den vielen Schulterklopfern lag, die er zunächst missbilligend, dann aber wohlwollend über sich ergehen ließ.
Während Steinhauser und Strubinski den Abend in vollen Zügen genossen, hielt sich Holzinger etwas zurück. Er hatte Katja versprechen müssen, es nicht eskalieren zu lassen, sonst hätte er nicht weg gedurft. Und er war gewillt, sich an sein Versprechen zu halten. Was aber nicht bedeutete, dass

er den Abend mit Cola verbrachte. Steinhauser war überrascht, wie viele Bekannte er traf, mit denen er immer neue Gründe fand anzustoßen. Gegen Mitternacht beschlossen sie dann einen Abstecher in die Bar zu machen.

Steinhauser hatte keine Ahnung, wann der Abend geendet hatte oder wo er sich gerade befand. Als er die Augen öffnete, saß er in einem feuerroten Ferrari 308 GTS. Im Hintergrund lief die Titelmelodie von Magnum und neben ihm saß Tom Selleck. Dieser grinste ihn mit dem typischen Magnum-Grinsen an. Das Verdeck des Sportwagens war offen und der Wind wehte ihnen durch die Haare. Vor ihnen lag der atemberaubende Strand von Hawaii. Knapp bekleidete Bikinischönheiten, die den Straßenrand säumten, winkten ihnen begeistert zu. Tom sagte etwas, aber Steinhauser konnte ihn nicht verstehen. Die Titelmelodie wurde immer lauter. Verzweifelt versuchte er das Radio leiser zu drehen, aber die Musik kam nicht aus dem Radio. Erneut schaute er zu dem grinsenden Tom Selleck, doch neben ihm saß plötzlich jemand anderes. Er starrte in die eisige, verzerrte Fratze von Jürgen Feißthammer. Als dieser seine steife, kalte, bleiche Hand nach ihm ausstreckte, gab Steinhauser einen panischen Schrei von sich. Er wollte aus dem Ferrari springen, knallte aber mit dem Kopf gegen etwas Hartes. Langsam wuchs neben ihm die Seitenwand seines VW LT 31D empor. Panik ergriff ihn. Er versuchte es zu verhindern, aber es half nichts. Stück für Stück verschlang der Bus erst den Ferrari, dann Hawaii samt den Bikinischönheiten. Völlig verzweifelt und den Tränen nahe, saß Steinhauser auf seinem Bett. In den Händen hielt er sein Smartphone wie ein Lenkrad. Noch immer donnerte die Erkennungsmelodie seiner Lieblingsserie durch den Bus. Benommen schaute er auf das Display. Wer anrief, konnte er nicht erkennen. Er rieb sich die Augen und versuchte über den Bildschirm zu wischen. Im dritten Anlauf traf er endlich den grünen Hörer und gab ein kaum verständliches: „Hä?“, von sich.
„Onkel Hannes, du musst mir helfen“, quiekte es flehend aus dem Apparat. Steinhauser hatte das Gefühl, sein Bus würde sich drehen. Er stand auf, kämpfte gegen den Schwindel an, stemmte sich gegen die Drehrichtung, verlor das Gleichgewicht und knallte mit dem Gesicht gegen die Scheibe. Blut sammelte sich in seinem Mund. Ihm wurde schwarz vor Augen, dann fiel er taumelnd in sein Bett.

Kapitel 14
12. Juni, mitten in der Nacht (oder verdammt früh am Morgen)

„Onkel Hannes, bist du da? Onkel Hannes!“, schrie es immer wieder aus Steinhausers Smartphone.

Mit viel Mühe schaffte er es, auf dem Bett liegend, den Apparat an sein Ohr zu drücken und ein paar undefinierbare Laute von sich zu geben. Es dauerte eine gefühlte Ewigkeit, bis er begriff, dass seine Nichte Vanessa mit ihm sprach. Was sie ihm versuchte mitzuteilen, entzog sich jedoch seiner Aufnahmefähigkeit. Zumindest hatte er sie schon einmal zur Kenntnis genommen. Steinhauser rieb sich die Augen. Erfolglos versuchte er ihr zu verstehen zu geben, dass sie noch einmal wiederholen sollte, was sie ihm eben gesagt hatte. Dabei musste er all seine Konzentration aufbringen, um halbwegs verständlich zu klingen, denn seine Zunge führte im Augenblick ein Eigenleben. Nach mehreren Versuchen hatte ihn Vanessa endlich verstanden und ihr Anliegen mehrfach wiederholt. Irgendwann, nachdem Steinhauser die Flut an Informationen mühselig in seinem Kopf sortiert hatte, ging ein Ruck durch ihn. Er musste sich jetzt zusammenreißen. Seine Nichte brauchte seine Hilfe. Er glaubte zwar nicht, dass er alles verstanden hatte, aber dass sie unerlaubt den Zweitwagen ihrer Eltern entwendet hatte und jetzt zwischen Schaippach und Rieneck im Graben lag, hatte er verstanden … im fünften Anlauf. Wieso und weshalb interessierte ihn im Augenblick nicht, jedenfalls konnte er sie da nicht liegen lassen.

Steinhauser raffte sich auf, um sich anzuziehen, was allerdings nicht nötig gewesen war – er war noch angezogen. Sogar die Schuhe hatte er noch an. Unter den wachsamen Augen von Jacky torkelte er durch den Bus, kletterte unbeholfen hinter das Lenkrad und krallte sich krampfhaft daran fest. Immer wieder sackte er zur Seite weg. Nach dem vierten erfolglosen Versuch, den Zündschlüssel ins Zündschloss zu stecken, musste er einsehen, dass es wohl keine gute Idee war selber zu fahren. Er schaute auf die Uhr seines Telefons. Zu seiner Überraschung war es erst halb drei. Dabei war er sich sicher, um zwölf Uhr noch top fit gewesen zu sein. In Gedanken ging er seine Möglichkeiten durch und kam zu der

ernüchternden Erkenntnis, dass er niemanden aktivieren konnte, ihn nach Schaippach zu fahren. Zuerst wollte er seine Schwester anrufen, doch da fiel ihm ein, dass sie und sein Schwager ja in Nürnberg waren, um die Mutter von Klaus zu besuchen. Ganz abgesehen davon, wäre das bestimmt nicht im Sinne von Vanessa gewesen, ihre Mutter anzurufen.
Steinhauser konzentrierte sich. Schließlich lallte er das Wort „Taxi“ und wischte auf seinem Smartphone herum. Nach mehreren gescheiterten Versuchen gelang es ihm tatsächlich einen Taxiunternehmer in Gemünden zu erreichen. Er wurde per Rufumleitung direkt mit dem Fahrer verbunden. Nachdem Steinhauser seine aktuelle Sprechbarriere überwunden hatte, schaffte er es, den Taxifahrer davon zu überzeugen, ihn in Mittelsinn zu holen und nach Schaippach zu fahren.
Er kramte ein Flasche Wasser hervor, ging an die frische Luft und trank sie in einem Zug leer. Erfolglos versuchte er sich zu erinnern, wann und wie er in seinen Bus gekommen war, konnte es sich aber beim besten Willen nicht erklären.
Als das Taxi endlich kam, war er wieder einigermaßen Herr über seinen Körper. Obwohl seine immer noch undeutliche Aussprache, gemischt mit seinem Dialekt, ein kaum zu verstehendes Kauderwelsch ergab, verstand ihn der Taxifahrer.
„Alles klar bei dir?“, fragte der Fahrer skeptisch.
„Geht schon“, versicherte Steinhauser und versuchte sich anzuschnallen. Da es ihm aber nicht gelang, half ihm der Fahrer.
„Danke“, lallte Steinhauser und atmete tief ein und aus.
„Ich bin der Heinz.“
„Servus. Ich bin der Hannes.“
„Das eine sag ich dir, Hannes. Wenn du kotzt, wird’s teuer.“
„Ja“, Steinhauser nickte übertrieben, verschränkte die Arme und ließ seinen Kopf auf die Brust sinken.
Heinz grinste. Der kräftige Mann mit Vollbart legte den Gang ein und fuhr los. „Hast Glück gehabt, ich war gerade in Rieneck. Ist schon seltsam, da kommt man jahrelang nicht nach Mittelsinn und jetzt bist du schon der zweite, den ich diese Woche mitten in der Nacht von hier abhole.“
„Hm“, war alles, was Steinhauser desinteressiert von sich gab. Er schloss die Augen.
Heinz merkte schnell, dass sein später Fahrgast nicht zum Reden aufgelegt war und ließ ihn in Ruhe.

„Aufwachen!“, rief Heinz, als sie gerade nach Schaippach hineinfuhren. Steinhauser schoss in die Höhe. „Da hängt jemand im Graben. Wir müssen mal nachsehen, was passiert ist.“
„Graben! Vanessa!“, stieß Steinhauser aus. Er riss die Tür auf und wollte sofort aussteigen, blieb aber im Sicherheitsgurt hängen.
„Immer schön langsam“, schimpfte Heinz, zerrte ihn zurück ins Auto und legte gleichzeitig eine Vollbremsung hin. „Wir müssen erst mal stehen bleiben.“
„Hilf mir, ich muss da hin.“
Heinz löste die Gurtverriegelung und Steinhauser fiel aus dem Taxi. Anschließend hob Heinz ihn wieder auf. Gemeinsam gingen sie auf drei junge Mädchen zu. Diese standen aufgeregt neben dem Auto, das in den Graben gerutscht war. Steinhauser wurde mehr von Heinz gestützt, als dass er selbst laufen konnte.
„Onkel Hannes“, rief Vanessa, als sie ihn erkannte. Mit verheulten Augen fiel sie ihm um den Hals.
Kennst du die Mädels?“, fragte Heinz verwundert.
„Ja! Die eine zumindest.“ Steinhauser schüttelte eifrig den Kopf. „Hier wollte ich hin.“
Während Vanessa wie ein aufgescheuchtes Huhn auf Steinhauser einredete, betrachtete Heinz den Schaden.
„Alles halb so schlimm“, stellte er fest, nachdem er die Lage geprüft hatte. Dann erlöste er Steinhauser von seiner gackernden Nichte. „Der sitzt nur auf. Wenn alle schieben, steht der gleich wieder auf der Straße.“
„Hast du gehört? Alles – halb – so – schlimm“, wiederholte Steinhauser langsam und Vanessa beruhigte sich allmählich. Dabei betonte er jedes Wort, nickte dazu mit dem Kopf und stützte sich mit beiden Händen auf die Schultern seiner Nichte. Er musste sich voll konzentrieren, damit die Worte, die er sprechen wollte, auch halbwegs verständlich und in der richtigen Reihenfolge aus seinem Mund kamen.
„Bist du besoffen?“, fragte Vanessa erschüttert. „Du hast ja voll die Fahne und kannst kaum stehen! Lallen tust du auch!“
„Gut erkannt, Miss Marple“, bestätigte er ihren Verdacht. „Lenk nicht ab. Erklär mir lieber, was du hier um diese Zeit mit dem Auto deiner Eltern zu suchen hast. Du darfst gar nicht fahren ohne Begleitung. Ich bin vielleicht besoffen, aber nicht blöd.“
Vanessa schaute ihn schuldbewusst an. Sie schwieg.

„Naja, Hauptsache euch ist nichts passiert“, winkte Steinhauser ab und verlor das Gleichgewicht. Vanessa konnte ihn gerade noch auffangen.
„Danke. Geht schon wieder.“ Er raufte sich die Haare und atmete hörbar tief durch. „Wie bist du überhaupt auf die Idee gekommen, das Auto zu nehmen?“
„Ich wollte doch auf die Beach-Party nach Gemünden ... und da mich niemand fahren wollte und die Mama und der Papa dann auch noch nach Nürnberg gefahren sind ...“
„Alles klar, mehr muss ich nicht wissen“, unterbrach Steinhauser den Redeschwall seiner aufgeregten Nichte. „Geschieht dir recht. Was fährst du auch nach Gemünden, wenn in Mittelsinn Schützenfest ist. Da hättest du sogar von Burgsinn aus hinlaufen können.“
„Schützenfest!“ Vanessa verdrehte die Augen. „Da ist doch nix los!“
Steinhauser winkte wieder ab. Er hatte jetzt keine Lust zu diskutieren. „Und wie bist du überhaupt in den Graben geraten? Die Straße ist hier kerzengerade.“
„Keine Ahnung ... ganz ehrlich“, versicherte sie ihm, doch Steinhauser glaubte ihr kein Wort. Auch wenn er sich kaum auf den Beinen halten konnte und seine Wahrnehmung stark beeinträchtigt war, konnte er eine derart schlecht vorgetragene Lüge sofort entlarven.
Er schaute sie eindringlich an, dann schielte er zu ihren Freundinnen, die schweigend hinter ihr standen.
„Ich bin dein Onkel, du kannst mich nicht anlügen.“ Erneut nahm er die beiden Freundinnen ins Visier.
„Sie hat am Handy rumgespielt“, ertönte es fast panisch hinter seiner Nichte. Vanessa drehte sich sofort um und warf ihrer Freundin einen bösen Blick zu.
Steinhauser schüttelte erneut den Kopf. „Fahren ohne Fahrerlaubnis und Handy am Steuer ...“
„Ja, Onkel Hannes, ich weiß ... dass das keine Glanztat war“, gestand sie reumütig ein. „Aber deshalb hab ich doch auch dich angerufen.“
Er wollte gerade zu einer Moralpredigt ansetzen, als ihn Heinz ausbremste. Der stand die ganze Zeit daneben und hatte aufmerksam zugehört. „Könnt ihr das bitte zu Hause klären. Ich will nicht den Rest der Nacht auf der Straße verbringen. Ihr schiebt und ich fahr rückwärts“, befahl er und quetschte sich in den kleinen Polo.
Steinhauser atmete mehrmals tief ein und aus, dann stemmte er sich, zusammen mit den drei Mädchen, gegen die Motorhaube. Heinz gab kurz

Gas, dann hüpfte der Polo in einem Ruck wieder zurück auf die Straße. Die drei Mädchen wären fast gestürzt, konnten es aber gerade noch verhindern. Steinhauser jedoch nicht. Sein Reaktionsvermögen war immer noch stark beeinträchtigt, folglich schlug er der Länge nach hin.
Nachdem ihm die Mädchen wieder auf die Beine geholfen hatten, wollte der Taxifahrer sein Geld.
„Heinz, du musst uns noch nach Hause fahren“, lallte Steinhauser.
„Und was ist mit Mamas Auto?“, fragte Vanessa.
„Das bleibt stehen. Ich kann schlecht fahren und du darfst nicht“, erklärte Steinhauser.
„Aber wenn die morgen zurückkommen und das Auto ist weg ...“
„Wer weiß, wann die kommen?“, wehrte Steinhauser ab.
„Die wollten zum Mittagessen wieder hier sein … hatten sie zumindest gesagt. Wegen dem Schützenfest.“
Steinhauser schloss die Augen, murmelte etwas, das so klang wie: „Die macht mich noch wahnsinnig“, und wandte sich an Heinz. „Du könntest uns doch auch mit dem Polo nach Hause fahren, oder?“
„Geht´s noch?“ Heinz zeigte Steinhauser den Vogel.
„Warum denn nicht? Wenn du uns abgeliefert hast, dann kannst du dir doch ein Taxi rufen? Ist auch nur bis Burgsinn.“
Heinz schaute ihn entgeistert an. Er war sichtlich verwirrt über diesen Vorschlag. „Ich lass doch mein Taxi nicht hier stehen!“
„Geb dir halt einen Ruck, Heinz“, bat ihn Steinhauser hilfesuchend. „In meinem Zustand kann ich mich unmöglich neben meine Nichte setzen und die fahren lassen. Da mach ich mich strafbar. Und zudem ist in Mittelsinn Fest. Da muss man immer damit rechnen, dass die Polizei Kontrollen durchführt.“ Steinhauser wollte sich erst gar nicht vorstellen, was für Folgen es haben könnte, wenn ihn seine Kollegen anhalten würden und er besoffen neben seiner Nichte saß, die noch nicht alleine fahren durfte. Das wäre ein gefundenes Fressen für Rappert und darauf konnte er sehr gut verzichten. In seinem aktuellen Zustand war es ohnehin besser, wenn niemand erfuhr, dass er Polizist war.
Noch immer schaute ihn Heinz skeptisch an.
„Die Fahrten bekommst du natürlich bezahlt“, schob Steinhauser hinterher.
Der Taxifahrer überlegte kurz, schaute zu den Mädels, dann wieder zu Steinhauser. „Okay, ich will mal nicht so sein. Ich mach´s für ... dreihundert Euro.“

„Dreihundert Euro!“, stieß Steinhauser entsetzt aus. „Bist du bescheuert?“
„Wenn dir das zu teuer ist, dann kann die Kleine ja selber fahren, wenn sie nicht will, dass Mami und Papi von ihrem Ausflug erfahren“, meinte Heinz mit einem breiten Grinsen.
Steinhauser suchte nach den richtigen Worten, konnte aber keinen klaren Gedanken fassen. Heinz kam auf ihn zu und legte ihm freundschaftlich den Arm über die Schultern. „Überlege es dir.“
„Das ist Erpressung“, lallte Steinhauser wütend. „Und dafür habe ich Zeugen. Ich zeig dich an!“
Heinz ließ sich nicht aus der Ruhe bringen. Er witterte die Chance auf schnelles Geld. „Als Erpressung würde ich es nicht bezeichnen. Eher als … ein Geschäft. Aber vielleicht habt ihr ja Glück und ihr werdet gar nicht angehalten … vielleicht aber doch … vielleicht bekommt die Polizei auch einen Tipp ...“
„Sie sind ein gemeiner Erpresser!“, mischte sich Vanessa ein.
„Ich bin Geschäftsmann … der eine gültige Fahrerlaubnis hat … und nüchtern ist“, gab Heinz gelassen zurück. Vanessa verstummte augenblicklich. „Also, was ist jetzt?“, wandte er sich erneut an Steinhauser.
Dieser biss die Zähne zusammen, dann schaute er zu Vanessa. „Das zahlst du!“
„Aber Onkel Hannes. Ich geh doch noch zur Schule und ...“
„Kein *aber*!“, fuhr er ihr ins Wort, „du bekommst ordentlich Taschengeld. Das weiß ich genau! Oder ich hol mir das Geld eben von deinen Eltern wieder.“
„Ist ja schon gut“, sagte sie kleinlaut.
„Prima“, meinte Heinz zufrieden. „Da die Finanzierung der Heimfahrt ja jetzt geklärt wäre, können wir los … nach Vorkasse, versteht sich.“
Steinhauser stieg die Zornesröte ins Gesicht. Am liebsten hätte er den Taxifahrer sofort verhaftet, aber unter den gegebenen Umständen hatte er keine Wahl. Er suchte nach seinem Geldbeutel, um seine Finanzen zu prüfen, konnte ihn aber nicht finden. Doch zum Glück hatten die Mädchen genug Geld bei sich. Steinhauser war es ein Rätsel, wie diese an so viel Geld kamen.
Nachdem Heinz kurz telefoniert hatte, quälte er sich wieder hinter das Lenkrad des Polos. Steinhauser setzte sich mit grimmiger Miene daneben. Die Mädchen quetschten sich zu dritt auf die Rücksitzbank.

Nachdem Heinz die Freundinnen von Vanessa abgeliefert und den Polo geparkt hatte, kam auch schon einer seiner Kollegen angefahren, um ihn abzuholen.
„Sollen wir dich noch nach Mittelsinn fahren? Geht auch auf mich“, fragte er Steinhauser mit breitem Grinsen, doch dieser lehnte dankend ab.
Wütend schaute er dem Taxi hinterher, doch bevor er sich noch einmal von diesem Halsabschneider würde fahren lassen, zog er es vor zu laufen. Und genau das war jetzt sein Problem. Er war hundemüde, konnte alles, aber nicht geradeaus laufen, und wollte nur noch eins: In sein Bett. Vanessa hatte sich inzwischen verzogen.
Er versuchte sich den vergangenen Abend in Erinnerung zu rufen, konnte sich aber nur an zusammenhanglose Bruchstücke erinnern. Schließlich beschloss er Holzinger anzurufen. Wenn er sich recht erinnern konnte, hatte dieser, Katja zuliebe, die eine oder andere Runde ausgelassen. Folglich sollte er noch in der Lage sein fahren zu können.
„Wie um alles in der Welt kommst du nach Burgsinn?“, wunderte sich Holzinger, nachdem er endlich ans Telefon gegangen war.
„Erzähl ich dir, wenn du da bist. Beeil dich, ich bin total im Arsch.“
„Das kann ich mir vorstellen, aber ich hab getrunken!“, erinnerte ihn Holzinger an den gestrigen Abend.
„Aber nicht so viel wie ich.“
„Allerdings.“
„Das ist jetzt nicht das Thema. Nimm deinen Bulldog und fahr durch den Wald über ‘n Hexenstein nach Burgsinn. Da steht mit Sicherheit keine Polizei. Dann kommst du am Kirchrain raus. Ich bin bei meiner Schwester und warte auf dich. Du weißt doch, wo die wohnt, oder?“
„Ja, weiß ich.“
„Also, bis gleich.“

Etwas mehr als eine halbe Stunde später, es fing schon an hell zu werden, hörte Steinhauser das typische Brummen eines schweren Traktors, der mit seinem Stollenprofil über den Asphalt donnerte. Holzinger fuhr in Höchstgeschwindigkeit durch die Siedlung. Hinter ihm ging in den Häusern ein Licht nach dem anderen an. Mit einer scharfen Bremsung brachte er die riesige Zugmaschine zum Stehen. Er hatte alle Scheinwerfer eingeschaltet und erleuchtete die Straße in beide Richtungen. Steinhauser kletterte unbeholfen zur Kabine empor, was ihm erst nach mehreren

Versuchen gelang, und setzte sich erschöpft auf den kleinen Beifahrersitz. Der Ausflug nach Schaippach, mitten in der Nacht, nach einem feucht-fröhlichen Abend ungeplanten Ausmaßes, hatte seine Spuren hinterlassen. Steinhauser nahm seine Umgebung nur noch in Trance wahr, so als ob er von einem Nebelschleier umgeben wäre. Alles bewegte sich in Zeitlupe.
„Mach doch mal die Lichter aus", sagte er ganz langsam und krallte sich an der Tür fest.
Holzinger schaute ihn mit verquollenen Augen an, drückte mehrere Knöpfe und die Strahler am Dach erloschen. Er verzichtete darauf ihn zu fragen, wie er hierhergekommen war. Stattdessen betätigte er einen kleinen Joystick. Das bullige Gefährt setzte sich in Bewegung. Er wendete in einer Garagenauffahrt und begleitet von neugierigen Köpfen, die mittlerweile aus den Fenstern schauten, fuhr er davon. Im Wald schaltete er seine Scheinwerfer wieder ein. Kurz vor der Abfahrt zum Hexenstein blieb Holzinger stehen. Steinhauser drehte den Kopf langsam zur Seite. Mit zusammengekniffenen Augen schaute er seinen Freund fragend an.
„Ich hab auch einen Kredit bei der Euro-Agrar-Invest abgeschlossen", gestand Holzinger völlig unerwartet. Beide schwiegen.
Steinhauser ließ sich Zeit mit seiner Antwort. „Ich weiß." Zu Holzingers Verwunderung war er weder überrascht noch sauer. Konnte aber auch am Alkohol liegen. „Katja hat sich verquatscht, dein Kredit läuft am 30. Juni ab", fügte er noch schlaftrunken hinzu.
Mit offenem Mund starrte Holzinger seinen Schulfreund an.
„Katja kann nix dazu, ist ihr so rausgerutscht und der Termin stand im Kalender von Feißthammer. Zudem bist du ein ganz mieser Lügner und ich will jetzt in mein Bett." Steinhauser schloss die Augen.
Holzinger setzte den Schlepper wieder in Bewegung.

Kapitel 15
12. Juni, Schützenfest

Um exakt elf Uhr war für Steinhauser die Nacht zu Ende. Dass ihm Jacky übers Gesicht leckte merkte er zwar, aber es interessierte ihn nicht. Er wollte nur schlafen. Doch seine Mutter Hildegard sah das anders. Sie hämmerte so lange gegen den Kleinbus, bis er sich aufraffte und die Schiebetür aufzog.
„Oh, du bist ja schon angezogen“, wunderte sie sich. „Ich dacht, du schläfst noch.“
„Wie um alles in der Welt soll ich schlafen, wenn du wie eine Verrückte auf meinen Bus einschlägst?“
„Wir müssen los“, befahl sie knapp, ohne seinem Genörgel Beachtung zu schenken.
„Los?“ Steinhauser fuhr sich mit blutunterlaufenen Augen durch seine zerzausten Haare. „Wo willst du denn hin?“
„Hast du schlecht geschlafen?“, fragte sie mit skeptischem Blick. „Du siehst so … mitgenommen aus.“
Ob und wie Steinhauser geschlafen hatte, wusste er selbst nicht so genau, jedenfalls fühlte er sich wie durch den Wolf gedreht. Seine Erinnerungen an den gestrigen Abend kehrten nur bruchstückhaft zurück. Wenn er sich nicht irrte, dann war er bis zum Morgengrauen unterwegs gewesen. Er schaute seine Mutter mit glasigen Augen an.
„Hast du gestern etwa gesoffen?“ Hildegard stemmte ihre Hände in die Hüften und sah ihn vorwurfsvoll an. „Du bist fei bei der Polizei!“
„Mama, sag einfach, was du willst!“, forderte er sie genervt auf. Das letzte, was Steinhauser jetzt gebrauchen konnte, war eine Moralpredigt seiner Mutter. Diese hatte er früher oft genug über sich ergehen lassen müssen, wenn die Nächte wieder einmal feucht-fröhlich gewesen waren.
Hildegards Augen verwandelten sich in schmale Schlitze. Ein Gesichtsausdruck, der ihm bestens bekannt war. Steinhauser konnte sehen, wie es in ihr brodelte, doch er kam ihr zuvor. „Spar dir deinen Kommentar. Ich bin erstens: alt genug, zweitens: ich weiß, dass ich Polizist bin, drittens: hatte ich gestern keinen Dienst und viertens: es war Heimspiel.“
Die Lippen seiner Mutter bebten, doch sie hielt sich zurück. „Wir gehen jetzt ins Festzelt zum Essen!“, war alles, was sie sagte. Allerdings war ihr

Tonfall unüberhörbar scharf. Steinhauser wusste jetzt nicht, ob es ein Befehl war oder ob sie ihn nur informieren wollte. Aber da sie sich nicht rührte, ging er davon aus, dass es ein Befehl gewesen war. Und da er jetzt keine Lust hatte, mit ihr zu diskutieren, fügte er sich in sein Schicksal. Steinhauser schaute an sich herunter und stellte fest, dass er es gestern nicht mehr geschafft hatte, sich seiner Kleider zu entledigen. Er war immer noch komplett angezogen.
„Ich komm", sagte er resignierend, kramte ein paar frische Kleider aus einem seiner Koffer und ging, an ihr vorbei, direkt ins Bad.
„Aber beeil dich, ich habe keine Lust wegen dir ewig anzustehen. Da ist heute bestimmt die Hölle los", gab sie ihm noch mit auf den Weg.
Am Waschbecken richtete er sich einigermaßen die Haare. Nachdem er sich die Hände gewaschen hatte, zog er die frischen Kleider an. Dabei stellte er fest, dass sein Geldbeutel fehlte. Ihm fiel wieder ein, dass er ihn schon in der Nacht vermisst hatte. Er beschloss noch einmal im Bus nachzusehen, doch auch da war er nicht. Da er zum Feiern immer nur seinen Ersatzgeldbeutel, ohne irgendwelche Kreditkarten mitnahm, beließ er es dabei. Im schlimmsten Fall hatte er nur Geld verloren. Eine Maßnahme, die er eingeführt hatte, nachdem er zum wiederholten Male in einer Würzburger Diskothek bestohlen worden war – und das als Polizist. Was peinlich genug gewesen war. Seine Kollegen hatten jedenfalls ihren Spaß gehabt.
In der Zwischenzeit warteten Torben, Jennifer und seine Eltern ungeduldig im Hof.
„Wir laufen!", sagte Hildegard und marschierte los. Mit einem Grinsen im Gesicht folgte Rudolf seiner Frau.
Jacky musste zu Hause bleiben. Steinhauser hatte jetzt keinen Nerv für die Beagle-Dame. Sie tat ihm zwar leid, aber er musste Prioritäten setzen.

Das Festzelt war bereits gut gefüllt und an den Essensausgaben herrschte reger Betrieb.
„Jetzt sind wir doch zu spät!", beschwerte sich Hildegard mit einem strengen Blick zu ihrem Sohn.
„Du wirst scho net verhungern", meinte Rudolf genervt, während er sich nach einem freien Platz umschaute. In der Zwischenzeit betraten Holzinger und Strubinski mit ihren Frauen und Kindern das Zelt. Sie beschlossen sich zusammen zu setzen und nachdem jeder einen Platz gefunden hatte,

wurden die Essensbons geholt. Da Steinhauser keinen Appetit hatte, blieb er bei den Kindern am Tisch sitzen. Während sich die Erwachsenen in die Schlangen an den Essensausgaben einreihten, stießen noch seine Schwester Monika mit ihrem Mann Klaus und Vanessa zu ihnen. Monika und Klaus waren gerade aus Nürnberg zurückgekommen. Seine Nichte lief rot an und schaute verlegen zur Seite, als sie ihn sah. Sie setzte sich so weit wie möglich von ihm weg, um unter allen Umständen zu vermeiden, dass sie irgendwie auf den gestrigen Abend zu sprechen kamen. Klaus setzte sich direkt neben Steinhauser.

„Gibt´s was Neues?"

„Was Neues?" Steinhauser verstand nicht, was sein Schwager wollte.

Klaus kam ganz dicht an ihn heran. „Stichwort: *Gefriertruhe*", flüsterte Klaus und schaute sich um, damit ihn auch ja niemand hören konnte.

Steinhauser sagte zunächst nichts. Erst nachdem er seine Schwester begrüßt und diese sich auf den Weg zur Bonkasse gemacht hatte, wandte er sich seinem Schwager zu.

„Liegt noch auf Eis, aber ich bin dran."

Bevor Klaus weitere Fragen stellen konnte, gesellte sich Strubinski zu ihnen. Er stellte einen Teller Gyros mit Krautsalat, Zaziki und Pommes auf den Tisch. Alleine der Geruch ließ Steinhauser aufstoßen. Er verzog angeekelt das Gesicht.

„Sag bloß, dir ist schlecht?", lachte Strubinski. „Du siehst so … mitgenommen aus."

„Sehr witzig", gab Steinhauser genervt zurück. „Ich hab voll den Filmriss. Keine Ahnung, wie ich vom Sportplatz in meinen Bus gekommen bin."

„Ich scho." Strubinski grinste über das ganze Gesicht.

Klaus spitzte die Ohren. „Ach, waren die Herren gestern unterwegs gewesen?"

Wenn du wüsstest, wer gestern noch so alles unterwegs gewesen war, dachte Steinhauser mit Blick zu Vanessa. Diese zuckte kurz zusammen, als sich ihre Blicke trafen.

„Der Sepp hat dich heimgebracht", sagte Strubinski. „Beziehungsweise Katja und Lavinia sind gekommen und haben uns geholt. Ich wollt dem Sepp zwar noch helf, weil du nicht mal mehr stehen konntest. Aber ich musst kapitulier, weil ich mei Last mit mir selber hat. Ich war zwar nicht so fertig wie du, hat aber auch genug getankt." Strubinski schaute sich nach seiner Frau um, dann beugte er sich schnell über den Tisch. „Die Lavinia war ganz schö sauer. Ich wollte noch a bissle Spaß hab … ihr

wisst scho", er zwinkerte Steinhauser und Klaus verschmitzt zu, drückte seine Zunge gegen die Backe und bewegte sie auf und ab, „aber sie hat mich ums Verrecken net rangelassen."
Beide verzogen angewidert das Gesicht. „Bitte keine Details." Klaus schüttelte sich, während Strubinski laut lachte.
„Ich kann mich an nichts erinnern", gestand Steinhauser ratlos.
„Mir sind so gegen zwölf in die Bar", berichtete Strubinski weiter, „du wolltest die erste Runde hol, bist aber net mehr aufgetaucht. Mir ham erst gedacht, du wärst abgehauen. Und als mir dich gesucht ham, standst du bei so a paar Halbstarke am Stehtisch und hast ein Glas nach dem anderen weggekippt. Keine Ahnung was du gesoffen hast. Jedenfalls konnte mir zuguck, wie dir die Lichter ausgegangen sind. Mir ham dich dann auf ne Bank gelegt, noch a paar getrunke und die Lavinia gerufe. Der Sepp wollte dann nix mehr trink, weil er es der Katja versprochen hat, und allein wollt ich ach net sauf."
„Aha", war alles was Steinhauser dazu meinte. Zu seinem Leidwesen konnte er sich an nichts erinnern. Zumindest nicht, bis ihn Vanessa angerufen hatte, doch das behielt er besser für sich.
Kurz darauf trudelte einer nach dem anderen mit seinem Essen wieder ein. Der einzige, der keinen Appetit hatte, war Steinhauser. Er hatte sich lediglich zwei große Flaschen Wasser bestellt.
Mittlerweile hatte auch die Musikkapelle Mittelsinn-Obersinn ihren Platz eingenommen und unterhielt das Festzelt. Und nachdem Steinhauser zum wiederholten Male erklärt hatte, dass Stefanie nicht kommen konnte, weil sie Dienst hatte, ließ man ihn in Ruhe. Was wohl auch an seinen mürrischen Antworten lag. Denn Steinhauser hatte gerade so gar keinen Gesprächsbedarf und der Lärm im Festzelt donnerte in seinem Kopf wie der Klöppel einer Glocke. Er war froh, als endlich jeder mit seinem Essen beschäftigt war. Die vielen Gerüche von Pommes, Bratwurst, Gyros, Steaks und anderen Düften, die durchs Zelt schwebten, stiegen ihm allerdings empfindlich in die Nase. Sein Geruchssinn war im Augenblick außergewöhnlich empfindlich. Immer wieder musste er aufstoßen und befürchtete sich übergeben zu müssen. Ein Zustand, der auch nach der dritten Flasche Wasser nicht besser wurde, außer dass er jetzt ständig aufs Klo rennen musste.
Nachdem sich die Gesellschaft etwas verlaufen hatte, nutzte Monika die Gelegenheit und setzte sich neben ihren Bruder. Sie legte ihren Arm um seine Schultern und sah in mitleidvoll an. „Das wird schon wieder. Der

Klaus kann dir bei deinem … Problem ... bestimmt helfen", flüsterte sie ihm ins Ohr.
Steinhauser sah sie verwirrt an. „Ach, ... was denn für ein Problem?", fragte er vorsichtig.
„Du musst dich nicht schämen", sagte sie einfühlsam und achtete darauf, dass ihr niemand zuhörte. „Er hat mir erzählt, weshalb du ihn neulich allein sprechen wolltest, als du bei uns warst. Du kannst ruhig öfter mal kommen", meinte Monika und Steinhauser wusste jetzt auch, worauf sie hinauswollte. „Ich dacht schon, du hättest was Ernstes, aber das haben ja viele Männer. Hab ich zumindest gehört."
„So, viele Männer haben das also. Wusst ich gar nicht." Er hatte keine Ahnung, wovon seine Schwester redete, ließ sich aber nichts anmerken.
„Ja, aber da gibt es mittlerweile hervorragende Medikamente", meinte Monika, als sie plötzlich gestört wurden.
„Onkel Hannes, du wolltest doch mit mir Schiffschaukel fahren." Torben zupfte an seinem Ärmel und sah ihn erwartungsvoll an.
„Ich weiß nicht, ob das heute so eine gute Idee ist", versuchte er Torben davon abzubringen, aber der blieb hartnäckig.
„Du hast es mir versprochen!", protestierte er und zerrte weiter an seinem Arm.
Gerade als Steinhauser zu einer Ausrede ansetzen wollte, fasste ihm jemand von hinten an die Schulter. Die Köpfe der Verbliebenen am Tisch gingen hoch und er drehte sich um.
„Du wirst doch dein Versprechen deinem Patenkind gegenüber nicht brechen", sagte Stefanie. Sofort durchzuckte ihn ein Kribbeln. Er bekam Gänsehaut. In einem grün-weißen Dirndl stand Stefanie vor ihm. Ihm stockte der Atem bei ihrem Anblick und er bekam große Augen. Ihre langen, dunklen Haare hatte sie mit einem Haarreif fixiert und zu einem einseitigen Zopf geflochten. Sie sah umwerfend aus – wie immer, nur diesmal noch besser.
Strubinski stieß einen Pfiff aus und erntete dafür einen Seitenhieb von Lavinia. „Hannes, mach den Mund zu", fügte er noch an.
„Schön, dich mal wieder zu sehn", begrüßte sie Lavinia. „Der Hannes hat gesagt, du hast heut Dienst und kannst net komm."
„Ich konnte tauschen", meinte sie und schaute Steinhauser eindringlich an.
„Hallo … Stefanie", stammelte er mit zittriger Stimme. Er kam sich vor, als würde er sie das erste Mal sehen.
„Hallo Hannes", gab sie mit einem Lächeln zurück. „Schön zu sehen, dass

du doch noch einen Rasierer gefunden hast."
Er wusste nicht, was er sagen sollte. Eine peinliche Stille legte sich zwischen die beiden, aus der ihn Torben rettete.
„Kommst du jetzt?" Sein Neffe zerrte immer noch an seinem Arm.
„Klar, komm ich." Steinhauser versuchte begeistert zu wirken. Was ihm jedoch nur bedingt gelang. Allerdings wollte er vor Stefanie auch nicht als Spielverderber dastehen.
„Ich komme auch mit", meinte sie und folgte den beiden.
„Wir auch", warf Strubinski dazwischen, gab Holzinger einen Stoß und nahm seine Tochter Sonja an die Hand.
Als sie aus dem Zelt liefen, kam ihnen Klaus mit einem Tablett voller Getränke entgegen. Er winkte Stefanie zu und Steinhauser nutzte die Gelegenheit.
„Geht schon mal vor, ich komme gleich nach", sagte er und zerrte Klaus zur Seite, während die anderen das Zelt verließen.
„Sag mal, was hast du eigentlich der Monika erzählt?"
„Erzählt? Was soll ich ihr denn erzählt haben?" Klaus wusste zunächst nicht, was er meinte.
„Neulich, als ich bei euch war!", half ihm Steinhauser auf die Sprünge.
„Ach so, das meinst du", jetzt erinnerte er sich wieder und konnte ein breites Grinsen nicht unterdrücken. „Sie hat den ganzen Abend keine Ruhe gelassen. Wie ich dir gesagt habe. Und da musst ich ihr halt was erzählen. Sie dachte, du wärst schwerkrank."
„Und was hast du ihr erzählt?", wollte Steinhauser wissen.
„Nix besonderes", meinte Klaus. „Du kennst sie ja. Hätte ich nichts gesagt, hätte sie sich nur unnötige Sorgen gemacht. Und das hättest du doch auch nicht gewollt, oder?"
„Ja, ja. Natürlich nicht. Aber was hast du du ihr denn jetzt erzählt?", wollte Steinhauser ungeduldig wissen.
„Nur, dass du Erektionsstörungen hast", meinte Klaus mit einem Augenzwinkern.
Steinhauser starrte ihn mit offenem Mund an. „Du hast was?", zischte er seinen Schwager vorwurfsvoll an.
„Reg dich nicht so auf", gab dieser gelassen zurück. „Du hast doch gesagt, dass ich mir was einfallen lassen soll. Ist doch egal, ob sie denkt, dass du keinen mehr hochkriegst."
„Du spinnst doch!", beschwerte sich Steinhauser.
„Entspann dich, ich hab ihr gesagt, dass wir das in Griff bekommen."

Bevor Steinhauser noch etwas erwidern konnte, ging Klaus an ihm vorbei. Steinhauser schaute ihm kopfschüttelnd hinterher. Solange seine Schwester nicht mit Stefanie sprach, war es ihm im Grunde egal, was sie dachte.
Kurz darauf gesellte sich Steinhauser zu Torben in die Schiffschaukel. Sein Patenkind hatte ihn schon sehnsüchtig erwartet. Strubinski, dessen Tochter Sonja und Holzinger mit seinem Sohn Peter standen ebenfalls schon in einer der Schiffschaukeln. Stefanie, Lavinia und Katja schauten aufmerksam zu und mahnten, nicht so hoch zu schaukeln. Was für Strubinski allerdings wie eine Herausforderung klang.
„Mal seh´n, wer höher kommt!“, rief Strubinski und hatte sofort den Kampfgeist in Torben geweckt. Sonja war so alt wie er und ging mit ihm in dieselbe Klasse, deshalb durfte er auf keinen Fall verlieren. Erst recht nicht gegen ein Mädchen.
Da Peter erst fünf Jahre alt war, wurde aus dem vermeintlichen Dreikampf ein Duell. Steinhauser war alles andere als begeistert, denn er spürte bereits beim Betreten der Schaukel, wie er weiche Knie bekam und immer wieder Zwiegespräche mit seinem Mageninhalt führen musste. Schon die geringste Bewegung verursachte ein unangenehmes Schwindelgefühl, aber er konnte Torben jetzt nicht hängen lassen.
Während sich Strubinski mächtig ins Zeug legte, wurde er von seiner Tochter und Lavinia begeistert angefeuert. Steinhauser hingegen hatte mehr mit sich, als mit der Schaukel zu kämpfen. Da nützten auch die Anfeuerungen seines Patenkindes nichts. Er gab alles, doch weder seine Beine, noch seine Arme wollten ihm gehorchen. Dabei stand die Schaukel noch still.
Wird schon nicht so schlimm werden, dachte Steinhauser, als er endlich angestoßen wurde. Doch die Realität sah anders aus. Schon nach wenigen Schwüngen wich jede Farbe aus seinem Gesicht. Ihm wurde schwindelig und sein Mageninhalt drängte mit aller Macht ins Freie. Das Unvermeidliche nahm seinen Lauf und Torben war zur falschen Zeit am falschen Ort.
Tränen überströmt und von oben bis unten mit Kotze besudelt, rannte Torben zu seiner Mutter. Lavinia, Katja und Stefanie wollten dem geschockten Jungen noch helfen, aber dieser war durch nichts und niemanden aufzuhalten gewesen. Steinhauser lehnte sich würgend an die Schiffschaukel, während alle Eltern, die mit ihren Kindern warteten, auf Abstand gingen und sich angewidert abwandten. Binnen Sekunden wurde Steinhauser zur Attraktion. Die Leute an der Schieß- und Wurfbude kamen

angelaufen und versammelten sich neugierig um Steinhauser. Strubinski bekam einen Lachkrampf und wäre beinahe aus der Schaukel gefallen. Holzinger lachte ebenfalls laut los. Doch die mahnenden Blicke ihrer Frauen brachten beide augenblicklich zum Schweigen.
Stefanie stand wie vom Donner gerührt da. Sie konnte nicht glauben, was sie da eben gesehen hatte. Der Schiffschaukelbesitzer hingegen blieb gelassen. „Kein Grund zur Panik, er ist nicht der Erste. Aber das Ausmaß ist rekordverdächtig“, meinte er mit einem Grinsen und rief seine Frau herbei, die auch schon mit Lumpen und einem Eimer Putzwasser zur Stelle war.

Eine Stunde später lag Steinhauser geduscht und blass auf dem Bett in seinem Bus. Ein Eimer, für alle Fälle, stand daneben und Stefanie kümmerte sich um ihn. Zu seinem Glück hatte sie ihn gleich nach Hause gebracht, bevor seine Schwester und seine Mutter über ihn herfallen konnten.
„Danke“, flüsterte er leise. Für mehr reichte seine Kraft nicht. Sein Körper schrie regelrecht nach Schlaf. Die gestrige Nacht hatte ihre Spuren hinterlassen und auch wenn er sich noch so dagegen wehrte, er musste ihr Tribut zollen. Das einzige, was ihn aufbaute, war, dass ihm Stefanie keine Vorwürfe machte, obwohl sie reichlich Gründe dazu gehabt hätte. Sehnsüchtig schaute er sie an und ihm wurde wieder einmal bewusst, was für eine wunderbare Frau sie doch war. Nach allem, was er sich die letzten Monate oder sogar Jahre, und vor allem heute, geleistet hatte, war sie trotzdem hier. Sie war nicht gegangen, und wenn, dann hätte er es ihr nicht verübeln können. Vermutlich hatte er sie wirklich nicht verdient. Wenn er auch nur im Ansatz geahnt hätte, dass Stefanie heute geplant hatte zu kommen, dann hätte er gestern keinen Schritt vor seinen Bus gesetzt. Anstatt diesen Tag zu nutzen, um sich von seiner besten Seite zu zeigen, hatte er sich bis auf die Knochen blamiert. Heute war irgendwie nicht sein Tag.
„Was mach ich nur mit dir?“, seufzte sie kopfschüttelnd und gab ihm einen Kuss auf die Stirn.
Er lächelte erschöpft und versuchte seine Augen offen zu halten, aber die Müdigkeit war stärker als er.
„Und wann weißt du, was du mit mir machst?“, waren die letzten Worte, die er über seine Lippen brachte, bevor ihn der Schlaf übermannte.

„Wenn ich es weiß, dann bist du der Erste, der es erfährt“, flüsterte sie, aber das hörte Steinhauser schon nicht mehr. Stefanie blieb noch eine Weile neben ihm sitzen und beobachtete, wie er schlief, bevor sie leise ging. Steinhauser merkte nicht, wie Jacky zu ihm aufs Bett sprang, ihm genüsslich das Gesicht ableckte und es sich neben ihm bequem machte. Auch als wenig später der Schützenumzug mit lauter Blasmusik durchs Dorf und an seinem Bus vorbeizog, schlief Steinhauser tief und fest.

Kapitel 16
13. Juni, der Tag danach

Nach knapp sechzehn Stunden Schlaf hatte es Steinhauser seiner Mutter zu verdanken, dass er nicht zu spät aufs Rathaus kam. Sein Telefon hämmerte zwar die Titelmelodie von Mission Impossible durch den Bus, doch letztlich war es das energische Klopfen von Hildegard, kombiniert mit Jackys feuchter Zunge, was ihn weckte. Zu seinem Glück verzichtete seine Mutter diesmal auf eine ihrer berühmten Moralpredigten. Ihre Blicke genügten ihm, um zu wissen, was sie dachte.

Steinhauser schlurfte verschlafen in die Küche und Hildegard stellte ihm kommentarlos einen heißen Kaffee auf den Tisch. Anschließend setzte sie sich ihm schweigend gegenüber. Sicherheitshalber sagte Steinhauser nichts. Denn er wusste ganz genau, dass sie nur drauf wartete, bis er ihr einen Grund gab, ihrer Meinung über den gestrigen Tag Luft zu machen. Und darauf konnte er verzichten. Nachdem ihm der Kaffee wieder neues Leben eingehaucht hatte, zog er eine der neuen Uniformen an, die ihm Stefanie mitgebracht hatte. Die anderen, zusammen mit seiner alten, deren Hose kaputt war, nahm seine Mutter an sich. Sie wollte die Hose nähen und alles zusammen erst einmal waschen, damit die Kleider nicht mehr so nach Chemie rochen, wie sie meinte.

Doch als er seinen alten LT 31D startete, konnte sich seine Mutter nicht mehr zurückhalten. Mit einem Berg Wäsche in den Armen, forderte sie ihn auf, das Fenster herunterzukurbeln. „Würd mich net wundern, wenn sich die Stefanie bald einen anderen sucht“, schimpfte sie. „Den ganzen Nachmittag war sie da gewesen und du … ach, was reg ich mich überhaupt auf. Du bist und bleibst ein Rindvieh.“

Mit gesenktem Haupt fuhr Steinhauser vom Hof. Jacky sah ihn mitleidig an, ganz so, als ob sie Hildegard verstanden hätte.

Völlig unerwartet war Stefanie nach Mittelsinn gekommen und er hatte es mal wieder so richtig verbockt. Anstatt sich von seiner besten Seite zu zeigen, gab er ihr nur weitere handfeste Gründe, ihn für kindisch und unzuverlässig zu halten.

„Werd erst mal erwachsen!“ Mit diesen Worten hatte sie ihn vor Wochen vor die Tür gesetzt und der gestrige Tag stand stellvertretend für sein bisheriges Versagen. Und die Tatsache, dass ihm Stefanie diesmal keine

Vorwürfe gemacht hatte, war noch viel schlimmer für ihn. Vermutlich hatte sie ihn jetzt endgültig aufgegeben. Am liebsten hätte er sie angerufen, aber was sollte er sagen? Sich schon wieder entschuldigen?
Auch die freundliche Begrüßung von Frau Schäflein konnte Steinhauser nicht aufmuntern. Er war zwar um Höflichkeit bemüht, doch Frau Schäflein merkte sehr schnell, dass seine Laune heute nicht die beste war. Sie ließ sich jedoch nicht beirren. Nachdem sie Jacky ausgiebig begrüßt hatte, stellte sie ihm einen frischen Kaffee vor die Nase. Auf die Frage, wie denn sein Wochenende gewesen war, gab er ein knappes „Ging so“ zurück. Sie lobte ihn, dass er sich rasiert und endlich eine frische Uniform angezogen hatte. Die alte Uniform sah gegen Ende der Woche sehr mitgenommen aus. Durch ihre permanent gute Laune gelang es ihr dann doch, Steinhauser ein Lächeln abzugewinnen. Sie erzählte mit Begeisterung, dass sie am Sonntag auf dem Schützenumzug in Mittelsinn gewesen war, ihn aber leider nicht gesehen hatte. Das Böllerschießen am Sportplatz fand sie ganz besonders beeindruckend. Auf den Grund seiner Abwesenheit ging Steinhauser nicht näher ein. Frau Schäflein war ihm zwar von der ersten Minute an sympathisch gewesen, aber dass er sich bei ihr seinen Frust von der Seele reden konnte, so gut kannten sie sich dann doch noch nicht. Aber ihre herzliche Art und wie sie sich über Kleinigkeiten freuen konnte, taten ihm gut. Während sie ihm ausführlich über ihr Wochenende berichtete, schweiften seine Gedanken wieder zu Stefanie. Er war verzweifelt und wusste nicht, was er machen sollte. Schließlich unterbrach er ihren Redeschwall.
„Frau Schäflein, kann ich Sie etwas fragen?“
Die Ernsthaftigkeit in seiner Stimme ließ sie sofort verstummen, denn in seinen Worten lag eine gewisse Dramatik, die ihr nicht entgangen war. Was Steinhauser jedoch nicht beabsichtigt hatte.
„Aber natürlich“, gab sie mit einem besorgten Blick zurück und holte sich schnell einen Stuhl. „Wie kann ich Ihne helfe?“
Mit einer derartigen Reaktion hatte Steinhauser nun wahrlich nicht gerechnet. Das brachte ihn prompt aus dem Konzept. Er sammelte seine Gedanken und überlegte, wie er beginnen und seine Frage formulieren sollte. Gerade als er sich seine Worte zurechtgelegt hatte, klingelte das Festnetztelefon auf seinem Schreibtisch. Erschrocken schaute er auf das Display. Als er den Namen des Anrufers sah, verdrehte er die Augen.
„Ich fürchte, da muss ich rangehen.“
Frau Schäflein warf ebenfalls einen Blick auf das Display. „Ich lass Sie

dann mal besser alleine", sagte sie verständnisvoll.
Steinhauser wartete, bis Frau Schäflein sein Büro verlassen und die Tür geschlossen hatte. Anschließend atmete er tief durch und nahm den Hörer in die Hand.
„Guten Morgen Herr Rappert", begrüßte er seinen Vorgesetzten betont freundlich. „Ich habe gerade an Sie gedacht."
Nichts. Steinhauser schaute verwundert auf den Hörer. Keine Antwort.
„Herr Rappert?", fragte er vorsichtig nach.
„Steinhauser!", kam es schließlich scharf vom anderen Ende der Leitung. „Welche Ehre für mich, dass ich Sie mal an den Apparat bekomme! Können Sie mir mal erklären, wo Sie sich den ganzen Tag herumtreiben?"
„Natürlich kann ich das."
Wieder Stille in der Leitung.
„Ich höre!"
„Wie genau kann ich Ihnen helfen, Herr Rappert?", blieb Steinhauser ruhig. Dabei hielt er den Hörer ein Stück von seinem Ohr weg.
„Steinhauser!", donnerte sein Vorgesetzter erneut. „Wo treiben Sie sich rum? Was ist an dieser Frage nicht zu verstehen?"
„Soll ich Ihnen jetzt einen mündlichen Bericht über die letzten Tage geben?", fragte er freundlich, nahm sich schnell ein paar Zettel, die auf seinem Schreibtisch lagen und raschelte dicht an der Sprechmuschel. „Da müsste ich erst einmal einen Blick auf meine Berichte werfen. Sie müssen wissen, es gab schon so einiges zu tun. Schließlich bin ich ..."
„Steinhauser!", brüllte Rappert aufgebracht in den Hörer. „Quatschen Sie nicht rum. Und wenn Sie es noch einmal wagen, mir einen handschriftlichen Bericht per Fax zu schicken, dann werden Sie mich kennenlernen. Ihre Sauklaue kann ja kein Mensch lesen. Nutzen Sie gefälligst die modernen Medien! Oder gab´s so was in Würzburg nicht?"
„Tut mir aufrichtig leid, Herr Rappert. Aber ich bin leider noch nicht dazu gekommen, meine letzten Berichte in Schönschrift abzuschreiben. Allerdings muss ich Ihnen auch diese per Fax zukommen lassen", blieb Steinhauser betont freundlich. „Sie müssen wissen, ich habe hier, *auf meiner Polizeistation*, wie der Herr Mehrhold mein Büro getauft hat, nur einen Festnetzanschluss. Es gibt hier *keinen* PC und ich besitze auch *kein* Diensthandy. Wenn beides der Fall wäre, dann könnte ich meine Berichte täglich per Mail an Sie senden. Zudem wäre ich jederzeit erreichbar. Über das Fehlen eines Dienstfahrzeuges möchte ich mich erst gar nicht beklagen. Frau Schäflein ist zum Glück so nett und stellt mir ihr *privates*

Auto zur Verfügung, wenn ich dienstlich das Rathaus verlassen muss."
Erneut wurde es still in der Leitung.
Steinhauser war sich sicher, dass Rappert am anderen Ende der Leitung vor Wut kochte und es ihm gar nicht schmeckte, wie er das ein oder andere Wort betont hatte. Letzten Endes hatte Steinhauser nur die Tatsachen dargestellt. Tatsachen, die Rappert bestens bekannt waren.
„Haben Sie das neue Radarmessgerät getestet?", wurde Rapperts Stimme plötzlich versöhnlich. Er verzichtete darauf, näher auf Steinhausers spitze Bemerkungen einzugehen.
Steinhauser überlegte kurz, dann fiel es ihm wieder ein. „Selbstverständlich, Herr Rappert."
„Dann schicken Sie mir doch noch heute den Speicherstick mit den Daten zu!"
„Das steht ganz oben auf meiner To-Do-Liste", log er und konnte sich die von Mehrhold so beliebte Bezeichnung nicht verkneifen. Da Rappert aber nicht reagierte, ergriff er wieder das Wort. „Kann ich sonst noch etwas für Sie tun, Herr Rappert. Denn wenn ich mein Büro erst verlassen habe, dann können Sie mich leider nicht mehr erreichen."
„Ich warne Sie, Steinhauser!", wurde der Ton seines Vorgesetzten wieder schärfer. „Übertreiben Sie es nicht."
„Ich wollte Sie nur darauf hinweisen, dass ich ..."
„Ich habe ganz genau verstanden, worauf Sie mich hinweisen wollen!", unterbrach ihn Rappert energisch. Steinhauser konnte sich bildlich vorstellen, wie er mit hochrotem Kopf seinen Hörer in der Hand hielt und ihm sämtliche Adern im Gesicht anschwollen. „Und sollte mir noch einmal zu Ohren kommen, dass Sie ihre Kollegen provozieren, sich Herrn Mehrhold entziehen oder die Zusammenarbeit verweigern, dann lernen Sie mich kennen! Und jetzt schicken Sie mir gefälligst den Stick!" Das waren die letzten Worte von Rappert, danach war die Leitung tot.
War ja klar, dass diese Bemerkungen noch kommen mussten. Allerdings hatte Steinhauser Schlimmeres erwartet. Er war sich aber sicher, dass die Sache noch nicht ausgestanden war.
Kurz nachdem das Gespräch beendet war, klopfte es an der Tür. Frau Schäflein kam wieder herein. „War´s schlimm?"
Steinhauser hielt immer noch den Telefonhörer in der Hand. „Ging so", meinte er und legte auf.
„Der Herr Rappert hat letzte Woche ein paar Mal angerufen. Hat aber nicht gesagt, dass Sie zurückrufe solle", meinte Frau Schäflein entschuldigend.

„Passt schon“, beruhigte sie Steinhauser. „Der regt sich wieder ab.“ *Und zudem habe ich jetzt andere Sorgen*, fügte er in Gedanken hinzu.
„Was wollten Sie mich eigentlich fragen?“, erinnerte ihn Frau Schäflein an ihr Gespräch, bevor Rappert angerufen hatte.
„Fragen?“ Steinhauser wusste im ersten Augenblick nicht, was sie meinte.
„Ja, Sie wollten mir eine Frage stellen.“
„Stimmt“, erinnerte er sich. Aber für seine Beziehungsprobleme hatte er jetzt keine Zeit. Gerne hätte er gehört, welchen Rat Frau Schäflein für ihn gehabt hätte, doch zuerst musste er sich um die Leiche kümmern … und um das Radarmessgerät. „Würde es Ihnen etwas ausmachen, das Radarmessgerät für mich zu holen? Es steht am Ortsausgang Richtung Rieneck hinter der Leitplanke.“
Ihrem enttäuschten Blick, gefolgt von einem kurzen Schweigen, merkte er an, dass Sie mit einer anderen Frage gerechnet hatte. Doch sie setzte sofort wieder ihr freundliches Lächeln auf. „Wenn ich Ihne damit helfe kann, jederzeit.“
„Sie sind ein Schatz, Frau Schäflein. Was wäre ich hier nur ohne Sie?“, dankte er ihr und seine Worte waren nicht einfach nur so dahin gesprochen. „Können Sie den Speicherstick auch gleich zur Post bringen? Der Rappert erwartet sehnsüchtig die Messergebnisse.“
„Ich schau mal, ob ich das hinbekomm.“ Sie zwinkerte ihm kurz zu, dann machte sie sich auf den Weg.
Steinhauser nahm einen kräftigen Schluck Kaffee und überlegte, was er heute auf dem Plan hatte. Er suchte nach seinem Notizblock, doch der steckte noch in der anderen Uniform. In Gedanken ging er die Stichpunkte durch, an die er sich noch erinnern konnte und schrieb diese auf einen Zettel. Nachdem ihm nichts mehr einfiel, betrachtete er seine Notizen und nummerierte sie nach Prioritäten. Da es nur zwei Punkte waren, fiel es ihm nicht schwer. Anschließend rief er Jacky herbei und wählte die Nummer auf der Hundemarke.
Völlig unerwartet wurde er nach dem dritten Klingeln von einem verschlafenen „Hallo“ begrüßt.
„Guten Morgen, spreche ich mit Frau Viktoria Feißthammer?“, gab er freundlich zurück.
„Ja“, kam zögerlich die Antwort.
„Ich hoffe, ich habe Sie nicht aus dem Schlaf gerissen?“, fragte er mit Blick auf eine Wanduhr über der Tür, in deren Mitte das Polizeiwappen Bayerns zu sehen war. Sie zeigte kurz nach halb acht an.

„Sie haben Glück, heute war ich ausnahmsweise schon wach."
„Wenn ich mich kurz vorstellen darf, mein Name ist Johannes Steinhauser von der Polizei ..."
„Polizei?", quiekte sie entsetzt.
„Kein Grund zur Sorge", beruhigte er sie. „Ich habe nur ein paar Fragen zu Ihrem Ex-Mann."
„Aha", meinte sie überrascht.
„Ja, Ihr Ex-Mann ist seit einigen Tagen …", er brach ab und überlegte, was er denn jetzt eigentlich hatte sagen wollen? Er konnte ihr schlecht mitteilen, dass er aktuell auf Eis lag. Die Wahrheit kam auf keinen Fall in Frage.
„Jetzt sagen Sie bloß nicht, dass er auch verreist ist", beendete sie das kurze Schweigen. „Das macht der immer so, wenn ich weg bin. Nur um mich zu ärgern."
„Genau, das ist er: Ihr Ex ist verreist und ..."
„Und den Hund hat er wieder zu Hause gelassen, oder was?", unterbrach sie ihn aufgeregt. „Das letzte Mal, als ich im Urlaub war, hat er die arme Jacky auch alleine gelassen … mit der Kleingeist, seiner Lieblingsnachbarin. Die alte Schabracke sollte sich um Jacky kümmern und am Ende war der arme Hund total überfressen."
„Ich kann sie beruhigen, dem Hund geht es gut, aber weswegen ich eigentlich anrufe ..."
Wieder unterbrach sie ihn. „Woher wollen Sie denn wissen, ob es meiner Jacky gut geht?"
Steinhauser überlegte, ob er ihr sagen sollte, dass der Hund bei ihm war. Er schaute zu Jacky, die es sich unter seinem Schreibtisch gemütlich gemacht hatte. „Ich kann Ihnen versichern, der Hund ist in den besten Händen."
„Und wo ist mein Goldstück jetzt?" Steinhauser spürte, dass sie keine Ruhe geben würde, bis sie eine Antwort hatte.
„Ihr Hund ist bei mir."
„Bei Ihnen? Der Polizei?" Sie klang besorgt.
„Ja, ich habe den Hund bei mir aufgenommen. Die gute Frau Kleingeist hat mich darum gebeten. Sie ist halt auch nicht mehr die Jüngste."
„Haben Sie überhaupt eine Ahnung, wie man mit einem Beagle umgeht?"
„Selbstverständlich, ich betreue eine Hundestaffel und bin spezialisiert im Umgang mit Hunden", log er ohne Zögern und voller Überzeugung. „Jacky ist natürlich nicht in einem Zwinger untergebracht, sondern bei mir zu Hause mit jeder Menge Auslauf."

„Naja, wenn Sie eine Hundestaffel betreuen, dann ist sie bei Ihnen bestimmt besser aufgehoben als bei der alten Kleingeist."
„Seien Sie beruhigt, dem Hund könnte es nicht besser gehen. Aber nun zurück zum Grund meines Anrufes", nahm Steinhauser den Faden wieder auf. „Bei Ihrem Ex-Mann wurde eingebrochen."
„Eingebrochen?", wunderte sich Frau Feißthammer. „Und was hab ich damit zu tun?"
„Der Einbruch ist Ihrer ehemaligen Nachbarin aufgefallen, als sie … Hundefutter holen wollte."
„Na, das glaube ich. Der entgeht nix."
„Jedenfalls wurde das Haus Ihres Ex-Mannes vom Keller bis zum Dach durchwühlt. Jedes Zimmer wurde auf den Kopf gestellt und ich muss ..."
Erneut fiel sie Steinhauser ins Wort. „Und deswegen rufen Sie mich jetzt an? Ich bin seit zwei Wochen auf Mallorca."
Steinhauser blieb ruhig. „Da wir Ihren Ex-Mann nicht erreichen können, wollte ich Sie bitten, ob Sie nachsehen könnten, ob etwas Besonderes fehlt."
„Ich werde so schnell nicht zurückkommen. Ich habe hier jemanden kennengelernt, müssen Sie wissen."
Na toll, dachte Steinhauser mit Blick zu Jacky. „Hatte Ihr Ex-Mann … also ich meine: hat Ihr Ex-Mann vielleicht einen Safe?" Er musste aufpassen was er sagte, offiziell war Feißthammer ja nicht tot.
„Ja, im Gefrierfach vom Kühlschrank", sagte sie sofort.
„Im Gefrierfach?" Steinhauser war sich nicht sicher, ob er richtig gehört hatte.
„Ja, das war mal so eine Idee von ihm. Dort hatte er immer wichtige Dokumente aufbewahrt. Zumindest hatte er das gemacht, als wir noch verheiratet waren. Er ließ sich eine zusätzliche Wand einbauen, die man herausnehmen kann. Dahinter ist ein kleiner Safe", erklärte sie.
„Wissen Sie auch, wie man den öffnen kann?", fragte er weiter.
„Ist so ein Ding mit Tasten", überlegte sie. „Früher war mal unser Hochzeitstag die Geheimnummer. Und ich kann mir gut vorstellen, dass er die Nummer nicht geändert hat. Der Jürgen hängt immer so an der Vergangenheit."
„Können Sie mir die Nummer sagen, damit ich den Inhalt prüfen kann?"
Plötzlich zögerte sie. „Woher weiß ich denn, dass Sie tatsächlich von der Polizei sind?"
„Ich kann Ihnen gerne meine Dienstnummer geben und Sie rufen bei

meinem Vorgesetzten an", schlug Steinhauser vor. Wobei er genau wusste, dass er dies unter keinen Umständen tun konnte. Während er wieder auf eine Antwort wartete, überlegte er fieberhaft, wie er aus dieser Nummer wieder herauskommen konnte. Doch dann kam alles ganz anders.
„Ach wissen Sie, selbst wenn Sie der Einbrecher sind, mir ist das egal. Der Jürgen war und ist ein Arschloch."
Steinhauser schluckte kurz. Schien ja eine sehr harmonische Ehe gewesen zu sein, wenn Viktoria Feißthammer bereit war, Einbrechern zu helfen ihren Ex-Mann auszurauben. Er überhörte die Bemerkung und notierte sich die Zahlenfolge auf einen Zettel.
„Vielen Dank für Ihre Hilfe, Frau Feißthammer und seien Sie sich sicher, Sie haben nicht mit dem oder den Einbrechern telefoniert."
„Ja, ja, schon recht. Ich muss jetzt los. Der Carlos und ich, wir machen einen Ausflug ins Landesinnere. Er will mir ein paar besonders schöne Flecken von Mallorca zeigen. Es macht Ihnen doch nichts aus, wenn die Jacky noch etwas bei Ihnen bleibt, oder?"
„Nein, machen Sie sich keine Gedanken. Wir haben uns schon aneinander gewöhnt."
„Und wenn Sie den Jürgen wiedersehen, dann richten Sie ihm aus, das war das letzte Mal, dass er die Jacky bekommen hat. Und meine Hundedecke will ich auch wiederhaben, sonst zeig ich ihn wegen Diebstahl an."
„Ich werde es ihm ausrichten", versprach Steinhauser.
„Die Decke liegt immer in seinem Kofferraum und ist schwarz mit weißen Hundemotiven drauf. Das war ein Geschenk von meiner Schwester", schob sie noch hinterher.
Steinhauser gab ihr sicherheitshalber noch seine Handy-Nummer, bevor er sich verabschiedete. Sofort ergänzte er noch einen weiteren Punkt auf seinem Notizzettel. Jetzt musste er nur noch auf Frau Schäflein warten, denn er brauchte ein Auto.

Eine Stunde später stand Steinhauser erneut in der durchwühlten Küche von Jürgen Feißthammer und Jacky durchstreifte wieder einmal das Haus. Schon beim Betreten der Wohnung war er davon überzeugt, dass der nächtliche Besucher auch noch einmal hier gewesen war. Denn das ohnehin große Chaos schien noch einmal eine größere Dimension angenommen zu haben. Und die Couch, die er bei seinem letzten Besuch aufgestellt hatte, lag wieder umgestoßen in der Ecke.

Frau Schäflein kümmerte sich in der Zwischenzeit um das Radarmessgerät. Steinhauser gelang es sie davon zu überzeugen, dass es für seinen Vorgesetzten von äußerster Wichtigkeit war, die Daten der Geschwindigkeitsmessungen so schnell wie möglich zu erhalten. Auf ihre Frage, warum er denn das Gerät nicht persönlich in Gemünden vorbeibringen möchte, wenn es so dringend war, meinte er nur: „So dringend ist es nun auch wieder nicht. Es reicht, wenn Sie den Stick mit der Post schicken."

Steinhauser öffnete mit Herzklopfen das kleine Gefrierfach im Inneren des Kühlschrankes. Feißthammer hatte einige Tiefkühlgerichte und Spinat wie eine Mauer hineingesetzt, so dass die Rückwand auf Anhieb nicht zu erkennen gewesen war. Auch die geringe Tiefe des Faches fiel auf den ersten Blick nicht auf. Der Einbrecher hatte bei seinen nächtlichen Besuchen zwar das komplette Haus auf den Kopf gestellt und sogar den Kühlschrank durchwühlt, aber das kleine Gefrierfach anscheinend vergessen. Denn nur so konnte er sich erklären, warum die für Feißthammer so typische Ordnung hier noch vorhanden war. Er räumte das Fach leer und betrachtete die weiße Rückwand. Seitlich waren zwei Vertiefungen eingelassen, die Steinhauser sofort entdeckte. Er steckte die Zeigefinger hinein und nach einem kurzen Ruck hielt er eine schmale Kunststoffplatte in der Hand. Dahinter war tatsächlich der Safe.

Mit zittrigen Fingern gab Steinhauser die Zahlenkombination ein, die ihm Viktoria Feißthammer diktiert hatte. Mit dem Eintippen der letzten Zahl gab der Safe ein knackendes Geräusch von sich. Steinhauser betätigte den kalten Griff und zog die kleine Eisentür auf. Vor ihm lagen einige zusammengerollte Unterlagen. Er nahm sie heraus und überflog die ersten Zeilen. Dabei schien es sich um Verträge oder Vertragsentwürfe zu handeln. Was er da genau in den Händen hielt, konnte er auf Anhieb allerdings nicht feststellen. Dafür gab es zu viel Text. Wenn es im Dienst darum ging, irgendwelche Schriftstücke zu prüfen, hatte er sich immer auf seine Kollegen verlassen und sich hinterher alles erklären lassen. Aber das war diesmal nicht möglich. Um sich die Unterlagen näher anzusehen, ging er ins angrenzende Esszimmer. Dort legte er drei Mappen auf den Tisch und betrachtete sie nachdenklich. Gerade als er anfangen wollte, darin zu lesen, bellte Jacky. Verwundert schaute er zu dem Hund ins Wohnzimmer, der verzweifelt an seinem Hundekörbchen herumzerrte, welches zum Teil unter einem Sessel begraben war. Steinhauser ging hinüber und befreite das Körbchen, nahm die Decke, das verfilzte Kissen, ein paar Hunde-

spielsachen und warf sie ins Körbchen.
Nach einem Blick auf die Uhr seines Telefons war er verwundert, wie spät es schon wieder war. Er rief sich die Punkte auf seinem Notizzettel in Erinnerung, schätzte die Zeit ab, wann er wieder zurück sein würde und kam zu dem Ergebnis, dass er die Unterlagen aus dem Safe besser zu Hause und in aller Ruhe durchgehen sollte. Bevor er das Haus verließ, vergewisserte er sich zuerst, dass er nicht wieder Frau Kleingeist in die Arme laufen würde. Als er sich sicher war, dass sie ihn nicht überraschen konnte, verließ er die Wohnung. Auf dem Weg zum Auto stellte er entsetzt fest, dass er Jacky vergessen hatte. Verärgert über sich selbst ging Steinhauser zurück. Jacky lag zufrieden in ihrem Körbchen und schaute ihn mit treuen Augen an. Er gönnte dem Beagle eine Streicheleinheit und beschloss, das Körbchen einfach mitzunehmen. Auf dem Weg zur Haustür fiel ihm die Tiefkühlkost wieder ein. Er sprang schnell in die Küche, raffte kurzerhand alles zusammen und warf die Lebensmittel in Jackys Korb. Kurz darauf saßen sie in Frau Schäfleins Spider und waren auf dem Weg zurück ins Rathaus.

Auf der Rückfahrt versuchte sich Steinhauser noch einmal den Verlauf des Samstagabends in Erinnerung zu rufen. Er war sich sicher, dass er nicht so viel getrunken hatte, dass es zwangsläufig zu einem Blackout hatte kommen müssen. Und an die *Halbstarken*, mit denen er laut Strubinski angeblich getrunken haben sollte, konnte er sich beim besten Willen nicht erinnern. An den nächtlichen Ausflug nach Schaippach und den habgierigen Taxifahrer hingegen konnte er sich noch bestens erinnern. Plötzlich durchzuckte ihn ein Gedanke, eine Erinnerung, irgendetwas, was ihm wichtig erschien. Steinhauser konnte den Gedanken jedoch nicht festhalten, war sich aber sicher, dass Heinz, der Taxifahrer, der Schlüssel zu seiner Erinnerung war. Er hatte mittlerweile Rieneck hinter sich gelassen, setzte den Blinker und fuhr auf den Parkplatz des Seehotels Gut Dürnhof. Gedankenversunken betrachtete er den traditionsreichen Gasthof. Dabei erinnerte er sich wieder, wie er als Kind in den See im Park des Hotels gefallen war. Seine Eltern waren zu einer Geburtstagsfeier eingeladen gewesen und er hatte sich dermaßen den Bauch vollgeschlagen, dass er Magenkrämpfe bekommen hatte. Beim anschließenden Spaziergang um den See ließ er flache Steine über das Wasser springen. Als er erneut einen Krampf bekam, verlor er das Gleichgewicht und stolperte ins

Wasser. Bei der anschließenden Standpauke seiner Mutter musste er sich schließlich übergeben. Damit war dann auch die Feier für ihn und seine Eltern beendet gewesen.
Steinhausers Gedanken wanderten zurück zum Samstagabend, aber da er sich an nichts Konkretes erinnern konnte, nahm er sein Telefon und prüfte, welchen Taxiunternehmer er angerufen hatte. Nachdem er dies herausgefunden hatte, rief er Frau Schäflein an.
„Wie kann ich Ihnen denn helfe?“, fragte sie voller Tatendrang, nachdem ihr Steinhauser offenbart hatte, dass sie etwas für ihn erledigen musste.
Steinhauser teilte ihr den Namen des Taxiunternehmers mit, für den Heinz arbeitete, und dass er den Fahrer so schnell wie möglich sprechen müsse. Frau Schäflein versprach ihm, sich sofort um die Angelegenheit zu kümmern, und er war sich sicher, dass sie das auch tat, ganz gleich, was sonst noch für Arbeiten im Rathaus anstanden. Sein nächstes Ziel war Joachim Stocher. Der Landwirt aus Burgsinn, der als einziger von Feißthammer das begehrte Bio-Zertifikat bekommen hatte. Doch zuvor musste er erst noch einmal einen Abstecher nach Mittelsinn machen, um die Tiefkühlkost in der Gefriertruhe seiner Eltern zu verstauen. Die Kühlkette durfte auf keinen Fall unterbrochen werden.

Joachim Stochers Hof lag kurz hinter dem Ortsausgang von Burgsinn in Richtung der Nachbarortschaft Fellen unterhalb der Landstraße. Ein schmaler, geteerter Weg führte direkt dorthin. Die Aura, ein kleiner Bachlauf, der ebenso hieß wie das Dorf im Sinngrund, wo er seinen Ursprung nahm, trennte das Gehöft von zahlreichen Schrebergärten. Der Stall und diverse Hallen zogen sich an dem Bachlauf entlang.
Steinhauser parkte den Spider vor dem Wohnhaus, das direkt an der schmalen Straße stand und schaute sich um. Bevor er ausstieg, wies er Jacky an, im Auto zu bleiben, was diese auch gehorsam tat. Sie lag faul in ihrem Körbchen auf der Rücksitzbank. Gerade als er klingeln wollte, ging die Haustür auf und ein schlaksiger Mann in blauer Latzhose, schmuddeligem T-Shirt und ausgelatschten Hausschuhen stand vor ihm. Er war größer als Steinhauser, trug einen Vollbart und hatte krauses Haar. Irritiert betrachtete Steinhauser den Mann. Unweigerlich wurde er an Hafner und Diehl erinnert.
Blaue Latzhose … das scheint so eine Art Standardkleidung für Landwirte zu sein, überlegte er.

„Grüß Gott, mein Name ist Johannes Steinhauser. Ich bin auf der Suche nach Joachim Stocher."
„Gratuliere, Sie haben ihn gefunden", gab Stocher beim Anblick des Polizisten misstrauisch zurück.
Steinhauser schätzte den Mann auf Mitte vierzig, da er aber einen dichten Bart trug, konnte er sich auch irren. Nachdem er erklärt hatte, dass er wegen Jürgen Feißthammer hier war und ein paar Fragen hatte, verfinsterte sich die Miene des Landwirts. „Was will denn der noch von mir? Ich dachte, es ist alles geklärt?", sagte Stocher schroff.
„Keine Sorge, ich komme nicht wegen dem Zertifikat oder ihrer Zulassung als Bio-Landwirt", beruhigte ihn Steinhauser und überlegte, wie er seine Fragen stellen konnte, ohne verdächtig zu wirken. Dabei ärgerte er sich, dass er wieder einmal völlig unvorbereitet war.
„Weswegen dann?", hakte Stocher nach, nachdem Steinhauser nichts mehr sagte.
„Ja, es geht um … wie soll ich sagen …", er überlegte fieberhaft, „den Feißthammer."
„Das hatten Sie ja schon erwähnt", erinnerte ihn Stocher.
„Genau", bestätigte Steinhauser verlegen. „Es geht um eine Anzeige gegen den Herrn Feißthammer", fiel ihm ein und Stocher biss zum Glück an.
„Na, das kann ich mir gut vorstellen, bei dem Arschl..., ich meine bei dem ... Depp", korrigierte sich Stocher noch schnell.
Noch so ein „ziemlich bester Freund" vom Feißthammer, dachte Steinhauser und nutzte die Vorlage. „Sie haben wohl kein so gutes Verhältnis zum Herrn Feißthammer?"
„Naja, was heißt kein so gutes Verhältnis", stammelte Stocher. „Er war halt ... schwierig."
Bei dem Wörtchen *„war"*, wurde Steinhauser sofort hellhörig. „Wieso *war* ...?"
„Was heißt hier *war* …", meinte Stocher verlegen. „Wahrscheinlich ist er es immer noch. Aber seit er mir das Zertifikat gebracht hat, habe ich ihn nicht mehr gesehen. Und das war vielleicht ein Kampf", fügte er noch schnell an. Stocher wirkte verunsichert.
„Gab es denn Schwierigkeiten zwischen Ihnen und Herrn Feißthammer?"
„Wie das halt so ist, wenn man mit Beamten zu tun hat. Er hat sich extrem viel Zeit gelassen, mir das Zertifikat zu bringen. Da können die Nerven schon mal blank liegen", versuchte Stocher, die Streitigkeiten zwischen ihm und Feißthammer herunterzuspielen.

„Hatten Sie denn Bedenken, dass Sie das Zertifikat nicht bekommen?"
„Na klar. Wie würden Sie sich fühlen, wenn Ihre Existenz von einem Fetzen Papier abhängt und so ein … naja, egal jetzt, er hat es ja noch rechtzeitig gebracht." Stocher war bemüht, nicht die Beherrschung zu verlieren, während er über Feißthammer sprach.
„Und wann brachte er Ihnen das Zertifikat?"
„Am 30. Mai, einen Tag vor Ablauf der Frist." Steinhauser wusste, von welcher Frist er sprach, und hakte deshalb hier nicht weiter nach. „Ich bin noch am selben Tag zum Kreil und hab ihm das Zertifikat vorgelegt. Der hat vielleicht blöd geglotzt."
„Wieso?", stutzte Steinhauser. „Hat er sich denn nicht für Sie gefreut?"
„Gefreut!" Stocher lachte laut auf. „Das ist doch genau so eine Ratte wie der Feißthammer."
Jetzt war Steinhauser verwirrt. Kreil und die Euro-Agrar-Invest standen doch hinter den Landwirten, dachte er zumindest. Er forderte Stocher auf, seine Meinung näher zu erklären. Was dieser bereitwillig tat.
„Eine Woche vor Ablauf der Abgabefrist für mein Bio-Zertifikat ist der Kreil bei mir aufgetaucht und hat mir einen Vertrag vorgelegt."
„Was denn für einen Vertrag?" Steinhauser spitzte verwundert die Ohren.
„Wenn ich das Zertifikat nicht bis zum 31. Mai beim Kreil abgegeben hätte, dann hätte ich meinen Kredit binnen vierzehn Tagen an die Euro-Agrar-Invest zurückzahlen müssen", begann Stocher zu erklären, was Steinhauser allerdings schon wusste. „Und da ich das Geld natürlich nicht hatte, hat mir der Kreil ein Verkaufsangebot unterbreitet. Für einen Apfel und ein Ei sollte ich meinen Hof an die Inter Milch verkaufen."
Diesen Namen hatte Steinhauser bisher noch nicht gehört.
„Und Sie haben natürlich nicht verkauft", vergewisserte sich Steinhauser, der Kreils Lobrede über die Euro-Agrar-Invest anders in Erinnerung hatte.
„Nein, natürlich nicht!", bestätigte Stocher. „Alternativ hätte ich den Hof auch behalten und zu festgelegten Preisen meine Milch an die Inter-Milch liefern können. Die Preise lagen allerdings noch unter den aktuellen Preisen für Milch aus konventioneller Landwirtschaft."
„Dann wäre Ihr Bankrott auch nur aufgeschoben gewesen, oder?"
„Genau!", stimmte Stocher zu. „Aber Sie wollten mich doch wegen der Anzeige vom Feißthammer was fragen."
„Ja … der Feißthammer", überlegte Steinhauser. „Ist Ihnen am Herrn Feißthammer irgendetwas aufgefallen?"
Stocher überlegte. „Was soll mir denn aufgefallen sein?

„War er bei Ihren letzten Begegnungen irgendwie … anders als sonst?“
„Er wirkte recht nervös, als er das Zertifikat gebracht hat und hat sich ständig für die Verspätung entschuldigt. Dann hat er mir noch gesagt, dass ich mir unbedingt eine Empfangsbestätigung vom Kreil geben lassen soll.“
„Eine Empfangsbestätigung?“
„Ja, der Feißthammer hat gemeint, das ist sicherer, wenn man mit Leuten wie dem Kreil zu tun hat.“
Steinhauser versuchte, die neuen Informationen in seinem vom Wochenende noch immer leicht lädierten Kopf zu sortieren.
„Sonst noch was?“ Stocher riss ihn aus seinen Gedanken.
„Äh … wann haben Sie den Herrn Feißthammer zuletzt gesehen?
„Wieso gesehen?“ Stocher schaute ihn mit schmalen Augen an. „Ist was mit dem Feißthammer?“
„Nein, was sollte denn sein?“
„Weil Sie so komisch fragen.“
„So? Mach ich das?“
„Ja“
„Das tut mir leid“, winkte Steinhauser verlegen ab. „Polizeiroutine. Sie wissen ja, wie das ist.“
„Nein, das weiß ich eigentlich nicht.“
„Ja, … dann danke ich Ihnen für Ihre Hilfsbereitschaft.“ Steinhauser beendete abrupt das Gespräch und ließ den verdutzt dreinschauenden Landwirt einfach stehen.

Auf dem kurzen Weg zurück zum Rathaus versuchte er die neuen Informationen einzuordnen, wusste aber nicht so recht, was er damit anfangen sollte. Dort angekommen, nahm er Jackys Körbchen, verstaute es in seinem Bus und suchte Frau Schäflein. Zu seiner Verwunderung war sie gerade nicht an ihrem Platz. Er legte den Autoschlüssel auf ihren Schreibtisch, nahm einen Zettel, bedankte sich mit ein paar netten Zeilen, dass sie ihm ihr Auto geliehen hatte und machte Feierabend. Zwar etwas zu früh, aber der Samstagabend hing ihm immer noch nach. Was er überhaupt nicht verstehen konnte. Genauso konnte er sich nicht erklären, wo er seinen Ersatzgeldbeutel hingebracht hatte.
Zu Hause angekommen, nahm er erst einmal ein ausgiebiges Bad, um sich anschließend die Unterlagen aus Feißthammers Safe genauer anzusehen. Mit etwas zu essen und zu trinken, aus den Vorräten seiner Mutter, machte

er es sich in seinem Bus bequem. Er war gespannt, ob er etwas Neues herausfinden würde. Jacky lag zufrieden in ihrem Körbchen und kaute auf einer ihrer Spielsachen herum, während Steinhauser begann, den Bus nach den Unterlagen aus dem Safe zu durchsuchen.

„Himmelarschundzwirn“, fluchte er leise vor sich hin und wurde immer hektischer. Plötzlich hielt er inne und ließ sich stöhnend auf sein Bett fallen. Er hatte die Mappen im Auto von Frau Schäflein liegen gelassen.

Kapitel 17
14. Juni, morgens

Am nächsten Morgen fühlte sich Steinhauser schon viel besser und war lange nicht mehr so schlapp wie tags zuvor. Und da er es diesmal kaum erwarten konnte, auf seine Dienststelle zu kommen, war er schon lange wach, bevor ihn sein Telefon weckte. Er holte frisches Gebäck aus dem Geschäft und vermied dabei bewusst den Weg durch die Backstube. Nicht, dass seine Eltern noch irgendwelche Arbeiten für ihn hatten.
Da er heute schon so früh auf den Beinen war, erreichte er zeitgleich mit Frau Schäflein den Parkplatz. Diese wedelte schon von Weitem mit den Mappen.
„Guten Morgen Herr Steinhauser, des habbe Sie in meim Auto vergesse", begrüßte sie ihn in ihrem liebevollen hessischen Dialekt.
Steinhauser nahm die Unterlagen dankend entgegen und wünschte ihr ebenfalls einen guten Morgen. Während Frau Schäflein die Tür zum Rathaus aufschloss, hielt er ihr die Tüte mit Gebäck unter die Nase. „Als kleine Entschädigung für all die Umstände, die ich Ihnen immer so mache."
„Na, ob das reicht?", meinte Sie augenzwinkernd. „Ich hab auch Ihren Taxifahrer ausfindig gemacht", schob sie hinterher.
„Frau Schäflein, was wäre ich nur ohne Sie?", meinte er ehrlich und hielt ihr die Tür auf.
„Ach, Sie wieder", lächelte sie verlegen. „Wo ist denn heute Ihr Hund?"
„Jacky!", stieß Steinhauser erschrocken aus. „Oh, die ist noch im Bus. Wie konnte ich die nur vergessen?"
Er drückte Frau Schäflein das Gebäck in die Hand und ging zurück zum Bus. Kaum war die Schiebetür offen, sprang Jacky heraus und suchte ein Stück Wiese, um ihre Notdurft zu verrichten. Länger hätte es nicht dauern dürfen. Steinhauser lobte sie, dass sie seinen Bus nicht eingesaut hatte. Während Steinhauser gespannt die Unterlagen aus dem Safe in seinem Büro vor sich ausbreitete, organisierte Frau Schäflein etwas zu fressen für die Beagle-Dame.
„Das kam gestern Abend noch rein." Frau Schäflein reichte ihm ein Fax. „Ist von der Gerichtsmedizin aus Würzburg. Ich dachte, es ist bestimmt für Sie."

Überrascht und nervös zugleich nahm er das Papier in die Hand.
„Kaffee?“, fragte sie.
„Ja, bitte“, gab er abwesend zurück und legte das Fax neben die Mappen aus Feißthammers Safe. Sein Herzschlag wurde schneller. Vor ihm lag jetzt eine Vielzahl von Dokumenten, von denen er sich Antworten auf die Fragen in seinem Kopf erhoffte. Was bei ihm jedoch wieder neue Fragen aufwarf. Und zwar, ob ihm diese Antworten gefallen würden und ob er überhaupt wissen wollte, was dastand. Unschlüssig, womit er beginnen sollte, starrte er auf den Schreibtisch. Plötzlich wurde sein Atem schwer. Steinhauser hatte das Gefühl, als würde ihm jemand die Kehle abschnüren. Sein Magen verkrampfte sich und alles um ihn herum schien sich in Nebel aufzulösen. Als er den Kopf hob, sah er den eingefrorenen Feißthammer mit einem breiten Grinsen vor sich stehen. „Hast du jetzt etwa die Hosen voll?“, lachte die blasse, gefrorene Leiche. „Die Wahrheit ist nicht immer schön!“ Erschrocken zuckte Steinhauser zusammen. Dabei stieß er mit seinem Knie gegen den Schreibtisch, dass es schepperte.
„Alles in Ordnung, Herr Steinhauser?“ Frau Schäflein riss ihn aus seinen Gedanken zurück in die Realität.
„Ja, ja“, stammelte er schnell. „Alles bestens.“
„Sind Sie sicher?“, hakte sie nach und reichte ihm den Kaffee.
„Absolut“, beruhigte er sie. „Ich war nur gerade in Gedanken versunken.“
„Wenn Sie mich brauche ...“, sie zeigte auf die Tür. „Sie wissen ja, wo sie mich finde könne.“
„Danke, ich weiß Ihre Hilfe zu schätzen“, sagte er und sie ließ ihn wieder alleine.
Steinhauser holte tief Luft und nahm das Fax in die Hand. Als Einleitung schickte ihm Tobias Stickl liebe Grüße aus Würzburg und teilte ihm mit, dass er es seiner bezaubernden, besseren Hälfte zu verdanken habe, dass er sich gleich dem Problem angenommen hatte. „Ich konnte ihrem Charme und der Aussicht auf ein nettes Mittagessen nicht widerstehen“, schrieb er weiter. Daneben hatte er einen Smiley gezeichnet.
Steinhauser kochte innerlich bei dem Gedanken, dass Stickl mit Stefanie allein zu Mittag essen würde. Denn er war sich sicher, dass Stickl die Gelegenheit nutzen würde, um sich wieder an sie ranzuschmeißen. Vor seinem geistigen Auge sah er, wie Stickl Stefanie anbaggerte. Ihm wurde schlecht. Es war ihm unerklärlich, wie sich Stefanie so gut mit ihm verstehen konnte. Aber da musste er jetzt durch. Schließlich war er selbst maßgeblich für seine Beziehungsmisere verantwortlich. Das zumindest

hatte er mittlerweile kapiert. Aber da Stickl anscheinend immer noch davon ausging, dass sie ein Paar waren, keimte noch ein Funke Hoffnung in ihm.
Steinhauser knickte den oberen Teil des Fax um, damit er nicht in Versuchung kam, die Zeilen noch einmal zu lesen und widmete sich Stickls Aufstellung. Diese war, wie er neidlos zugeben musste: professionell, übersichtlich und selbsterklärend. Auch wenn er kein Fan von Stickl war, sein Handwerk verstand er wie kein anderer.
Nachdem er die Tabelle mehrfach durchgesehen hatte und sich das Ergebnis nicht änderte, legte er das Fax zurück auf den Schreibtisch. Steinhauser holte tief Luft und schloss die Augen. Ein Ergebnis, mit dem er überhaupt nicht gerechnet hatte, lag jetzt schwarz auf weiß vor ihm. Und die Unterlagen aus Feißthammers Safe wurden von einer auf die andere Sekunde uninteressant. Stickl hatte eindeutig nachgewiesen, dass die Gülleprobe von Holzinger mit der Gülle im Auto vom Feißthammer übereinstimmte.
Steinhauser überlegte eine ganze Weile, was er jetzt machen sollte. Schließlich erhob er sich, steckte das Fax ein und verließ sein Büro.
„Ich bin mal kurz weg“, sagte er zu Frau Schäflein beim Vorbeigehen.
„Bleibe Sie aber net so lange, um elf Uhr kommt der Taxifahrer“, rief sie ihm noch hinterher, war sich aber nicht sicher, ob er es gehört hatte. Jacky hatte er auch nicht mitgenommen.

Auf dem Weg zu Holzinger legte sich Steinhauser eine Strategie zurecht, wie er vorgehen wollte, in der Hoffnung, so die Wahrheit zu erfahren. Dass Holzinger nicht immer ehrlich zu ihm gewesen war, wusste er ja mittlerweile. Er fand seinen Schulfreund beim Saubermachen im Melkstand.
„Servus Hannes“, begrüßte ihn Holzinger. „Schon so früh auf den Beinen?“
Steinhauser sagte zunächst nichts, gab aber dann doch ein knappes „Servus“ zurück.
„Was ist los, du guckst so komisch.“ Holzinger bemerkte sofort, dass etwas nicht stimmte.
„Sepp, ich hab da ein paar Fragen an dich“, begann Steinhauser mit ernstem Tonfall.
„Was für Fragen?“ Holzinger wurde skeptisch.

„Du hast doch vermutet, dass den Feißthammer ein … Kollege von dir in deine Güllegrube geworfen hat“, erinnerte ihn Steinhauser vorsichtig an seine Theorie. Er beobachtete seinen Freund genau. Dieser knetete unruhig seine Hände. „Auf deinen Verdacht hin, habe ich alle Landwirte abgeklappert, für die der Feißthammer zuständig gewesen war und Gülle eingesammelt. Diese Proben habe ich analysieren und mit der Gülle aus dem Auto vom Feißthammer vergleichen lassen.“
Steinhauser ließ seine Worte einen Moment im Raum stehen.
„Und?“, fragte Holzinger ungeduldig. „Weißt du jetzt, wer das Auto gefahren hat?“
„Wer das Auto gefahren hat, kann ich nicht sicher behaupten, aber ich weiß, von wem die Gülle darin stammt.“
„Dann mach´s doch nicht so spannend! Wer war´s?“, wollte Holzinger wissen.
Steinhauser zögerte und schaute ihn eindringlich an, dann brach er sein Schweigen: „Die Gülle im Auto vom Feißthammer stammt von dir.“
Mit offenem Mund starrte ihn Holzinger verwirrt an. „Wie? Von mir?“
„Ja, von dir. Die Gülle aus deiner Grube ist identisch mit der Gülle im Auto des Toten“, wiederholte Steinhauser.
Holzinger sagte zunächst nichts, dann kam er energisch auf Steinhauser zu und zeigte ihm wild gestikulierend den Vogel.
„Spinnst du!“
„Fragt sich, wer hier spinnt“, gab Steinhauser sauer zurück. „Wer verheimlicht denn ständig alles vor mir?“
„Ich verheimlich doch nix!“, beschwerte sich Holzinger.
„So, machst du nicht?“
„Nein, mach ich net!“ Holzinger wurde lauter.
„Wo warst du denn am Montagabend?“
„Wo soll ich denn gewesen sein?“, stellte Holzinger eine Gegenfrage.
„Beim Schafkopf spielen warst du am Montag jedenfalls nicht!“ Steinhauser erinnerte sich, dass sich Strubinski darüber beschwert hatte, dass er sich nicht abgemeldet hatte.
„War halt mal daheim geblieben“, verteidigte sich Holzinger. „Frag doch die Katja, wenn du mir net glaubst.“
„Die brauch ich gar nicht zu fragen, ich weiß auch so, wo du warst.“
„Aha, und wo soll ich denn deiner Meinung nach gewesen sein?“
„Du warst beim Feißthammer!“, sagte Steinhauser. Holzinger zuckte kurz zusammen. Dieser versuchte sich zwar nichts anmerken zu lassen, aber der

kurze Augenblick genügte Steinhauser, um sich sicher zu sein, dass er ins Schwarze getroffen hatte.
„Bist du jetzt total bescheuert!“, schimpfte Holzinger.
„Du warst wegen dem Zertifikat dort gewesen und hast so laut rumgebrüllt, dass dich die Nachbarn gehört und gesehen haben!“, hielt Steinhauser dagegen.
„Blödsinn!“, war alles, was Holzinger meinte.
„Eine Nachbarin hat dich gesehen und exakt beschrieben. Sie würde dich auch jederzeit wiedererkennen“, log Steinhauser und wartete auf eine Reaktion. Da keine kam, fuhr er fort. „Wir können auch eine Gegenüberstellung machen, wenn dir das lieber ist? Wenn du nicht dort warst, hast du ja nix zu befürchten.“
Holzinger ging unruhig im Melkstand auf und ab. Wie ein Tiger in seinem Käfig. Äußerte sich aber immer noch nicht.
„Soll ich dir sagen, wie ich die Sache sehe?“ fragte Steinhauser. Holzinger schaute ihn nur gespannt an. „Du warst am Montagabend beim Feißthammer und wolltest dein Zertifikat haben. Es kam zum Streit und ...“
„Hast du noch alle Latten am Zaun?“, tobte Holzinger. „Ich hab den net umgebracht!“
Steinhauser blieb ruhig und hielt eisern an seiner Strategie fest … soweit es eben ging. „Ich bin dein Freund!“, stellte er klar. „Aber da du nicht ehrlich zu mir bist, machst du dich verdächtig. Kann doch gut sein, dass du dem Feißthammer im Affekt eins über die Rübe gezogen hast. Anschließend hast du die Leiche in seinem Auto hierhergefahren und in deiner Grube versenkt. Dabei hast du die Scheiße an den Sitz gebracht und danach hast du ...“
„Spinnst du jetzt total. Hast du dir am Samstag dein Hirn weggesoffen, oder was soll das?“, brüllte Holzinger und ging auf Steinhauser los. „Was bist ‘n du für ‘n Freund? Willst du mir jetzt nen Mord anhäng, oder was?“
Er gab ihm einen kräftigen Stoß, dass dieser das Gleichgewicht verlor und rückwärts stolperte. Steinhauser wollte sich noch an einer der automatischen Melkmaschinen festhalten, griff aber daneben und fiel auf den nassen, mit Kuhscheiße verschmierten Boden.
Entsetzt über sich selbst, starrte Holzinger Steinhauser wie versteinert an.
„Hannes … das … das tut mir leid“, stammelte Holzinger. „Es ist nur … ich ...“
Holzinger half ihm wieder auf die Beine und Steinhauser betrachtete seine

versaute Uniform. So aufgebracht hatte er seinen Freund noch nie erlebt. Vielleicht war er mit seiner Strategie doch etwas über das Ziel hinausgeschossen.
„Naja, jetzt hab ich ja genug Uniformen“, meinte Steinhauser mit Blick zu Holzinger. Dieser schaute ihn schuldbewusst an.
„Ja, es stimmt. Ich war am Montagabend beim Feißthammer“, gestand Holzinger reumütig. „Aber ich hab ihn net umgebracht. Das Arschloch hat mich abblitzen lassen. *Seien Sie nicht so ungeduldig*, hat er gesagt. Der hat gut reden. Ich brauch das Zertifikat bis zum 30. Juni, sonst bin ich bankrott oder ...“ Holzinger verstummte.
„... oder du musst an die Inter-Milch verkaufen?“, beendete Steinhauser den Satz.
Holzinger schaute ihn verdutzt an. „Gibt´s auch was, was du net weißt?“, meinte er frustriert.
„Sepp, ich bin bei der Kripo. Ich bin darauf spezialisiert, alles raus zu bekommen. Dafür bin ich ausgebildet.“ Schon wieder ließ er sich zu einer derartigen Aussage hinreißen. Er hielt kurz inne, dann fuhr er fort. „Ich hab mit Joachim Stocher aus Burgsinn gesprochen. Der hat mir alles erklärt. War dieser Sven Kreil auch bei dir und hat dir vorgeschlagen, den Hof an die Inter-Milch zu überschreiben oder zu Dumpingpreisen die Milch zu liefern, wenn du den Kredit nicht zurückzahlen kannst?“
„Ein paar Tage, bevor ich dem Feißthammer eine reingehauen hab, war der Kreil bei mir. Diese miese kleine Ratte“, gestand Holzinger. „Ich bin dann aufs Amt gefahren, um den Feißthammer zur Rede zu stellen, aber der war so ein … sturer Bock. Ein echter Paragraphenreiter. Hat sich einen Scheiß für die Menschen interessiert, deren Existenzen er zerstört. Als ich der Katja erzählt hatte, was passiert war, hat sie drauf bestanden, dass ich mich beim Feißthammer entschuldige. Deshalb bin ich dann am Montagabend zu ihm gefahren.“
„Hat wohl nicht so geklappt … mit dem Entschuldigen“, stellte Steinhauser fest.
„Nein, ging voll daneben. Dann gab ein Wort das andere. Irgendwann bekam der Feißthammer einen Anruf und hat mich vor der Tür stehen lassen.“
„Wann war das?“
„Am Montagabend, weißt du doch.“
„Nein, ich meine, um wie viel Uhr kam der Anruf?“
Holzinger überlegte. „So gegen halb elf. Kurz nach elf war ich wieder zu

Hause. Das kann die Katja bestätigen."
„Ich glaub dir", sagte Steinhauser. „Das hättest du mir schon viel eher erzählen müssen."
„Ich hatte Angst, dass man mich verdächtigt", verteidigte sich Holzinger.
„Das hast du jetzt auch super hinbekommen", meinte Steinhauser. „Wenn ich jetzt meine Kollegen hinzuziehe, werde ich abgezogen und du bist deren Hauptverdächtiger."
„Wieso Kollegen hinzuziehen?", erschrak Holzinger. „Willst du mich etwa …?"
„Nein, beruhige dich. Ich werde niemanden hinzuziehen", versicherte Steinhauser. „Aber ich hoffe, du hast mir jetzt auch alles erzählt. Denn wir können den Feißthammer nicht ewig auf Eis liegen lassen. Irgendwann fliegen wir auf."
„Ja, ich weiß", gestand Holzinger. „Ich bin dir auch total dankbar, dass du das alles für mich machst. Tut mir echt leid, dass ich dir net von Anfang an die Wahrheit gesagt hab."
Steinhauser schaute ihn kopfschüttelnd an. „Warum eigentlich nicht?"
„Ist doch peinlich, wenn man so über den Tisch gezogen wird."
„Wie hoch ist dein Kredit eigentlich?" Holzinger zögerte.
„Fängst du schon wieder an!", drohte Steinhauser.
„Fünfhunderttausend Euro", sagte er kleinlaut.
„Ach du Scheiße!", erschrak Steinhauser. „Das wird ja immer besser. Für was um alles in der Welt brauchst du so viel Geld?"
„Offiziell sind es ja auch nur zweihunderttausend", gestand Holzinger zögernd. „Ich wollt´s halt mal an der Börse probier. Mache doch viele … hat aber net geklappt."
„Du bist doch nicht ganz sauber. Und jetzt?"
„Naja, wenn ich das Zertifikat bekomme, dann ist es net ganz so schlimm. Die Kohle schaff ich schon wieder rein, aber Katja darf das auf keinen Fall erfahren."
„Fünfhunderttausend Euro", wiederholte Steinhauser. „Das ist ein verdammt starkes Motiv!"
„Du wolltest alles wissen", beschwerte sich Holzinger. „Ich war´s net. Das schwör ich dir!"
„Jedenfalls bist du aktuell der Hauptverdächtige", stellte Steinhauser klar.
„Und was willst du mir damit sagen?"
„Du darfst Mittelsinn nicht verlassen und musst dich zu meiner Verfügung halten."

„Wo will ich denn hin? Ich muss ja jeden Tag nach meine Küh guck!“
„Ich wollt´s nur erwähnt haben“, beschwichtigte Steinhauser.
„Und was passiert jetzt?“, fragte Holzinger verunsichert.
„Keine Ahnung. Zuerst brauch ich mal eine neue Uniform.“
„Und dann?“
„Ich meld mich wieder, sobald ich was Neues weiß.“ Mit diesen Worten ließ er Holzinger in seinem Melkstand zurück. Auf dem Rückweg fiel ihm wieder die Hundedecke ein, von der Feißthammers Frau gesprochen hatte. Er ging zum schwarzen Kombi, den Holzinger immer noch sicher im alten Schuppen verbarg und warf einen Blick in den Kofferraum und auf die Rücksitzbank. Jedoch konnte er nichts entdecken, was auf eine Decke hinwies, wie sie ihm Viktoria Feißthammer beschrieben hatte.
Bevor er in seinen Bus einstieg, wollte er eine seiner neuen Uniformen anziehen, doch mit Entsetzen stellte er fest, dass keine da war. Da erinnerte er sich wieder an das Vorhaben seiner Mutter. Schnell tauschte er seine nasse und verdreckte Kleidung gegen seinen alten Polizei-Jogginganzug und fuhr los.

Bevor er zurück zum Rathaus fuhr, schaute er kurz zu Hause vorbei, um sich eine der neuen Uniformen zu holen.
„Die hab ich grad in die Wäsche“, meinte seine Mutter knapp und nahm ihm die schmutzigen und stinkenden Kleider ab. Dabei ließ sie ihn spüren, dass sie immer noch sauer auf ihn war. „Bis heut Mittag sind die fertig.“
„Erst heute Mittag?“, fragte Steinhauser zaghaft. Doch bevor er noch etwas sagen konnte, schaute ihn seine Mutter mit schmalen Augen streng an und hielt ihm die stinkenden Kleider wieder unter die Nase.
„Wenn´s dir net passt, kannst du ja in Zukunft selber waschen oder die da wieder anziehen!“
„Nein, nein, heut Mittag ist super … ich hab ja … ich kann ja auch mal was anderes anziehen“, beschwichtigte er sie schnell, bevor Hildegard doch noch zu einer Moralpredigt ansetzte, und verzog sich in seinen Bus. Ein Blick auf die Uhr verriet ihm, dass der Taxifahrer bald auf dem Rathaus erscheinen würde. Allerdings wollte er ihn auf keinen Fall in zivil befragen. Er überlegte hin und her, was er nun machen sollte. Dann hatte er eine zündende Idee und griff zum Telefon.
„Was willst du?“, japste Strubinski ungläubig und verfiel in lautes Gelächter.

„Beeil dich gefälligst, ich hab keine Zeit für große Erklärungen!“, befahl Steinhauser und Strubinski versprach, sich sofort auf den Weg zu machen.
Kurz darauf fuhr ein grüner Sprinter in den Hof von Steinhausers Eltern und ein grinsender Strubinski kam auf ihn zu. „Ist die Not der Polizei so groß?“, flachste er.
Kommentarlos riss ihm Steinhauser das Faschingskostüm aus der Hand und zog sich um.
„Das traditionelle beige-grün steht dir auch hervorragend“, lobte Strubinski und setzte ihm die Mütze auf. „Und durch deine Knarre und den Gürtel sieht das sogar verdammt echt aus. Auch wenn die Hose etwas kurz ist.“
Steinhauser sagte nichts, verzog nur das Gesicht.
Strubinski schaute sich kurz um, und als er sich sicher war, dass sie keiner hören konnte, beugte er sich zu Steinhauser. „Was machen eigentlich die Ermittlungen?“, fragte er leise.
Steinhauser sagte zunächst nichts. Er ging in Gedanken die Neuigkeiten der letzten Stunden durch. Dabei kamen ihm wieder die Unterlagen aus Feißthammers Safe in den Sinn. Er überlegte, ob er Strubinski ins Vertrauen ziehen sollte. Eine zweite Meinung konnte in keinem Fall schaden, aber er war sich nicht sicher, ob Strubinski der richtige Ansprechpartner war. Und je länger er darüber nachdachte, umso bewusster wurde ihm, dass Strubinski die einzig mögliche Wahl war. Auch wenn er es nicht wahrhaben wollte.
„Ich meld mich, wenn ich deine … Hilfe brauch, versprochen“, meinte Steinhauser nach einer Weile und Strubinski strahlte bis über beide Ohren.
„Jederzeit Hannes, jederzeit! Ruf mich an und ich komm sofort. Wir sind ein super Team, das war mir bei unserem letzten Einsatz sofort klar geworden.“
Steinhauser sah das zwar etwas anders, verzichtete aber auf einen Kommentar. Dennoch wusste er, dass er sich auf Strubinski verlassen konnte, wenn er ihn brauchte. Das hatte er ihm schon mehrfach bewiesen und dafür war er ihm auch sehr dankbar. Aber das musste er ihm ja nicht gleich auf die Nase binden.

Wieder auf dem Rathaus angekommen, stellte Steinhauser fest, dass Frau Schäflein abwesend war. An der Scheibe des Infostandes klebte ein Zettel mit der Aufschrift *„Bin gleich wieder da“*.

Auf einem Stuhl im Foyer saß ein kräftiger Mann mit Vollbart. Steinhauser erkannte ihn sofort wieder, auch wenn seine Erinnerungen an Samstagnacht eher neblig waren.
Er streckt ihm die Hand entgegen. „Grüß Gott, sind Sie …?", Steinhauser überlegte, wie er ihn ansprechen sollte, doch der Mann erhob sich und kam ihm zuvor.
„Ich bin Heinz. Heinz Pollkovski." Dabei schaute er Steinhauser nachdenklich an. Plötzlich verwandelte sich sein angespanntes Gesicht in ein breites Grinsen und er ergriff freudestrahlend Steinhausers Hand. „Du bist doch der Hannes, vom Wochenende!" Doch als ihm bewusst wurde, dass er einem Polizisten gegenüberstand, wurde er stutzig.
„Herr Pollkovski", sagte Steinhauser ernst und war froh, dass Strubinskis Faschingskostüm seine Wirkung nicht verfehlte. „Wenn Sie mir bitte folgen würden."
Er führte Heinz in sein Büro, stellte ihm einen Stuhl vor seinen Schreibtisch und nahm Platz. Jacky lag zufrieden darunter, hob nur kurz den Kopf, hatte aber kein Interesse an dem fremden Besucher. Zunächst schwiegen beide Männer und schauten sich nur an.
„Also … wegen Samstagnacht ...", begann der Taxifahrer zögernd. Steinhauser musterte ihn mit versteinerter Miene. „Ich konnte ja nicht ahnen, dass Du … also ich meine, ... dass Sie bei der Polizei sind."
„In der Tat, das konnten Sie nicht!"
„Also, wegen dem Geld, ... ich hab grad nicht so viel dabei ...", suchte Heinz nach einer Ausrede. Ihm war anzusehen, dass er ein schlechtes Gewissen hatte. Verlegen knetete er seine Hände und wartete darauf, dass Steinhauser etwas sagte.
„Deswegen habe ich Sie nicht herbestellt", meinte dieser schließlich. „Aber darüber werden wir noch sprechen."
Heinz schaute ihn verwundert an. „Weswegen dann?"
„Können Sie bitte wiederholen, was Sie zu mir gesagt hatten, als ich in Mittelsinn in Ihr Taxi gestiegen bin!"
Heinz schaute ihn verwirrt an. „Was ich gesagt hatte?"
„Ja, als ich eingestiegen bin, da hatten Sie etwas gesagt, ich kann mich aber nicht mehr so ganz daran erinnern."
„Das glaube ich Ihnen gerne", bestätigte Heinz.
„Was Sie glauben, ist im Augenblick völlig irrelevant", blieb Steinhauser ernst. „Bitte beantworten Sie nur meine Frage!"
Heinz rutschte unsicher auf seinem Stuhl herum. „Ich habe Sie freundlich

begrüßt und höflich darum gebeten, nicht in mein Taxi zu … sich zu übergeben“, meinte Heinz schulterzuckend.
Steinhauser schüttelte den Kopf. „Nein, da war noch was anderes.“
Heinz dachte angestrengt nach. „Ich hatte letzte Woche noch eine Fahrt aus Mittelsinn.“
„Genau!“, rief Steinhauser begeistert, so dass Heinz kurz zusammenzuckte. „Dass war es gewesen!“
Steinhauser lehnte sich zufrieden in seinem Stuhl zurück. „Wann war diese Fahrt?“ wollte er als nächstes wissen.
„Solche Fahrten vergisst man nicht so schnell“, meinte Heinz. „Es war in der Nacht von Montag auf Dienstag.“
„Wo haben Sie den Fahrgast abgeholt?“
„Am Bahnhof.“
„Uhrzeit?“ folgte sofort die nächste Frage.
Heinz überlegte. „Kann ich nicht mehr so genau sagen. So kurz vor drei Uhr. Aber nageln Sie mich nicht fest.“
„Ist die Fahrt registriert?“
„Naja, es war schon so spät und ich wollte zuerst gar nicht hinfahren, weil ich dachte, es sei ein Scherz.“
„Schon gut, vergessen Sie die Frage“, Steinhauser wollte gar nicht wissen, ob er die Fahrt in seine eigene Tasche gesteckt hatte. „Können Sie den Mann beschreiben?“
Wieder überlegte Heinz. „So genau gesehen hab ich den eigentlich gar nicht.“
„Wie groß war er?“, Steinhauser war jetzt in einem regelrechten Verhörrausch.
„Da hab ich jetzt auch nicht so genau darauf geachtet“, bekam er kleinlaut zurück.
Resigniert sackte Steinhauser in seinem Stuhl in sich zusammen. Wenn er ihn nicht beschreiben konnte, führte diese vage Spur ins Nichts.
„Aber gestunken hat der“, sagte Heinz. Jetzt hatte er wieder Steinhausers volle Aufmerksamkeit.
„Gestunken? Nach was?“
„Keine Ahnung? Nach Scheiße vielleicht?“ Heinz kratzte sich nachdenklich an seinem Bart. „Ich wollte ihn zuerst gar nicht mitnehmen, aber dann hat er im Voraus gezahlt. Und das nicht schlecht. Allerdings hab ich erst am nächsten Tag festgestellt, dass er mir die Rücksitzbank und die Fußmatte eingesaut hatte. Ich musste eine Stunde lang das Leder

schrubben und vier Duftbäume kaufen, um den Gestank halbwegs zu neutralisieren. Der hätte eigentlich das Doppelte zahlen müssen!"
„Ist Ihnen sonst noch was aufgefallen?"
„Ich glaube, der hatte einen Sack oder eine Decke dabei."
„Können Sie den Sack oder die Decke genauer beschreiben?"
„Leider nicht", bedauerte Heinz. „Er stand immer so, dass ich ihn nicht richtig sehen konnte. Und nachdem er eingestiegen war, hat er sich genau hinter mich gesetzt und ganz klein gemacht. Aber wenn ich mich nicht irre, dann hatte er sogar einen Anzug an."
„Einen Anzug?", wunderte sich Steinhauser.
„Ja, fand ich auch etwas komisch", bestätigte Heinz. „Ich kann mich aber auch irren. Hätte genauso gut auch ein Blaumann mit Jacke sein können. Sie wissen schon, wie ihn die Arbeiter oder die Landwirte hier überall tragen. Es war halt auch dunkel", schob er noch unsicher hinterher.
Steinhauser holte tief Luft. Mit derartigen Aussagen konnte er niemanden überführen, war aber noch nicht am Ende der Befragung. „Wohin haben Sie den Mann denn gefahren?"
„Ans Ortsschild von Karsbach."
Steinhauser traute seinen Ohren nicht und schaute Heinz wie versteinert an.
„Alles klar bei Ihnen?", fragte Heinz vorsichtig, als er den starren, fast apathischen Blick des Polizisten bemerkte.
Es dauerte einen Moment, bis Steinhauser die Information verarbeitet hatte. „Nein, nein, alles reine Routine", meinte er, klang dabei aber nicht sehr überzeugend. Doch das war ihm egal, er nahm sich ein Blatt Papier und notierte die wichtigsten Informationen. Als er fertig war, bat er den Taxifahrer um seinen Personalausweis.
Widerwillig reichte dieser Steinhauser die kleine Plastikkarte. „Darf ich fragen, warum Sie das alles wissen wollen?"
„Klar dürfen Sie fragen", meinte Steinhauser, während er den Ausweis inspizierte. „Aber ich kann Ihnen darauf keine Antwort geben. Dann schaute er verwundert zu dem Taxifahrer. „Sie heißen ja gar nicht Heinz. Hier steht ...", Steinhauser kniff die Augen zusammen. „Hier steht … Maciejchich Pollkovski … oder so." Er versuchte den Vornamen mehrmals auszusprechen, aber es gelang ihm nicht wirklich.
„Ja, das stimmt", gab Heinz zu. „Meine Eltern sind aus Polen."
„Sie sprechen aber fehlerlos … Dialekt", wunderte sich Steinhauser.
„Ich bin hier geboren und aufgewachsen", erklärte Heinz. „Da mein

Vorname kein Mensch aussprechen kann, hat man mich in der Schule einfach Heinz genannt."
„Sind Sie jetzt Pole oder Deutscher?"
„Ich habe beide Staatsbürgerschaften, kann aber so gut wie kein polnisch. Meine Eltern sind früh gestorben, da wurde ich ..."
„Schon gut, das genügt mir fürs Erste", unterbrach ihn Steinhauser. Er hatte jetzt keine Lust, sich die Lebensgeschichte des Heinz, keine Ahnung wie man ihn richtig aussprach, Pollkovski anzuhören.
„Kann ich jetzt gehen?", fragte Heinz etwas unsicher, nachdem Steinhauser wieder eine ganze Weile nichts sagte. Dieser schaute den Taxifahrer an und überlegte, ob er ihm die dreihundert Euro wieder abknöpfen sollte. Andererseits hatte es seine Nichte nicht besser verdient und Strafe musste sein. Allerdings könnte er das Geld auch für sich einstreichen – für den nächtlichen Aufwand. Andererseits, ohne Vanessas unerlaubtem Ausflug hätte er nie erfahren, dass in der Tatnacht ein Unbekannter von Mittelsinn nach Karsbach gefahren worden war. Was wiederum eine völlig neue Spur eröffnete, auch wenn diese mehr als dünn war. Schließlich entschied er sich dagegen, das Geld einzutreiben. Heinz hatte sie, wenn auch zu einem stark überhöhten Preis, sicher nach Hause gebracht und sein Geld war es ja nicht gewesen.
„Sie können gehen", sagte Steinhauser zufrieden, doch als sich Heinz erhob, fiel ihm noch etwas ein: „Nur eine Sache noch: Sollten Sie wieder einmal die missliche Lage anderer Leute zu Ihrer persönlichen Bereicherung ausnutzen, dann beten Sie zu Gott, dass ich es nicht erfahre! Haben Sie mich verstanden?"
„Ja, klar und deutlich", nickte Heinz. „Die Frage, wer mir die Fahrt hierher bezahlt, kann ich mir dann wohl sparen, oder?"
Steinhauser gab ihm keine Antwort. Ein einziger Blick genügte.
„Schon verstanden", meinte Heinz kleinlaut. „Ich helfe doch gerne unserer Polizei."
„Davon gehe ich aus", sagte Steinhauser mit einem Grinsen. „Ach ja, da fällt mir noch etwas ein."
Gespannt schaute ihn der Taxifahrer an.
„Die Fußmatte, die Ihr nächtlicher Fahrgast eingesaut hat, haben Sie die schon gereinigt?"
„Nein, dazu bin ich noch nicht gekommen. Ich hab erst mal eine neue reingelegt."
„Hervorragend. Dann bringen Sie das Ding bitte so schnell wie möglich

hier vorbei – ohne sie vorher zu reinigen“, befahl Steinhauser und entließ ihn.

Kurz nach der Mittagspause erschien auch wieder Frau Schäflein. „Wie sehe Sie denn aus?“, fragte sie verwundert.
„Notkleidung“, gab Steinhauser knapp zurück.
„Sieht aus wie ein Faschingskostüm“, meinte sie abschätzig. „Wenn Sie früher immer so rumgelaufen sind, dann wurd´s ja höchste Zeit, dass Sie neue Uniforme bekomme habbe.“
„Wo Sie Recht haben, haben Sie Recht“, stimmte Steinhauser zu, doch bevor sie ihre Unterhaltung vertiefen konnten, klingelte das Telefon.
„Rappert!“, meinte Steinhauser mit Blick auf das Display und Frau Schäflein schloss mit einem Achselzucken die Tür seines Büros.
Steinhauser setzte sich an seinen Schreibtisch und betrachtete nachdenklich das Telefon. Auf ein Gespräch mit Rappert hatte er im Augenblick keine Lust. Allerdings wusste er auch, dass sich seine Beziehung zu seinem Vorgesetzten durch ständiges Ignorieren nicht bessern würde. Und um das ohnehin angespannte Verhältnis nicht noch weiter zu verschlechtern, nahm er den Anruf entgegen.
„Grüß Gott Herr Rappert, was kann ich Gutes für Sie tun?“, heuchelte er Freude über den Anruf.
„Ja, ja, schon recht“, grummelte dieser ins Telefon, ohne den Gruß zu erwidern. „Sie müssen sofort nach Rieneck!“
„Ach, was ist denn passiert?“ Steinhauser versuchte so interessiert wie möglich zu klingen.
„Soeben kam ein Notruf rein“, meinte Rappert emotionslos. „Hinter dem Dürnhof, auf einer Wiese an der Sinn, brennt ein Heuballen. Vermutlich handelt es sich um Brandstiftung.“
„Ich bin schon unterwegs“, gab Steinhauser voller Tatendrang zurück und legte auf, ohne zu warten, ob Rappert noch etwas zu sagen hatte. Anschließend starrte er noch einen Moment auf das Telefon. Einfach so aufzulegen, ohne sich zu verabschieden, hatte er eigentlich gar nicht gewollt. Es war eher ein Reflex gewesen. Aber da sich sein Chef nicht mehr meldete, machte er sich auf, um der Sache nachzugehen. Ein brennender Heuballen auf einer trockenen Wiese war schließlich nicht zu unterschätzen. Allerdings wusste er jetzt nicht, ob die Feuerwehr bereits informiert war. Zurückrufen und nachfragen kam jedoch nicht in Frage,

also ging er einfach davon aus, dass dies bereits geschehen war. Und da Rieneck nicht weit weg war, beschloss er mit seinem Bus zu fahren. Er teilte Frau Schäflein kurz mit, wohin er musste, und machte sich auf den Weg. Jacky ließ er sicherheitshalber im Rathaus zurück.
Schon bei der Anfahrt auf das Gut Dürnhof war der dicke, schwarze Qualm zu erkennen. Als er den Brandort erreichte, stellte er erleichtert fest, dass die Feuerwehr bereits da war und alles im Griff hatte. Zwei Einsatzfahrzeuge standen auf der Wiese und begannen gerade den brennenden Heuballen zu löschen und die Umgebung zu sichern.
Kaum hatte er seinen Bus auf der Wiese abgestellt, kam auch schon ein Feuerwehrmann in voller Montur auf ihn zugeeilt. „Sie können hier nicht parken!“, rief er von weitem. Als Steinhauser ausstieg und der Feuerwehrmann ihn als Polizisten identifizierte, verstummte er.
Steinhauser rückte seine Mütze zurecht, nahm seinen Notizblock aus der Ablage der Fahrertür und kam dem Feuerwehrmann entgegen. „Grüß Gott. Steinhauser. Man hat mich gerufen.“
„Äh, ja ...“, stammelte der Mann und musterte zunächst den Polizisten, anschließend den Bus.
„Der ist nur vorübergehend. Mein Dienstfahrzeug ist noch in Arbeit“, erklärte Steinhauser, als er den Blick des Mannes bemerkte. Er schüttelte ihm die Hand. „Wie ist die Lage, Herr …?
„Wie bitte?“, fragte der Feuerwehrmann verdattert.
„Haben Sie alles im Griff? Herr …?
„Entschuldigen Sie bitte. Ich bin Michael Heuler, der Einsatzleiter“, stellte der sich vor, schaute erneut zu dem Bus, dann wieder zu Steinhauser. „Entschuldigen Sie bitte, es ist nur … Ihre Uniform, der Bus ...“
Steinhauser ging erst gar nicht näher auf seine Bemerkung ein. „Schon gut Herr Heuler, Sie müssen sich nicht ständig entschuldigen. Kommen wir zur Brandursache. Können Sie mir sagen, wie der Heuballen in Brand geraten konnte“, wechselte er das Thema und war um professionelles Auftreten bemüht, was auch sofort die gewünschte Wirkung erzielte.
„Ja, Herr Steinhauser. Es handelt sich hier allem Anschein nach um den harmlosen Streich von ein paar Jugendlichen. Alles halb so schlimm“, berichtete Heuler und führte ihn zum Einsatzfahrzeug.
„Halb so schlimm?“, wunderte sich Steinhauser, betrachtete stirnrunzelnd die beiden Einsatzfahrzeuge und zählte über zehn Feuerwehrleute.
„Ist ja nix passiert. Wir haben alles im Griff“, wiegelte Heuler ab.
„Wissen Sie schon, wer die Brandstifter waren?“

„Die drei … Brandstifter sind am Krankenwagen.“
„Krankenwagen?“, wunderte sich Steinhauser. Er hatte gar keinen Krankenwagen gesehen, als er auf die Wiese gefahren war.
„Ja, aufgrund ihres … Zustandes hielten wir es für besser, einen Krankenwagen zu rufen“, bestätigte der Einsatzleiter.
„Wurden die Jungs verletzt?“
„Das nicht, aber … schauen Sie selbst.“
Der Krankenwagen stand hinter dem zweiten Einsatzfahrzeug. Steinhauser konnte sofort drei Jugendliche erkennen. Einer saß im Heck des Krankenwagens, ein anderer lag auf einer Decke davor und der dritte übergab sich gerade. Um jeden kümmerte sich ein Sanitäter und ein weiterer Feuerwehrmann. „Stockbesoffen!“, meinte Heuler. „Vermutlich im Suff eine Zigarette weggeworfen oder mit dem Feuerzeug gespielt. Werden wir wohl erst erfahren, wenn die wieder nüchtern sind.“
„Kennen Sie die Jungs?“, fragte Steinhauser, während er näherkam und sich die Szenerie betrachtete.
Der Feuerwehrmann zögerte zunächst mit einer Antwort. Erst als ihn Steinhauser direkt ansah und die Frage wiederholte, räusperte er sich und rückte mit einer Antwort heraus. „Der im Krankenwagen und der, der gerade gekotzt hat, sind aus Rieneck, der da ...“, Heuler deutete auf den Jungen, der auf der Wiese lag, „der müsste aus Burgsinn sein. Bin mir aber nicht sicher.“
Plötzlich sprang der Junge, der im Heck des Krankenwagens saß, auf und torkelte auf Steinhauser zu. Der Sanitäter und der Feuerwehrmann, die ihn betreuten, konnten gerade noch verhindern, dass er stürzte.
„Hey, du bist doch der Hannes“, grölte er lauthals und alle schauten verwundert zu Steinhauser. Dieser zuckte wie vom Blitz getroffen zusammen und erstarrte. „Is heut Fasching, oder warum siehst du so aus?“, lachte der Jugendliche. „Und, wie war dein Sonntag?“, schob er noch hinterher und verfiel in einen Lachkrampf.
„Kennen Sie den Jungen?“, wunderte sich Heuler.
„Nein!“, wies Steinhauser entschieden zurück. „Woher denn?“
„Na vom Samstagabend!“, meldete sich der Junge lallend zu Wort und fing wieder an zu lachen. „Du hast vier Beschleuniger auf ex weggeschüttet – allen Respekt, das schafft nicht jeder. Allerdings sind dir danach alle Lichter ausgegangen.“
Steinhauser spürte, wie ihm zuerst die Schamröte, dann die Zornesröte ins Gesicht stieg. Am liebsten wäre er im Boden versunken. Waren das etwa

die Halbstarken, von denen Strubinski gesprochen hatte?
„Sie, ein Polizist, haben mit den armen Kindern Alkohol getrunken?“, entrüstete sich der Einsatzleiter. Steinhauser wusste nicht, wie ihm geschah. Von einem auf den anderen Moment hatte er das Gefühl, dass ihn alle kopfschüttelnd anstarrten. Und als er sich umsah, stellte er fest: Es war kein Gefühl! Alle Augen waren auf ihn gerichtet.
„Jetzt wollen wir aber mal die Kirche im Dorf lassen“, verteidigte sich Steinhauser. „Erstens sind das keine Kinder mehr und zweitens weiß ich gar nicht, wovon der … Kerl da redet.“
„Ich sag nur: vier doppelte Jacky-Cola mit drei Stück Traubenzucker“, lallte der Junge, während er gestützt wurde.
„Ich glaube, der weiß ganz genau, wovon er redet“, stellte Heuler klar.
Steinhauser kochte vor Wut. Aber bei all seiner Aufregung dämmerte ihm jetzt auch, warum sein Erinnerungsvermögen eine derartige Lücke aufwies. Und er hatte jetzt auch einen Verdacht, wohin seine Geldbörse gekommen war. „Ihr wart das!“ Er ließ Heuler stehen, packte den Jungen am Kragen und schüttelte ihn. Völlig überrascht wichen der Feuerwehrmann und der Sanitäter, die sich um ihn gekümmert hatten, zurück. Lediglich der Einsatzleiter reagierte sofort.
„Lassen Sie den Jungen los!“, befahl er und versuchte die beiden zu trennen. „Oder ich rufe die Polizei!“
„Ich bin die Polizei!“, schrie Steinhauser. „Die drei haben mich abgefüllt und dann meinen Geldbeutel geklaut!“
„Zuerst verführen Sie Minderjährige zum Alkohol und dann beschuldigen Sie die Jungs des Diebstahles! Was sind Sie denn für ein Polizist?“, hielt Heuler lautstark dagegen.
Gemeinsam mit dem Sanitäter und dem anderen Feuerwehrmann konnten sie Steinhauser von dem Jugendlichen trennen.
„So, und jetzt beruhigen Sie sich erst einmal“, versuchte der Einsatzleiter die Situation zu entschärfen. Dabei führte er Steinhauser ein Stück zur Seite. „Zeigen Sie mir doch bitte einmal ihren Dienstausweis.“
„Meinen Dienstausweis?“, wiederholte Steinhauser aufgebracht, war aber gleich wieder bemüht, sich nicht aufzuregen. Er holte einmal tief Luft und, um weiteren Streit zu vermeiden, gab er dem Einsatzleiter seinen Ausweis. Nach genauer Prüfung gab dieser ihn wieder an Steinhauser zurück.
„Ich werde diese Jugendlichen jetzt durchsuchen“, stellte Steinhauser klar, doch Heuler hatte keine Lust, ihn noch einmal in die Nähe der Jungs zu lassen.

„Keine Ahnung, was Sie in Ihrer Freizeit so treiben. Das geht mich nichts an und ich will es auch gar nicht wissen, aber durchsuchen werden Sie die Jungs auf keinen Fall“, stellte Heuler klar.
„Dann machen Sie es eben!“, gab Steinhauser gereizt zurück. „Da es sich hier um mögliche Brandstiftung handelt, müssen die Jungs sowieso durchsucht werden. Und sollten Sie es nicht tun, sehe ich mich gezwungen, meine Kollegen hinzuzuziehen!“
Heuler überlegte einen Moment. „Okay, ich werde die Jungs durchsuchen“, stimmte er zu.
Während der Einsatzleiter die Sachen der Jugendlichen durchsuchte, schaute sich Steinhauser um. Der Heuballen war inzwischen gelöscht und die Feuerwehrleute schon wieder dabei, ihre Schläuche aufzurollen. Da fiel sein Blick auf einen gegenüberliegenden Bauernhof. Auf den ersten Blick hätte man meinen können, die Gebäude gehörten zum Gut Dürnhof, aber bei genauerem Hinsehen stellte er fest, dass es sich um ein kleines Gehöft handelte. Er ging ein Stück darauf zu, als ein schwarzer, 5er BMW aus der Hofeinfahrt kam. Als er den Fahrer erkannte, traute er seinen Augen nicht. „Der Kreil?“, wunderte sich Steinhauser. „Was macht der denn hier?“
Doch bevor er einen weiteren Gedanken fassen konnte, erschien Heuler mit einer Tüte, die er ihm unter die Nase hielt. „Das ist alles, was die Jungs bei sich hatten!“
Schon beim ersten Blick in die Tüte erkannte Steinhauser seinen Geldbeutel. „Wusst ich´s doch“, murmelte er, nahm sein Eigentum an sich und schaute zum Krankenwagen. Allerdings interessierte ihn jetzt viel mehr, was Kreil hier zu suchen hatte, als die Brandursache zu untersuchen. Ohne den Rest des Inhaltes zu begutachten, wandte er sich wieder an den Einsatzleiter. „Wären Sie so nett und würden die Personalien der Jugendlichen aufnehmen?“, fragte er und hielt Heuler seinen Block entgegen.
„Muss das denn sein? Ist doch nix passiert“, gab Heuler zurück. Steinhauser schaute ihn verwundert an.
„Sind doch Jungs“, schob Heuler hinterher. Doch bevor Steinhauser etwas erwidern konnte, kam einer von Heulers Kollegen dazwischen.
„Michael, kommst du mal. Dein Sohn hat sich jetzt ausgekotzt.“
Jetzt war es der Einsatzleiter, der wie versteinert dastand und am liebsten im Boden versunken wäre. Ein kurzes Grinsen huschte über Steinhausers Gesicht. Jetzt war ihm auch klar, warum der brennende Heuballen, der

Einsatz von einem Dutzend Männern und zwei Löschfahrzeugen, nur *halb so schlimm war*.
„Aha! Ihr Sohn?", wiederholte Steinhauser neugierig. Heuler schaute ihn verlegen an. „Hatten Sie etwa vor, hier eine Straftat zu vertuschen? Und wie kann es sein, dass ein Minderjähriger, oder sollte ich besser sagen: Ihr minderjähriger Sohn, am helllichten Tag, sturzbesoffen Heuballen in Brand setzt? Ganz davon abgesehen, dass er am Samstagabend, entgegen der Jugendschutzgesetze, unbescholtene Bürger abgefüllt und ihrer Geldbörse beraubt hat! Und das zu einer Uhrzeit, zu der er schon längst hätte zu Hause sein müssen!"
„Herr Steinhauser …", begann Heuler kleinlaut, brach dann aber wieder ab.
„Hat wohl auch seinen Grund, dass *nur* die Rienecker Feuerwehr ausgerückt ist, oder?" Steinhauser musterte den Einsatzleiter mit schmalen Augen, hatte jedoch andere Probleme, als hier weiter nachzubohren. Viel mehr interessierte ihn, was Kreil bei dem Landwirt gesucht hatte. „Aber wir waren doch alle mal jung gewesen, oder?", stimmte Steinhauser zur Verwunderung des Feuerwehrmannes einen versöhnlichen Ton an und legte ihm freundschaftlich den Arm über die Schulter. „Was halten Sie davon, wenn in meinem Bericht so was wie: Selbstentzündung durch Hitze oder eine weggeworfene Glasflasche steht und Sie dafür vergessen, was Sie heute gehört haben. Personalien wären dadurch natürlich auch hinfällig. Im Grunde ist ja auch nix passiert und alles halb so schlimm."
Der Einsatzleiter schaute Steinhauser mit offenem Mund verunsichert an.
„Ich sehe hier nur zwei Einsatzfahrzeuge und jede Menge Feuerwehrleute. Und Sie, Herr Heuler?" Steinhauser schaute sich demonstrativ um und zuckte mit den Schultern.
„Jetzt, wo Sie das so sagen ...", stammelte der Einsatzleiter vorsichtig.
„Genau. Ich denke wir sind uns einig?", meinte Steinhauser mit einem Augenzwinkern. „Und bei Gelegenheit sollten Sie mal mit Ihrem Sohn und seinen Freunden reden. Ansonsten wird es sich nicht vermeiden lassen, dass wir uns wiedersehen."
„Das werde ich, ganz bestimmt", versprach der Einsatzleiter und schüttelte so heftig den Kopf, dass ihm sein Helm fast heruntergefallen wäre.
„Davon bin ich fast überzeugt", meinte Steinhauser, klopfte ihm anerkennend auf die Schulter und verabschiedete sich. Nachdem er seinen Bus gestartet hatte, hob er noch einmal kurz die Hand zum Gruß und fuhr zu dem angrenzenden Gehöft.

Das Gehöft war nicht besonders groß, aber alles wirkte sehr gepflegt und aufgeräumt. Das kleine, zweifellos sehr alte Fachwerkhaus mit seinen Fensterläden und dem kleinen, in den Hof übergehenden Vorgarten gefiel Steinhauser besonders gut. Vor allem die kleine Sandsteinmauer mit einem niedrigen, schmiedeeisernen Zaun, war ein Blickfang. In einer aus Holz gezimmerten Halle mit hohen Schiebetüren stand ein Schlepper mit Frontlader. Ein weiterer, bestückt mit einem Mähwerk an der Fronthydraulik und einem vollen Ladewagen stand in der Auffahrt zum Stall.
Steinhauser hatte seinen Bus noch nicht abgestellt, da hatte man ihn auch schon entdeckt. Ein Mann mit grauem Tirolerhut und blauer Latzhose kam auf ihn zu. Spätestens jetzt war sich Steinhauser sicher, dass blaue Latzhosen im Sinngrund eine große Tradition hatten. Entweder gab es hier nichts anderes oder es war eine Frage der Ehre, als Landwirt eine zu tragen.
„Da drüben brennt´s“, rief der Mann.
„Ja, ich weiß. Die Feuerwehr hat bereits alles im Griff. Nichts passiert“, berichtete Steinhauser kurz. „Haben Sie die Polizei gerufen?“
„Ja, und die Feuerwehr“, stellte der Landwirt klar.
„Sehr gut“, meinte Steinhauser und stellte sich kurz vor. Dabei fiel ihm der fragende Blick des Landwirtes in Richtung seines Busses sofort auf. Und um die lästige Frage über sein fehlendes Dienstfahrzeug zu umgehen, erklärte er gleich, dass dieses noch in Arbeit ist. Der Bus ist nur eine Übergangslösung. „Und wer sind Sie?“, fragte Steinhauser, nachdem die Neugierde des Bauern befriedigt war.
„Josef Block“, bekam er zur Antwort. Block war schon über sechzig, mit tiefen Falten im Gesicht, machte aber einen fitten Eindruck für sein Alter. „Die drei Rotzlöffel schleichen sich immer in meine Scheune, um dort so komisches Kraut zu rauchen. Besoffen sind die auch meistens und als ich den Qualm gesehen hab, dachte ich schon, die haben die Scheune angezündet.“
„Zum Glück war es ja nur ein Heuballen“, sagte Steinhauser.
„Sie sind vielleicht lustig! Als ob das nicht schlimm genug ist“, gab Block verärgert zurück. Steinhauser schaute etwas verlegen.
„Sie haben natürlich Recht. Das geht gar nicht. War das Ihr Heuballen?“
„Ja, wessen denn sonst?“
„Wollen Sie Anzeige erstatten?“

Block überlegte kurz, verzichtete aber darauf. „Für den Schreibkram hab ich keine Nerven und helfen tut´s auch nicht. Wenn die Alten ihre Jungen nicht im Griff haben, was kann die Polizei da schon machen?"
„Das haben Sie richtig erkannt", stimmte Steinhauser zu, wechselte aber gleich das Thema. „Können Sie mir sagen, was der Mann von Ihnen wollte, der gerade in dem 5er BMW Ihren Hof verlassen hat?"
Block blieb zunächst stumm, dann fragte er zögerlich: „Wieso? Hat der Sie geschickt?"
„Nein, ich bin eigentlich wegen dem Feuer hier", erklärte Steinhauser, wurde aber gleich hellhörig. „Wie kommen Sie darauf?"
„Nur so", wiegelte Block ab.
„Gab es Probleme mit … dem Herrn?" fragte Steinhauser nach.
„Was heißt Probleme?", zuckte Block mit den Schultern. „Ich habe ihm halt gesagt, wenn er noch mal kommt, dann sperr ich ihn zu Egon ins Gehege."
„Wer ist Egon?"
„Mein Bulle!"
Steinhauser musste grinsen. „Und warum? Hat er Sie bedroht?"
„Bedroht nicht, aber der nervt!"
„Wie kann er Sie denn so sehr nerven, dass Sie ihn zu … Egon ins Gehege sperren wollen?"
„Der Fatzke war jetzt vielleicht schon das achte oder neunte Mal hier. Jedes Mal will der mich davon überzeugen, einen supergünstigen Kredit aufzunehmen, um auf Bio umzustellen", beschwerte sich Block. „Und jedes Mal erklär ich dem Fatzke, dass ich kein Interesse daran habe, auf Bio umzustellen."
Steinhauser erinnerte sich dunkel an das Gespräch mit Kreil und war etwas verwundert über diese Aussage. „Hatten Sie denn einen Antrag auf ein Bio-Zertifikat gestellt?"
„Nein, wozu denn?", kam es kurz und deutlich von Block.
„Und warum nicht?"
„Wollen Sie mich jetzt auch bequatschen?", fragte Block scharf und funkelte Steinhauser zornig an.
„Nein, verstehen Sie mich bitte nicht falsch", beschwichtigte Steinhauser gleich. „Es wundert mich nur, da doch anscheinend alle Milchbauern in der Gegend auf Bio umstellen."
„Ach, hören Sie doch mit dem Bio auf", winkte Block wütend ab. „Wo du hinkommst, hörst und siehst du nur noch Bio. Bio hier, Bio da. Ist doch

alles nur Betrug! Wo soll denn so viel Bio auf einmal herkomm? So lang die Pflanzenschutzmittel noch nicht verboten sind, knall ich mei Spritze mit dem Zeug voll und a Ruh is auf meine Acker! Heißt doch schließlich auch Pflanzenschutzmittel, oder?"
Verwundert und sprachlos stand Steinhauser da. Diese klare Einstellung von Block hatte ihn doch etwas überrascht. Er wusste nicht, wie er reagieren sollte.
„Wissen Sie, Herr Steinhauser ...", Block hatte sich wieder etwas beruhigt. „Ich bin jetzt über sechzig und meine vier Kinder sind in alle Welt verstreut. Auf Landwirtschaft hatte keiner mehr Lust. Die kleinen Landwirte werden doch systematisch kaputt gemacht. Die Politik labert nur dumm rum, aber das geht mir mittlerweile alles am Arsch vorbei. Und so lange meine Frau und ich den Hof bewirtschaften können, machen wir das. Ich hab nur vierzig Milchkühe und jedes Jahr werden es weniger. Da wäre ich doch blöd, wenn ich jetzt noch mal Geld investiere. Für wen denn? Und der blöde Fatzke glaubt, er müsste mich mit aller Gewalt davon überzeugen, die Menschheit mit Bio-Milch zu retten. Der und der Rest der Menschheit kann mich mal kreuzweise."
„Das ist mal eine klare Einstellung", war alles, was Steinhauser dazu einfiel.
„Kann ich Ihnen sonst irgendwie helfen?", fragte Block.
Steinhauser überlegte. „Kennen Sie einen Jürgen Feißthammer?"
Jetzt war es Block, der nachdachte. Es dauerte einen Augenblick, dann kam die Antwort. „Nein, nie gehört."
„Sind Sie sich sicher? hakte Steinhauser nach.
„Ja", bestätigte Block voller Überzeugung.
Steinhauser hatte keine weiteren Fragen mehr. Da er den Grund für Kreils Besuch jetzt wusste und Block wegen dem Heuballen keine Anzeige erstatten wollte, bedankte er sich für die ehrlichen Auskünfte und verabschiedete sich.

„Sie komme mir grad recht!", wurde Steinhauser von Frau Schäflein scharf begrüßt. Er schaute sie verwundert an, doch bevor er etwas sagen konnte, ergriff Sie wieder energisch das Wort. „Der Taxifahrer war noch mal da und hat so eine stinkende Gummimatte gebracht. Können Sie es noch riechen? Hier riecht´s wie im Kuhstall! Der hat die hier rein-geschleppt und gesagt, dass Sie die habbe wolle. Dem hab ich vielleicht was erzählt.

Und Geld für die Anfahrt wollt der auch noch habbe!"
Als Frau Schäflein gerade einmal Luft holte, unterbrach Steinhauser ihren aufgebrachten Redeschwall. „Beruhigen Sie sich bitte, Frau Schäflein. Ich benötige die Matte für ein paar Nachforschungen."
„Nachforschungen?" quiekte Sie entrüstet. „Ich will gar net wisse, was das für Nachforschunge sind."
„Ist auch nix Besonderes", wiegelte Steinhauser ab. „Aber ich mach ja auch nur, was mir der Herr Rappert aufträgt. Und mit Details will und darf ich Sie ja auch nicht belästigen, selbst wenn ich ab und an einmal einen guten Rat benötigen könnte."
Mit zusammengekniffenen Augen schaute sie Steinhauser verärgert über ihre Brille hinweg an. Natürlich wollte sie wissen, was es mit der Matte auf sich hatte, aber da sie so forsch vorgeprescht war, hatte sie diese Chance vertan. Sie beschloss das nächste Mal diplomatischer vorzugehen.
„Wo ist denn die Matte?", fragte Steinhauser.
Frau Schäflein trat etwas verlegen auf der Stelle, bevor sie mit einer Antwort herausrückte. „Ich hab se abgespritzt und drauße hingelegt. Die hat ja so gestunke. Was hätte denn die Leut gedacht, wenn jemand aufs Rathaus gekomme wär."
Steinhauser erstarrte. Vor seinem geistigen Auge bekam er einen Tobsuchtsanfall, bei dem er Frau Schäflein an die Gurgel sprang. Und nachdem er sie im Geiste so lang gewürgt hatte, bis sie blau anlief, ließ er wieder los.
„Sie haben was …?" fragte er ungläubig mit bebenden Lippen.
„Hätt ich wohl besser nicht gemacht, ... oder?"
Unfähig etwas zu sagen, starrte er sie nur an. Die erste verheißungsvolle Spur, die Steinhauser seit Beginn seiner Nachforschungen hatte, wurde von Frau Schäflein im wahrsten Sinne des Wortes: *weggespült*. Zu gerne hätte er die Rückstände auf der Matte analysieren lassen, um in Erfahrung zu bringen, von welchem Landwirt sie wirklich gewesen waren. Aber schon alleine die Tatsache, dass in der Mordnacht jemand von Mittelsinn nach Karsbach gefahren worden war, war mehr als verdächtig. Zudem noch jemand, der nach Scheiße gestunken hatte. Und gar so viele Personen kamen für diesen nächtlichen Ausflug schließlich auch nicht in Frage. Natürlich hätte sein Freund Holzinger mit einem Taxi zurück nach Karsbach fahren können, um sein Auto zu holen, aber eben auch jemand anderes.
„Hallo, Herr Steinhauser", riss ihn Frau Schäflein aus seinen Gedanken.

„Alles in Ordnung mit Ihnen? Sie sehe so ... blass aus und … starre mich so an."
„Ja, ja, alles bestens", gab er teilnahmslos zurück. „Ich muss heute mal eher Feierabend machen. Irgendwie geht es mir nicht so gut", meinte er frustriert, ließ Frau Schäflein stehen und verließ mit der Gummimatte und Jacky im Schlepp das Rathaus. Vielleicht konnte Stickl ja doch noch etwas finden, auch wenn die Hoffnung eher gering war. Wenn Frau Schäflein etwas reinigte, dann gründlich.

Kapitel 18
14. Juni, abends

Gedankenversunken stellte Steinhauser seinen Bus im hinteren Teil des Hofes seiner Eltern ab und krabbelte in seinen Wohnbereich. Es war zwar erst nachmittags, aber er hatte das dringende Bedürfnis sich hinzulegen. Während er umständlich das doch etwas enge Faschingskostüm auszog, wunderte er sich immer noch, dass es niemandem aufgefallen war – musste wohl an seinem souveränen Auftreten gelegen haben. Nachdem er ein frisches T-Shirt und seinen geliebten Polizei-Jogginganzug angezogen hatte, ließ er sich erschöpft auf sein Bett fallen.
Die ganze Sache fing an, ihm über den Kopf zu wachsen. Die Lage entpuppte sich als wesentlich komplizierter, als er zu Beginn angenommen hatte. Steinhauser brauchte unbedingt professionelle Unterstützung. Aber wen konnte er jetzt noch ins Vertrauen ziehen?
Während er seinen Gedanken nachhing, schlief er ein. Jacky legte sich zunächst neben ihn, verkroch sich dann aber im Fußraum des Beifahrersitzes. Längst hatte sie diesen Ort als ihren Rückzugsraum auserkoren und fühlte sich in ihrer neuen Umgebung sichtlich wohl. Waren die beiden doch mittlerweile ein eingespieltes Team geworden.
Als ihm seine Mutter das Abendbrot brachte, war es bereits kurz nach acht Uhr abends. Etwas mürrisch und verschlafen nahm er die Wurstplatte mit Schwarzbrot dankbar entgegen. War aber froh, dass sie ihn geweckt hatte. Ansonsten wäre er wahrscheinlich nicht mehr aufgewacht.
„Sag bloß, du hast geschlafen?“, fragte sie entgeistert, als sie seine verquollenen Augen sah.
„Natürlich nicht“, gab sich Steinhauser verständnislos. „Ich hab gearbeitet.“
„Hier?“
„Na klar, auf dem Rathaus hat man ja keine Ruhe.“
„Aha“, meinte sie skeptisch. „Und was kann man als Polizist zu Hause arbeiten?“
„Polizeiarbeit. Was denn sonst?“
„Ja, ja, ich hab schon verstanden“, meinte sie schnippisch. „Darüber willst du wieder nicht reden, stimmt´s?“
„Wollen tuen täte ich schon, dürfen tuen tue ich aber nicht, Mama“,

entgegnete er und tat so, als ob er es bedauere. „Ist auch total langweilig." Sie warf ihm noch ein „Guten Appetit" entgegen und verschwand wieder. Zunächst gab Steinhauser Jacky etwas Hundefutter und ließ sie noch einmal aus dem Bus. Anschließend stärkte er sich in aller Ruhe. Mit vollem Bauch holte er die Unterlagen aus Feißthammers Safe hervor. Doch bevor er sich um die Papiere kümmerte, vertrat er sich noch kurz die Beine, machte sich frisch und lotste Jacky wieder zurück in den Bus. Es wurde höchste Zeit, die Dokumente zu sichten, denn er ging fest davon aus, dass diese Unterlagen Ziel des hartnäckigen Einbrechers gewesen waren.

Vor ihm, auf seinem kleinen Tisch, lagen drei Mappen. Er öffnete sie und betrachtete der Reihe nach die Dokumente.

In der einen Mappe waren lauter Zertifikate abgeheftet – Bio-Zertifikate. Er nahm sie in die Hand und las genau, was darauf stand. Jedes Zertifikat hatte noch eine Reihe von Bescheinigungen anhängend, die er ebenfalls genau in Augenschein nahm. Und nachdem er sich eine Übersicht verschafft hatte, war ihm klar, dass es sich hierbei um die Zertifikate handelte, auf die sein Freund Holzinger, Bernhard Diehl, die Hafners und die Familie Zwinsel warteten. Das Wichtigste an den Dokumenten war jedoch, dass alle Zertifikate und Bescheinigungen von Feißthammer bereits unterschrieben worden waren. Dabei fiel ihm sofort auf, dass das Datum neben der Unterschrift bei allen Zertifikaten der Montag letzter Woche war. Der Tag, bevor Holzinger die Leiche in seiner Güllegrube gefunden hatte. Hatte Feißthammer mit diesen Unterschriften etwa unbewusst sein Todesurteil unterschrieben? Aber warum hatte Feißthammer am Montagabend letzter Woche nicht mit Holzinger darüber gesprochen, als dieser ihm einen Besuch abgestattet hatte? Steinhauser raufte sich die Haare und versuchte irgendwelche Zusammenhänge zu verstehen. Da wurde ihm schlagartig bewusst, dass er hier die Zukunft von vier Familien in den Händen hielt. Aber auch das mögliche Motiv von vier Verdächtigen. Es wusste ja noch keiner, ob er sein Zertifikat erhalten würde. Lediglich Zwinsel schien sich diesbezüglich sehr sicher zu sein. Es konnte natürlich auch sein, dass sich Feißthammer nach Holzingers Besuch einen Ruck gegeben und die Zertifikate unterschrieben hatte. Aber dann kam etwas dazwischen und jemand hatte verhindert, dass er die Zertifikate austeilen konnte.

In der zweiten Mappe befand sich eine Tabelle über die Höhe der Kredite, die Vertragsbedingungen und das Ende der Vertragslaufzeiten der

Landwirte. Daten, die ihm bereits aus Feißthammers Terminkalender bekannt waren. Holzinger hatte mit seinen fünfhunderttausend den höchsten Kredit aufgenommen, aber die Kredite der anderen waren auch nicht zu verachten. In Summe kamen die vier Landwirte auf über eine Million Euro, die sie der Euro-Agrar-Invest schuldeten.
Die dritte Mappe war die dickste und für Steinhauser auch die interessanteste. Auf dem Deckblatt in der Mappe stand in großen Lettern: Inter-Milch. Ein Name, den er das erst Mal von Joachim Stocher gehört hatte und mit dem er bisher nur wenig anfangen konnte. Er wusste lediglich, dass die Inter-Milch anbot, die verschuldeten Höfe zu übernehmen oder bereit war, deren Milch zu Dumpingpreisen aufzukaufen. Geduldig sortierte er die zahlreichen Dokumente. Dass es sich hierbei meist nur um Kopien handelte, war ihm sofort aufgefallen. Es gab für jeden der betroffenen Landwirte zwei bereits ausgefüllte Vertragsentwürfe, die nur noch unterschrieben werden mussten. Die erste Ausführung war ein Kaufvertrag, der die Tilgung des Kredites und das Überschreiben des Hofes weit unter Wert an die Inter-Milch beinhaltete. Die zweite Ausführung regelte die Lieferbedingungen und die Preise an die Inter-Milch. Wobei der vorgegebene Preis pro Liter deutlich unter den aktuellen Marktpreisen lag. Also nichts anderes als eine schriftliche Bankrotterklärung.
Dann war da noch eine Tabelle, auf der die Anzahl der Milchkühe und die erzeugten Milchmengen jedes einzelnen Bauern aufgelistet waren. Die Tabelle war in Tages- und Jahresmengen unterteilt. Darüber stand der durchschnittliche Preis für den Liter Bio-Milch. Daneben die festgelegten staatlichen Zulagen für die nächsten zehn Jahre. Diese waren gemäß ihrer jeweiligen Laufzeit unterteilt. Weiter unten stand in großen Buchstaben: GESAMTUMSATZPROGNOSE. Und als Steinhauser diese Zahlen sah, blieb ihm der Mund offen stehen. Er musste zweimal hinschauen, um die Zahl lesen zu können. Erneut ging er die Tabelle Schritt für Schritt durch, um zu verstehen, wie diese Zahlen zustande kamen. Aber er musste neidlos anerkennen, dass Feißthammer sein Handwerk verstand. Die Tabelle war selbsterklärend. Der Umsatz und die Zuschüsse waren für jedes Jahr und für jeden Landwirt einzeln aufgelistet. Es gab keinen Zweifel daran, dass die vier betroffenen Landwirte ein gigantisches Umsatz- und Zuschusspotential besaßen.
Steinhauser legte die Unterlagen beiseite, klappte den Tisch weg und ließ sich müde in sein Bett fallen. Während er nachdenklich an die Decke

starrte, versuchte er die Informationen in seinem Kopf zu sortieren. Er war sich sicher, dass die Lösung aller Fragen in diesen Unterlagen zu finden war. Und je länger er darüber nachdachte, umso klarer wurde ihm, dass er kompetente Unterstützung dringend benötigte. Holzinger wollte er nicht hinzuziehen, da er immer noch zu den Verdächtigen gehörte. Also blieb nur noch Strubinski. In Gedanken strich Steinhauser den Begriff *kompetent* und griff zu seinem Handy.
„Was ist?", krakeelte Strubinski genervt ins Telefon, nachdem ihn Steinhauser achtmal hintereinander angerufen hatte.
„Schrei nicht so rum", beschwerte sich Steinhauser. „Warum gehst du nicht ans Telefon? Ich brauch deine Hilfe."
„Aber doch net jetzt. Ich hab grad kei Zeit! Hast du mal auf die Uhr geschaut? Es ist halb elf!"
„Was hast du schon noch zu tun?"
„Das geht doch dich nix an, was ich zu tun hab!"
„Ich will es auch gar nicht wissen", wehrte Steinhauser ab. „Aber ich brauch dich jetzt. Du hast gesagt, ich kann dich jederzeit anrufen und dann kommst du!"
„Hannes, das ist jetzt echt ungünstig", meinte Strubinski etwas verlegen. „Die Lavinia hat gerade ihren Eisprung und da der Sepp und die Katja doch noch mal Nachwuchs bekommen, da dachten wir uns, ein Geschwisterchen wäre auch für die Sonja eine super Sache."
„Und ihr müsst ausgerechnet jetzt …?" Steinhauser brach den Satz ab, denn er hatte Angst, dass sich sonst ein Kopfkino in Gang setzte, das er nicht mehr aufhalten konnte.
„Ja, der Zeitpunkt ist perfekt, wir haben alles geprüft", bestätigte Strubinski. „Aber ich beeil mich. Sobald ich mit der Lavinia fertig bin, komm ich vorbei."
Entgeistert starrte Steinhauser sein Smartphone an und versuchte zu verhindern, dass Bilder von Strubinskis Fortpflanzungsakt in seinen Kopf drangen. Es gelang ihm nicht. Er schüttelte sich bei der Vorstellung, wie Strubinski und Lavinia übereinander herfielen, und machte sich erst einmal ein Bier auf.
Nach der dritten Flasche war es dann so weit, Strubinski klopfte an seine Tür und betrat mit einem entspannten Grinsen seinen Bus.
„Hat´s geklappt?", frage Steinhauser, obwohl er es eigentlich gar nicht wissen wollte.
„Wir werden sehen", meinte Strubinski zufrieden. „Gut war´s in jedem

Fall. Du kannst dir nicht vorstellen, wie ...“
„Halt die Klappe!“, unterbrach ihn Steinhauser. „Ich will es mir auch gar nicht vorstellen.“
„Wärst eh nur neidisch“, winkte Strubinski ab und nahm sich ein Bier. „Die Lavinia kann Sachen, sag ich dir, da können andere nur ...“
„Strubinski!“, schrie Steinhauser.
„Ist ja schon gut“, grinste dieser, nahm einen kräftigen Schluck aus der Flasche und setze sich auf Steinhausers Bett. „Und was willst du jetzt von mir?“
„Ich hab da was entdeckt und wollte deine Meinung dazu hören.“ Steinhauser zeigte ihm die Unterlagen aus Feißthammers Safe. Gemeinsam gingen sie bis kurz nach Mitternacht noch einmal alle Papiere durch und Steinhauser berichtete ihm ausnahmslos alles, was er seit Beginn seiner Ermittlungen herausgefunden hatte.
„Woher hast du denn all diese Unterlagen?“, wunderte sich Strubinski, nachdem sie die Dokumente gesichtet hatten.
„Ich bin bei der Kripo“, meinte Steinhauser nach drei Bier und einem Anflug von Euphorie. „Das ist mein Job, schon vergessen?“
„Ist ja schon gut, ich weiß ja, dass ihr von der Kripo eure Informanten schützen müsst.“ Strubinski zeigte Verständnis für seine Verschwiegenheit.
„Was hältst du von der Umsatztabelle, die der Feißthammer erstellt hat?“, fragte Steinhauser gespannt.
„Verdammt viel Geld für ein paar Bauern und ihre Milch“, meinte Strubinski und warf noch einmal einen langen Blick auf die Tabelle. „Das sind in zehn Jahren über achtzehn Millionen Euro Umsatz. Und davon dreieinhalb Millionen Zuschüsse von Vater Staat.“
„Ich kann das immer noch nicht glauben“, schüttelte Steinhauser den Kopf.
„Ist aber so“, bestätigte Strubinski. „Wir haben das jetzt dreimal nachgerechnet und die Zahlen haben sich nicht geändert. Wobei das ja *„nur“* Umsatz ist und kein Gewinn.“
„Aber alleine durch die Zuschüsse bleibt da schon ein riesiger Batzen übrig. Die sind nämlich in diesem Fall steuerfrei.“
„Da hast du auch wieder recht“, stimmte Strubinski zu.
„Wenn die Steffi jetzt hier wäre, die wüsste, was zu tun ist“, seufzte Steinhauser.
„Ja, genau! Ruf sie doch an“, schlug Strubinski vor.
„Na klar, super Idee.“ Steinhauser zeigte ihm den Vogel. „Und wie sollen

wir ihr die Leiche in deiner Gefriertruhe erklären?“
„Okay, vielleicht doch keine so gute Idee“, gestand Strubinski. „Was machen wir eigentlich mit dem Kerl?“
„Keine Ahnung, bisher wird er ja nicht wirklich vermisst.“
„Und du glaubst, der nächtliche Fahrgast vom ... Heinz ist der Mörder?“, fragte Strubinski.
„Ja, davon bin ich überzeugt“, bestätigte Steinhauser. „Jetzt müssen wir nur noch herausfinden, wer das war.“
„Die Wahrscheinlichkeit, dass du Recht hast, ist verdammt groß. Aber wenn ihn der Heinz nicht identifizieren kann, dann nützt das nix. Und was hat das alles mit den ganzen Verträgen und Tabellen zu tun?“
„Ich hab keine Ahnung“, gestand Steinhauser. „Ich dachte, du hättest vielleicht eine Idee.“
Strubinski nahm einen Schluck aus seiner Bierflasche und legte sich in Steinhausers Bett. „Hannes, ich will dir ja nicht zu nahe treten, aber du hast verdammt oft keine Ahnung.“
„Hm“, war alles, was Steinhauser dazu sagte, und legte sich neben Strubinski.
„In jedem Fall sind die Bauern die Dummen, wenn sie ihre Zertifikate nicht bekommen und diese komische Inter-Milch lacht sich kaputt“, meinte Strubinski.
Beide lagen eine Weile schweigend nebeneinander, als Strubinski plötzlich aufsprang. „Hast du einen Laptop?“
„Ja, in irgendeiner der Taschen. Wieso?“
Strubinski wühlte aus einer der Taschen einen Laptop heraus und Steinhauser klappte seinen Tisch wieder hervor. Es dauerte einen Moment, bis das Gerät hochgefahren war. Nachdem Steinhauser sein Passwort eingegeben hatte, wollte er erneut wissen, was Strubinski vorhatte.
„Wir schauen mal, was der *Gockel* so über die Euro-Agrar-Invest und die Inter-Milch weiß.“ Strubinski öffnete die Suchmaschine.
Zunächst suchte er nach Euro-Agrar-Invest und fand schnell eine Seite, die zwar schlicht, aber übersichtlich gestaltet war. Man konnte im Hauptmenü folgende Unterseiten anklicken: *Kredite, Strategie, Erfolge, Ihr Beraterteam, Geschichte* und das *Impressum.* Sie öffneten eine Seite nach der anderen, mussten aber enttäuscht feststellen, dass die meisten Seiten wegen *Überarbeitung* nicht verfügbar waren. Lediglich unter der Seite *Geschichte* konnten Sie nachlesen, wie ein gewisser Ferdinand von Weißhorn das Unternehmen groß gemacht hat und was ihn bewegt hatte,

die Bauern zu unterstützen. Im Großen und Ganzen war es dieselbe Lobhudelei, die Steinhauser schon von Kreil gehört hatte. Auf der Seite *Ihr Beraterteam* war nur ein Bild von Kreil, seine Telefonnummern und die E-Mailadresse zu sehen. Ansonsten stand im *Impressum* nur etwas über die Euro-Agrar-Invest und ein paar Namen. Aber diese Seite überflogen sie nur.
„Etwas dünn, findest du nicht?“, fragte Steinhauser.
„Meine Homepage ist jedenfalls besser“, gab Strubinski zurück. „Lass uns mal bei der Inter-Milch reinschauen.“
Doch auch hier mussten beide feststellen, dass auf der Homepage der Inter-Milch nur das *Impressum* und die Rubrik *Unsere Motivation* zu lesen waren. Die übrige Website wurde gerade neu erstellt. Unter *Unsere Motivation* wurde dargestellt, dass es sich die Inter-Milch zur Aufgabe gemacht hatte, nur Milch aus biologischer Landwirtschaft zu fairen Preisen zu verarbeiten. Im Grunde das übliche Blabla, wenn sich ein Unternehmen positiv in der Öffentlichkeit darstellen wollte.
„Das kann doch nicht sein“, wunderte sich Strubinski. „Ausgerechnet die Seiten der beiden Unternehmen, für die wir uns interessieren, werden gerade überarbeitet.“
„Und von wegen *faire Preise*“, regte sich Steinhauser auf. „Da lach ich mich doch kaputt, aber mach doch bitte noch mal das Impressum von beiden Unternehmen auf. Ich glaub, mir ist da was aufgefallen.“
Es dauerte einen Moment, bis Strubinski es geschafft hatte, die beiden Seiten nebeneinander auf den Bildschirm zu stellen. Gemeinsam lasen sie konzentriert die Impressen. Als sie fertig waren, schauten sie sich verwundert an.
„Die sind ja identisch“, stellte Strubinski fest.
„Bei beiden ist dieser komische Ferdinand von Weißhorn Geschäftsführer und beide haben ihren Sitz in Warschau.“
„Das stinkt doch zum Himmel“, sagte Strubinski und nahm einen kräftigen Schluck von seinem Bier.
„Wir sollten dem ehrenwerten Herrn Kreil morgen mal auf den Zahn fühlen“, meinte Steinhauser.
„Wir?“, wunderte sich Strubinski.
„Ja. Wir!“, bestätigte Steinhauser beschwingt von den drei Bier. „Du bist ab sofort mein persönlicher Adjutant und holst mich morgen früh ab. Dann statten wir dem Kreil einen Besuch ab.“
„Wo hast du denn meine … Uniform?“, fragt Strubinski vorsichtig.

„Hier." Steinhauser drückte ihm sein Faschingskostüm in die Hand. „Ist keinem aufgefallen … glaub ich zumindest."
Mit den Worten: „Alles klar, dann sehen wir uns morgen", verabschiedete sich ein hochmotivierter Fred Strubinski.
Bevor Steinhauser sich schlafen legte, nahm er noch einen Zettel und notierte sich Fragen, die er Kreil stellen und was er sonst noch über ihn in Erfahrung bringen wollte. Und diesmal war es eine lange Liste.

Kapitel 19
15. Juni, morgens

Kurz nach acht Uhr in der Früh rumpelte Strubinski mit seinem verrosteten, grünen Sprinter in den Hof von Steinhausers Eltern und brachte ihn quietschend zum Stehen. Er saß in Uniform und Polizeimütze hinter dem Steuer. Lässig kurbelte er die Scheibe herunter. „Kann losgehen."

Neugierig schauten einige Kunden aus der Bäckerei, musterten Strubinski und wunderten sich. In diesem Augenblick wurde Steinhauser klar, dass sie sich besser an einem anderen Ort getroffen hätten. Doch dafür war es jetzt zu spät. Aber mittlerweile war es ihm auch egal, was die Leute dachten. Strubinski war es eh wurscht.

„Wo ist denn dein Mini-Stromauto?", fragte Steinhauser, der sich gerade bei Frau Schäflein abgemeldet hatte. Er ließ es offen, ob er heute noch einmal auf dem Rathaus vorbeikommen würde.

„Der scheiß Akku ist im Arsch", klagte Strubinski. „Die Karre hat ein Haufen Geld gekostet und ist noch nicht mal drei Jahre alt. Ich hätte es mir ja denken können, dass auf die Franzosen kein Verlass ist."

„Reg dich ab", meinte Steinhauser. „Mit Autos kann man auch mal Pech haben. Aber den Akku mietet man doch und wenn der kaputt geht, wird er kostenlos ersetzt. Hab ich mal gehört."

„Ja, wenn man ihn mietet … hab ich aber nicht."

Steinhauser schüttelte nur den Kopf. „Selber schuld. Aber mit dem Sprinter können wir nicht fahren."

„Hast du eine bessere Idee?"

Steinhauser überlegte, ob er seinen Vater fragen sollte. Doch Rudolf ließ grundsätzlich niemanden mit seinem Auto fahren. Strubinski und ihn schon gar nicht. Zudem hatte er mit Engelszungen auf ihn einreden müssen, um ihn davon zu überzeugen, dass Jacky heute hier bleiben musste. Da machte es keinen Sinn, ihn auch noch nach seinem Auto zu fragen. „Nein, im Augenblick nicht", sagte er schließlich und stieg ein.

„Wo geht's überhaupt hin?", fragte Strubinski, während er durch Mittelsinn raste.

„Gemünden", sagte Steinhauser, der einen zerknitterten Zettel hervor holte.

„Was hast ‘n da?“ Strubinski reckte neugierig seinen Hals zu Steinhauser und kam prompt ins Schlingern.
„Guck wo du hinfährst, und ras nicht so durchs Dorf, sonst kommen wir erst gar nicht an. Das ist kein Polizeifahrzeug und Blaulicht haben wir auch keins. Du siehst aus wie ein Polizist, also benimm dich wenigstens auch so, als ob du einer wärst“, beschwerte sich Steinhauser und griff ihm entschlossen ins Lenkrad.
Peinlich berührt drosselte Strubinski das Tempo. Schweigend konzentrierte er sich auf die Straße, während Steinhauser seine Notizen wieder in seine Hosentasche stopfte. Erst eine Viertelstunde später, nachdem sie Schaippach hinter sich gelassen hatten, wagte Strubinski es wieder, etwas zu sagen. „Du errätst nie, wer bei mir über meine Homepage was bestellt hat?“, versuchte er mit Steinhauser ins Gespräch zu kommen.
Nach einer gefühlten Ewigkeit bekame er eine Antwort: „Du wirst es mir bestimmt gleich sagen.“
„Sei kein Spielverderber. Rat doch mal“, forderte Strubinski Steinhauser grinsend auf.
„Ich hab jetzt echt keinen Nerv für den Blödsinn“, gab Steinhauser gereizt zurück.
„Komm, sei doch nicht so verkrampft.“
„Strubinski!“, Steinhauser schaute ihn scharf an. „Es ist mir egal, wer bei dir was bestellt hat!“
„Die Kleingeist“, sagte Strubinski und wartete auf eine Reaktion.
Steinhauser schaute ihn ungläubig an.
„Jetzt glotzt du blöd, was?“, freute sich Strubinski, dass er ihn hatte überraschen können. „Von wegen *„als ob die wüsste, was Internet ist“*, erinnerte er ihn an seinen Spruch. „Die ist gar nicht so blöd, wie du denkst.“
„Und was hat sie bestellt?“, wollte Steinhauser jetzt wissen.
„Einen Pürierstab!“, sagte Strubinski und musste sich das Lachen verkneifen. „Einen Pürierstab“, wiederholte er und musste laut loslachen. „Was auch sonst. Wenn sie ihre Dritten mal verlegt hat und nix mehr kauen kann ...“
Jetzt konnte sich auch Steinhauser das Lachen nicht mehr verkneifen. Die beiden Freunde bekamen einen Lachkrampf. Am Kreisel, kurz vor Gemünden, hatten sie sich wieder beruhigt.
„Was steht denn jetzt auf deinem Zettel?“, versuchte es Strubinski erneut.
„Nix besonderes, nur was ich den Kreil fragen will. Du musst Richtung

Scherenberghalle, der wohnt in der Ecke."
„Und was willst du ihn fragen?"
Steinhauser warf erneut einen Blick auf seinen Zettel, dann schaute er nachdenklich zu Strubinski. „Besser du weißt es nicht."
„Warum das denn?", beschwerte er sich und bog in die Siedlung ein. „Ich dachte, wir sind Partner?"
„Erstens: Wir sind keine Partner", stellte Steinhauser klar. „Und zweitens: Wenn du nicht weißt, was ich ihn fragen will, besteht auch nicht die Gefahr, dass du unqualifiziert dazwischenquatschst. Bei solchen Vernehmungen braucht man … Fingerspitzengefühl."
„Ach, und du hast das", gab Strubinski beleidigt zurück. „Gestern war ich dir noch gut genug und fahren darf ich dich auch."
„Jetzt sei doch nicht beleidigt."
„Ich bin nicht beleidigt, aber gestern hast du noch *wir* gesagt", erinnerte ihn Strubinski. „Ich dachte, wir verhören ihn gemeinsam. So wie ... guter Bulle – böser Bulle."
„Bist du eigentlich bescheuert?", regte sich Steinhauser auf. „Wir sind hier nicht in irgend so einer zweitklassigen TV-Serie."
„Ach, bescheuert bin ich jetzt auch noch?" Strubinski wurde lauter und verlor kurz die Kontrolle über den Sprinter.
„BREMS!", schrie Steinhauser erschrocken. Strubinski trat mit voller Wucht auf die Bremse, doch da war es schon zu spät. Es gab einen Knall, die Mülltonne vor ihnen machte einen großen Satz und der Inhalt verteilte sich auf dem Gehweg. Geschockt klammerte sich Strubinski am Lenkrad fest.
„Das hätte auch ein Fußgänger sein können!", schimpfte Steinhauser.
„War aber keiner", kam es kleinlaut von Strubinski.
Beide betrachteten schweigend die Sauerei.
„Ja, Glück gehabt", meinte Steinhauser, dem bewusst war, dass er an dem Dilemma nicht ganz unschuldig war. „Fred, tut mir leid, ich wollte dich nicht beleidigen", entschuldigte er sich.
„Passt scho", gab sich Strubinski versöhnlich. „Wo müssen wir eigentlich hin?"
Steinhauser schaute sich um. „Wir sind da. Das war die Mülltonne vom Kreil", sagte er.
Beide stiegen aus und Strubinski betrachtete die Frontseite seines Sprinters.
„Auf eine Delle mehr oder weniger kommt es bei der alten Kiste auch

nicht mehr an“, meinte Steinhauser. „Komm mit, den Müll räumen wir später auf.“
Da das hölzerne Türchen offen stand, gingen sie direkt zur Haustür. Doch auch nach mehrfachem Klingeln tat sich nichts. Steinhauser warf einen Blick durch die Tür in die angrenzende Garage. „Sein Auto ist weg“, stellte er fest.
„Und was jetzt?“
„Rückzug“, meinte Steinhauser und klopfte Strubinski auf die Schultern. „Wird heute nix mit guter Bulle – böser Bulle.“
„Ha, ha“, gab Strubinski zurück. „Was wird mit dem Müll?“
„Der muss wohl wieder in die Tonne. Den können wir schlecht liegen lassen. Hast du was zum Kehren im Auto?“
Strubinski hatte tatsächlich einen kleinen Besen und eine Haushaltsschaufel dabei. Er machte sich gleich an die Arbeit. Während er Stück für Stück den Müll zusammenkehrte, stellte Steinhauser die Tonne wieder auf. Dabei schaute er mehr unbewusst als bewusst in die Tonne. Außer einem Haufen Asche, die sich auch über den Gehweg und die Straße verteilt hatte, konnte er jedoch nichts Besonderes entdecken. Plötzlich glaubte er für einen Augenblick etwas gesehen zu haben, das ihm bekannt vorkam.
„Geh mal weg“, sagte Strubinski und gab ihm einen Stoß. „Du könntest ja mal helfen, oder fällt das nicht in dein Fachgebiet?“
Gerade als Strubinski die Schaufel voll mit Asche in die Tonne werfen wollte, schoss es aus Steinhauser heraus: „HALT“, schrie er und packte Strubinski entschlossen am Arm, so dass dieser sich die Asche über sein Hemd und die Hose kippte. „Bist du eigentlich bescheuert!“, fluchte Strubinski erschrocken, bekam aber keine Antwort.
Steinhauser war völlig auf die Tonne fixiert. Er beugte sich über die Öffnung und griff hinein. Dabei musste er seinen Arm ganz lang machen. Es dauerte einen Moment, dann zog er ihn wieder heraus. Sein Ärmel und seine Hand waren komplett mit Asche bepudert.
„Suchst du was zu Essen, oder was machst du da?“, spottete Strubinski und wischte sich so gut es ging die Asche von den Kleidern.
„Schau mal.“ Steinhauser hielt etwas in der Hand, das in etwa so groß war wie eine Zwei-Euro- Münze. Er hielt es Strubinski unter die Nase.
„Was soll das sein?“
„Kann ich dir im Augenblick auch nicht sagen, aber so was hab ich schon mal gesehen.“

„Und wo?“
„Kann ich dir auch nicht sagen“, gestand Steinhauser.
„Wenn ihr bei der Kripo alle so arbeitet, dann gute Nacht. Gestern hattest du auch ständig keine Ahnung.“
„Fred, kannst du bitte mal kurz die Luft anhalten, ich muss denken!“ Steinhauser warf Strubinski einen strengen Blick zu. Anschließend pustete er den Fund aus der Tonne ab, steckte ihn in seine Hosentasche und beugte sich wieder über die Mülltonne. Nach einer gefühlten Ewigkeit wandte er sich an Strubinski. „Kehr alles zusammen, wir nehmen die Tonne mit!“
Dieser starrte ihn entsetzt an. „Hast du eben gesagt: W*ir nehmen die Tonne mit*?“
„Ja, oder hast du was mit den Ohren?“
„Nein, aber ...“
„Kein *aber*, die Tonne kommt mit!“, befahl Steinhauser und öffnete die Türen des Sprinters.
„Was willst du denn mit der Tonne?“ Strubinski konnte es noch immer nicht glauben.
„Fass mit an!“, befahl Steinhauser, ohne auf Strubinski einzugehen.
Sie kehrten alles zusammen und verstauten die Tonne im Laderaum.
„Wohin jetzt?“, fragte Strubinski resigniert, als sie wieder im Transporter saßen.
„Moment, ich hab´s gleich.“ Steinhauser wühlte seinen zerknüllten Zettel aus seiner Hosentasche hervor, strich ihn auf dem Armaturenbrett glatt und studierte seine Notizen. Zunächst murmelte er etwas Unverständliches vor sich hin und sagte dann schließlich: „Wir müssen zum Tennisclub von Gemünden.“
„Der ist ja gleich um die Ecke“, meinte Strubinski und startete den Sprinter. „Denen hab ich im letzten Jahr einen Beamer mit Leinwand installiert und einen neuen Kühlschrank verkauft. Alles über meine Homepage.“
„Dann solltest du da besser nicht mit hingehen, so wie du aussiehst.“
„Wäre sinnvoll“, stimmte er zu. „Aber was, wenn jemand meinen Lieferwagen sieht.“
Steinhauser überlegte einen Moment. „Wie weit ist das von hier?“ fragte er.
„Nicht weit, höchstens zehn Minuten zu Fuß“, schätzte Strubinski. „Ich fahr dich noch ein Stück, den Rest kannst du laufen.“
Strubinski überquerte eine Brücke über die Sinn, die in der Nähe verlief,

und stellte seinen Transporter in einen Seitenweg.
„Von hier aus einfach Richtung Altenheim laufen. Der Tennisclub liegt direkt auf dem Weg. Kannst du gar nicht verfehlen. Aber ob da jetzt jemand ist? Ich warte jedenfalls hier. Wenn du wieder zurückkommst, seh ich dich ja."
Es dauerte zwar deutlich länger, als Strubinski geschätzt hatte, doch das nahm Steinhauser gerne in Kauf. Nicht auszudenken, wenn jemand Strubinski erkennen würde. Am Ende würden beide noch der Amtsanmaßung bezichtigt und ehe er bis drei zählen konnte, stand Rappert auf der Matte. Schließlich war er hier streng genommen außerhalb seines Zuständigkeitsbereichs, also war äußerste Vorsicht geboten.
In der Einfahrt zu der gepflegten Anlage war gerade ein älterer, grauhaariger Mann damit beschäftigt, etwas Rindenmulch, den er aus einer Schubkarre schaufelte, in den Beeten zu verteilen.
„Guten Morgen." Steinhauser riss den Mann aus seiner Arbeit. Dieser schaute verwundert, als er den Polizisten sah.
„Ist zufällig jemand vom Tennisclub anwesend?", fragte Steinhauser.
„Ja, ich", gab der Mann zurück.
„Ach so, ich dachte Sie sind ..."
„Der Gärtner?", vollendete er den Satz. „Nein, nein, noch müssen wir uns selber um unsere Anlage kümmern."
„Entschuldigen Sie bitte, ich wollte nicht unfreundlich sein", stammelte Steinhauser verlegen. „Und wer sind Sie?"
„Ich bin der Johannes Haupt", stellte er sich vor. „Und Sie?"
„Ich bin auch ein Johannes", lachte Steinhauser. „Mein Name ist Johannes Steinhauser."
„Ach … sind Sie der Polizist aus der Zeitung, der jetzt in Burgsinn ist?"
Verwundert, dass Haupt den Bericht gelesen hatte und sich sogar an ihn erinnern konnte, gab er ein geschmeicheltes: „Ja, der bin ich", zurück.
„Normal kann ich mir ja so was nicht merken, aber da wir denselben Vornamen haben und ich bis vor ein paar Jahren selbst noch bei der Polizei war, ist mir das im Gedächtnis geblieben."
Auch das noch, dachte Steinhauser. *Und am Ende noch ein Freund vom Rappert*. „Ja, die Welt ist ein Dorf", meinte Steinhauser freundlich und es kam, wie er befürchtet hatte.
„Ich war dreiundzwanzig Jahre hier in Gemünden der Dienststellenleiter. Seit vier Jahren bin ich in Pension und mein Nachfolger ist dieser Rappert geworden. Ein unmöglicher Mensch, finden Sie nicht auch?"

Überrascht über die Offenheit von Haupt wusste Steinhauser gar nicht, was er sagen sollte. Er blies nur die Backen auf.
„Sie müssen nicht antworten, der ist ja ihr Vorgesetzter. Ich will Sie da auch gar nicht in Verlegenheit bringen. Aber sagen Sie, haben Sie keinen Kollegen?"
„Doch, doch, mein Kollege tankt nur gerade den Wagen und ich wollte mal ein paar Schritte zu Fuß gehen. Bei dem schönen Wetter."
„Wollen Sie etwa Tennis spielen?"
„Nein, eigentlich nicht. Ich bin dienstlich hier und hätte ein paar Fragen zu zwei ihrer Mitglieder."
„Aha", meinte Haupt interessiert. „Um welche Mitglieder handelt es sich denn?"
„Es handelt sich um Herrn Kreil und Herrn Feißthammer. Kennen Sie die beiden?"
„Aber natürlich", gab Haupt zurück. „Ich bin mittlerweile über dreißig Jahre in der Vorstandschaft des Vereins tätig. Ich kenne alle Mitglieder und spiele selbst noch regelmäßig."
Haupt hatte zwar graues Haar, machte aber ansonsten einen fitten Eindruck. Steinhauser hätte, wenn die grauen Haare nicht gewesen wären, niemals gedacht, dass der Mann schon im Ruhestand war.
„Können Sie mir vielleicht sagen, ob sich die beiden näher gekannt haben?"
Haupt stutzte kurz, bevor er antwortete. „Darf ich wissen, warum Sie mir diese Fragen stellen?"
„Das kann ich leider nicht sagen", meinte Steinhauser und versuchte so bedauernswert wie möglich zu klingen. „Auch wenn Sie ein ehemaliger Kollege sind … Sie kennen doch das Geschäft."
„Ja, natürlich", gestand Haupt. „Alte Gewohnheit. Aber Sie fragen so, als ob einem der beiden etwas zugestoßen ist."
Steinhauser wäre am liebsten im Boden versunken. Er spürte, wie sein Blut in Wallung kam und sich Schweiß auf seiner Stirn bildete.
„Nein, niemandem ist etwas zugestoßen, wie kommen Sie darauf?", gab er so selbstsicher wie möglich zurück, war sich aber bewusst, dass er dem alten Haudegen nur schwer etwas vorspielen konnte. „Ich meine natürlich: Kennen sich die beiden?"
Haupt zögerte.
„Ja, die beiden spielen jeden Montag Tennis", sagte er schließlich. „Wobei das schon etwas unfair ist. Der Jürgen hatte die letzten Jahre ganz schön

zugelegt. Früher war er mal richtig gut gewesen."
„Wissen Sie zufällig, wann die beiden zuletzt zusammengespielt haben?", fragte Steinhauser weiter, ohne auf die Bemerkung einzugehen. Dass Feißthammer etwas zugelegt hatte, wusste er selber.
„Ja, das weiß ich ganz genau", meinte Haupt, wartete aber, bis er weitersprach. Steinhauser war sich sicher, dass der ehemalige Dienststellenleiter längst kapiert hatte, dass etwas passiert sein musste. Für diese Nachlässigkeit hätte er sich ohrfeigen können, doch dafür war es jetzt zu spät.
„Die beiden waren zuletzt am Montag vergangener Woche hier und haben Tennis gespielt."
„Sind Sie sich da ganz sicher?", hakte Steinhauser nach.
„Ja," bestätigte Haupt. „Ich habe jeden Montag Dienst und weiß deshalb genau, wer da war. Ich kann Ihnen gerne den Belegungsplan zeigen."
„Ist nicht nötig. Ich glaube Ihnen", wehrte Steinhauser ab.
„Wer reserviert hat und da war, wird abgehakt; wer unentschuldigt fehlt, wird durchgestrichen. Wenn jemand zu oft unentschuldigt fehlt, kostet das was. Denn dadurch stehen die Plätze unnötig leer. Die beiden spielen immer am Montagabend von achtzehn bis zwanzig Uhr", fügte Haupt noch an.
„Und diesen Montag?", fragte Steinhauser weiter.
„Diesen Montag war keiner von beiden da. Ohne sich abzumelden. Was durchaus ungewöhnlich ist, denn die beiden kommen eigentlich sehr regelmäßig. Und wenn nicht, dann sagen sie ab."
Steinhauser konnte sich sehr gut vorstellen, dass Feißthammer in dieser Beziehung sehr korrekt gewesen war. „Ist Ihnen letzte Woche vielleicht etwas aufgefallen?"
„Ja, in der Tat. Letzte Woche ist etwas vorgefallen", erinnerte sich Haupt sofort. „Die beiden haben sich gestritten."
„Aha", wurde Steinhauser aufmerksam. „Wissen Sie, um was es ging?"
„Leider nicht", bedauerte Haupt. „Ich habe gerade die Hecken an Platz zwei geschnitten. Die beiden spielen immer auf Platz zwei. Und plötzlich hatten die sich beschimpft. Was sehr ungewöhnlich war, denn ansonsten verstehen sie sich sehr gut. Ich dachte zunächst, es ging darum, ob ein Ball im Aus gewesen war oder nicht. Doch dann sind sie plötzlich aufeinander losgegangen. Ich befürchtete, sie würden sich gleich prügeln, aber als sie mich entdeckt hatten, haben sie sich umgedreht und sind gegangen."
„Wissen Sie, von wem der Streit ausgegangen war?"
„Nein, das kann ich leider nicht sagen."

Steinhauser überlegte, ob er noch etwas wissen wollte, ihm fiel aber nichts mehr ein. „Danke, Herr Haupt, Sie haben mir sehr geholfen“, verabschiedete er sich.
„Keine Ursache. Kollegen hilft man doch gerne“, meinte dieser und als Steinhauser schon ein Stück entfernt war, rief er ihm noch hinterher: „Ich wünsche Ihnen viel Glück.“
Steinhauser schaute erschrocken zurück. Haupt winkte ihm zum Gruß und Steinhauser war davon überzeugt, dass er gemerkt hatte, dass hier was faul war. Steinhauser stellte sich nur die Frage, was hier faul war. Er konnte sich zwar nicht mehr genau an das Gespräch mit Kreil erinnern, aber er war sich sicher, dass dieser behauptet hatte, Feißthammer zuletzt vor sechs oder acht Wochen gesehen zu haben.
„Und, was rausgefunden?“, begrüßte ihn Strubinski neugierig, als er wieder in den Transporter einstieg.
„Das weiß ich ehrlich gesagt selber nicht so genau“, gestand Steinhauser nachdenklich und berichtete, was er von Haupt in Erfahrung bringen konnte.
„Irgendwie ist das alles suspekt“, sagte Strubinski ratlos. „Und wohin jetzt?“
Steinhauser starrte ihn wortlos an, doch eigentlich schaute er durch ihn hindurch. Erfolglos versuchte er die vielen Informationen irgendwie in seinem Kopf zu ordnen, aber je intensiver er darüber nachdachte, umso verwirrender wurde alles. Eigentlich wollte er noch mit der Fußmatte aus dem Taxi zu Stickl nach Würzburg fahren. Vielleicht war ja in irgendeiner Ritze doch noch etwas Gülle hängengeblieben, aber da er sie in seinem Bus vergessen hatte, strich er diesen Punkt von seiner Liste.
„Zurück nach Mittelsinn“, sagte er schließlich. „Ich muss mir alles noch mal in Ruhe durch den Kopf gehen lassen.“
„Gute Idee, wir sollten noch mal Punkt für Punkt alles durchgehen, was wir bisher rausgefunden haben“, freute sich Strubinski.
Steinhauser erschauderte jedes Mal, wenn Strubinski in der *wir-Form* von ihnen sprach. „Fred, versteh mich bitte nicht falsch ...“, begann Steinhauser vorsichtig und so einfühlsam, wie er nur konnte, „... aber ich brauche meine Ruhe, wenn ich mögliche Beweismittel sichte. Da darf nix schiefgehen. Ich denke, es ist besser, wenn du dich erst mal wieder um dein Geschäft kümmerst. Sobald ich deine Hilfe brauche, melde ich mich sofort. Versprochen!“
Strubinski war sichtlich enttäuscht, verzog verärgert sein Gesicht und

rückte sich kommentarlos seine Polizeikostümmütze zurecht. Anschließend startete er den Sprinter und setzte ihn mit jaulendem Motor in Bewegung.

In Mittelsinn angekommen, wurde Steinhauser überschwänglich von Jacky begrüßt. Auch wenn er es niemals zugeben würde, der Hund war ihm längst ans Herz gewachsen und er hatte nichts dagegen, dass sein Frauchen noch eine Weile auf Mallorca blieb. Nachdem das Begrüßungsritual beendet war, verstauten sie die Mülltonne in einer der Hallen auf dem Hof seiner Eltern. Strubinski verschwand anschließend ohne ein Wort des Grußes. Schon während der Rückfahrt hatte er demonstrativ geschwiegen. Er schmollte, weil Steinhauser den Müll ohne ihn untersuchen wollte. Der Polizist hatte etwas entdeckt, das Strubinski besser nicht zu Gesicht bekommen sollte – zumindest noch nicht. Denn er war sich nicht wirklich sicher, ob er die Entdeckung für sich behalten konnte.
Bevor sich Steinhauser an die Arbeit machte, vergewisserte er sich, dass ihn in nächster Zeit auch niemand stören konnte. Da er weder in der Backstube, noch im Haus jemanden angetroffen hatte, außer Sandra und Lars, die sich um den Laden kümmerten, und das Auto seiner Eltern weg war, ging er davon aus, dass er seine Ruhe haben würde.
Steinhauser verteilte Kreils Müll auf dem gepflasterten Boden der Halle und mit einem alten Baustrahler seines Vaters beleuchtete er den Müll zusätzlich. Mit Gummihandschuhen durchsuchte er Stück für Stück den Inhalt der Tonne und legte alles, was ihm irgendwie merkwürdig vorkam, auf die Seite. Jacky wollte sich ebenfalls an der Suchaktion beteiligen. Die Beagle-Dame fing sofort an, alles genau zu beschnuppern. Doch nachdem sie von Steinhauser mehrmals verscheucht wurde, legte sie sich in eine Ecke und beschränkte sich auf das Beobachten. Nach über einer Stunde intensivem Wühlen, Sortieren und zahllosem Niesen, ausgelöst durch die feine Asche, hatte er einige interessante Fundstücke herausgelesen. Mit einem kleinen, gekröpften Pinsel, den man normalerweise zum Streichen von Heizkörpern benutzte, säuberte er akribisch jedes Teil. Einerseits kam er sich dabei wie ein echter Kriminalbeamter vor, andererseits wie ein Archäologe. Manche Teile waren so klein, dass er sie nur mit dem Mund abblasen konnte. Die Leute der *„Spusi“*, die bei der Kripo in Würzburg arbeiteten, würden die Hände über ihren Köpfen zusammenschlagen, wenn sie ihn jetzt sehen könnten. Nur gut, dass keiner wusste, was er gerade

machte. Ihm war unerklärlich, wie jemand den ganzen Tag damit verbringen konnte, Spuren zu sichern. Für einen derartigen Job hätte er keine Geduld, auch wenn er wusste, wie wichtig die Arbeit der Spurensicherung war.

Als er endlich fertig war, holte er sich einen gelben Sack, in dem normalerweise Plastik und Verbundstoffe gesammelt wurden, und steckte die größeren Teile hinein. Für die kleinen Fundstücke suchte er eine Brotzeitdose, wie sie ihm seine Mutter früher immer in die Schule mitgegeben hatte. Als er in der Küche fündig wurde, war er sichtlich überrascht, als er feststellte, dass seine Mutter immer noch seine alte Spiderman-Dose aufgehoben hatte. Er entschied sich aber dann doch für einen neutralen Behälter, den er verschließen konnte.

Nachdem er alle Arbeiten beendet hatte, kehrte er den Müll wieder zusammen, warf ihn zurück in die Tonne und verzog sich mit Jacky in seinen Bus. Während es sich die Beagle-Dame im Fußraum des Beifahrersitzes bequem machte, verbrachte Steinhauser den Rest des Tages damit, die Unterlagen aus dem Safe wieder und wieder zu studieren. Doch er kam nicht weiter. Dabei war er so in seine Arbeit vertieft, dass er nicht merkte, wie die Zeit verging. Erst als seine Mutter an den Bus klopfte und ihm etwas zum Essen unter die Nase hielt, registrierte er, wie spät es geworden war. Diesmal hatte sie sich ganz besonders viel Mühe gegeben. Auf einem großen, runden Holzbrett hatte sie Wurst, Käse, Gurken, Butter und sogar ein gekochtes Ei harmonisch in Szene gesetzt.

„Du kommst gar nicht mehr zum Abendessen. Hast du heute überhaupt schon was gegessen?", fragte sie, wie eine fürsorgliche Mutter eben so fragt.

„Um ehrlich zu sein: Nein", gestand er. „Aber getrunken hab ich."

„Trinken ist wichtig", belehrte ihn Hildegard, „aber essen musst du auch."

Sie stellte ihm den reichlich gefüllten Brotzeitteller und ein Körbchen mit verschiedenen Brotsorten auf seinen Beifahrersitz, da im ganzen Bus die Dokumente verteilt waren. Neugierig sah sie sich um. „Was machst'n da? Wieder Polizeiarbeit?"

Jacky nahm den Teller sofort in Augenschein, doch ein strenger Blick von Hildegard genügte, und sie zog ihre Nase wieder zurück.

Steinhauser raffte schnell alle Unterlagen zusammen. „Nix, nur ein bisschen Recherche. Polizeikram. Das kann ich dir jetzt auch nicht erklären", winkte er ab und wechselte das Thema. „Wo ist eigentlich der Kai, euer neuer Stift?"

„Auszubildender! Man sagt Auszubildender!“, korrigierte sie ihn. „Der hat noch eine Woche Schule.“
„Ach so, ich dachte der hatte nur letzte Woche Schule.“
„Das dachten wir auch. Eigentlich wollte er auch zum Schützenfest kommen, hat aber abgesagt“, erklärte seine Mutter, doch ihr war es anzumerken, dass es ihr gar nicht passte, wie ihr Sohn von ihrer eigentlichen Frage ablenkte.
„Vielen Dank für die Brotzeit, Mama. Der Teller sieht ja lecker aus. Was wär ich nur ohne dich?“, sagte er schnell, bevor sie wieder anfing, ihn zu löchern.
Zu gerne hätte Hildegard gewusst, was ihr Sohn recherchierte, aber er machte keine Anstalten, ihr etwas zu sagen. Also beschloss sie nicht weiter nachzuhaken. „Gell, so was Leckeres gibt’s bei der Stefanie nicht“, strahlte sie ihn mit einem aufgesetzten Lächeln an, während sie vergeblich versuchte, einen Blick auf die Dokumente zu werfen.
„Da muss ich dir allerdings zustimmen“, bestätigte Steinhauser. Dabei stellte er sich immer wieder so vor seine Mutter, dass sie nicht in den Bus schauen konnte. „Aber dafür gibt’s bei der Stefanie andere schöne Sachen.“ *Zumindest gab´s die mal*, dachte er sich. Beim Anblick des reich gefüllten Tellers merkte er erst, wie hungrig er mittlerweile war.
„Ach, du wieder ...“, lachte Hildegard verlegen, winkte ab und ging zurück ins Haus.
Jacky ließ Steinhauser nicht aus den Augen. Der stellte den Brotzeitteller pfeifend und voller Vorfreude auf seinen kleinen Tisch. Und gerade als er in ein reichlich mit Wurst und Gurken belegtes Vollkornbrot beißen wollte, klingelte sein Telefon. Genervt holte er es hervor und schaute auf die Nummer. Er kannte sie nicht und überlegte, ob er den Anruf überhaupt entgegennehmen sollte, entschied sich dann aber doch dafür.
„Frau Häcklein. Welch eine Überraschung.“ Steinhauser konnte sich sehr gut an die zierliche, blonde Frau vom Amt erinnern.
„Es tut mir leid, dass ich Sie um diese Uhrzeit noch störe“, entschuldigte sich Frau Häcklein schüchtern. „Aber Sie sagten doch, dass ich Sie jederzeit anrufen kann, wenn mir noch etwas einfällt.“
„Ist Ihnen noch etwas eingefallen?“
„Ja, ich wollte Sie schon am Sonntag anrufen, aber am Wochenende wollte ich Sie nicht belästigen. Dann habe ich es auf Montag verschoben und glatt vergessen. Aber jetzt ist es mir wieder eingefallen“, erklärte sie und Steinhauser konnte an ihrer Stimme hören, dass sie ein schlechtes

Gewissen hatte.
„Kein Problem, Frau Häcklein", beruhigte sie Steinhauser. „Hauptsache, Sie rufen an. Was wollen Sie mir denn sagen?"
Nachdem sich Frau Häcklein etwas beruhigt hatte, berichtete sie ausführlich, an was sie sich noch erinnern konnte, als Holzinger Feißthammer die Ohrfeige verpasst hatte. Sie hatte sich viele Gedanken gemacht und den Tagesablauf nahezu minutengenau, vom Eintreffen bis zum Verschwinden von Holzinger, rekonstruiert.
„Ich hoffe es ist nicht schlimm, dass ich mich erst jetzt gemeldet habe?", bedauerte sie erneut ihr Versäumnis.
„Schlimm nicht, aber äußerst interessant", meinte Steinhauser zu den weiteren, unerwarteten Erkenntnissen.
„Soll ich Ihnen meine Aussage schriftlich zukommen lassen?"
„Ja, das ist eine super Idee. Schicken Sie bitte eine E-Mail an das Rathaus in Burgsinn."
Er bedankte sich für ihren Anruf, aber auch für die Idee, ihm ihre Aussage gleich schriftlich zukommen zu lassen. Darauf wäre er selber nicht gekommen.
Sofort nachdem Frau Häcklein aufgelegt hatte, begann es in seinem Kopf zu rattern. Während er über die neuesten Informationen nachdachte, stopfte er gierig das erste Brot in sich hinein. Plötzlich hatte er eine Eingebung. Er hörte auf zu kauen. Wie erstarrt saß er auf seinem Bett. „So könnt´s gewesen sein", brabbelte er mit vollem Mund. Dann schlang er den Brocken hinunter. Erst jetzt bemerkte er, dass die ganze Wurst vom Brotzeitteller verschwunden war. Ein Blick zu Jacky genügte, um zu wissen, wo sie während des Telefonats hingekommen war, auch wenn diese ihren schönsten Unschuldsblick aufsetzte.
Während Steinhauser den Rest der Brotzeit aufaß, holte er das zwei Euro große Fundstück aus Kreils Mülltonne hervor und betrachtete es nachdenklich. Da sich Jacky schon ihren Anteil gesichert hatte, verzog sie sich wieder in ihr Körbchen. Steinhauser schaute ihr hinterher und als sie anfing, es sich bequem zu machen, traf es ihn wie ein Blitz. Sein Herz begann vor Aufregung zu rasen. Er sprang auf und verscheuchte Jacky aus ihrem Domizil. Widerwillig überließ sie ihm ihr Körbchen und beobachtete, wie Steinhauser den gesamten Inhalt über das Bett verteilte. Hektisch durchwühlte er alles, was sich darin befand, bis er schließlich in der Hand hielt, was er gesucht hatte. Steinhauser verstaute den Gegenstand in der Dose bei den anderen Fundstücken und kramte Strubinskis Kamera

hervor. Nachdem er sich die Aufnahme des Einbrechers noch mehrmals angeschaut hatte, suchte er nach seinem Telefon und wählte die Nummer von Strubinski. Dieser meldete sich bereits unmittelbar nach dem ersten Klingelton.

„Fred, hast du etwa auf meinen Anruf gewartet?“

„Nein!“, wehrte Strubinski vehement ab. „Wie kommst du denn darauf?“

„Ich dacht nur, … aber egal jetzt.“ Steinhauser war sich sicher, dass er genau das getan hatte. „Ich habe eine Theorie … und einen Plan ...“, begann er geheimnisvoll und Strubinski hörte seinen Ausführungen aufmerksam zu. Nachdem Steinhauser geendet hatte, wurde es still in der Leitung. „Fred? Bist du noch dran?“, fragte Steinhauser unsicher.

Ein langgezogenes „Jaaa“, kam vom anderen Ende der Leitung.

„Und, was denkst du?“ Steinhauser war auf seinen Kommentar gespannt.

„Naja, … Hannes, du bist der Kriminalist ...“, begann Strubinski zögerlich. „Aber dir ist schon klar, wenn das schief geht, dann haben wir ein Problem! Ein verdammt großes Problem!“

Steinhauser kratzte sich nachdenklich am Kopf. „Ein Restrisiko bleibt immer“, gestand er. „Bist du dabei oder nicht?“

„Na klar! Und ob ich dabei bin! Was dachtest du denn? Risiko ist mein zweiter Vorname.“ Strubinskis Begeisterung war nicht zu überhören. „Ich seh scho, mir zwei sind das perfekte Ermittlerduo“, schob er noch hinterher.

Steinhauser verdrehte die Augen. Ein Schauer durchzuckte ihn, aber er ließ sich nichts anmerken. „Gut, dann alles wie besprochen. Ich muss jetzt noch ein verdammt heikles Telefonat führen. Drück mir die Daumen.“

Kapitel 20
16. Juni, Frühstückszeit

Mit gemischten Gefühlen beobachtete Holzinger, wie ein dunkler BMW Kombi auf seinen Hof fuhr. Als Kreil ausstieg und gut gelaunt zur Haustür ging, hatte er es Katja zu verdanken, dass er nicht durchdrehte. Sie strich ihm liebevoll durch die Haare und gab ihm einen langen Kuss auf den Mund.
„Sebastian ...“, sagte sie und schaute ihm tief in seine dunklen Augen. „Ganz egal, was die Zukunft bringt, wir werden das schaffen. Gemeinsam.“
Kurz darauf klingelte es. Er nickte resigniert und ging mit schweren Schritten zur Tür.
„Guten Morgen, Herr Holzinger“, sagte Kreil freundlich.
„Hm“, knurrte Holzinger und biss die Zähne zusammen. „Kommen Sie, wir gehen in die Küche.“
Katja war gerade dabei den Frühstückstisch abzuräumen.
„Guten Morgen Frau Holzinger“, begrüßte Kreil sie ebenfalls bedacht freundlich. „Wie geht es Ihnen? Was macht der Nachwuchs?“
„Alles in bester Ordnung“, gab sie mit einem aufgesetzten Lächeln zurück. Katja verließ die Küche, zog die Tür hinter sich zu und ließ die beiden Männer alleine.
„Schön haben Sie es hier“, versuchte Kreil ein ungezwungenes Gespräch zu beginnen, doch daran hatte Holzinger keinerlei Interesse.
„Hören Sie mit dem Gerede auf!“, fuhr er ihn barsch an. „Kommen wir zur Sache! Wir wissen beide, warum Sie hier sind!“
Von einem auf den anderen Augenblick wurde Kreils Gesichtsausdruck kalt und emotionslos. „Gut, wie Sie wünschen“, sagte er knapp, legte seinen Aktenkoffer auf den Tisch und setzte sich. „Aber sagen Sie, warum haben Sie denn so plötzlich Ihre Meinung geändert? Bei meinem letzten Besuch waren Sie … nicht so erfreut über die Vertragsangebote der Inter-Milch. Und wenn mich Herr Feißthammer richtig informiert hat, haben Sie auch noch bis zum Monatsende Zeit, das Zertifikat bei mir einzureichen.“
Holzinger sagte nichts, setzte sich ebenfalls und starrte ihn eindringlich an. Kreil rutschte unsicher auf seinem Stuhl hin und her.
„Ich hab so das dumme Gefühl, dass mir der Feißthammer das Zertifikat

niemals übergeben wird“, sagte Holzinger schließlich, ohne dabei eine Miene zu verziehen. Kreil schluckte. Der Vertreter schaute Holzinger aus schmalen Augen an. „Und wie kommen Sie darauf?“
„Ich glaub, der ist untergetaucht“, gab Holzinger zurück.
Kreil räusperte sich verlegen. „Wie dem auch sei.“ Kreil kam zum Grund seines Besuches zurück und holte einige Unterlagen aus dem Koffer hervor. „Das sind die Vertragsentwürfe, zwischen denen Sie wählen können. Die Inhalte sind Ihnen ja bereits bekannt. Ich hatte Ihnen ja Durchschläge dagelassen.“
„So genau kann ich mich nicht mehr daran erinnern, was Sie mir alles erzählt hatten“, gab Holzinger zurück. „Die Durchschläge habe ich verbrannt und zugehört hab ich Ihnen auch nicht. Können Sie mir das noch mal erklären, bitte? Ich hab´s beim letzten Mal nicht verstanden.“
„Selbstverständlich“, stimmte Kreil zu. Er legte beide Verträge vor Holzinger auf den Tisch. „Da Sie davon ausgehen, dass Ihnen das Zertifikat voraussichtlich nicht erteilt wird“, begann Kreil mit brüchiger Stimme, „und den Kredit vermutlich auch nicht zum Stichtag zurückzahlen können, bietet Ihnen die Inter-Milch zwei Verträge an. Im ersten Vertrag erklärt sich die Inter-Milch bereit, Ihren Betrieb samt Ihren Schulden zu übernehmen. Sie müssten in diesem Fall den Betrieb mit all seinen Ländereien an die Inter-Milch überschreiben, zumindest den Milchbetrieb, Gebäude und Ländereien, bis der Wert des Kredites erreicht ist. Details sind dem Vertrag zu entnehmen.“ Kreil schaute unsicher zu Holzinger. Der starrte ihn nur reglos an. „In der zweiten Vertragsvariante bleiben Sie Eigentümer. Dafür erklären Sie sich bereit, Ihre erzeugte Milch zu Preisen, die von der Inter-Milch festgelegt werden, an deren Partner zu liefern. Details sind ebenfalls dem Vertrag zu entnehmen.“
Nachdem Kreil mit seiner kurzen Erklärung fertig war, legte sich eine beklemmende Stille zwischen die beiden. Schließlich war es Kreil, der diese Stille nicht länger ertragen konnte. „Wenn Sie dann so nett wären und sich für eine der Varianten entscheiden könnten, dann können wir gerne noch einmal die Details durchgehen.“
Holzinger nahm sich beide Vertragsentwürfe und legte sie fein säuberlich aufeinander. „Ich denke, ich hab es mir gerade wieder anders überlegt!“, meinte er in scharfem Tonfall.
„Wie … anders überlegt?“, stotterte Kreil zunächst verlegen, hatte sich aber gleich wieder im Griff und wurde ungehalten. „Wollen Sie mich verarschen?“

„Wollen Sie MICH verarschen?", brüllte Holzinger und packte Kreil am Kragen.
Der quiekte ein verzweifeltes: *Hilfe!*
Plötzlich wurde die Küchentür aufgerissen. „Fass ihn nicht an!", schrie Steinhauser. Er konnte Holzinger gerade noch davon abhalten, Kreil über den Tisch zu ziehen. „Dadurch wird's nicht besser!"
Holzinger ließ ihn mit hochrotem Kopf wieder los. Beim Anblick des Polizisten rückte Kreil seinen Anzug zurecht, räumte schnell all seine Unterlagen zusammen und stopfte sie hektisch in seinen Aktenkoffer. „Der … der Verrückte hat mich angegriffen", beschwerte sich Kreil fast panisch. „Sie haben es gesehen, Sie sind mein Zeuge!"
„Jetzt beruhigen wir uns erst einmal", meinte Steinhauser. Holzinger setzte sich widerwillig auf seinen Stuhl.
„Wo kommen Sie überhaupt her?", wunderte sich Kreil über das plötzliche Erscheinen des Polizeibeamten. Jetzt erkannte er Steinhauser wieder. „Sie sind doch der Polizist, der neulich bei mir gewesen war!"
„Das ist korrekt", stimmte ihm Steinhauser zu. Die ganze Nacht hatte er sich eine Strategie zurechtgelegt und wollte diese jetzt in die Tat umsetzen. Also kam er direkt zur Sache. „Können Sie mir sagen, wann Sie Jürgen Feißthammer zuletzt gesehen haben?"
Verunsichert krallte sich Kreil an seinem Koffer fest. „Keine Ahnung. Vor ein paar Wochen vielleicht. Das hab ich Ihnen doch schon gesagt."
„Falsch!", sagte Steinhauser knapp. „Sie haben Jürgen Feißthammer zuletzt am Montag vergangener Woche gesehen. Und zwar im Tennisclub! Sie haben sich dort jeden Montag mit ihm getroffen. Warum haben Sie mich angelogen?"
Kreil überlegte kurz. „Ich dachte, Sie wollten wissen, wann ich Herrn Feißthammer zuletzt beruflich gesehen habe. Wenn Sie etwas wissen wollen, dann müssen Sie schon genauer fragen."
Steinhauser ging erst gar nicht auf Kreils spitze Bemerkung ein. „Sie haben sich mit ihm gestritten!" Er konfrontierte ihn mit den Ergebnissen seiner Ermittlungen.
„Wie kommen Sie darauf, dass wir gestritten hätten?", tat Kreil verwundert.
„Weil es einen Zeugen dafür gibt!", blieb Steinhauser hartnäckig. „Worum ging es in diesem Streit?"
„Um was wohl? Um die Zertifikate natürlich", gestand Kreil offen und versuchte erst gar nicht etwas zu verheimlichen. „Ich hab ihm gesagt, er

soll sich nicht so anstellen und den Landwirten endlich die Zertifikate übergeben. Auch wenn noch nicht alles perfekt ist."
Steinhauser stutzte kurz. Diese Aussage konnte er nicht widerlegen. Passte aber so gar nicht in seine Theorie. „Gibt es dafür Zeugen?"
„Ich denke, Sie haben einen Zeugen?", blieb Kreil ruhig. „Wenn der nichts gehört hat, dann müssen Sie mir wohl glauben. Und außerdem rede ich nicht in aller Öffentlichkeit über berufliche Angelegenheiten."
Diese Frage hätte er sich sparen können. Aber Steinhauser war vorbereitet. Er holte ein Kuvert hervor und wedelte damit vor Kreil herum. „Was glauben Sie, was ich hier habe?"
„Woher soll ich das denn wissen? Sie werden es mir bestimmt gleich sagen."
Steinhauser zog die Bio-Zertifikate von Holzinger, Diehl, Zwinsel und Hafner heraus und hielt sie ihm vor die Nase. Kreil starrte die Dokumente überrascht an, blieb aber gelassen.
„Und raten Sie mal, wo ich die herhabe, Herr Kreil."
Kreil gab keine Antwort, schaute Steinhauser nur wortlos an.
„Die habe ich aus der Wohnung von Jürgen Feißthammer", löste er auf. Auch wenn Kreil versuchte, keine Regung zu zeigen, so konnte Steinhauser das Entsetzen in Kreils Gesicht erkennen. „Kann es sein, dass Sie die auch gesucht haben?"
„Ich?" gab Kreil entrüstet zurück. „Ich verstehe überhaupt nicht, was Sie von mir wollen und von was Sie hier reden?"
„Vielleicht wollten Sie verhindern, dass die Zertifikate den Landwirten übergeben werden?"
„Sie sind ja völlig durchgeknallt. Für die Vergabe der Zertifikate ist ausschließlich Herr Feißthammer zuständig. Sie können ihn ja gerne fragen."
„Das geht leider nicht", meinte Steinhauser und beobachtete Kreil genau. „Der ist nämlich tot."
„Was soll der sein?" Kreil zeigte sich erschüttert. Demonstrativ setzte er sich hin.
„Aber das brauch ich Ihnen ja nicht zu sagen, Herr Kreil. Das wissen Sie ja besser als wir alle."
„Sind Sie jetzt total übergeschnappt", regte sich Kreil auf. „Woher soll ich denn wissen, dass der Herr Feißthammer tot ist?"
„Ganz einfach, weil Sie ihn umgebracht haben!", sagte ihm Steinhauser auf den Kopf zu.

„Ja, genau Du Drecksau!“, mischte sich jetzt auch Holzinger ein. „Und um mir den Mord in die Schuhe zu schieben, hast Du den in meine Güllegrube geworfen!“
„Bleib ruhig!“, mahnte Steinhauser seinen Freund.
„Ihr seid doch total durchgeknallt“, verteidigte sich Kreil. „Ich habe keine Ahnung, von was Sie da reden. Ich höre mir den Unsinn nicht länger an. Ich gehe jetzt!“
„Du bleibst!“, sagte Holzinger und baute sich vor Kreil auf.
„Alle Zertifikate wurden von Feißthammer am Montag letzter Woche unterschrieben“, fuhr Steinhauser fort. „Und sind somit gültig. Am Dienstag war er bereits tot.“
„Und was soll ich damit zu tun haben? Ich habe bis eben nicht einmal gewusst, dass Herr Feißthammer verstorben ist“, beschwerte sich Kreil. „Wenn die Zertifikate alle unterschrieben sind, dann kann ich ja jetzt gehen. Ich frage mich, warum Sie mich überhaupt hierher bestellt haben?“
„Herr Feißthammer ist nicht einfach verstorben, sondern wurde ermordet“, stellte Steinhauser noch einmal klar. „Und Sie, Herr Kreil, haben sehr viel damit zu tun. Sie und der saubere Herr Feißthammer haben die Bauern aus der Gegend in diese angeblich super günstigen Kredite getrieben, um sich deren Betriebe unter den Nagel zu reißen!“
„So ein Schwachsinn“, regte sich Kreil auf. „Was will ich denn mit den Betrieben? Außerdem wurden die Kredite nur den Landwirten angeboten, die einen Antrag auf die Umstellung auf biologische Landwirtschaft gestellt hatten. Und der wurde bestimmt nicht bei mir gestellt. Ich habe damit gar nichts zu tun! Das ist alleine Angelegenheit von Herrn Feißthammer. Ich habe mich bei der Vergabe der Kredite lediglich auf das Urteil von Herrn Feißthammer verlassen.“
„Und was ist mit Josef Block aus Rieneck?“, hakte Steinhauser nach. „Der wollte gar nicht auf Bio umstellen, aber dennoch haben Sie immer und immer wieder versucht, ihm einen Kredit aufzuschwatzen.“
„Unsinn!“, wehrte Kreil ab. „Ich habe ihm lediglich versucht zu erklären, dass sein Betrieb keine Überlebenschance hat, wenn er die Gelegenheit des günstigen Kredites und der staatlichen Förderung für die Umstellung auf Bio-Milch nicht beim Schopf packt. Ich wollte nur helfen!“
„Mir haben Sie allerdings erzählt, dass nur derjenige, der einen Antrag auf ein Bio-Zertifikat stellt, auch den Kredit angeboten bekommt. Aber Herr Block hatte nie einen Antrag gestellt. Und Jürgen Feißthammer kennt er gar nicht.“

„Manchen Bauern muss man halt zu ihrem Glück verhelfen“, gab Kreil trotzig zurück.
„Ich sage Ihnen mal, wie das hier gelaufen ist“, sagte Steinhauser. Dabei kam er ein Stück auf Kreil zu. „Sie und der Feißthammer haben den Bauern die Kredite aufgeschwatzt, die an dieses Bio-Zertifikat gekoppelt sind“, er zeigte auf die auf dem Tisch liegenden Dokumente, „und dann sollte der Feißthammer einfach die Zertifikate solange zurückhalten, bis deren Abgabefrist abgelaufen ist.“
„So ein Unsinn!“, beschwerte sich Kreil, doch Steinhauser fuhr unbeirrt fort.
„Und da keiner die Kreditsumme zurückzahlen kann, tauchen Sie mit Verträgen dieser Inter-Milch auf, um sich die Betriebe der Landwirte unter den Nagel zu reißen oder sie mit Lieferverträgen zu Dumpingpreisen abhängig zu machen.“
„So eine unverschämte Unterstellung! Die Inter-Milch ist ein absolut –“
„Was die Inter-Milch genau ist, wird schon noch ans Tageslicht kommen!“, unterbrach ihn Steinhauser resolut. „Jedenfalls hat der Feißthammer kalte Füße bekommen und wollte die Zertifikate an die Bauern austeilen. Und das mussten Sie unter allen Umständen verhindern!“
Kreil sagte zunächst nichts, sondern schaute die beiden nur an.
„Ich werde jetzt gehen“, sagt er in ruhigem Ton, ohne auf Steinhausers Vorwürfe einzugehen. „Für Ihre unsinnigen Hirngespinste fehlen Ihnen jegliche Beweise. Ich habe keine Ahnung, wo sich Herr Feißthammer im Augenblick aufhält. Und jetzt gehen Sie mir aus dem Weg!“
„Beantworten Sie mir noch eine Frage“, blieb Steinhauser hartnäckig. Er war sich so sicher, dass seine Theorie schlüssig war und wollte ihn nicht einfach so gehen lassen.
„Ich habe kein Interesse an weiteren Fragen“, gab Kreil zurück.
Aufgrund seiner Recherchen war Steinhauser davon überzeugt, dass Kreil in die Tat involviert war, aber er schaffte es nicht, ihn aus der Reserve zu locken. Deshalb war es an der Zeit, etwas mehr zu riskieren.
„Was haben Sie in der Nacht vom Montag auf Dienstag letzter Woche zwischen ein und zwei Uhr in Mittelsinn gemacht? Sie haben sich von einem Taxi am Bahnhof holen und nach Karsbach ans Ortsschild fahren lassen. Den Wohnort von Jürgen Feißthammer.“
Kreil erstarrte kurz, hatte sich aber gleich wieder im Griff. „Wie kommen Sie darauf, dass ich in Mittelsinn gewesen sein könnte?“
„Der Taxifahrer ist sich sicher, dass er den merkwürdigen Fahrgast

jederzeit wiedererkennen wird“, behauptete Steinhauser. „Wenn Sie nicht in Mittelsinn gewesen sind, dann spricht ja nichts gegen eine kleine Gegenüberstellung, oder?“
„Kann gar nicht sein, dass der mich erkannt hat, ich habe mich ...“ Kreil brach den Satz ab. Angespannte Blicke wanderten zwischen den dreien hin und her.
„Und wieso kann das nicht sein, wenn Sie doch angeblich gar nicht dort gewesen sind?“, ergriff Steinhauser als erster wieder das Wort.
„Sie sagten es ja schon: Weil ich nicht in Mittelsinn gewesen bin!“, schrie Kreil.
„Und ob Sie da waren!“, blieb Steinhauser bei seiner Behauptung. „Nachdem Sie erfahren haben, dass Jürgen Feißthammer das erste Zertifikat an Joachim Stocher übergeben hat, haben Sie ihn sofort auf dem Amt besucht. Das war genau der Tag, an dem Sebastian Holzinger auch dort gewesen war und dem Feißthammer eine Ohrfeige verpasst hat.“
„Können Sie vielleicht endlich einmal mit diesen Unterstellungen aufhören und mich gehen lassen!“ Kreil wurde immer ungehaltener.
Doch Steinhauser war sich sicher, dass seine Theorie stimmte und gab nicht nach. „Dass ihr beide“, Steinhauser deutete auf Holzinger und Kreil, „zeitgleich im Büro vom Feißthammer gewesen seid, hat mir Frau Häcklein mitgeteilt. Allerdings seid ihr euch nicht begegnet. Weil Sie, Herr Kreil, im Nebenzimmer verschwunden waren. Dabei haben Sie den Streit zwischen Sebastian Holzinger und Herrn Feißthammer mit anhören können. Was Sie letztlich auf die Idee gebracht hat, die Leiche in der Güllegrube von Herrn Holzinger zu versenken!“
„Ich kann Ihre Verleumdungen nicht mehr hören!“, brüllte Kreil und wollte erneut die Küche verlassen, doch Holzinger ließ ihn auch diesmal nicht vorbei.
„Am Montagabend, nach ihrem Streit im Tennisclub, haben Sie Herrn Feißthammer aufgesucht, um zu verhindern, dass er die Bio-Zertifikate übergibt“, führte Steinhauser seine Theorie zu Ende. „Ich will Ihnen ja gar keinen Vorsatz unterstellen, aber es kam zu Handgreiflichkeiten zwischen Herrn Feißthammer und Ihnen. Wahrscheinlich hat er Ihnen gesagt, dass er die Zertifikate bereits unterschrieben hat. Spätestens da mussten Sie handeln und haben ihn niedergeschlagen. Anschließend erinnerten Sie sich an die Auseinandersetzung und die Ohrfeige von Herrn Holzinger. Das hatte ja jeder auf dem Amt mitbekommen. Sie haben die Leiche in Herrn Feißthammers Auto gepackt, sind hierhergefahren, und haben die Leiche in

der Güllegrube versenkt. Unklar ist nur, ob der arme Kerl schon tot war oder nicht.“

Kreil schüttelte nur den Kopf.

Steinhauser fuhr unbeirrt fort. „Im Laufe der letzten Tage haben Sie dann die Wohnung von Herrn Feißthammer durchwühlt, um die Bio-Zertifikate an sich zu bringen. Zu blöd nur, dass Sie die nicht gefunden haben.“

Kreil blieb ruhig, setzte sich und legte seinen Aktenkoffer vor sich auf den Tisch. „Eine hübsche Theorie, aber Ihnen fehlt immer noch so etwas wie Beweise. Außer einem Taxifahrer, der mich angeblich wieder erkennen wird … das glauben Sie doch selber nicht! Da lacht ja jeder Anwalt.“

„Zu dumm für Sie, Herr Kreil ...“, meinte Steinhauser selbstsicher, „dass ich die Tatwaffe und weitere Beweise in Ihrer Mülltonne gefunden habe.“

Kreil zeigte zunächst keine Regung. „Na, Herr Polizist, was sollen denn das jetzt wieder für sonderbare Beweise sein?“, machte er sich über Steinhauser lustig.

„Ein zersägter Tennisschläger, an dem ganz klar noch Blutspuren zu erkennen sind, und Stofffetzen eines Anzuges. Stofffetzen, die ich auch in der Wohnung des Ermordeten sichergestellt habe. Spätestens wenn all diese Dinge von der Kriminaltechnik untersucht worden sind, wird sich herausstellen, dass die Stofffetzen übereinstimmen und das Blut an den Resten des Tennisschlägers von Jürgen Feißthammer stammt. Die Frakturen am Schädel des Opfers sehen aus, als würden sie vom Rahmen eines Tennisschlägers stammen. Ich bin auch mal gespannt, was bei der anstehenden Hausdurchsuchung bei Ihnen noch so alles gefunden wird“, gab sich Steinhauser sicher. „Aber wenn Sie nichts mit dem Tod von Jürgen Feißthammer zu tun haben, dann haben Sie ja auch nichts zu befürchten.“

„Und wo sollen diese angeblichen Beweismittel jetzt sein?“, fragte er amüsiert.

„Liegt alles in meinem Bus und die Kollegen von der Kripo sind auch schon auf dem Weg hierher“, strahlte Steinhauser. „Sie müssten jeden Augenblick eintreffen.“

Kreil musterte die beiden, dann schaute er zur Tür.

„Du kommst hier nicht weg!“, knurrte Holzinger, der ihn keine Sekunde aus den Augen gelassen hatte.

„Sieht ganz so aus, als ob ich Sie unterschätzt habe, Herr Steinhauser“, sagte Kreil angefressen und öffnete bedächtig seinen Aktenkoffer. Plötzlich zog er eine Pistole hervor.

„Hab ich´s doch gewusst!“, stieß Steinhauser euphorisch hervor, doch als er die Waffe wahrnahm, verstummte er. In diesem Augenblick wurde ihm bewusst, dass sie einem Mörder gegenüberstanden.
„Aber Ihr Wissen nützt Ihnen gar nichts!“, gab Kreil nach einer kleinen Pause scharf zurück. „Denn Ihre Geschichte wird niemand erfahren. Und jetzt geben Sie mir Ihre Waffe. Aber schön langsam und versuchen Sie nicht den Helden zu spielen.“
Steinhauser erstarrte, holte tief Luft und versuchte die Ruhe zu bewahren. Aber in einer derartigen Situation war er bisher noch nie gewesen. Da nützten auch die vielen Lehrgänge nichts, die er im Laufe seiner Karriere besucht hatte. *Ich muss ihn in ein Gespräch verwickeln*, erinnerte er sich wieder, doch er wusste nicht, was er sagen sollte. Holzinger hingegen schnaubte wie ein wild gewordener Stier. Alleine die Tatsache, dass Kreil eine Waffe auf sie richtete, hielt ihn davor zurück, über ihn herzufallen.
„Wird´s bald!“, wiederholte Kreil. „Legen Sie die Waffe auf den Tisch!“
Langsam löste Steinhauser seine Waffe aus dem Holster und tat, wie ihm befohlen wurde.
Ohne Steinhauser und Holzinger aus den Augen zu lassen, steckte Kreil die Waffe in seinen Hosenbund.
„Sie haben den Feißthammer umgebracht!“, schrie Holzinger wütend.
„Das hätte alles nicht sein müssen“, sagte Kreil. „Aber er ließ mir keine andere Wahl.“
„Und warum haben Sie die Leiche ausgerechnet bei mir entsorgt?“, wollte Holzinger wutentbrannt wissen.
Kreil deutete auf Steinhauser. „Ihr Freund, der Polizist, hat es ja schon erklärt. Im ersten Moment wollte ich es wie einen Raubmord aussehen lassen, aber dann sind Sie mir eingefallen, Herr Holzinger“, erklärte Kreil bereitwillig. „Ihren Streit mit Feißthammer hatte ja nun wirklich jeder mitbekommen. Und da hielt ich es für eine gute Idee, ihn bei Ihnen zu deponieren. Ich wollte ihn eigentlich zwischen die Viecher werfen, dass die ihn zertrampeln und die Spuren verwischen, aber da sah ich, dass die Güllegrube offen war. Das war die Gelegenheit ihn spurlos und für immer verschwinden zu lassen. Ich konnte ja nicht damit rechnen, dass der gleich wiedergefunden wird. Und als Sie ...“, Kreil deutete erneut auf Steinhauser, „bei mir erschienen sind und sich nach Feißthammer erkundigt haben, war mir sofort klar, dass er gefunden wurde. Apropos *gefunden*: Wo haben Sie die Leiche eigentlich versteckt?“
„Ich wüsste nicht, was Sie das angeht“, gab Steinhauser zurück.

„Spielt auch keine Rolle“, winkte Kreil ab. „Egal, wann und wo der Feißthammer gefunden wird, mich wird man mit seinem Ableben sowieso nicht in Verbindung bringen können. Netterweise haben Sie mir ja gesagt, wo sich die Beweise dafür befinden.“
„Sie haben einen unschuldigen Menschen kaltblütig ermordet“, meinte Steinhauser erschüttert und ärgerte sich maßlos darüber, dass er die Information, wo er die Beweise aufbewahrte, nicht für sich behalten hatte. Da nützte es ihm auch nichts, dass seine Theorie richtig gewesen war. Hochmut kommt vor dem Fall. Und er war soeben hart in der Realität aufgeschlagen.
„Der Feißthammer, dieser Idiot. Unschuldig war der nun wahrlich nicht“, meinte Kreil abschätzig. „Noch ein paar Wochen und wir hätten es geschafft.“
„Was geschafft?“ hakte Steinhauser interessiert nach. *Ich muss ihn in ein Gespräch verwickeln.*
„Sie sind mir zwar auf die Schliche gekommen, aber die Zusammenhänge haben Sie immer noch nicht kapiert“, lachte Kreil.
„Dann klären Sie uns doch auf“, forderte Steinhauser ihn auf. Dies ließ sich Kreil nicht zweimal sagen.
„Ohne das Bio-Zertifikat bleibt den Bauern nur die Möglichkeit, einen der beiden Verträge zu unterzeichnen, die ihnen von der Inter-Milch angeboten werden. Keine Bank der Welt würde ohne das Bio-Zertifikat einen Kredit bewilligen. Und schon gar nicht in der Höhe, die manche Bauern aufgenommen haben.“ Dabei zeigte Kreil mit der Pistole abschätzig auf Holzinger. „Wenn es nach mir gegangen wäre, dann hätten die Bauern auch nicht die Wahl zwischen zwei Verträgen bekommen, aber das wird an anderer Stelle entschieden und geht mich nichts an. Jedenfalls ist es ganz egal, welcher Vertrag unterschrieben wird. Die Inter-Milch kommt entweder sehr günstig an Milch und kann diese dann international teuer weiterverkaufen – Abnehmer gibt es mehr, als ihr euch vorstellen könnt, oder sie kommt in den Besitz der Betriebe. Und wenn die Inter-Milch erst einmal die Betriebe an sich gebracht hat, sollte sie eigentlich das Bio-Zertifikat von Feißthammer erhalten. Dann könnte neben den hohen Milchpreisen auch noch die staatliche Förderung kassiert werden. Ein paar schöne Millionen. Zumindest war das der Plan. In jedem Fall macht die Inter-Milch einen schönen Reibach. Der Feißthammer und ich wollten uns dann längst ins Ausland abgesetzt haben. Aber der Feißthammer, der Feigling, hat weiche Knie bekommen, weil er von ein paar Bauern bedroht

wurde. Er hat plötzlich sein Gewissen entdeckt und wollte allen Bauern die Zertifikate übergeben ... und das musste ich verhindern!"
„Was will denn die Inter-Milch mit den Betrieben?", wunderte sich Steinhauser.
„Gar nix", meinte Kreil gelassen. „Die Inter-Milch hätte Bauern aus Osteuropa eingesetzt und wenn die Betriebe bis Ablauf der Förderung runtergewirtschaftet sind, werden die einfach wieder verhökert. Durch den Verkauf der Gebäude und der Ländereien können die Investitionen durch die Kredite locker gedeckt werden. Unterm Strich ein lohnendes Geschäft."
„Wie die Heuschrecken!", knurrte Holzinger. „Aufkaufen, nichts investieren, herunterwirtschaften und wieder abdrücken."
„Und Sie bekommen natürlich eine schöne Provision für die Sauerei!", fügte Steinhauser noch hinzu.
„Wie Sie das bezeichnen, ist Ihre Sache, aber dass nichts investiert wurde, ist nicht ganz richtig", sagte Kreil mit einem höhnischen Grinsen im Gesicht. „Schließlich wurden die Landwirte durch die Kredite unterstützt, damit sie ihre Betriebe vor der Übernahme auch schön brav auf Vordermann bringen und auf biologische Landwirtschaft umstellen konnten."
„Getäuscht haben Sie uns und unsere verzweifelte Lage schamlos ausgenutzt", schrie Holzinger voller Wut. „Sie sind doch das Allerletzte, Sie elendes ..."
„Damit kommen Sie niemals durch", unterbrach Steinhauser seinen Freund und war bemüht ruhig zu bleiben. Er wollte unter allen Umständen verhindern, dass Kreil provoziert wurde und es zu einer Kurzschlussreaktion kam. Immerhin richtete er eine Waffe auf sie.
„Sie hätten den Kredit ja nicht unterschreiben müssen", sagte Kreil gleichgültig. „Aber wir gehen jetzt erst mal ein Stück spazieren." Kreil deutete mit der Waffe auf die Tür.
„Wo wollen Sie denn hin?", wunderte sich Steinhauser.
„Der Weg zur Güllegrube ist euch ja bestens bekannt! Und da ich weiß, wo die Beweise sind, muss ich euch jetzt nur noch aus dem Weg räumen."
„Machen Sie keinen Blödsinn, Herr Kreil", meinte Steinhauser besänftigend und versuchte auf ihn einzugehen. *Deeskalation*, fiel ihm wieder ein, war das Schlagwort seiner letzten Weiterbildung. Er konnte sich noch düster an die Worte des Dozenten erinnern und ärgerte sich, dass er dessen Vortrag nicht mehr Aufmerksamkeit geschenkt hatte. Überhaupt

hatte er an den meisten Weiterbildungen eher körperlich als geistig teilgenommen. Eine Tatsache, die er jetzt bereute. Im Geiste gelobte er Besserung, aber das nutzte ihm im Augenblick nichts. Er musste versuchen, Kreil irgendwie zur Vernunft zu bringen. „Herr Kreil, Sie sind doch kein kaltblütiger Mörder. Es gibt bestimmt für alles eine gute Erklärung. Lassen Sie mich Ihnen helfen."
„Willst Du mir jetzt ein Gespräch aufbinden?" gab Kreil gereizt zurück.
Und alleine die Tatsache, dass er vom „Sie" ins „Du" wechselte, ließ Steinhauser aufhorchen. Die erste Hemmschwelle zu einer weiteren Tat war überwunden – glaubte er zumindest. Deshalb wollte er so schnell wie möglich die Spannung aus der Situation nehmen und versuchte es erneut.
„Nein, das möchte ich nicht, aber ..."
„Dann halt dein Maul!", schnitt ihm Kreil energisch das Wort ab, als plötzlich auch noch Katja in der Tür stand.
„Was ist denn hier los?", fragte sie besorgt und erstarrte beim Anblick der Waffe.
„Keine Bewegung, sonst leg ich euch alle um!", drohte Kreil und wurde zunehmend unruhiger. Die Anwesenheit von Katja hatte er völlig verdrängt. Er wedelte unkontrolliert mit der Waffe herum, Schweiß bildete sich auf seiner Stirn und seine Hand begann zu zittern. Immer wieder blickte er nervös auf ihren Bauch.
„Sie können uns unmöglich alle drei … alle vier erschießen und ungesehen davonkommen", beschwor ihn Steinhauser. Dabei zeigte er auf die schwangere Katja.
„Genau, meine Eltern sind auch noch auf dem Hof", pflichtete ihm Holzinger bei und nahm seine Frau beschützend in den Arm.
„Sind sie nicht!", gab Kreil sofort zurück. „Die sind mir nämlich auf dem Weg hierher begegnet."
„Sie werden doch keine werdende Mutter erschießen", ergriff Steinhauser wieder das Wort.
„HALTET DIE KLAPPE!", schrie Kreil aufgebracht. Plötzlich feuerte er einen Schuss in die Decke.
Die drei zuckten erschrocken zusammen. Kreil wurde zunehmend aggressiver. Sein Gesichtsausdruck nahm einen Hauch von Wahnsinn an.
„Ich muss nachdenken!" Er blickte die drei aus glasigen Augen an. Dabei atmete er schwer, als ob er gerade einen Marathon gelaufen wäre. Aber trotz der angespannten Lage beruhigte er sich langsam wieder. „Komm her zu mir!", befahl er Katja, die sich an ihrem Mann festklammerte.

„Lassen Sie meine Frau aus dem Spiel!“, schimpfte Holzinger, aber Kreil packte sie grob am Arm und zerrte sie von ihm weg. Bevor Holzinger etwas unternehmen konnte, hielt er ihr die Pistole an den Kopf. Steinhauser stellte sich energisch zwischen seinen Freund und Kreil.
„Machen Sie keinen Scheiß!“, wandte er sich verzweifelt an Kreil. Er musste damit rechnen, dass dieser sofort schoss, wenn er sich bedroht oder in die Enge gedrängt fühlte. Kreil war zu einer tickenden Zeitbombe mutiert. Steinhauser musste mit dem Schlimmsten rechnen. Jetzt galt es die Ruhe zu bewahren.
„Keine Bewegung!“ rief Kreil und richtete die Waffe auf die beiden. „Wir gehen jetzt schön langsam aus dem Haus!“ Urplötzlich war jede Unsicherheit von ihm gewichen. Er wirkte nun kühl und abgeklärt, fast fanatisch. Kreil machte jetzt einen äußerst entschlossenen und zu allem bereiten Eindruck, um seine Haut zu retten.
„Du zuerst!“, befahl er Holzinger. „Aber schön langsam und keine falsche Bewegung!“
An zweiter Stelle ging Steinhauser. Knapp dahinter folgten Katja und Kreil, der ihr seine Waffe in den Rücken drückte.
„Herr Kreil ...“, setzte Steinhauser erneut in besänftigendem Tonfall an, doch Kreil schnitt ihm rigoros das Wort ab.
„Schnauze!“, brüllte er und Katja zuckte erschrocken zusammen. „Noch ein Wort und ich knall dich ab, du blöder Bulle!“
Erschrocken über Kreils Wandel, verließen sie langsam die Küche. Sie gingen im Gänsemarsch durch den Flur bis zur Haustür. Dort blieben sie stehen. Erst nachdem es ihnen Kreil befohlen hatte, betraten sie den Hof.
„Schön langsam!“ mahnte er und ließ die drei nicht aus den Augen. Während er ihnen folgte, schaute er sich aufmerksam um. Mitten auf dem Hof stand plötzlich eine Gefriertruhe. Kreil blieb kurz stehen und betrachtete verwundert die Truhe. Plötzlich stürmte jemand in einer grünbeigen Polizeiuniform und einer großen Schrotschaufel in der Hand auf Kreil zu. Neben dem Mann rannte ein wütend bellender Beagle. Erschrocken von dem grotesken Anblick riss Kreil die Waffe herum. Noch während die Schaufel auf seine Hand donnerte, löste sich ein Schuss.
Die Waffe wurde zur Seite geschleudert und Strubinski sackte mit einem dumpfen, qualvollen Schrei zusammen. Bevor jemand reagieren konnte, zog Kreil Steinhausers Waffe aus dem Hosenbund und richtete sie hasserfüllt auf den Angreifer. Doch er hatte Jacky nicht auf seiner Rechnung. Die ansonsten eher ruhige Beagle-Dame warf sich entschlossen

gegen Kreil, biss ihm in den ausgestreckten Arm und ließ nicht mehr los. Dieser gab einen wütenden Schrei von sich, ließ die Waffe fallen und versuchte den Hund verzweifelt abzuschütteln.
Steinhauser und Holzinger rissen sich aus ihrer Starre und warfen sich sofort auf Kreil. Mit einer harten Rechten streckte ihn Holzinger mit nur einem Schlag nieder, noch bevor Steinhauser etwas unternehmen konnte. Jacky hingegen zerrte immer noch knurrend an dessen Arm. Steinhauser nahm schnell beide Waffen an sich, dann kümmerte er sich um Jacky. Es dauerte eine ganze Weile, bis er den Hund beruhigen und dazu bringen konnte, Kreil loszulassen.
„Dieses verdammte Arschloch!“, brüllte Strubinski, der zusammengekauert auf dem Boden lag und sich das rechte Bein hielt.
Blut sickerte aus einer Wunde und tränkte die beige Hose blutrot.
Sofort kamen Katja, Steinhauser und Holzinger zu ihm geeilt. „Schnell einen Notarzt!“, rief Steinhauser besorgt. „Wo hat er dich erwischt?“
„Lass mich mal sehen!“, forderte Katja ihn auf, die Hand von der Wunde zu nehmen und beugte sich mit ihrem Babybauch über ihn.
Langsam und mit schmerzverzerrtem Gesicht nahm Strubinski die Hand zur Seite, damit Katja die Verletzung in Augenschein nehmen konnte. Entschlossen steckte Steinhauser seinen Finger in das Einschussloch und riss das Hosenbein auf. Als alle das Ausmaß der Verletzung sehen konnten, atmeten sie erleichtert auf.
„Stell dich nicht so an!“, meinte Steinhauser erleichtert. „Ist nur ein Kratzer.“
„Ein Kratzer?“, schrie Strubinski entrüstet. „Ich blute wie ein Schwein! Ich muss sofort ins Krankenhaus! Was ist, wenn ich mein Bein verlier?“
„Das fällt nicht ab“, versuchte ihn Holzinger zu beruhigen. „Es liegt nur an der beigen Hose, dass das so schlimm aussieht. Wo hast du überhaupt die Polizeiuniform her?“
„Vom Fasching“, meinte Steinhauser und kümmerte sich wieder um Kreil.
„Ich hol dir mal ein Pflaster“, sagte Katja, erhob sich und ging zurück ins Haus.
„Ein Pflaster?“, beschwerte sich Strubinski aufgebracht. „Ich brauch mindestens einen Druckverband! Das ist eine Fleischwunde!“
„Schatz!“, rief ihr Holzinger hinterher. „Mach Fred doch bitte einen Druckverband. Das hat er sich mehr als verdient.“
„Ja, du hast natürlich Recht“, gab sie auf der Türschwelle mit einem Lächeln Richtung Strubinski zurück.

„Danke“, gab dieser besänftigt zurück, während ihm Holzinger auf die Beine half.
„Fred, du hast uns das Leben gerettet“, sagte Holzinger stolz und drückte ihn fest an sich. „Ich weiß gar nicht, wie ich dir danken soll?“
„Ja, Fred. In der Tat, du hast uns gerettet“, pflichtete Steinhauser bei, während er den bewusstlosen Kreil zur Gefriertruhe schleifte und mit seinen Handschellen am Griff fest machte. „Und der macht uns jetzt auch keinen Ärger mehr.“
Holzinger nahm Fred wie ein Kind auf die Arme und setzte ihn auf die Truhe.
„Ich hätte ja nie gedacht, dass ich das mal sagen würde“, begann Steinhauser und legte seine Hand auf Strubinskis Schulter. „aber ohne dich hätte ich es nie geschafft, den Kreil zu überführen. Du bist unser Held.“
Strubinski wusste nicht so recht, was er sagen sollte. Er rutschte verlegen auf der Truhe umher. „Ach was …“, wehrte er schließlich ab und versuchte sich bescheiden zu geben. „Wozu hat man denn Freunde. Aber Sie … Herr Kommissar Steinhauser … Sie haben auch einen hervorragenden Job erledigt. Wir zwei sind halt ein prima Team … wie ein richtiges Ermittlerduo. Vielleicht sollten wir eine Privatdetektei aufmachen?“
„Was solltet ihr aufmachen?“, wunderte sich Katja, als sie mit Verbandszeug zurückkam.
„Eine Privatdetektei“, wiederholte Strubinski. „Weil der Hannes und ich doch so erfolgreich im Fall Feißthammer ermittelt haben.“
„Ihr habt ermittelt?“, fragte Katja überrascht, während sie begann, den Verband anzulegen.
„Was machst du denn da?“, fragte Strubinski entrüstet. „Bei dem Kratzer brauch ich doch keinen Verband. Höchstens ein Pflaster, wenn überhaupt.“
„Genau“, pflichtete Holzinger bei. „Was dich nicht tötet, macht dich nur härter.“
„Du hast es gehört“, sagte Strubinski stolz zu Katja und sprang von der Truhe. Als er den Boden berührte, durchfuhr ihn kurz ein brennender Schmerz, aber er winkte sofort ab, als Holzinger ihn stützen wollte. „Geht schon. Alles in Ordnung, Sepp.“
„Und was machen wir jetzt mit dem da?“ Katja zeigte auf Kreil, der langsam wieder zu sich kam.
Kreil lehnte sich gegen die Truhe. Als er die Augen aufschlug, schaute er direkt in Jackys Maul. Die Hundedame knurrte ihn an. Kreil wollte erschrocken davon krabbeln, merkte aber schnell, dass er mit

Handschellen an der Truhe festgemacht war war.
„Nehmen Sie den Köter weg!“, beschwerte er sich.
„Merkwürdig“, wandte sich Holzinger an Steinhauser. „Ich hatte deinen Hund ganz friedlich in Erinnerung.“
„Ich auch“, meinte Steinhauser. „Aber ich weiß jetzt auch, woher der Stofffetzen kam, den ich in Jackys Körbchen gefunden habe“, wandte er sich an Kreil. „Der Hund hat Sie schon einmal angegriffen. Und zwar, als Sie Jürgen Feißthammer niedergeschlagen haben, Jackys Herrchen. Dabei hatte Ihnen der Hund ein Stück Stoff aus dem Hosenbein gerissen.“
„Und vermutlich hat er ihn auch gebissen“, warf Strubinski dazwischen.
„Genau“, stimmte Steinhauser zu und erinnerte sich an seinen Besuch in Kreils Wohnung. Ihm war damals aufgefallen, dass dieser das linke Bein leicht nachzog.
„Das können wir ja sofort herausfinden“, sagte Holzinger. „Krempeln Sie mal die Hosenbeine hoch!“
„Hauen Sie ab, Sie … Sie ...“, wollte sich Kreil beschweren, doch als sich Holzinger vor ihm aufbaute, verstummte er wieder.
„Pass bloß auf, Freundchen!“, drohte ihm Holzinger mit seiner riesigen Faust. „Sonst reibt deine Zahnbürste morgen ins Leere!“
„Tu ihm nix“, warnte Steinhauser. „Sonst hängt der dir noch ne Klage wegen Körperverletzung an den Hals. Bei unseren Gesetzen musst du mit allem rechnen. Und ich weiß, wovon ich rede.“
Holzinger kniete sich neben Kreil. Der Hüne schaute ihn grimmig an und krempelte dessen linkes Hosenbein hoch. Dieser protestierte zwar lautstark, wagte es aber nicht sich zu widersetzen. Zum Vorschein kam ein dicker Verband.
„Soll ich den abmachen?“, wandte sich Holzinger fragend an Steinhauser.
„Ich denke, das ist nicht nötig“, meinte dieser und kramte Strubinskis kleine Kamera hervor. „Ich hab Sie auch gefilmt, als Sie die Wohnung vom Feißthammer verwüstet haben.“
„Wir haben ihn gefilmt“, warf Strubinski kurz dazwischen, verstummte aber gleich wieder, als er Steinhausers Blick bemerkte.
„Das ist ja wohl total lächerlich“, stieß Kreil hervor.
Steinhauser spielte ihm das Video vor. Kreil lachte laut auf. „Das bin ich nicht!“
„Das dachte ich zuerst auch“, stimmte Steinhauser zu. „Aber wenn man die Aufnahmen genau betrachtet, dann kann man sehr gut erkennen, dass Sie Ihr linkes Bein leicht nachziehen.“

„Blödsinn!", keifte Kreil wütend. „Das kann jeder gewesen sein!"
„Auf den ersten Blick denkt man, Sie stolpern über das Chaos, das Sie angerichtet haben", erklärte Steinhauser seine Erkenntnis. „Doch beim zweiten Hinsehen kann man ganz deutlich erkennen, wie Sie Ihr linkes Bein nachziehen. Das Bein, in das Jacky Ihnen reingebissen und den Stofffetzen rausgerissen hat! Ich bin mir ziemlich sicher, dass die Bissspuren an ihrem Bein dem Gebiss von Jacky zugeordnet werden können."
Steinhauser hatte zwar keine Ahnung, ob das überhaupt möglich war, aber es klang verdammt professionell. Souveränes Auftreten bei völliger Ahnungslosigkeit war mittlerweile zu einer Spezialität von ihm geworden.
Kreils Blick verfinsterte sich. Er schaute wütend zu dem Hund, der ihn keine Sekunde aus den Augen gelassen hatte.
„Der blöde Köter!", schrie Kreil wütend. „Das Drecksvieh hat meine ganze Wade verbissen, bis ich den endlich eingesperrt hatte."
„Deshalb war der Hund auch im Gäste-WC", erinnerte sich Steinhauser.
„Was dachten Sie denn?", spottete Kreil. „Dachten Sie, das ist ein Hundeklo?"
„Jetzt werd mal nicht frech, Freundchen!", meldete sich Strubinski zu Wort.
„Sie geben also zu, den Herrn Feißthammer ermordet zu haben?", fragte Steinhauser.
„Ich gebe gar nichts zu", knurrte Kreil. „Ihr drei Clowns könnt mich mal."
Er richtete sich auf und rieb sich die Handgelenke. „Was macht eigentlich die Truhe mitten auf dem Hof?", wunderte er sich.
„Guck halt rein!", schlug Strubinski vor. „Ich hab sie aufgeschlossen."
Ohne lange zu überlegen, zog Kreil den Deckel nach oben. Er starrte wie versteinert in die Truhe. Dann gab er einen panischen Schrei von sich und wollte angeekelt zurückweichen. Er blieb aber mit den Handschellen am Griff hängen und der Deckel schlug wieder zu. Die drei konnten beobachten, wie sein Gesicht binnen Sekunden kreidebleich wurde. Kurz darauf bekam er weiche Knie, sackte zusammen und übergab sich mehrfach. Angewidert drehten sie sich alle zur Seite. Erst als die Würgegeräusche verstummt waren, schauten sie wieder nach ihm.
„Sieht scheiße aus, oder?", sagte Strubinski.
„Ihr seid doch total verrückt", jammerte Kreil, der weiter mit seiner Übelkeit zu kämpfen hatte. „Ihr habt ihn eingefroren, nachdem ihr ihn gefunden hattet?"
„Sie müssen grad was sagen, Sie ...", setzte Steinhauser an, als plötzlich

mehrere Fahrzeuge in den Hof gefahren kamen. Zwei Streifenwagen und ein Zivilfahrzeug der Würzburger Polizei parkten neben ihnen.
Aus dem Zivilfahrzeug stiegen Stefanie und ein Mann aus. Der Mann war groß, schlank und hatte dunkle Haare. Er trug eine lässige blaue Jeans und ein elegantes Jackett. Steinhauser kannte ihn vom Sehen und wusste, dass er bei der Kripo arbeitet. Aber wie er hieß und welche Funktion er da hatte, wusste er nicht. Vier uniformierte Beamte folgten den beiden. Steinhauser zuckte zusammen, als er Rappert und die beiden Kollegen aus der Dienststelle in Gemünden erkannte, die ihn bei einer Verkehrskontrolle herausgewunken hatten. Aber auch jetzt konnte er sich nicht an deren Namen erinnern. Der vierte im Bunde war ihm gänzlich unbekannt, aber er ging davon aus, dass dieser ebenfalls zu Rapperts Team gehörte.
Stefanie trug eine enge Jeans und eine helle Bluse. Ihre dunklen, langen Haare hatte sie zu einem Pferdeschwanz zusammengebunden. So wie sie es am liebsten hatte. Ihr makelloses Gesicht hatte jedoch einen strengen Ausdruck, was Steinhauser ihr nicht verdenken konnte. Ihm schwante Schlimmes.
Gestern Abend hatte er sich dazu durchgerungen sie anzurufen. Stefanie war aus allen Wolken gefallen, als er ihr zu erklären versuchte, dass sie eine Leiche in Holzingers Güllegrube gefunden und anschließend eingefroren hatten. Dass er keine andere Wahl hatte, weil das Opfer vermutlich ermordet worden war, ließ sie natürlich nicht gelten - eher im Gegenteil. Während Stefanie am anderen Ende der Leitung tobte, hielt er den Hörer etwas weiter von seinem Ohr weg. Dennoch konnte er sie hervorragend verstehen und ließ ihre Belehrungen geduldig und ohne Widerworte über sich ergehen. Und nachdem er jetzt genau wusste, mit welchen Konsequenzen er rechnen musste, ließ sie ihn schließlich auch wieder zu Wort kommen.
Haarklein erklärte er ihr die Zusammenhänge und dass er aus Rücksicht auf Holzinger unmöglich die Kripo hatte rufen können. Dass diese Maßnahme eher dem Eigenschutz diente, konnte sie ja nicht wissen. Stefanie hatte erwartungsgemäß keinerlei Verständnis für ein derart verantwortungsloses Verhalten. Es dauerte zwar eine gefühlte Ewigkeit, aber letzten Endes beruhigte sie sich wieder. Was blieb ihr auch anders übrig.
Kommentarlos lauschte sie seinen Ausführungen und zeitweise hatte er sogar das Gefühl, dass Stefanie von seiner Rekonstruktion des möglichen Tatherganges beeindruckt war. Was aber auch daran liegen konnte, dass ihr

einfach die Worte fehlten. Am Ende gelang es ihm, sie davon zu überzeugen, heute zu einer vereinbarten Zeit bei Holzinger auf dem Hof zu erscheinen. Dass sie allerdings gleich mit einem ganzen Kommando erschienen, hatte er nicht mit ihr abgemacht. Und jetzt hatte sie auch noch den Rappert mit seinen Leuten angeschleppt.

„Guten Morgen, die Dame, die Herren", begrüßte sie der Mann im Jackett. Skeptisch betrachtete er die Gefriertruhe und den daran gefesselten Sven Kreil. Anschließend wanderte sein Blick zu Strubinski, der im Faschingskostüm dastand und sich an der Truhe abstützte. Dass dieser am Bein verletzt war, entging seinen aufmerksamen Blicken nicht. Er ließ die bizarre Szene eine Weile auf sich wirken. Nachdem er Stefanie einen langen Blick zugeworfen hatte, sprach er weiter. „Ich bin Kriminalhauptkommissar Marek Tagweih von der Kripo aus Würzburg. Meine Kollegin, Frau Fehlhaus, teilte mir heute Morgen mit, dass es hier ein Gewaltverbrechen gegeben haben soll. Können Sie mir etwas dazu sagen?"

„Ist das dein Chef?", flüsterte Strubinski Steinhauser ins Ohr, ohne den Kommissar aus den Augen zu lassen.

Steinhauser durchzuckte bei der Frage sofort ein schrecklicher Gedanke. Mit einem Schlag wurde ihm bewusst, dass er in diesem Moment Gefahr lief, dass seine jahrelangen Lügen aufgedeckt werden könnten. Wenn jetzt herauskommen würde, dass er in Wahrheit gar nicht bei der Kripo arbeitete, wäre er bei seinen Freunden nicht nur blamiert, sondern hätte jede Glaubwürdigkeit verloren – auch Tagweih gegenüber. Aber vor allem hatte er Angst, dass Stefanie es erfahren könnte. Er wollte erst gar nicht daran denken, was sie von ihm halten würde. Schließlich wusste sie nichts von all den Geschichten, die er immer erzählt hatte, wenn er ohne sie bei seinen Freunden gewesen war. Steinhauser war sogar stolz darauf, dass es ihm gelungen war, dieses Geheimnis bis zum heutigen Tag erfolgreich zu wahren. Er hatte sich zwar geschworen, allen reinen Wein einzuschenken, jedoch schien ihm dieser Augenblick als der denkbar ungünstigste. Am vergangenen Wochenende hatte er das Gefühl, dass da noch etwas war, zwischen Stefanie und ihm. Ein winziger Funken Hoffnung, den es galt zu hegen und zu pflegen, um daraus wieder eine zarte Flamme zu formen, durch die ihre Liebe neu entfacht werden konnte. Wenn allerdings sein Lügengebilde heute aufflog, dann würde dieser winzige Funke von einem Tsunami weggefegt werden, der auch von ihm nicht viel übriglassen würde. Da spielte es auch keine Rolle, dass seine Theorie über den Mord

an Jürgen Feißthammer stimmte. Jetzt galt es für Steinhauser einen kühlen Kopf zu bewahren, er musste unter allen Umständen verhindern, dass er aufflog.
„Nein, nicht direkt mein Chef. Andere Abteilung“, meinte Steinhauser leise und so beiläufig zu Strubinski, wie er nur konnte. Anschließend wandte er sich gleich dem Hauptkommissar zu. „Das Verbrechen an sich liegt schon ein paar Tage zurück“, begann er und schaute schuldbewusst zu Stefanie. „Aber heute ist es uns gelungen, den Mörder zu überführen.“
Tagweih schaute erneut zu Stefanie, dann zurück zur Versammlung vor der Gefriertruhe. Strubinskis Frage, ob er der Chef von Steinhauser war, hatte der Hauptkommissar zum Glück nicht zur Kenntnis genommen. Viel mehr schien es, als ob ihm Stefanie keine Details berichtet hatte, denn er wirkte sichtlich überrascht, blieb aber erstaunlich ruhig.
„Sie haben einen Mörder überführt?“, fragte er ungläubig. Auch Rappert und seine Leute schauten Steinhauser entsetzt an. Tagweih wandte sich an Rappert. „Haben Sie gewusst, dass es hier einen Mord gegeben hat?“
„Nein, davon wurde ich nicht in Kenntnis gesetzt.“ Rappert zuckte ratlos mit den Schultern.
„Also, Herr …?“, wandte sich Tagweih wieder an Steinhauser.
„Steinhauser! Mein Name ist Johannes Steinhauser“, stellt er sich freundlich vor und reichte ihm die Hand. Tagweih zeigte jedoch keine Regung, also zog er sie verlegen wieder zurück.
„Und Sie haben einen Mörder überführt?“, fragte er skeptisch.
„Ja … also ... ich nicht alleine … wir haben den Mörder überführt, wenn man es genau nimmt.“ Steinhauser zeigte auf seine Freunde.
„Das sind alles Verrückte!“, mischte sich Kreil plötzlich ein. „Die wollen mir einen Mord anhängen! Helfen Sie mir!“
„Halt dein Maul!“, schrie Holzinger und packte ihn am Kragen.
„Darf ich bitten!“, sagte Tagweih scharf. Holzinger ließ ihn zögerlich wieder los. „Hier redet nur der, den ich frage! Ist das klar?“
Tagweihs Tonfall ließ keine Fragen offen, wer hier der Chef im Ring war. Sein Auftreten war souverän und selbstsicher. Ein Mann, der es gewohnt war, dass man seinen Anweisungen Folge leistete.
„Herr Steinhauser, ich höre!“
„Ja, Herr Tagweih, … äh“, Steinhauser räusperte sich und versuchte ebenfalls souverän zu wirken. „Es ist uns gelungen, Herrn Kreil nachzuweisen, dass er letzte Woche, in der Nacht von Montag auf Dienstag, Jürgen Feißthammer ermordet hat.“

Gerade als Kreil wieder ansetzen wollte etwas zu sagen, packte ihn Holzinger erneut am Kragen und schüttelte ihn. Kreil zuckte eingeschüchtert zusammen und schwieg.
„Und wo ist die … Leiche dieses Herrn Feißthammer?“, fragte Tagweih neugierig.
Steinhauser tippte auf die Gefriertruhe. „Hier drinnen“, sagte er und das erste Mal konnte er im Gesicht von Marek Tagweih so etwas wie Ratlosigkeit erkennen.
„In der Gefriertruhe?“, fragt dieser ungläubig.
„Ja, in der Gefriertruhe!“, meldete sich Strubinski stolz zu Wort. „Sie können gerne mal einen Blick reinwerfen. Wir haben ihn extra eingefroren. Wegen der Hitze, sonst wäre er ja ...“
Strubinski verstummte, als er merkte, dass ihn alle mit verdrehten Augen anschauten.
„Und wer sind Sie?“, wollte Tagweih sofort wissen. Er machte keine Anstalten, die Truhe genauer zu untersuchen.
„Ich bin Fred Strubinski“, gab er ordnungsgemäß zurück.
„Und für welche Dienststelle arbeiten Sie?“
Strubinski schaute verlegen zu Boden. Es wunderte ihn, dass der Kommissar seine Uniform nicht als Faschingskostüm erkannte. „Naja …“, druckste er unschlüssig herum. „Ich bin so eine Art ... freier Mitarbeiter.“
„Freier Mitarbeiter?“, erneut machte sich Ratlosigkeit im Gesicht von Tagweih breit. Er wandte sich direkt an Rappert. „Haben Sie in Gemünden freie Mitarbeiter?“
„Nein, natürlich nicht!“, gab dieser vehement zurück. „Ich kenne diesen Mann überhaupt nicht!“
„Eigentlich bin ich Elektrofachhändler“, gestand Strubinski kleinlaut, da er befürchtete, wegen Amtsanmaßung Ärger zu bekommen. „Und das ist keine Uniform, sondern ein Faschingskostüm.“
Tagweih blickte erneut zu Stefanie und versuchte die Information in seinem Kopf zu sortieren.
„Herr Steinhauser“, ergriff der Kommissar schließlich wieder das Wort. „Sie, dieser Elektrofachhändler, der sich als Polizist verkleidet hat und … wer sind Sie überhaupt?“ Tagweih schaute zu Holzinger.
„Ich bin Sebastian Holzinger, Landwirt, und das ist meine Frau, die Katja“, kam es wie aus der Pistole geschossen.
„Wenn ich das also richtig verstanden habe ...“, fasste Tagweih zusammen. „Sie, Herr Steinhauser, der Elektrofachhändler in der Polizeiuniform und

der Landwirt haben einen Mörder überführt. Sehe ich das richtig?"
„Naja, nicht ganz", meinte Strubinski voreilig. „Der Sepp hat eigentlich nicht viel dazu beigetragen. Erst dachte der Hannes ja, dass er den Feißthammer ..."
Steinhauser reagierte sofort, stieß Strubinski seinen Ellenbogen fest in die Seite, dass dieser zusammenzuckte und schwieg.
„Jawohl, Herr Tagweih, so kann man es sagen", bestätigt Steinhauser schnell dessen kurze Zusammenfassung.
„Und wer sind Sie?", wandte er sich nun an Kreil.
„Das ist der Mörder!", antwortete Steinhauser. Ein strenger Blick von Holzinger sorgte dafür, dass Kreil schwieg.
„Das ist ja sehr praktisch", meinte Tagweih. „Sie rufen uns hierher und liefern uns das Opfer, tiefgekühlt, und den Täter in einem Aufwasch!"
„Sie müssen sich nicht bei uns bedanken", meinte Strubinski bescheiden. Am liebsten wären alle im Erdboden versunken.
„Kannst du jetzt vielleicht mal die Klappe halten", zischte ihn Steinhauser an. Dabei schaute er verlegen zu Stefanie, die nur den Kopf schüttelte.
„Herr Rappert", Tagweih ging zu dem Dienststellenleiter von Gemünden. „Alle Mann zur Vernehmung auf die Dienststelle und die Truhe muss nach Würzburg!"
„Jawohl, Herr Tagweih", gab Rappert pflichtbewusst zurück und stand stramm. Gerade als sich der Kommissar abwandte, erhob Rappert noch einmal vorsichtig das Wort. „Aber wie sollen wir die Truhe denn nach Würzburg schaffen?" Ihm war anzusehen, dass er mit der Gesamtsituation völlig überfordert war.
„Kein Problem", warf Strubinski gelassen dazwischen. „Ich bin mit dem Sprinter da. Ich kann die Truhe fahren."
Selbst Tagweih wusste im Augenblick nicht, was er sagen sollte. Er wirkte kurz verwirrt, riss das Heft aber sofort wieder an sich. „Gut", stimmte er Strubinskis Vorschlag zu. „Sie, … Herr Strubinski, fahren die Truhe. Einer der Beamten wird Sie begleiten."
„Aber ich kann hier nicht weg!", beschwerte sich Holzinger. „Ich muss bei meine Küh bleib."
„Und wer holt unseren Sohn vom Kindergarten ab?", warf Katja dazwischen. „Die Gerda und der Reinhold sind nach Karlstadt gefahren. Aufs Amt. Wer weiß, wann die wiederkommen?"
„Und was ist mit mir?", jammerte Kreil.
Tagweih war kurz davor die Beherrschung zu verlieren, holte einmal tief

Luft und hatte sich gleich wieder im Griff. Dennoch war ihm anzumerken, dass er derartiges noch nicht erlebt hatte. Er wandte sich erneut an Stefanie „Was meinen Sie, Frau Fehlhaus?"
Stefanie überlegte kurz, dann antwortete Sie: „Die Katja, also ich meine die Frau Holzinger, die muss nicht mit nach Würzburg. Aber die Aussagen der anderen vier sollten noch heute aufgenommen werden."
Tagweih nickte, dann wandte er sich wieder an Steinhauser. „Machen Sie dem Mann die Handschellen ab und dann alle Mann in die Autos. Bis auf die Frau, die kann hierbleiben", befahl er und ging zurück zu seinem Fahrzeug.
„Da wäre noch was ...", setzte Steinhauser vorsichtig an und Tagweih erstarrte in seiner Bewegung. Langsam drehte er sich um und ihm war anzusehen, dass sein Geduldsfaden die Belastungsgrenze erreicht hatte. Eine derart groteske Situation war auch für ihn etwas Neues.
„Haben Sie noch mehr Leichen?", fragte er scharf.
„Nein ...", gab Steinhauser eingeschüchtert zurück und fühlte sich dabei in seine Kindheit versetzt. Für einen kurzen Augenblick kam er sich wie der kleine Junge vor, der gerade vor seinem Vater stand und gemaßregelt wurde, weil er wieder einmal etwas ausgefressen hatte. Nur dass es diesmal nicht sein Vater, sondern der Vorgesetzte von Stefanie war. Steinhauser holte tief Luft, räusperte sich kurz und gab sich selbstbewusst.
„Wir haben das Fahrzeug des Toten gesichert. Das sollte unbedingt in die KTU, um es auf Spuren des mutmaßlichen Täters zu untersuchen. Wir gehen davon aus, dass Jürgen Feißthammer mit seinem eigenen Fahrzeug hierhergebracht wurde."
Wortlos starrte ihn Tagweih an.
„Es steht hinter dem Stall in einer Halle", fügte Steinhauser noch an. „Ich kann es Ihnen zeigen."
Tagweih sagte nichts, er ließ seinen Blick langsam über alle Anwesenden wandern. Schließlich wandte er sich an Rappert. „Schaffen Sie das Auto ebenfalls nach Würzburg."
„Kein Problem", gab dieser engagiert zurück. „Ich werde es persönlich nach Würzburg fahren, damit es auch unbeschadet ankommt."
Tagweih schnaufte hörbar, biss die Zähne zusammen und versuchte die Fassung zu wahren. „Herr Rappert!", sagte er streng, dennoch um Höflichkeit bemüht. „Sie haben doch jetzt nicht ernsthaft vor, sich in das Fahrzeug zu setzen und es selbst zu fahren?"
„Warum denn nicht?", gab dieser verständnislos zurück.

Jetzt konnte man hören, wie der Geduldsfaden von Tagweih riss. „Sind Sie eigentlich total bescheuert!“, schrie er mit hochrotem Kopf. „Diese Chaoten“, er deutete auf Steinhauser und seine Freunde, „frieren eine Leiche ein, ermitteln entgegen aller Vorschriften und Sie ... Sie würden sich in das Auto des Toten setzen und alle Spuren verwischen, die uns helfen könnten herauszufinden, was hier tatsächlich passiert ist. Ich frage mich, wie Sie Dienststellenleiter werden konnten?“

Peinlich berührt schaute Rappert zu Tagweih, dann verlegen zu seinen Kollegen. Steinhauser, Strubinski und Holzinger mussten sich das Lachen verkneifen. Lediglich Katja und Stefanie war anzusehen, dass ihnen Rappert Leid tat.

„Sie haben natürlich Recht“, gab Rappert verlegen zurück und wandte sich an einen seiner Kollegen, den großen hageren mit dem schmalen Gesicht. „Andreas, kümmere dich um einen Abschleppdienst!“

„Mach ich, Chef.“ Andreas zückte sofort sein Telefon.

„Sonst noch irgendwelche Überraschungen, Herr Steinhauser?“, fragte Tagweih, nachdem er sich wieder beruhigt hatte.

„Nein, das war alles“, gab er zurück.

„Gut, dann fahren wir jetzt nach Würzburg!“, befahl er und stieg in sein Auto.

Stefanie warf Steinhauser noch einen langen Blick zu, verdrehte die Augen und setzte sich zu ihrem Chef.

Wenige Minuten später war auch die Truhe verladen und der Konvoi setzte sich in Bewegung.

Kapitel 21
Einige Wochen später, Sonntagnachmittag

Die Sonne strahlte bei leicht bewölktem Himmel. Es wehte ein warmer Wind und der Duft von Bratwürsten, Steaks und Pommes lag in der Luft. Es war ein Sonntag wie im Bilderbuch. Auf dem Parkplatz vor dem Rathaus in Burgsinn standen verschiedene Polizeifahrzeuge. Dazwischen war ein Info-Stand eingerichtet, an dem man sich über die Polizeiarbeit im Landkreis informieren konnte. Rolf Rappert und seine Kollegen standen für Fragen aller Art zur Verfügung. Interessenten konnten sich in die Autos setzen, das Blaulicht einschalten und echte Polizeiausrüstungen anziehen. Sogar Waffen konnte man anfassen, allerdings nur unter Aufsicht, gesichert und ohne Munition. Rund um das Rathaus war alles mit Luftballons, Birkengrün und Plakaten geschmückt.
Auf dem angrenzenden Marktplatz stand ein Kinderkarussell, jede Menge Bierzeltgarnituren und für die älteren Kinder waren Trampoline aufgebaut, auf denen sie an Gummibändern weit in die Höhe hüpfen konnten. Unzählige Radfahrer und Wanderer nutzten das schöne Wetter, um Burgsinn einen Besuch abzustatten.
Das mobile Eis-Auto freute sich ebenfalls über reißenden Absatz. Während zwei Personen eine Kugel Eis nach der anderen an den Mann brachten, wurde die Schlange nicht kürzer, und das, obwohl auf der gegenüberliegenden Straßenseite eine Eisdiele war. Diese konnte sich jedoch auch nicht beschweren. Alle Sitzplätze an der Aura, dem kleinen Bachlauf, waren belegt.
Während zahlreiche Besucher der Einladung von Horst Mehrhold zum Tag der offenen Tür in das Rathaus gefolgt waren, stand dieser stolz in einer Traube aus Pressevertretern. Voller Begeisterung zeigte er auf einen riesigen Grundrissplan des Rathauses und erklärte voller Hingabe, wo sich die einzelnen Bereiche der Verwaltungsgemeinschaft befanden und welche Aufgaben diese hatten. Sein ganzer Stolz, weswegen er diese Veranstaltung überhaupt ins Leben gerufen hatte, war die Einweihung der neuen „Polizeiinspektion Burgsinn“, wie er sie selbst getauft hatte. Während sich der Bürgermeister feiern ließ, ging er seiner Lieblings-

beschäftigung nach: in die Kameras der Pressevertreter grinsen. Was er zweifellos beherrschte und mit Leidenschaft tat. Doch diesmal war er nicht alleine. Alle Bürgermeister der Verwaltungsgemeinschaft waren ebenfalls anwesend. Vor allem machte ihm Karl Kranz ordentlich Konkurrenz. Der Mittelsinner Bürgermeister war genesen und voller Tatendrang von seiner Kur zurückgekehrt. Kranz wich Mehrhold keinen Millimeter von der Seite und ließ es sich nicht nehmen, bei jeder sich bietenden Gelegenheit darauf hinzuweisen, dass der *Dienststellenleiter* der Polizeidienststelle Burgsinn aus Mittelsinn kam. Rein äußerlich hätten Kranz und Mehrhold Brüder sein können. Beide waren in etwa gleichgroß und untersetzt. Kranz hatte lediglich noch keine grauen Haare, aber dafür deutlich weniger.
„Es war mir ein persönliches Anliegen, den Bürgern im Sinngrund unsere neue Polizeidienststelle zu präsentieren“, erklärte Mehrhold den Journalisten mit einem breiten Grinsen und lud sie ein, ihm ins Rathaus zu folgen.
Er führte sie von einem Zimmer zum anderen, bis er schließlich am Ende bei Steinhauser angekommen war. Dieser hielt zwar gar nichts von der ganzen Aktion, aber nach den Aufregungen mit der eingefrorenen Leiche fügte er sich ohne zu protestieren in sein Schicksal. Er hasste derartige Veranstaltungen, war aber bemüht, sich nichts anmerken zu lassen. Pflichtbewusst zeigte und erklärte er seine Räumlichkeiten. Einen PC hatte er allerdings immer noch nicht.
Im Grunde hatte Mehrhold die Veranstaltung nur ins Leben gerufen, weil die Presse nicht über den „Mord in der Güllegrube“ berichten wollte, wie er es nannte. Nachdem er erfahren hatte, was sich in Mittelsinn zugetragen hatte, informierte er sofort die Presse. Doch da lagen die Geschehnisse schon einige Tage zurück und das Interesse der Lokalpresse hielt sich in Grenzen. Er wollte den „Ermittlungserfolg“ seiner Dienststelle unbedingt publik machen. Dabei hatte Steinhauser zeitweise das Gefühl, dass er sich für den Polizeipräsidenten hielt. Erst nachdem ihn Marek Tagweih zurechtgewiesen hatte, beruhigte sich Horst Mehrhold wieder.
Hinzu kam noch, dass keiner die Geschichte so recht glauben wollte. Und das, obwohl Strubinski keine Gelegenheit ausließ, über *seine* Ermittlungen zu erzählen. Aber vielleicht waren genau diese dramatischen Darstellungen der Grund dafür. Die Kripo in Würzburg nahm zu der ganzen Sache jedenfalls keine Stellung und Steinhauser war eh froh, wenn er seine Ruhe hatte. Letztlich wurde außer einem kleinen Artikel mit der Überschrift „Unfall auf dem Bauernhof“ nichts gedruckt. Der Text hatte zudem so gut

wie nichts mit den eigentlichen Geschehnissen zu tun gehabt. Was allen Beteiligten, außer Strubinski, auch ganz recht gewesen war. Nur Mehrhold musste sich unbedingt in den Vordergrund spielen. Und dabei kam ihm die Idee mit dem Tag der offenen Tür auf dem Rathaus.

„So, so, das ist also dein neuer Wirkungskreis“, meinte Rudolf Steinhauser etwas knurrig, als er am späten Nachmittag mit seiner Frau Hildegard die Dienststelle seines Sohnes betrat.

„Sei nicht so!“, schimpfte sie ihren Mann. Dabei strahlte sie voller Stolz über das ganze Gesicht. „Er hat jetzt seine eigene Dienststelle, das ist doch was ganz Besonderes.“

Noch bevor Steinhauser das Gespräch mit seinen Eltern vertiefen konnte, betraten weitere Besucher sein Büro, um sich neugierig umzuschauen. Diesmal kümmerte er sich gerne um die Besucher und war erleichtert, als seine Mutter ihren Mann mit den Worten: „Komm Rudolf, wir stören den Jungen nur“, wieder hinausschob.

Kurz darauf statteten ihm noch seine Schwester Monika und ihr Mann Klaus einen Besuch ab. Begleitet wurden sie von ihren drei Kindern Vanessa, Jennifer und Torben. Torben erzählte seinem Patenonkel voller Begeisterung, dass er in einem Polizeiauto gesessen war und jetzt auch Polizist werden wollte. Steinhauser hoffte nur, dass dies sein Vater nicht hörte. Vanessa schämte sich immer noch für ihren nächtlichen Ausflug mit dem Auto ihrer Eltern, aber Steinhauser schaute großzügig darüber hinweg. Schließlich war er erst durch die nächtliche Taxifahrt auf die Spur des Täters gekommen. Jennifer hingegen war total gelangweilt und wollte nur nach Hause.

Auch wenn Steinhauser im Vorfeld der Veranstaltung keine große Lust gehabt hatte, den ganzen Nachmittag in seinem Büro zu sitzen und die Fragen der Leute zu beantworten, musste er zugeben, dass es ein erfolgreicher Tag gewesen war. Das Interesse der Menschen im Sinngrund war bedeutend größer, als er erwartet hatte.

„Jetzt ham Sie´s endlich überstande“, meinte Frau Schäflein, als sich der Tag zu Ende neigte. Sie war natürlich von morgens bis abends wie ein Wirbelwind durch das Rathaus gesaust und hatte sich um die Gäste gekümmert. Im Gegensatz zu Steinhauser liebte sie derartige Tage. Ihr war es auch zu verdanken, dass alles so schön geschmückt und dekoriert gewesen war. Im Grunde hatte Frau Schäflein fast alles im Alleingang organisiert.

„Wurd auch Zeit“, meinte Steinhauser müde.

„Naja, so ganz ham Sie´s dann doch noch net geschafft“, sagte sie und wedelte mit einem Brief vor seiner Nase herum. „Ich hab da was für Sie.“
„So, was ham Sie denn da?“, versuchte er ihren hessischen Dialekt nachzumachen.
„Schaue Sie doch selber.“ Sie legte den Brief vor ihm auf den Tisch und wartete. Er war bereits geöffnet. Neugierig zog Steinhauser die Zettel heraus. Nachdem er alles genau studiert hatte, schaute er verlegen zu Frau Schäflein.
„Sie sind mir vielleicht ein Vorbild“, meinte sie mit erhobenem Zeigefinger. „Mit 91 km/h ham Sie sich selber geblitzt. Dabei sind nur 50 km/h erlaubt. Und dann noch in meinem Auto!“
In der Tat, auf dem Bußgeldbescheid stand: Ortseingang Burgsinn.
„Ich musste das neue Gerät doch testen, ob es überhaupt funktioniert“, sagte Steinhauser gelassen.
„Na dann erkläre Sie das mal Ihre Kollege“, gab Frau Schäflein mit einem Augenzwinkern zurück.
„Das werde ich, Frau Schäflein. Ganz bestimmt!“
„Das will ich für Sie hoffe, denn ich zahl des net.“
„Im schlimmsten Fall müssen Sie mich dann halt fahren, wenn ich meinen Führerschein abgeben muss“, grinste Steinhauser.
„Des hätte Sie wohl gern!“, war das letzte, was sie mit erhobenem Zeigefinger sagte, bevor sie verschwand.
Wenig später leerte sich das Rathaus, die Kollegen aus Gemünden packten zusammen und die Betreiber des Kinderkarussells und der Trampoline fingen auch an ihre Sachen abzubauen. Von Mehrhold war keine Spur zu sehen. Vermutlich hatte er die Leute von der Presse noch zum Essen eingeladen, um gleich die Aufmachung in der Zeitung zu besprechen, damit auch ja alles so abgedruckt wurde, wie er sich das vorstellte. Fraglich war nur, ob seine Vorstellungen jemanden interessierten. Steinhauser zumindest nicht. Er war einfach nur froh, dass dieser Tag endlich zu Ende war.
„Hallo Hannes“, sagte plötzlich jemand, als er gerade dabei war, wieder etwas Ordnung in sein Büro zu bringen.
Steinhauser schaute erschrocken auf. Vor ihm stand Stefanie. Seit sie alle von Tagweih verhört worden waren, hatte er weder von ihr etwas gehört, noch hatte er sie gesehen. In Gedanken hatte er sich schon damit abgefunden, dass sie nichts mehr mit ihm zu tun haben wollte. Umso überraschter war er, als sie plötzlich vor ihm stand.

„Stefanie?", stammelte er verwundert. „Welch Überraschung."
„Na, hast du dich schon eingelebt?"
„Naja, geht so", meinte er schulterzuckend. „Ist halt nicht Würzburg."
„Und schon gar nicht München", meinte sie mit einem Lächeln.
„Ja, das hab ich jetzt davon. Wäre ich doch besser geblieben, wo ich war."
„Kommt darauf an. Eine Ortsveränderung kann auch ganz guttun. Man bekommt eine neue Perspektive auf so manche Dinge."
„Allerdings. Geschadet hat es mir bis jetzt zumindest noch nicht", gestand Steinhauser. „So langsam gewöhne ich mich wieder an die Gegend."
Beide standen eine Weile da und schwiegen sich verlegen an.
„Und was verschafft mir die Ehre deines Besuches?", fragte er schließlich. Gerade als Stefanie etwas sagen wollte, platzte Strubinski herein. Er begrüßte Steinhauser überschwänglich und drückte ihn mit den Worten „Alter Kollege" an sich. Dabei war weder Steinhauser noch Stefanie entgangen, dass er eine mittelgroße Bierfahne gehisst hatte. Hinter ihm folgten seine Frau Lavinia und Holzinger mit Katja. Ihre Kinder waren bei Oma und Opa. Nachdem sich alle in dem kleinen Büro versammelt hatten, ließ sich Steinhauser in seinen Stuhl fallen. „Super Timing, Strubinski", murmelte Steinhauser, doch niemand nahm es zur Kenntnis. „Hast du getrunken?", fragt er stattdessen.
„Nur zwei Bierchen. Das Erst und das Letzte", lachte Strubinski ausgelassen, während Lavinia ihren Mann wütend anfunkelte.
„Es ist jetzt gut, Fred!", ermahnte sie ihn. Aber ihr Erfolg hielt sich in Grenzen.
„Gibt´s was Neues aus Würzburg?", fragte Holzinger, nachdem jeder Stefanie begrüßt hatte.
„Ja, gibt es", sagte sie mit Blick zu Steinhauser. „Gut, dass ihr grade alle da seid."
„Dann spann uns doch nicht länger auf die Folter", meinte Strubinski. Alle waren ganz Ohr.
„Kreil hatte zunächst alle Vorwürfe gegen sich zurückgewiesen", begann sie. „Auch nachdem nachgewiesen werden konnte, dass das Blut am Tennisschläger, den ihr sichergestellt hattet, eindeutig von Feißthammer stammte und die Verletzungen am Kopf mit dem Profil des Rahmens des Schlägers übereinstimmten, blieb er bei seiner Behauptung, dass ihr ihm einen Mord unterschieben wolltet. Selbst nachdem wir bei der Hausdurchsuchung den Geldbeutel von Jürgen Feißthammer und eine Decke mit Blutspuren sicherstellen konnten, die eindeutig dem Opfer zugeordnet

werden konnten, wollte er die Tat nicht gestehen."
„Das muss Jackys Decke sein, von der Viktoria Feißthammer gesprochen hatte", warf Steinhauser dazwischen.
„Kann gut sein", bestätigte Stefanie. „Es waren jedenfalls jede Menge Hundehaare daran."
„Hat der Kreil mittlerweile gestanden?", wollte Strubinski wissen.
„Kreil hatte den Feißthammer am Abend seines Todes mehrfach angerufen", fuhr Stefanie fort, ohne auf die Frage einzugehen. „Der letzte Anruf war um 22:38 Uhr."
„Das muss da gewesen sein, als ich gegangen bin", warf Holzinger dazwischen.
„Gut möglich", pflichtete ihm Stefanie bei. „Jedenfalls war dies das letzte Telefonat, das Feißthammer mit Kreil geführt hatte. Sein Handy ist bis heute verschwunden. Wir vermuten, dass es verbrannt und in der Mülltonne entsorgt wurde, die ihr mitgenommen hattet. Unsere Leute sind da aber noch dran. Die Telefon- und Funkzellenauswertung von Kreils Handy haben ergeben, dass er um 23:15 Uhr bei Feißthammer gewesen war. Seinen nächsten Anruf hat Kreil von Mittelsinn aus getätigt und zwar genau um 02:34 Uhr. Das wiederum passt zu der Aussage des Taxifahrers, den wir noch einmal vorgeladen hatten. Dieser hatte behauptet, kurz vor drei einen Fahrgast in Mittelsinn abgeholt und am Ortsschild von Karsbach abgesetzt zu haben."
„Aber jetzt hat er doch alles zugegeben, oder?", fragte Holzinger ungeduldig.
„Zunächst immer noch nicht." Stefanie machte es spannend. „Wir sind, wie ihr auch, davon ausgegangen, dass Kreil Feißthammers Leiche mit dessen Auto nach Mittelsinn gefahren, dort entsorgt und sich anschließend von einem Taxi hatte holen lassen. Aber erst nachdem wir ihm nachweisen konnten, dass er am Steuer des Wagens gesessen hatte, ist er schließlich eingeknickt und hat alles gestanden. Im Fahrerraum waren überall seine Fingerabdrücke. Typisch für Gewaltverbrechen im Affekt. Der Täter hinterlässt jede Menge Spuren, man muss sie nur finden", meinte Stefanie und alle jubelten vor Begeisterung.
„Das sollten wir feiern", schlug Strubinski sofort vor und erntete Zustimmung von allen Seiten.
„Eure Theorie war zwar richtig", fügte Stefanie noch an, „aber mit euren doch sehr eigenwilligen Methoden, mit denen ihr den Mörder überführt habt, konnten wir letztlich nichts anfangen, und das wussten Kreil und

seine Anwälte. Da nützte es auch nichts, dass er euch alles gestanden hatte. Wir mussten alles noch einmal von vorne aufrollen."

„Naja, nachdem wir die meisten Ermittlungsarbeiten für euch schon mal erledigt hatten", meinte Strubinski mit breiter Brust, „konnte man ja wohl erwarten, dass ihr den Kerl dingfest macht, oder?"

„Ist doch jetzt egal, wer was gemacht hat", meinte Holzinger, „heute Abend lade ich euch alle zu mir nach Hause ein. Wie Fred schon gesagt hat: Das muss gefeiert werden!"

„Und was ist mit der Fußmatte aus dem Taxi?", wandte sich Steinhauser interessiert an Stefanie, während die anderen schon die Planung für den Abend übernahmen. „Konnte da noch Gülle vom Sepp nachgewiesen werden?"

„Leider nein", bedauerte Stefanie. „Frau Schäflein hatte ganze Arbeit geleistet. Die Matte war wie neu. Aber wir hatten auch sonst genug Beweise und Indizien."

„Und was wird aus den Machenschaften der Inter-Milch?"

„Dazu kann ich dir leider auch nicht viel sagen", bedauerte sie. „Ich weiß nur, dass die Staatsanwaltschaft ein Ermittlungsverfahren gegen die Inter-Milch und gegen die Euro-Agrar-Invest eingeleitet hat. Die streiten natürlich alles ab und behaupten, dass der Kreil auf eigene Rechnung gearbeitet hat. Der wiederum erhebt schwere Anschuldigungen gegen beide Unternehmen, ihn beauftragt zu haben. Derartige Verfahren können sich über Jahre hinziehen, aber das weißt du ja. Falls es sich hier um eine organisierte *Milchmafia* handeln sollte, wovon die Staatsanwaltschaft ausgeht, ist es fraglich, ob da überhaupt was herauskommt. Jedenfalls haben Nachforschungen ergeben, dass im hessischen Landkreis Vogelsberg ähnliche Verträge mit den dort ansässigen Landwirten abgeschlossen wurden. Näheres ist aber noch nicht bekannt, die Untersuchungen haben gerade erst begonnen."

„Gibt es sonst noch was?", fragte Strubinski.

„Ein paar Ungereimtheiten gibt es schon noch, aber die sind nicht weiter von Bedeutung", gestand sie.

„Und welche?", wollte Strubinski wissen.

„Der Kühlschrank in der Wohnung des Mordopfers war komplett ausgeräumt worden", sagte sie schulterzuckend. „Sehr ungewöhnlich, aber Kreil bestreitet beharrlich, dass er dies gewesen ist. Er streitet auch ab, einen Komplizen gehabt zu haben. Jedenfalls wird in diese Richtung noch ermittelt."

„Ist ja auch egal, wo das Zeug hingekommen ist“, warf Steinhauser desinteressiert dazwischen. Er nahm sich vor, alle noch vorhandenen Lebensmittel aus Feißthammers Küche so schnell wie möglich zu verzehren. Anschließend lehnte er sich mit einem sehnsüchtigen Blick in Richtung Stefanie in seinen Schreibtischstuhl zurück. „Und was machst du heute Abend?“
„Mit euch feiern, wenn du nichts dagegen hast?“
„Wieso sollte ich etwas dagegen haben? Es würde mich sehr freuen“, meinte er und wäre am liebsten vor Freude an die Decke gesprungen.
„Gut, dann bis heute Abend. Ich schau noch mal nach Torben … und deinen Eltern“, sagte sie mit einem Augenzwinkern und verließ sein Büro.
Steinhauser glaubte sogar, dass Stefanie etwas stolz auf ihn war, wie er diesen Fall gelöst hatte. Zugeben würde sie das natürlich nie, aber dass er sich ohne Rücksicht auf unangenehme Konsequenzen für seinen alten Schulfreund eingesetzt hatte, war eine der Charaktereigenschaften, die sie an ihm liebte und schätzte. Wenn es darauf ankam, konnte man sich eben auf ihn verlassen.
„Wie lange bleibst du eigentlich jetzt noch in Burgsinn?“, fragte Holzinger. „Ich meine … auf so einen erfolgreichen Ermittler kann die Kripo in Würzburg doch bestimmt nicht lange verzichten, oder?“
Mit einem Schlag wurde Steinhauser aus seinen Gedanken an Stefanie gerissen. Er schoss von seinem Stuhl hoch und schaute schnell nach, ob sie noch in der Nähe war. Durch seine Versetzung nach Burgsinn hatte man ihn auf dünnes Eis geschickt und daran hatte sich bisher noch nichts geändert. Er überlegte kurz, dann kam ihm ein Gedanke. Als er Stefanie nirgends sehen konnte, setzte er sich wieder.
„Tja, Sepp“, meinte er, „da ich für dich jede Vorschrift gebrochen habe, die man nur brechen kann, wurde ich vom Dienst bei der Kripo suspendiert. So wie es aussieht, werde ich bis auf Weiteres hierbleiben müssen.“
„Oh“, gab Holzinger bestürzt von sich. Auch die anderen bedauerten Steinhauser. „Und das, obwohl du den Fall gelöst hast? Hab ich dir jetzt deine Karriere versaut?“
„Kann schon sein“, meinte Steinhauser betroffen und tat so traurig, wie er nur konnte. „Wenn man als Staatsdiener die Vorschriften nicht einhält, hat das nun mal Konsequenzen.“
Rückblickend hätte ihm jedoch nichts Besseres passieren können. Steinhauser freute sich insgeheim, auf diesem Weg die Rolle des Kriminalkommissars los zu werden. Jetzt musste er nur noch dafür sorgen, dass

Stefanie niemals etwas von seinen Geschichten erfuhr. Ab sofort war er offiziell Streifenpolizist, auch wenn noch immer ein eigenes Dienstfahrzeug fehlte. Dafür hatte er jetzt einen Polizeihund. Denn Viktoria Feißthammer hatte ihm kürzlich mitgeteilt, dass sie vorerst auf Mallorca bleiben werde. Die Liebe zu Carlos war dann doch größer als die Liebe zu Jacky.

Kurz vor der Tagesschau kehrte auf dem Rathaus endlich wieder Ruhe ein. Die Spuren des Festes waren beseitigt und Steinhauser ließ sich müde in seinen Schreibtischstuhl fallen. Er genoss die Stille und schloss für einen Augenblick die Augen. Dann erhob er sich. Gerade als er sich auf den Nachhauseweg machen wollte, kam Mehrhold in sein Büro gestürmt.

„Endlich!", strahlte ihn der Bürgermeister an und wedelte mit einem Zettel vor ihm herum. „Ich dachte, Sie wären schon wieder weg."

Steinhauser schwante Schlimmes, als sich der Bürgermeister vor ihm aufbaute.

„Steinhauser, ich habe die To-Do-Liste noch einmal grundlegend überarbeitet. Ich hab da noch ein paar hervorragende Ideen, die ich mit Ihnen besprechen möchte..."

Und hier noch etwas über mich, den Autor … wen´s halt interessiert

So, liebe Leserinnen und Leser, ich hoffe Ihr hattet euren Spaß mit Johannes Steinhauser, seinen Freunden und den „Eingeborenen" aus dem Sinngrund. Aus Gründen der Authentizität musste ich allerdings hier und da auf die Umgangssprache zurückgreifen. Aber ich denke, jeder sollte verstanden haben, wie ich es gemeint hatte. Und wenn nicht … dann kann ich im Augenblick auch nicht weiterhelfen. Ein Besuch im Steinhausers Heimat könnte helfen, die sprachlichen Barrieren zu überwinden.

Ich möchte auch noch einmal darauf hinweisen, dass alle Charaktere in diesem Roman frei erfunden sind. Ähnlichkeiten mit Personen die im Sinngrund leben, sind rein zufällig oder auch Einbildung. Auf keinen Fall wollte ich irgendjemanden zu nahetreten und falls sich doch jemand angesprochen fühlt, dann tut es mir leid. Zu ändern ist es aber jetzt nicht mehr.

Zurück zu meiner Person. Geschichten hatte ich schon immer geschrieben und mir mit der 6-teiligen Fantasybuchreihe „Elving" einen langen Kindheitstraum verwirklicht. Also, nur mal so am Rande … wer neben lustigen Krimis auch spannende Fantasybücher liest, dem kann ich Elving nur empfehlen – klar, was soll ich auch sonst hier schreiben.
Jedenfalls habe ich nach dem Abschluss meiner Elving-Reihe nach einer neuen Aufgabe gesucht. Und da ich wahnsinnig gerne lustige und etwas skurrile Bücher lese, unter anderem auch Krimis, bin auf die Idee gekommen, einen Sinngrundkrimi zu schreiben. Dabei wollte ich Themen, die im Sinngrund allgegenwärtig sind, aufgreifen und eine lustige Geschichte mit schrägen Typen drumherum erzählen. Ich hoffe, es ist mir gelungen.

Was gibt es noch zu meiner Person zu sagen?
Geboren wurde ich 1974 in Karlstadt, also keine Hausgeburt.
Meine Kinder sind auf bestem Weg erwachsen zu werden und ich hoffe, das klappt auch. Ich bleib jedenfalls am Ball. Beide wachsen in Mittelsinn auf, wo auch ich aufgewachsen bin und heute noch lebe. Ich hoffe, beide nehmen keinen Schaden. Mit Hilfe meines Vaters und aller zur Verfügung stehenden Verwandten und Freunden habe ich das alte, 1810 gebaute Bauernhaus auf unserem Hof renoviert und lebe dort. Bei dem Datum

1810 klingelt es vielleicht bei dem ein oder anderen. Ja, der ehemalige Bauernhof meiner Großeltern dient als Vorlage für das Zuhause von Johannes Steinhauser und seinen Eltern. Wobei meine Eltern nicht Hildegard und Rudolf heißen (Gott bewahre) und ich habe eigentlich auch nicht viel mit Johannes Steinhauser gemeinsam … naja vielleicht ein klein wenig.

Besuchen Sie mich doch auch einmal auf meiner Homepage, es würde mich freuen. Sie haben sogar zwei zur Auswahl:
www.elving.de
und
www.tino-filppi.de

Und natürlich freue ich mich über Feedback:
tino.filippi@online.de.

Neben den „Sinngrundbauern“ gibt es noch einen weiteren, sehr unterhaltsamen und lesenswerten Spessartkrimi von Tino Filippi:
"Nadelfieber - Mord im Christbaumdorf"
ISBN 978-3-932717-59-9; Euro 14,90

Danksagung

Bedanken möchte ich mich bei:

Alexander Fischer, der mir alle wichtigen Informationen über das harte Leben eines Milchbauern zukommen ließ, die ich im Roman verwenden konnte. Abgesehen von der staatlichen Förderung, die habe ich erfunden (wäre aber vielleicht mal eine Anregung für unseren Staat). Und danke dafür, dass er die ersten Entwürfe auch geprüft hat, ich weiß dies zu schätzen, denn seine Zeit ist knapp.

Frank Mielke, der selbst Polizist ist (aber kein Kollege von Johannes Steinhauser), hat geprüft, damit meine Darstellung der Polizei und deren Methoden halbwegs der Realität entsprechen.

Julia Notkina, die auch bei diesem Buchprojekt das Cover nach meinen Ideen gestaltet und designt hat. Ihre Homepage lautet übrigens:
www.julianotkina.de

Natürlich bei Thomas Rüger, meinem Verleger, der es auch diesmal wieder möglich gemacht hat, dass meine Geschichte in Buchform erschienen ist.

Und nicht zuletzt bei meiner besseren Hälfte Kerstin, die mir Tag und Nacht mit Rat zur Seite stand, meine Texte immer und immer wieder gelesen und verbessert hatte.

LESENSWERT! Die Bücher der Edition Knurrhahn:

Sechs Bände umfasst Tino Filippis Fantasyserie „Elving“:

Band 1: „Zurück in Firlana“ ISBN 978-3-932717-37-6; Euro 11,80
Band 2: „Aufbruch ins Ungewisse“ ISBN 978-3-932717-40-6; Euro 11,80
Band 3: „Die Nordspitze“ - ISBN 978-3-932717-42-0; Euro 11,80
Band 4: „Reise ohne Wiederkehr“ ISBN 978-3-932717-45-1; Euro 12,80
Band 5: „Die Stadt der Könige“ ISBN 978-3-932717-49-8; Euro 12,80
Band 6: „Die letzte Schlacht“ ISBN 978-3-932717-51-2; Euro 12,80

Krimis der Edition Knurrhahn

Tatort Fürth:
Ein pfiffiger Regionalkrimi mit dezent ironischem Unterton ist Elmar Vogts Roman **„Der Fall Zita S.“**
ISBN 978-3-932717-44-4; Euro 12,80

Kurz-Krimis mit Sonderermittlerin Iahel Nimoy zu Beginn des 20. Jahrhunderts präsentiert Elmar Vogts zweites Werk **„Der Fall des einsamen Goldfischs“**
ISBN 978-3-932717-48-2; Euro 12,80

Tatort Nürnberg:
Dieter Schneiders zweiter Roman – ein packender Nürnberg-Thriller: **„Angefüttert“.**

ISBN: 978-3-932717-30-7; Euro 11,80.

Tatort Erlangen:
Mit einem Toten an einer Erlanger Schule beginnt Astrid Schwabes Krimi **„Judiths Schal“**
ISBN 978-3-932717-34-5; 8,80 Euro

Weitere Bücher aus der Edition Knurrhahn

Kennen Sie die Literaturgruppe Mimikry? Lieben Sie Reizwörter? Lesen Sie **„Einer flog übers Gemüsefach”.**
ISBN 3-932717-00-7; Euro 10,-

Eine bunte Vielfalt an Kurzgeschichten vereinigt der „Mimikry“-Band **„Seltsame Begegnungen”.**
ISBN 3-932717-17-1; Euro 11,-

Eine historische Novelle verfasste Günter Baum unter dem Titel **„Agnes Stöcklin”.**
ISBN 3-932717-18-X; Euro 9,50

Max Göbel erzählt über das Erwachsen werden in der Nachkriegszeit: **„Die Oase lebt“.**
ISBN 3-932717-21-X; Euro 12,80

60 Autorinnen und Autoren schrieben einen Brief an Anne Frank: **„ich schreibe dir, weil auch ich mir frieden wünsche“**
ISBN 3-932717-22-8; Euro 9,90

Skurrile und witzige Kurzgeschichten vereinigt das „WördArtisten“-Buch **„Als der Java Wizard einen Koffer traf“.**
ISBN 3-932717-23-6; Euro 9,--.

40 jugendliche Autoren mit ihren Reizwortgeschichten finden sich in**:** **„Gib mir Fünf“**
ISBN 978-3-932717-33-8; 8,-- Euro

Ein packender Roman ist das Erstlingswerk der blinden Autorin Danny P.: **„Süßer Wahnsinn“**
ISBN 978-3-932717-36-9; Euro 9,90

Neue witzige bis und tragikomische Vorfälle beschreibt R. Unterburger in: **„Müßiggang und Hirnschmalz“**
ISBN 978-3-932717-38-3; Euro 9,90

Eine hintersinnige Parabel ist G. Baum und K. Storck-Duvenbecks Werk **„Die Abweichung“**
ISBN 978-3-932717-39-0; Euro 8,90

Fatale Entwicklungen im familiären Umfeld beschreibt Astrid Schwabes Roman **„Jakobs Freundin“**
ISBN 978-3-932717-41-3; 9,-- Euro

Die Totgeburt von Zwillingen beschreibt K. Storck-Duvenbeck tagebuchartig in: **„Wenn zwei Sterne leuchten“**
ISBN 978-3-932717-43-7; Euro 9,90

Der Auftakt einer neuen Fantasy-Serie ist das Debüt von Marion Klingelhöfer: **„Mara – Die Söhne Kordins“**
ISBN 978-3-932717-47-5; Euro 11,80

Eine Benefizanthologie zugunsten von Hawelti e.V. ist die Schulgeschichten-Anthologie **„Was bei mir wirklich hängen blieb …“**
ISBN 978-3-932717-55-0; Euro 12,-

Wenn die Erinnerungen Fangen spielen … Sabine Burkhardt teilt mit uns Gedichte, Prosa und Collagen: **„In der Kniebeuge des Windes“**
ISBN 978-3-932717-56-7; Euro 20,-

Edition Knurrhahn

... seit über 20 Jahren: literarische Unterhaltung mit Niveau!

In jeder Buchhandlung oder direkt beim Verlag erhältlich!

Achtung: Die Edition Knurrhahn liefert NICHT über „Amazon“ aus!

Kontaktadresse:

Edition Knurrhahn im Thomas Rüger Verlag

Am Graben 38

90475 Nürnberg

E-Mail: editionknurrhahn@gmail.com
www.thomasruegerverlag.de